HOWARD JACOBSON

IM ZOO

HOWARD JACOBSON

IM ZOO

ROMAN

Aus dem Englischen von
Friedhelm Rathjen

DEUTSCHE VERLAGS-ANSTALT

Für
Jenny und Dena
und
Marly und Nita

»Wird je ein Mann die Tochter lieben, wenn er die Mutter nicht geliebt hat?«

JAMES JOYCE, *Ulysses*

EINS

AFFE

1
Er Schrägstrich sie

Als die Polizei mich festnahm, hatte ich das Buch noch bei mir, das ich aus dem Oxfam-Buchladen in Chipping Norton gestohlen hatte, einem hübschen Städtchen in den Cotswolds, wo ich einer Lesegruppe vorgetragen hatte. Ich war bei dem runden Dutzend Mitglieder, die, wie mir zu spät aufging, nur eingeladen worden waren, um mich zu beleidigen, auf feindselige Reaktionen gestoßen.

»Warum sind Ihnen Frauen dermaßen verhasst?«, wollte die eine von mir wissen.

»Könnten Sie mir wohl ein Beispiel für meinen Hass auf Frauen geben?«, fragte ich höflich nach.

Das konnte sie allerdings. Sie hatte Hunderte von Textstellen mit kleinen, klebrigen, phosphoreszierenden Pfeilen markiert, die allesamt anklagend auf das Pronomen »er« zielten.

»Was spricht gegen ›er Schrägstrich sie‹?«, fragte sie herausfordernd und beschrieb dabei nur eine Handbreit vor meinem Gesicht mit den Fingern das verquere Satzzeichen, hieb mit Interpunktion, die wehtat, nach mir.

»›Er‹ ist ein Neutrum«, klärte ich sie auf, während ich einen Schritt zurückwich. »Damit wird weder das eine noch das andere Geschlecht vorgezogen.«

»Mit ›sie‹ auch nicht.«

»Nein, aber ›sie‹ ist Plural.«

»Was stört Sie denn am Pluralismus?«

»Und Kinder«, hatte eine andere wissen wollen, »warum verabscheuen Sie Kinder?«

Ich erklärte ihr, dass ich nicht über Kinder schrieb.

»Eben!«, entgegnete sie triumphierend.

»Die einzige Figur in Ihrem Buch, mit der ich mich identifizieren konnte«, gab mir eine dritte Leserin Bescheid, »war die, die zu Tode kam.«

Allerdings sagte sie nicht »Buch«. Praktisch niemand mehr sagt »Buch«, was sich mit Tuch oder Geruch reimt oder notfalls auch mit genuch wie in »Genuch gelabat, du Schüssa, fück düch«, was die Aussprache war, die im lautverschliffenen gesetzlosen Lancashire üblich war, nur ein paar Meilen nördlich des behäbigen, verschlafenen Cheshire, wo ich aufgewachsen war. Boch, so sagten sie dazu. »Die einzige Figur in Ihrem Boch, mit der ich mich identifizieren konnte ...« Als hielte sie ein langes »u« für eine maßlose Übertreibung.

»Ich bin hocherfreut, dass ihr Tod Sie gerührt hat«, sagte ich.

Sie erbebte vor Wut, dieser Wut, die man nur unter Lesern findet. Lag das daran, dass das Lesen als Kulturtechnik passé war und die wenigen Menschen, die sie noch pflegten, darüber mit jeder Seite, die sie umblätterten, in Zorn ausbrachen? Waren das die letzten Zuckungen vor dem endgültigen Exitus?

»Gerührt?« Ich bekam schon Angst, sie würde mit meinem Boch auf mich einschlagen. »Wer sagt denn, dass ich gerührt war? Ich war neidisch. Ich identifizierte mich mit ihr, weil ich vom ersten Wort an wünschte, ich bin tot.«

»*Wäre* tot«, sagte ich, während ich mir meine Jacke anzog. »Vom ersten Wort an wünschte, ich *wäre* tot.«

Ich dankte ihnen für die Einladung, ging zurück in mein Hotel, kippte ein paar Flaschen runter, die mir zu kaufen ich vorausschauend genug gewesen war, und schlief in meinen Kleidern ein. Der Reise nach Chipping Norton hatte ich nur zugestimmt, weil sie mir die Gelegenheit bot, meine Schwiegermutter zu besuchen, mit der ich schon seit geraumer Zeit eine Affäre hatte anfangen wollen, doch dieser Plan war von meiner Frau durchkreuzt worden, die sich dummerweise gerade diesen Zeitpunkt für einen

Besuch ihrer Mutter bei uns in London ausgesucht hatte. Ich hätte noch den Zug zurück kriegen und zum Abendessen bei ihnen sein können, beschloss aber, einen Tag ganz für mich auf dem Lande zu verbringen. Die Frauen von der Lesegruppe waren nicht die Einzigen, die wünschten, sie wären tot.

Als ich aufstand, war es fürs Frühstück zu spät, und ich unternahm einen Spaziergang durch das Städtchen. Hübsch. Cotswolds-Stein, Geruch nach Kühen. (»Warum kommen in Ihren Romanen keine Naturbeschreibungen vor?«, war ich bei dem Kreuzverhör am Tag zuvor unfairerweise gefragt worden.) Da ich etwas gegen den Hunger brauchte, kaufte ich mir in einer Biobäckerei eine Blätterteigtasche mit Wurst-Kräuter-Füllung und spazierte essend in den Oxfam-Buchladen hinein. Ein käsig-blasser Angestellter, der an den Ohrläppchen runde Scheiben baumeln hatte wie ein Sambesi-Buschmann, zeigte auf ein Schild mit der Aufschrift »Speisen und Getränke in diesen Räumlichkeiten nicht gestattet«. Vermutlich ein Gebot des Anstands: Man stopft sich nicht mit Essen voll, wenn der Rest der Welt Hunger leidet. Aus seinem Gebaren schloss ich, er müsse wohl wissen, dass mir Sambesi-Buschmänner ebenso verhasst waren wie Frauen und Kinder. Ich steckte mir den Rest des Gebäckstücks in die Tasche. Damit gab er sich noch nicht zufrieden. Blätterteig in der Jackentasche war genau genommen immer noch Speise in diesen Räumlichkeiten. Ich stopfte mir das Gebäck langsam in den Mund. Wir standen da und musterten einander – ein weißer Sambesi-Buschmann und ein aus Cheshire gebürtiger, in London wohnhafter misogyner und pädophober Autor von Böchern, Büchen, Buichern, nur eben nicht Büchern – und warteten, dass die Blätterteigtasche runtergerutscht war. Jeder Beobachter hätte davon ausgehen müssen, die Szene sei mit postkolonialen Implikationen behaftet. Nach einer letzten Schluckbewegung fragte ich ihn, ob es mir nunmehr gestattet sei, die Literaturabteilung in Augenschein zu nehmen. *Literatur*. Ich legte das Gewicht schwerer Ironie in die Aussprache dieses

Wortes. Er kehrte mir seinen Rücken zu und stapfte ans andere Ende des Ladens davon.

Was ich dann tat, so erklärte ich es den Beamten, die mich auf der New Street festnahmen, nur einen Steinwurf vom Oxfam-Buchladen entfernt, musste ich einfach tun. Was den Vorwurf des Stehlens betrifft, so hielt ich das einfach nicht für einen zutreffenden Ausdruck, wenn man bedenkt, dass ich der Autor jenes Buches war, das ich gestohlen haben sollte.

»Wie würden Sie es nennen, Sir?«, fragte mich der jüngere der beiden Polizisten.

Ich hätte ihm gern gesagt, dass dies nun schon mehr einer kritischen Diskussion ähnelte als alles, was in der Lesegruppe abgelaufen war, entschied mich dann aber, ihm seine Frage direkt zu beantworten. In Chipping Norton hatte ich schon Feinde genug.

»Befreiung«, sagte ich. »Ich würde sagen, dass ich mein Buch *befreit* habe.«

»Wovon genau befreit, Sir?« Diesmal war es der ältere der beiden Polizisten, der sich an mich wandte. Er hatte einen dieser Bäuche aus Granit, wie man sie von der Bereitschaftspolizei oder Sheriffs in Louisiana kennt. Ich fragte mich, wozu man in Chipping Norton Bereitschaftspolizei oder Louisiana-Sheriffs brauchte.

Zusammengefasst sagte ich ihm ungefähr Folgendes:

Sehen Sie: Ich hege keinen Groll gegen Oxfam. Ebenso gehandelt hätte ich in dem höchst unwahrscheinlichen Falle, dass ich eines von meinen Büchern gebraucht in der Grabbelkiste eines Morrison-Supermarkts gefunden hätte. Das ist eine Sache des Prinzips. Auf meine Einkünfte hat es keinerlei spürbaren Einfluss, wo ich abgenutzt und eselsohrig auftauche. Aber es muss so etwas wie eine Solidarität der Gefallenen geben. Das Buch als Prestigeobjekt und Quell der Weisheit – »Das gute Buch für jedermann« und so weiter – stirbt aus. Der Versuch der Wiederbelebung ist höchstwahrscheinlich zwecklos, aber wenigstens lassen sich die Sterbesakramente mit einer gewissen Würde spenden. Es macht einen Unterschied, wo und mit wem wir unsere Tage beschließen. Herr Wachtmeister.

Bevor sie beschlossen, es sei ungefährlich (oder zumindest weniger lästig), mich wieder der Gesellschaft zu überantworten, durchblätterten sie – süffisant, wollte mir scheinen, aber in der Not darf man nicht wählerisch sein – die Seiten meines Buches. Es ist durchaus eine befremdliche Erfahrung, zu erleben, wie das eigene Buch von der Polizei in einem geschäftigen Cotswolds-Städtchen einer Schnelllektüre unterzogen wird, und dann auch noch Einkaufsbummler und eisschleckende Touristen stehen bleiben, um zu sehen, was für ein Verbrechen hier verübt worden ist. Ich hoffte, irgendwas würde einem der Bullen in die Augen springen und ihn zum Lachen oder, besser noch, zum Weinen bringen. Aber der Titel war das, was sie am meisten interessierte. *Wer schert sich einen feuchten Affen?*

Der jüngere Beamte hatte den Ausdruck noch nie gehört. »Das ist die Kurzform von ›Wer schert sich einen feuchten Affenschüss drum‹«, erklärte ich ihm. Ich hatte schon viel eingebüßt und büßte mit jeder Stunde mehr ein, aber wenigstens hatte ich noch nicht die ungehobelte nördliche Aussprache anstößiger Wörter eingebüßt, auch wenn Cheshire nicht wirklich Lancashire war.

»Nun denn«, sagte er.

Aber er wolle mich noch etwas fragen, wo ich doch sagte, ich sei Schriftsteller – *wo ich doch sagte, ich sei Schriftsteller*: Er ließ das wie eine Behauptung klingen, die er sogleich überprüfen würde, wenn er wieder auf der Wache war – und wo ich offenbar etwas von Affen verstand. Für wie wahrscheinlich hielt ich es wohl, dass ein Affe mit genügend Zeit und einem guten Computer am Ende *Hamlet* schreiben könne?

»Ich glaube, man kann kein Kunstwerk schaffen, ohne den festen Vorsatz dazu zu haben«, erläuterte ich ihm. »Ganz gleich wie viel Zeit man dafür hat.«

Er kratzte sich am Kinn. »Heißt das ja oder nein?«

»Na ja, letztenEndes«, sagte ich, »hängt es, wie ich vermute, vom Affen ab. Wenn Sie einen auftreiben können mit der Zivilcourage, der Intelligenz, der Fantasie und dem Ohr eines Shakespeare, wer weiß. Aber andererseits, wenn es einen solchen Affen geben sollte, warum sollte er etwas schreiben wollen, was schon geschrieben ist?«

Ich behielt für mich, dass meines Erachtens die interessantere Frage war, ob hinreichend viele Affen mit ausreichend Zeit am Ende den *Hamlet* »lesen« könnten. Aber andererseits war ich ja auch ein verbitterter Schriftsteller, der gerade ein Fiasko erlebt hatte.

Unterdes drehte der Louisiana-Sheriff das Beweisstück hin und her, als sei er ein auf seltene Exemplare spezialisierter Antiquar, der ein Angebot machen wollte. Er schlug *Wer schert sich einen feuchten Affen?* auf der Widmungsseite auf.

Der Schönsten im ganzen Land:
meiner geliebten Frau und Schwiegermutter

»Das ist aber ganz schön heftig, was?« sagte er.

»Was meinen Sie?«

»Zu schreiben, dass Sie Ihre Schwiegermutter lieben.«

Ich blinzelte über seine Schulter hinweg nach meiner Widmung. Es war schon ein paar Jahre her, dass mir die eingefallen war. Man vergisst seine Widmungen. Mit der Zeit vergisst man sogar diejenigen, denen man die Bücher gewidmet hat. »Nein«, sagte ich, »meine Frau ist diejenige, die geliebt wird. Meiner geliebten Frau, *und* meiner Schwiegermutter. Das Adjektiv bezieht sich lediglich auf die erste der beiden Frauen.«

»Hätten Sie in dem Fall nicht ein Komma vor das *und* setzen sollen?«

Er stach mit dem Finger auf die Seite ein und zeigte mir die Stelle, wo seiner Meinung nach das Komma hingehört hätte.

Oxford hatte, wie ich mich erinnerte, seine eigenen Regeln, wo Kommas hingehörten. »Das Oxford-Komma« war innerhalb der Universität lange eine heftig umstrittene Angelegenheit gewesen, aber ich hätte kaum vermutet, dass sich auch die Polizeitruppe über diese Frage erhitzen konnte. Zweifellos hatte Oxford auch seine eigenen Regeln, was die Doppelung von Beifügungen betraf. Gab es nicht einen Fachausdruck für die rhetorische Figur, die ich versehentlich – vorausgesetzt, es war in der Tat ein Versehen – angewandt hatte? Etwas in der Art von Zeugma, aber nicht direkt Zeugma. Vielleicht wusste es der Polizist.

»Sagen Sie«, sagte ich, »darf ich Ihnen, da Sie ein ungewöhnlich anspruchsvoller Leser zu sein scheinen, mein Buch zum Geschenk machen?«

»Ganz gewiss dürfen Sie das nicht«, wies er mich zurecht. »Ich würde mich nicht nur der Bestechlichkeit schuldig machen, sondern auch der Hehlerei.«

Unter den gegebenen Umständen schätzte ich mich glücklich, mit einer Verwarnung davongekommen zu sein. Das waren keine kleinen Verfehlungen: ein Buch zu stehlen, ein Komma wegzulassen und darauf zu sinnen, mich an der Mutter meiner Frau zu vergreifen.

2
V & P

Zwischen ihnen hatte es nie ein Komma gegeben, das war von Anfang an das Problem gewesen.

Vanessa kam eines lichtlosen Dienstagnachmittags im Februar in den von mir geführten Laden stolziert, als meine Angestellten schon nach Hause gegangen waren – klipperdiklapp die kalte Steintreppe des umgebauten georgianischen Stadthauses herauf, das das Wilhelmina's war –, und wollte wissen, ob ich vielleicht ihre Mutter gesehen hätte. Ich bat sie, ihre Mutter zu beschreiben. »Groß« – sie formte ihre Arme zu einer Art Laubengang. »Schlank« – sie beschrieb, was wie zwei Fallrohre an einem Gebäude aussah –, »aber gleichzeitig hochbusig« – sie ließ den Blick auf ihre eigene Brust sinken, als überraschte sie, was sie dort sah. »Ungestüm« – sie schüttelte eine imaginäre Obstplantage. »Rote Haare, wie meine.«

Ich kratzte mich am Kopf. »Ich glaube nicht«, sagte ich. »Könnten Sie ihr Äußeres noch etwas genauer beschreiben?«

Woraufhin sie – wenn man vom Teufel spricht – auf der Bildfläche erschien, klipperdiklapp die Steintreppe herauf, so groß wie ein Laubengang, so schlank wie ein Fallrohr, aber gleichzeitig hochbusig, und so ungestüm wie eine Apfelplantage im Wirbelsturm.

Und rote Haare, wofür ich zufällig eine Schwäche habe. Rote Haare, zu einer fast psychedelischen Krause auffrisiert, beinahe komisch, so als wisse sie – als wüssten sie alle beide –, dass man sich bei so viel Schönheit jede erdenkliche Freiheit mit seinem Äußeren erlauben konnte.

Zwei brennende Büsche, zwei Königinnen der Music Hall, mit Lippenstift, der das Rot der Haare wieder aufnahm.

Ein Wort zu dem Laden, den ich da führte. Das Wilhelmina's war die eleganteste Frauenboutique in Wilmslow, einem brummend wohlhabenden Städtchen wenige Meilen östlich von Chester, in dem sich komatöse Blaublüter mit Neureichen ohne Geschmack mischten. Nicht nur war es die eleganteste, modischste und teuerste Boutique in Wilmslow, sondern es war auch die eleganteste, modischste und teuerste Boutique in ganz Cheshire. Schöne Frauen aus ganz Nordengland, die in Manchester oder Leeds nichts fanden, das ihnen gerecht würde, von Chester einmal ganz abgesehen, ließen sich in null Komma nichts von Kopf bis Fuß von uns ausstaffieren. Ich sage »uns«, weil das Wilhelmina's ein Familienunternehmen war. Meine Mutter hatte es gegründet und dann im Zuge dessen, was sie großspurig ihren Ruhestand nannte, mir anvertraut, während mein jüngerer und dafür sehr viel geeigneterer Bruder in einer örtlichen Berufsschule dafür ausgebildet wurde, es später dauerhaft zu übernehmen. Ich war der Traumtänzer der Familie. Ich konnte mit Wörtern umgehen. Ich las Bücher. Was hieß, dass man mir nicht trauen konnte. Bücher lenkten mich nur ab, sie waren eine Krankheit, ein Hindernis für jedes gesunde Leben. Ich hätte einen Behindertenaufkleber für mein Auto beantragen können, die Erlaubnis, überall in Cheshire zu parken, so arbeitsunfähig hatten die Bücher und die Wörter mich werden lassen. Tatsächlich gab ich mich gerade mit Wörtern ab, ignorierte die Kundschaft und las Henry Miller, der zu jener Zeit mein Lieblingsschriftsteller war, als Vanessa, gefolgt von ihrer Mutter, ohne Komma dazwischen, meine Stufen heraufgeklappert kam. Es war, als wären Figuren aus *Sexus* und *Nexus* plötzlich zum Leben erwacht, wie die Spielzeugfiguren in der *Nussknacker-Suite*, und das mitten im Verkaufsraum des Wilhelmina's.

Man könnte sagen, dass ich anfänglich mehr von der Mutter als von der Tochter zu sehen bekam, da sie zweimal vor meinen

Augen erschien, zuerst in Worten, dann in Person. Und Worte wirken stärker auf mich als Personen. Aber auch Vanessa hatte Eindruck gemacht. Groß, schlank, ungestüm, ja sogar extravagant, aber auch wütend über irgendetwas – nicht unwahrscheinlich, dass ihre Wut davon herrührte, eine so attraktive Mutter zu haben – und zwar nicht nur nebenbei ein bisschen wütend, sondern eher so, als sei etwas an ihrer Haltung überspannt, zu straff und stramm, auf eine Weise in vibrierende Schwingung geraten, die mich an die Beschreibung der Takelage eines Schoners erinnerte, wie ich sie bei Joseph Conrad gelesen hatte, dessen erstes Kommando besagter Schoner gewesen war. Eine dieser Beschreibungen, die einem den Wunsch eingeben, selbst Schriftsteller zu sein (aber noch nicht erklären, warum man ein Schriftsteller wie Henry Miller sein will). Das Zittern des Schiffes, so verstand ich es, war in Wirklichkeit dasjenige des jungen Kommandanten. Womöglich galt das dann auch für Vanessa und mich. Ihr Anblick brachte mich zum Zittern. Mein erstes Kommando. Ich korrigiere: *ihr* erstes Kommando. Dabei habe ich gar keine Wut von mir auf sie übertragen. Es war ganz und gar die ihrige, ein fester Bestandteil ihres Wesens, als müsse sie wüten, so wie eine Sonnenblume ihren Kopf drehen muss. Außerdem gab es in jenem speziellen Augenblick gar nichts, worüber ich hätte wütend sein können. Ich fand mich in der alleinigen Verfügungsgewalt über ein Ladengeschäft, das erleuchtet wurde – nicht weniger, als wenn jemand Fackeln entfacht hätte – durch die rotlodernde Gegenwart Vanessas und ihrer Mutter.

Bis zum heutigen Tag kann ich mich an alles erinnern, was Vanessa damals trug – die hohen schwarzen Lackschuhe, sparsam geschnitten, sodass man Fußrücken und Fußwölbung sehen konnte; den papierdünnen Ledermantel, der so fest gegürtet war, dass er schaffte, was ich zuvor nur bei einem Bleistiftrock für möglich gehalten hatte, nämlich einen starren Punkt der Anspannung aus ihrem Hintern zu machen, ein bebendes Etwas, als würde hier irgendeinem Gesetz der Schwerkraft oder des Schwellens getrotzt; das V ihres Pelzkragens, der Vagina einer Riesin gleich; und ein wenig aus ihrem roten Haar nach hinten geschoben ein Schiwago-Hut – Anna Karenina war diejenige, die ich sah (wer sonst noch?) –, der Luftzug von unserem Heizlüfter striegelte dessen feine Pelzhärchen, als sei ein russischer Bär aus kalten Winden zu uns hereingestapft gekommen.

Sie war nicht teuer gekleidet, jedenfalls nicht nach den Maßstäben des Wilhelmina's. Es waren alles Kleidungsstücke aus dem oberen Segment dessen, was man von der Stange kaufen kann, aber eben trotzdem von der Stange. Drum muss man es mir schon nachsehen, dass ich mir vorstellte, wie sie ausgesehen hätte, hätten *wir* sie eingekleidet.

Zandra Rhodes – da hätte ich sie reingesteckt. Sie hatte die Figur und das entsprechende Kinn. Und konnte es mit den buntesten Farben aufnehmen. Und mit den kühnsten Spielereien. Aber sie wollte dergleichen partout nicht in Betracht ziehen, nicht einmal, als sie meine Frau geworden war und vollkommen gratis in den Genuss meines Sachverstands in Sachen Mode gekommen wäre, denn sie zog meine Vorschläge überhaupt nie in Betracht.

Und Poppy, ihre Mutter – nun, sie war ganz genauso angezogen. Sie präsentierten sich der Welt als Schwestern. Außer dass da, wo der Saum von Vanessas Mantel womöglich um eine Spur zu lang war, der von Poppy ganz entschieden *mehr* als eine Spur zu kurz war. Freilich hatte sie eine Weile in Amerika gelebt, und amerikanischen Frauen war schon damals wie noch heute einfach nicht zu helfen, wenn es um die Saumlänge geht. Wie alt muss sie gewesen sein, als sie das erste Mal beim Wilhelmina's hereingeschneit kam? Fünf- oder sechsundvierzig. Woraus folgt, dass sie zu der Zeit, als die Polizei mich in Chipping Norton festnahm und sogleich zielsicher erspürte, ihr war mit dem Dieb auch ein Perverser in die Fänge geraten, Mitte sechzig war. Ein wunderbares Alter für eine Frau, die auf sich geachtet hat.

Zurück nach Wilmslow – sie schloss hinter sich die Ladentür und schaute sich um.

»Ah, da ist sie ja, *ma mère*«, rief Vanessa aus, als müsse man mir nach ihrer Beschreibung noch sagen, wer das war.

Sie küssten sich. Wie Reiher im Park. Eine von beiden lachte kurz auf. Ich hätte nicht sagen können, welche das war. Vielleicht brachten sie auch gemeinsam ein Lachen hervor. Und Folgendes darf man nicht außer Acht lassen, wenn man mein Betragen nach Recht und Unrecht bemessen will: wie hätte ich es verhindern können, mich in Tochter und Mutter gleichermaßen zu verlieben, wo sie doch in so unauflöslicher Verbundenheit auftraten?

»Na, jedenfalls ist gewiss keinerlei Zweifel möglich, wer Sie sind«, sagte Poppy zu mir, sobald sie es geschafft hatte, sich von ihrer Tochter unterscheidbar zu machen.

Ich hob eine Augenbraue. »Sollte es denn einen geben?«

»Sie heben sogar die Augenbrauen, wie sie es tut.«

»Wie wer es tut?«

Vanessa blies vor lauter Ungeduld die Luft aus ihren Backen. Länger konnte sie die Fortsetzung des verwirrten Wortwechsels offenbar nicht ertragen. »Meine Mutter kennt Ihre Mutter«, sagte sie. Womit sie meinte: Könnten wir jetzt endlich mit dem Rest unseres Lebens weitermachen?

»Aha«, sagte ich. »Und?«

»Und was?« Man frage mich bitte nicht, wer von beiden das fragte.

»Nein, ich meine – kennt Ihre Mutter – Entschuldigung …«, ich wandte mich von der Tochter ab – »kennen *Sie* sie gut?«

In diesem Augenblick kam eine Kundin aus der Ankleidekabine, die den Saum hochgesteckt haben wollte. Wie lange war sie da schon drin gewesen? Den ganzen Tag? Die ganze Woche? Das war zu viel für Vanessa, die, nachdem sie ganze drei Minuten in dem Laden gewesen war, das Gefühl hatte, ihr halbes Leben dort verbracht zu haben. »Wenn wir jetzt erst mal Tee trinken gehen und dann zurückkommen, ist Ihre Mutter dann vielleicht da?«, wollte sie wissen.

»Nein. Meine Mutter ist im Urlaub.« Ich schaute auf die Uhr. »Wahrscheinlich jetzt gerade auf dem Nil unterwegs.«

Poppy zog ein enttäuschtes Gesicht. »Ich hab dir doch gesagt«, sagte sie zu ihrer Tochter, »dass wir vorher hätten anrufen sollen.«

»Nein, ich hab's dir gesagt.«

»Nein, Liebling, *ich* hab's *dir* gesagt.«

Vanessa zuckte die Schultern. »Mütter!«

»Tut mir leid«, sagte ich und schaute von der einen zur anderen. »Sind Sie von weit her gekommen, sie zu sehen?«

»Knutsford.«

Ich zeigte mich überrascht. Knutsford war nur eine kurze Wegstrecke entfernt. Angesichts ihrer Aufregung hatte ich erwartet, sie würden Delhi sagen. Vanessa missdeutete meine Überraschtheit als Ärger. Wütende Frauen tun dergleichen. Sie glauben, jeder sei auf dieselbe Temperatur hochgekocht wie sie. »Wir sind neu in der Gegend«, sagte sie. »Wir haben uns an die Entfernungen noch nicht gewöhnt.«

Knutsford ist natürlich die Kleinstadt, in der Mrs Gaskell, eine einstmalige Bewohnerin der Gegend, ihren Roman *Cranford* angesiedelt hat. Und das hier hörte sich an wie eine Szene aus *Cranford*. »Wir sind neu in der Gegend.« *Stell dir nur die Unruhe in jedermanns Herzen vor, geneigter Leser, als die neuen Einwohner am ersten Sonntag nach Ostern den Gemeindegliedern vorgestellt wurden …*

Was nichts war im Vergleich mit der Unruhe im meinigen. Neu in der Gegend, so? Nun, in dem Fall brauchten sie jemanden, der alt in der Gegend war, damit sie sich hier wohlfühlen konnten.

Wie es kam, dass Poppy meine Mutter kannte, die beträchtlich älter war als sie, fand ich später heraus. Nicht dass ich da von Neugier getrieben worden wäre. Wie die Leute sich kennenlernen, das ist ein rein äußerliches Handlungsdetail, ungefähr vom selben Kaliber wie die Beweggründe des Butlers. Hatte irgendwas mit einer älteren Schwester (von Poppy) zu tun, die unter tragischen Umständen zu Tode gekommen war – Verkehrsunfall, Krebs, Hirntumor – irgendwas in der Art. Irgendwie hing es damit zusammen, dass meine Mutter mit ihr, der älteren Schwester, zur Schule gegangen war. Wen scherte das? Poppy, frisch nach Cheshire zurückgekehrt, wollte die Verbindung um ihrer Schwester willen wieder aufnehmen, das war alles.

Mills & Boon.

»Klasse Laden«, sagte sie und schaute sich zum ersten Mal um. »In einem solchen Laden könnte ein Mädchen glatt in Schwierigkeiten kommen.«

Mädchen?

HarperCollins.

»Danke«, sagte ich. »Die Klasse kommt vom Geschmack meiner Mutter. Sie ist nur noch selten hier. Ich behalte den Laden für sie im Auge.«

Ich versuchte, mich unbekümmert zu geben. Leute, die sich für Schriftsteller halten, wollen nicht glauben, dass irgendein anderer Beruf von Interesse sein könnte. Erst wenn man sie davon in Kenntnis gesetzt haben würde, dass ich abends nach Hause ging und Sätze auf einen linierten Schreibblock kritzelte, würden Vanessa und Poppy mich näher kennenlernen wollen. Was das Betreiben des Ladens anging – ach mein Gott, das machte ich mit links, aufs Geratewohl und ohne groß hinzusehen. Aber ich konnte nicht ohne Umschweife damit herausrücken und sagen, ich sei Romanschriftsteller, weil dann zumindest eine oder sehr wahrscheinlich alle beide zusammen sagen würden: »Sollten wir irgendwas kennen, was Sie geschrieben haben?«, und ich wollte mich nicht antworten hören, Romanschriftsteller sei ich nicht in dem vulgären Sinne, dass ich tatsächlich einen Roman fertiggestellt habe.

Selbst wenn ich meine damalige Naivität berücksichtige, ist das ein Maßstab dafür, wie sehr sich die Dinge in den zwanzig Jahren verändert haben. Damals war es, ganz gleich ob es nun auf einer realistischen Einschätzung gründete oder nicht, durchaus möglich, zu glauben, das Dasein als Schriftsteller sei ein glamouröser Beruf, und es könne einem passieren, dass zwei schöne

Frauen in absehbarer Zeit noch einmal von Knutsford herüberkämen, um die Bekanntschaft mit einem Manne zu vertiefen, in dessen Kopf Wörter herumhüpften wie bei den Ballets Russes. Heutzutage muss man sich dafür entschuldigen, wenn man ein Buch gelesen hat, ganz zu schweigen davon, wenn man eins geschrieben hat. Kochkunst und Mode haben die Literatur weit hinter sich gelassen. »Ich verkaufe Anzüge von Marc Jacobs in Wilmslow«, würde ich heute sagen, wenn ich eine Frau beeindrucken wollte, »und wenn ich gerade mal nicht damit beschäftigt bin, dann springe ich als Gelegenheitskoch in Baslow Hall ein. Diese Romanscheiße ist einfach bloß etwas, womit ich ein bisschen Zeit totschlage.«

Hätte ich damals gewusst, was ich heute weiß, so hätte ich meine Bücher verbrannt, mich für Balenciaga ins Zeug gelegt und auf Teufel komm raus an dem Laden festgehalten, statt ihn an meinen jüngeren Bruder fallen zu lassen, der seit dem Tag, da er ihn in die Hände bekam, das Leben eines Casanova führt.

3
Ich Beagle

Vanessa und Poppy jedenfalls war mein erster Roman gewidmet. Er gehörte ihnen. Meiner geliebten Vanessa Komma, und Poppy.

Oder vergessen wir das Komma.

Als ein auf elegante Weise ruchloser Roman, erzählt aus der Perspektive einer jungen und idealistischen Tiefpflegerin im Zoo – daher das anhaltende Interesse daran in weiblichen Lesegruppen, wo man darin weniger fand, mit dem man sich nicht identifizieren konnte, als in meinen späteren Werken –, erregte *Wer schert sich einen feuchten Affen?* einiges Aufsehen, als er zum ersten Mal veröffentlicht wurde, dreizehn Jahre, bevor er seinen Weg in die Oxfam-Regale gefunden hatte. Mit dem Titel setzte ich, wie mir gleich hätte aufgehen müssen und wie mir mein Verleger zur Warnung hätte sagen müssen – aber vielleicht sann er da schon über seinen Selbstmord nach –, mein Glück allzu verwegen aufs Spiel. Wer schert sich einen feuchten Affenschiss drum? – »Ich nicht!«, fühlte sich mancher scharfzüngige Rezensent zu sagen geneigt. Und einer sagte es tatsächlich. Eugene Bawstone, der Literaturredakteur einer dieser Londoner Umsonstzeitungen, die niemand umsonst haben wollte. Da er aber denselben freudlosen Witz schon in einer Rezension einer Neuinszenierung von Albees *Wer hat Angst vor Virginia Woolf?* gerissen hatte und zweifellos genau dasselbe auch König Lear antwortete, als der fragte: »Wer ist's, der mir sagen kann, wer ich bin?«, und da, was weitaus wichtiger ist, ihn ohnehin niemand gelesen hatte, gelang es seinem *jeu d'ennui* nicht, den bescheidenen Erfolgszug des Romans aufzuhalten.

Ich verfügte über Insiderkenntnisse aus dem Zoo, weil ich ein Weilchen – vor V&P (ich sollte alles nach ihrem Erscheinen auf der Bildfläche datieren: VZVP heißt dann Vor dem Zeitalter von Vanessa und Poppy) – mit einer Frau zusammen war, die im Schimpansenaufzuchtzentrum des Zoos von Chester arbeitete, dem Heim einer der größten Kolonien von Schimpansen in Europa. Als Spross Wilmslows und des Wilhelmina's, erzogen im festen Glauben, Frauen stellten die Zivilisation in reinster und edelster Vollendung dar, trieb mich der Gedanke an den ungezähmten Dschungel direkt vor unserer Haustür schier in den Wahnsinn. Da war ich nun und band hübsche Schleifchen um Schachteln, die die allerfiligransten, die federleichtesten Stoffe bargen, und gleichzeitig ritten nur ein Stück die Straße runter Affen aller Art einander mit einer Hemmungslosigkeit, die den bloßen Gedanken an Kleidung ad absurdum führte, von Haute Couture ganz zu schweigen. Push-up-Rüschen-BH-Kleider von Prada! Versaces Metallickleider in Chartreusegrün mit Schlitzen bis zur Hüfte! Strapsgürtel von La Perla! War das nicht albern?

Mishnah Grunewald war die Tochter eines orthodoxen Rabbi, sehr den Tränen und ebenso dem Mystizismus zugeneigt, deren Familie gerade noch rechtzeitig aus Polen hatte fliehen können. Dass sie sich den Schimpansen zugewandt hatte, war ein Akt der Auflehnung gegen die Erzählungen von der Verfolgung, mit denen ihre Verwandten sie verfolgt hatten. »Ich habe die Herde nicht verlassen, ich brauche einfach nur Raum, um Fragen zu stellen«, erklärte sie mir. »Und nichts stellt das Judentum so gründlich infrage wie Affen.«

»Nicht einmal Schweine?«

Sie funkelte mich böse an. »Schweine, Schweine, Schweine! Das Einzige, was alle über Juden zu wissen glauben – dass sie keine Schweine mögen. Wenigstens du, Guy *Ableman*, solltest es besser wissen.«

»Ich?«

Ich verleugnete die Tatsache, dass ich Jude war, ebenso wenig wie sie. Die ganze Geschichte hatte für mich einfach nie zur Debatte gestanden. Ebenso wenig wie für meine Eltern. Juden? Waren wir Juden? Klar, aber erinnern wir uns doch mal kurz daran, was ein Jude ist, wenn er es sich zu Hause ganz bequem gemacht hat.

Hier ist der Beweis, dass es sich bei mir nicht um ein echtes Exemplar handelte. Ein echter entflammter apokalyptischer Jude, der in jeder wachen Stunde über sein Judentum nachdenkt und sogar in den meisten Stunden, die er nicht wach ist, hätte niemals der Versuchung widerstehen können, diesen Satz mit einem bitteren Witz über die Entwurzelung zu beenden. »Was also ist ein Jude, wenn er es sich zu Hause bequem gemacht hat – *wo auch immer sein Zuhause ist?*« Ich wusste aber, wo mein Zuhause war. Zu Hause war Wilmslow. Wir saßen da schon seit Jahrhunderten. Wer an meinen Worten zweifelt, möge nur mal die Ablemans von Wilmslow im Domesday Book nachschlagen. Da findet man sie nämlich – meine Ururururururgroßeltern: Leofrick und Cristiana Ableman. Lieferanten der königlichen Leibgarde.

Mishnah bedachte mich mit einem »Von-mir-aus«-Lächeln, obwohl »von mir aus« damals noch nicht in allgemeinem Gebrauch war. Ich war schon zuvor auf diese Weise angelächelt worden – von den Felsenstein-Zwillingen und Michael Ezra, Jungens, mit denen ich es auf der Schule im Fußball und im Metallwerken verbockt hatte. Das zusammenschweißende *Wir-stecken-alle-zusammen-in-dieser-alten-Scheiße*-Lächeln, ich mochte es leugnen, soviel ich wollte. Sie hatten mich sogar Jungatsch genannt, was mir als einem Jungen, dem es an Zuneigung fehlte – nur Wörter liebten mich –, nichts ausgemacht hatte. Michael Ezra, der machte mir etwas aus, aber das war später, und aus anderen Gründen.

Mishnah Grunewald mit ihren Purpuraugen und einem Haarschopf, der einer Ziegenherde glich – geradewegs aus dem Heiligen Lande schien sie zu kommen, nicht die geringste Spur hatte der lange Aufenthalt ihrer Familie in Osteuropa an ihr hinterlassen, wohingegen ich blass wie ein Zinnbecher war, vom selben ausgewaschenen Farbton wie die Polacken, die ihre Familie jahrhundertelang gequält hatten, womit um Himmels willen nicht gesagt sein soll, dass es sich bei mir auch nur ansatzweise um einen gegen Juden hetzenden Polacken handelte – Mishnah Grunewald roch nach den Tieren, deren Vertraute sie geworden war, einem Odium unentwegter Brünftigkeit, das mich stets in ein wildes Tier verwandelte, sobald ich in Schnüffeldistanz zu ihr geriet. »Du bist ja schlimmer als Beagle«, sagte sie immer zu mir, wobei Beagle das Leitmännchen im Aufzuchtzentrum war. Ich stellte ihn mir mit einem rotglühenden Penis vor, an dem er unablässig herummachte, so ziemlich wie ich selbst. Wiewohl sie stets recht nüchtern von ihrer Arbeit sprach, brauchte Mishnah nur irgendein nebensächliches Detail ihres Alltags im Zoo zu erwähnen, beispielsweise dass sie einmal den Tigern im Käfig zur Hand gegangen war und geholfen hatte, die Wildkatzen zu masturbieren, und schon verlor ich schier den Verstand. Was sollte das, dass sie Wildkatzen masturbierte? Das war einfach nur eine Maßnahme, um Unruhe im Zoo zu vermeiden. Ganz ehrlich? Ganz ehrlich. Tiger? Ja, Tiger. Wie fühlte sie sich dabei? Nützlich. Wie fühlten die Tiger sich dabei? Da musst du sie schon selbst fragen. Und Beagle – hatte sie jemals Beagle masturbiert? Das wollte ich wissen, während ich ihr an die Wäsche ging. Ich stellte ihn mir vor, wie er ihr in die Hohelied-gepriesenen Augen schaute, mit offener Kinnlade, ein Schimpanse, der liebestrunken in eine der Töchter Kanaans verschossen war, genau wie ich. Die Antwort lautete Nein. Bei Affen machte man dergleichen nicht. Sie waren zu gefährlich. Wohingegen Tiger davon ganz benebelt wurden. »Und was bin ich dann«, fragte ich sie, »Affe oder Tiger?« Am Ende bestand ich drauf, dass sie mich während des Liebesakts Beagle nannte, damit Verwechslungen ausgeschlossen waren.

Wer schert sich einen feuchten Affen? war nur dem ersten Anschein nach Mishnahs Geschichte. Das wahre Thema des

Buches war – nein, nicht die feine Grenzlinie, die Tier und Mensch trennt, nichts dergleichen Banales – sondern die von den Tieren unerreichte Unmenschlichkeit und selbstzerstörerische Treulosigkeit der Menschen. Die Affen kannten durchaus Wut und Bosheit und Langeweile, aber ihnen ging der Zynismus der Menschen ab. Sosehr sie auch von unterschiedsloser Lust getrieben sein mochten, nahmen sie ihre Affenehre doch sehr ernst, hatten einen Begriff davon, was die Zugehörigkeit zu ihrer Gattung mit sich brachte, wechselten nicht beständig die Seiten, wie es die Menschen tun, und kümmerten sich um einander. Sie ließen sogar Anzeichen einer schützenden Liebe für Mishnah erkennen, dergleichen ihr, wie sie mir versicherte, unter den Angehörigen ihrer eigenen Gattung noch nie begegnet war. »Und was ist mit mir?«, fragte ich. Sie lachte. »Du bist animalischer als jedes Tier bei uns im Zoo«, sagte sie. Das war der netteste Ausdruck, mit dem mich je eine Frau belegt hat. Nicht Zoo, meine ich, auch wenn ich den zusätzlichen Vokal liebte, den sie dem Wort anhängte – Zooo, nicht Zo oder Zoh –, sondern animalisch. Guy Animal. Animal Guy. Der Kunst zuliebe aber habe ich den Ausdruck gegen mich selbst gewendet. *Wer schert sich einen feuchten Affen?* erzählte von hemmungslosem Egoismus und moralischem Verfall in der Welt der Menschen. Wenn Mishnah die Heldin war, war ich der Bösewicht – ein Mann, der von sinnentleertem Ehrgeiz und einem rotglühenden Penis getrieben wurde und auf Geheiß dieser Triebe blind in jenen Zoo hineinstolperte, den die Theologen Hölle nennen.

Oder war das unfair, den Zoos gegenüber? Machte die unterschiedslose Lust der darin Eingesperrten die Zoos nicht vielmehr zum Paradies? Dies war für mich der springende Punkt: Die Schimpansen gingen nicht *trotz* ihrer Lüsternheit freundlicher miteinander um, sondern *wegen* ihrer Lüsternheit.

Ich war keineswegs ein Verfechter von hemmungslosem Sex. Ich verkuppelte Wörter, nicht Körper. Aber ich besann mich drauf, was der Roman dem Sex verdankt, dass Sex ein wesentlicher Bestandteil des Romans ist, dass die Prosa die Lyrik übertrumpft, weil sie unsere niederen Instinkte feiert, nicht die höheren, nur dass mein springender Punkt war, dass unsere niederen Instinkte unsere höheren Instinkte *sind*.

»Gerald Durrell meets Lawrence Durrell«, formulierte der *Manchester Evening Chronicle* in stillem Enthusiasmus. *Cheshire Life* brachte sein Lob weniger verklausuliert auf den Punkt – »Endlich hat Wilmslow seinen eigenen Marquis de Sade.« Solche öffentlichen Lobesworte sind unbezahlbar. Ich wurde sogar eingeladen, die jährliche Lesung im Zoo von Chester zu halten, bis der leitende Tierpfleger das Buch las und herausfand, dass es in der Schlussszene zu einem Mensch-auf-Affe-Kuddelmuddel im Schimpansengehege kommt.

Mishnah Grunewald, mit der ich schon seit Jahren nicht mehr zusammen war und an die ich mich ehrlich gesagt kaum noch erinnerte, wo ich nun Vanessa und Poppy pausenlos vor Augen hatte, schrieb mir, sie fühle sich hintergangen. Wenn sie gewusst hätte, dass ich vorhatte, ihren Beruf für eine geschmacklose unzüchtige Komödie auszuschlachten, so hätte sie mich niemals ins Vertrauen gezogen, und schon gar nicht ins Bett.

Ganz besonders geärgert hatte sie das Motto, das ich aus ein paar hingeworfenen Sätzen von Charles Bukowski zusammengeschustert hatte – »Ich aß Fleisch. Ich hatte keinen Gott. Ich fickte gern. Die Natur interessierte mich nicht. Ich ging nie wählen. Mir gefielen Kriege. Geschichte langweilte mich. Zoos langweilten mich.«

»Wie konntest du solche Sachen über mich schreiben?«, wollte sie wissen.

Ich schrieb ihr zurück und versuchte, zu erklären, dass das alles nichts mit ihr zu tun habe. Die Formulierungen seien keiner lebenden Person zuzurechnen. Wenn sie überhaupt die Sichtweise eines bestimmten Wesens wiedergaben, dann die Sichtweise des Schimpansen, Beagle. Und wenn *der* nicht sagen durfte, Zoos langweilten ihn, wer denn dann?

Sie aber hatte kein Gefühl für literarische Prosa. Wer hat das heutzutage schon? Sie bezog das »ich« des Romans auf sich und nahm deswegen an, jeder zum Ausdruck gebrachte Gedanke solle von ihr stammen. »Du wenigstens solltest doch wohl wissen, dass Zoos mich nicht langweilen«, schrieb sie. »Das ist das, was wirklich wehtut.«

Ich vergrub mein Gesicht in ihrem Briefpapier. Von dem Affengeruch, der daran haftete, wurde ich schier verrückt vor Verlangen, obwohl ich inzwischen mit Vanessa verheiratet war. Auch Vanessa machte mich, obwohl sie nie auch nur in der Nähe eines Zoos gewesen war, schier verrückt vor Verlangen. Was ich an ihr riechen konnte, das war ihre Mutter.

Wer schert sich einen feuchten Affen? schaffte es auf die Shortlist eines kleinen Literaturpreises, der aus dem Nachlass eines Mühlenbetreibers aus Lancashire mit einem Hang zu Regionalliteratur und diskreter Pornografie vergeben wurde, und wurde außerdem vom Kulturredakteur der Nordenglandausgabe der Obdachlosenzeitung als Buch des Jahres ausgewählt. Selbst die Obdachlosen, so schien es, sahen etwas vom innersten Wesen ihrer Existenz in meinem Roman gespiegelt. Dann versank er in der literarischen Entsprechung ebendieser pissegetränkten Hauseingänge, in denen die Obdachlosen sich ihre Bettstatt aus Pappe richteten – dem schwarzen Loch, das Backlist heißt.

Während ich den Vorfall in Chipping Norton aufs Konto eines spontanen Anfalls von Kleptomanie schieben konnte, ausgelöst durch beruflichen Stress – meine eigene Blödheit, der Hybris zu erliegen, ich sei in der Lage, einen Lesekreis zu bezirzen, aber Stress ist Stress, ganz egal wer die Schuld dran trägt –, konnte ich doch nicht so tun, als würde ich mich nicht in anderer Hinsicht seltsam benehmen. Ich prökelte an meinen Fingernägeln herum, ich riss mir Haare aus dem Schnurrbart, ich pulte mir Haut von den Fingern. Wenn ein Papagei die papageiengemäße Entsprechung solchen Verhaltens an den Tag legt, so hatte Mishnah mir erzählt, dann lautet die Diagnose auf Depression oder Demenz. Man öffnet dann den Käfig und lässt ihn seiner Wege fliegen; wiewohl er in diesem Stadium wahrscheinlich schon vergessen hat, was es mit der Freiheit auf sich hatte, die ihm fehlte.

Bei mir das Gleiche. Hätte irgendwer meinen Käfig geöffnet, ich hätte nicht gewusst, wohin ich fliegen sollte. Na, eigentlich doch: Ich wäre zur Mutter meiner Frau nach Hause geflogen. Aber sie war andererseits nicht mein Daseinszweck, sie war lediglich das, was mich darüber hinwegtrösten konnte, meinen Daseinszweck verloren zu haben.

Für Daseinszweck lese man Leser.

Ich war nicht der Einzige. Niemand hatte Leser. Aber jeder Schriftsteller nimmt den Verlust von Lesern persönlich. Es sind *deine* Leser, die verschwunden sind.

Wenn man keinen Adressaten mehr hat, macht man sich selbst zum Adressaten. Das war ein weiterer Punkt, in dem ich mich seltsam benahm: Ich sprach mit mir selbst, äußerte Worte, die für niemand Bestimmten gedacht waren, und merkte oftmals noch nicht einmal, dass ich das tat. Ich bewegte meine Lippen völlig ohne jede Wirkung und ganz gewiss nicht in der Hoffnung, ein Gespräch zu eröffnen, üblicherweise auf langen ziellosen Fußmärschen durch Notting Hill und den Hyde Park – denn im Überschwang meines frühen und illusorischen Erfolgs war ich Richtung Süden gezogen –, ohne die Welt um mich herum wahrzunehmen, außer wenn ich mich zufällig vor einer Buchhandlung wiederfand, in deren Schaufenster kein einziges meiner Bücher ausgelegt war. Von einem Schriftsteller, den man vor einer Buchhandlung, die seine Titel nicht führt, mit Lippenbewegungen vorfindet, nimmt man automatisch an, er stoße wohl Flüche und Verwünschungen aus oder sinne gar auf Brandstiftung, und ich wollte keineswegs, dass die Leute dächten, mit mir sei es schon so weit gekommen.

Ganz gleich wie es nach außen aussehen mochte, ich sprach nicht, ich schrieb. Mundschreiben, glaube ich, müsste man es wohl nennen – das Durchprobieren des Klangs von Sätzen, wenn ich sie gerade nicht aufschreiben konnte. Das nennt man mit einem Buch schwanger gehen, aber das Besorgniserregende an der ganzen Sache war, dass das Buch, mit dem ich schwanger ging, sich um ein Buch drehte, mit dem ich schwanger ging über einen Schriftsteller, der sich mundschreibend mit seiner Besorgnis ums Mundschreiben beschäftigt. Und das ist der Punkt, an dem man weiß, dass man als Schriftsteller tief in der Scheiße steckt – wenn die Helden der eigenen Romane Romanschriftsteller sind, die sich darüber Sorgen machen, dass die Helden ihrer Romane Romanschriftsteller sind, die wissen, dass sie tief in der Scheiße stecken.

Man muss kein Psychiater sein, um zu wissen, dass einer, der seine eigenen Bücher stiehlt, eigentlich mit der eigenen Schwiegermutter schlafen will.

Helft mir doch, irgendjemand, sagte ich damit.

4
Tod eines Verlegers

In meinem Winkel der Welt lief es gar nicht gut: nicht für mich, weil ich ein Schriftsteller war, mit dessen Figuren sich die Leser nicht identifizieren konnten, nicht für meine Frau, die sich weder mit meinen Figuren noch mit mir identifizieren konnte, nicht für Poppy Eisenhower, die Mutter meiner Frau, denn da bestand das Problem offen gesagt darin, dass wir uns die ganze Zeit *viel zu sehr* miteinander identifizieren konnten, nicht für meine örtliche Bibliothek, die schließen musste, nur eine Woche, nachdem ich im *London Evening Standard* einen pathetischen Artikel veröffentlicht hatte, in dem ich sie für ihre standfeste Weigerung lobte, einen Internetzugang anzubieten, und nicht für meinen Verleger Merton Flak, der unmittelbar im Anschluss an ein alkoholisiertes Mittagessen mit mir – ich war derjenige gewesen, der den Alkohol zu sich genommen hatte – in sein Büro zurückging und sich eine Kugel in den Mund jagte.

»Ich nehme an, du meinst, all das müsse etwas mit dir zu tun haben«, flüsterte die geheimnisvoll und wunderschön in schwarze Spitze gekleidete Vanessa auf der Beerdigung.

Ich zuckte unter Tränen die Schultern. Natürlich meinte ich, das habe etwas mit mir zu tun. Alles hatte meiner Meinung nach etwas mit mir zu tun. Ich war von Beruf das Ich einer Icherzählung. »Ich« war das erste Wort von *Wer schert sich einen feuchten Affen?* Und es war auch das letzte. »Und ich hab ja gesagt ja ich will ich« – einerlei dass es ein Affe war, oder vielleicht ein Affe hätte sein können, der das sagte. Und die Wahrheit ist, dass man sich in das »Ich« einer anderen Person oder überhaupt eines anderen Wesens nicht hineinfantasieren kann, ohne sich selbst herbeizufantasieren.

Aber selbst wenn ich der letzte Autor war, mit dem Merton Flak zu Lebzeiten gesprochen hatte, bewies doch die Tatsache, dass er eine Pistole in seinem Aktenschrank liegen hatte, dass er schon vorher mit dem Gedanken gespielt haben muss, seinem Leben ein Ende zu setzen. Auch hielt ich mich keineswegs allein verantwortlich für die Krise im Verlagsgewerbe, die Entwertung des Buches als solchem, das Verschwinden des Wortes als Medium des Buches, Bibliotheksschließungen, Oxfam, Amazon, e-Books, iPads, Oprah, apps, das Literarische Quartett, Facebook, Formspring, Yelp, Drei-kaufen-zwei-zahlen, Graphic Novels, Kindle, Vampirismus – all die Dinge, von denen die Marketingchefin von Scylla & Charybdis Press in ihrer Trauerrede (nicht ohne Beschämung, schien mir, denn sie selbst war eingefleischte Yelperin und postete regelmäßig Blogeinträge auf weRead) sagte, sie hätten dazu beigetragen, dass der bedauernswerte Merton schließlich einen so drastischen Schritt tat. Ein Opfer all dieser Dinge war ich selbst mindestens so sehr wie irgendwer sonst.

Zumindest metaphorisch hatten wir alle eine Pistole in unserem Aktenschrank liegen. Selbst jene Verleger, die immer noch Autoren hatten, selbst jene Autoren, die immer noch Leser hatten, wussten, dass das Spiel aus war. Mitten in was zu besseren Zeiten einmal angeregte (oder gar ordinäre) Unterhaltung gewesen war, lachten wir über Dinge, die nicht lustig waren – trockene, krebsverseuchte Salven, wie Krähengelächter –, und verfielen in brütendes Schweigen, wie um den Tod eines geliebten Menschen schon vorwegzunehmen. Wir hatten Steine in unserer Gallenblase, unsere Milz war gestaut, unsere Schlagadern waren verstopft. Einstmals hätten Kriege oder die Pest unseren Bestand dezimiert. Heutzutage, als Ungelesene, starben wir an Wortwundbrand. Unsere eigenen unentdeckt bleibenden Wörter brachten uns um.

Aber in der Katastrophe gibt es keine Solidarität. Wir scheuten Zusammenkünfte und Feierlichkeiten in Gesellschaft von unseresgleichen, weil wir Angst hatten, jemandem über den Weg zu laufen, der von unserem gemeinsamen Schicksal verschont geblieben war, oder jemandem, der aus unseren Reihen ausgeschert war, der einen Hauch guter Neuigkeiten eingeheimst oder einen Anflug von Interesse bei den Göttern von Film und Fernsehen erregt hatte, der womöglich von E. E. Freville entdeckt worden war, auch Eric der Entdecker genannt, einem Mann, der früher einmal für ein Glas billigen Weißwein jedem ein Loblied gesungen hätte, der aber, nachdem er bei der Entdeckerlotterie eine Reihe von Nobelpreisträgern in Folge getippt hatte (»so fesselnd, dass man es nicht aus der Hand zu legen vermag«; »ich lachte, bis ich weinen musste, dann weinte ich, bis ich lachen musste«; »ein großer Wurf von der epischen Dimension eines wahrhaft großen Wurfs«), zu einer literarischen Persönlichkeit eigenen Rechts aufgestiegen war und dem man nun nachsagte, er lese die Bücher sogar, bevor er seine Entdeckungen proklamierte. Ich selbst wurde aufgrund der Tatsache, dass ich bei Amazon plötzlich allerlei außerordentlich wohlwollende, um nicht zu sagen groteske Bewertungen bekam – »Man kreuze Mrs Gaskell mit Apuleius, und heraus kommt Guy Ableman«, lautete eine der jüngsten –, von anderen Autoren zunehmend argwöhnisch beäugt. Was machte ich anders? Warum hatte ich Leser? Hatte ich ja gar nicht, ich hatte bloß Sterne bei Amazon. Um die Wahrheit zu sagen, auch wenn es mir niemand glauben wollte: Jedes Mal wenn eine neue und noch ausgefallenere Bewertung erschien – »Ein *Spermafest* der Sprache! Mit seinem jüngsten Roman übertrifft Guy Ableman alle, die jemals eine Feder in die aufwühlende Tinte erotischer Freimütigkeit getaucht haben« –, berichtete mir der Verlag von sinkenden Verkaufszahlen.

»Seltsam«, hatte Merton eingeräumt, »aber es scheint fast so, als wollten die Leute nicht gesagt bekommen, was ihnen zu gefallen hat.«

»Du meinst, was erotische Freimütigkeit betrifft?«

Er wischte die Formulierung vom Tisch. »Ich meine, was überhaupt irgendwas betrifft.«

Da kam mir eine Idee. »Wenn das so ist, warum stellen wir dann nicht unsere eigenen Bewertungen bei Amazon ein mit dem Tenor, meine Bücher seien Bockmist?«

Davon wollte er gar nichts wissen. Die Leute wollten auch nicht gesagt bekommen, was ihnen *nicht* zu gefallen hatte. Und überhaupt, sich selbst bei Amazon runterzumachen in der Hoffnung, damit die Verkaufszahlen zu steigern, sei so unanständig, dass kein seriöser Autor diesen Makel jemals wieder loswürde. »Das könnte sogar strafbar sein«, meinte Merton und blickte sich um, um sicherzugehen, dass auch niemand mithörte.

Dieses letzte gemeinsame Mittagessen, zu dem wir uns in einem Restaurant von der Größe einer Streichholzschachtel trafen, war unser erstes seit mehr als zwei Jahren. Wäre da nicht seine abgetakelte Garderobe gewesen – Kakihosen aus dem Textildiscounter, wie sie Ehefrauen für ihre Männer kaufen, und an denen er seine Hände der Hoffnung schon tausendmal zu oft abgewischt hatte, dazu eine dieser Trekkingjacken, die man in einem dieser Läden am Eros-Ende von Piccadilly finden kann –, so hätte ich ihn gar nicht erkannt. Er hatte die Hälfte seiner Zähne eingebüßt und das komplette Haar. Zwar war er selbst damals, als die Zeiten noch gut waren und der Pauillac in Strömen floss, nie sonderlich gesprächig gewesen, aber jetzt hockte er da, über sein Essen gebeugt, ein kaum angerührtes Glas Hauswein vor sich, aß nichts von seinem Rote-Bete-Salat, stieß seine Ellenbogen in die Speisenden links und rechts von ihm und ließ seinen Kopf kreisen, als ginge es ihm darum, noch mehr Zähne herauszuschütteln. »Mmm«, sagte er jedes Mal, wenn sich unsere Blicke oder unsere Knie begegneten. Da ich nicht wusste, was ich sonst tun sollte, fing ich an, unter dem Tisch an meinen Fingernägeln zu rupfen.

Es gibt »Mmms«, die eine stille Akzeptanz der allgemeinen Lage signalisieren oder das langsame Wirken des sinnenden Geistes oder schlicht und einfach peinliche Verlegenheit. Mertons »Mmms« waren nichts davon. Mertons »Mmms« markierten die Sinnlosigkeit allen Sprechens.

Weswegen sie ansteckend waren. »Mmm«, entgegnete ich.

Wenn ein Verleger in der guten alten Zeit einen seiner Autoren zum Essen ausführte, dann pflegte er sich zu erkundigen, wie die Arbeit voranginge. Jetzt aber schreckte Merton wie alle Verleger davor zurück, das hören zu müssen. Was, wenn die Arbeit gut voranging? Was, wenn ich ihm ein Buch präsentieren konnte? Was, wenn ich einen Vorschuss erwartete?

Schließlich – weniger, um ein Gespräch in Gang zu bringen, als vielmehr, um den Nachmittag zu beenden, denn so, wie die Dinge liefen, würde ich bald gar keine Fingernägel mehr haben, und außerdem war mir Merton nicht egal, und ich konnte es nicht ertragen, mit anzusehen, was er durchmachte – sagte ich etwas. Nicht *Himmel, sind diese Stühle unbequem, Merton*, nicht *Weißt du noch, wie du immer mit mir ins L'Etoile gegangen bist und wir Cervelle de Veau speisten und nicht Strammen Max?*, sondern etwas, was seiner Gefühlslage angemessener war. Ein paar altgediente Verlagsleiter – sogleich als tote weiße Männer verteufelt – waren an jenem Wochenende mit einer Klage über den Verfall der Sprache in neuen Texten an die Öffentlichkeit gegangen: Eingehende Manuskripte wiesen Rechtschreibfehler, irreguläre Zeichensetzung und Verstöße gegen die Grammatik auf, waren ein bildungsfernes Sammelsurium aus gemischten Metaphern, unverbunden in der Luft hängenden Partizipien und falsch gesetzten Apostrophen, wie statt als, würde statt werde, werde statt würde, dass statt das und seid statt seit. Wir hatten nicht nur vergessen, wie man Bücher verkauft; wir hatten vergessen, wie man welche schreibt. Ganz gleich was die Wurzel von Mertons Depression sein mochte – ich zweifelte nicht daran, dass falsch gesetzte Apostrophe die Sache nicht besser machten. »Du siehst aus«, sagte ich und hielt mir die Serviette vor den Mund, als laufe auch ich Gefahr, Zähne zu verlieren, »wie jemand, der schon verdammt lange nichts halbwegs Anständiges mehr gelesen hat.«

Er sollte wissen, dass ich nur zu gut begriff, dass es für uns alle die Hölle war.

»Nein, im Gegenteil«, sagte er, während er mit den Fingerspitzen seine Augenwinkel sondierte. Es sah fast so aus, als würde er Austern aus ihren Schalen holen wollen, nur dass er sich schon lange keine Austern mehr leisten konnte. »Ganz im Gegenteil. Das ist ja das Tragische daran, dass ich alleine in diesem Monat zwanzig Arbeiten von bleibender Genialität auf meinen Schreibtisch bekommen habe.«

Merton war berühmt dafür, dass er jeden bei ihm eingereichten Roman für ein Werk von bleibender Genialität hielt. Er war das, was man einen Verleger alter Schule nannte. Die Hoffnung darauf, Arbeiten von bleibender Genialität zu entdecken, war das, was ihn überhaupt erst ins Verlagsgewerbe geführt hatte.

»Mmm«, sagte ich.

Die Gelegenheit, über Arbeiten von bleibender Genialität zu sprechen, ließ Merton beinahe geschwätzig werden. »Es wäre keineswegs übertrieben«, übertrieb er, »zu behaupten, dass acht oder zehn davon Meisterwerke sind.«

Ich ziepte mir ein paar Haare aus dem Schnurrbart. »*So* gut?«

»Atemberaubend gut.«

Da keine Arbeit von mir darunter war, ganz gleich was bei Amazon behauptet wurde, musste ich mich gewaltig anstrengen, um seine Begeisterung zu teilen. »Und was ist daran nun tragisch?«, fragte ich in der Hoffnung, er werde mir nun eröffnen, die Autoren von zumindest vieren oder fünfen dieser Meisterwerke seien tot.

Aber ich kannte seine Antwort schon. Keines der Meisterwerke eignete sich für Nimm-drei-zahle-zwei. In keinem kam ein Vampir vor. Keines handelte von den Tudors. Keines ließ sich als Nachfolger zu *Das Mädchen, das ihre eigene Plazenta aß* vermarkten.

Es war sogar möglich, dass nicht eines davon frei vom Makel eines unverbunden in der Luft hängenden Partizips war. Obgleich

Merton ein Verleger der alten Schule war, hatte die neue Schule – die befand, ein Roman müsse nicht gut geschrieben sein, um ein Meisterwerk zu sein, sei sogar mit größerer Wahrscheinlichkeit ein Meisterwerk, wenn es schlecht geschrieben sei – doch schon angefangen, an seinem Selbstvertrauen zu nagen. Er wusste nicht mehr, was was war. Und alles, was etwas war, landete nicht auf seinem Tisch.

»Weißt du, was ich von dir verlangen soll?«, sagte er, indem er mir unvermittelt in die Augen schaute. »Dass du beim Tittern mitmachst.«

»Tittern?«

»Tittern, twittern, was weiß ich.«

»Und warum sollst du das von mir verlangen?«

»Damit du unsere Arbeit für uns machen kannst. Damit du mit deinen Lesern in Kontakt treten kannst, ihnen sagen kannst, was du schreibst, ihnen mitteilen kannst, wo du auftreten wirst und was du gerade liest und was du verdammt noch mal gerade isst.«

»Strammen Max.«

Er fand das gar nicht witzig. »Und warum ausgerechnet ich?«, fragte ich.

»Nicht bloß du. Alle. Kannst du dir vorstellen, von Salinger zu verlangen, dass er twittert?«

»Salinger ist tot.«

»Kein Wunder, verdammt noch mal.«

Er verfiel wieder in Schweigen, und dann fragte er mich, ob ich das Internet benutzte. *Das Internet benutzte* – man musste Merton einfach lieben, so sehr hatte er allen Bezug verloren.

»Ein bisschen.«

»Hast du einen Blug?«

»Blog? Nein.«

»Liest du die Blugs von anderen?«

»Blogs. Manchmal.«

»Die Blogs sind das Ende von überhaupt allem«, sagte er.

Der Begriff klang obszön auf seinen Lippen. Als hörte man

den Erzbischof von Canterbury davon reden, an einem Zumba-Kurs teilzunehmen. Blogs sind was von gestern, wollte ich ihm sagen. Wenn du einen wirklich Schuldigen suchst, dann solltest du die Schuld myBlank und shitFace und all diesen anderen Sachen geben, die die Un-Lesenden überreden, zu glauben, jeder hätte das Recht auf eine Meinung. Aber es kam selten vor, dass Merton sich öffnete, und ich wollte ihn nicht abwürgen, bevor er richtig begonnen hatte. »Erzähl mir mehr davon«, sagte ich.

Er ließ seinen Blick durch den Raum wandern, als habe er den noch nie gesehen. »Was gibt's da schon zu erzählen? Der Roman ist Geschichte, nicht weil keiner mehr einen schreiben kann, sondern weil keiner mehr einen lesen kann. Das ist einfach eine ganz andere Vorstellung von Sprache. Geh ins Internet, und du findest nichts als …« Er suchte nach einem Wort.

Ich schlug ihm Vorhaltungen vor. Eines meiner Lieblingswörter. Es beschwor das missbilligende Genörgel eifernder alter Männer herauf. Nur dass es heute die eifernde Jugend war, die missbilligend herumnörgelte.

Merton schien glücklich und zufrieden damit, soweit man bei ihm überhaupt je davon sprechen konnte, dass er mit etwas glücklich und zufrieden war. »Romanautoren arbeiten sich Stück für Stück zum Sinn des Ganzen vor«, sagte er. Ich nickte ungestüm. Arbeitete ich nicht noch immer daran, Stück für Stück meinen eigenen zu finden? Aber er trug das den unsichtbaren Mächten vor, nicht mir. »Die Bloggeneration weiß, was sie sagen will, bevor sie es sagt«, fuhr er fort. »Sie meinen, Schreiben sei die Formulierung von Überzeugungen. Am Ende werden sie von den Wörtern nichts anderes mehr erwarten. Meine eigenen Kinder fragen mich andauernd, was ich meine. Sie wollen wissen, worauf ich hinauswill. Sie fragen mich, was für einen Zweck die Bücher, die ich verlege, verfolgen. Worum drehen sie sich, Dad? Sag's uns, damit wir sie nicht zu lesen brauchen. Mir fällt darauf keine Antwort ein. Worum dreht sich *Schuld und Sühne?*«

»Um Schuld und Sühne.«

Meinen scherzhaften Einwurf wusste er nicht zu schätzen. »Du meinst also, dass ihre Frage berechtigt ist? Du meinst, ein Roman ist nicht mehr als seine Zusammenfassung?«

»Du weißt, dass ich das nicht meine.«

»Hast du Kinder? Ich erinnere mich nicht.«

»Nein.«

»In dem Fall hast du Glück gehabt. Du musst nicht mit ansehen, wie schlecht es um die Bildung steht, die sie erhalten. Du musst nicht mit ansehen, wie sie von der Schule nach Hause kommen, wo sie eine Szene aus *König Lear* gelesen haben – die mit dem Regen, man hält es nicht für notwendig, nachzulesen, wie er in trockenem Zustand ist –, und glauben, sie kennen nun das Stück. Das ist über diesen alten Sack, Dad.«

»Und was sagst du ihnen dann?«

»Ich sage, Literatur ist nicht *über* irgendwelche Dinge.«

»Und was sagen sie?«

»Dass ich ein alter Sack bin.«

Das waren mehr Worte, als ich Merton ein ganzes Jahrzehnt lang hatte sagen hören. Aber es waren seine letzten. »Mmm«, sagte er, als er die Rechnung sah.

Später an jenem Nachmittag tat er, ohne dass er irgendwem etwas davon twitterte, was er tun musste.

Wenn man den Buchklau, das Mundschreiben und das Härchenzupfen außer Acht ließ, war ich in besserer Verfassung als viele andere. Ganz gewiss war ich in besserer Verfassung als der arme Merton. Ich kleidete mich immer noch gut, die Mode floss mir ja gewissermaßen in den Adern, kaufte teure Schuhe und Gürtel und steckte mir das Hemd in die Hose. (Schlampig beim Kleiden, schlampig beim Schreiben.) Beim besten Willen aber konnte man mir nicht nachsagen, ich sähe aus wie jemand, der blühte und gedieh. Ich befand mich in meinem dreiundvierzigsten Lebensjahre – uralt für einen Romanautor des 21. Jahrhunderts und ganz gewiss auch viel zu alt, um noch weiter auf irgendeiner dieser

Listen von Autoren unter egal was auftauchen zu können, deren Zierde ich einst gewesen war –, doch ich hätte auch für zehn oder zwölf Jahre älter durchgehen können. Ich hatte meine Mitgliedschaft im Fitnessstudio auslaufen lassen, erhöhte meinen Weinkonsum auf über zwei Flaschen pro Abend und hörte auf, mir die Augenbrauen zu trimmen und mir die Haare schneiden zu lassen.

Jedermann hätte denken müssen, ich sei über meine Aussichten bekümmert. (Was ich auch tatsächlich war.)

Besorgniserregender allerdings war, dass sich niemand mehr um meine Einsichten kümmerte. Ich war wie ein zugewucherter Garten, um den sich keiner einen feuchten Affenschiss scherte.

5
Ich, ich, ich

Die Übertreibung schiebe man bitte aufs Konto jenes Selbstmitleids, das automatisch zu jedem aussterbenden Berufsstand gehört. In Wahrheit scherte Vanessa sich genügend feuchte Affenschisse, um zu finden, ich bräuchte mal Urlaub. Damit, dass ich mal Urlaub brauche, eine Auszeit brauche, einen Ortswechsel brauche, einen Wechsel an einen Ort brauche, an dem sie nicht war, lag sie mir nun schon fast zwanzig Jahre, seit wir zusammen waren, in den Ohren, aber das tat nichts zur Sache.

»Urlaub von dir?«

»Von deiner Arbeit. Von dir selbst. Sei mal ein Weilchen jemand anderes.«

»Ich bin andauernd jemand anderes. Jemand anderes zu sein *ist* meine Arbeit.«

»Nein, überhaupt nicht. Du bist immer nur du. Du gibst dir nur einfach andere Namen.«

Ich seufzte das eheliche Seufzen.

»Mach nicht schon wieder dieses Geräusch«, sagte sie.

Ich zuckte das eheliche Schulterzucken.

Das bremste ihren Redefluss aber keineswegs. Das war berauschend, als würde man von einer warmen Strömung mitgerissen. »Nimm eine Auszeit von dir selbst. Und wenn du auch von mir mal Urlaub bauchst, dann mach das. Ich werde dir nicht im Wege stehen. Hab ich das jemals getan? Gib mir eine ehrliche Antwort.« Sie ließ ihre Hand zwischen meine Schenkel gleiten. »Gib dir selbst eine ehrliche Antwort. Hab ich das jemals getan?«

Vor lauter Erregung hatte ich die Frage vergessen. »Hast du jemals was?«

Sie zog ihre Hand zurück. »Dir im Weg gestanden.«

»Nein«, sagte ich.

»Danke, dass du ehrlich bist.«

Ich wartete drauf, dass sie ihre Hand wieder an Ort und Stelle gleiten ließ. War das nicht die Art und Weise, wie eine Frau ihrem Mann seine Ehrlichkeit zu honorieren hatte?

»Das soll aber kein Freibrief für eines deiner literarischen Techtelmechtel sein«, fuhr sie fort. »Das merk ich dann schon. Ich merk das immer. Du weißt, dass ich's immer merke. Dann wirst du rührselig am Telefon, und plötzlich krieg ich zweimal am Tag scheißige Blumen von der Tanke ins Haus geschickt. In dem Falle wünsch ich dir viel Spaß, aber du brauchst dann nicht zu glauben, dass ich noch da bin, wenn du zurückkommst.«

»*Falls* ich zurückkomme …«

Das hört sich vielleicht nach einem Mann an, der auf der Suche nach einem Fluchtweg ist. War ich aber nicht. Ich liebte Vanessa. Sie war die zweitwichtigste Frau in meinem Leben. Auf der Suche war ich nach etwas, worüber ich schreiben konnte und das jemand, der nicht ich war, lesen wollte. Wenn sie mich verließ, würde es mir das Herz brechen, aber ein gebrochenes Herz ist immerhin ein Thema. Es ist noch nicht Missbrauch, aber immerhin ein Thema.

»Drohe mir nicht mit leeren Drohungen«, sagte sie. Wenn mir die Ideen ausgegangen waren, dann war ihr der Humor ausgegangen. Nicht dass Witze jemals ihre Stärke gewesen wären. Sie war zu gut aussehend, um ein Scherzkeks zu sein. Mit einundvierzig konnte sie immer noch auf High Heels mit roten Sohlen gehen, ohne mit den Knien zu schlackern. Und dafür ist wirklich ernsthafte Konzentration vonnöten.

»Komm mit mir mit«, sagte ich und stellte mir vor, wie wir Arm in Arm irgendeine Strandpromenade auf dem Kontinent entlangschlenderten, wie sie auf ihren Sadoabsätzen mich deutlich überragte und alle Männer mich um ihre Beine beneideten. Wie wir alle paar Augenblicke stehen blieben, damit sie sich bücken und mir ihre Hand zwischen die Schenkel gleiten lassen konnte. Wie die Männer mich auch darum beneideten.

»Ich komme bestens alleine klar«, erinnerte sie mich.

»Ich weiß, dass du bestens alleine klar kommst. Aber das Leben dreht sich nicht nur immer um dich. *Ich* komme nicht bestens klar, wenn du nicht bei mir bist.«

»Du, du, du.«

»Ich, ich, ich.«

»Und was schwebt dir da vor?«

»Du darfst wählen. Australien?«

Damit war Streit programmiert. Wir waren schon im Vorjahr in Australien gewesen, zum Adelaide Festival – wohin sonst? –, in der Hoffnung, es würde vielleicht ein Buch dabei herausspringen über einen Schriftsteller, der zum Adelaide Festival reiste – wohin sonst? – und um ein Haar alles verloren hatte. Die übliche Geschichte. Weiblicher Fan des Schriftstellers mit Hang zu Lippenbekenntnissen (Fan heißt sogar Phi-Lippa, kapiert?) beichtet, wie sehr sie jedes einzelne Wort, das Schriftsteller schreibt, zum Zittern bringt, woraufhin Schriftsteller sich versichert, dass die Luft rein ist, Fan mit nach draußen nimmt und sich von jedem einzelnen Knopf an ihrem Kleid zum Zittern bringen lässt.

Wusste Vanessa davon? Vanessa wusste alles.

»Wehe, du verschwindest noch einmal«, warnte sie mich während eines Kennenlernfrühstücks im Barossa Valley – Philippa, die ich zu diesem Zeitpunkt schon hinlänglich kennengelernt hatte, saß uns gegenüber und nahm ihre ganze prüde Lüsternheit zusammen: was für schmutzige Biester, diese Wörterzittermädchen –, »dann kannst du allein nach London zurückfliegen.«

»Was meinst du damit – dass du hierbleibst? Du drehst hier doch durch.«

»Nein, das ist dein Part. *Du* drehst hier durch. Du bist schon völlig durchgedreht.«

»Willst du mir weismachen, du würdest hier Hühner halten und Wein anbauen?«

»Ich würde mal ein wenig Frieden finden.«

Aha, Frieden! Das Einzige, was man auf keinen Fall heiraten sollte, wenn's einem um Frieden geht, ist ein Schriftsteller. Mit einem Experten für Bombenentschärfung hätte man bessere Chancen.

Nach unserer glücklichen Heimkehr war mein Vorschlag, in Australien Urlaub zu machen, also eine gezielte Provokation. Romanautor provoziert Ehefrau – das hatte zweifellos Potenzial für einen Roman.

Am Ende blieben wir in London und sprachen von Scheidung.

»Mach bloß keine leeren Drohungen«, sagte sie.

In Wahrheit kam der Einfall von ihr, woran ich sie erinnerte. Eine Scheidung war das Letzte, was ich wollte. Ich hatte immer noch Spaß an ihrer strapaziösen Gesellschaft, es machte mich immer noch an, sie anzuschauen. Ihr Gesicht glich einem kleinen Spiegelkabinett, bestand über und über aus scharfen Kanten und verdammten Reflexionen. Wenn ich mein Gesicht in ihrem betrachtete, sah ich mich in Streifen geschnitten.

Der Glorienschein roten Haars um ihren Kopf – das Blut, das aus meinem herausgeschossen kam.

Der ein ganz klein wenig schief stehende Schneidezahn, der aussah, als sei er lose, es aber nicht wahr – der Zustand meines Gehirns.

Warum also war ich in der südaustralischen Nacht verschwunden, zusammen mit Philippa, die anzuschauen mich keineswegs anmachte? Weil sie da war. Und weil ich meinen Ruf der Wildheit zu wahren hatte. Man frage mich bloß nicht, vor wem. Vor mir selbst.

Und weil Vanessas Drohung, sich von mir scheiden zu lassen, erregend war.

»Du brauchst mir nicht eigens zu sagen, dass es meine Idee war«, sagte sie. »Alle deine Ideen sind meine Ideen.«

»Das geb ich dir unumwunden zu. Ich habe keine Ideen. Ich bin kein Philosoph. Ich bin Antiphilosoph. Ich erzähle Geschichten.«

»Geschichten! Wann hättest du jemals eine Geschichte erzählt, die du nicht von mir bekommen hättest.«

»Nenn mir eine Geschichte, die ich von dir bekommen habe, V.«

»Eine!«

»Ja, eine.«

»Weißt du was«, sagte sie urplötzlich und wandte ihr Gesicht von mir ab, als müsse jeder andere Anblick besser sein, »ich hasse deinen Verstand.«

»Meinen *Verstand?«*

»Was noch davon übrig ist.«

»Etwa, weil ich ein neues Buch angefangen habe?«

Vanessa hasste es, wenn ich ein neues Buch angefangen hatte. Sie sah es als Versuch, mir einen Vorsprung zu verschaffen ihr gegenüber, die kein neues Buch angefangen hatte, weil sie das alte noch nicht beendet – genauer gesagt noch nicht einmal angefangen – hatte. Aber sie hasste es auch, wenn ich kein neues Buch angefangen hatte, weil das Nichtanfangen eines neuen Buches mich quengelig und sexuell unzuverlässig machte. Wenn ich ein neues Buch schrieb, dann wusste sie wenigstens, wo ich war. Der Nachteil daran war allerdings, dass sie, sobald sie wusste, wo ich war, von dem Wunsch ergriffen wurde, ich möge woanders sein.

Eigentlich verschleierte meine Frage nur eine Lüge; ich hatte gar kein neues Buch angefangen, jedenfalls nicht in dem Sinne, mit dem *Schreiben* eines neuen Buchs anzufangen. Ich hatte hundert neue Bücher mundgeschrieben, nur glaubte ich an kein einziges davon. Das war nichts Persönliches, es waren nicht nur *meine* Bücher, an die ich nicht glaubte, es waren Bücher Punkt. Wenn *ich* am Ende war, dann lag das daran, dass das Buch am Ende war. Vanessa aber war sich des ganzen Ausmaßes der Krise nicht bewusst. Sie sah mich in mein Arbeitszimmer davonstapfen, hörte die Tastatur meines Computers ihr lebloses Geklacker machen und nahm an, ich ergieße immer noch meine Seele nach außen wie Keats' schwatzsüchtige Nachtigall.

Ich tat sogar so, als sei ich richtig ausgelassen. *»I'm sitting on top of the world«*, sang ich, als ich Teepause machte.

»Nein, tust du nicht«, rief sie aus ihrem Zimmer.

Bis in ihre innerste Seele war sie auf Widerspruch gepolt. *»I did it my way«*, sang ich am Morgen nach unserer Hochzeit. »Nein, hast du nicht«, sagte sie, ohne den Blick von ihrer Zeitung zu heben.

Mein Singen ärgerte sie schon, aber die Laute meines Schreibens trieben sie an den Rand des Wahnsinns. Das taten die Laute meines Nichtschreibens allerdings auch. Das war ein Teil des Problems unserer Ehe. Der andere Teil war ich. Nicht das, was ich tat, sondern das, was ich war. Ich als Fakt. Ich als Mann.

»Du, du, du«, sagte sie an jenem Abend zum x-ten Mal zu mir. Das war wie eine Zauberformel; wenn sie das Wort oft genug aussprach, verdampfte ich, ich, ich womöglich in einer Rotweinschwade.

Wir waren zum Essen ausgegangen. Immer waren wir zum Essen ausgegangen. Ebenso wie alle anderen. Essengehen war alles, was noch geblieben war.

Es war eins dieser Restaurants, wo der Portier herkommt und die Speisenden begrüßt, die er kennt. Wenn dich der Portier ignoriert, dann ist klar, du bist ein Niemand. Er zückte mir zum Gruß den Zylinder. Wir gaben einander die Hand. Ich hielt seine lange genug fest, dass alle sehen konnten, wie gut bekannt wir waren. Mich überkam sogar ein Impuls, ihn »Sir« zu nennen und meine Hand nach Trinkgeld auszustrecken.

Nachdem er weitergegangen war, setzten wir unser Gespräch fort, wo wir stehen geblieben waren. »Du sagtest gerade«, sagte ich. »Ich, ich, ich …«

»Du meinst, du wärst der einzige Mensch weit und breit, der nicht bekommt, was er verdient. Meinst du, *ich* bekomme, was *ich* verdiene? Dieses Theater, das du ständig machst, dass die Kunst des Lesens am Aussterben sei, kotzt mich an. Was ist mit dem Aussterben der Kunst des Schreibens? Ladenbesitzer in Wilmslow mit schmutzigen Gedanken, der es auf Sex abgesehen hat, schreibt über Ladenbesitzer in Wilmslow mit schmutzigen Gedanken, der es auf Sex abgesehen hat. Himmel noch mal, bei so einem Thema kannst du dich glücklich preisen, wenn du überhaupt einen Leser *hast!*«

»Ich war kein Ladenbesitzer, V, ich war Modeberater.«

»Modeberater, du! Wer hätte jemals in Modeangelegenheiten deinen Rat gesucht?«

»Die Frauen von Wilmslow«, wollte ich sagen, was durchaus die Wahrheit gewesen, aber im Kontext unseres Streitgesprächs nicht mit der nötigen Würde rübergekommen wäre. »Meine Ratschläge wurden vielfach beherzigt«, sagte ich stattdessen. »Wenn auch zugegebenermaßen nicht von dir.«

»Du bist im Laden deiner verrückten Mutter eingesprungen und hast ihre Kundinnen angeschmachtet. Ich hab dich da gesehen, vergiss das nicht. Ich war eine der Kundinnen. Und was die Beherzigung deiner Ratschläge angeht – warum hätte ich scharf drauf sein sollen, wie ein Flittchen aus Cheshire auszusehen?«

Der Punkt ging an sie.

Es kam nie vor, dass mal kein Punkt an sie ging. Darum hatte ich Respekt vor ihr. Fast hätte ich sagen wollen, darum liebte ich sie, aber es kam mir doch eher so vor, als liebte ich sie, obwohl der Punkt immer an sie ging.

Ich ließ den Blick durch das Restaurant wandern. Ein Psychologe hätte vielleicht vermutet, ich suche unbewusst nach dem Flittchen aus Cheshire, das Vanessa nicht hatte sein wollen, aber in Wahrheit fragte ich mich, ob vielleicht jemand anwesend war, den ich kannte. Es besänftigte mich, mir sagen zu können, dass reiche und berühmte Menschen mit ihrem Abend nichts Besseres anzufangen wussten als ich. Dito weniger reiche und berühmte Menschen, die es besänftigend finden würden, mich dort zu sehen. Schon möglich, dass ich auch nach denen Ausschau hielt.

Vanessa wetterte immer noch über Leser und dass ich mich glücklich preisen sollte, überhaupt noch welche zu haben. »Wenn du bloß einen hättest, wäre das immer noch einer mehr, als du verdienst, und in jedem Fall einer mehr, als ich habe.«

Ich sparte es mir zu sagen, dass der Grund, dass sie keinen Leser hatte, einfach war, dass sie nie etwas geschrieben hatte, was irgendwer lesen konnte. Und ich hatte *keineswegs* gesagt, ich sei der einzige Mensch weit und breit, der nicht bekam, was er verdiente. Ich hatte nur gesagt – ja, was hatte ich eigentlich gesagt? Nichts anderes, als dass über uns allen gerade alles zusammenbrach. *Niemand* bekam, was er (sorry: »er Schrägstrich sie«) verdiente, es sei denn, er (»er Schrägstrich sie«) bekam mehr, als er (»sie« Plural) verdient hatte(n). So wie die Dinge derzeit lagen, stimmte es mit der Verhältnismäßigkeit des Lohns nicht mehr. Entweder man bekam zu viel, oder man bekam zu wenig. Was eine universelle, keine spezielle Klage war. Aber Vanessa war der Meinung, ich hätte nicht das Recht, irgendeine Art von Klage zu erheben. Ich war einer von denen, die Glück hatten. Ich hatte Bücher veröffentlicht …

Und genau da lag der Hund begraben. Wie alle anderen in der Welt auch wollte Vanessa eine Schriftstellerin sein, deren Bücher veröffentlicht wurden. Sie war das, was uns die Zukunft verhieß: keine Leser mehr, aber alle sind Schriftsteller. Sie hatte mich zum Schriftsteller werden sehen, hatte zugesehen, wie sich die leeren Seiten füllten, war bei der aufregenden Zeit der Veröffentlichung dabei, und wenn ich ein Schriftsteller werden konnte, dessen Bücher veröffentlicht wurden, ein Mann, der kleiner war als sie, selbst wenn sie keine High Heels trug, ein Mann, der blöde Sachen sagte, blöde Mädchen fickte, bei Oxfam seine eigenen Bücher und bei ihr alle seine Ideen stahl, warum sollte sie das dann nicht können? Hatte sie denn nicht ein Probekapitel geschrieben? Hatte denn nicht ein bedeutender Agent gesagt, sie habe, was man brauche?

»Das war vor zehn Jahren«, erinnerte ich sie.

Ich erwähnte nicht, dass jener Agent seine Hand unter ihrem Rock hatte, als er ihr erklärte, sie habe, was man brauche, und auch nicht, dass er sich später die Pulsadern aufgeschnitten hatte – auch wenn es keinerlei beweisbaren Zusammenhang zwischen beiden Vorfällen gab. Es war nicht Taktgefühl, das mich schweigen ließ; Larrys Selbstmord war schlicht und einfach nicht der Erwähnung wert. Die Leute im Verlagsgewerbe, die noch am Leben waren, konnte man an den Fingern einer Hand abzählen.

»Na, wann hätte ich wohl Zeit, einen Roman fertigzustellen? Ich muss mir ja ständig das Getöse anhören, das du um deinen machst.«

Wenn ich nicht gerade mein Recht verteidigte, Getöse zu machen, tat sie mir leid. Ich sah wohl, dass sie mit ihrer Weisheit am Ende war, dass die Unproduktivität sie krank machte. Es war, als habe ihr Leben ohne einen Roman in der Mache gar keinen Sinn. Manchmal presste sie die Fäuste zwischen ihre Brüste wie eine Mutter, die gewaltsam von ihren Babys getrennt worden war, oder wie eine Medea, die ihre Babys umgebracht hatte, und flehte mich an, ich solle Ruhe geben, damit sie denken könne. Ich bringe sie um, erklärte sie mir. Und ich glaubte es. Ich brachte sie um.

Unablässig lag sie mir in den Ohren, ich solle zum Schreiben aus dem Haus gehen, mir unten im Garten einen Schuppen bauen, ein Büro anmieten, ein Jahr fortgehen. Es war der Lärm, den mein Schreiben machte, der Computer, der allmorgendlich – »Boing!« – erwachte, sobald ich erschien, das Gehämmer der toten Tastatur. Sie war eifersüchtiger auf meinen Computer, als sie es auf Philippa gewesen war. Bisweilen war mir, als hörte ich sie draußen vor meiner Tür kauern, um sich mit dem Lärm der verhassten Tastatur zu bestrafen. Bei diesen Gelegenheiten tippte ich wie wild krausen Unfug, um sie zusätzlich zu reizen. Meine Absicht war nicht, sie so sehr zu quälen, dass ihre Anfälle von Eifersucht noch extremer wurden, meine Absicht war, sie so zu quälen, dass es sie wieder an ihr Buch zwang. In dieser Hinsicht war ich genauso verrückt wie alle anderen. Die Zeit der Bücher war vorbei, aber sie zu schreiben war das Einzige, was für mich einen Wert besaß. Solange sie keinen Roman unter ihrem Namen veröffentlicht hatte, wohl wahr, war Vanessa tot.

Alle waren sie das. Man schrieb, oder man war ein Nichts.

»Scheiße, bring's einfach zu Ende, V.«

»Scheiße, bring's einfach zu Ende! *Scheiße, bring's einfach zu Ende!* Scheiße noch mal, was meinst du denn wohl, was ich tue? Verschwinde aus meinem Leben, und ich bring's zu Ende, Scheiße noch mal!«

Ich konnte mich glücklich schätzen, dass ich selbst nicht tot war.

Man weiß, dass man als Romanschriftsteller tief in der Scheiße sitzt, wenn nicht nur die eigenen Helden Schriftsteller sind, die Mühe haben, ihre Romane zu Ende zu bringen, sondern auch die eigene Frau eine Schriftstellerin ist, die Mühe hat, ihren Roman zu Ende zu bringen.

Da aber die Tage des Romans als lebendige Ausdrucksform endgültig gezählt waren, was machte es dann noch für einen Unterschied, was irgendwer von uns tat?

Eine auf der Hand liegende, aber dumme Frage, wie sie wohl ein Außerirdischer auf Besuch stellen könnte. Die Tage des Lebens als lebendiger Ausdrucksform waren endgültig gezählt – des Lebens mit einem Sinn und einem Zweck, des Lebens mit Idealismus oder Glauben als Triebfeder, eines Lebens, das aus mehr bestand, als sich in Restaurants, die zwei Jahre im Voraus ausgebucht waren, außer man kannte die richtigen Leute, wie ich es tat, teuren Fraß reinzuspachteln –, aber wir lebten immer noch, nahmen immer noch unsere Reservierungen vor, saßen immer noch an unseren Lieblingstischen und aßen Gerichte, die wir nicht mehr schmecken und uns kaum noch leisten konnten. Mit Logik hat das nichts zu tun. Je schlimmer die Dinge werden, desto mehr klammern wir uns an sie.

Ich rief den Kellner herüber. »André, noch eine Flasche Saint-Estèphe.«

Er kehrte mit der Weinkarte zurück. Es tat ihm leid, nichts mehr vom Saint-Estèphe da.

Nichts mehr. Das war das Schlagwort der Epoche. Alles ging zur Neige. Nichts mehr von irgendwas. Mir fiel Poes großes Gedicht ekstatischen Wahnsinns ein – »Sprach der Rabe, ›Nimmermehr.‹«

»Was hast du gesagt?«, fragte Vanessa.

Ich fing an, mit mir selbst zu sprechen. »Nimmermehr«, sagte ich.

Sie glaubte, ich beschriebe unsere Ehe. »Bring's über die Bühne«, forderte sie mich heraus.

Auf dem Weg aus dem Restaurant bemerkte ich auf einem verlassenen Tisch eine Flasche Saint-Estèphe, die noch nicht leer war. Ich schaute mich um, ob jemand mich beobachtete. Alle beobachteten sie mich, es gab nichts zu tun, *außer* zu beobachten – ach, zum Teufel! Ich packte die Flasche am Hals und goss mir den Rest hinter die Binde.

Der Schriftsteller als Säufer. Ich hoffte, einige meiner Leser hatten gesehen, was ich getan hatte. Dann fiel mir wieder ein, dass ich keine Leser hatte.

»*They call me mellow yellow*«, sang ich.

»Nein, tun sie nicht«, sagte Vanessa.

Auf der inzwischen leeren Straße blieb Vanessa stehen, um einem Penner eine Pfundmünze zu geben. Nicht irgendeinem alten Bettler oder Obdachlosen, nicht einem drogenvernebelten Soho-Gammler oder Verkäufer der Obdachlosenzeitung, sondern einem Penner alter Schule, vom Winde gegerbtes Gesicht, langer weißer Bart, bis zur Leistenbeuge aufgeschlitzte Hosen (mithin besser gekleidet als die meisten meines Berufsstands), Schert-mich-keinen-feuchten-Affenschiss-Gleichgültigkeit gegenüber der Frage, ob ihn irgendwer erkannte oder nicht. Er saß auf einer Holzbank vor einem Pub und kritzelte auf einen Reporterblock.

»Er sieht genauso aus wie Ernest Hemingway«, flüsterte Vanessa voller Bewunderung, während sie in ihrer Handtasche kramte.

»Er scheint längere Sätze zu schreiben, als Hemingway das getan hat«, flüsterte ich zurück.

Ich wollte gern sehen, was er da schrieb, konnte aber nicht dicht genug herankommen, ohne die Grenzen des Anstands zu überschreiten. Ich fühlte mich durch ihn ein klein wenig beschämt, so konzentriert war er in sein Tun vertieft, so flüssig war seine Handschrift, einen Computer hatte er nicht nötig. War er der letzte der Pleinair-Romanciers, die einen Stift zu führen wussten?

Soweit sie überhaupt imstande war, irgendetwas diskret zu tun, ließ Vanessa ihre Münze diskret vor ihm zu Boden plumpsen. Er schaute nicht auf und würdigte ihre Anwesenheit auch sonst in keinerlei Weise. Ich wusste, wie er sich fühlte. Er hatte mit einem Satz zu kämpfen, und ansonsten existierte für ihn gar nichts.

Vanessa nahm meinen Arm. Sie zitterte. Alle edelmütigen Taten ihrer selbst rührten sie zutiefst. Ich fragte mich sogar, ob sie gleich eine Träne vergießen werde. (Eine Träne vergießen *würde?* Eine Träne vergießen *werde*.)

Als wir weitergingen, hörte wir hinter uns eine Münze, die auf dem Pflaster aufschlug und dann auf die Straße rollte.

Vanessa zuckte vor Schreck zusammen. Jedermann hätte meinen müssen, sie habe den Knall einer Pistole gehört. Ich zuckte mit ihr. Wir waren alle völlig überspannt. Der Auspuff eines Autos hatte eine Fehlzündung, und wir fürchteten schon, ein weiterer Verleger habe seinem Leben ein Ende gesetzt.

»Falls du dran denkst, zurückzugehen und sie für ihn aufzusammeln – ich würd's nicht tun«, sagte ich. »Für mich klang das nicht, als sei sie ihm runtergefallen. Dafür war's zu heftig. Ich würde sagen, er hat sie geworfen.«

»Nach mir?«

Ich zuckte die Schultern. »Nach dir. Nach uns. Nach dem Menschengeschlecht.«

Insgeheim war ich beeindruckt. Nicht nur der letzte der Pleinair-Romanciers, sondern auch der letzte der Idealisten, für die nur die Kunst zählte.

Eine Frage, die mir manchmal gestellt wurde: Was hatte eine so schöne und selbstbewusste Frau wie Vanessa, die einen Rockstar oder einen Banker oder einen Moderator aus dem Frühstücksfernsehen hätte heiraten können – die, Himmelherrgott, *selbst* eine Sendung im Frühstücksfernsehen hätte moderieren können –, in mir gesehen?

Die unveränderliche Antwort, die ich stets gab: »Wörter.«

Im Jahrhundert des Sterbens der Wörter gab es immer noch Frauen, die es nach Männern gelüstete, denen die Wörter sich fügten. Und umgekehrt natürlich, obgleich es bei Männern, die selbst nicht über Wörter geboten, weniger wahrscheinlich war, dass sie diese zu schätzen wussten – ganz gewiss fürchteten sie sich eher davor als Frauen. Man schenke einem Mann ein, zwei Wörter mehr, als normal ist, und er wird immer eine Frau finden, die ihn verehrt. Man fülle einer Frau den Mund mit Wörtern, und sie wird das andere Geschlecht zu Tode erschrecken. Nichts als Nervenbündel, das andere Geschlecht. Alle Männer, die ich jemals kennenlernte, bebende Wracks, sobald eine Frau zu sprechen anhob.

Noch etwas, das im Sterben lag – Männer.

Als Verehrerin von Wörtern bei Männern und als Frau, deren eigene Wörter die Männer abschreckten – ich spreche von den Wörtern, die aus ihrem Mund strömten, nicht den Romanen, die sie niemals daraus fügen würde –, schätzte Vanessa sich glücklich, mich gefunden zu haben. Sie sagte mir dergleichen nie ins Gesicht, aber ich begriff, dass das der Grund war, warum sie mich überhaupt geheiratet hatte, der Grund, warum sie dann bei mir geblieben war, und der Grund, warum sie einmal einen jungen Rezensenten in Grund und Boden gestampft hatte, dessen Name nur aus Initialen bestand und der sich abfällig über meinen Prosastil geäußert hatte.

Ein schönes Beispiel für Loyalität. Als ich ihr anschließend dafür dankte, leugnete sie allerdings, dass das irgendetwas mit mir zu tun habe. »Dir als solchem ist nur recht geschehen«, sagte sie. »Es war deine Gabe, die ich verteidigt habe.«

»Ich bin meine Gabe«, gab ich ihr Bescheid.

Sie hustete und zitierte mir Frieda Lawrence. »Traue nie dem Erzähler«, sagte sie, »traue der Erzählung.«

»Das ist von D. H. Lawrence«, korrigierte ich sie.

»Ach ja!« Sie lachte ungestüm.

Aber der Punkt ging trotzdem an sie, wen aus der Lawrence-Sippe sie auch zitieren mochte. Der Initialen-Rezensent hatte die Erzählung verleumdet, jenes zerbrechliche Etwas aus Wörtern, das nur rein zufällig von mir gewebt worden war, wie der Bauer auch nur zufällig den Weizen sprießen lässt. (Und sowieso von Vanessa gestohlen.) Das war der Grund, warum sie ihm über die Brillengläser getrampelt war: auf dass er wisse, wie es sich anfühlt, das Wort zu sein, der verwundete Logos, auf den eingetreten wird, wenn er wehrlos am Boden liegt.

Sterbende Dinge können über eine sinnliche Schönheit verfügen. Man denke bloß an den sterbenden Tag oder den sterbenden Sommer. So war es auch mit dem Wort. Je mehr es sich vor Krankheit verzehrte, je bleicher es wurde, desto mehr Menschen mit einem Hang zur allerletzten Raffinesse und zum Morbiden verliebten sich in seine Fäulnis.

Würde ich noch da sein, wenn es seinen letzten Atemzug aushauchte? Ich war mir da nicht sicher, aber ich vermochte mir die Szene auszumalen, so etwas wie die Einäscherung eines Wikingerhelden auf hoher See – der Himmel so blutrot wie die Nase eines Rezensenten, gemalt von J. M. W. Turner; die allerletzten von den sprachmächtigen Männern schauen in die selbstzerstörerisch lodernde Sonne, formulieren heiser ihre Abschiedsgrüße; die Frauen raufen sich die Haare und wehklagen. Ganz vorn in ihren Reihen, erbebend in spitzenbesetztem Trauergewand gleich jenem, das sie zum letzten Geleit des armen Merton trug, meine Vanessa.

Überwältigend in ihrer Trauer.

6
Party zu Ende

Trauer. Wir alle trauerten. Die Kunst war, sich davon nicht unterkriegen zu lassen.

Nach Mertons Tod fand ich, es sei eine gute Idee, meinen Agenten aufzusuchen, um zu besprechen, was jetzt zu tun war. Ein lebender Autor braucht einen lebenden Verleger.

Am Telefon wollte Francis wissen, was denn die Eile solle. Ich hörte die Furcht in seiner Stimme.

Wie Merton ängstigte auch ihn die Aussicht auf ein neues Buch. Wenn sie wussten, dass ein Autor zu ihnen kommen wollte, waren einige Agenten dazu übergegangen, sich auf der Toilette einzuschließen, statt sich ein Manuskript wie eine Vorladung persönlich aushändigen zu lassen. So sehr hatte sich die Situation schon zugespitzt. Als guter Tag galt inzwischen einer, an dem ihnen niemand etwas gab, wofür sie dann einen kaufwilligen Verleger finden sollten.

Aber wenigstens *hatte* ich einen Agenten. »Wer vertritt Sie denn heutzutage?«, fragten andere Autoren mich regelmäßig, wenn wir einander bei literarischen Partys über den Weg liefen. Wir nannten das Partys, aber es ähnelte mehr Totenwachen. Bloß dass es bei einer Totenwache mehr zu trinken und sättigendere Sandwiches gegeben hätte. Vielleicht sogar Blätterteigtaschen mit Wurstfüllung. Ich wich der Frage aus. Sobald du einem Autorenkollegen den Namen deines Agenten gibst, wird er Schrägstrich sie unweigerlich versuchen, ihn Schrägstrich sie dir zu klauen.

Manchmal log ich auch. »Ich mach das jetzt auf eigene Faust«, sagte ich dann.

»Kann das funktionieren?«, wollte Damien Clery wissen.

Er war Autor leicht tuntenhafter, leichtgewichtiger Gesellschaftskomödien, die in Domstädten spielten – Trollope im Tanzrock hatte ein Rezensent sie genannt –, aber besser bekannt war er dafür, dass er seinen Agenten über den Schreibtisch hinweg angesprungen und ihm die Nase gebrochen hatte. Seither wollte keine Agentur mehr etwas mit ihm zu tun haben. Und auch kein Verlag. In den letzten vier Jahren hatte er von den Zuwendungen aus einem Stipendium gelebt, das der *Scrivener* vergab. Ich fand ihn Furcht einflößend, allerdings nicht seiner Gewaltausbrüche, sondern des genauen Gegenteils wegen. Er war der herzallerliebste, manierlichste Romanautor von ganz London. Er hatte goldene Locken und hübsche fliederfarbene Augen und sprach in einem melodiösen Tonfall. Aber man wusste nie, wann er animalisch werden würde – ein Ausdruck, den ich ihm neidete, weil Mishnah Grunewald ihn auf mich gemünzt hatte, wiewohl ich noch nie einem Agenten an die Nase gegangen war.

»Das funktioniert prima, Damien«, vertraute ich ihm an, »aber es bedeutet viel Lauferei. Man muss das Manuskript eigenhändig einem Verleger auf den Schreibtisch legen. Zusendung per Post ist aussichtslos. Das lesen sie erst gar nicht. Man muss persönlich mit ihnen Kontakt aufnehmen.«

»Mich lassen sie gar nicht erst in die Nähe. Fotos von mir hängen im Empfangsbereich jedes einzelnen Verlags im ganzen Land. Die Security schmeißt mich raus, bevor ich auch nur den Klingelknopf drücken kann.«

»Ach«, sagte ich und ging auf Abstand.

»Ich nehme an, ich könnte wohl jemand anderen meine Skripte für mich überbringen lassen.«

»Das könnte funktionieren«, sagte ich. »Obwohl sie trotzdem merken würden, dass es von Ihnen ist, weil ja Ihr Name auf dem Typoskript steht.«

»Nicht wenn ich den ändern würde.« Er stürzte in beängstigendem Tempo ein volles Glas Wein hinunter und hatte dann noch eine Idee. »Hey«, sagte er, »Sie wären nicht zufällig willens, ein paar Manuskripte für mich einzureichen?«

Ich ging noch weiter auf Abstand. »Wäre mir ein Vergnügen gewesen«, log ich, »aber vergessen Sie nicht, mich kennen die auch.«

»Ja, aber Sie könnten sagen, Sie liefern das für einen Freund ab.«

»Könnte ich. Aber mir wäre gar nicht wohl dabei, wenn Sie Ihren Namen ändern. Wenn dann hinterher rauskäme, dass Sie nicht sind, wer zu sein Sie vorgeben, wären wir beide Persona non grata.«

»Ich bin *jetzt schon* Persona non grata«, sagte er, als sei das meine Schuld. Er ließ den Blick aus seinen hübschen fliederfarbenen Augen von oben nach unten über mich gleiten und schüttelte seine goldenen Locken. Er würde sich meiner erinnern, gab er mir damit zu verstehen.

Manuskripte, hatte er gesagt. Das war das eigentlich Erschreckende. *Ein paar* Manuskripte. Um wie viele mochte es sich da handeln? Die Ablehnung eines einzelnen Manuskripts kann den Freundlichsten von uns erbosen. Die Vorstellung, dass Damien Clery mit einer ganzen Karrenladung unveröffentlichter komischer Romane von Verlag zu Verlag zog und überall rausgeworfen wurde, bevor er über den Empfangsbereich hinaus war, war sogar noch beängstigender als das Tempo, in dem er Wein alle machte. Wenn er das nächste Mal auf hundertachtzig war, wer wusste schon, was er da für ein Unheil anrichten würde.

Wenigstens war ich mit mir zufrieden, weil ich ihm nicht den Namen von Francis ausgeplaudert hatte. Wenn überhaupt jemand meinem Agenten auf die Nase hauen würde, wollte ich das schon selbst sein.

Überzeug mich, besagte Francis' Gesichtsausdruck in diesen Zeiten stets. Nenn mir einen guten Grund, warum ich mich mit deinem Exposé beschäftigen sollte.

Ich schlug mich schon ein paar Jahre mit der Idee herum, zur Wiederbelebung eine Fortsetzung von *Wer schert sich einen feuchten Affen?* zu schreiben. *Wer schert sich einen feuchten Affen um Wer schert sich einen feuchten Affen?* war eine Idee, oder vielleicht einfach *Wiedersehen mit dem feuchten Affen*.

Francis begann jedes Mal schwer zu atmen, wenn ich ihm das vorschlug, als sei er sich unsicher, ob sein Herz ihn dieses Gespräch noch würde überleben lassen. »Beweg dich«, sagte er immer und zapfte sich Wasser aus einem Kühler.

Mir zapfte er keines mehr.

Ich fragte mich oft, ob Francis' Mangel an Begeisterung für eine Fortsetzung darauf zurückzuführen sein mochte, dass er beim Original noch nicht mein Agent gewesen war. Mein erster Agent – Quinton O'Malley – war mit dem Manuskript meines zweiten Romans im Rucksack im Hindukusch verschollen. Sein Leichnam wurde nie gefunden, auch wenn noch Jahre später immer mal wieder Seiten meines Manuskripts über ein riesiges Gebiet verstreut aufgelesen wurden. Hatte Quinton die Orientierung verloren und stolperte, zur Isolierung in mein Manuskript eingewickelt, durch die Eiswüste, oder hatte der Roman selbst ihn in den Wahnsinn getrieben? Diese Frage wurde ehrlich gesagt kaum diskutiert. Ein Literaturagent, der verschwindet, ist ein zu gewöhnlicher Fall, als dass er große Spekulationen auslöste. Und weder die afghanische noch die pakistanische Polizei war sonderlich erpicht darauf, Ermittlungen anzustellen.

Ganz gleich was seine Motive gewesen sein mochten, ich zweifelte nicht an der Richtigkeit des Ratschlags, den Francis mir gegeben hatte. Die meisten Agenten erklärten ihrer Kundschaft dasselbe. Beweg dich. Sollte heißen: Hör auf zu tun, was du immer schon getan hast, zu hoffen, was du immer schon gehofft hast, oder überhaupt noch irgendwas zu hoffen; hör auf mit der fantastischen Vorstellung, Wörter könnten einen Unterschied machen, könnten die Welt besser machen oder könnten dir den Lebensunterhalt sicherer machen. In einigen Fällen sollte es einfach heißen: Geh weg von der Vorstellung, von deinem Agenten vertreten zu werden. Damien Clery war nicht der Einzige, der sich in Schwierigkeiten befand. Der Hälfte aller Belletristikautoren im Lande war von ihrem Verlag die Tür gewiesen worden; die andere Hälfte bat ihre Agenten vergeblich um Rückruf. Schriftsteller brauchten Ruhe, aber keine Grabesruhe wie diese.

Nicht nur die Backlist war ein schwarzes Loch. Um die Frontlist stand es nicht besser.

Ich sagte ja, dass ich einer von den Glücklichen war. Francis Fowles glaubte an mich, wenn auch aus keinem besseren Grunde, so schien es mir manchmal, als dass wir beide klein waren. Nach meiner Erfahrung ist die Literatur ein Refugium groß gewachsener Männer – nicht die Belletristik womöglich, aber jeder andere Zweig des Gewerbes –, darum herrschte unter uns ein automatisches, unausgesprochenes Bündnis der Kleinen. Francis wurde von seinen Feinden – Verleger, die er einmal überredet hatte, zu viel zu zahlen, Autoren, die zu vertreten er sich weigerte, andere Agenten, denen er die Autoren abspenstig machte, Literaturredakteure, die ihn hassten, weil sie jeden hassten – »der Zwerg« genannt, aber zwergenhaft war er beim besten Willen nicht, seine Leibesfülle ließ ihn einfach nur kleiner erscheinen, als er war, ebenso wie meine Hagerkeit mich größer aussehen ließ, aber wenn wir Seite an Seite standen, waren wir gleich groß. Die andere Sache, die uns einte, war ein Hang zur Verstopfung, was so weit ging, dass wir einander Mittel empfahlen, die Abhilfe versprachen, auch wenn seit der Großen Krise alle, die mit Büchern zu tun hatten, an Verstopfung litten. (Literaturredakteure am schlimmsten, aber Literaturredakteure befanden sich ja auch in der schlimmsten Position: Schreibtischtäter ohne kreatives Ventil, eifersüchtig auf jedes Buch, das ihnen unter die Finger kam, ein jegliches davon ein weiterer Nagel im Sarg ihrer eigenen unausgelebten Kreativität.)

Ungeachtet des Vertrauens, das Francis in mich hegte, fiel mir auf, dass in seinem Regal keiner meiner Titel zu sehen war. Wenn ich früher bei ihm vorsprach, ließ man mich immer im Vorzimmer warten, während er oder eine seiner Assistentinnen die Bücher so umsortierte, dass mein neuestes entstaubt frontal vor dem Stapel stand. »War gerade dabei, mal wieder meine Lieblingsstellen zu lesen«, pflegte er zu sagen, wenn ich sein Büro betrat. Der in den Agenturen neuerdings gepflegten Praxis entsprechend hatte er sich diesen Trick inzwischen aber abgewöhnt. Die Party ist zu Ende, signalisierte er mir jetzt. Das Zeitalter der Rücksichtnahme auf die Gefühle eines Autors war vorbei. Frontal standen in seinem Regal jetzt ein auf die entsprechende Fernsehsendung abgestimmtes aktuelles Kochbuch von Dahlia Blade, einer bulimischen Kabbalistin aus einer rein veganen Mädchenband, und *Blinder Alarm*, die Memoiren von Billy Funhouser, einem Teenager aus Atlanta, der sein Augenlicht eingebüßt hatte, als ihm mitten ins Gesicht hinein die Brüste seiner Adoptivmutter explodierten.

Francis begrüßte mich mit einem traurigen Lächeln, aus dem ich den Geist besserer Zeiten herauslesen sollte. Für ihn war das alles kein Spaß mehr, ganz und gar nicht. Er hatte immer eine Fliege getragen, als ich ihn kennenlernte. Aber Fliegen passten nicht mehr in die veränderte Landschaft. Jetzt trug er, um eine Lockerheit anzudeuten, die seinem Wesen und seiner Leibesfülle widersprach, ein gestreiftes enganliegendes Arbeitshemd über Jeans. Man sah gleich, dass er keine Frau hatte. Keine Frau würde ihren Mann in einem solchen Hemd aus dem Haus lassen.

Er lehnte sich unter Schwierigkeiten in seinem Sessel zurück. »Nun?«

»Ich brauche einen Verleger.«

»Wofür?«

»Mich zu verlegen.«

»Du hast einen Verleger.«

»Der ist tot, Francis.«

Er zog ein Gesicht. Tot! Wer wäre das nicht? »Fürchterliche Sache«, sagte er dann aber doch und fragte: »Um irgendwas Spezielles zu verlegen?«

Ich wolle es nochmals mit dem *Affen* versuchen. Halb Fortsetzung, sagte ich, halb Essay, halb Klagelied.

Er griff sich nach dem Herzen. »Man kann keine drei Hälften haben.«

»Warum nicht? *Der Affe in meinem Nacken* – ein diskursiver Roman in drei Teilen.«

»Und worüber willst du halb fortsetzen, halb klagen und halb diskutieren?«

Ich breitete die Arme aus, als wolle ich ihn mit seinem eigenen Büro bekannt machen.

»Über mein Mobiliar?«

Ich lachte. »Über das, wozu wir herabgesunken sind. Den derzeitigen Zustand unserer Kunst. Die Patsche, in der wir stecken.«

Er tat so, als wisse er nicht, wovon ich redete.

Verdrängung. Wer konnte es ihm verdenken? Verdrängen oder untergehen, darauf lief es hinaus.

»Wie viele Wochen führt *Blinder Alarm* jetzt schon die Bestsellerliste an?«, fragte ich, um genauer zu spezifizieren, was mich so übel umtrieb.

»Verteufle es nicht«, sagte er. »Zehn Prozent von Billy Funhousers Tantiemen kommen einer Sammelklage zugute.«

»Gegen wen?«

»Gegen den Silikonkonzern, was denkst du denn?«

»Sammelklage! Willst du mir weismachen, überall in Amerika führen explodierende Implantate zum Erblinden von Kindern?«

»Darfst du ruhig glauben.«

Ich schüttelte den Kopf.

Aber Francis wusste stets, wann er mich hatte. »Bücher haben immer noch das Potenzial, als Macht zum Wohle des Guten aufzutreten«, sagte er. »Nicht alles muss immer Nabelschau sein.«

»Wer betreibt denn Nabelschau?«

»Affen, Affen … Soll ich dir mal sagen, woran man immer sicher erkennt, dass ein Schriftsteller sich als Schriftsteller in Schwierigkeiten befindet?«

Ich wollte nicht, dass er den Glauben an mich als Schriftsteller verlor. »Nein, Francis«, sagte ich. »Ich weiß, wann ein Schriftsteller in Schwierigkeiten steckt. Wenn er Zuflucht darin sucht, über das Schreiben zu schreiben. Und soll ich dir mal sagen, woran ein Mann erkennt, dass er sich als Mann in Schwierigkeiten befindet?« (Ich wollte auch nicht, dass er den Glauben an mich als Mann verlor.) »Wenn er anfängt, seine Schwiegermutter zu begrapschen. In meinem Fall ist beides nicht ganz ohne Zusammenhang.«

Während besserer Zeiten, als es von Schriftstellern und ihren Agenten noch erwartet wurde, gemeinsam die Stadt unsicher zu machen, hatten wir uns beide auf Francis' Kosten im Garrick volllaufen lassen, wo er mir neben anderen Indiskretionen seine anhaltende Affäre mit einer Autorin historischer Liebesromane mit einer starken Tendenz zur Faktentreue anvertraute. Ihr Verhältnis, erläuterte er mir, ging kostümiert über die Bühne. Ich verfiel in Schweigen, als ich das hörte, und stellte ihn mir in Pumphosen und Perücke vor. Er missdeutete mein Schweigen als erotische Neidgefühle. »Ja, ich amüsiere mich ziemlich gut dabei«, gab er zu, schaute sich im Raum um und wurde rot. Seitdem hielten wir, auch wenn die Zecherei das gleiche Schicksal erlitten hatte wie ausgiebiges Essengehen und üppig gefeierte Buchpremieren, an der Tradition fest, unangemessene private Vertraulichkeiten auszutauschen – von denen viele ich beisteuerte, um ihn mir als Agenten zu erhalten, und die meisten davon glatt erfunden.

»Du grapschst deine Schwiegermutter an?«

»Sozusagen.«

»Soll das heißen, dass du's tust, oder dass du's nicht tust?«

»Ich tu's und tu's nicht, ja.«

»Hab ich deine Schwiegermutter schon mal kennengelernt?«

»Du würdest nicht fragen, wenn du's hättest. Sie ist eine Frau, die man nicht vergisst.« Ich rollte mit den Augen, als rollte ich damit ihre Schenkel entlang und um sie herum.

Er wartete daumenkauend darauf, dass ich meine Augen an einem ihrer anderen Körperteile entlang- und drum herum rollen ließ.

»Wie heißt sie?«

»Was tut ihr Name zur Sache?«

»Ich will wissen, wer diese Person ist, die ich nicht vergessen hätte, wäre ich ihr begegnet.«

»Poppy.«

»Poppy!« Er sog Luft durch die Zähne, als sei er schon allein kraft ihres Namens ebenso in sie verknallt wie ich. »Poppy wie?«

»Poppy Eisenhower.«

Wenn's vorher Verknalltheit war, war's jetzt Liebe. »Aus *der* Eisenhower-Sippe?«

»Könnte entfernt damit verwandt sein. Ihr zweiter Mann war Amerikaner. Ich glaube nicht, dass sie lange genug mit ihm zusammen war, um herauszufinden, wer zu seiner Familie gehörte. Er jagte sie zum Teufel, nachdem sie mit ihrem Cello für ein Plakat posiert hatte, das für ein Boccherini-Konzert warb.«

»Klingt ein bisschen aus der Luft gegriffen.«

Ich erzählte ihm nicht, was Poppy mir in einem schockierend frühen Stadium unserer Bekanntschaft erzählt hatte – dass sie für das Plakat nackt posiert hatte. Ich wollte ihn nicht überfordern.

Aber er war durchaus in der Lage, sie ohne meine Hilfe in den Zustand der Nacktheit zu versetzen. Poppy, posieren, Cello, Boccherini – seien wir ehrlich: Die Wörter als solche zogen sie aus.

Er verformte eine seiner Augenbrauen zu einem Fragezeichen. Ich verformte eine von meinen in die Antwort, die er hören wollte.

»Sie hat also wieder geheiratet?«, fuhr er nach einem Augenblick lüsternen, musikalischen Nachsinnens fort.

Ich schüttelte den Kopf.

»Warum hast du mich denn dann noch nicht mit ihr bekannt gemacht? Ich kenne deine Frau, warum sollte ich also ihre Mutter nicht kennen?«

»Ach, Francis!«, sagte ich mit einem Unterton, als wagte ich es nicht, sie seiner Gesellschaft anzuvertrauen, wo er doch so ein teuflischer Zwerg war.

Zu solch abscheulich kriecherischem Verhalten mussten sich Schriftsteller inzwischen erniedrigen.

Er lehnte sich in seinem Sessel nach vorn, was ihm sogar noch größere Schwierigkeiten bereitete als das Zurücklehnen vorhin. »Poppy Eisenhower«, wiederholte er. Er schien sich an eine Eingebung heranzutasten, die ihn beunruhigte. »Du hast doch hoffentlich nicht vor, darüber zu schreiben? Ich kenne dich.«

»Darüber?«

»Über sie. Poppy Eisenhower, und über dich. Die Situation.«

»*Der Affe und die Schwiegermutter?*«

Er legte die Hände zusammen wie ein Bittsteller, der die Geduld verliert. »Guy, solange du nicht wirklich losziehen und mit Affen leben willst wie Jane Goodall«, sagte er, »wovon ich dir unter Umständen nicht abraten würde, aber jedenfalls, *solange* du das nicht vorhast, lautet mein letztes Wort zu diesem Thema: Vergiss die Biester.«

»Affen sehe ich durchweg metaphorisch«, bedeutete ich ihm.

»Das ist der Grund, warum sich keiner einen feuchten drum schert.«

»Na gut, dann also keine Affen mehr. Aber ich finde plötzlich Gefallen an der Idee, über meine Schwiegermutter zu schreiben. Was bin ich darauf bloß noch nicht gekommen? Ein Lobgesang auf die ältere Frau.«

»Lass die Finger davon. Ich flehe dich an, lass es sein.«

»Meinst du wegen Vanessa?«

»Ich meine wegen dir. Das wäre beruflicher Selbstmord.«

»Warum? Ich dachte, alle sind ganz wild auf ältere Frauen. Kalenderomas, reife Frauen mit jungen Liebhabern, neuerdings auch noch Senior-Escortdienste. Das ist ein Knaller mit Erfolgsgarantie, Francis.«

»Nicht so, wie du das behandeln würdest.«

»Wie würde ich's denn behandeln?«

»Maskulinistisch.«

»Was bedeutet das?«

»Es bedeutet, dass es Frauen nicht gefallen würde.«

»Warum würde es Frauen nicht gefallen?«

»Warum gefällt Frauen nichts von dem, was du machst? Weil du ihnen nicht auf halbem Wege entgegenkommst … weil du ihnen den Zutritt verwehrst … weil du über Schimpansen mit rotglühenden Penissen schreibst? Was weiß ich? Halt dich davon fern – mehr sag ich nicht. Begrapsche sie meinetwegen im richtigen Leben, wenn du unbedingt musst. Nicht zwischen zwei Buchdeckeln.«

»Also keine Affen, keine Schwiegermütter, kein Maskulinismus … was bleibt dann noch?«

Er hatte seine Antwort schon parat. »Ein schwedischer Ermittler.«

»Ich habe keine Ahnung von schwedischen Ermittlern. Ich bin noch nie in Schweden gewesen.«

»Dann ein Junge als Ermittler. Du bist selbst ein Junge gewesen, oder? Sag, dass du mal ein Junge gewesen bist!«

»Ermittler interessieren mich nicht, Francis.«

»Wie wär's mit einem Ermittler in Wilmslow? Ich wüsste nicht, dass es so einen schon mal gegeben hätte.«

»Das liegt daran, dass in Wilmslow nie ein Verbrechen geschieht, bei dem es was zu ermitteln gäbe. Höchstens Falschparken und Steuerhinterziehung. Oder Fußballspieler-Existenzen. Ich denke, notfalls könnte ich die Figur als Parkplatzkontrolleur anlegen, oder als Steuerfahnder, der ein wachsames Auge auf alle Immobilien hat, die dem Vorstand von Manchester United gehören, weil er es ihnen heimzahlen will, dass sie ihm keine Gelegenheit zum Probetraining gegeben haben …«

»Klingt gut …«

»… und der zufällig seine Schwiegermutter fickt.«

»Die zufällig aussieht wie ein Affe … Sag bloß.«

»Poppy sieht nicht wie ein Affe aus«, sagte ich.

»Daran hab ich keinen Zweifel.« Er klang sehr müde, und er wischte sich mit der Hand übers Gesicht. Beinah rechnete ich damit, dass seine Gesichtszüge verschwunden wären, wenn er die Hand wieder wegnahm.

»Wie ist also alles in allem jetzt die Lage für uns, Francis?«, fragte ich nach angemessener Pause.

»Im Arsch«, sagte er lachend.

»Meinst du damit die Branche, meine Zukunftsaussichten, unser Geschäftsverhältnis oder die Belletristik allgemein?«

»Alles zusammen.«

»Und was ist mit einem neuen Verleger?«

»Schreib du das Buch, und ich such dir den Verleger dafür. Bis dahin würde ich sagen, lassen wir es so, wie es ist. Aber wenn du mir dann eine Geschichte einreichst, sorg dafür, dass sie so ist, dass ich einen Verleger davon überzeugen kann, sie zu verlegen.«

»Mir gefällt die Art und Weise nicht, wie du ›Geschichte‹ sagst. Du weißt, ich schreib keine ›Geschichten‹ in dem Sinne.«

»Du meinst in dem Sinne, dass etwas geschieht?«

»Ich meine im Sinne von Handlung. Die Leute verwechseln immer Handlung und Geschichte. Sie meinen, es sei keine Geschichte da, wenn keine Intrigen konstruiert werden. Immer diese verfickten Normverstöße, Herrgott noch mal. Dabei passieren doch massenhaft Sachen in meinen Büchern, Francis. Selbst wenn wir mal die Kriege beiseitelassen, die meine Wörter gegeneinander führen, passiert viel. Menschen blicken einander an, reden miteinander, ver- und entlieben sich. Getrieben werden sie von ihrer Psychologie, und wenn Psychologie keine Geschichte ist, dann weiß ich nicht, was eine sein könnte. Du weißt, dass Henry James mal gesagt hat, ein psychologisches Motiv sei für ihn Geschichte genug …«

»Und du weißt, dass H. G. Wells mal gesagt hat, auf dem Hochaltar der Prosa von Henry James gebe es nichts zu sehen außer einem toten Kätzchen, einer Eierschale und … noch irgendwas.«

»*Einem Stück Schnur*. Worauf willst du also hinaus? Dass ich mehr wie H. G. Wells sein sollte? Gibst du mir den Ratschlag, heutzutage Science-Fiction zu schreiben?«

Francis verstummte. Er sah plötzlich wie ein Hundertjähriger aus.

»Schreib, wozu du Lust hast. Ich werde tun, was ich kann«, sagte er.

Ich fühlte mich selbst wie ein Hundertjähriger.

Man muss gelegentlich seinen Agenten aufsuchen, ebenso wie man gelegentlich seinen Verleger aufsuchen muss, aber sofern man nicht Autor von dem ist, was die bösartige Mehrheit der Analphabeten »Geschichten« nennt, wünscht man sich anschließend stets, man hätte es nicht getan. Ganz ehrlich, es wäre lustiger, seinen Einbalsamierer aufzusuchen. Und das verspräche auch bessere Aussichten, dass nach dem Tode *irgendetwas* bleibt.

Ich wollte ihn noch fragen, ob er wirklich meinte, wir seien im Arsch, oder ob er mir nur etwas vorspielte. Als ich aber an den Büchern auf seinem Schreibtisch vorbeiging, an den Memoiren von Billy Funhouser, zum Märtyrer geworden angesichts der Schönheitsoperationen seiner Mutter, an Dahlia Blades Kochbuch für Bulimiker, da wusste ich, wie die Antwort lautete.

Egal wie es um den Rest stand, die Belletristik jedenfalls war im Arsch.

7
Der Weg nach unten

Wo wir gerade von Antworten reden – es gibt eine einfache Antwort auf die Frage, wann für mich alles schiefzulaufen begann. In dem Moment, wo alles gut zu laufen begann.

Man schreibt seinen ersten Roman, und man hat so ziemlich das gesagt, was man zu sagen hat. Ich war vierundzwanzig, als ich meinen schrieb, siebenundzwanzig, als er schließlich veröffentlicht wurde – also schaffte ich es gerade noch auf die Liste der hundert besten männlichen Autoren in Großbritannien und dem Commonwealth unter achtundzwanzig – und da hätte ich dann auch gleich an Ort und Stelle den Merton-Kurs einschlagen können. Was keineswegs eine Reflexion über mein Werk ist. Hat nichts zu tun mit mir als solchem, um mir eine Lieblingswendung von Vanessa auszuborgen. So lautet einfach die Regel der Natur.

Nach ausgedehnter Brautwerbung – wieder etwas, was ich von Mishnah Grunewald gelernt habe – paart sich das Männchen der Schwarzen Witwe, einer Spinnenart aus Nordamerika, ein einziges Mal und stirbt dann. Selbst wenn das Weibchen ihn nicht verspeist, hat er ihr doch nichts mehr zu bieten. Solche Dinge sind unter Männchen weit verbreitet. Man darf einmal ran, man gibt alles, und dann fällt der Vorhang. Beim Schriftstellermännchen ganz genauso. Man putzt sich heraus, man kriegt ein Rendezvous, man stößt alle seine besten Formulierungen aus, man befruchtet, und man ist verbraucht. Gute Nacht, süßer Prinz.

Aber während das Spinnenmännchen anbietet, sich fressen zu lassen, oder zum Sterben in eine Ecke kriecht, onaniert das

Schriftstellermännchen weiter sinnlos drauflos, würde gar zu gern die Darbietung wiederholen, die seiner Artgenossin beim ersten Mal so sehr gefallen hat, dies allerdings ohne die Überzeugung, die Leidenschaft oder, wir wollen gar nicht drum herumreden, das Spinnensperma, während es die ganze Zeit die Qualen der langsamsten aller erdenklichen Auslöschungen leidet – Tod durch schleichend voranschreitende Unsichtbarkeit: Tag für Tag, Buch für Buch verschwindet der Schriftsteller von den Regalen der öffentlichen Bibliotheken, aus den Auslagen der Buchhandlungen, aus der Erinnerung der einstmals treuen Leser.

Lustig, aber in dem Moment, wo ich von Spinnen spreche, sehe ich meinen alten Englischlehrer aus der Grundschule wieder vor mir, einen Mann, der nicht wie ich an Interessenerschöpfung litt, sondern sich ganz im Gegenteil in einem Alter, das ich noch nicht einmal zur Hälfte erreicht hatte, immer noch einer unerschöpflichen Bücherneugier erfreute. Eine andere Spinnenart womöglich, oder eher ein Mistkäfer, wenn man bedenkt, wie er seine Zeit zubrachte, aber eine Spinne war und blieb es doch, woran er mich erinnerte, wann immer ich ihm auf dem Weg zu meinen dementen Eltern in seinem Cottage in Cheshire besuchte – eine Spinne, die im Zentrum eines riesigen seidenen Gewebes aus Wörtern saß und mit Muße verschlang, was ihr gefiel.

»Und was liest du gerade?«, fragte er mich stets mit zugekniffenen Augen, sobald wir einander die Hand gaben. Es war dieselbe Frage, die er mir tagtäglich in der Schule gestellt hatte, als müsse ich das, was ich gestern gelesen hatte, wohl inzwischen beendet haben.

»Ich? Ich bin jetzt Schriftsteller«, erinnerte ich ihn. »Ich stehe am anderen Ende des Fließbands.«

Es war ein prächtiger Cheshire-Tag, das Licht sahnig, die Kuhherde auf einer nahen Weide unter einem Baum ruhend, die Luft still. Es ist eine Grafschaft, die einem leicht aus dem Sinn schwindet, Cheshire, weil dort nie irgendwas von Belang zu passieren scheint. Emlyns Cottage, nur eine halbe Meile von dem Haus entfernt, in dem ich geboren wurde, hatte Löcher im Dach und einen Garten mit einem Lilienteich darin. Ich weiß nicht, wer hier sauber machte, weil sich Emlyn nie aus dem Dunkel seiner Bibliothek wegbewegte. Seine Frau war gestorben. Seine Kinder waren weggezogen. Es war, als hätten sie aus Taktgefühl gehandelt, um Emlyn ganz seinen Büchern zu überlassen.

Er erwiderte nichts, als ich ihn daran erinnerte, dass ich Schriftsteller war. Er schien das gar nicht wissen zu wollen. Dem Schreiben maß er keinerlei Wert bei, nur dem Lesen. Wie das miteinander in Einklang zu bringen ist, vermag ich nicht zu erklären. Einmal habe ich ihn deswegen bedrängt. »Wie kannst du die Literatur lieben und ihre Erschaffung nicht?«

Seine Augenbrauen umwölkten sich. Bei Emlyn war diese Formulierung wortwörtlich zu verstehen. Alles um seine Augen herum verschwand hinter einem Schleier aus Dunst, als laufe das, was von seinem Gesicht noch übrig blieb, in konzentrierter Form zu jener Region zusammen, mit der er las. »Wer sagt, dass ich *die Literatur liebe?«*, fragte er erzürnt. »Es gibt Bücher, die ich gerne lese. Es gibt Bücher, die ich nicht gerne lese. Was soll ich mit dem Klatsch über die Leute anfangen, die diese Bücher schreiben?«

»Nichts. Aber ich spreche nicht vom Klatsch.«

»Sondern?«

Gute Frage. Ich ruderte mit den Händen durch die muffige Luft seiner Bibliothek. »Vom Prozess … dem Akt … dem Stadium des Schreibens …«

»Ich kann nur wiederholen, was ich dir eben schon sagte. Was geht mich irgendetwas davon an? Wenn ich das Buch lese, ist der Akt lang vorbei. Das Buch gehört jetzt mir.«

Das verstand ich. Als Schriftsteller gierte ich sogar nach einer solchen Einstellung. Mich lasst außer Acht, hört nur auf die Wörter, die an meine Stelle getreten sind. Aber ich war Emlyns Vorzeigeschüler gewesen. Er hatte mich als Zehnjährigen während der Schulversammlung auf das Podium gezerrt. »Dieser Junge wird es in der Literatur einmal weit bringen«, sagte er. »Merkt euch seinen Namen – Guy Ableman.« Er schrieb sogar an meine Eltern und hielt sie dazu an, meine »seltene und wertvolle Gabe« zu pflegen – eine Geste der Bestärkung, die an sie verschwendet war, mir selbst aber viel bedeutete, weswegen ich denn auch über die Jahre hinweg mit ihm in Kontakt geblieben war, damit er Zeuge wurde, wie seine Vorhersage sich auf seltene und wertvolle Weise erfüllte. Aber wo das nunmehr geschehen war, wo Bücher sein Ein und Alles waren und ich sie nun also schrieb, hätte er mir da nicht zeigen können, dass er stolz auf mich war? Hätte er da nicht zu uns beiden »Gut gemacht!« sagen können? War er denn nicht wenigstens ein klein wenig beeindruckt davon, dass ich es tatsächlich hingekriegt hatte? Hätte er nicht durchblicken lassen können, dass wenigstens er sich meinen Namen gemerkt hatte?

Augenscheinlich nicht. Was auch immer er damit gemeint haben mochte, dass ich es in der Literatur einmal weit bringen würde, er hatte jedenfalls nicht gemeint oder gehofft, dass ich sie schreiben würde. Ein Leben, das der Literatur gewidmet war, war für ihn ein Leben, das dem Verschlingen von Literatur gewidmet war. Um den Akt des Schreibens selbst scherte er sich keinen feuchten Affen. Ich hatte sogar so ein Gefühl, er hielt mich – wenn er mich überhaupt für irgendetwas hielt – für jemanden, der ihn im Stich gelassen hatte. Von der Sphäre der reinen Ideen ins Reich der weltlichen Fabrikation übergelaufen war. Zum Handwerker geworden war. Was ihn selbst anging, er fand hinreichende Befriedigung darin, ein Leben schlicht mit Lektüre auszufüllen und zu rechtfertigen. Homer, Tacitus, Augustinus, der Ehrwürdige Beda, Montaigne, Addison, Thackeray, Herbert Spencer, Spengler, Chaquita Chicklit – alle und jeden.

Dass er es nicht als erniedrigend empfand, wenn er kurzlebigen Schund las, dass er voller Interesse in *Bis(s) zum Morgengrauen*, *Bis(s) zur Mittagsstunde*, *Bis(s) zum Abendrot* und *Bis(s) zum Arsch der*

Welt reinlesen konnte, nachdem er eben erst Herodot ausgelesen hatte, erstaunte mich.

»Wie schaffst du das?«, fragte ich ihn.

»Ich habe Zeit genug.«

»Nein, ich meine, wie *erträgst* du das?«

»Man muss ein Buch erst durchgelesen haben, um feststellen zu können, dass man's lieber hätte lassen sollen, und dann ist es schon zu spät. Aber weißt du was – ich stelle so gut wie nie fest, dass ich's lieber hätte lassen sollen.«

»Von deinem Lesesessel aus gesehen gibt's also nichts, was mit der Zivilisation falsch läuft?«

Er lächelte und zog seine Decke enger um sich herum. Es war das Lächeln eines Mannes, der Gott in seinen Regalen erblickt hatte. Mit ausgestreckten Armen machte er eine Bewegung, als wolle er seine ganzen Bücherwände umarmen, wie ein Lotosesser auf die schlaftrunkenen langblättrigen Blumen deutet, unter denen er ruht.

Die Art Spinne.

Die *Arachnidus bibliomani*.

Bevor er in den Schneemassen des Hindukusch mit meinem Manuskript als einziger wärmender Hülle umkam, hatte mich Quinton O'Malley gewarnt, ich solle mir den Erfolg meines ersten Romans nicht zu Kopf steigen lassen. »Bleib da oben im Norden«, lautete sein Ratschlag. »Kappe nicht die Wurzeln, die dich genährt haben. Halt an deiner Arbeit im Zoo fest.«

»Ich arbeite nicht im Zoo«, sagte ich ihm.

»Dann halte daran fest, dich mit Leuten zu unterhalten, die's tun. Wenn du nach London ziehst, um das Leben eines Literaten zu führen, wirst du nichts mehr haben, worüber du schreiben kannst. Ich habe es schon tausendmal passieren sehen. Bleib bei dem, was du kennst, bleib da, wo deine Inspiration ist. Hier spielt sich nichts ab. Und unter uns gesagt gibt's hier niemanden, den zu kennen sich lohnt.«

Er schniefte. Keineswegs Selbstgefälligkeit, sondern verstopfte Nebenhöhlen. Quinton O'Malley, ein Mann mit langem Gesicht und der Körpermasse eines Bären, litt unter der Kälte wie sonst keiner. Er fror bei Temperaturen von fünfundzwanzig Grad im Schatten. Obwohl es ein warmer Julinachmittag war, als ich ihn kennenlernte, trug er kanariengelbe Cordhosen, die in grau gesprenkelten Merinosocken steckten, und Bergstiefel, außerdem hatte er sich in die Wolle einer kleinen Schafherde gewickelt. Warum ein solcher Mann sich in den Hindukusch vorwagen sollte, ist völlig unerklärlich. Aber das geschah zu Anfang der Großen Krise, als jeder einzelne auf der verlegerischen Seite der Literatur (ebenso wie jeder einzelne auf der schriftstellerischen Seite der Literatur) ein höchst seltsames Verhalten an den Tag legte. Die Überraschung wäre weder größer noch kleiner gewesen, wäre er über die Seebrücke von Brighton hinaus ins Wasser marschiert. Wobei er sich, um das zu tun, in der Schlange hinter zwei Romanschriftstellern, einem Lyriker und dem stellvertretenden Geschäftsführer der Buchhandelskette Foyles hätte anstellen müssen.

Ich hatte ihm mein Manuskript geschickt, nachdem ich gelesen hatte, er sei in London der Agent mit den besten Verbindungen und hege ein besonderes Interesse an unkonventionellen Sachen. Als Patenkind von T. E. Lawrence, Intimus von Thesiger und Norman Lewis, Homosexueller, der nichts dagegen unternahm, und Agent, der drei Ehefrauenmörder (einer davon rechtskräftig verurteilt) zu seinen Kunden zählte, hatte er in jüngeren Jahren mit Dylan Thomas manche Flasche geleert, mit William S. Burroughs Opium geraucht und mit Jean Genet eine Depression geteilt, und nun, mit wasweißichundsiebzig, gab er die verruchtesten literarischen Partys in ganz London. Er war Mitglied jedes Clubs einschließlich derjenigen, die im Ruf standen, verboten zu sein. Er saß jedem Gremium vor. Wenn irgendein Schriftsteller geehrt werden sollte – sei es nun mit dem Ritterorden, einer Einladung zum Tee im Buckingham-Palast oder der Ehrenbürgerschaft von

West Belfast –, so ging das nicht, ohne dass Quinton es abnickte. Wer Quinton kannte, kannte jeden.

»Sie sind also derjenige welcher«, sagte ich.

Ich musste mich schwer beherrschen, ihn nicht zu streicheln, so heruntergekommen er auch war, einen Mann, der einen draufgemacht hatte, um mit Genet in Depression zu versinken!

»Oh, glauben Sie bloß nicht, was Sie über mich gelesen haben. Ich bin nur eine leere Hülle. Haben Sie von T. S. Eliot ›Die hohlen Männer‹ gelesen?« Er hämmerte sich auf die Brust. »Er hat dabei an mich gedacht.«

Er sah, dass ich im Kopf nachrechnete. »Ich war noch ein Baby. Er hörte mich im Kinderwagen husten und fing zu schreiben an. Wind im trockenen Gras. Rattenfüße über zerbrochenem Glas. In Nantwich sind Sie besser dran.«

»Wilmslow.«

»Wilmslow.«

Ich wollte ihm sagen – mit allem Respekt, und obwohl ich ihn dafür streicheln wollte, dass er Eliot zu den tiefsten Tiefen der Trostlosigkeit inspiriert hatte, wenn auch nur aus einem Kinderwagen heraus –, dass ich fand, er behandele mich gönnerhaft. Ich war sein Hetero-Provinzschriftsteller. Zweifellos lachte er über mich in Gesellschaft seiner großstädtischen frauenmordenden sodomitischen Junkies, mit denen er sein Bett nicht teilte. Ganz zu Anfang, als er in einem Stapel abgelehnter Skripte auf *Wer schert sich einen feuchten Affen?* stieß – er hatte die Angewohnheit, jeden Tag ein abgelehntes Manuskript zu durchblättern, einfach um auf der sicheren Seite zu sein –, glaubte er, Erzähler- und Autorfigur seien identisch: eine ehedem orthodoxe Jüdin, die Tigern sexuelle Erleichterung verschaffte und Schimpansen züchtete, für die sexuelle Erleichterung jenseits aller Möglichkeiten war und die unter dem Pseudonym Guy Ableman schrieb, um ihr Geschlecht ebenso wie die Tatsache zu verbergen, dass ihr Roman in Wahrheit eine wahre Geschichte war. Das war die Prämisse, unter der er das Buch aufnahm. Er wollte mit ihr angeben und sie überall vorzeigen. Die Schimpansenfrau. »Überlegt euch zweimal, ob ihr ihr die Hand geben wollt«, hörte ich ihn zu seinen ausschweifenden Freunden sagen. Ich muss für ihn eine große Enttäuschung gewesen sein, als wir uns dann kennenlernten. Ein Junge aus Wilmslow in Schlips und Kragen. Er wand sich einen seiner vielen Schals ums Gesicht und wischte sich die Nase damit. »Nun, Sie sind eine echte Überraschung, das muss ich schon sagen«, sagte er.

Wir waren in einem französischen Restaurant in Kensington. Er aß im Mantel und brachte die zweieinhalb Stunden, die wir zusammensaßen, damit zu, die glasklare nordische Anmut von Bruce Chatwins Augen zu beschreiben.

Das Nordische stieß mir unangenehm auf. Weiß auch nicht, warum.

»Sie haben die Chance«, teilte er mir bei einem starken Kaffee mit, »zum Anführer einer neuen Generation von Décadents zu werden. Aber bleiben Sie in Northwich.«

»Wilmslow.«

»Wilmslow.«

»Ich muss da weg«, sagte ich. »Bruce Chatwin ist auch nicht in Sheffield geblieben.«

»Wahrscheinlich sein größter Fehler. Hat er mir einmal erzählt.«

»Dass er sich wünschte, in Sheffield geblieben zu sein?«

»Nicht in so vielen Worten.«

»Na, ich jedenfalls nicht. Da oben habe ich nichts mehr, worüber ich schreiben könnte. Ich habe die Lokalität erschöpft.«

»Nicht doch, nicht doch«, sagte er hustend – Rattenfüße über zerbrochenem Glas – und bestellte uns beiden einen Brandy. »Das Leben in der Provinz hat die Produktivität von George Eliot nicht versiegen lassen.«

»Aber für Henry Miller hat's nichts abgeworfen«, sagte ich.

»Und wer von beiden wären Sie lieber?«

Mir fehlte es am Mut, Henry Miller zu sagen, hätte ja sein können, dass er auch mit George Eliot gezecht hatte.

»Erzählen Sie mal, was in Ihrem Winkel der Welt sonst noch so passiert.« Er blieb hartnäckig. Ich hatte so ein Gefühl, dass er etwas von Inzest und Sodomie hören wollte.

»Nichts in der Art, wie Sie's interessant finden würden.«

»Sie wären überrascht, was ich interessant finde. Denken Sie nach. Was für große Ereignisse finden da statt? Was für glorreiche Institutionen gibt es da? Sie haben uns die Augen geöffnet, was den Zoo von Chester anbelangt. Was wäre als Nächstes dran?«

Zufällig wusste ich, dass es im Städtchen Sandbach in der Ostecke von Cheshire ein alljährliches Transportfest gab, mit dem Sandbachs lange Geschichte als Produktionsstätte gewerblicher Fahrzeuge gefeiert werden sollte. Wir hatten in unserer Familienboutique einmal die Transportkönigin eingekleidet, gratis sogar, wofür sie sich über die Maßen erkenntlich zeigte, indem sie es mir gestattete, sie im hinteren Teil des Foden-Trucks-Ausstellungsraums wieder zu entkleiden, nachdem der Jahrmarkt vorbei war. Ich war damals fünfzehn. Sie war neunzehn. Ich hatte mich dabei blamiert. Jetzt aber, wo aus mir ein erfolgreicher Schriftsteller geworden war, schrieb sie mir und lud mich zu einem zweiten Versuch ein.

Ruhm!

»Na, das wäre doch ein Anfang«, sagte Quinton, als ich es ihm gegenüber erwähnte. »Liebe zwischen Autoteilen.«

»Meinen Sie nicht, dem Thema fehlt es ein bisschen an Gewicht?«

»Und ob ich das meine. Das ist ja gerade das Tolle. Sie haben die Affen von Wilmslow auf die Agenda gesetzt.«

»Chester.«

»Chester. Machen Sie jetzt dasselbe mit den Schönheitsköniginnen von Middlewich.«

»Sandbach.«

»Wo auch immer.«

»Ich bin mir nicht sicher, ob ich noch einen Roman aus der Perspektive einer Frau schreiben könnte«, sagte ich.

»Dann vom Standpunkt des Mannes aus.« Er platzte schheppernd heraus. Über die Vorstellung, ein Manne könne einen Standpunkt haben? Oder über die Vorstellung, ich könne einer sein?

Aber er war eine überzeugende Persönlichkeit. Also folgte ich seinem Vorschlag, forschte tief in meiner eigenen erotischen Entwicklung, recherchierte die Historie des Foden-Dampflastwagens und erzählte die Geschichte aus der Perspektive eines Mannes mit rotglühendem Provinzpenis – des Sandbach-Manns, nicht weniger libidinös als eine Käfigladung unmasturbierter Schimpansen, und sein Atem vermischte sich mit den Abgasen jener Schwerlastfahrzeuge, für die das Städtchen berühmt war.

Ich fand nie heraus, was Quinton davon hielt. Hatte es ihn umgebracht? Hatte ihm die schiere gnadenlose und unermüdliche heterosexuelle Kompromisslosigkeit des Manuskripts in der Kälte den Rest gegeben? Wohl wahr, er war in moralischer Hinsicht nicht sonderlich wählerisch, wen er vertrat. Drei Ehefrauenmörder, man entsinne sich. Aber vielleicht war der Sandbach-Mann auf dem Weg in Richtung eines unverbesserlichen nichtnordischen Hetero-Proletariertums doch ein Schritt zu weit.

Wer wusste schon, was Quinton dachte, oder ob er überhaupt etwas dachte? Womöglich hatte er das Manuskript überhaupt nur mitgenommen, um seine Stiefel damit zu füttern.

Jedenfalls marschierte ich agentenlos damit weiter in Richtung Veröffentlichung und schlug Merton, der meinen Affenroman verlegt hatte, vor, dass wir, da ja niemand das Gegenteil beweisen könnte, auf dem Schutzumschlag das Totschlagargument benutzen sollten: *Dieses Buch ist gefährlich. Überlegen Sie sich zweimal, ob Sie es lesen wollen – besondere in höheren Gebirgslagen.*

Aber Merton war ebenso wenig davon begeistert, das Wort »gefährlich« auf den Umschlag eines Buches zu setzen, wie davon, das Wort »urkomisch« auf einen Buchumschlag zu setzen. »Ein neues Meisterwerk, das Ihr Leben verändern wird, aus der Feder des preisgekrönten Autors von *Wer schert sich einen feuchten Affen?*« war das, wofür er sich stattdessen entschied.

Ich wurde mit John Braine und Alan Sillitoe verglichen. Eine Mischung aus *Dienstagnacht und Mittwochmorgen* und *Der Weg nach unten*. Was, wie ich fand, ein Abstieg war gegenüber Apuleius und dem Marquis de Sade. Wiewohl ein Rezensent durchaus sagte, ihm scheine, das Gekreisch brünstiger Schimpansen verfolge mich durch den ganzen Nordwesten Englands, während ein zweiter (der sich als dieselbe Person entpuppte, die diese Rezension nur unter einem anderen Namen veröffentlichte) sich wünschte, ich wäre bei dem Gebiet geblieben, auf dem ich mich am besten auskannte – dem Affenstall. In einer dritten Rezension, für das *London Magazine*, formulierte Lonnie Dobson alias Donny Robson alias Ronnie Hobson sein tödlichstes Verdikt. »In seinem Debütroman hat Guy Ableman den ganz und gar erfolglosen Versuch unternommen, eine Frau nachzuäffen; in diesem zweiten und, wie wir inständig hoffen, letzten Roman hat er den ganz und gar erfolglosen Versuch unternommen, einen Mann nachzuäffen.«

Kurz nach dem Erscheinen des Buches schlug ich den Ratschlag des bedauernswerten steif gefrorenen Quinton in den Wind und zog nach London. Anfangs freuten sich Vanessa und ihre Mutter darüber, die beide im Herzen Großstadtmädel waren. Aber nach und nach begannen sie daran zu zweifeln, dass sie das Richtige getan hatten. In Cheshire wirkten sie wie verruchte Frauen, die von anderswo vertrieben worden waren und nur darauf warteten, dass ihr schlechter Ruf sie einholte, und dann wären sie wieder auf und davon. In der Großstadt machten alle diesen Eindruck. Sie waren immer noch ein beeindruckendes Paar, aber sie brachten den Verkehr nicht mehr zum Erliegen.

Ich auch nicht.

Es gibt eine Lehrmeinung, der zufolge London mein Ende war. Es gibt aber auch eine Lehrmeinung, der zufolge ich niemals überhaupt angefangen hatte. Mein Werk veränderte sich, darauf können wir uns alle verständigen. Es büßte einiges von seiner rohen Wucht ein. In seiner Ungeordnetheit wurde es ordentlicher. Wenn ich mit einer Zigarette im Mundwinkel durch die Straßen von Wilmslow geschlendert war, hatte ich mir einreden können, ich stehe mit der ehrbaren Gesellschaft auf Kriegsfuß und schreibe entsprechend. In dem Moment, in dem ich mich in London niederließ, spürte ich die Last der Ehrbarkeit sich auf meine Schulter legen. »Für einen Mann der großen Städte«, schrieb Henry Miller einmal, »sind meine Heldentaten meines Erachtens bescheiden und völlig normal.« Das ist das, was große Städte machen: Sie machen normal, was anderswo für absonderlich gehalten würde. Der Affenmann, der mein Markenzeichen geworden war, machte im Westen Londons kaum Furore. Wilmslow und Sandbach konnten ihn zwar nicht recht entschuldigen, aber doch zu einem gewissen Grade erklären. Er war wie die Bestie von Bodmin Moor, ein Wesen, dessen Faszination daher rührte, dass es fehl am Platz war. Sobald man ihn aber in die Pubs und Clubs und die Bars für einsame Ehefrauen in der Hauptstadt versetzte, verflog die Faszinationskraft. Was einen Mann im Norden zu einem Rohdiamanten machte, machte ihn in Westbourne Grove bloß zu einem weiteren rüpelhaften Flegel. Er glich der allzu großen Zahl von Männern, die in der großen Stadt verlotterten.

Aber es hätte auch nichts geändert, wären mein dritter und mein vierter Roman Geniestreiche gewesen – *Middlemarch*, *Cranford* und *Sexus*, *Plexus* und *Nexus* auf einmal. Trotzdem wären sie innerhalb weniger Wochen nach ihrer Veröffentlichung untergegangen, und sie wären auch kaum länger präsent gewesen, wenn sie dann schließlich – oder vielmehr falls sie dann schließlich – als Taschenbücher den zweiten Anschub bekommen hätten. Die Leserschaft hatte sich gewandelt. Die Erwartungen ans Buch hatten sich gewandelt. Um es kurz zu machen: Es gab keine mehr.

Wann fing das an, dass meine Bücher nicht mehr in den Buchhandlungen auftauchten? Wo blieb mein Œuvre? Diese Frage war nicht nur meine: Jeder Romanautor im ganzen Land, der in der Lage war, Konditionalsätze zu schreiben, stellte sie sich. Man schrieb uns allesamt aus der Geschichte heraus. War die Schuld bei Nimm-drei-zahle-zwei zu suchen? Bei den Memoiren von Berühmtheiten? Es war alles so schnell gegangen. Das eigene Werk stand nach dem Alphabet einsortiert im Regal, mit den Buchrücken nach außen, als bleibe das für alle Ewigkeit so, und dann plötzlich nicht mehr. Zeitlich fiel es damit zusammen, dass die Angestellten in den Buchhandlungen plötzlich nicht mehr wussten, wer man war. Am einen Tag fielen ihnen die Augen aus dem Kopf vor Aufregung, wenn sie einen sahen. Am nächsten Tag konnten sie einen schon nicht mehr vom nächstbesten Mitglied der keinebücherkaufenden Öffentlichkeit unterscheiden. »Name«, sagten sie, wenn man erschien, um Bücher zu signieren. »Können Sie das buchstabieren?«

Passierte das auch Kundera? Passierte das auch Gore Vidal? »V, i, d, a, l.«

Mailer war tot, Bellow war tot, Updike war tot. War womöglich die Zumutung, in einer Borders-Filiale den eigenen Namen buchstabieren zu müssen, die Ursache ihres Todes?

Und jetzt lag Borders selbst schon in den letzten Zügen.

Zweifellos gab es für all das tausenderlei Erklärungen, aber diejenige, die an erster Stelle stand, war Flora.

8
Was fangen wir bloß mit Ihnen an?

Wäre ich gezwungen gewesen, für den Ladendiebstahl eines meiner eigenen Bücher mildernde Umstände geltend zu machen, so hätte ich auf die lange Liste auch Flora gesetzt. Nicht die Margarine Flora, sondern die legendäre Taschenbuchverlegerin Flora, die die Kunst, einen männlichen Romanautor auf keinen Fall zu vermarkten, wenn er in der ersten Person schrieb, das Leben leicht nahm oder den Verkehr mit einer Frau aus der Perspektive des Mannes beschrieb, zu allerhöchster Perfektion gebracht hatte. In jüngeren Jahren hatte Flo McBeth unter eigenem Verlagsnamen Autorinnen des neunzehnten und frühen zwanzigsten Jahrhunderts herausgebracht, deren Männer, Brüder oder Väter verhindert hatten, dass ihre Manuskripte aus den vier Wänden ihres Hauses nach außen drangen. Bemerkenswert war dabei nicht nur die Qualität der Arbeiten, die Flo und ihre Belegschaft vor dem Vergessen gerettet hatten, sondern auch, wie häufig noch bis zu einer Zeit um 1940 herum Männer aller Gesellschaftsschichten vor dem kreativen Funken ihres weiblichen Anhangs aus dem einen oder anderen Grund augenscheinlich eine solche Angst gehabt hatten, dass sie ihn auszulöschen suchten. Flos Feinde fragten sich laut und vernehmlich, ob einige dieser wiederentdeckten Werke Fälschungen sein mochten, aber wenn sie es waren, wer sollte sie dann geschrieben haben? Flora selbst? In dem Falle wären ihre Fähigkeiten als Stilimitatorin nicht weniger erstaunlich als ihre Fähigkeiten als Verlegerin. Wie auch immer, jedenfalls war sie schon als junge Frau in der Lage, wohlhabend, mit beispiellosem

Ruf und mit einem Ritterorden ausgezeichnet aus der Welt der Bücher auszusteigen. Nach einem Ruhestand, von dem es hieß, sie habe ihn ermüdend gefunden – sie hatte den unter Büchermenschen verbreiteten Fehler begangen, aufs Land zu ziehen (wogende Felder, Duft von Heu, blöde Schafe, mäh, mäh, und genügend Zeit, alles zu lesen, was man lesen *wollte*) –, war sie in der Rolle der Verlegerin einer Taschenbuchreihe zurückgekehrt, die seit jeher den Geist kühnsten Maskulinismus verströmte, soll heißen: aus Büchern bestand, die sie *nicht* lesen wollte.

Es war in jeder Hinsicht eine befremdliche Personalentscheidung. Wollte der schwedische Unternehmenskonzern, der die Scylla & Charybdis Press aufgekauft hatte, den Verlag so schnell wie möglich abwickeln? Und was führte Flora selbst im Schilde? Wollte sie die Generationen von Frauen, denen der Mund verboten worden war, rächen, indem sie bei Männern denselben Funken auszulöschen suchte, den Männer bei ihnen ausgelöscht hatten? Niemand kannte ihre Motive, und ganz gewiss mochte keiner der Autoren, die sie übernommen hatte, Spekulationen darüber anstellen, weil sie alle Angst hatten, sie würde sie noch nachhaltiger nicht vermarkten, als sie es ohnehin schon tat. Flora jedenfalls war mit sechzig unter immenser öffentlicher Beachtung gerade rechtzeitig für die Taschenbuchausgabe meines dritten Romans in den Betrieb zurückgekehrt.

In Anbetracht des Fehlers, ihn in Westbourne Grove spielen zu lassen, hatte sich *Der stumme Schrei* als gebundene Ausgabe eigentlich gar nicht so schlecht geschlagen. »Ein Roman, der auf subtile Weise seine eigene Sinnlosigkeit inszeniert«: Das war schon das Schlimmste, was Jonny Jobson in der *Yorkshire Post* dazu eingefallen war. Nicht gerade übermäßig schmeichelhaft, aber wenn ich es mit dem verglich, was er über *Die Zügellosen* (meinen in Sandbach spielenden Roman) geschrieben hatte, fand ich doch, ich sei wieder auf dem Weg nach oben. Es verkauften sich davon nicht mehr als ein paar Tausend Exemplare, aber andererseits erwartete auch niemand von einer gebundenen Ausgabe, dass davon mehr als ein paar Tausend Exemplare weggingen. Von Taschenbüchern allerdings kaum mehr. Ein Taschenbuch war lediglich der zweite Biss in einen Apfel, der schon zu faulen begonnen hatte. Nur dass es unter Floras Herrschaft gar keinen Apfel mehr gab.

»Was fangen wir bloß mit *Ihnen* an?« Zu dieser Frage hatte sich mich in ihr Büro gerufen.

Die Betonung legte mit Nachdruck nahe, bei allen anderen habe sie es ganz genau gewusst.

»Sich den Arsch für mich aufreißen«, schlug ich vor.

Das war riskant. Aber ich war fest entschlossen, mich in Flos Gegenwart nicht unterkriegen zu lassen, ohne meine Manneskraft hochzuhalten.

»Glauben Sie mir, Guy …«, sagte sie lachend und lehnte sich auf ihrem Bürostuhl extrem weit zurück, als mache es ihr nichts aus, dass ich sehen konnte, was für eine famose Kieferpartie sie für eine Frau ihres Alters doch noch hatte.

Sie war Wanderin und Bergsteigerin, klein und drahtig und mit trefflichen Wadenmuskeln, mit denen sie angab, indem sie bei jedem Wetter auf der Arbeit Trekking-Shorts trug. Und Wanderstiefel, mit denen sie Gerüchten zufolge etlichen ihrer männlichen Autoren Tritte versetzt hatte, die sich mit der Art und Weise unzufrieden gezeigt hatten, wie sie von ihr nichtvermarktet wurden.

Mir versetzte sie keine Tritte. Außer man versteht es als Tritt, dass sie vorschlug, ich solle mindestens drei junge Schriftstellerinnen auftreiben, die sich für jenen Roman einsetzen mochten, den sie zu ihrem größten Unglück irgendwie als Taschenbuch unter das von Büchern gelangweilte Volk zu bringen hatte.

Ich schlug E. E. Freville vor. Eric den Entdecker. Er sei mal ein Fan von mir gewesen, erklärte ich ihr.

»Schätzchen, von allem und jedem ist er mal ein Fan gewesen. Aber er ist weder Schriftstellerin noch jung, und außerdem ist er inzwischen A-Promi und setzt sich nur noch für ein Buch ein, wenn wir ihm eine Druckauflage von fünfzigtausend und ein Schaufenster bei Smith's garantieren.«

»Dann garantieren Sie's ihm.«

Sie ballte die Faust um einen Briefbeschwerer und schnaubte. »Kommen wir zurück zu besagten Mädels«, sagte sie. »Idealerweise unter zwanzig.«

»Flo, ich kenne keine Mädels unter zwanzig. Ich kenne *niemanden* unter zwanzig.«

»Damit würde ich nicht auch noch prahlen.«

»Und außerdem«, sagte ich, »hat jemand unter zwanzig noch nicht mal richtig laufen können, als mein erster Roman rauskam.«

»Für mich klingt das wie eine echte Empfehlung«, sagte sie und stemmte sich ein, zwei, drei Mal auf den Lehnen ihres Stuhls hoch, wozu sie tief ein- und ausatmete.

Es gibt einen schroffen Gipfel der Kränkung, der so atemberaubend ist, dass man die Aussicht von dort oben einfach bewundern muss, auch wenn man selbst es ist, der von dort in die Tiefe gestürzt wird. Ich überlegte, ob ich ihr Beifall klatschen sollte. »Bravo, Flo!« Stattdessen fragte ich, ob sie irgendeine junge Frau des von ihr vorgeschlagenen Alters empfehlen könne.

Sie tat so, als würde sie darüber nachdenken, wobei sie zwei Briefbeschwerer dazu benutzte, beidseitig ihren Bizeps zu trainieren. »Nun, das ist eben das Problem«, sagte sie, nachdem sie sich hinreichend aufgepumpt hatte und auf ihren Unterarmen blaue Adern hervortraten, »würde von denen überhaupt eine Gefallen an Ihnen finden?«

»Müssen sie denn Gefallen an mir finden?«

»An Ihrem Werk, Schätzchen. Könnte irgendeine von ihnen da Zugang finden?«

»Sich damit identifizieren, meinen Sie?«

Ich fragte mich unwillkürlich, ob »identifizieren« womöglich ein exklusiv weibliches Konzept war, so wie hormonell oder launenhaft, so wütend machte es sie, dass ich es in den Mund nahm.

»Versuchen Sie es mit ›mitfühlen‹, Schätzchen«, sagte sie.

Man wusste stets, wann eine Unterredung mit Flora McBeth zu Ende war. Sie machte dann kleine Klopfbewegungen mit der Faust auf ihrer Brust, und ihre Stimme – die allerdings immer geziemend heiser war, wie Sirup, der durch Nesselstoff gepresst wird – klang zusehends so, als wäre irgendwie Sand in einen Föhn geraten.

Zwei Wochen später rief sie an, um mitzuteilen, sie habe ein gescheites junges Ding namens Heidi Corrigan aufgetrieben, die sich bereitgefunden hatte, zu sagen, ich sei einer ihrer Lieblingsfarceure über vierzig.

Ich überhörte das »bereitgefunden«. »Ich bin kein Farceur, Flo«, sagte ich.

»Spielt nicht die geringste Rolle. Es weiß ohnehin niemand, was dieses Wort bedeutet.«

»Bei Heidi Corrigan gibt es noch ein anderes Problem«, sagte ich. »Ihre Mutter war hier die Pressechefin, als S&C meinen ersten Roman publizierten. Sie brachte Heidi manchmal mit ins Büro. Hübsches kleines Mädel. Ich setzte sie mir aufs Knie, während ich mit ihrer Mutter unsere Strategie besprach.«

»Was beweist, dass in diesem Gewerbe keinerlei Zuwendung je verschwendet ist, Schätzchen. Aber keine Sorge – ich erzähl's nicht weiter.«

»Ich mach mir keine Sorgen. Ich möchte nur mal wissen, wie es helfen soll, ein Zitat von Heidi Corrigan zu haben?«

»Hilft im Ein-Pfund-Shop.«

Ich bin mir nicht mehr ganz sicher, aber das könnte jenes Gespräch gewesen sein, in dessen Folge ich mir angewöhnte, mir die Haut von den Nägeln zu pulen. »Im Ein-Pfund-Shop!«

»Also, versprechen kann ich gar nichts. Vielleicht springen sie auch nicht drauf an.«

»Aber ein lobendes Zitat von einer Heranwachsenden auf dem Rückumschlag könnte sie eventuell überzeugen – ist es das, was Sie mir sagen wollen?«

»Wer hat denn was vom Rückumschlag gesagt? Wir sprechen von dem Frontcover. Größeres, jüngeres Zielpublikum, Schätzchen.«

»Sie hat gerade mal zwei Short Storys veröffentlicht.«

»C'est la vie littéraire.«

»Flora, eher möchte ich mich ersäufen.«

Woraufhin plötzlich wie alles andere die Verbindung tot war.

Immerhin berücksichtigte sie meine Einwände. Das Buch ging ohne ein Wort von Heidi Corrigan vorn oder hinten auf dem Umschlag in die Läden, aber in *welche* Läden es ging, blieb ein ungelöstes Rätsel. Ganz sicher nicht in den Ein-Pfund-Shop.

Das ist noch nicht ganz das Ende der Geschichte. Ich fand schließlich doch heraus, wo ein Exemplar landete. Es landete auf dem Schreibtisch von Bruce Elseley, einem Romanautor, der zwanzig Jahre älter war als ich – folglich sogar noch weiter weg vom Fenster – und der bei zwei früheren Gelegenheiten meinen Verlagen geschrieben und Plagiatsvorwürfe gegen mich erhoben hatte. Diese Anschuldigungen waren folgenlos geblieben, vielleicht weil er von meinen Verlagen verlangte, noch gegen mindestens ein Dutzend weiterer ihrer Autoren vorzugehen, denen er sämtlich vorwarf, ihn beklaut zu haben. Dass seine Chancen, Genugtuung zu erhalten, größer gewesen wären, hätte er für seine Anschuldigungen pro Verlag nur einen einzigen Autor herausgegriffen, diesen Rat hätte ich ihm geben können, hätte ich Interesse daran gehabt, ihm irgendetwas anderes zu raten, als dass er unbedingt weitermachen sollte mit seiner erotischen Praktik der Atemkontrolle – einer vortrefflichen, aber nicht ungefährlichen Form der Selbstbefriedigung, die ich nur deshalb erwähne, weil Elseley weithin als Solofetischist bekannt war; man hatte ihn sogar schon einmal vom Haken an der Innenseite einer Hoteltür in Wales schneiden müssen, wo er an einem Literaturfestival teilnahm.

Dieser Vorfall hatte – wenn ich kurz abschweifen darf – ernsthafte Folgen nicht nur für dieses Literaturfestival, sondern für Literaturfestivals allgemein. Die meisten davon waren vor Ort auf Wohlwollen und Sponsoren angewiesen, um überleben zu können. Auf der Ebene der Rotarier und der Städte- und Gemeindeverbände hatte es immer schon Misstrauen gegen Festivals gegeben, die Büchern gewidmet waren – die Begrifflichkeit selbst schien sich in ihren Augen zu widersprechen: Wie konnte man wegen Büchern in Feststimmung geraten? –, und als dann auch noch einer der geladenen Autoren halb erstickt in seinem Hotelzimmer aufgefunden wurde mit Damennetzstrümpfen an den Beinen und einer Apfelsine aus dem Co-op im Mund, da sahen sie ihre schlimmsten Befürchtungen bestätigt. Es stellte sich nunmehr die Frage, ob die Kommune auch weiterhin mit Literatur in Verbindung gebracht werden mochte.

»Noch ein Jahr auf Probe«, lautete das Zugeständnis, das die Festivalorganisatoren der Stadt abringen konnten, was bedeutete, dass man sich mit Bruce Elseley und seinesgleichen von nun an nicht mehr einlassen durfte.

Das alles führte auch dazu, dass in jedem Hotel und jeder Privatpension in Cheltenham und Hay-on-Wye die Haken von den Türen geschraubt wurden, sobald Schriftsteller in der Stadt waren.

Ob Elseleys Überzeugung, er sei beklaut worden, sich noch verstärkte, weil er aus dem Festivalparcours ausgeschlossen wurde, kann ich nicht sagen, aber man braucht nicht viel Fantasie, um sich vorzustellen, dass dem so war. Nicht lange danach jedenfalls kriegte er meine Adresse heraus und fing an, direkt an mich zu schreiben. *Der stumme Schrei*, behauptete er, sei ein direktes Plagiat seines Romans *Sichtbare Dunkelheit*, dessen Titel er selbst bei William Styron geklaut hatte, der sich die Formulierung bei Milton ausgeborgt hatte. Im Unterschied zu Styrons *Sichtbare Dunkelheit: Sturz in die Nacht*, bei dem es sich um die elegant geschriebene autobiografische Geschichte einer Depression handelte, war Elseleys Buch die hingeschluderte Chronik, abgefasst als Tagebuch im Präsens, der drei Jahre währenden Zeitspanne im sechsten Jahrhundert, als ein Vulkanausbruch die gesamte Erdoberfläche verfinsterte, Feldfrüchte und Haustiere vernichtete, Wasser vergiftete, bei Frauen Fehlgeburten auslöste und bei Männern Irrsinn und Selbstmorde. Da mein Roman eine in Shepherd's Bush angesiedelte Satire über einen gescheiterten animalischen Schriftsteller war, der in einer Tierhandlung arbeitete, die den drohenden Konkurs nur abwenden konnte, indem sie aus Madagaskar eingeschmuggelte Lemuren verkaufte, war mir nicht einsichtig, was für Ansprüche er da geltend machen wollte. Aber alle sechs, sieben Monate trudelte ein weiterer Brief ein, jedes Mal noch gehässiger und bedrohlicher als der vorherige. Und dann erhielt ich, kurz nachdem Merton gestorben war, eine Ansichtskarte mit einer Enthauptungsszene von Goya, auf deren Rückseite mit etwas, was aussah wie eine Mischung aus grüner Tinte, Sperma und Fäkalien, die Worte gepinselt worden waren:

HA! SO ERGEHT ES DENEN,
DIE DIEBE SCHÜTZEN.

Ich zeigte die Karte Vanessa.

»Ich weiß, wie er sich fühlt«, sagte sie.

9
Immer die alte Leier

Wäre es nicht schon ein zweifaches Plagiat gewesen, hätte ich Elseleys Titel als Einziges von ihm klauen wollen.

Milton war damit beschäftigt, die Hölle zu beschreiben, als er die Formulierung »sichtbare Dunkelheit« prägte. »Region der Trauer«, »Marter ohne Ende«. Ich kannte den Ort genau, den er im Sinn hatte – Chipping Norton.

Aber jeder Schriftsteller hatte sein eigenes Chipping Norton zu ertragen. Tag für Tag verdichtete sich die Dunkelheit rings um uns herum.

War meine Schwiegermutter also ein Symptom oder eine Tröstung?

War sie der Beweis, dass ich ohne den Ballast eines ehrbaren Berufes, der mich hätte stabilisieren können, moralisch immer tiefer sank? Oder war sie einfach da, damit sich alles besser anfühlte, bis die Dunkelheit schließlich herabsank?

Vielleicht brauchte ich gar keine Entscheidung fällen. Die kühne Warnung, die Francis ausgestoßen hatte – »Lass die Finger davon, Guy« –, verwandelte sie auf der Stelle in eine Lösung. Die Belletristik war im Arsch, aber das hieß keineswegs, dass man keinen Spaß mehr dabei haben konnte, sie zu verfertigen. Halt dich davon fern, hatte Francis mir geraten. Wenn nicht im Leben, dann zumindest in der Kunst. Sie würden mich dafür hassen. Warum? Was weiß ich. Maskulinismus, sagte Francis. Womit er, soweit ich es verstand, Protzerei meinte. Niemand wollte mehr was von einem Mann lesen, der sich die Kante gab. Einstmals war das der letzte Schrei gewesen – Henry Miller, Frank Harris, J. P. Donleavy –, Männer, die Nummern schoben in Sätzen, die ebenso schwerblütig wie anstößig waren. Erledigt, hatte Francis verkündet. Der Weiberheld, der ringsum seine Prosa verspritzte, der mit einer in heißes Sperma eingetauchten Feder schrieb, lag tot im Wasser.

Na, das wollten wir doch mal sehen.

Kunst ist Entsagung, hat irgendwer einmal gesagt. Wie wär's mit der gegenteiligen Sichtweise? Kunst ist Schwelgerei. Ich war nicht der Erste, der dieser Ansicht war. Dekadenz reichte tief in die Vergangenheit zurück. Aber die heutigen Zeiten waren nicht dekadent. Niederlage ist keine Dekadenz; Tod ist keine Dekadenz; selbst das Literarische Quartett war keine Dekadenz. Wir waren zu träge, um dekadent zu sein. Die Belletristik war von einem Zuwenig am Arsch gekriegt worden, nicht von einem Zuviel; von Zurückhaltung, nicht von Verruchtheit. Ob ich ein bisschen was vom Bösen zurück ins Spiel bringen konnte? Hatte ich das, was es brauchte, um gegen die Mächte des großen Gottes Nettigkeit die Verschlüsse zu lösen und alles rauszulassen?

Was die ethische Frage betraf, ob es für einen Mann recht war, die Mutter seiner Frau zu begrapschen – die löste sich angesichts der Aussicht in Wohlgefallen auf, dass ein Buch dabei herausspringen würde. Diese Rechnung war keineswegs Zynismus. Ich hatte es nicht auf Poppy abgesehen, um ein Buch zu schreiben. Ich hatte es *immer schon* auf Poppy abgesehen gehabt. Aber wenn ich Poppy haben *und* ein Buch schreiben konnte …!

Das eigentlich Komische an der ganzen Sache war, dass ich überhaupt noch das Verlangen verspürte, einen Satz zu schreiben, von einem Buch ganz zu schweigen. Und doch war es da. Ein gewaltiges Verlangen – verwandt mit Lust oder Hunger –, das alle militanten weiblichen Lesekreise in Chipping Norton zusammen nicht auszulöschen vermochten. Erkläre mir das mal jemand! Ich kann's nicht. Aber ich war nicht allein. Je stärker ein Buch gleich welcher Art als Übererfüllung des kulturellen Plansolls begriffen wurde, desto mehr wurden geschrieben. Bücher, die niemand lesen wollte, breiteten sich aus wie die Pest. Wenn irgendein Buch machbar war, dann machte man es auch – und fragte sich, wer zum Teufel es wohl lesen sollte.

Es war, als zündete man in der Dunkelheit eine Kerze an. Man wusste, es war ein Nichts verglichen mit dem »ewig brennenden Schwefel« der Hölle, man wusste, die Dunkelheit würde dieses kleine Licht der Hoffnung am Ende einfach auslöschen, aber wenigstens während der einen Stunde, die es brannte, brannte man selbst nicht.

Ich hatte sogar schon einen Titel. Es ist ein toller Moment, wenn einem unverhofft ein Titel einfällt und man weiß, der ist es. Ich kann mich noch gut daran erinnern, wie mir zum ersten Mal *Wer schert sich einen feuchten Affen?* in den Sinn kam und ich ihn Vanessa verkündete. Sie lag in der Badewanne, die Füße in die Luft gestreckt, und schmirgelte sich die Fersen mit sizilianischem Bimsstein. »Das ist ein Scheißtitel«, sagte sie, auch wenn sie später, als das Buch sich wacker schlug, behauptete, es sei ihr Einfall gewesen. Sie wusste sogar noch anzugeben, wo sie war, als er ihr einfiel – in der Badewanne, die Füße in die Luft gestreckt, und hatte sizilianischen Bimsstein in ihre Fersen gerieben.

Wie ein Affe. Deswegen …

Aus verschiedenerlei Gründen überbrachte ich ihr meinen aufregenden Einfall diesmal nicht. Stattdessen rief ich Merton mit der Neuigkeit an und erwischte nur seine Sekretärin. »Merton ist nicht mehr da«, erinnerte sie mich.

»Nicht mehr da?«

»Entschlafen.«

»O Gott, Margaret«, sagte ich. »Tut mir leid. Ich bin so daran gewöhnt, dass er da ist, dass ich ganz vergesse, dass er es nicht mehr ist.« Tatsächlich hatten wir auf der Beerdigung miteinander gesprochen. Sie hatte an meiner Schulter geweint. Wir hatten einander umarmt. Ich erinnerte mich sogar noch an den gegürteten Regenmantel, den sie angehabt hatte. Sie hatte in meinen

Armen geächzt. Ich hatte in ihren geschnieft. Auf befremdliche Weise – *Lust und Tod*, nehme ich an – war das erregend gewesen. Sie war eine gut aussehende Frau mit schmaler Hüfte, absolut zuverlässig, aber mit der Andeutung einer gewissen Bereitschaft, für einen jedes Risiko einzugehen, wie eine Sekretärin in einem Hollywoodfilm aus den Fünfzigern. Wir schauten einander tief in die Kümmernis. Es würde nie einen zweiten Merton geben, darin waren wir uns einig. Es war ein Wunder, dass wir uns nicht küssten. Falls wir es nicht doch getan haben und hinterher komplett verdrängten.

Ich konnte hören, wie ihre Tränen erneut hervorbrachen am anderen Ende der Leitung. Ich hoffte nur, es waren keine Schuldgefühle.

»Alles in Ordnung mit Ihnen, Margaret?«, fragte ich.

»Ja, ja, alles bestens. Und mit Ihnen?«

»Ja, mit mir auch. Aber ich bin ganz schockiert, dass ich vergessen habe, dass Merton nicht mehr da ist.«

»Das ist verständlich«, sagte sie, »damit sind Sie nicht allein. Es ist schön, dass die Leute ihn sich nicht tot vorstellen können. Ich jedenfalls kann das nicht.«

Außer wenn sie sich ihn nicht tot vorstellen konnten, weil es schon so lange her war, dass sie ihn sich lebendig vorgestellt hatten.

Bis ein Nachfolger gefunden war, erläuterte Margaret, würde Flora McBeth sich um seine Autoren kümmern. Ob ich mit Flora sprechen wolle? Sie lachte ein grimmiges Lachen, als wisse sie, was die Nennung von Floras Namen bei mir auslösen würde. Es war ein aufregendes Lachen. Erfüllt von Verantwortungslosigkeit, was ein verführerisches Versprechen ist bei einer normalerweise sehr verantwortungsbewussten Frau. Es war, als würde sie mir ihre – üblicherweise komplett verhüllten – Beine zeigen. Ich bedauerte, dass wir uns nicht geküsst hatten. Wenn wir es denn wirklich nicht hatten.

Ein paar Augenblicke mussten in nachdenklichem Schweigen vergangen sein.

»Nun?«

»Nun was, Margaret?«

»Wollen Sie, dass ich Sie zu Flora durchstelle?«

Wollte ich nicht.

Es gab ein Gerücht, wonach unter den Erklärungen für Mertons Selbstmord Flora an prominenter Stelle stand.

Weil er sie fickte?

Weil er Angst vor ihr hatte?

Weil er sie fickte und Angst vor ihr hatte?

Niemand wusste es. Und wenn es jemand wusste, hatte er Schrägstrich sie zu viel Angst, es zu sagen.

Aus irgendeinem Grund ging mir Margaret nicht aus dem Kopf.

Ich mailte Francis den Titel. *Der Schwiegermutterwitz.*

»Wobei der Witz ist«, schrieb ich, »dass es keiner ist.«

»Kein was ist?«, mailte er zurück.

»Kein Witz!«

»Hab's auch nie für einen gehalten«, war seine Antwort.

»Mein Ziel ist es«, mailte ich ihm daraufhin, »einen Tabu brechenden Roman zu schreiben, der die Grenzen dessen, was in unserer Zeit moralisch statthaft ist, erforscht. Wer sind die großen Blasphemiker unserer Epoche? Nicht mehr die Dichter und Schriftsteller. Sondern Stand-up-Comedians. Mein Held ist ein Stand-up-Comedian. In der ersten Zeile meines Romans betritt er die Bühne und sagt *Nehmen wir meine Schwiegermutter – ich hab es gerade getan.* Publikum steht auf und verlässt angewidert den Saal. Was meinst du?«

Ich bekam keine Antwort, nicht einmal eine Abwesenheitsbenachrichtigung. Ein, zwei Tage gingen ins Land. Ich musste mir ernsthaft Sorgen machen. So wie die Dinge standen, ging man, wenn man von irgendwem mehrere Tage lang nichts hörte, automatisch davon aus, er liege mit dem Gesicht nach unten auf dem Fußboden seines Büros, die Gehirnmasse ringsum verstreut.

Am dritten Tag kam endlich eine Rückmeldung von Francis. Anscheinend hatte er sich die Idee gründlich durch den Kopf gehen lassen.

»Ich bitte dich!«, schrieb er. »Und überhaupt ...«

»Und überhaupt was?«, schrieb ich zurück.

»Und überhaupt bist du kulturell hinter dem Mond«, antwortete er. »Du bist nicht auf der Höhe der Zeit. Das Publikum würde nicht angewidert den Saal verlassen. Vielleicht würden sie nicht lachen, aber auch nicht rausgehen. Absolut nicht anstößig genug.«

»Nicht anstößig genug! Was muss er denn noch tun – seinen Schwanz vorzeigen?«

Nur gut, dass ich's mit diesem Spruch nicht bei Vanessa probiert hab; sie hätte prompt geantwortet, ich würde meinen Schwanz schon seit Jahren in der Öffentlichkeit vorzeigen.

Und witzig sei das auch nicht, ganz und gar nicht.

Francis war cooler. »Schwanz vorzeigen ist immer die alte Leier. Du bist einfach auf dem Holzweg. Natürlich musst du nicht auf mich hören, du bist der Schriftsteller. Aber wenn du schon in diese Richtung gehen musst – und verlang nicht von mir, dass ich dir einen Verlag auftreibe, wenn du's tust –, aber wenn du's jedenfalls musst, wenn du's wirklich unbedingt *musst*, dann sieht's für mich folgendermaßen aus. Erst mal streich das mit dem ›Grenzen erforschen‹. Erforschen ist prima, wenn du die Antarktis erforscht, ansonsten Selbstmord. Ersetz es durch ›an die Grenzen gehen‹. Als Held ein Klimawissenschaftler, kein Comedian – Humor verkauft sich nicht. Und was den Sex angeht – mir wär's lieber, du würdest es lassen, aber anal zieht immer noch gut. Nicht zeugungsfähig. Es gibt eine Denkschule, die den Analverkehr, solange er einvernehmlich ist, als nichtsexuell begreift. Kann man Analsex haben und trotzdem noch Jungfrau genannt werden, usw.? Nimm als Rahmen eine Expedition nach Afghanistan zur Erforschung der Erderwärmung. Ehefrau hat Verdacht, engagiert Detektiv mit Depressionen, ehemaliger Elitesoldat, Detektiv mit

Depressionen bestätigt Verdacht und versucht, sie zu ficken, sie dreht durch, ist schon oft durchgedreht, ersticht ihn.«

»Den Detektiv?«

»Den Ehemann.«

»Wie wär's, wenn sie die Mutter ersticht?«

Unsere E-Mails liefen sich jetzt richtig heiß.

»Gefällt mir, gefällt mir. Ist als Kind von Mutter misshandelt worden. Ersticht beide. Ersticht alle drei, wenn's dir lieber ist. Aber es braucht eine Wendung zum Guten. Bombastisches Nachleben. Vorhölle und Fegefeuer toben. Erforsche das, wenn du unbedingt irgendwas erforschen musst. Wirst deinen Spaß dran haben, wenn du's rauslässt. Hab schon immer gemeint, in dir steckt ein Autor von Thrillern der anderen Dimension, der rausgelassen werden will. Viel Spaß bei der Feldforschung, du verdammter Glückspilz! Poppy Eisenhower – boah! Finde noch immer, du solltest das lassen, aber wenn du unbedingt musst, dann alles Gute. F.«

»Schon verstanden, aber wie kommst du auf die Idee, ich habe jemals Thriller irgendeiner Dimension schreiben wollen? Verabscheue den Müll. Du weißt, dass ich den Müll verabscheue.«

Das Nächste, was ich kriegte, war eine Textnachricht von seinem BlackBerry. »Der Autor, wie mich dünkt, verneint zu viel.«

»Hat eine mittelalterliche Schlampe formuliert«, textete ich zurück.

Seine Antwort kam prompt. »Dachte, mittelalterliche Schlampen wären deine Stärke. Aber vergiss nicht Afghanistan und Nachleben. Am besten Afghanistan im 19. Jahrhundert. Historisch zieht immer. Aber im Präsens. F.«

Ich ignorierte den Vorschlag mit dem 19. Jahrhundert, und mir fiel etwas Besseres ein als Analverkehr. Ich entschied mich für Liebe. Mir war egal, was Francis meinte. Die Schwiegermutter zu lieben war zu allen Zeiten ebenso zerstörerisch für die Gesellschaft wie Analfick. Analfick machten alle. Ich ließ sie im Zoo Analfick praktizieren, und auch in Sandbach wieder Analfick.

Analverkehr war der neue Vaginalverkehr. Wie viele Leute aber waren bis über beide Ohren in die Mütter ihrer Ehefrauen verliebt?

Nicht anstößig genug? Also wirklich!

Immer die alte Leier? Wartet nur, bis ich Poppy erst Rosen kaufen würde, ihr erzählen würde, ich kriegte sie gar nicht mehr aus dem Kopf, ihr schwören würde, ich hätte sie von dem Moment an angebetet, als ich sie zum ersten Mal sah.

Wartet nur, bis ich ihr das Kleid abstreifen würde – es sei denn, es sei denn, das hieße, ins Konventionelle zurückzufallen. Ja. Wartet nur, bis ich ihr das Kleid abstreifen und dann gleich wieder anstreifen würde und ihr sagen, ich achtete sie zu sehr.

Sie war sechsundsechzig und verboten. Ich würde ihnen verdammt noch mal schon zeigen, was wirkliche Tabubrüche waren!

Und ich hatte eine bessere Idee, als Afghanistan zum Schauplatz oder das Nachleben zum Nachklapp zu machen. Australien. Wo Dinge geschehen waren, die nicht hätten geschehen sollen. Erzähl es so, wie es gewesen ist, Guy. Es so zu erzählen, wie es gewesen war, war schmutzig.

10
Gibt es Affen in der Affenbucht?

In Australien war's, dass ich's das erste Mal bei Poppy probiert hatte. Auf derselben Reise zum Adelaide Writers Festival, während der ich Philippa auf einem Weingut an die Knöpfe gegangen war. Hab ich schon erwähnt, dass Philippa aus Neuseeland kam? War dort Lehrbeauftragte – daher ihr Interesse an mir als lebendem Exemplar eines Praktizierenden – für Unglische Lutturatur. Ich brauchte ein Weilchen, bis ich dahinterkam, wovon sie sprach. Selbst als sie sagte, sie wolle meinen Pummel lucken, war ich mir nicht ganz sicher. Philippa jedenfalls war's, die mich für Poppy vorglühte. So läuft das mit dem Sex häufig, wenn man ein Mann ist: Das ist wie bei Dominosteinen – mit dem ersten Geschlechtsakt kippen die Einwände gegen alle weiteren. Sobald man mit A was Böses gemacht hat, hält einen nichts mehr davon ab, was Böses zu machen, bis man bei Z angekommen ist. Und die Mutter der Ehefrau ist Doppel-Z.

Poppy hatte Vanessas Einladung angenommen, einige Zeit mit uns in Australien zu verbringen. Auf Adelaide war sie nicht so scharf gewesen. Das klinge zu platt, sagte sie. Der Klang von Western Australia gefiel ihr besser, und sie wollte, dass wir uns da mit ihr trafen. Also flogen wir nach Perth und verbrachten eine Woche zusammen in einem Hotel mit Blick auf den Swan River, während Poppy sich vom Jetlag erholte. Die Hitze war ihnen gerade recht. In ihren Sonnenhüten und gestreiften Sportjacketts sahen sie aus wie Schwestern, ein Pärchen kühner englischer Abenteurerinnen, die irgendwie vom Weg nach Henley abgekommen waren, die aber, wo sie nun schon mal hier waren, wo immer hier auch sein mochte, gar nichts fürchteten außer Männern, die sich zwischen sie drängen könnten. Sie hakten einander unter, hielten ihre Gesichter auf identische Weise in die Sonne – dasselbe Blinzeln, dieselbe Hingabe an die Empfindungen des Augenblicks –, kauften gleiche Kleider und japsten gleichzeitig nach Tee, genau um 16 Uhr 13, als vereine sie eine gemeinsame Kehle. In Perth herrschte immer noch ein Hauch von Kolonialzeiten; während ich hinter ihnen hertrottete, ihre Pakete trug und mich am synchronen Schwung ihrer Hüften erfreute, kam ich mir vor wie ihr »Boy«.

Ich liebte es, sie aus diesem respektvollen Abstand zu betrachten. Ich fühlte mich ihnen als Paar warmherzig zugetan. Mütter und Töchter finden bei Männern meines zum Sentimentalen neigenden erotischen Schlages Gefallen. Einmal, während ich sie beobachtete, wie sie über den Swan River hinweg nach South Perth hinüberstarrten, fiel mir ein, als was Norman Mailer – noch einer von den großen Spermaverschleuderern längst vergangener Zeiten – seine Frau und Jackie Kennedy beschrieben hatte, als sie in Hyannis Port, der Sommerresidenz des Präsidenten, ins Gespräch versunken waren: »Zwei attraktive Hexen am Rande des Wassers.«

»Hexen«, das traf auch meine beiden. Oder zumindest traf es mich, einen Mann im Zauberbann.

Da verkündete Vanessa unvermittelt, wir würden uns ein Wohnmobil mieten und nach Broome fahren. Wunsch von Poppy, und Wünschen von Poppy hatte man nachzugeben.

Sie hatte von Broome gelesen – von der Perlenfischerei, vom riesigen Streifen des spiegelglatten Sandstrands, auf dem man ein Kamel reiten konnte, von den Mangrovensümpfen, über denen der Fischadler seine Bahn zog, von den enormen Waranen, die mit herausschnellender Zunge die Hauptstraße entlangtapsten, von der erbarmungslosen Hitze. Wir hätten auf kürzestem Weg nach Broome fliegen und noch am selben Nachmittag auf besagtem Kamel sitzen können, aber auch Vanessa hatte so ihre Wünsche, die infrage zu stellen mir in der Post-Philippa-Ära nicht geboten war. Vanessa wollte sich das Outback anschauen. Es hatte geregnet, und in der Wüste wimmelte es von Wildblumen. Als Vanessa »Wildblumen« sagte, wurde Poppys Gesicht zu einer solchen; ebenso wie Vanessa, als Poppy »wilde Tiere« sagte, die Nüstern blähte. Sie befeuerten in sich gegenseitig, was animalisch an ihnen war, ohne allerdings hinreichend zu berücksichtigen, welche Auswirkungen das bei mir hatte.

Ich verspürte keinerlei Drang, diese Reise zu unternehmen. Ich war nach Australien gekommen, um mit meinem literarischen Rang zu wedeln, gesehen zu werden, mich beklatschen zu lassen und mich überschwänglich und ohne alle Abstriche hochschätzen zu lassen von einer Leserschaft nach Art von Philippa; ich war nicht gekommen, um in der Versenkung des dunklen Busches zu verschwinden, ganz egal wie sehr es darin von Wildblumen wimmelte. Auch hinsichtlich der Fahrerei machte ich mir Sorgen. Ich hatte nie ein Auto über die engen Landstraßen von Cheshire gejagt wie mein Bruder Jeffrey. Ich pflegte einen behäbigen, leicht ältlichen Fahrstil, immer ängstlich besorgt, die Breite meines Wagens könne die Weite der Straße überragen. Wie ich mit einem Wohnmobil fertigwerden sollte, das groß genug war, drei Personen ihre Privatsphäre zu gewährleisten, war mir schleierhaft, aber Vanessa, die immer eher als ich der Mann der Familie war, sagte, sie würde es übernehmen, uns dort hinzuschaffen. Von mir werde lediglich verlangt, still zu sitzen, weder zu schreiben noch über das Schreiben zu reden – nicht einmal eine Notiz hinzukritzeln: Arbeit war verboten, wo ich mein Festival nun gehabt hätte – und auf den richtigen Weg zu achten. Auf den Weg zu achten war einfach: Mit Blickrichtung auf den Indischen Ozean machte man sich nach rechts von Perth auf, und nach drei Tagen kam man in Broome an.

Poppy saß auf der Rückbank und las. Es ist mir ein Rätsel, wie man in einem sich bewegenden Fahrzeug lesen kann, ohne Migräne zu kriegen – Vanessa musste das Wohnmobil jedes Mal anhalten, wenn ich im Autoatlas umblättern sollte –, doch ein noch größeres Rätsel war mir die Tatsache, dass Poppy überhaupt las. Sie hatte immer so getan, als würde sie nicht lesen, schon gar nicht Belletristik, aber plötzlich verschlang sie das Zeug. Und was sie sich da reinzog – ganz zu schweigen von dem Tempo, in dem sie es sich reinzog –, schien mir umgekehrt proportional zu den Bedürfnissen und Interessen einer Frau ihres Alters.

»Bist du nicht schon ein bisschen zu alt dafür, Bücher mit lippenstiftpinken Umschlägen zu lesen?«, fragte ich sie, während Vanessa mit Tanken beschäftigt war.

»Alt!«

Es war gut, dass ich sie verärgert hatte. In der Liebe – in der unnatürlichen Liebe zumindest – ist Verärgerung das Vorspiel zur Unbesonnenheit.

»Alt im Sinne von gereift. Alt im Vergleich zu den Figuren in den Büchern, die du liest.«

»Wie willst du wissen, was die Figuren in den Büchern, die ich lese, für ein Alter haben?«

»Ich seh das an den Schutzumschlägen.«

»Beurteile nie ein Buch nach dem Umschlag, das solltest du ja wohl wissen.«

»Aber das ist genau die Methode, nach der *du* sie beurteilst. Ich hab dich dabei beobachtet, wie du sie dir ausgesucht hast.« (Gut, ihr zu verraten, dass ich sie beobachtet hatte.) »Du suchst dir immer nur welche mit lippenstiftpinken Umschlägen aus.«

Sie klopfte mir mit ihrem Lesestoff auf die Finger, als sei's ein Fächer. »Es kann nicht jeder ein Einstein sein«, sagte sie.

Ich blickte ihr kühn ins Auge. »Und es kann nicht jede eine Eisenhower sein«, sagte ich.

Das Seltsame war, dass Vanessa in der Lage war, mit ihrer Mutter sachkundig über diese Bücher zu sprechen, obwohl ich mit Gewissheit wusste, dass Vanessa sie nicht gelesen hatte. Woher kriegte sie ihr Wissen also? Lag es in der Luft? War das die Erklärung dafür, warum manche Bücher – fast alle mit Frauen als Zielgruppe – urplötzlich und in Windeseile einen Siegeszug durch die ganze Welt antraten? Tausend Meilen von der nächsten Buchhandlung entfernt, ohne Radio und Zeitungen, von jedem Kontakt zu Gerüchteküchen und Meinungsmachern abgeschnitten, waren Vanessa und Poppy in der Lage, über den neuesten Kassenschlager zu diskutieren. Kein Wunder, dass Heldinnen mit telepathischen Fähigkeiten so populär waren. Unter Frauen gab es ein telepathisches Kommunikationsnetz aus literarisch haarsträubendem Geschmack. Ich habe es mit eigenen Augen gesehen.

Ihnen gegenüber schnitt ich das Thema nicht an. Wann immer Vanessa am Steuer des Wohnmobils saß, tat ich, wie sie mich geheißen hatte, und sagte keinen Mucks. Das Schweigen war mir zudem hochwillkommen. Ich konnte in aller Seelenruhe dasitzen und über die Schriftsteller nachdenken, die ich in Adelaide kennengelernt hatte, darunter literarische Schwergewichte, die ganz im wortkargen Stil internationaler Romanciers ihre Worte nicht auf profane Gespräche verschwenden wollten. Die größte Berühmtheit von allen, ein hünenhafter Holländer, der elegante schmale Kurzromane schrieb, für die er den Nobelpreis erhalten hatte, und dem nachgesagt wurde, er sei pikiert, dass er keinen zweiten erhalten habe, war erster Klasse fürs Festival eingeflogen und extrem teuer untergebracht worden, nur um eine Stunde vor seinem Auftritt zu verkünden, er spreche nie in der Öffentlichkeit. Er saß also im Rathaus von Adelaide auf der Bühne und ließ seinen Bauch zwischen den Knien baumeln, und sein Publikum saß auf den Sitzen und drehte Däumchen im Schoß, und so wäre die ganze Stunde damit vergangen, dass sie sich einfach nur stumm gegenseitig anstarrten, wäre nicht irgendjemand auf die Idee gekommen, Dias von den Brücken Amsterdams vorzuführen. Als es vorbei war, bekam er stehende Ovationen.

Gerüchte wollten wissen, dass kein Autor, der in Adelaide aufgetreten sei, deswegen jemals mehr Bücher verkauft habe. Je weniger ein Romanschriftsteller über sein Werk sagte, desto mehr brannte die Öffentlichkeit offensichtlich drauf, ihn zu lesen.

»Eine Lektion, die zu lernen dir nicht schaden könnte«, sagte Vanessa bei jener Gelegenheit.

Ungefähr auf halbem Wege nach Broome erblickte Poppy einen Wegweiser zur Affenbucht, nach Monkey Mia, und wollte den entsprechenden Umweg machen. »Das ist ein bisschen mehr als ein Umweg«, warnte ich sie. »Wenn ich die Karte richtig lese, sind es über vierhundert Kilometer, nachdem wir den Highway verlassen haben.«

»Du liest die Karte *ganz sicher* nicht richtig«, sagte Vanessa. »Dreh sie mal um. Vierhundert Kilometer vom Highway, da sind wir in Indonesien.«

»Kannst mir schon vertrauen«, sagte ich.

Poppy erinnerte sich, gelesen zu haben, dass es in Monkey Mia Delfine gab. Man konnte mit ihnen schwimmen und ihnen die Bäuche streicheln. Sie meinte, manche streichelten einem selbst auch den Bauch.

»Womit – mit ihren Flossen?«, wollte ich wissen.

Vanessa meinte, ich sei ihrer Mutter gegenüber sarkastisch. Sie hätte nicht falscher liegen können. Ich gab mich einer anthropomorphischen Fantasie hin. *Ich bin ein Delfin.*

»Dann fahren wir hin«, sagte sie.

»Das dauert den ganzen Tag«, merkte ich an.

»Ach«, sagte Poppy. »Dann lassen wir's besser.«

»Nein, lass uns hinfahren«, insistierte Vanessa. »Es ist dein Urlaub.«

Also bog sie nach links vom Highway ab und fuhr und fuhr.

»Schönes Land, findet ihr nicht auch?«, bemerkte ich nach einigen Stunden Schweigen. »Unberührt. Man könnte glauben, wir wären die ersten Menschen, die hier jemals hergekommen sind, wäre da nicht die Straße. Selbst der Dreck sieht rein und jungfräulich aus. Ich komme mir vor wie Adam.«

»Adam hatte kein Wohnmobil«, sagte Vanessa. »Und du hattest eingewilligt, dich auf diesem Ausflug nicht mit Schreiben zu beschäftigen. Insbesondere nicht mit Naturschilderungen, bei denen wir uns doch wohl sowieso schon einig waren, dass du die besser anderen überlässt.«

Poppy brachte mir mehr Verständnis entgegen. Vielleicht, um zu zeigen, dass sie mir unsere Meinungsverschiedenheit über Buchumschläge nicht nachtrug. »Ich finde das gefühllos von dir, Vanessa«, sagte sie. »Ich weiß, was Guy meint. Der Dreck sieht tatsächlich jungfräulich aus.«

Irgendwas an der Art, wie sie mich aussprach. Irgendwas an ihrem Atem in meinem Nacken, warm von den Buchstaben meines Namens. Irgendwas an *jungfräulich*. Kam sie sich vor wie Eva?

»Glaubt ihr, dass es in der Affenbucht Affen gibt?«, fragte sie ungefähr eine Stunde später.

»Möchte ich bezweifeln«, sagte ich. »Bloß Delfine.«

»Sag in seiner Gegenwart nicht Affe«, sagte Vanessa. »Verschaffe ihm bloß keine Gelegenheit.«

»Wieso, ist er Fachmann fürs Thema Affen?«

»Er ist Fachmann fürs Thema, wie seine Karriere schiefgelaufen ist.«

»Ich hatte nicht den Eindruck, dass deine Karriere schiefgelaufen ist«, sagte Poppy zu mir.

»Eben«, sagte Vanessa.

Eine Stunde später schraubte Poppy den Verschluss ihres Flachmanns mit Brandy auf. Es war sechs Uhr, und ganz gleich wo auf der Welt sie sich gerade befand, um sechs Uhr brauchte sie einen Drink. Wilmslow, Chipping Norton, Primrose Hill, Monkey Mia – sechs Uhr war's Zeit für ein Schlückchen.

»Noch jemand?«

»Nein danke, Mutter«, sagte Vanessa, »ich sitze gerade am Steuer, falls du das nicht bemerkt haben solltest.« Die Trinkgewohnheiten ihrer Mutter brachten sie auf die Palme. Sechs Uhr den ersten Drink. Halb sieben betrunken. Es war die einzige Schwäche, die die eine hatte und die andere nicht. Das Sechs-Uhr-Picheln, gefolgt vom Halb-sieben-Absturz.

Bei meiner eigenen Mutter war's genauso. Obwohl Poppy eine ziemliche Ecke jünger war, gehörten unsere Mütter derselben gesellschaftlichen Sphäre an und betranken sich genau zur selben Zeit und in genau demselben Tempo. Wenn man die Differenz aufgrund der Zeitzonen außer Acht ließ, würde sie in Wilmslow genau in diesem Moment ebenfalls hackevoll aus den Latschen kippen. Und mein Vater würde Mittel und Wege finden, sie in aufrechter Position zu halten. Ich hatte meinen Vater nie sonderlich gemocht, aber die aufmerksame Art und Weise, mit der er sich um meine Mutter kümmerte, hatte mich stets beeindruckt. Einmal hatte er sie in meiner Gegenwart doch tatsächlich mit seinem Gürtel mitten in Chester an einen Laternenpfahl gebunden und war dann losgegangen, den Wagen holen.

Damals kann ich nicht älter als sieben oder acht gewesen sein. »Komm, gib deiner Mutter mal einen Kuss«, sagte meine Mutter, und als ich hinging, um ihr einen Kuss zu geben, zischte sie mir blindwütig ins Ohr: »Jetzt mach mich los!«

Beförderten solche Erinnerungen die Leidenschaft, die ich für Poppy entwickelt hatte?

Wer weiß? Aber jedenfalls erklärte ich mich zu einem Brandy bereit, den sie mir mit nicht ganz ruhigen bemalten Fingern im selben silbernen Becher – es war der Deckel des Flachmanns – reichte, aus dem sie selbst getrunken hatte. So haben sich in gewisser Hinsicht unsere Lippen berührt.

»Gibt es in der Affenbucht Affen?«, fragte sie. Und fragte es immer wieder, mit zunehmender Häufigkeit, je mehr Brandy sie trank, bis sie in Sichtweite unseres Ziels einschlief.

Es war das Erste, was sie sagte, als sie die Augen aufschlug und sich auf dem Campingplatz wiederfand. »Sind wir in der Affenbucht? Gibt es hier Affen?«

11
Komödiant

Erlaubte er sich einen subtilen Scherz, der riesige Holländer, der sich weigerte, im Rathaus von Adelaide zu seinem verzückten Lesepublikum zu sprechen? Handelte es sich bei seiner Stunde des Schweigens in Wahrheit um einen Akt atemberaubendster Redegewandtheit, eine dadaistische Geste, dazu bestimmt, die Legionen geschwätziger Autoren zu beschämen, von denen auch ich einer war, und die ihre Handwerksware – indem sie hier einen Gag zündeten und dort eine witzige Anekdote einstreuten – von einem Festival zum nächsten schleppten?

Auf dem Weg nach Broome dachte ich viel über ihn nach, nicht zuletzt in dem Bestreben, meine Gedanken von Poppy abzulenken, deren Gegenwart in der intimen Enge eines Wohnmobils, in dem wir drei uns lediglich durch einen dünnen Vorhang getrennt zur Nacht betteten, eine ernste Prüfung für mich bedeutete. Er war mir aber auch seiner selbst wegen für die Zeit, in der ich an ihn denken musste, während Poppy und Vanessa unisono jede einzelne Blume bejauchzten, die die frisch gewässerte Wüste hervortrieb, eine Heimsuchung, weil er den ganzen Zirkus des reisenden Schaustellerromanciers infrage stellte. Nein, sagte er – abgesehen davon, dass er gar nichts gesagt hatte –, nein, er würde nicht den Komödianten spielen.

Dadaistische Geste oder nicht, sein Schweigen veränderte jedenfalls das Spiel. Er war Schriftsteller. Er schrieb. Und wenn diejenigen, die sich dicht gedrängt scharten, ihn zu sehen, sich Leser nannten, dann sollten sie halt lesen. Der Rest war nichts.

Unsere Botschaft hingegen – derjenigen, die redeten, als sei eben erst ein Sprechverbot aufgehoben worden –, wie lautete die? Schaut doch, jenseits der Buchseite, was für Entertainer wir da sind.

Aber es gab kein Jenseits der Buchseite. Jenseits der Buchseite war nicht die Sache unserer Leser. Und wenn wir das, was jenseits der Buchseite war, zu unserer Sache *machten,* dann war es kein Wunder, dass niemand mehr Buchseiten umblättern wollte.

Eine einfach Logik verlangte, dass wir uns folgende Frage stellten: Wenn wir den Komödianten spielen wollten, warum nannten wir uns dann nicht einfach Komödianten und ließen das restliche bisschen Buchgetue ganz unter den Tisch fallen? Erledigt waren wir sowieso. Die Komödianten hatten das Ruder übernommen. Die besten von den Stand-up-Comedians arbeiteten auf der Basis von Skripten, die vielleicht auch kurze satirische Romane hätten sein können; sie hatten einen Blick auf die Welt wie Romanciers, sie fanden Gefallen am Rhythmus der Sprache, sie bedienten sich der Techniken von Übertreibung und Veralberung, wie wir es taten, sie attackierten, sie überraschten, sie erwischten einen letzten Anflug von Gelächter, gerade in dem Moment, wo es in Entsetzen umzuschlagen drohte. Natürlich waren sie auch berechenbar und selbstgefällig und selbstgerecht, aber wer war das denn nicht? Und zudem hatten sie eine ihnen sklavisch ergebene Anhängerschaft. Wo waren die ganzen Leser geblieben? War es nicht offensichtlich? Sie vergnügten sich mit Stand-up-Comedy.

Hätte Vanessa mir nicht verboten, über meine Karriere zu diskutieren, während sie fuhr, so hätte ich ihr gesagt, ich stiege aus. Nein, nicht aus dem Wohnmobil, V, sondern aus der Literatur. Und wohin sollte ich dann? Auf die Bühne, die Bühne …

Nehmen wir meine Schwiegermutter …

In Hier und Jetzt saß ich einfach nur da und achtete auf den richtigen Weg. Die Meilen sausten dahin; von Zeit zu Zeit hielt Vanessa an, damit die beiden Frauen aussteigen und eine Feuererbse pflücken oder ihre Ferngläser auf einen Keilschwanzadler richten konnten, dem bei der Aussicht, seine Zähne in ihr sich bräunendes Fleisch zu schlagen, ziemlich genau so zumute war wie mir. Und einmal mussten wir anhalten, um wieder zu Atem zu kommen, nachdem wir um ein Haar in ein Rudel nuttiger Emus gebraust wären, deren Mähne genau wie die von Vanessa und Poppy geschnitten war. Sie staksten quer über die Straße und schauten sich mit hochnäsigem Gesichtsausdruck nach uns um, nicht wütend, weil wir sie beinahe umgebracht hätten, sondern so, als wären sie zu einem Junggesellinnenabschied losgezogen, und wir, die scheidenden Junggesellen, hätten sie mit einem einfallslosen Zuruf anzubaggern versucht. Fick dich, sagten sie in Emusprache. Und angesichts solcher Naturwunder kam ich einfach nicht weiter mit meinem Versuch, einen Karrierewechsel zu planen.

Hier und jetzt, rund ein Jahr später, während mein Name in Chipping Norton besudelt war, während meine Schriftstellerkollegen und Verleger tot umfielen wie die Fliegen, während überall im Lande die Buchhandlungen schlossen und die Agenten sich vor den von ihnen vertretenen Autoren versteckten, pulte ich an der Haut hinter meinen Ohren und machte mir immer noch meine Gedanken. In dieser Zeitspanne waren Stand-up-Comedians aufgeblüht wie wilde Blumen in der Großen Sandwüste. Wer waren die inoffiziellen Gesetzgeber der Welt? Nicht Lyriker oder Romanciers. Komödianten. Wer war zum Tee in die Downing Street Nummer 10 eingeladen? Nicht Lyriker oder Romanciers. Komödianten. Ihr Gejohle war das Gejohle des Zeitalters. Sie *waren* das Zeitalter. Nun, inzwischen war's zu spät für mich, noch etwas zu ändern. Ich hatte nicht mehr die Eier. Vielleicht hatte ich nie die Eier gehabt. Alles schön und gut, wenn man darüber als Option sprach, aber was, wenn man aus Kleinmut zum Schriftsteller wurde, als Möglichkeit, etwas zu spielen, ohne das Spiel auf die Bühne bringen zu müssen? Waren Komödianten einfach

Romanschriftsteller mit Eiern? Wäre er mit einer kühneren Persönlichkeit ausgerüstet gewesen, hätte D. H. Lawrence dann W. C. Fields sein können?

Das Lustige mochte die Welt regieren, aber für den Roman war es tot und erledigt. Man kann das Lustige nicht da haben, wo man das Sakrale hat, und irgendwo hatte irgendwer die Fenster des Romans offen stehen lassen, sodass sich das Sakrale auf gebrochenen Schwingen hatte einschleichen können. Und überhaupt, was war das Sakrale anderes als der Mantel, den die Trauerklöße über ihre Affektiertheit warfen? Eugene Bawstone – der Literaturredakteur und Kirchendiener, der meinen ersten Roman (*Wer schert sich einen feuchten?*) mit einer Zweiwortrezension begrüßt hatte: »Ich nicht!« –, ein Mann, dem sein schüchternes, trübsinniges Auftreten und sein bambihaftes gutes Aussehen den Spitznamen »Prinzessin Di der englischen Literatur« eingetragen hatte (wiewohl ich meine Hand dafür ins Feuer lege, dass er beim Lesen ohne den geringsten Anflug von Promiskuität auskam) – hatte Gerüchten zufolge jedem seiner Rezensenten handschriftlich Mitteilung gemacht, sie dürften in Texten, die sie für ihn schrieben, ab sofort nicht mehr die Begriffe lustig, überschäumend oder rabelaisisch verwenden. Das, wonach er in der Literatur Ausschau hielt, war »Schwerelosigkeit«; und er hatte in seinem ganzen Leben noch keinen Roman lustig, überschäumend oder rabelaisisch gefunden (das Gesamtwerk von Rabelais eingeschlossen) und ging davon aus, seine Rezensenten seien entweder Lügner oder Angeber, wenn sie so etwas behaupteten.

»Haben Sie sich jemals gefragt«, versuchte ich einmal auf einer Party von ihm zu erfahren, »ob der Fehler nicht vielleicht bei Ihnen liegt?«

Mir wird jetzt klar, auch wenn ich es damals nicht wusste, dass ich betrunken gewesen sein muss. Betrunken und auftrumpfend.

Er hob recht hübsch seine traurigen Augen, um mich anzusehen. Ich fragte mich, ob er drauf und dran war, mir die Einzelheiten seines persönlichen Unglücks zu beichten. Oder war er drauf und dran, seine Hand vorne in meine Hose gleiten zu lassen?

»Welchen Fehler meinen Sie?«

»Die Unfähigkeit, Vergnügen zu empfinden. Die Psychologen sprechen von Anhedonie.«

»Psychologen! Wollen Sie damit sagen, ich gehörte in eine geschlossene Anstalt, weil ich das, was Sie schreiben, nicht unterhaltsam finde?«

Ich dachte drüber nach. Er verströmte eine seltsam negative Energie, so als verfüge er über die Gabe, alle Lebendigkeit aus dem Raum zu saugen. Ich spürte, wie der Odem des Lebens meinen Körper verließ. Entweder lag's an ihm oder an mir. »Nun ja, ganz so hätte ich selbst es nicht ausdrücken mögen«, sagte ich mit brutaler Grobheit – was konnte ich schon dafür? Er kitzelte aus mir den brutalen Grobian heraus, ebenso wie Diana aus ihren Männern den brutalen Grobian herausgekitzelt haben muss –, »aber jetzt, wo Sie's sagen, ja; ich glaube, das Irrenhaus könnte tatsächlich der einzig angemessene Ort für Sie sein.«

»In einer Zwangsjacke?«

Seine Stimme verfügte über ebenjene Qualität der Schwerelosigkeit, die er in der Literatur so sehr bewunderte.

»Ach«, sagte ich, »Sie stecken doch schon in einer Zwangsjacke.«

Eine Woche später wurde er tot aufgefunden in einer Unterführung in Paris, am Lenkrad seines Wagens zusammengebrochen. Wurde er natürlich nicht, aber man wird ja wohl noch träumen dürfen.

Ganz falsch, es alles Bawstone in die Schuhe schieben zu wollen. Kein Verleger mit einem Funken Geschäftssinn ließ es zu, dass das Wort »lustig« auf einem Schutzumschlag auftauchte. Merton hatte den Begriff schon Jahre zuvor aus seinem Katalog verbannt. Er raufte sich die Haare, wenn irgendetwas ihn zum Lachen brachte. »Was soll ich damit bloß anfangen?«, fragte er sich dann immer. Es war sogar möglich, dass irgendetwas ihn zum Lachen gebracht hatte, bevor er sich das Leben nahm. Vielleicht ich. Vielleicht hatte ich ihn gefragt, welche Chancen er mir einräumte, den Literaturnobelpreis zu bekommen.

Von alldem einmal abgesehen verlangte das Comedy-Phänomen nach einer Erklärung: Wenn niemand etwas Lustiges wollte, wieso dann dieser Triumphmarsch der Komödianten? Irgendetwas passte da nicht zusammen.

Nehmen wir meine Schwiegermutter …

Was, wenn Francis unrecht hatte? Was, wenn ein Comedian, der seine Schwiegermutter fickte, genau jener Held sexueller Tabubrüche war, auf den alle warteten?

Es ist schwer, sich auf eine Story einzulassen, wenn man sich unsicher ist, ob der Held ein Comedian oder ein Klimaforscher sein soll. Es kommt der Augenblick, und zwar sehr bald, da man den Sprung wagen und mit ihm zusammen die Story in den Griff kriegen muss.

Was wusste ich schon von Klimaforschern? Wenn es in meinem Arbeitszimmer zu heiß war, machte ich die Aircondition an. Wenn es kalt war, stellte ich mir vor, ich läge in den Armen der Mutter meiner Frau. Klimaforschung.

Alles Weitergehende brächte die Notwendigkeit von Recherchen mit sich, und ich stellte grundsätzlich keine Recherchen an. Darin unterschied ich mich von meiner kastrierten Kollegenschaft. Recherchen waren das, wozu die Verzweiflung sie getrieben hatte. Insbesondere Recherchen zu den neuesten Entwicklungen auf den Gebieten der Epigenetik, der Teilchenphysik und der Quantenmechanik. Es gab einmal eine Zeit, da Romanschriftsteller dem allen mit stolzer Gleichgültigkeit begegneten. Von Interesse waren nicht die Wissenschaften, wohl aber die Cracks, die diese betrieben, wir kümmerten uns ums Herz des Menschen. Aber wir hatten den Glauben ans Herz des Menschen verloren, was hieß, dass wir den Glauben an uns selbst verloren hatten. Wir waren nicht wichtig, sie waren es. Wenn wir per Anhalter auf ihrem Karren mitfahren konnten, womöglich gelangten wir dann dorthin, wohin sie unterwegs waren. Und wo war das? Was weiß ich. Relevanz? Zeitgenossenschaft? Publikum?

Ganz gleich worauf wir hofften, wir standen nicht mehr für uns selber ein. Es war nicht einmal eine Orientierung auf Gegenseitigkeit – wir machen uns bei euch schlau, ihr euch bei uns. Die Antwort der Wissenschaftsgemeinde lautete, wir seien es nicht wert, sich bei uns schlauzumachen. Du bist nicht da, wo die Musik spielt, mein Sonnenschein. Jeder hergelaufene Verfechter der Stringtheorie war also überzeugt, er könne seinen Job erledigen, ohne sich mit dem Gebrauch von Metaphern oder den Sieben Seiten der Wahrheit vertraut zu machen; jeder Klimatologe konnte in blanker und unbehelligter Unkenntnis des *Regenkönigs* seine Diagramme zeichnen.

Nun, wenn sie uns nicht lesen, so las zumindest ich sie auch nicht. Ganz gleich was er sonst noch sein oder nicht sein würde, mein Held würde jedenfalls kein Klimaforscher sein.

Nehmen wir meine Schwiegermutter – ich hab es gerade getan.

Das Wort »gerade« war dasjenige, dem zu widerstehen mir schwerfiel. Die Vorstellung eines Comedians, der vortritt, um sein Publikum zu unterhalten, während der Geruch seiner Schwiegermutter noch an ihm klebt. Es war ein widerwärtiges Konzept, das Vanessas Überzeugung bestätigte, ich sei eine widerwärtige Person.

»Person oder Autor?«, fragte ich immer, um auf der sicheren Seite zu sein.

Sie verpasste ihr Stichwort niemals. »Beides.«

Und dabei waren meine widerwärtigen Gedanken über ihre Mutter noch nicht einmal mit im Spiel.

Wenn mein vorläufiger Held den Geschmack seiner Schwiegermutter noch an seinen Fingern hatte, so hatte ich den Geschmack seiner Angst an mir. Die Szene gestaltete sich ganz von alleine. Ein Comedy-Club in Chester, untergebracht rückseitig im Gebäude eines Pubs am Fluss. Montag. Anfängerabend. Dreißig Leute in einem schmuddeligen Raum, gleichzeitig versessen drauf, zu lachen, und ohne große Erwartung, gut unterhalten zu werden, die Füße in Pfützen warmen Biers. Ich als Nichtbiertrinker assoziiere den Geruch mit menschlicher Hoffnungslosigkeit. Warmes Bier, Rattenpisse, Scheitern. Mein Held würde nach allen dreien riechen. Ich sah ihn an seinen Fingernägeln kauen hinter dem zerschlissenen schwarzen Laken, das als Vorhang diente. Dann raus ins Rampenlicht, und er klopft ans Mikrofon, weil er das bei echten Comedians so gesehen hat.

Nehmen wir meine Schwiegermutter – ich hab es gerade getan.

Kein einziger Lacher zu hören. Zu subtil für ein Publikum in Chester? Zu ordinär? Nicht ordinär genug, hatte Francis gesagt. Aber Francis war nicht Chester. *Runter von der Bühne,* so hörte ich sie jedenfalls rufen. *Gib bloß nicht deinen Brotjob auf.*

In welchem Falle ich es in beide Richtungen anlegen konnte. Mein Icherzähler würde ein Comedian *und* ein verhinderter Comedian sein, ein Komiker, der keiner war. Er würde es mit seinen Nummern probieren und seinen Brotjob behalten, und sein Brotjob würde meiner sein, er würde sich mit dem durchbringen, womit ich mich durchgebracht hatte, bevor sich vor mir der Kaninchenbau der Veröffentlichung aufgetan hatte, in den ich hineingepurzelt war wie die Alice dieses Perversen Lewis Carroll – er würde auf dem Gebiet der Damenmode tätig sein und sich um das Geschäft seiner Eltern kümmern. Modeberater von Beruf.

Dies war meine Welt gewesen. Ich kannte sie in- und auswendig. Ganz gewiss verstand ich davon mehr, als ich vom Zoo von Chester verstand, ungeachtet des wilden Geruchs von Mishnah Grunewald auf meiner Haut. Ich fing sogar an, mich zu fragen, ob das nicht der Moment gewesen sei, von dem an alles in die falsche Richtung lief: der Tag, an dem Mishnah mich »animalisch« nannte und ich mich auf die Suche nach dem Affen in mir selbst begab. Hätte ich als Romancier – von mir als Mann ganz zu schweigen – nicht besser daran getan, der Welt des Einzelhandels treu zu bleiben? Quintons Worte: Kappe nicht die Wurzeln, bleib bei dem, was du kennst.

Vanessa würde ätzend reagieren, keine Frage. In dem Moment, in dem ich meinem Helden die Sorge über eine schnuckelige kleine Boutique in Wilmslow überantwortete, würde sie mir vorwerfen, endgültig die Maske der Behauptung abzustreifen, ich sei an irgendjemandem außer mir selbst interessiert. »Solipsistischer Scheißkerl!« hatte sie mich genannt, als ich im Gewand Mishnah Grunewalds geschrieben hatte – einer jüdischen Tierpflegerin. »Solipsistischer Scheißkerl!« hatte sie mich genannt, als ich im Gewand eines frei herumlaufenden prinzipienlosen Lieferwagenhändlers in Sandbach geschrieben hatte. Schwerlich würde sie auch nur ein Fünkchen besser von mir denken, wenn ich im Gewand eines komödiantischen Wilmslower Modefreaks mit künstlerischen Ambitionen und Eltern, die den meinen glichen, schrieb.

Aber Vanessa würde diesen Roman ja auch erst zu sehen bekommen, wenn es zu spät war und ihre Meinung keine Rolle mehr spielte. Normalerweise legte ich ihr meine Typoskripte sofort vor, wenn sie brühwarm aus dem Computer kamen. Aber wie soll man seiner Frau einen Roman überreichen über einen Mann – sei es ein Comedian, sei es ein Modeberater –, der sich in die Mutter seiner Frau verliebt hat? Natürlich würde ich die Ähnlichkeit rundweg abstreiten. *Dies ist ein fiktionales Werk, V, Himmel noch mal. Jede Ähnlichkeit der Figuren mit lebenden oder toten realen Personen ...* Aber das würde sie nie im Leben schlucken. In ihrer tiefsten Seele glaubte Vanessa nicht an fiktionales Schreiben. Ihr eigenes in Arbeit befindliches Werk, inzwischen ins zweite Jahrzehnt seiner Nichtvollendung eingetreten, unterzog sich nicht einmal der Mühe, die Namen zu ändern. Die Heldin war Vanessa, der Bösewicht war Guy. Sobald man irgendetwas änderte, fand Vanessa, büßte man den Klang der Wahrheit ein. Drum hegte ich keinerlei Hoffnung, sie überreden zu können, ich hätte die Geschichte über einen aus Cheshire gebürtigen Ladenverkäufer frei erfunden, der eine unnatürliche Zuneigung zur Mutter seiner Frau entwickelt hatte, einer Frau, die – da auch ich den Klang der Wahrheit liebte – in jeder Hinsicht mit Vanessa identisch war.

Weswegen mir lediglich die Wahl zwischen zwei Alternativen blieb: Entweder ich ginge das Risiko ein, unserer Ehe ein Ende zu setzen, oder ich würde das Buch nicht schreiben.

Die Antwort verstand sich von selbst – von daher was für Hirnamputierte, wie Leute, die kein Gefühl für Sprache hatten, Leser, die mich nicht lasen, Leser, die überhaupt nichts lasen, wie die sprachlosen, wandelnden Hirnamputierten es auszudrücken beliebten. Von daher was für Hirnamputierte.

12
Little Gidding

In meinem Kopf nannte ich ihn Gid, meinen Comedian, der keiner war. Gid, Kurzform von Gideon, nicht zu verwechseln mit Guy, Kurzform – nach Vanessas pseudoheldenepischer Sprachpraxis – von Guido.

Guido war der Name, bei dem sie mich nannte, als wir das erste Mal miteinander schliefen. *Giiiiedo!* Wie Sophia Loren, als sie sich Vergebung von Marcello Mastroianni erschmeichelt. Sie bestieg mich und blies mir den Namen in die Augen. *Guido, Guido …* Auf einen Streich verwandelte sich Wilmslow in Neapel. Ich konnte riechen, wie die beißende Lava des Vesuv in die lavendelblauen Fluten des Mittelmeers floss. Wilmslow sehen und sterben. Solange Vanessa rittlings auf mir saß, wäre der Tod gar nicht so schlimm. Aber ein Leben mit der rittlings auf mir sitzenden Vanessa war sogar noch besser als der Tod, und das Leben krallte seine libidinösen Finger in mein Fleisch. *Guido, Guido …*

Ich glaubte es. Ich *war* Guido. Ich fing sogar an, mich anders zu kleiden. Italienischer. Mehr Armani, weniger Boss. Weicher schwarzer Krepp. Das Sakko wie eine zweite Haut. *Guido, Guido …* Und ich war Narrs genug, zu meinen, Vanessa glaube es ebenfalls. Vielleicht hatte sie es geglaubt, anfangs. Aber schließlich blieb der Name an den Widerhaken der Lächerlichkeit hängen und wurde selbst lächerlich. »Mach's mir mit der Nase«, sagte sie, wie ich noch weiß. Das widerstrebte mir, ich weiß nicht recht, warum. Lag es an der Vorstellung, lediglich aufgrund meiner Nase sexuelle Vorzüge zu haben? Ich fügte mich dennoch und fand sogar Gefallen dran, aber ich konnte mich nie ganz von dem Gefühl freimachen, sie spiele meine phallischen Fähigkeiten herunter, spreche sie mir sogar ganz ab. Henry Miller hätte dergleichen nichts ausgemacht, D. H. Lawrence aber durchaus. Am Ende hatte ich, wenn Vanessa mich Guido nannte, nicht mehr die Bucht von Neapel vor Augen, sondern den Berg des Spotts, und zu dessen Füßen den Pfuhl der Verzweiflung.

Ich sage »am Ende«, als sei es einfach mit der Zeit so weit gekommen, aber tatsächlich war's so, dass Vanessa bei einer ganz bestimmten Gelegenheit auf einen Gebrauch des Namens Guido verfiel, der ihm allen Glanz nahm. Wir waren seit einigen Jahren verheiratet. Ich hatte zwei Romane veröffentlicht, deren erster immer noch genügend Interesse erregte, um mir Einladungen zu jener Art von Festival einzutragen, bei der ein Lesezelt irgendwo auf einer Wiese aufgeschlagen wird, gleich neben den Burgerbuden und den Nudelständen, und zwar zur Ablenkung – vornehmlich für ältere Besucher – von der Hauptattraktion, nämlich der Musik. Ich hatte keinen Spaß an diesen Auftritten. Nicht meine Sorte Leser – soll heißen: falls es überhaupt Leser waren. Sie saßen auf Kissen im Gras und erwarteten, dass irgendjemand ihnen irgendetwas mit leicht fasslichen Reimen und hypnotischen Rhythmen vortrug, passend zum Geist der Musik, von der sie sich eine kurze Pause gönnten. Der Autor, der vor mir an der Reihe war, verfertigte an Ort und Stelle zeilenfalllose freie Assoziationen, wie sie der dahinstolpernde Geist ihm gerade eingab. »Bullen, Nullen, Versager, Zernager, Händehalten, Bändefalten, küssen, missen, was missen?, gar nichts missen, lieben müssen, Lehren unvergessen, Leiber wärmen sich, Liebesbande formen sich …«

Bass erstaunt, dass irgendwer imstande war, in Sprache den Gleichklang von Schlusslauten zu entdecken, patschten die Feld-, Wald- und Wiesenbewohner ihre kleinen Händchen aneinander.

»Sollte gar nicht hier sein«, flüsterte ich Vanessa zu, während wir ganz hinten im Zelt standen und Bier aus biologisch abbaubaren Plastiktassen tranken. »Dies ist kein Ort für Prosa.«

»Juhuu!«, schrie sie und stieß mit ihrer freien Hand in die Luft. Nicht in Reaktion auf meine Worte, sondern auf die des Performancedichters. Als jemand, der über jede einzelne Zeile schwer ins Schwitzen geriet und nach vier Stunden am Computer nicht mehr vorzuweisen hatte als ein paar aufs Geratewohl ausgestoßene Flüche auf die Leser, die sie nicht hatte, war sie von der Stegreifdarbietung vollkommen hingerissen.

»Lass dieses Scheißgejauchze«, forderte ich sie auf.

»Warum denn? Weil du nicht der bist, dem mein Juhuu gilt?«

»Erstens, weil sich das nicht gehört. Und zweitens, weil er Müll ist.«

»Juhuu!«, schrie sie. »Ja!«

Der Stegreifdichter war von ihrer Wertschätzung so gerührt, dass er anfing, ihre Schönheit zu besingen. »Hübsche Dame, bleib nicht zahme, komm in mein Stübchen, komm näher zum Bübchen, noch näher mit 'nem Klaps, fick deinen Lover (außer er ist dein Paps) …«

Ich hatte nur eingewilligt, diesen Auftritt zu absolvieren, weil Vanessa Gefallen an dem Gedanken gefunden hatte, einen Ausflug aufs Land zu machen.

»Lass uns zelten«, hatte sie gesagt.

Ich hatte überlegt. »Lass uns das lassen«, hatte ich gesagt.

»Na los. Wir hätten so viel Spaß dabei. Wir könnten ein Feuer machen. Wir könnten Würstchen braten. Ich könnte dir im Mondschein deinen Schwanz lutschen.«

»Das könntest du auch bei uns im Garten.«

»Du hast keinerlei Poesie in der Seele, Guido.«

Das war der Grund, warum sie es mir nun heimzahlte, erstens, indem sie dem Performancedichter zujauchzte, und zweitens, indem sie sich in die kleine Schlange derer einreihte, die eine Sammlung seiner Gedichte kaufen wollten.

»Wie sammelt man wohl Gedichte, die man an Ort und Stelle improvisiert?«, wollte ich wissen.

»Sei nicht so ein Kretin«, sagte Vanessa.

»In welcher Hinsicht bin ich ein Kretin?«

Sie verriet es mir nicht. Ich war zu sehr Kretin, als dass man es mir zu sagen bräuchte. Aber nachdem ich meine Lesung absolviert hatte – zehn Seiten meiner dichtesten, abschweifend lüsternen Prosa voller Anspielungen auf Figuren, von denen die Zuhörer nichts wussten, und auf Geschehnisse, die sie unter gar keinen Umständen zu durchdringen vermochten, was vielleicht der Grund dafür war, warum kaum noch ein Publikum vorhanden war, als ich meinen Vortrag beendete –, kam sie auf den Begriff zurück. »Kretin«, sagte sie.

Ich saß da und starrte in den leeren Raum jenseits meines Stapels von Büchern, für die sich, was niemanden überraschte, kein einziger Abnehmer fand. Ich konnte Burger und Pizza riechen. Ich konnte Jazz hören. Gegenüber flatterten Fahnen, und die Müllpolizei stellte sicher, dass die Leute ihre Abfälle sortierten, bevor sie sie in die Tonnen warfen. Wiewohl ich keine Tonne für die Stegreifmülldichtung des Stegreifmülldichters entdecken konnte. Abgesehen von mir war jedermann allerliebst zu jedermann, alle zwitscherten fröhlich herum wie kleine Liebesvögelchen.

»Nicht ich bin der Kretin, V«, sagte ich. »Analphabetische Saftärsche.«

»Was haben sie denn falsch gemacht? Sie sind gekommen, sie haben sich hingesetzt, sie haben zugehört ...«

»... sie sind weggegangen ...«

»Was hast du denn erwartet, du Kretin?«

»Lass das mit dem Kretin«, sagte ich.

»Lass ich gar nicht. Guido Cretino.« Sie lachte über ihre eigene Musik. V, die Performancedichterin. »Kennen Sie schon meinen Gatten, den bedeutenden Lumpenkerl, Autor belletristischer Bücher mit ganz eigenem Pimmelschlag, Guido Cretino?«

Und der Name blieb haften.

Eine Faustregel bei der Wahl eines Namens ist, dass er auf der Buchseite alle Blicke auf sich ziehen sollte. Ich bin nie ein Bill-und-Mary-Romancier gewesen. Das Leben ist banal genug, meine ich, da muss man das als Schriftsteller nicht noch nachmachen. Aber man kann es natürlich auch übertreiben. Mit Beaufield Nubeem beispielsweise, oder Tyrone Slothrop. Gideon war plausibel und sprang dennoch ins Auge. Gebildete Rezensenten würden irgendetwas mit der Tatsache anzufangen wissen, dass der biblische Gideon einer war, der Bäume fällte, im Auftrage Gottes die Midianiter erschlug. Also einer, der die Schicklichkeit zu Fall bringt. In Wahrheit wählte ich einen Namen immer nur seines Klangs und seiner äußeren Gestalt wegen aus, nicht seiner Bedeutung. Erst wenn die Rezensenten ihr Geschäft erledigt hatten, wusste ich, warum ich X X genannt hatte. Und dann war es schon zu spät, sie noch von dem Irrtum abzubringen. Gideon passte für mich ästhetisch und weil ich ihn zu Gid abkürzen konnte, was für mich wiederum passte, weil das so ähnlich wie igitt aussah, wie in igitt – ein kleiner Ausruf der Schlüpfrigkeit, mit dessen Verlockung er seine Schwiegermutter zu begatten hoffte, und was am Ende in sexuelle Ekstase münden sollte.

Igitt, begatt, o Gidding.

»Little Gidding« würde jemandem vom *Times Literary Supplement* auffallen, das letzte von Eliots *Vier Quartetten*. »Will Guy Ableman uns wissen lassen, er spüre nun endlich das, was Eliot ›klaffende Wunde / Des Lachens über das, was nicht mehr erheitert‹ genannt hat?«

Endlich?

Dies »Little Gidding« bezog sich zudem ironisch auf eine ganze Schar schlaffer Helden bei Henry James – solche, die immer noch darauf warteten, dass ihr Leben anfing, dass das wilde Tier in ihrem Dschungel erwachte und zum Sprung ansetzte, dass der heilige Schrecken, unter dessen Fuchtel sie herumschlichen, zuschlug und ihnen die Kehle schlitzte – ich konnte mich drauf verlassen, dass die *London Review of Books* darauf hinweisen würde.

Was für ein enges literarisches Verweisnetz, und dabei hatte ich es doch auf nichts anderes abgesehen als einen igittigen Namen, der einen neckenden Klang hatte wie mein eigener.

Gid jedenfalls – vielleicht war Little Gidding am Ende doch besser – Little Gidding – oder warum nicht einfach Little Gid? – würde, wie ich es getan hatte, das Wilhelmina's in Wilmslow betreiben. Das würde ich schließlich doch in Fiktion überführen müssen – das alte Wilhelmina's und das alte Wilmslow. Ich *lieh* ihm meine Vergangenheit lediglich. Aber bis auf Weiteres würden wir diese Geschichte gemeinsam durchstehen, den Laden betreiben, assistiert von ein paar ebenso fachkundigen wie modebewussten Mädchen ohne Abitur, während unsere Eltern, die sich auf Kosten dessen, was der Laden abwarf, in der Welt herumtrieben, sich fragten, was sie damit anfangen sollten – verkaufen, zurückkehren und ihn selbst betreiben oder ihn an den nächsten in der Erbfolge weiterreichen, im Falle meiner Eltern also an mich, einen undankbaren Fantasten, der sich ausmalte, er sei Henry Miller, zumindest so lange, bis mein jüngerer Bruder seine Berufsausbildung abgeschlossen hatte, im Falle von Little Gid an einen weniger unzufriedenen Zeitgenossen, der allerdings gelegentlich, ohne wirklich Grund zu der Annahme haben zu dürfen, er sei dazu befähigt, über eine Existenz als Comedian nachdachte.

Worin immer seine Seelenverwandtschaft mit der einen oder der anderen unserer beiden Persönlichkeiten auch bestanden haben mag, das Wilhelmina's war, wie ich mich auch weiterhin gern erinnern möchte, denn nicht immer war ich gänzlich vom Glück verlassen gewesen, eine von Wohlgerüchen durchzogene exklusive Boutique, die Kleidung für gehobene Ansprüche – Stücke aus den Kollektionen der damaligen Entsprechungen zu Rifat Ozbek, Thierry Mugler, Galliano, Jean Paul Gaultier und natürlich Dolce und Gabbana – zum Wohle jener Frauen auf Lager hatte, die lieber vor Ort einkauften, als in Manchester, Liverpool oder Chester einen Parkplatz für ihre Lamborghinis zu suchen, zumal sie das, was das Wilhelmina's verkaufte, weder in Liverpool noch in Chester gefunden hätten. Da er jünger war als ich – ein alter Schriftstellertrick, um autobiografische Fährtenleser von der eigenen Spur abzuschütteln –, würde Little Gid Fußballerfrauen zu seiner Kundschaft zählen. Und falls sie keine Fußballerfrauen waren, wenn sie seinen Laden betraten, dann sahen sie doch todsicher wie Fußballerfrauen aus, wenn sie wieder herauskamen. So oder so vertrauten sie ihm. Sie begaben sich in seine Hände. Gid Liebling, so nannten sie ihn. Gid Schätzchen. Gid Engelchen. Sie spürten, dass das gewisse Etwas, das auf ihn abgefärbt hatte, auch auf sie abfärbte. Er begleitete seine Eltern nach Paris und Mailand, später würde er dann alleine dorthin reisen. Traf Couturiers. Traf Models. Es lohnte sich allein schon, das Wilhelmina's zu betreten, um die Laufstege Europas an ihm zu erschnüffeln.

Und an mir, denn eine kurze Zeit lang hatte ich gemacht, was er machte. Guy Liebchen. Guy Engelchen. Ich war nie wirklich mit dem Herzen dabei, aber ich war modisch schlank, legte meine Hände gern auf Frauenkörper und hatte so ziemlich den gleichen Geschmack wie unsere Kundschaft. Zu der noch keine Fußballerfrauen gehörten. Die konstituierten zu meiner Zeit noch keine eigene Gattung. Die Differenz zwischen Little Gid und mir war nicht nur eine historische, sondern auch eine der Klassenzugehörigkeit. Mein Wilhelmina's war vornehm. Zwischen meiner Zeit und derjenigen von Little Gid war das Prollvolk auf den Plan getreten. Jean Muir hatte ihre Position an Versace abgeben müssen. Aber die Designermarken, die Reisen nach Paris und Mailand, die Couturiers, die Models – an all dem hatte auch ich auf eine übergangsmäßige, Henry-Miller-hafte Weise meine Freude gehabt, womit ich meine, dass es mir lieber gewesen wäre, die Modehäuser wären Hurenhäuser gewesen, richtige Hurenhäuser mit echten, arbeitenden, 30-Pfund-die-Woche-verdienenden Huren darin, denn Hurenhäuser gehören auf eine Weise zur Literatur, wie die Modewelt es niemals kann. Gleich und Gleich jedenfalls gesellt sich gern, und so machten sich gut ausstaffierte Frauen sonder Zahl gen Wilmslow auf, wenn sie dort nicht schon wohnten. Halb Lancashire, halb Staffordshire, ganz Cheshire. So auch Vanessa, die mit dem Gedanken gespielt hatte, selbst Model zu werden, wie sie mit dem Gedanken an überhaupt alles spielte, und es vielleicht sogar geschafft hätte, wären da nicht diese knospenden literarischen Ambitionen gewesen, die bei uns beiden so viel Schaden angerichtet haben (und, wie ich kaum bezweifle, auch weiterhin Schaden anrichten werden, noch weit über unseren Tod hinaus). Und so auch ihre Mutter, Poppy, die für kurze Zeit *tatsächlich* Model gewesen war, eine Art Model jedenfalls, und die von ferne mit meiner Mutter bekannt war, mit Wilhelmina.

Was Wilhelmina *selbst* und meinen Vater betraf, die hatten sich aus dem Geschäft zurückgezogen und hatten es doch nicht. Ganz gleich wie oft sie davonschipperten, sie kamen immer wieder zurück, teils weil sie nachsehen wollten, ob ich es in Grund und Boden gewirtschaftet hatte oder mit dem Personal durchgebrannt war, teils weil sie den Rummel vermissten – die Trips nach Paris, die Partys in London, das Geräusch knallender Champagnerkorken in Chester.

Little Gids fiktionalisierte Familie, so stellte ich es mir vor, würde sich weniger um ihn kümmern. Er hatte eine sehr viel bessere Nase für Mode, als ich sie je gehabt habe. Und ihm würde es sogar richtig Spaß machen, einen solchen Laden zu betreiben. Solche Menschenwesen gibt es tatsächlich. Sie finden Vergnügen an dem, was sie als »Leute treffen« bezeichnen. Sie haben Spaß dran, einen Verkauf zu tätigen, Kasse zu machen, Nachbestellungen aufzugeben, Buch zu führen – Handel, Rechnungswesen, Geld als Selbstzweck. Mein Bruder Jeffrey – Jeffrey Schätzchen – war ein solcher Mensch. Er lenkte ein BMW-Sportcoupé über die Landstraßen Cheshires, während die schneeweißen Manschetten seines Hemds ihm aus dem Gucci-Sakko ragten, und summte glücklich vor sich hin. Er träumte von Bekleidung. Das habe ich nicht erfunden. Er hat mir einmal erzählt, dass er von schöner

Kleidung träume. »Und wovon handeln deine Albträume?«, fragte ich ihn.

»Von schlechter Kleidung.«

Als wir das letzte Mal miteinander sprachen, standen die Aussichten nicht schlecht, dass er eine eigene Fernsehserie bekommen würde. Oder jedenfalls die Hälfte einer Fernsehserie. *Stadtmaus und Landmaus* – eine Geschichte um zwei Modehändler, einer in Manchester, einer in Wilmslow, und die unterschiedlichen Ansprüche, die ihre Kundschaft an sie herantrug. Das schien mir fürs Fernsehen nicht viel herzugeben, aber was verstand ich schon vom Fernsehen? Und wenn's doch nicht dazu kam, dann kam's eben nicht dazu. Jeffrey Schnuckiputz sah das ganz cool.

Also würde Little Gid, wenn ich ihn jemals in Fleisch und Blut ausgestalten würde, ein bisschen was von Jeffrey an sich haben müssen, zumindest äußerlich und was die Freuden des Einzelhandels anbelangte. Er würde mit seinen Gedanken nicht in den Wolken schweben. Er würde zuhören, wenn die Leute mit ihm sprachen. Er würde dran denken, ihnen Antwort zu geben. Er wäre nicht dermaßen gelähmt von Wörtern – auf Etiketten, auf vorbeifahrenden Fahrzeugen, in einer Zeitung, die man ihm in den Laden geschleppt hatte –, dass er darüber vergaß, da war eine Person in der Umkleide, die darauf wartete, dasselbe Kleidungsstück in einer anderen Größe anprobieren zu dürfen. Er würde, kurz gesagt, nicht Schriftsteller sein. Was bedeutete, es war durchaus möglich, dass ich ihm hier auf Erden ein Happy End würde zusammenflicken können, ungeachtet des gegenteiligen Ratschlags, den Francis mir gegeben hatte – allerdings nur, wenn als Resultat dessen, dass er seine Schwiegermutter fickte, nicht irgendetwas Schlimmes passierte, was ich in diesem frühen Stadium der Handlungsentwicklung noch nicht garantieren konnte.

13
Eingeweide

Ein Fluch ist er, der Schreibdrang, wenn er einen früh erwischt, und wenn er einen nicht früh erwischt, ist es kein Schreibdrang. Man höre bloß nicht auf diejenigen, die einem erzählen, sie hätten ihr literarisches Talent erst spät entdeckt. Entweder lügen sie, was den Zeitpunkt betrifft, oder sie reden über ein Talent, das sie gar nicht haben. Der Drang, zu schreiben, ist ein Drang, die Umstände der eigenen Kindheit zu verändern. Nicht sie zu fälschen, aber eben doch aus der Welt etwas anderes zu machen als das Dreckloch, als das sie einem erscheint, wenn man jung ist. Man zeige mir ein glückliches Kind, und ich kann mir alle möglichen Berufsfelder für dieses Kind ausmalen – im Sport, in der Politik, im Modehandel –, nur ganz bestimmt nicht in der Literatur. Romane werden aus Elend geboren, weswegen die besten Romane keine Elendsromane sind, auch wenn sich Elend bestens verkauft. Die Tatsache, dass der Roman geschrieben worden ist, beweist, dass das Elend überwunden wurde.

Elend, vor dem man kapituliert, gibt es genug im Leben.

Folglich fing ich mit allerhöchsten Idealen an. Ich würde die Welt zu einem besseren Ort machen, wenn schon nicht zum Leben, dann zumindest zum Darüber-Lesen.

Mit besser meinte ich nicht gesünder. Ich meinte voll von jener Derbheit, vor der wir uns in Wilmslow zu sehr ängstigten. Schon möglich, dass ich nur von mir selber sprach. In dem Fall also voll von jener Derbheit, vor der *ich* mich ängstigte. Wenn ich mit Derbheit fertigwerden konnte, dachte ich, konnte ich mit dem Leben fertigwerden.

Und dem Tod.

Ich pinnte Fotos von Schriftstellern, die der öffentlichen Meinung nach außerhalb der Grenzen der anständigen Gesellschaft standen, an die Wände meines Zimmers. Jean-Paul Sartre, William S. Burroughs, Henry Miller, Leonard Cohen, Brendan Behan, Dylan Thomas, Norman Mailer. Alles auf ihre Weise teuflische, existenzialistische Frevler, alles Männer, die Qualen litten, genau wie ich, wiewohl ich nur ein Junge war, der Qualen litt.

Henry Miller stand ganz oben auf der Liste. Er verspritzte Unrat nach allen Seiten wie ein Graffitikünstler, nur mit Worten. Aber er war auch eine Art Philosoph. Erst verspritzte er Unrat, dann grübelte er über das nach, was er getan hatte. Vierzehn war für die Lektüre Henry Millers recht jung, und ich bezweifle, dass ich alles verstanden habe. Ganz gewiss war ich nicht durchweg imstande, mir bildlich vorzustellen, was er mit den Frauen anstellte. Aber man merkt, wenn ein Schriftsteller einen dazu herausfordert, zu sagen, er sei zu weit gegangen – *zu weit? Du weißt also, was weit genug ist?* –, und ich klatschte dem Beifall. Ich würde zu weit gehen, versprach ich mir selbst, wenn ich an der Reihe wäre.

Mit diesen Autoren bekannt gemacht hatte mich ein Lehrer, der nur kurz bei uns war, Archie Clayburgh, ein beinahe parodistisch überzeichneter Engländer, der im Unterricht ein Monokel trug und eine Schutzbrille aufhatte, wenn er mit seinem Austin A40 zur Schule fuhr. Er war selbst Autor, schrieb Beiträge für den *Playboy* und *Penthouse* und *Forum*, obwohl wir das zu unserem Leidwesen erst herausfanden, als er die Schule schon wieder verlassen hatte. Nicht auszuschließen, dass der Rektor es vor uns herausgefunden hatte und dies der Grund war, warum Archie Clayburgh die Schule verließ. Piers Wain, jener Lehrer, für den Archie Clayburgh übergangsweise einsprang, war von uns im Vorfeld seines Nervenzusammenbruchs bös getriezt worden, vornehmlich der Sanftmut seines Betragens wegen und der seltsamen Art und Weise, in der er den Namen Brontë aussprach, zum Teil eine Folge seiner Unfähigkeit, den Buchstaben r zu formen, zum Teil aber auch daher rührend, dass er das Trema als Aufforderung verstand, das Wort nicht enden zu lassen. Die Tatsache, dass seine Karriere und sein Charakter von dieser wunderlichen Aussprache bestimmt wurden, beweist hinlänglich, wie oft er die Gelegenheit dazu suchte – die Romane von Charlotte, Emily und Anne Bwontäiäiäi waren nämlich die Passion seines Lebens und mehr oder weniger die einzigen fiktionalen Werke, die zu lesen er uns anhielt. Wenn wir den Worten von Piers Wain folgten, begann der englische Roman 1847 mit der Veröffentlichung von *Jane Eyre* und *Sturmhöhe*, erlebte 1848 mit der Veröffentlichung von *Die Herrin von Wildfell Hall* seine Blütezeit und starb 1853 mit der Veröffentlichung von *Villette*.

»Romane für Mädchen mit Migräne«, so tat Archie Clayburgh diese Bücher ab, als wir ihm erzählten, was wir bei Mr Wain gelesen hatten.

Er brachte eine riesige Sanduhr mit in seinen Unterricht und drehte sie um, wenn er zu sprechen begann. Wenn niemand lachte, bevor der Sand hindurch war, oder keiner Anzeichen erkennen ließ, schockiert zu sein oder mit Übelkeit zu kämpfen – durch Würgen, einen Ohnmachtsanfall oder die Bitte, austreten zu dürfen –, dann wollte er sein Scheitern als Lehrer einräumen und die Kündigung einreichen. Sein Lieblingswort war »Eingeweide«. »Ihr lest nicht nur mit eurem Kopf, Jungs«, ließ er uns regelmäßig wissen, »ihr lest aus dem Bauch heraus, mit den Eingeweiden.« Und wenn wir bis dahin nicht gelacht hatten, dann lachten wir nun.

Archie Clayburgh wusste, dass er uns im Unterricht nicht mehr als nur ausgewählte Auszüge aus den Büchern seiner würgenmachenden Lieblingsautoren lesen lassen konnte, aber er sorgte dafür, dass diese Autoren in der Schulbücherei greifbar waren, auch wenn sie hinter Glas weggeschlossen waren und wir unterschreiben mussten, um sie auszuleihen.

Als Mr Wain zurückkehrte, verschwanden *Wendekreis des Steinbocks* und *Beautiful Losers* aus der Bücherei, und wir kriegten wieder Kopfschmerzen beim Lesen.

Aber bei mir zumindest hatte Archie Clayburgh Erfolg mit seinen Bemühungen. Von da an las ich auf rohe, schroffe Weise. Vor den Peinigungen der Wörter zuckte ich nicht mehr zusammen. Von nun an trieben sie vor meinen Augen ihre lüsternen Possen.

Mein Vater, ein kleiner Mann mit schwindendem Augenlicht und ohne Haare, selbst dort, wo seine Augenbrauen hätten sein sollen, wusste nicht recht, was er davon halten sollte, dass ich Schriftsteller an den Wänden hängen hatte. »Wer ist das da?«, fragte er jedes Mal bei seinen seltenen Vorstößen in mein Zimmer – es kam mir immer fast so vor, als habe er sich in seinem eigenen Haus verirrt und sei nur zufällig bei mir hereingestolpert. Sein blinzelnder Blick blieb ausnahmslos bei jedem dieser Besuche an meinem damaligen Lieblingsfoto des Romanciers James Baldwin hängen. Ich glaube, mein Vater wunderte sich, was ich mit einem Porträt eines schwarzen Mannes in meinem Schlafzimmer wollte, und ich glaube, er erspähte auch noch etwas anderes, was an Baldwin nicht stimmte, nämlich dass er ein Homosexueller war, und er muss sich gefragt haben, ob die Tatsache, dass er da bei mir an der Wand hing, bedeutete, dass ich auch ein Homosexueller war.

Ich dachte daran, ihm Henry Miller oder Leonard Cohen zu lesen zu geben, dann würde er sich in dem Punkt wohl keine Sorgen mehr um mich machen, aber er war kein Mann des Lesens. Er war kein Mann von irgendwas, mein Vater. Er existierte, um meiner Mutter zu Diensten zu sein, so etwa wie ein Hund, und das war's. Sie rief, und er kam gelaufen. Wenn ich mir die beiden beim Sex vorstellte, was ständig der Fall war, wenn ich gerade einen Henry Miller am Wickel hatte, dann gelangte ich nicht über das Bild hinaus, wie er an ihr schnüffelte. Aber sie hatten immerhin mich und Jeffrey Liebling, also musste er doch mehr getan haben, als an ihr zu schnüffeln, wenigstens zwei Mal.

Nur so ganz neutral gefragt: Könnte dieses Bild, wie er da schnüffelte, hinter jenem Schnüffeln stecken, mit dem ich Gideon die Bühne betreten zu lassen gedachte? War da womöglich doch, wiewohl ich mich brüstete, von jeglichen Sohnesgefühlen vollkommen frei zu sein, irgendein ödipaler sexueller Abscheu in mir verborgen?

Ich dachte drüber nach und dachte, nein.

Meine Mutter war mir in fortpflanzungstechnischer Hinsicht ein ebensolches Rätsel wie mein Vater. Es war unvorstellbar, dass ich auf normale Weise aus einem von ihnen hervorgegangen sein könnte. Sie hatte das, was die Leute in Wilmslow unter Pep verstanden. Nicht einfach nur Schwung und Elan, sondern einen überentwickelten Instinkt für Emphase und Theatralik. Sie dominierte jede Unterhaltung, sei es zu Hause, im Laden, auf der Straße, in einem Restaurant oder überhaupt in jedwedem sozialen Kontext, fuchtelte mit den Armen herum, schnitt Grimassen, wälzte ihre rauchfreie künstliche Zigarette zwischen den Lippen umher – sie kaute noch beim Einschlafen auf jener Zigarette herum – und lachte ungestüm. Und das alles noch vor dem Sechs-Uhr-Drink. Natürlich war sie zu jeder Zeit perfekt gestylt, bevorzugt trug sie kleine Kostüme, normalerweise von Chanel, aus kurzen Oberteilen und winzigen engen Röcken, häufig kombiniert mit einer passenden Baskenmütze, aus der eine kleine Metallspitze ragte wie ein Funkmast. War sie die Sendestation für irgendeinen entlegenen Planeten? Diese Vorstellung war nicht abwegiger als irgendwelche anderen Erklärungsversuche. Zweifellos trug sie genug Metall an sich – um die Handgelenke und sogar in die Handschuhe eingeflochten, als wär's ein Kettenpanzer –, um mit einem Volk von Aliens in Hunderttausenden von Lichtjahren Entfernung in magnetischen Kontakt treten zu können.

Andernfalls existierten ihre Anziehungskräfte einzig und allein zu dem Zweck, Leute in den Laden zu locken, und waren sie erst einmal drin, war es höchst unwahrscheinlich, dass sie wieder daraus entkamen, ohne allermindestens tausend Pfund für ein Halstuch ausgegeben zu haben.

Sie war Kettenraucherin, bevor das Kettenrauchen aus der Mode kam, und ließ ohne jede Entschuldigung Asche auf die Schuhe ihrer Kundschaft, auf die Kleidungsstücke, die diese kaufte, und auf das Wechselgeld, das sie herausgab, rieseln. In letzter Zeit rauchte sie eine elektronische Zigarette, die ihr gefährlich auf der Unterlippe hing und glühte, als handele es sich um einen zweiten Satz Antennen.

Ihr Kommentar dazu, dass ich Schriftsteller an der Wand hängen hatte, lautete, ich befinde mich in einer Phase der verständlichen Rebellion gegen jenen ungebremsten Materialismus, dessen Nutznießer ich sei, und werde ihr irgendwann schon entwachsen. Dass ich die Flachlanduniversität Cambridge besuchte, nahm sie mit Stolz zur Kenntnis, da ich in der Familie der Allererste war, der überhaupt irgendwo auf eine Universität ging, aber sie hätte sich nicht weniger gefreut, hätte ich mich am Wilmslow Business College eingeschrieben, ein Traum, dessen Verwirklichung sie bei Jeffrey erleben durfte.

Das also waren die wichtigsten Charaktere jenes gesitteten Romans, der mein Leben war, und ich stelle sie hier keineswegs vor, um sie irgend herabzuwürdigen, sondern lediglich, um zu zeigen, warum es nötig war, dass ich diesen Roman aus den Eingeweiden heraus umschreiben musste.

Aber ich hatte noch kein einziges Wort gleich welcher Art niedergeschrieben, das einer lebendigen Seele zu zeigen ich mich getraut hätte, bevor Vanessa Green und Poppy Eisenhower uneingeladen auf der Bildfläche erschienen. Wenn Archie Clayburgh der Zunder war, dann waren sie das entfachte Streichholz.

Sie kamen erneut in den Laden, mit flammenden Haaren, ungefähr zwei Wochen nach ihrem ersten Besuch, diesmal als Kundinnen. Vanessa kaufte Bruce-Oldfield-Hosen, aller Wahrscheinlichkeit nach nur, um mich zu ärgern. Hosen waren eine fürchterliche Verschwendung, wenn man Beine wie sie hatte, und diese waren viel zu wulstig, verliehen ihr das Aussehen eines Clowns. Aber meine Mutter hatte mich gelehrt, stets Kapital aus dem Geschmack der Kundschaft zu schlagen, ganz gleich wie entsetzlich der war. »Sag nie, dass du etwas nicht magst, was ihnen gefällt«, brachte sie mir bei. »Stürze sie nie in innere Konflikte dadurch, dass du etwas vorschlägst, das du für besser hältst. Das gibt ihnen bloß Gelegenheit, vor der Qual der Wahl zurückzuschrecken und gar nichts zu kaufen. Sag ihnen, dass sie gut aussehen in dem, wovon sie glauben, dass sie darin gut aussehen, und dann überrede sie, gleich zwei davon zu kaufen.«

Poppy kaufte zwei Seidenblusen von Donna Karan. Die eine war so gut wie durchsichtig, und ich konnte mich gerade noch beherrschen, nicht zu fragen, zu welcher Gelegenheit sie sie zu tragen beabsichtigte. Gewiss zu keiner, die ich mir in Knutsford und der näheren Umgebung vorzustellen vermochte.

Sie kauften ihre Kleidungsstücke auf getrennte Rechnung, Poppy stellte mir einen Scheck aus, den ich akzeptierte, obwohl er das Garantielimit ihrer Scheckkarte überschritt, und Vanessa zahlte per Kreditkarte. Sie hatte, wie ich bemerkte, ihren Namen nicht in Eisenhower geändert. Sie blieb Vanessa Green. Dass sie unterschiedliche Nachnamen hatten, erhöhte ihre Faszination noch, vor allem aber, fand ich, die der Mutter.

Sie waren enttäuscht, dass meine Mutter immer noch nicht wieder da war, aber in der Zwischenzeit hatte ich bereits den Kontakt zwischen ihnen hergestellt, damit ich in ihrer Gegenwart unbeschwert über andere Dinge nachdenken konnte. Mit »ihrer« Gegenwart meine ich Poppys. Selbst in jenem Stadium war ich an ihr interessiert – wohl nicht *stärker* interessiert als an Vanessa, glaube ich, aber jedenfalls im selben Maße interessiert. Das Problem an Gideon als Figur war, dass ich, wenn er kein Schriftsteller war – und mir war klar, dass Francis zumindest damit recht hatte: Zu einem Schriftsteller konnte ich ihn nicht machen –, auch nicht wusste, wie er den subtilen Feinheiten jener Sündhaftigkeit gewachsen sein sollte, die mir als Autor von Derbheiten im Wartestande, als Autor durch und durch (auch wenn ich noch überhaupt nichts zur Publikation eingereicht hatte) in den Sinn kam, sobald ich die beiden Frauen nur anschaute. Man musste schon Schriftsteller sein, um freiwillig den ganzen Schlamassel heraufzubeschwören, man musste schon Schriftsteller sein, um freiwillig sein Leben in den Zustand einer ungewissen Spannung zu versetzen, während die Story dessen, was geschehen würde, nach eigenen Gesetzen mit einem umsprang. Als Nichtschriftsteller, als so jemand wie, sagen wir, mein Bruder Jeffrey, würde Little Gidding seinem Herzen folgen und nicht seiner Neugier, würde er eine Entscheidung treffen, die darauf beruhte, was ihn glücklich zu machen versprach. Wohingegen ich einen Schnurz ums Glücklichsein gab. Ich war hinter einem größeren Fisch her.

Als Erstes tat ich, was die Konvention verlangte. Ich bat Vanessa, mit mir auszugehen. Aber selbst dafür war einiges Tamtam vonnöten. Nicht Tamtam im Sinne von Handlungsverlauf, sondern Tamtam im Sinne eines gefährlichen Doppelspiels. Poppy hatte mir ihre Kontaktdaten gegeben, damit ich sie an meine Mutter weiterleitete, deshalb wusste ich, wo sie wohnten. Unter dem Vorwand, zu meinen, sie hätten ein Paar Handschuhe im Laden vergessen, fuhr ich nach Knutsford raus und klopfte an ihre Tür. Sie wohnten natürlich in einem Cottage. Unter bemoostem Dache. Irgendeine Art von Vogel sang in einem kahlen Baum in ihrem Garten. Irgendeine Art von Winterblumen spross in einem hölzernen Trog. Genug der Naturschilderungen. Es muss gegen sieben Uhr abends gewesen sein. Als ich an ihre Tür klopfte, hörte ich jemanden schreien. Ich meinte, eine von ihnen hätte zur anderen gesagt: »Auf keinen Fall in deiner Unterwäsche«, aber dabei kann es sich auch um eine Übertragung meiner eigenen übergeschnappten Hoffnungen gehandelt haben.

Schließlich hörte ich ein Getappe an einem der Fenster oben und schaute hinauf. Vanessa ruckte an den Vorhängen herum, als mache sie einer einfallenden Streitmacht auf der Nordsee Zeichen. Ich winkte. Sie formulierte in meine Richtung irgendetwas Übellauniges, was ich nicht verstehen konnte. Ich hielt die Handschuhe in die Höhe. Sie setzte ein erstauntes Gesicht auf. Später erzählte sie mir, sie hätte geglaubt, ich wäre mit den Handschuhen hergekommen, um zu sehen, ob eine der beiden Frauen sie vielleicht kaufen wolle, oder aber, wenn beide interessiert wären, jeder von ihnen einen einzelnen Handschuh anzubieten. Was, wenn man es richtig bedenkt, im Grunde genau der Mission entsprach, in der ich unterwegs war, ob es mir damals nun bewusst sein mochte oder nicht. Außer ich sah die Frauen als Handschuhe an, und meine Finger … Aber das ging doch ein bisschen zu weit, zu schnell.

Der ist aber scharf, dachte Vanessa, wie sie mir späterhin erzählte. Scharf drauf, ein Geschäft zu machen, sollte das heißen.

Sie kam herunter und öffnete die Tür gerade weit genug, um eine Pfundnote durchschieben zu können. Ihr rotes Haar war ungekämmt, und sie verströmte Zigarettengeruch. Es war ein Geruch, den ich an Frauen mochte. Die ganzen Models bei den Modeschauen hatten mehr Nikotin in ihrem Körper als Protein. Manche von ihnen waren kaum mehr als wandelnde Zigaretten. Wenn sie vom Laufsteg kamen, zogen sie sich aus und steckten sich eine an. Hinter der Bühne war es rasch so verräuchert, dass sie an den Notausgängen stehen oder sich mit ihren winzigen Höschen aus dem Fenster hängen mussten und vor sich hin keuchten. Eines Abends in Mailand führte ich ein Model mit einer großen Zukunft aus, Minerva, die ich bei einer After-Collection-Party kennengelernt hatte. Das war einer der Vorteile des Wilhelmina's. Man kam zwar nicht auf die besten Partys, doch immerhin kam man auf die zweitklassigen Partys, wo man sich mit Models unterhalten konnte, die ebenfalls zweitklassig waren, aber hübsch genug für einen selbst, wenn man aus Wilmslow kam. Minerva aß gedünstete Brokkoli und Tabak. Sie bewegte den Kopf wie eine Giraffe, als erschnüffele sie alles, was oben auf den Bäumen wuchs. Während des teuersten Essens, das ich mir je geleistet hatte – ich weiß noch, wie ich überschlug, dass ich für den Preis jedes einzelnen Brokkoli-Röschens in Wilmslow ein abendliches Essen für acht Personen bekommen hätte –, hustete Minerva mir unablässig ins Gesicht. Ich sog ihren Duft ein, als sei sie eine seltene Blume. Hätte sie ihre Mutter dabeigehabt und hätte die sich ebenso benommen, so hätte ich mich womöglich unsterblich in alle beide verliebt.

»Ja?«, fragte Vanessa.

Ich rückte mit meinem Gesicht so nah an ihren rauchigen Mund, wie ich es wagte.

Irgendwas gab mir ein, ich solle den Einfall mit den Handschuhen mal lieber fallen lassen. »Bin zufällig vorbeigekommen«, sagte ich. »Hab mich gefragt, ob Sie vielleicht Lust auf einen Drink hätten.«

»Hier?«

Ich habe nie herausgefunden, was sie damit meinte. Auf ihren Lippen wurden selbst die einfachsten Wörter zu einem Rätsel. *Hier?* Was war mit *hier* gemeint? In der offenen Tür? Auf der Straße? In Knutsford, in Cheshire, in England, in Europa, im Universum?

Ich muss sie mit offenem Mund angestarrt haben. »Ich kann Sie nicht reinlassen«, sagte sie.

»Ich hatte nicht erwartet, dass Sie mich reinlassen«, sagte ich. »Ich meinte einen Drink irgendwo draußen.«

Sie hatte dasselbe Problem mit mir. »Draußen?« In ihrem Garten, auf der Straße, in der Gosse?

»In einem Pub. Einer Bar.«

»Ich gehe nicht in Pubs oder Bars.«

»Ich auch nicht«, sagte ich. »Essen gehen?«

»Hab schon gegessen.«

»Einen Burger? Fish 'n' Chips?«

»Das ist was zu essen. Wie ich gerade sagte, hab ich schon gegessen.«

Gideon hätte sich in seiner komödiantischen Phase womöglich am Kopf gekratzt und gesagt: »Wie wär's in dem Falle mit einem kleinen Fick?«, aber ich war kein Komödiant. Ich war vierundzwanzig und schrieb am Roman dessen, was in meinem Kopf geschah.

Es stimmt schon, dass auch Henry Miller sie womöglich gefragt hätte, wie's mit einem kleinen Fick wäre. Vermutlich hätte Henry Miller sie gefragt, ob er ihre Fotze sehen dürfe, aber ich war auch noch nicht Henry Miller, leider.

Aber das, was ich am Ende tat, hätte wahrscheinlich Henry Miller, Leonard Cohen und Norman Mailer in einer Person geschockt. Ich fragte, wenn sie selbst schon nicht rauskommen wolle, ob dann vielleicht ihre Mutter?

Ich erwartete, dass sie Aufklärung über diesen unvollständigen Satz verlangte. »Vielleicht meine Mutter *was?*«

Lust auf einen kleinen Fick hätte – ich entschied mich dagegen, das zu sagen.

14
ZN

Es war ein Jammer, dass wir es bis zum Einbruch der Dunkelheit nicht bis Monkey Mia schaffen würden. Das hieß, es entging uns, von dem Pelikan unter die Lupe genommen zu werden, der über den Strand wachte. Bevor man Zugriff auf das bekam, was die Affenbucht sonst noch zu bieten hatte, musste man erst an dem Pelikan vorbei. Und wenn er einen nicht mochte, dann konnte man sich die Delfine abschminken, von den Affen ganz zu schweigen.

Obwohl sie unter normalen Umständen nicht von ihrer Mutter getrennt sein wollte, war für Vanessa die Aussicht, dass diese die Nacht mit uns im Wohnmobil verbringen würde, unerträglich. Im betrunkenen Zustand schnarchte Poppy. Es war kein lautes Schnarchen, aber doch laut genug, um ihrer Tochter das Outdoorerlebnis zu verderben. Wir befanden uns in einer Anlage, die aus Lodges und Hütten, Bars, Cafés und Restaurants bestand; wir parkten das Wohnmobil an einer Stelle, wo uns die modernsten Annehmlichkeiten zu Gebote standen, die beim Campen nur denkbar sind – wenn wir darum gebeten hätten, hätten sie uns angeschlossen und über unsere Wasserhähne mit Rotwein vollgepumpt –, aber gleichzeitig waren wir auch fünfhundert Kilometer vom nächsten Highway entfernt, mitten auf einer Landspitze, die sich wie eine Nase aus der Küstenlinie Westaustraliens in den Indischen Ozean schob. Wir waren weit weg von praktisch allem. Vanessa war hergekommen, um allem zu entfliehen. Mir, meiner Schreiberei, ihrer eigenen Schreiberei, dem krankhaften Verfall in London, dessen Zivilisation auch schon vor Mertons Selbstmord und vor der Schließung unserer unabhängigen Lieblingsbuchhandlung eine Prognose gestellt worden war, die am baldigen Ende keinen Zweifel mehr ließ. Es würde helfen, die Stille zu hören, sagte sie. Oder die Geräusche eines Lebens, das kein menschliches Leben war. Ich war mir nicht ganz sicher, was zu hören sie erwartete. Die Wellen? Den Pelikan, der seinen Schnabel auf- und zuklappte, klick-klack? Die nächtlichen Schreie der Delfine? Sie wusste nicht, was sie hören wollte, sie wusste nur, was nicht. Nummer eins auf der Liste: ihre Mutter beim Schnarchen. Nummer zwei auf der Liste: mich, egal zu welchem Thema.

Also betteten wir ihre Mutter in eine Lodge um. Zu diesem Zeitpunkt war sie wach und wollte etwas zu essen haben. »Schlaf«, sagte Vanessa. Ihre Worte hatten einen verblüffenden Einfluss auf Poppy. Wenn Vanessa »Schlaf« sagte, schlief sie. Zehn Minuten, nachdem wir sie hineingeschafft und mit ihr zusammen ermittelt hatten, wo die Lichtschalter waren und wie die Klimaanlage funktionierte, lag sie ausgestreckt auf dem Bett und schnarchte.

»Siehste«, sagte Vanessa.

Auch bei mir funktionierten ihre Worte auf hypnotische Weise. Ich sah.

Zu Abend aßen wir an hölzernen Tischen mit Blick hinaus auf die Shark Bay. Die Luft war warm und seidig. Das Meer rührte sich kaum. »Das riecht wie Baby hier draußen«, sagte ich.

»Wie ein Baby?«

»Nein, nicht wie *ein* Baby. Wie Baby. Wie die Essenz eines neugeborenen Babys, die man erhält, wenn man an seinem Kopf riecht.«

»Großer Gott, hoffentlich hast du nicht vor, das aufzuschreiben.«

Hatte ich, traute mich jetzt aber nicht mehr.

»Ich sag dir, was ich riechen kann«, sagte Vanessa. »Delfin.«

»Wonach riecht Delfin?«

»Atme ein. Kannst du's jetzt riechen?«

»Ja«, log ich. Tatsächlich handelte es sich bei dem, was Vanessa riechen konnte, um den gegrillten Barrakuda auf dem Tisch des benachbarten Pärchens. Wenn es nicht ihr Baby war.

Alle paar Augenblicke deutete Vanessa in Richtung des Meeres und sagte: »Schau!«

Ich schaute, konnte aber nichts sehen.

»Da! Siehst du sie?«

Delfine.

Meiner Ansicht nach hätte es sich bei dem, was sie sah, ebenso gut um Affen handeln können. Aus dieser Entfernung und unter diesen Lichtverhältnissen hätte man irgendeinen ölig-glitschigen grauen Delfin, der sich in der Shark Bay herumwälzte und darauf wartete, dass man ihn kitzelte, keineswegs ausmachen können. Aber Vanessa war in Staunstimmung. Sie schaute zu den Sternen hoch. Sie inhalierte die Nacht. Man kann es der Nacht ablesen, wenn man weit weg von allem ist, und dies war eine Nacht, die eine Million Meilen von allem weg war. Und dann schoss eine Sternschnuppe vorüber, nur für uns.

»Großer Gott, Guido«, sagte sie und ergriff meine Hand, »ist das nicht umwerfend?«

»Das ist echt umwerfend«, sagte ich.

Wir küssten uns. Nicht übel, nach so vielen Jahren Ehe, dass wir uns noch küssten. Küssen war eine Fertigkeit, die wir uns bewahrt hatten. Sie hatte schon lange das Rauchen aufgegeben, aber wenn ich sie küsste, erinnerte ich mich stets an den Tabakgeschmack unserer ersten Umarmungen. Durchaus möglich, dass ich sie immer noch leidenschaftlich küsste, um genau diese Erinnerung heraufzubeschwören. Nennen wir es also einen proustschen Kuss. Weitgespannt und gleichzeitig abschweifend. Und natürlich beschwert mit der Wehmut verstreichender Zeit.

Küsste sie mich aus demselben Grund? Wer wusste das schon? Ich habe niemals verstanden, warum sie mich überhaupt jemals geküsst hat. Sie hatte von Anfang an den Eindruck erweckt, sie möge mich nicht. Sie war fast immer anderer Meinung, glaubte nicht, ich hätte das Zeug zu einem Romanschriftsteller – mit der Begründung, ich verstehe sie nicht und sei folglich wahrscheinlich auch unfähig, irgendjemand anderen zu verstehen –, weigerte sich aus Prinzip, die Kleider zu tragen, von denen ich wollte, dass sie sie trug, und bedauerte das Missverhältnis unserer Körpergröße. Könnte sie mich geküsst haben, um mich davon abzuhalten, ihre Mutter zu küssen? Oder ihre Mutter davon abzuhalten, mich zu küssen? Es war mir mit den Jahren in den Sinn gekommen, dass sie mich telepathisch geheiratet hatte, vertretungshalber oder in Reaktion auf irgendeinen unheimlichen Liebestransfer zwischen Mutter und Tochter oder einfach, um Poppy stellvertretendes Vergnügen zu verschaffen. Um diese These aufrechterhalten zu können, brauchte ich Indizien dafür, dass Poppy mich für sich hatte haben wollen, der Altersunterschied die einzige Barriere, aber Indizien in dieser Richtung hatte ich nicht. Wenn überhaupt irgendetwas, dann war sie ebenso desinteressiert an mir gewesen wie ihre Tochter – selbst an jenem Abend, als sie sich bereit erklärte, in Knutsford mit mir einen trinken zu gehen –, und sie hatte ihre Einstellung auch nicht merklich verändert, wie Vanessa es definitiv tat, als Quinton O'Malley *Wer schert sich einen feuchten Affen?* aus dem Stapel abgelehnter Skripte gerettet und an Merton Flak verkauft hatte, der es als Meisterwerk bejubelte, woraufhin ich selbst als Shootingstar über das Firmament geschossen war.

Möglich war auch, dass Vanessa mich leidenschaftlich, aber auf unkonventionelle Weise geliebt hatte und ich nicht unkonventionell genug gewesen war, das wertzuschätzen. Freilich war ich unvermindert in sie verliebt, trotz aller Provokation und der Verlockung, damit aufzuhören. Wenn das keine Wertschätzung ist, dann weiß ich auch nicht.

Unser Monkey-Mia-Kuss, wie immer man den zu interpretieren hat, endete abrupt, als eine Motoryacht mit gleißenden Lichtern und laut plärrender Musik aus der Nacht herausplatzte und genau vor uns den Anker fallen ließ, geradewegs da, wo Vanessa, wie sie schwor, Rad schlagende Delfine gesehen hatte.

»Auch das noch!«, sagte sie, als handele es sich um den Schlusspunkt zu einer ganzen Serie unerträglicher Belästigungen. Das war Vanessa – der kleinste Ärger strich aus ihrem Gedächtnis jedes Bewusstsein dafür, dass sie jemals in ihrem Leben einen glücklichen Moment erlebt hatte.

Ich schlug vor, den Tisch zu wechseln, aber vor dem grellen Licht und dem Radau gab es kein Entkommen.

Vanessas Vater war in der kurzen Zeitspanne, als sie ihn gekannt hatte, passionierter Segler gewesen, und von ihm hatte sie den Hass auf alles geerbt, das einen Motor brauchte, um sich im Wasser fortzubewegen. Man hatte ein Segel, oder man ruderte, alles andere war grobschlächtiges Neureichengetue. Unmittelbar vor unserem Aufbruch aus London hatte Garth Rhodes-Rhind, ein Cross-over-Fantasy-Autor – was bedeutet, dass er unglaubwürdige Figuren aus einer anderen Welt und Zeit in eine unglaubwürdig geschilderte Gegenwart versetzte oder umgekehrt, je nachdem, wohin seine Fantasie mit ihm durchging –, in den Docklands auf einer Motorbarkasse eine protzige Party veranstaltet. »Neues Buch auf neuem Bug«, stand auf der Einladung. Das Schiff, von dem es hieß, er habe beträchtliche Besitzanteile daran erworben, finanziert aus dem Verkauf der Weltrechte an einem Roman über einen Alchemisten aus dem dreizehnten Jahrhundert, der über ein markantes Profil und das zweite Gesicht verfügte und in das Clerkenwell unserer Gegenwart gestolpert war, wo Alchemie der neueste Schrei war/ist, war ein geschmackloses rosa Bordell in Schiffsgestalt, das er – zumindest für diesen einen Abend – *Lulu* nannte, und zwar nach der Werbeassistentin, derentwegen er seine Frau hatte sitzen lassen, ein Schritt, den er aus den Tantiemen seines vorherigen Cross-over-Fantasy-Werks hatte finanzieren können, eines Romans über einen Banker aus Clerkenwell, der über ein markantes Profil verfügte, an präsenilem Alzheimer litt und durch die Zeit zurückgereist war ins dreizehnte Jahrhundert und in ein Kloster auf dem Gipfel des Mont Ventoux. Es war Security auf dem Schiff, die verhindern sollte, dass die Ehefrau die Party enterte. »Komm nur ja nie auf die Idee, so was zu machen«, hatte Vanessa zu mir gesagt und mich dabei mit bösem Blick durch ihren Kelch mit *Lulu*-farbigem Champagner angefunkelt.

»Mit der Werbeassistentin durchbrennen oder dich davon abhalten, die Fete zu sprengen?«

Sie schüttelte den Kopf, eine Geste, die alles einschloss, was ihr an der Örtlichkeit missfiel. »Komm mir nicht mit Spitzfindigkeiten, Guido«, sagte sie. »Du weißt genau, wovon ich rede.«

»V, habe ich dir jemals Grund zur Annahme gegeben, ich sei scharf auf ein Motorboot? Ich kann nicht mal schwimmen. Ich werde schon seekrank, wenn ich ein Bad nehme.«

»Warte ab, bis du so viel verdienst wie Garth Rhodes-Rhind.«

Ich versuchte, dem Schlag die Wucht zu nehmen. »Ich werde mir kein Schiff kaufen.«

Dabei beließen wir es, wiewohl ich das Gefühl hatte, sie machte sich auch weiterhin Sorgen, was ich mir wohl kaufen würde, sollte ich plötzlich zum Großverdiener werden, Motorboot hin oder her. Sorgen, die als solche schon Spannungen erzeugten, nicht nur, weil ich es ihr übel nahm, zu glauben, in mir schlummere ein vulgärer Plutokrat, sondern auch, weil wir beide wussten, Garth Rhodes-Rhinds Erlöse aus Urban-Fantasy-Romanen waren weit jenseits der Möglichkeiten eines Schriftstellers, dessen Genre das ausschweifende Wilmslow war, lässt man die Tatsache außer Acht, dass es Leute gab, die genau das als urbane Fantasie meiner Wenigkeit betrachteten.

So fühlte ich mich also, ganz gleich wie man es drehte und wendete, als Versager ihr gegenüber, und mir gegenüber übrigens auch. Nicht zuletzt, weil ich Garth Rhodes-Rhind gekannt und unterstützt – na ja, mal getroffen und mit ihm gesprochen – hatte, als er noch mittellos war, und ihn ermutigt hatte, daran zu glauben, dass er etwas – wenn auch nicht sonderlich viel – zustande bringen könne, wenn er nur hartnäckig bliebe. Dabei hatte ich nicht einen Augenblick daran geglaubt, er sei dazu wirklich fähig.

Vom Lärm der Motoryacht entmutigt, gingen wir im Wohnmobil schlafen. Am Morgen beschlossen wir, lieber im Restaurant statt im Wohnmobil zu frühstücken, sodass Poppy den Ausblick genießen konnte, der ihr am Abend zuvor entgangen war. Sie war bestens ausgeruht und sah ganz prächtig aus in einem Safarianzug mit unzähligen Taschen, der genau auf den von Vanessa abgestimmt war. Ein echtes Wunder, wie sie das hinkriegten, ohne sich vorher abzustimmen – sie hatten sich nicht nur für identische Kleidung in unterschiedlichen Farben entschieden, sondern auch ihre Haare in gleicher Weise hochgesteckt, und beide trugen Römersandalen.

Sie sahen aus wie die Mätressen von Großwildjägern. In den Taschen ihrer Anzüge steckten die Gewehrkugeln ihrer Liebhaber.

Der Eigner des Motorboots war draußen an Deck, er trug einen taubenblauen Matrosenanzug und erteilte Befehle. Proviant wurde übergesetzt und an Bord geschafft. Kistenweise Champagner und körbeweise Hummer, nahm ich an. Wenn gerade nichts entgegenzunehmen war, stapfte er auf und ab, überprüfte das Schiff, zerrte an den Leinen, kontrollierte die Lackierung und schüttelte zornig den Kopf, wenn er einen Kratzer fand. Mit dergleichen war man beschäftigt, wenn man eine Motoryacht besaß – Hausarbeit, nur eben zur See.

Er wirkte wie ein Mann in den Vierzigern, von der Sonne verbrutzelt, sodass man, auch wenn er eine jugendliche Figur abgab, schon aus der Ferne erkennen konnte, dass er von Nahem betrachtet sich als vorzeitig gealtert erweisen würde. Zudem übellaunig, wie das bei reichen Müßiggängern üblich war. Überleg dir deine Wünsche dreimal, wie man so sagt, und er hatte sich halt ein Boot gewünscht, dessen Äußeres und dessen Wohl und Wehe jetzt seine gesamte Zeit in Anspruch nahm.

Er hatte ein Telefon in jeder Hand und ein weiteres am Gürtel. Alle drei klingelten.

Vanessa und Poppy tranken ihren Tee und lachten über ihn, wie er da seine peinlich genauen hausfraulichen Untersuchungen anstellte.

»Gott, was sind Männer neurotisch!«, sagte Poppy.

»ZN im Reinzustand.«

Das zielte auf meine Ohren. Ich litt stets an einer extremen Form von Zwangsneurose, wenn ich mit einem Buch schwanger ging. Ich glaubte, sobald ich einen Satz hingeschrieben hätte, würde er mir auch schon wieder entschwinden, entweder von allen vier Winden verweht, wenn ich draußen schrieb, oder von einem böswilligen Computer verschluckt, wenn ich am Schreibtisch saß. Darum machte ich unzählige Back-ups von allem, was ich schrieb, notierte zusätzlich auf Papier, was ich in eine Maschine tippte, speicherte auf zahllosen externen Festplatten ab, was ich dem Arbeitsspeicher meines Computers nicht ohne Rückversicherung anvertrauen mochte. In den Zeiten von Durchschlägen und Kohlepapier versteckte ich immer mindestens vier Exemplare jeder Seite, die ich fertiggetippt hatte, und hinterlegte eine Notiz in einem versiegelten Umschlag für Vanessa mit Anweisungen, wo sie diese im Falle meines Todes finde. Später wandte ich dasselbe Verfahren mit USB-Sticks an, von denen ich immer ein Dutzend in Gebrauch hatte, die ich in den Taschen der Jacketts, die ich nicht trug, deponierte. Oder die ich mit Tesa auf die Rückseite von Gemälden klebte, in den Schubläden mit Vanessas Unterwäsche vergrub, an Bindfadenschlingen hinters Kopfende unseres Bettes hängte. Die genauen Aufbewahrungsorte wiederum wurden in einem Schnellhefter aufgelistet, der zu Händen von Vanessa markiert war. Sollte ich sterben, so ist mein Werk an den bezeichneten Orten zu finden.

Als *Wer schert sich einen feuchten Affen?* erschien, schenkte Vanessa mir eine italienische Aktenmappe aus weichem Leder mit goldgeprägten Lettern darauf. Nicht meinen Initialen – GA –, sondern ZN.

Sie glaubte, sie hätte einen Verrückten geheiratet, aber wenn ich verrückt war, weil ich stillschweigend voraussetzte, meine Schreiberei sei eine offene Einladung an den Tod, seine Klauen nach mir auszustrecken, dann war jeder Schriftsteller ebenso verrückt wie ich. Sobald man zwei Wörter hintereinandergesetzt hat, wird man auch schon von der Furcht ergriffen, nicht mehr lange am Leben zu sein, nicht weil die Schreiberei das Herz dermaßen erschöpft, sondern weil der Akt des Schreibens als solcher als Hasardspiel mit der Zukunft so anmaßend ist. Die Zeit wartet nicht darauf, dass ein Schriftsteller das Geschriebene nachpoliert. Schon ein Satz fordert die Götter heraus. »Ich werde meine physische Existenz überleben, meine Worte werden mich unter die Unsterblichen versetzen.«

Zur Antwort kommt die donnernde Replik: »Nein, werden sie nicht!«

War Vanessas Unvermögen, das Buch, das sie niemals beenden würde, auch nur anzufangen auch der Grund für ihr Unvermögen, zu begreifen, dass das Schreiben notwendigerweise morbid war? Sie hatte nicht Stein für Stein ihr anmaßendes Babel errichtet. Sie kritzelte einen Einfall hin und ging zu Bett. Sie probierte eine Dialogzeile und raufte sich die Haare. Es folgte nichts daraus. Sie fertigte keine zusammenhängenden Sätze. Die Götter würden sie also am Leben lassen. Sie war ihnen keinerlei Bedrohung.

Wir brachten den Morgen in der Affenbucht damit zu, mit den Delfinen zu spielen. Zuerst am Strand, wo wir drauf warteten, dass sie aus dem Meer auftauchten und unter den Augen des Pelikans mit uns herumtollten. Später dann in einem kleinen Ruderboot, mit dem sie allerlei zudringlichen Schabernack trieben, indem sie unter uns verschwanden, wie sie gerade Lust hatten, unsere Ruderblätter anstupsten, bisweilen so taten, als wollten sie zu uns an Bord kommen, uns mit schrägem Blick in Augenschein nahmen wie Papageien auf der Schulter eines Seeräubers.

»Oh, Mutter, Mutter, schau doch!«, rief Vanessa.

»Sind das nicht entzückende Schnuckelchen?«, rief Poppy zurück.

Ich hätte nicht sagen können, was unsere Stabilität stärker gefährdete, die Ausgelassenheit der Delfine oder das eurythmische Pochen Vanessas und ihrer Mutter, das von einem einzigen vibrierenden Akkord des Mitgefühls für alle Geschöpfe Gottes durchzuckt zu werden schien.

Ich selbst fand sie beängstigend. Vanessa und ihre Mutter *und* die Delfine. Mit welchem Recht hatten wir Delfine für harmlos und großmütig erklärt, vollkommen gefahrlos für uns, wo wir doch wussten, bei keinem Geschöpf unter der Sonne konnte man sich drauf verlassen, dass es niemals garstig wurde – den eigenen Artgenossen gegenüber, von uns ganz zu schweigen? In meinen Augen würdigte es sie herab, wenn man ihnen keine anderen als bloß gutartige Triebe unterstellte, diese seltsamen Schnauzgrimassen als ein Lächeln der Zuneigung für den Homo sapiens interpretierte. Eines guten Tages, so dachte ich, während ich steif in dem kleinen Ruderboot saß, eines guten Tages wird die schreckliche Wahrheit dessen, was Delfine wirklich von uns denken, ans Licht kommen. Ich war froh, als wir wieder festen Boden unter den Füßen hatten. Aber Vanessa und Poppy wollten gar nicht wieder weg. Der Plan, am selben Nachmittag noch aufzubrechen, wurde verworfen. Wir würden eine weitere Nacht bleiben, erst einmal die Aufregung mit Schlaf vertreiben, bevor wir uns an gewohnter Stelle zum Abendessen trafen.

Da war Poppy bereits angeheitert.

»Wo sind denn nun die Affen?«, fragte sie.

»Glaubst du, dass das nur vom Trinken kommt, oder glaubst du, das könnte präsenile Demenz sein?«, flüsterte Vanessa mir zu.

»Das ist die Aufregung«, sagte ich. »Es war ein langer Tag nach langer Fahrt.«

»Und es war ein langes Leben«, sagte Vanessa. Ich wusste, was als Nächstes kam. Sie hoffe, dass ihr, sollte *sie* den Verstand verlieren, jemand eins überziehen und ihr ein Ende bereiten würde. War es an der Zeit, bei ihrer Mutter über dergleichen nachzudenken? Beinahe wollte es mir so vorkommen, als sei das ihr Ansinnen, als habe sie Poppy eigens den ganzen Weg hierhergeschafft, um sie in die Shark Bay zu schubsen, wo die Delfine sie verspeisen und dem zyklischen Kreislauf der Natur wieder zuführen konnten. Wer würde schon wissen, dass es kein Unfall war?

Aber die Gelegenheit, das zu tun, hatte sie schon gehabt und nicht ergriffen. Wer sie zusammen im Boot sah, hätte sie fälschlich für ein Liebespaar halten können, Vita Sackville-West und Violet Trefusis, nur röter und rubenshafter, so steckten sie die Köpfe zusammen, so legten sie einander die Finger auf die Schultern, in gemeinsamer Verzückung angesichts all der Wunder, an denen sie teilhatten.

Poppy sah hinreißend aus, ob sie nun beschwipst war oder nicht. Ihr Kleid klebte ihr in der Hitze an den Schenkeln. Brust um Brust fiel die Wahl zwischen Vanessa und ihrer Mutter wahrhaft schwer – voll und weich wie Gänsedaunenkissen waren sie alle beide (wiewohl Poppys sich ein klein wenig mehr in die Höhe reckte), und zudem unfair, schockierend, sogar verwirrend an Frauen, die ansonsten so schlank waren – aber allem Altersunterschied zum Trotz trug Poppy doch den Sieg davon, was die Schenkel betraf. Wer vermöchte wohl zu sagen, was es ist, das jenen Teil einer Frau plötzlich zu etwas macht, was anzuschauen ein Mann schier nicht ertragen kann? Unter ihrem Kleid war ihr Fleisch nicht das Fleisch einer jungen Frau. Ich hatte sie schon in Badekleidung gesehen und wusste, dass ihre Haut ihre jugendliche Elastizität eingebüßt hatte. Sie war inzwischen fleckig, ein ganz klein wenig ausgeleiert und schartig, ein Opfer überdeutlich hervortretender Adern und von Cellulitis. Und doch war da diese Spannung ihrer Schenkel gegen das dünne Material, das sie straff hielt, diese schräg abfallende Rundung, die man am Körper eines Mannes niemals sieht, ganz gleich wie schön er sein mag, diese ihrige Fülle ohne Fettleibigkeit, als könne eine Frucht ein zweites Mal reif werden oder als wälze einer der Delfine der Affenbucht in ihrem Kleid herum – gegen diese Art von Schönheit kannte ich keine Gegenwehr. Und die Beschwipstheit – nun, die Beschwipstheit steigerte ihre wilde Anziehungskraft noch.

Was ich tat, das tat ich, weil ich es nicht lassen konnte. Mag man es ruhig Zwangsneurose nennen. Unter dem Vorwand der Begeisterung über irgendein Naturphänomen – man frage mich nicht, was es war: das Erscheinen eines bis dato unbemerkten Planeten, ein süßes Aroma von Chiliöl und Frangipani, das mit einer warmen Luftströmung von einem unentdeckten Kontinent herübergeweht wurde, hundert Delfine, die aus dem glasklaren Wasser der Bucht heraus Ballettsprünge vollführten, als habe Neptun ihnen eine Choreografie auf den Leib geschrieben – streckte ich meine Arme aus, klatschte in die Hände und brachte unter der Deckung des Tisches eine dieser Hände auf dem lebendigen Beben von Poppys Fleisch zu liegen, nur wenige Zoll von ihrem Becken entfernt, wenn auch nicht so hoch, dass meine Geste als anzüglich aufgefasst werden konnte. Es kommt auf jeden Millimeter an bei der Kunst, sich Freiheiten herauszunehmen, und ich, der ich vom tief in mir steckenden Unbewussten der Sohnessorge geleitet wurde, war auf Nanomillimeter perfekt in dieser Disziplin.

15
Ich bin ein Cello

Ganz am Anfang …

Der Abend, an dem Poppy meine Einladung annahm, die Wonnen Knutsfords auszuprobieren, weil ihre Tochter sie ausschlug, war vor allem dieser Tatsache wegen bemerkenswert, dass sie sie eben annahm. Und diese Tatsache hätte man auch bloßer Langeweile in die Schuhe schieben können. Knutsford, um Himmels willen! Sich in Knutsford niederzulassen, wenn man solche Haare hatte.

Nachdem wir meine Mutter als Gesprächsthema erledigt hatten, war meine Hoffnung eigentlich, sie würde mich über mein Schreiben befragen, auch wenn ich ja noch gar nichts geschrieben hatte. Woher ich meine Ideen bekam. Wann ich anfing. Wann ich wusste, jetzt war ich fertig. Die Art Fragen, die sie mir Jahre später in Chipping Norton stellen würden, bevor sie mir erzählten, ganz gleich wie *ich* nun wissen möge, wann ich fertig war, *sie* wüssten es jedenfalls stets, nämlich in dem Augenblick, in dem sie angefangen hatten. Aber das hier war lange vor den Zeiten der Lesegruppen, und überhaupt wäre Poppy keine Frau für eine Lesegruppe gewesen.

Es ist schwer, Nichtlesern Intelligenz zuzubilligen, wenn die Bücher für einen selbst der einzige Wertmaßstab sind. Fast konnte ich meiner eigenen Mutter das groteske Missgefüge ihrer Persönlichkeit nachsehen, nur weil sie Flughafenromane verschlang, wenn sie nicht gerade auf der Straße herumschrie, auch wenn es sich bei dem, was sie da verschlang, um schlüpfrige Liebesschnulzen handelte, die alle aus Verkäuferperspektive geschrieben waren – nicht käuflicher Sex, sondern *verkäuflicher*. Ich fand es erstaunlich, dass sie überhaupt so viele Softpornos auftreiben konnte, die im Einzelhandelsgewerbe spielten. Ob sie sie wohl eigens für sich schreiben ließ? Sie saß kerzengerade im Bett, einen Schal um den Kopf gewunden, mit offenem Mund, ihre elektrische Zigarette auf der Lippe, und blätterte Seite für Seite um, als machte sie bei einem Wettbewerb mit, wer als Erster fertig sei. Ich teile keineswegs die weitverbreitete Achtung, die dem mechanischen Akt des Seitenumblätterns entgegengebracht wird. Aber immerhin verschlang sie Worte, und ein verschlungenes Wort kann immer mal auf halbem Weg die Speiseröhre hinab stecken bleiben und den Leser so weit schocken, dass er zu denken anfängt. Wohingegen Poppy, obwohl sie eine intelligente und in mancher Hinsicht weit kultiviertere Frau war als meine Mutter, zumindest in diesem Stadium ihres Lebens vollkommen buchabstinent war. Ich hatte anfangs, als wir uns im Salon des White Bear niederließen und uns zu unterhalten begannen, befürchtet, sie werde beim Tolkien-Test womöglich in Rekordzeit durchfallen. Ich hatte zu ihr gesagt, wie prächtig das doch sei, da zu sitzen, wo möglicherweise Signor Brunoni seine Zauberkünste vorgeführt habe, und als sich zeigte, dass sie nicht wusste, von wem ich sprach, sagte ich es ihr. Wanderzauberer, Figur in *Cranford* von Mrs Gaskell. »Und warum hätte er hier seine Zauberkünste vorführen sollen?«, wollte sie wissen. Ich starrte sie an. Weil wir hier *in* Cranford waren, das war es nämlich, Knutsford-Cranford, sicherlich doch hatte sie …

Sicherlich doch hatte sie gar nichts. Sie tat die Information mit einem Achselzucken ab, als verscheuche sie eine Fliege, die sich auf ihrem Kragen niedergelassen hatte. »Klingt nicht wie die Art Zauberei, die mir gefällt«, sagte sie. Woraufhin ich mir dachte, auf geht's, Tolkien. Aber in Wahrheit war sie auf der literarischen Leiter noch nicht einmal dafür weit genug geklettert.

»Welche wäre das?«, fragte ich, während mir das Herz in die Hose rutschte.

Sie dachte nach. »Mir hat Tommy Cooper immer gefallen«, sagte sie.

Ein Dutzend Jahre später hätte sie mir als Antwort auf dieselbe Frage einen Zauberschüler aufgetischt.

Aber es stand Schlimmeres bevor. Noch vor dem Ende des Abends war sie auch beim Tolstoi-Test durchgefallen.

Und doch war die Unterhaltung bis dahin verheißungsvoll verlaufen. Sie sei Cellistin, sagte sie mir. Eine seriöse Musikerin, zu deren Repertoire Bach, Boccherini, Vivaldi und Dvořák zählten. Ich schauderte ein wenig. Dvořák. Sie fragte, ob ich ein Instrument spielte. Nein. Ich sei nur Musikhörer. Insbesondere von Dvořák. Sie war nie professionelle Cellistin gewesen. Dafür hatte es nicht ganz gereicht. Aber sie hatte mit einem Amateurorchester in Bournemouth gespielt, und dann in Washington, wohin ihr zweiter Ehemann, ein nachrangiger Diplomat namens Eisenhower, sie verschleppt hatte, als Vanessa noch ein Teenager war. In Washington war's, wo sie auch ein bisschen gemodelt hatte, bekannterweise einmal für ein Plakat des Georgetown Camerata Chamber Orchestra, für das sie ihr Cello nackt umschlungen hatte. »Nun ja, nicht wirklich nackt«, erklärte sie mir, vermutlich weil sie sich auf unseren Altersunterschied besann, »aber es sah so aus. Und es hatte das Ende meiner Ehe zur Folge.«

»Ihrem Mann missfiel es, dass Sie nackt mit Ihrem Cello Modell standen?«, fragte ich. Komisch, was Ehemännern alles so missfällt.

»Ganz so war es nicht. Er war eifersüchtig auf den Fotografen, bei dem es sich zufällig um den Geiger handelte, mit dem ich zu der Zeit das Doppelkonzert von Brahms probte.«

»Zu der Zeit, als er das Foto schoss?«

»Nein, zu der Zeit, als mein Mann nach Haus kam und uns vorfand.«

»Sie vorfand …«

»Nein, so nicht. Uns vorfand, wie wir probten. Der Anblick machte ihn so rasend, dass er mich aus dem Haus warf.«

»Himmel! Und der Geiger?«

»Er drohte, ihn umzubringen.«

»Wie bei Tolstoi«, sagte ich ganz erregt. »Reinster Tolstoi.«

Sie schaute mich voller Bestürzung an. »Ist das auch einer aus Ihrer *Cranford*-Truppe?«

War das möglich? War es möglich, als Cellistin gut genug zu sein, um das Doppelkonzert von Brahms zu spielen, und doch noch nie von Tolstoi gehört zu haben? War es möglich, das Alter von zehn Jahren überschritten zu haben, die Musik einmal ganz außer Acht gelassen, und noch nie von Tolstoi gehört zu haben?

Es sei denn, sie nahm mich auf den Arm. Sie hatte ironische Augen. Nicht unmöglich, dass sie sich auf meine Kosten einen Scherz erlaubte. Aber dafür schien sie sich nicht hinreichend ins Zeug zu legen. Jemanden auf den Arm zu nehmen heißt, zu flirten, und sie flirtete nicht.

Ich erwähnte *Die Kreutzersonate*, *Anna Karenina*, *Krieg und Frieden*. Bei *Anna Karenina* schien es zu klingeln, und sie muss kombiniert haben, dass es sich bei den anderen um Bücher handelte, denn sie sagte, sie habe sie nicht gelesen. »Ich bin keine Leserin«, sagte sie. »Vanessa liest genug für uns beide.«

Ich sagte nicht, dass das Lesen so nicht funktioniert. Ich sagte nicht, dass man ebenso wenig für eine andere Person lesen kann, wie man für ihn Schrägstrich sie Wasser trinken kann.

Ich wurde aus ihr nicht schlau. Färbte ein künstlerisches Streben nicht notwendigerweise auf ein anderes ab? Wenn man Bachs Suiten für Cello spielt, liest man auch Tolstoi. Erst sehr viel später ging mir auf, dass man nicht kultiviert sein muss, um Musiker zu sein – oder Schriftsteller, wenn wir schon dabei sind. Kunst? Einige von den ungebildetsten Banausen, die ich kannte, machten Kunst, und von diesen wiederum schrieben die ungebildetsten Bücher. Veredelte Geister fand man hauptsächlich unter denen, die diese Künstler rezipierten oder sich für sie einsetzten, der bedauernswerte Merton zum Beispiel. Aber all das weiß man nicht, wenn man vierundzwanzig ist und sich immer noch abmüht, den ersten Roman auszuspucken.

Überhaupt log Poppy, was ihr Lesen anbetraf. Sie las leidenschaftlich gern. Kümmerlichen Scheißdreck, aber den mit viel Leidenschaft.

Ich ließ Tolstoi fallen und fragte sie nach ihrem Leben vor und nach dem nachrangigen Diplomaten, der sie in Washington abserviert hatte. Viel gab's da nicht zu erzählen. Ihr erster Mann war ein Marineoffizier gewesen, der sich selbst zu Tode gesoffen hatte. Sie hatte ihn geliebt, zu den wenigen Gelegenheiten, wo sie sich sahen. Vanessa ebenso. Aber die beiden Frauen waren viel auf sich allein gestellt gewesen, drum bemerkten sie nach seinem Abgang kaum eine Veränderung, abgesehen davon, dass sie die jährlichen Segelferien vor der Isle of Wight vermissten. Vanessa hatte es in Washington nicht gefallen, und sie war froh, nach Hause fliegen zu können. Sie ging für ein Jahr auf die Universität von Manchester, schrieb sich für Philosophie ein, wechselte dann zu Sprachen, wechselte zu Kunstgeschichte, wechselte zu Philosophie zurück und brach dann ab. Es hatte ihr dort auch nicht gefallen. Aber der Mangel an Notwendigkeit war der eigentliche Grund. Poppys erster Mann hatte ihnen Geld hinterlassen, und bei der Scheidung vom zweiten hatte sie einiges herausschlagen können; es mangelte ihnen an nichts; abgesehen vom Bemühen, sich wie Zwillinge zu kleiden und sich gut aussehend treiben zu lassen, fehlte ihnen jegliches Ziel. Und das Cello? Ja, sie übte immer noch regelmäßig. Vanessa ebenso. Zu Hause spielten sie gemeinsam Vivaldis Konzert für zwei Violoncelli in g-Moll.

Mir wurden die Augen wässerig. »Nackt?«

Woher ich den Mut oder die Tolldreistheit nahm, das zu fragen, wird mir auf ewig ein Rätsel bleiben. Kaum hatte ich es gesagt, zuckte ich auf meinem Stuhl zurück und hielt mir die Hände vors Gesicht, einerseits als erwarte ich, geschlagen zu werden, andererseits als wolle ich die Dämonen in mir daran hindern, auch nur noch ein Wort zu äußern.

Poppy setzte ihr Glas ab und sah mir zum ersten Mal direkt in die Augen. Dann bedeutete sie mir mit gekrümmtem Finger, näher zu kommen.

Ich war rot geworden wie ihr Lippenstift.

»Au Backe, dreister Affe!«, sagte sie und küsste mich auf die Wange.

Cellistinnenschenkel.

Ich hätte mich daran erinnern sollen.

Lichtjahre später, als ich in der Hitze der Nacht von Monkey Mia Poppys heißblütiges Beben spürte, hätte mir diese Tatsache sofort wieder in den Sinn kommen müssen. Cellistinnenschenkel.

Ich bin ein Cello.

Und würde mein in Arbeit befindliches Alter Ego, Little Gid, auch ein Cello sein?

Es gibt Dinge, die man besser für sich behält.

16
Eine Hochzeit gefällt aller Welt

»Au Backe, dreister Affe« war der Auslöser – heute bin ich bereit, das zu akzeptieren. Da es als eine Art sexuelles Kompliment gemeint war – oder etwa nicht? –, musste ich mich zwangsläufig fragen, was sie in mir gesehen hatte. Nicht was sie generell in mir *gesehen* hatte, sondern was sie in mir Schimpansenhaftes gesehen hatte. Und von dieser Frage war es nur ein winzig kleiner Schritt zur Erinnerung an Mishnah Grunewald, die mich Beagle genannt hatte. Und da plötzlich sah ich den Roman vor mir, von dem ich wusste, ich musste ihn schreiben. Mit freundlicher Genehmigung der Frau – oder zumindest einer der beiden Frauen –, die ich beeindrucken musste.

Wie seltsam die Inspiration doch arbeitet! Poppy Eisenhower war – oder jedenfalls gab sie sich zu jener Zeit so – der unbelesenste Mensch auf dem ganzen Planeten, eine Frau, der Mrs Gaskell und Tolstoi vollkommen unbekannt waren, und doch hätte ich ohne sie niemals den Weg aus dem Dunkel der Kreativlosigkeit herausgefunden. Die dunkle Dame meiner Sonette, deren Vorstellung von magischem Realismus sich darin erschöpfte, dass Tommy Cooper »Einfach so« sagte.

Nach Vanessas Überzeugung war ich, weil ich alles für mich behielt, zu selbstsüchtig, um jemals ein wirklich großer Romancier sein zu können.

Dies war eine modifizierte Fassung ihrer früheren Überzeugung, ich sei zu selbstsüchtig, um jemals überhaupt einen Roman schreiben zu können.

Sie war bass erstaunt, als ich mein erstes Buch abschloss. »I'm walking on sunshine«, sang ich.

»Nein, tust du nicht«, sagte sie.

Und sogar noch erstaunter war sie, als ein Verlag ihn annahm. Aber in der Niederlage bewies sie Großmut. »Ich bin stolz auf dich und freue mich für dich«, sagte sie. »Ich betrachte es beinahe als mein Eigen.«

»Das ist gütig von dir«, sagte ich, wusste aber gar nicht, wovon sie redete. Ich hatte den Roman heimlich geschrieben, während der ersten beiden Jahre unserer Ehe, entweder wenn sie schlief oder wenn sie mit ihrer Mutter unterwegs war, um sich die Nägel machen zu lassen, oder an ruhigen Tagen, während ich an der Kasse des Wilhelmina's stand.

»Ich meine, mein Eigen in dem Sinne, dass du es ohne mich nicht zustande gekriegt hättest.«

Ich erwähnte die urschöpferische Kraft des Umgangs mit Poppy nicht.

Und sie hatte recht mit dem Anteil, den sie daran hatte. Bei all meinen übersteigerten literarischen Ambitionen war es einzig und allein mein Wunsch, es Vanessa zu zeigen, ihren Glauben zu widerlegen, ich sei ein Fantast, dass meine Tagträumerei in Wirklichkeit verwandelt wurde. Ebenso wenig wie man, wenn man die Urgründe der Kunst ausloten will, den Einfluss der ungebildeten Schwiegermutter außer Acht lassen sollte, sollte man auch bei der Einschätzung von Ehrgeiz niemals den Einfluss spottender Ehefrauen Schrägstrich Ehemänner unterschätzen. Denn auch Spott ist eine Form von Gespräch, und Gespräche sind für einen Schriftsteller, wie ich einer bin, die Hebamme aller Schöpfung.

Dafür gibt es einen Fachbegriff. Mäeutik. Klingt, als sei es nach einer Göttin benannt worden – Mäeusis. Vanessa gegenüber habe ich das nicht erwähnt, weil ich wusste, wie sie sonst fortan hätte angesprochen werden wollen: als Göttin Mäeusis.

»Und auch mein Eigen«, fuhr sie fort, »in dem Sinne, dass es wohl das ist, womit ich der Rolle einer Kindsmutter am nächsten komme.«

Keiner von uns beiden wollte ein Kind. Dass wir kein Kind wollten, war das Einzige, worin wir übereinstimmten. Manchmal kam mir der Gedanke, dies sei der Grund, warum wir einander überhaupt geheiratet hatten, der Urquell unseres Ehebundes – kein Leben erzeugen zu wollen. Deswegen lag ein Widerspruch, wenn nicht gar ein Verrat darin, dass sie mein Buch als Nachkommenschaft betrachtete.

Wir gerieten in Streit über die Frage, wie das Buch heißen sollte. Mein Arbeitstitel, *Die Tierpflegerin,* entsprach nicht ihrer Vorstellung vom Namen eines Kindes.

»Meiner auch nicht«, sagte ich. »Aber es ist kein Kind.«

»Für mich schon«, sagte sie. »Kannst du ihm nicht einen Kindernamen geben?«

»Wie zum Beispiel?«

»*Vanessa.*«

»Du bist kein Kind.«

»War ich aber mal.«

»Es geht darin nicht um dich.«

Sie lachte eines ihrer tiefen, kehligen, verachtungsvollen Lachen. »Ach, mein Schätzchen«, sagte sie und schüttelte den Kopf, »warum leugnest du das so penetrant? Um mich geht es in jeder Zeile, gib's doch zu.«

»V, du hast es doch noch gar nicht gelesen.«

»Muss ich das?«

»Wenn du dir weiterhin einbilden willst, es gehe um dich, dann ja.«

Sie ließ mir einen ihrer übelsten Gesichtsausdrücke angedeihen – tanzende Augen, geschürzte Lippen. In manchen Haushalten, daran hatte ich keinerlei Zweifel, das Vorspiel zu häuslicher Gewalt. In unserem Haushalt *war* ein solcher Gesichtsausdruck häusliche Gewalt. Aber man konnte nicht mit einer Frau wie Vanessa verheiratet sein, ohne den Preis dafür zu zahlen.

»Worum geht's denn *dann* darin?«, fragte sie.

»Tierische Rohheit, Sinnlichkeit, Grausamkeit, Gleichgültigkeit.«

Sie lachte tierisch, sinnlich, grausam, gleichgültig. »Ganz genau«, sagte sie. »Ich weiß doch, wie du mich siehst.«

»V, es spielt in einem Zoo. Ich betrachte unser Leben nicht als Zoo.«

»Im Zoo? Seit ich dich kenne, bist du niemals in einem Zoo gewesen. Nie bist du mit mir in den Zoo gegangen. Einen Zoo hast du nicht einmal beiläufig erwähnt. Du magst keine Tiere. Du lässt es nicht mal zu, dass wir uns eine Katze anschaffen. Zoo? Du?«

Ich hatte ihr nichts von Mishnah Grunewald erzählt. Vanessa war keine Frau, die sich gern Geschichten aus der Vergangenheit ihres Mannes anhörte. Wir waren Adam und Eva. Vor uns gab es nichts.

»Ich habe eine grenzenlose Fantasie«, erinnerte ich sie.

»Und was geschieht in diesem grenzenlos fantasierten Zoo?«

»Zoologische Sachen.«

Sie hielt inne. »Es dreht sich um deinen Pimmel, oder?«

»Es dreht sich um den Pimmel des Menschen schlechthin.«

»Guido, nicht jeder Mensch hat einen Pimmel. Die halbe Menschheit hat keinen Pimmel.«

»Weiß ich. Der Roman wird aus der Perspektive eines Menschen erzählt, der keinen Pimmel hat.«

»Eines Eunuchen?«

»Nein.«

»Eines Kastraten?«

»Nein.«

»Was denn dann?«

»Einer Frau.«

Sie presste die Arme um ihre Brüste und spielte mir eine Herzattacke vor, ausgelöst durch einen hysterischen Heiterkeitsanfall.

»Einer Frau! Guido, was weißt du denn von Frauen? Von Frauen weißt du noch weniger als von Zoos.«

Ich war versucht, ihr von Mishnah Grunewald zu erzählen und von all den anderen Mishnahs dazu, die unseren Pseudogarten Eden Lügen straften. Was ich von Frauen wusste? Was wusste ich denn *nicht* von Frauen? Aber mir schien der Moment gekommen, in dem Ruhe geboten war. »Ich habe Frauen zugehört, V. Ich habe Frauen beobachtet. Ich habe über Frauen gelesen. Wenn Flaubert aus der Perspektive einer Frau schreiben konnte, wenn James Joyce aus der Perspektive einer Frau schreiben konnte, wenn Tolstoi…«

»Ja, ja. Ich hab's kapiert. Und wie ist sie so, diese Frau, von der du nichts verstehst?«

Ich zuckte die Schultern. »Sprunghaft, mitfühlend, schön, liebenswert.«

»Und sie ist die Tierpflegerin, nehme ich an, diese schöne, sprunghafte, liebenswerte Frau?«

»Ja, wie es sich so fügt, ist sie es.«

Gern hätte ich hinzugefügt: »Und sie masturbiert wilde Tiere.«

»Und in diesem Roman gibt's auch eine männliche Figur, die sie liebt?«

»Ja.«

»Und das bist du.«

»Es ist ein Roman, Vanessa, keine Scheißautobiografie.«

»Okay – also *gibt* es darin eine männliche Figur, die sie liebt. Und das *bist* du. Kriegt er sie?«

»*Kriegen?*«

»Ach, Himmel noch mal, du weißt, was ›kriegen‹ bedeutet.«

»Was er kriegt, ist seine Quittung.«

»Aha, es ist also eine Geschichte mit einer Moral.«

»Nein, es ist eine Geschichte mit gar nichts. Ich bin Nihilist – dachte eigentlich, das weißt du.«

»Du bist auch Ehemann. Du hast eine Frau.«

»Das weiß ich, V.«

»Die du umworben und gewonnen hast. Und der du versprochen hast, ihr treu zu sein.«

Wumm! Wundert es jetzt noch jemanden, dass ich sie liebte?

»Ja, das habe ich. Aber die Männer in meinem Roman sind nicht ich. Es sind keine Gewinner. Es sind Loser.«

»Und ist es so, dass die Hauptfigur, der Mann, der die liebenswerte Tierpflegerin liebt, sie und alles andere gleich mit verliert?«

Ich dachte drüber nach. »Das ist nicht eindeutig.«

Sie ließ wieder ihr Lachen erschallen. »Na also, siehst du«, sagte sie und patschte ihre Handflächen aufeinander wie Archimedes, der den Beweis für einen Lehrsatz gefunden hatte, »es geht um mich, in jeder Zeile.«

Quod erat demonstrandum.

Niemals hatte ich sie sprunghafter, mitfühlender, schöner, liebenswerter gesehen.

Die Göttin Mäeusis.

»Ändere die Namen, Vanessa«, sagte ich ihr, als sie mir die erste Seite – die gleichzeitig die einzige Seite war – des Romans zeigte, den sie schrieb.

Da ich mich weigerte, meinen Roman *Vanessa* zu nennen, war das der Titel, den sie dem ihren gab. Die Heldin hieß Vanessa. Der Bösewicht hieß Guy. Sie lernten sich in einem Laden namens Wilhelmina's kennen. Vanessa hatte eine Mutter namens Poppy. Dass Guy Poppy nicht betatschte, lag nur am frühen Stadium und an Ahnungslosigkeit. Ich tat es damals nicht, und Vanessa – die echte Vanessa – wusste nichts davon, dass ich es gern tun würde. Was auch ich in jenem Stadium, von gelegentlichen Fantasien im betrunkenen Zustand oder als Folge eines wütenden Impulses, Vanessa wehzutun, selbst noch nicht wusste.

»Wenn du meinst, durch bloßes Namenändern könnest du irgendwen täuschen, dann täuschst du dich nur selbst«, gab sie zur Antwort.

Aber sie begriff einfach einen ganz wesentlichen Punkt beim Schreiben von Romanen nicht. Ganz gleich wie sehr man auch über sich selbst schreiben mag, in dem Moment, in dem man seinen Namen ändert, ändert man sich selbst. Und diesem winzigen Keim eines Unterschieds – so erklärte ich Vanessa unablässig – entsprang eine höhere Wahrheit.

»Bullshit!«, lautete ihre wohlbedachte Antwort. »Was denn für eine höhere Wahrheit?«

»Eine wahrere Wahrheit.«

Das würde sie mir schließlich heimzahlen, als ich sie bei einer lügnerischen Lüge erwischte.

Ändere auf jeden Fall die Namen – so lautet das Credo des Romanciers. Ändere die Namen, und du veränderst, was geschehen ist; und nur indem du veränderst, was geschehen zu sein scheint, findest du heraus, was wirklich geschehen ist.

Folgendermaßen also lautet, mit durchweg geänderten Namen, der Text der Einladung zu dem großen Event – zwei Jahre, fast auf den Tag genau, nachdem Mutter und Tochter das Wilhelmina's betreten hatten, das nun (wenn Gid freie Bahn haben sollte) zum Wohle der wahreren Wahrheit in Marguerite's umgetauft werden musste:

~~~

Der Autor und Pauline Girodias
laden die Leserschaft ein
zur Hochzeit von Valerie und Gideon

~~~

Warum Marguerite? Warum Valerie und Pauline? Weil sie in meinen Ohren nach Figuren aus gehobenen französischen Pornos klingen.

Während ich das schreibe, entsinne ich mich der beiden einzigen Frauen, die mein Blut jemals in Wallung gebracht haben – Valerie und Pauline. Nachdem Pauline das Outfit ausgebreitet hatte, das Valerie in ihrer Hochzeitsnacht tragen sollte, die schwarzen Seidenstrümpfe, die schwarzen Handschuhe, die spitzhackigen schwarzen Wildlederschuhe, entkleidete sie sich langsam vor dem Spiegel, parfümierte sich und begann, Rouge auf ihre eigenen Brüste aufzulegen … Dergleichen eben.

Und was Girodias betraf, so war Maurice Girodias natürlich der Begründer der Olympia Press, in der die mir liebsten ansonsten unveröffentlichbaren erotischen Romane veröffentlicht worden waren. (Eine der Prüderie entsprungene Tautologie: Sollten nicht alle Romane erotisch sein?) Nicht dass Girodias in seinem Falle der echte Name gewesen wäre. Geboren worden war er nämlich als Maurice Kahane. Girodias war der Mädchenname seiner Mutter, ein *nom de non juif,* für den sein weitsichtiger, die Nazis früh witternder Vater Jack sich im Paris der 1930er-Jahre entschieden hatte. Maurice fand warmherzige Worte über seine französische Mutter, beschrieb sie als quirlig, anziehend und rassig, was vermutlich eine Formulierung ist, mit der ich auch meine Mutter hätte beschreiben können, hätte ich sie mehr gemocht oder hätte ich selbst eine charmantere Persönlichkeit vorzuweisen gehabt.

Der Vater, Kahane senior – geboren, wie ich nicht ohne Stolz sagen darf, nur ein Stück von mir entfernt die A34 entlang in Manchester –, war ebenfalls ein Verleger von Büchern der Spitzhacken-Rougebrüste-Sorte, aber auch von Henry Miller, der seinerzeit in Amerika verboten war. Das waren aufregende Zeiten für fiktionale Literatur – Romanschriftsteller verletzten die Gefühle von allen und jedem, bestimmte Wörter mussten vor den Behörden versteckt werden, und niemand war wirklich ganz der, der er zu sein vorgab. Wer war Frances Lengel, der Autor von *Weiße Schenkel*? Alexander Trocchi, wer sonst? Wer war der unverfänglich klingende Henry Jones, der Autor von *Das riesige Bett* (»Unsere Münder begegneten sich, aber im selben Augenblick schoss ihre Hand scheinbar unkontrollierbar zu meinen Hosen hinab und stieß erneut auf meine frischgeprüfte Männlichkeit«)? Der unverfänglich klingende John Coleman, wer sonst? Wie erregend es gewesen sein muss, wie bedeutend ein Schriftsteller sich – ungeachtet seiner Namenlosigkeit und seiner Armut – vorgekommen sein muss, wo er doch wusste, ganze Regierungen zitterten jedes Mal vor Angst, wenn die Hand einer Frau scheinbar unkontrollierbar zu den Hosen eines Schriftstellers hinabschoss. Meine

Verwirrtaktik, mich der Namen dieser pseudonymen Helden zu bedienen, ist eine Möglichkeit, bei diesem großen Gaukelspiel mitzumischen. Mag man es ruhig als Nostalgie bezeichnen. Die Schreiberei wird nie mehr solchen Spaß machen.

Man mag es auch als Solidarität bezeichnen, wenn man will. Jene Solidarität, die Mishnah mit solchem Nachdruck von mir eingefordert hatte, ich würde sie an den Tag legen. Ich kann nicht behaupten, dass ich schon dazu bereit gewesen wäre, aber ich sammelte ein klein bisschen davon an für jenen gewiss unvermeidlichen Augenblick in der Zukunft, wenn ich wie Mishnahs Vater daliegen und mich fragen würde, wo Gott wohl abgeblieben sein mochte. Ein allerletzter Gesundheitscheck, und wenn die Ärzte zum ersten Mal die Köpfe schüttelten, würde ich sogleich springen: volle Dosis, Ableman; Ruf nach dem Rabbi; Bitte darum, die Thorarolle küssen zu dürfen. Bis dahin begriff ich das hier als praktischen Kompromiss auf halber Wegstrecke – mich mit Juden einzulassen, die ihre Mütter liebten und eine Leidenschaft für unfeine Literatur pflegten. Die Kahane-Jungs! Experten für Schmutz und Unflat. Jack und Maurice – ich segne eure Häupter. *Tsu gezunt.*

Die fiktionale Hochzeit von Valerie und Gideon ging wie die reale von Vanessa und Guy in einem Standesamt in der Stadt über die Bühne, und danach begab sich die Gesellschaft zum Feiern ins Merlin in Alderley Edge.

Was die echte Hochzeit anbetraf, gab es keinerlei Ableman-Problem. Es machte uns nichts aus, dass ich über die Grenzen des Glaubens hinweg heiratete. Wie ich schon sagte, praktizierten wir unseren Glauben nicht. Und Vanessa wiederum war es egal, oder sie bemerkte es nicht einmal.

Pauline hatte ihre Enttäuschung darüber zum Ausdruck gebracht, dass ihre Tochter sich gegen eine Hochzeit in Weiß entschieden hatte, und Little Giddings Mutter hatte ihren Groll darüber zum Ausdruck gebracht, dass die Braut ihr Outfit nicht im Marguerite's gekauft hatte. Die Tatsache, dass sie die Ursache für so viel Enttäuschung und Groll war – Little Gid hatte beides zugleich zum Ausdruck gebracht, als seine zukünftige Ehefrau ihm mitteilte, sie werde ihn nicht auf spitzhackigen Schuhen überragen, werde kein Dekolleté präsentieren, werde nicht geloben, ihn zu ehren und zu achten, und werde nach der Hochzeit nicht mit ihm Sex haben –, verlieh Valerie einen fiebrigen Glanz, der Little Gid bis in die Spitzen seiner gelackten Tanzschuhe hinein zittern ließ.

Der Punkt mit dem Sex kam nicht wirklich überraschend. Vanessa, ich korrigiere, Valerie hatte niemals Sex, wenn sie nervös, übermäßig aufgeregt, glücklich, traurig, gesättigt (sie hatte vor, bei ihrer eigenen Hochzeit gut zu essen), betrunken (dito), so gekleidet, dass das Entkleiden sie erschöpfen würde, bereits entkleidet (und folglich mutmaßlich verfügbar) oder sonst irgendwie in einer Lage befindlich war, in der man Sex von ihr erwartete. An dem Abend, als Little Gid ihre Mutter wohlbehalten in ihr Cottage in Knutsford zurückgebracht hatte – damals, als Pauline ihn einen dreisten Affen genannt hatte –, kam Valerie, mit der er bis zu diesem Moment noch kein einziges vernünftiges Wort gewechselt hatte, von einem Kuss ganz zu schweigen, ihm auf die Straße nachgerannt und hatte ihm im Eingang einer Eisenwarenhandlung Oralsex gewährt. Und das blieb das Muster ihrer Beziehung. Sie verweigerte ihm jegliche Art von Sex in einem Bett, auf einem Teppich, auf dem Rücksitz eines Autos, auf freiem Feld oder in Reaktion auf seine Bitte um Sex. Immer dann, wenn Little Gid keinen Sex wollte oder nicht damit rechnete, gewährte sie ihm die Gunst. »Aber glaub ja nicht, du brauchst weiter nichts zu machen, als es nicht zu wollen, und schon kriegst du's«, warnte sie ihn. »Den Trick durchschaue ich.«

»In unserer Hochzeitsnacht werde ich Sex wollen und gleichzeitig nicht wollen«, sagte er in der Hoffnung, auf diese Weise alle Möglichkeiten abzudecken.

»Dann wirst du ihn kriegen und gleichzeitig nicht kriegen«, sagte sie ihm, was er nicht verstand, aber für einen ablehnenden Bescheid hielt.

»Warum heiratest du sie?«, fragte seine Mutter, als er ihr die Neuigkeit mitteilte. »Ihr habt nichts gemein.«

»Sie ist schön.«

Sie zog ein Gesicht, das andeutete, sie habe schon schönere Frauen gesehen. »Nicht so schön wie ihre Mutter«, sagte sie.

»Vielleicht nicht. Aber ich kann ja nicht ihre Mutter heiraten.«

Sie zog ein Gesicht, das andeutete, sie sähe keinen Grund, warum nicht. Dergleichen schätzte er an seiner Mutter. Sie war unkonventionell, wo es um die Rechte älterer Frauen ging. Aber sie fuhr mit ihrem Verhör fort. »Und was meinst du, warum sie dich heiratet?«

Er zuckte die Schultern. Warum heiratete sie ihn? »Der Beständigkeit wegen?«

»Hältst du dich für beständig?«

»Das ist nicht der springende Punkt. Sie hält mich dafür.«

Seine Mutter fragte sich, ob er wirklich eine Frau heiraten sollte, die so wenig Menschenkenntnis besaß, dass sie ihn für beständig halten konnte. Aber sie behielt diese Frage für sich. Summa summarum war ihr eine Hochzeit willkommen. Es bedeutete, dass sie die Gäste neu einkleiden durfte (wenn auch in diesem Fall nicht die Braut), und wichtiger noch, es bedeutete, dass sie sich selbst neu einkleiden durfte.

»Es ist immer noch Zeit, weißt du«, sagte sie ihm am Morgen der Trauung. Sie war schon geschminkt und halb angezogen, steckte in einem kurzen Unterrock und hatte eine Baskenmütze auf, aus der eine stählerne Antenne ragte. Sie hatte sich eine neue elfenbeinerne Zigarettenspitze gekauft, für ihre elektronische Zigarette, die bereits glimmte.

Sein Vater schritt hinter ihr her und trug ihre restlichen Kleidungsstücke zusammengefaltet über dem Arm.

»Zeit wofür, Ma?«

»Die Notbremse zu ziehen, falls du glaubst, du wirst nicht glücklich.«

Und deshalb musste Little Gid ein Schriftsteller sein, damit er, wie ich zu meiner Mutter unter so gut wie identischen Umständen, ebenso sagen konnte: »Glücklich? Romanciers sind nicht glücklich. Ich mach das nur, um zu sehen, was passiert. Ich mach das, um zu registrieren und zu notieren. Glück kann mich mal!«

Little Gid genoss seine Hochzeit, ob Schriftsteller oder nicht. Fünf Minuten, bevor er seine Rede halten sollte, packte Valerie ihn bei der Hand, zog ihn in die Damentoilette und gewährte ihm Sex. Und nicht nur mit dem Mund. Das ganze Programm. Körperlich, volles Rohr.

Auf den Dank folgte die Neugier. Hatte sie den Ablauf schon von langer Hand geplant? War das der Grund, warum sie sich gegen ein weißes Hochzeitskleid entschieden hatte?

Was für eine Art von Wesen war sie, diese Frau, die er geheiratet hatte?

Und was für eine Art von Wesen war auch die Schwiegermutter? Auch sie küsste ihn, als die Feier vorbei war. Eine züchtige Berührung auf beiden Wangen.

»So«, sagte sie und lächelte ihn an. Sie sah ganz prächtig aus, wie irgendein großer südamerikanischer Raubvogel, mit einem fedrigen Kopfputz, der in ihr rotes Haar gesteckt war.

»So«, erwiderte er.

»So habe ich nun weniger eine Tochter verloren …«

Er wartete. *Als einen was gewonnen?* Na los, weiter, sprich's aus, Pauline. *Als einen was gewonnen?*

Einen Liebhaber? Eine erotische Gelegenheit? Eine Einladung zur Hölle?

Er war betrunken, das darf man nicht vergessen.

Er riss seine Augen so weit auf, wie man es von ihm nach einem Abend, an dem er in der Damentoilette ehelichen Sex gehabt hatte, nur erwarten konnte. Los, weiter, Pauline, sag, was du gewonnen hast.

Sie berührte wieder mit den Lippen seine fiebrige Wange.

»Au Backe, dreister Affe«, sagte sie.

17
Alte Zeiten

Seine fiebrige Wange!

Genug! Rück ein Stückchen zur Seite, Little Gidding. Geh und leb dein eigenes Leben.

Nicht leicht, es in der fiktionalisierten dritten Person zu belassen, wenn die Erinnerung an die Realität den eigenen Kopf schwindelig macht. Nicht leicht, so selbstlos zu sein. Ein Schriftsteller wie ich hat das Gefühl, sich der ersten Person schon allzu lange enthalten zu haben, wenn ein Erzählstrang in der dritten Person sich über mehr als zwei Absätze hinzieht, von einem kompletten Kapitel ganz zu schweigen.

Er, sich, sein … Warum sich damit abgeben, wenn es doch Wörter wie *ich, mich, mein* gibt?

Vanessa, in dem Fall, *meiner* Vanessa, gefiel es, in den Anfangszeiten unserer Ehe, *unserer* Ehe, mich sexuell im Ungewissen zu lassen. Und Poppy, hatte ich so das Gefühl, war mit im Spiel. Gewähren und vorenthalten, vor allem aber, so schien mir, vorenthalten.

Schon möglich, dass der Schmerz, den Poppy mir mit Vergnügen zuzufügen schien, ihre Rache an dem nachrangigen Diplomaten war, der sie rausgeschmissen hatte, weil sie Brahms mit dem Fiedelheini spielte, der sie nackt mit ihrem Cello fotografiert hatte. Und es könnte auch ein klein wenig Wiedergutmachung Vanessa gegenüber mitgeschwungen haben, erst einmal dafür, dass sie sie nach Washington geschleppt hatte, und dann dafür, dass sie es nicht geschafft hatte, einen zuverlässigen zweiten Vater für sie zu finden. Folglich war ich die niemals-von-ihrer-Schuldzu-erlösende männliche Figur, um die herum sie sich vereinigen konnten. Jedenfalls zogen sie regelmäßig zusammen los in die Stadt, Mutter und Tochter Arm in Arm, wie ein Paar rolliger Katzen, eng umschlungen, die Hüften aneinanderstoßend, und sie freuten sich, wenn ihnen nachgepfiffen wurde, und weideten sich an der verheerenden Wirkung ihres Anblicks auf ihren Ehemann und Schwiegersohn.

War Vanessa mir untreu? Und falls ja, animierte Poppy sie dazu, um mir auf diese Weise indirekt selbst untreu sein zu können? Wurde ich gleich doppelt zum Narren gemacht?

Nur ein Schriftsteller oder ein Perverser hätte das toleriert. Gid, der glückliche Einzelhändler und Gelegenheitskomödiant, hätte eine doppelte Untreue nicht überlebt. Ich hingegen, ich sammelte Material.

Lehrer, die unglische Lutturatur unterrichten – wie etwa Philippa, die Wortnutte –, würdigen Romanschriftsteller in Wahrheit herab, indem sie sie sentimental verklären. Nach rund fünfzehnjähriger Ehe mit Vanessa diskutierte ich ebendiesen Punkt mit eben dieser Philippa, auf dem Barossa-Weingut, nach literarischem Sex.

»Ihr Romanciers erzählt die Geschichte des menschlichen Herzens«, sagte Philippa. »Ihr seht, was niemand sonst zu sehen vermag.«

Sie hielt immer noch meinen Pummel, als sie das sagte.

»Das kommt daher«, sagte ich, »dass wir die Geschichte *unseres* Herzens erzählen.«

»Aber wenn ihr in euer Herz schaut, erblickt ihr darin die ganze Menschheit.«

»Tun wir nicht. Wir sehen uns selbst. Wir formen die Menschheit nach unserem Bilde. Jane Eyre und Alexander Portnoy, Josef K. und Felix Krull, Sam Spade und Scarlett O'Hara – meinst du, das seien *Figuren?* Sind sie nicht. Es sind Schriftsteller unter anderem Namen, sie verspüren die Versehrungen und Enttäuschungen so, wie ein Schriftsteller sie spürt.«

»Aber dann dreht Lutturatur such ja um such selbst.«

»Endlich hast du's kapiert«, sagte ich. »Henry Miller nannte den Schriftsteller einmal ›ungekrönter Marionettenherrscher‹. Darum verehre ich ihn. Er verbreitete keine Lügen. Der kaum fiktionalisierte unflätige junge Gestrauchelte, der die Vagina jeder Frau sondiert, die ihm über den Weg läuft, war er selbst. Henry. Der Romancier. Selbst die Vagina war er. Das ist es, was wir tun. Ich entschuldige mich nicht dafür.«

Was auf dem Weingut als Nächstes geschah, ist eine streng vertrauliche Angelegenheit, die nur mich und Philippa betrifft – den Romanschriftsteller und seine Leserin.

Wenn der Energieaustausch zwischen Vanessa und mir und, wie ich sogar hinzuzufügen wage, derjenige zwischen mir und Poppy von einer ganz anderen Art war, so war ich dennoch nur deswegen daran beteiligt, weil ich der Schriftsteller war – das, was Miller den »verwundeten Engel« genannt hat, und der Himmel sei mein Zeuge, dass ich in Verwundungen von wahrhaft apokalyptischen Ausmaßen einwilligte.

Irgendwann nach einigen Ehejahren – wer zählt sie schon? – gingen wir drei zusammen in ein Kasino. Wir waren in Manchester (wo wir aus Jux und Dollerei im Midland Hotel abstiegen), um einen Anwalt aufzusuchen, nicht in Scheidungsdingen, sondern in Zusammenhang mit Angelegenheiten, die den Tod von Poppys zweitem Ehemann betrafen. Noch mehr Geld kam auf sie zu, warum auch immer. Sie gehörte zu jenen Frauen, derentwegen Männer starben und ihnen dann etwas hinterließen. Man wollte einfach, dass sie noch an einen dachten, wenn man schon abgetreten war.

Wir drückten uns in der Stadt herum, damit die Frauen einkaufen konnten, was Wilmslow nicht zu bieten hatte, aßen beim Chinesen, wo sie mit den chinesischen Kellnern flirteten – eine Leistung, die ans Unmögliche grenzt –, und nahmen dann auf Poppys Vorschlag hin ein Taxi zum Kasino.

Schriftsteller fühlen sich in Kasinos wie zu Hause. Atemkontrollpraktiken, Sätzeformulierererei, Glücksspiel – keuch, keuch,

keuch, rubbel, rubbel, rubbel –, auf repetitive Weise bedient das alles denselben Kitzel. Nachts fühlt man sich schlecht, und sowie es Tag ist, macht man keuchend und rubbelnd weiter, wie man am Vortag aufgehört hat. An Vermittlungsinstanzen – Pferderennen oder Karten – war ich nicht interessiert. Ich wollte das Glücksspiel pur und schlicht, ohne vermittelndes Spektakel: das Drehen des Glücksrads, ich gegen die Zahlen, reiner Zufall, abgesehen davon, dass ich glaubte, das Glück überlisten zu können, wie ich mit Worten auch den Tod überlistete, indem ich die Reihenfolge, in der die Zahlen kamen, systematisch erforschte. Ich beobachtete das Rouletterad eine halbe Stunde lang und sah, dass jedes Mal, wenn die Kugel auf der 25 landete, anschließend die 28 oder die 29 folgte. Man frage mich nicht, warum das sonst noch niemand erkannt hatte. Eine halbe Stunde später hatte ich fünfhundert Pfund gewonnen. Es war, als würde ich ein Kapitel mit demselben Kraftausdruck beginnen und abschließen. Wieder ein Sieg über die Beliebigkeit.

Meine Frauen waren derweil anderweitig beschäftigt. An einem Roulettetisch am anderen Ende des Raums waren sie auf einen ägyptisch aussehenden Croupier gestoßen, dessen Aussehen ihnen gefiel. »Hübscher Teufel, meinst du nicht auch?«, flüsterte Poppy mir zu. »Er hat Gefallen an unserer Vanessa gefunden.«

Vanessa hatte wahrscheinlich eher Gefallen an ihm gefunden. Er hatte Augen wie ein Skarabäus und einen glänzenden buschigen Schnurrbart. Er hatte irgendetwas an sich, was mir bekannt vorkam, ich nahm aber an, das sei seine Ähnlichkeit mit Omar Sharif. Er hatte sich so offensichtlich Omar Sharif als Vorbild seines Äußeren genommen, dass er ein einziger Witz war.

Ich erwähnte dies Poppy gegenüber. »Es gibt schlimmere Leute, die man sich als Vorbild nehmen könnte«, sagte sie.

»*Man* sich, oder *ich* mir?«

Sie wusste nicht, worauf ich hinauswollte.

»Willst du damit sagen«, sagte ich, »dass ich mir Omar Sharif zum Vorbild nehmen sollte?«

Sie hatte ihren Blick träge durch den Raum schweifen lassen, unterbrach das nun aber, um mich zu mustern. Fast hätte ich gesagt, ihr Blick fuhr an mir herauf und hinab, aber da sie ihre höchsten Absätze unter den Füßen hatte, war das Heraufblicken keine Option. Sagen wir, ihr Blick durchbohrte mich, und dann lachte sie. An diesem Abend lachten sie über schlichtweg alles. Poppy ganz besonders. Kostenlose Getränke, fiel mir ein. »So wie du bist, ist an dir nichts zu bemängeln«, sagte sie und drückte mir den Arm.

Ich brauchte ein, zwei Minuten, bis ich begriff, dass sie mich dabei in eine andere Richtung drehte, sodass ich nicht in Richtung ihrer Tochter und des hübschen Croupierteufels schaute. Lang genug, um ihnen zu ermöglichen, ihre Telefonnummern auszutauschen?

»Und – hast du alles gekriegt?«, hörte ich, wie ich meinte, Poppy ihre Tochter fragen, als wir gingen.

»Was gekriegt?«, wollte ich wissen.

War da nicht ein Zögern?

»Ich sagte ›versiebt‹, nicht ›gekriegt‹«, sagte Poppy.

»Du hast ihr doch zugesehen«, sagte ich. »Du wüsstest es selbst, wenn sie alles verwettet hätte.«

»Wer ist diese ›sie‹?«, wollte Vanessa wissen.

Hätte ich da noch weitergebohrt, so wäre ich Gefahr gelaufen, wie ein Blödmann dazustehen.

Aber die Frage blieb. Hatte sie »alles« gekriegt? Seine Adresse oder ein Indiz für die Tiefe seines Interesses an ihr oder einen kurzen Kontakt zum großen Gott Horus unter dem Roulettetisch – alles Dinge, die »alles« in diesem Zusammenhang bedeuten konnte?

Und war die Erfüllungsgehilfin Poppy im Bilde?

Alles gute Fragen – keuch, keuch, rubbel, rubbel, kritzel, kritzel.

Draußen auf der Straße bemerkte Poppy, dass sie ihren Pashmina verlegt hatte – ein hübsches weißgoldenes Teil, federleicht, gesponnen aus den Wimpern der Himalaja-Ziege, das sie von mir geschenkt bekommen hatte. Pashminas dieser Qualität waren eine Spezialität des Wilhelmina's. Auch Vanessa besaß mehrere davon. »Wahrscheinlich hast du ihn am Roulettetisch über einem Stuhl hängen lassen«, sagte sie ihrer Mutter mit einem raschen Blick in meine Richtung, der unmissverständlich klarmachte, wessen Aufgabe es war, das gute Stück wiederzuerlangen.

War das Absicht? Sollte ich mich wieder reinschleichen, damit er sich rausschleichen konnte?

Jedenfalls weigerte ich mich natürlich nicht. Man kann aus einer Geschichte nicht einfach aussteigen. Eigentlich sollte ich mich glücklich preisen, in Gesellschaft zweier so vortrefflicher Manipulatorinnen der Handlung zu sein.

Schließlich fand ich den Pashmina genau in dem Moment, als Omar der Croupier mich fand. »Guy«!, sagte er. »Guy ist doch richtig, oder?«

Ich starrte in die Skarabäusaugen. Er hatte wunderschöne Wimpern, lang und fein. Man hätte einen Pashmina draus spinnen können. Wo also hatte ich ihn schon einmal gesehen, wenn er sich sicher war, mich zu kennen? In Ägypten jedenfalls nicht; in Ägypten war ich nie gewesen.

»Guy ist richtig, ja«, antwortete ich zaghaft. Hatte Vanessa ihn aus irgendwelchen eigennützigen Gründen auf mich angesetzt? Um mich zu veranlassen, ihn zu mögen? Ihn zu uns einzuladen? Ihm meine Frau auszuleihen?

Er legte mir einen Arm um die Schulter. »Jungatsch!«, sagte er. »Also öcht, fück müch«, und seine Aussprache war unüberhörbar hier aus der Gegend.

Er wartete, dass ich ihn erkannte. Oder mit »Hey, fück müch, Jungatsch« quittierte.

»Hey, fück müch, Jungatsch«, quittierte ich.

Aber er merkte doch, dass ich ihn nicht erkannte.

»Ich bin Michael.«

Ich starrte ihn an.

»Michael Ezra.«

»Michael Ezra! Fück müch, alta Schüssa!«

In der Schule hatte ich Michael Ezra am Ende ein bisschen sattbekommen. Er war Teil der jüdischen Clique gewesen, der ich nie so richtig angehört hatte, einer von denen, die mich mit ihrem *Wir-stecken-alle-zusammen-in-dieser-Scheiße*-Lächeln behelligt hatten und der im Metallwerken ebenso unfähig gewesen war wie ich. Allerdings war er gut in Mathe, fiel mir ein. Und beim Pokern. Notwendige Voraussetzungen für einen guten Croupier.

»Lange her«, sagte er.

»Das kannst du wohl sagen«, stimmte ich ihm zu. »Ich hätte dich niemals für dich gehalten. Du siehst aus wie ein …«

»Ägypter, ich weiß. Hat sich rausgestellt, dass ich einen alexandrinischen Urgroßvater habe. Meine Haut wurde plötzlich halb schwarz, als ich einundzwanzig war. Meine Eltern hatten das schon erwartet, aber für mich war das ein ziemlicher Schock, wie du dir vorstellen kannst. Allerdings: Den Weibsen gefällt's. Was nicht …«

»Jede Wette, dass es das tut«, sagte ich. »Du siehst aus wie …«

»Omar Sharif, ich weiß. Ehrlich gesagt liegt das vor allem am Schnurrbart. Jeder mit einem schwarzen Schnurrbart sieht aus wie Omar Sharif. Du dagegen – du hast dich gar nicht verändert. Du siehst immer noch aus wie der Papst.«

»Der Papst! Welcher Papst?«

»Wie viele Päpste gibt's denn? Derjenige, der gegen Empfängnisverhütung ist.«

»Das schränkt die Auswahl nicht wirklich ein, Michael.«

»Der polnische, zum Schüssa nochma. Waclaw oder Vojciech, was weiß ich. Jedenfalls siehst du wie der aus. Jünger natürlich.«

»Das ist die Blässe. Jeder mit 'ner blassen Haut sieht aus wie ein polnischer Papst.«

»Ja, echt, hast du immer schon. Aber jetzt bist du ja berühmt. Und darauf fahren die Weibsen ab, oder? Ein berühmter Schriftsteller – wer will denn einen berühmten Schriftsteller nicht fücken?«

»So gut wie niemand«, log ich. »Ungefähr so viele, wie den Papst nicht fücken wollen.«

»Glaub ich gern. Ich hab dich und deine bildhübsche Frau beobachtet. Die ist echt ein Kracher.«

Ich neigte den Kopf. Was hatte er denn wohl gedacht?, wollte meine Geste sagen.

»Und ihre Tochter. Auch ein echter Hammer.«

Ich konnte mich nicht recht entscheiden, ob er damit Poppy beleidigte oder ein Kompliment machte, Vanessa beleidigte oder ein Kompliment machte, mich beleidigte oder mir ein Kompliment machte. Jedenfalls schaffte es die Verwechslung im Gefolge der Schmeichelei – er wusste, dass ich einen Roman geschrieben hatte! Hielt mich für berühmt! –, mich auf eine Weise zu erregen, von der ich vermutete, sie sei nicht ganz in Ordnung. War das Vanessas Plan gewesen – mich in eine jener erotischen Wirrnisse zu verstricken, von denen sie wusste, dass ich mit stichhaltigen Ausreden nicht mehr herausfand?

»Wie lange geht denn dein Dienst noch?«, fragte ich in der Annahme, »Dienst« sei die passende Bezeichnung für die Bedienung eines Rouletterads.

Er sah auf seine Uhr. »Noch eine Stunde.«

Ich sah auf meine. »Gut – sag mal, wie wär's, wenn du dann noch ins Midland kommen würdest? Du findest uns in der Bar. Wäre toll, wenn wir einander auf den neuesten Stand bringen könnten. Möchte doch zu gerne mehr über deine alexandrinische Großmutter erfahren.«

»Großvater.«

»Über den auch.«

Männer schauen einen komisch an, wenn sie das Gefühl haben, man wolle ihnen seine Frauen verkuppeln. Ich habe festgestellt, dass sie ohne Ausnahme nach ihrer Brieftasche fingern, als wollten sie sicherstellen, dass man sie nicht schon zu schröpfen begonnen hat. Aber seine Augen funkelten mich mit schwarzen Blitzen an. »Dann bis später«, sagte er.

»Was sagt man dazu – dein Croupierkumpel und ich, wir sind alte Schulfreunde«, erzählte ich ihnen im Taxi. »Sieht aus wie ein arabischer Krieger, kommt aber aus Wilmslow. Hab ihn auf einen Absacker ins Hotel eingeladen.« Ich drückte Poppys Hand. »Er glaubt, ich wäre mit dir verheiratete«, sagte ich. Dann drückte ich diejenige meiner Frau. »Und du, V, bist die Tochter. Lassen wir ihn in dem Glauben.«

»Warum?«, wollte Vanessa wissen.

Ich bildete mit meinen Händen die Gestalt einer experimentellen Skulptur. »Ach, nur so aus Spaß.«

Poppy sah Vanessa an, Vanessa sah mich an. Sie sagte nicht »Auf deine Gefahr«, aber ich konnte ihrem Gesichtsausdruck die Warnung ablesen.

Was also tat ich da? Versuchte ich, Vanessa mit Michael Ezra aus dem Weg zu räumen, damit ich im Midland die Zeit allein mit ihrer Mutter nutzen konnte? Oder schaltete ich mich bloß in etwas ein, was ohnehin schon im Gange war, um darüber Autorschaft und Kontrolle beanspruchen zu können? Guy Ableman, Zirkusdirektor. Nicht nett, aber eindeutig besser als Guy Ableman, der Tanzbär.

Liebend gern würde ich berichten, dass wir vier uns in das größte Bett zurückzogen, das das Midland zu bieten hatte. Und dass ich dort Dinge sah und tat, angesichts deren Satans Teufel vor Scham und Neid heulen müssten. Aber die große Olympia-Press-Orgie, auf die ich seit dem Augenblick wartete, da die Eisenhower-Mädels im Wilhelmina's aufgekreuzt waren – Nippel, die hartgerieben wurden, Fetzen von Tüllspitze, die abgestreift wurden, ohne dass man wusste, wer oder wem –, wurde einmal mehr nicht Wirklichkeit. Poppy entschuldigte sich und zog sich zurück, bald nachdem Michael Ezra dazugekommen war. »Nein, nein, du bleibst da und quatscht mal ordentlich mit deinem Freund«, insistierte sie und lächelte mich dabei süß an.

»Ich werde schon schlafen, wenn ihr raufkommt.« Vanessa hingegen nutzte die Gelegenheit, nicht für meine Ehefrau gehalten zu werden, weidlich aus, warf den Kopf ins Genick, reckte den Hals, ließ einmal sogar ihre Finger über Ezras ägyptischen Schnurrbart fahren, um zu sehen, ob er so diabolisch seidenweich war, wie er zu sein schien.

»Oh, ist er wirklich!«, sagte sie, während sie mit einem wohligen Schauer die Hand zurückzog. Es war, als habe sie mit ihren Fingern einen Ort ertastet, wie diese ihn noch nie zuvor erfühlt hatten.

Später in der Nacht, so viel wusste ich, würde sie damit auch meine Nase ertasten.

Sie sagte, sie brauche mal frische Luft und würde den Croupier an sein Taxi begleiten. »Geh schon zu Mami«, befahl sie mir.

Ach, wär's doch so.

Michael Ezra und ich verabschiedeten uns per Handschlag. »Fück müch!«, sagte er und schüttelte seinen Kopf.

»Fück müch!«, stimmte ich zu und schüttelte meinen.

Vanessa stand da, schaute uns an und schüttelte ihren.

Sie nahm seinen Arm, und die beiden verließen zusammen das Hotel. Wenn es denn überhaupt ein Taxi war, zu dem sie ihn begleitete, jedenfalls ignorierte sie aus irgendeinem Grund diejenigen, die schon vor dem Hotel warteten.

Konnte sie's nicht wenigstens abwarten, außer Sichtweite zu sein, um ihm einen ihrer berühmten Blowjobs auf offener Straße angedeihen zu lassen, oder bückte sie sich nur, um ihm etwas von der Hose zu wischen?

Wie Männer mit solchen Ungewissheiten umgehen, wenn sie keine Dichter oder Romanciers sind, ist mir unvorstellbar. Müssen sie ohne das rettende Gegengewicht der Kunst nicht durchdrehen?

Weiß der Himmel, was der blinde Homer vermutete, dass sich vor seiner Nase abspielte, ganz zu schweigen hinter seinem

Rücken – aber wir verdanken die *Ilias* seiner Ahnungslosigkeit und die *Odyssee* seinen Verdächtigungen. Was hätten Autoren von geringerem Format, die über ein paar Short Storys nie hinausgekommen sind, darum gegeben, eine Vanessa und eine Poppy zu haben, die sie in Kreativitätsschübe hineindrangsalierten! Man meine ja nicht, ich selbst sei ihnen nicht dankbar. Bevor sie mich ruinierten, machten sie mich zu dem, was ich bin. Und auch aus Ruinen kann Rettung kommen.

18
Durchknallen

Es blieb nicht die Zeit – nicht einmal für den Anflug eines Schauderns –, Poppys Reaktion auf die Hand einzuschätzen, die ich wie eine aus der Nacht über Monkey Mia herabsausende Sternschnuppe auf ihren straffen Schenkel hatte fallen lassen. Kaum hatte ich Kontakt aufgenommen, da wurde ich auch schon von einem Rivalen aus dem Felde geschlagen. Wer wäre in diesem spannungsgeladenen Moment meiner Beziehungen zu meiner Schwiegermutter wohl kein Rivale gewesen? Meine andere Hand wäre, hätte sie sich nur im Mindesten gerührt, ein Rivale gewesen. Der fragliche Eindringling freilich war keine Fantasterei. Es war der taubenblaue Schiffer von der Protzyacht, derjenige, der in jeder Tasche ein klingelndes Telefon hatte. Er steuerte schnurstracks auf unseren Tisch zu, als habe er uns von Deck aus gesichtet und von dem Augenblick an nichts anderes mehr vom Leben verlangt, als unsere Gesellschaft teilen zu dürfen.

Er kam außerordentlich dicht an uns heran und verbeugte sich tief. Das Goldkettchen, das er um den Hals trug, klirrte an unsere Weinflasche. Auch eine Sonnenbrille hatte er an sich baumeln, die in meinen Drink eintauchte. Mit Absicht, wie ich vermutete, damit ich nämlich zur Bar ginge und mir ein neues Glas holte, und bei meiner Rückkehr wären die drei dann über alle Berge.

Keine Fantasterei?

Na, jedenfalls habe ich ihn nicht herbeifantasiert. Ob sein bizarrer Aufputz nun einem Katalog für tropische Matrosen entsprungen war oder schlichtweg seiner eigenen Erfindungsgabe, das vermag ich nicht zu sagen, aber sein Goldkettchen, die Sonnenbrille, die er mir als Gratisbeilage in den Drink baumeln ließ, und seine aufs Grobschlächtigste offensichtlichen Absichten waren ebenso wenig meine Erfindung wie der verschwenderische Prunk der Nacht.

Mir präsentierte er das verschlossene Antlitz eines unversöhnlichen Rivalen. Vanessa gegenüber benahm er sich mit ausgesuchter Höflichkeit. Aber Poppy gegenüber führte er sich auf wie jemand, der völlig den Verstand verloren hatte. Der Eindruck, den er erweckte, nämlich uns erblickt zu haben, soll heißen *sie* gesehen zu haben, und dann sogleich den verzweifelten Entschluss gefasst zu haben, bei uns zu sein, soll heißen bei *ihr* zu sein, war genau jener Eindruck, den er erwecken wollte. Sie war indes sogar noch entzückender, als er es durch sein Fernglas hatte erkennen können.

»Sie haben mich durchs Fernglas beäugt?«

»Den ganzen Abend über, Madame. Haben wir beide.«

Sie schien das »beide« nicht zu hören. »Ich bin gar nicht den ganzen Abend über hier gewesen.«

»Dann den ganzen Tag über.«

»Ich bin auch nicht den ganzen Tag über hier gewesen, ich war draußen und habe den Delfinen den Bauch gekitzelt.«

»Ich weiß. Wir haben Sie beobachtet. Es ist wohl nicht nötig, zu sagen, wie sehr wir diese glücklichen Geschöpfe beneidet haben.«

Sie bedankte sich bei ihm mit einem Neigen des Kopfes. Eine Frau, die es gewohnt war, die absurdesten Komplimente einzustreichen. Aber wenn sie in ihrem fortgeschrittenen Stadium der Drinks auch das anzügliche Pluralisieren des Schiffers überhörte, Vanessa tat dies definitiv nicht. Sie deutete in Richtung zweier leerer Stühle. »Wollen Sie uns nicht Gesellschaft leisten?«

Er verbeugte sich wieder. »Ich«, sagte er, »muss zu meinem größten Bedauern verzichten. Aber es gibt da jemand anderen, dem nichts lieber wäre.«

Vanessa berührte ihr Gesicht, als hielte sie einen Fächer in Händen. Neugierde sprudelte in ihrer Stimme hoch wie bei billigem Wein. Lambrusco, oder? »Und wer wäre wohl dieser ›jemand anderer‹?«, fragte sie.

»Ach, Himmel noch mal, V«, murrte ich mit opernhaftem Bühnenflüstern. Auch mir, das sollten sie unbedingt wissen, standen die Niederungen der melodramatischen Kunst zu Gebote.

Er jedoch verstand sich noch besser drauf. Er sah sich um, um sicherzugehen, dass niemand lauschte, und senkte die Stimme. »Mein Arbeitgeber.« Das klang unheilvoll. Sogar nach sexuellen Untertönen. Irgendetwas ließ mich an jene auf zweideutige Weise homoerotischen Desperados aus dem Südchinesischen Meer denken, die ständig in Joseph Conrads Romanen auftauchen. »Der Eigner von …« Und er machte mit der Schulter eine Geste in Richtung des Bootes, auf dem sich Conrad nicht tot über der Reling hätte blicken lassen mögen.

»Ah«, sagte ich mit unerklärlicher Befriedigung, »das ist also nicht Ihres.«

»Ich darf nur damit spielen.«

»Und wer ist dann Ihr Arbeitgeber?«, wollte Vanessa wissen.

In welch selbigem Moment, so als ob er sich die ganze Zeit hinter einer Palme versteckt hätte – ich weiß gar nicht, warum ich *als ob* sage: Er hatte sich tatsächlich die ganze Zeit hinter einer Palme versteckt, während sein Angestellter das Eis brach –, eine geisterhafte Gestalt erschien, auf unheimliche Weise lang gestreckt, aber mit riesigen Händen gleich denen eines Torhüters, gekleidet in ein ausgeleiertes Rugbyhemd und lange, verblichene Schlabbershorts, unter deren Stoff das glockenähnliche Schaukeln von Geschlechtsorganen, die sogar noch riesiger waren als seine Hände, unmöglich zu übersehen war. Wäre er älter gewesen, so hätte ich gesagt, besagte Organe seien bereits im Niedergang der Vergreisung begriffen; aber er war ungefähr in meinem Alter, deshalb schätzte ich ihn als von der Natur über Gebühr wohlgerüstet ein, wie es bei ausgemergelten Männern bisweilen vorkommt.

»Dirk«, sagte er und streckte jedem von uns seine Hand entgegen, wobei er uns ebenso gut einen Strauß von Genitalien hätte entgegenstrecken können. »Dirk de Wolff.«

Poppy warf den Kopf in den Nacken und lachte. »Und wie heißen Sie *richtig?*«, fragte sie.

Er gestattete es dem Pergament seines Gesichts, sich in Knitterfalten zu legen, wenn auch nicht ganz ein Lächeln dabei herauskam. »Was hätten Sie denn gern, wie mein *richtiger* Name lauten soll?«

Poppy sah in der Hoffnung auf eine Idee Richtung Vanessa. Ich hielt den Atem an. Ihnen war jede Antwort zuzutrauen, diesen Frauen.

»Wolf de Wolff«, schlug Poppy vor und entfaltete ihre zuvor gekreuzten Schenkel, aber Vanessa fiel ihr ins Wort und beantwortete de Wolffs provokative Frage mit einer eigenen. »Und warum brauchen Sie denn eigentlich jemand anderen, der für Sie die Drecksarbeit macht?«

»Ist es das, was du gemacht hast, Tim?«, erkundigte sich de Wolff bei seinem Lakaien, der sich langsam und stetig von uns zurückgezogen hatte, wobei das Geklimper seines Schmucks immer leiser geworden war. »Meine Drecksarbeit?«

»Ganz entschieden nein.«

»Bitte, so sieht's aus. Er hat ganz entschieden keine gemacht.«

Sadist, dachte ich. Sadist und Masochist. Wiewohl nicht ganz einfach zu entscheiden war, wer was war. Oder warum, wenn sie miteinander machten, was immer sie miteinander machen mochten, Poppy sie so sehr interessierte.

Es stellte sich heraus, dass er Filmemacher war, unser Dirk de Wolff. Poppy stellte die Frage in den Raum, warum er in dem Fall nicht seine Kamera mitgebracht habe. Filmemacher, nicht Kameramann, erläuterte er mit ausgesuchter Höflichkeit. Wenn Poppy der Anlass dafür war, dass der Lakai den Verstand verloren hatte, so hatte er ihn ganz offensichtlich auf Weisung seines Bosses verloren. Poppy war der Grund für das alles hier, ganz gleich was das alles hier auch sein mochte.

»Welchen Ihrer Filme werde ich denn wohl schon gesehen haben?«, fragte sie ihn.

»Ich sag immer«, sagte er mit gewählter Sorgfalt, »dass es sich bei einer Person, die diese Frage stellt, nur um eine Person handeln kann, die gar keinen davon gesehen hat. Aber da sind Sie nicht allein. Millionen ergeht es so.«

»Und welchen *sollte* ich sehen?«

Er ergriff ihre Hand. »Da gibt's kein *sollte*. Ich bin froh, dass Sie keinen gesehen haben, und empfehle, es auch weiterhin dabei zu belassen. Ich bin kein Regisseur für Freundschaftsdienste. Heutzutage mache ich Filme, bei denen es mir ganz gleich ist, ob sie jemand sieht oder versteht. Das ist das Privileg frühen Erfolgs.«

Fick dich, dachte ich.

Wir saßen inzwischen, zu viert, Tim hatte wieder zur Yacht übergesetzt. Ich hätte sehr begrüßt, hätte de Wolff seine Beine etwas schicklicher übereinandergelegt. Aber andererseits hätte er es begrüßt, wäre ich etwas schicklicher verschwunden.

Vanessa sah mich anklagend an. Warum konnte *ich* bloß nicht eine so unbekümmerte Haltung zu meinem Werk einnehmen? Warum machte ich mir immer noch etwas draus, ob ich gelesen oder geschätzt wurde?

De Wolff fing die Blicke auf, die wir tauschten. »Sie meinen, es sei falsch von mir, eine solche Einstellung zu haben?«, fragte er.

Vanessa antwortete für mich. »Mein Mann ist Romanschriftsteller. Romanschriftsteller wollen geliebt und wahrgenommen werden.«

Ihm entfuhr ein kleiner Ausbruch trockener Heiterkeit. »Natürlich wollen sie das. Weil sie nämlich niemand mehr liest.«

Er wartete drauf, dass ich ihm sagte, ich hätte Unrecht. Aber mir kam kein Wort über die Lippen.

»Dann muss ich wohl fragen, warum Sie immer noch in Ihrem Tun fortfahren«, fuhr er fort. »Der Roman ist seit hundert Jahren tot, nicht? Oder wann immer es war, als die Menschen ein Wahlrecht bekamen und ihnen das Gefühl gegeben wurde, ihre

Meinung zähle. Beim Film geht es auch schon in diese Richtung, aber wenigstens gibt es beim Film immer noch den geheimnisvollen Nimbus um seine Produktion. Wenn aber alle erst mal ihren Abschluss in Medienwissenschaft haben, wird das auch dem Film den Garaus machen.«

»Ich liebe Filme«, sagte Poppy.

»Und du liebst auch Bücher«, erinnerte sie ihre Tochter. Die allabendliche Erdulde-Poppy-Phase war angebrochen. Aber die allabendliche Beachte-Vanessa-Phase war auch angebrochen.

»Ich bitte um Vergebung, aber wissen Sie, was ich glaube?«, ging de Wolff dazwischen. »Ich glaube, dass Leute, die sagen, sie liebten Filme oder Bücher oder Kunst, es in Wahrheit gar nicht tun. Ich spreche nicht von Ihnen beiden reizenden Damen – ich meine das ganz allgemein. Wenn man den Film wahrhaft liebt, geht man wahrscheinlich in keinen einzigen. Ebenso bei der Literatur: Wenn man dafür einen Sinn hat, gibt es kaum ein Buch, das zu lesen man erträgt. Die Wirklichkeit der Kunst durchkreuzt stets die Idealvorstellung, die man davon hat.« Er sah mich an. »Was ist Ihre Meinung dazu?«

Ich war überrascht, zu hören, dass ich angesprochen wurde. Ich hatte mich einer von Selbsthass getränkten Tagträumerei hingegeben, war wütend, dass ich diesen holländischen Nihilisten mit großen Eiern beneidete, dem ich irgendwo in innerster Seele zustimmte. Was trieb ich noch in einem todgeweihten Gewerbe? Warum war ich nicht ins Filmgeschäft gewechselt? Warum hatte ich mich auf der Am-Dings-der-Welt-Universität Cambridge nicht für Medienwissenschaften eingeschrieben statt für kreatives Scheißschreiben? Aber die Shark Bay mit ihren vom Himmel purzelnden Sternen und den Indischen Ozean angrinsenden Delfinen und Dirk de Wolffs in Lärm und Lichterglanz erstrahlender Yacht war gewiss nicht der Ort, die konkurrierenden Vorzüge Thetfords zu diskutieren.

»Der Romancier Robert Musil«, sagte ich einigermaßen hochtrabend, »hat einmal eingeräumt, je mehr er die Literatur liebe, desto weniger liebe er den einzelnen Schriftsteller. Ich möchte in dieselbe Kerbe hauen. Verlangen Sie von jemandem, der es mit dem Roman so ernst meint, wie ich das tue, nicht, Ihnen einen Roman zu nennen, den er mag.«

De Wolff traf Anstalten, sich mit mir abzuklatschen. Bevor er mir die Frauen ausspannte, wollte er mir noch zeigen, dass wir unter der Oberfläche Brüder im Geiste waren. Es sei denn, er wollte mir nur zeigen, wie viel länger seine Finger als meine waren.

»Aber wenn die real existierende Kunst im Vergleich zum Ideal auch immer enttäuschend ist«, sagte ich, um ihm zu zeigen, dass ich kein Umfaller war, »ist das doch noch lange kein Grund, das bedauernswerte Publikum zu verachten.«

»Ich habe nicht gesagt, dass ich das Publikum verachte. Ich habe nur gesagt, mir ist es egal, was sie denken. Vielleicht sind eher Sie jemand, der seine Leser verachtet.«

»Ich habe keine Leser. Niemand hat Leser.«

»Damit bestätigen Sie, worauf ich hinauswill.«

»Er hat Tausende von Lesern«, sagte Vanessa.

»Zehntausende«, mischte sich Poppy übertreibend ein.

»Aber die verstehen Sie nicht«, lachte de Wolff. »Ich weiß es nur zu gut« – er patschte sich seine Riesenhand aufs Herz, um eine Gemeinsamkeit des Leidens anzudeuten –, »sie wollen, dass irgendwas passiert, und das wollen Sie ihnen nicht geben. Ich ebenso wenig. Je mehr sie wollen, desto mehr wehre ich mich dagegen. ›Ihr wollt, dass etwas passiert‹, sag ich, ›dann passiert *ihr!* Ihr wollt, dass etwas sich verändert? *Ihr* verändert euch. Ich halte meine Kamera still. *Ihr* macht das Rumwuseln.‹ Sie sollten einen Film machen, mein Freund. Sie sollten einen Film über diese beiden schönen Frauen machen. Einfach mit der Kamera draufhalten. Lassen Sie die Gesichtszüge der einen in die Gesichtszüge der anderen überblenden. Und überlassen Sie den Rest dem Publikum.«

Vanessa, die auf der Woge seiner Komplimente schwamm, wollte wissen, ob seine Filme Warhol-mäßig seien. Mehr Richtung

Antonioni, sagte er ihr unter einem weiteren seiner Lachanfälle. Antonioni, aber mit weniger Zugeständnissen an Handlung.

Ich klinkte mich wieder aus dem Gespräch aus. Hatte er recht? Verachtete ich die Leser, die ich nicht hatte?

Natürlich hatte er recht. Er hatte ein Schiff und dicke Eier. Gibt ein Schiff einem nicht recht? Ebenso dicke Eier?

Sein Schiff war's, das er uns unbedingt zeigen wollte. Seine Eier zweifellos auch, aber das brachte er nicht zur Sprache. Ich sagte ihm, wir seien müde, wir wären den Großteil des Tages auf dem Wasser gewesen, wir seien keine Wasserratten.

»Das stimmt nicht«, sagte Vanessa. »Oder, Mutter? Dass wir keine Wasserratten sind.«

Sie blickte Poppy scharf an, um sicherzugehen, dass sie für ein Gespräch nüchtern genug war.

»Hab mein halbes Leben auf Schiffen verbracht«, sagte Poppy und riss sich dabei zwischen jedem einzelnen Wort schwer zusammen.

»Dann kommen Sie und riskieren Sie mal ein Auge auf meines«, beharrte de Wolff, ein Meister der Umgangssprache, und ließ seinen Blick von Poppy zu Vanessa und wieder zurück schweifen. Nachdem er mich auf dem Felde Film gegen Roman ausgebootet hatte, soll heißen auf dem Felde Realismus gegen Sentimentalität, soll heißen auf dem Felde Erfolg gegen Scheitern, war er nun drauf und dran, mich auf dem Felde meiner Frauen auszubooten.

»Soll ich?«, fragte Poppy und sah erst Vanessa, dann mich an.

»Wir kommen alle rüber«, sagte Vanessa. »Außer du willst nicht mit, Guido.«

»Oh, drängen Sie ihn bloß nicht«, sagte de Wolff. »Es gibt nichts Schlimmeres, als wenn einem etwas gezeigt wird, was man gar nicht sehen will. Ich bin da bei den Arbeiten anderer Männer genauso.«

»Nein, komm mit«, murmelte Poppy mir zu, als wäre es unser Geheimnis, wenn ich mitkäme.

»Besser, du bleibst hier und hältst uns die Plätze warm«, sagte Vanessa.

Also blieb ich da. Warum? Weil ich ein Romancier bin und ein Romancier jetzt, da der Roman tot ist, jede sich bietende Schmach durchleiden muss. Das könnte die allerletzte Rechtfertigung für einen Romancier sein – im Namen aller anderen leert er den Kelch menschlicher Erniedrigung bis zur Neige.

Ich winkte ihnen nach. Poppy drehte sich um und winkte zurück. Warf mir sogar eine Kusshand zu. Außer sie keuchte nur nach Luft, wie es alte Damen tun, wenn sie schwer einen im Kahn haben. Aber sie hatte ebenso viel von einem Schulmädchen an sich wie von einer Matrone. Sie drehte sich ein zweites Mal um, legte sich mit gespieltem Entsetzen die Hand vor die Augen und formte mit den Lippen unhörbare Worte. Ich war mir keineswegs sicher, aber es schien, als sagte sie: »Ich kann seinen Kolben sehen.« Vanessa, dachte ich, würde alle Hände voll zu tun kriegen.

Die drehte sich natürlich nicht um. Zweifellos war sie genervt von mir. Es war immer meine Schuld, wenn ihre Mutter zu viel trank. Und mit meiner Kapitulation vor de Wolffs ungezügeltem Zynismus würde ich sie auch nicht gerade beeindruckt haben. Ich hätte mehr drum kämpfen sollen, dass sie nicht übersetzten. Energischer verteidigen sollen hätte ich meine Männlichkeit, meine Ehemännlichkeit, meine Schwiegersohnigkeit und meine Profession. Sie schätzte es nie, wenn ich aggressiv war – »Tollwütiger Bulle« nannte sie mich immer –, aber noch weniger schätzte sie es, wenn ich den Unterwürfigen spielte – »Schwuchtel!«, sagte sie dann. In dieser widersprüchlichen Sicht auf meine Wenigkeit waren wir uns einig.

Alleingelassen sah ich zu, wie Dirk de Wolff sich in seinen unanständigen wallenden Sackshorts zwischen meinen Frauen in Position brachte, eine an jedem Arm, und sie dann mit über die Planken klappernden Korkabsätzen und schwingenden Hüften eine hölzerne Rampe hinabgeleitete, wo ein kleines Boot darauf wartete, sie zu dem großen Boot hinüberzubringen, das in dem

Moment, in dem sie ablegten, in noch prächtigerer Beleuchtung zu erstrahlen schien.

Tollwütiger Bulle oder Schwuchtel? Schwuchtel.

Vanessas Anweisungen entsprechend hatte ich mein Notizbuch nicht mit rausgenommen. Meinen Stift trug ich immer bei mir, für alle Fälle. Selbst Vanessa konnte mich nicht von meinem Stift trennen. Ich rief den Kellner – einen übertrieben sonnengebräunten Jungmann (orangen war seine Haut) in wadenlangen Hosen, die wirkten, als seien sie aus Stroh gemacht. Ich bat ihn, mir etwas zu bringen, worauf ich schreiben konnte. Er schaute verwirrt drein. »So was wie einen Bierdeckel?« »Nein«, sagte ich, »so was wie ein Blatt Papier.« Als er mir brachte, worum ich gebeten hatte, setzte ich mich davor und schrieb kein einziges Wort. Ich fragte mich, ob ich verrückt wurde. Inzwischen war es nicht mehr existenziell in Mode für Schriftsteller, verrückt zu werden, insbesondere in Australien. Aber die letzten paar Wochen kamen mir plötzlich so chaotisch und irre vor. Was hatte ich hier verloren? Was hatte ich in Adelaide verloren, wo ich Australiern aus der Mittelschicht, die jedes meiner Worte begierig aufsaugen, meine obszönsten und groteskesten Textpassagen vorgelesen hatte? Man konnte Australier nicht verstören, wenn sie erst einmal zur Literatur gefunden hatten. Sie lauschten einem gehorsam, ganz gleich was man ihnen vorlas, und selbst dann, wenn man ihnen gar nichts vorlas, wenn man nur dasaß und seinen Bauch zwischen die Beine hängen ließ und kein Wort sagte, brachten sie mit ihrem frenetischen Applaus noch das Dach des Rathauses von Adelaide zum Einsturz. Australien wurde nachgesagt, pro Kopf der Bevölkerung mehr Leser zu haben als irgendein anderes Land, außer Finnland. Wie sollte man diese Information verarbeiten? Philippa hatte auch noch Neuseeland aufs Tapet gebracht. Und was hatte ich mit ihr gemacht? Ganz im Einklang mit meiner üblichen postkoitalen Launenhaftigkeit hatte ich sie im Rückblick eine Woche lang gehasst und mich dann im Rückblick auf den Rückblick langsam in sie verliebt. Vanessa hatte Wind von der Sache gekriegt, auch wenn ich alles leugnete, und zahlte es mir nun mit Dirk de Wolff heim, vielleicht auch noch mit Tim dazu. Gab sie sich einem von denen oder beiden hin, oder gab sie ihre Mutter hin? Vanessa war eine Kennerin, was Schmerzen anbelangte. Sie würde bis ins letzte Detail etwas ausgetüftelt haben, mit dem sie mir wehtun konnte. Aber um wirklich austüfteln zu können, wie sie das anstellen konnte, müsste sie wissen, welche Gefühle ich für ihre Mutter hegte. Wusste sie es also? Und würde sie den Anstand ihrer Mutter opfern – gehen wir doch davon aus, dass selbst eine Frau in ihren Sechzigern noch über Anstand verfügt –, nur um mir wehzutun? Drapierte sie sich auf dem Bett in Dirks Koje wie eine opferbereite Jungfrau, mit Lilien geschmückt, während er mit seiner Kamera auf sie beide hielt und zuschaute, wie die Metamorphose der einen in die andere sich vollzog, gerade in dem Moment, da ich hier saß und mundschrieb?

Mein Stift hing über dem Blatt Papier in der Luft. Schreib das Buch. Schreib mein Buch. *Abgedreht in der Affenbucht*. Keine Story, scheiß auf die Story, scheiß auf alle Handlung – de Wolff hatte recht: Wenn Leser wollten, dass etwas passierte, sollten *sie* halt passieren – kein Ereignis, keine Action, kein Entwickeln oder Entwirren eines Plots, bloß das Hirn (das für jedermann Plot genug sein sollte), das sich in Schmerzen wälzt wie einer der Delfine unter unserem Ruderboot. »Man sollte durchknallen!«, hatte Henry Miller geschrieben. »Die Leute haben genug von Plot und Figurenzeichnung. Plot und Figurenzeichnung ergeben kein Leben.«

Was aber, wenn die Leute genug vom Leben hatten?

Ich produzierte jedenfalls Leben, ob sie es nun haben wollten oder nicht, ich produzierte Leben, indem ich durchdrehte meiner Schwiegermutter wegen, deren Knie ich schließlich berührt hatte, nachdem ich zwanzig Jahre nur davon hatte träumen können, und die es in diesem Moment dem beinah sodomitischen Speichellecker von lüsternem Filmemacher im taubenblauen Pyjama gestattete, an den Lippen ihrer Vagina zu zupfen, während die Sterne vor Staunen oder Scham oder Verzückung vom Himmel herabfielen.

Henry Miller, dieser wahre Teufel, hat einmal die Laute transkribiert, die die Knosplippen einer Vagina von sich gaben, wenn man sie öffnete. *Squitsch-squitsch.* »Ein klebriges leises Geräusch«, so nannte er es, »fast unhörbar.«

Squitsch-squitsch.

Herr im Himmel.

Man versuche einmal, heute damit durchzukommen. Man versuche, mit der heiligen Musik der Schamlippen an Flora McBeth vorbeizukommen.

Und man versuche einmal, auch nur für einen Augenblick Frieden zu finden, nachdem man's selbst gehört hat.

Squitsch-squitsch …

Was man doch alles zu durchleiden hat, wenn es einem ernst ist mit der eigenen Kunst.

19
Der Stab der Literatur

Als ich das erste Mal das Wort »Fotze« in einem Buch benutzte, lag ich wach und stellte mir vor, ich würde gleich erschlagen werden. Nicht von Vanessa, von Gott.

Am Morgen strich ich es aus dem Text.

Am nächsten Tag fügte ich es wieder ein.

Am Morgen strich ich es erneut.

Es war mein zweites Buch. Niemals hätte ich es in meinem ersten verwenden können, Archie Clayburghs Unterricht und J. P. Donleavys Beispiel zum Trotz. Fotze – da muss man erst hineinwachsen.

Am Ende fragte ich Vanessa, was sie meinte.

»Kommt es in einem Fluchkontext oder in einem sexuellen Kontext vor?«

»In einem sexuellen.«

»Steht es im Kontext von Liebe oder im Kontext von Hass?«

»Na, jedenfalls nicht von Hass. Von Verlangen.«

»Dann sei mutig«, sagte sie.

Am Morgen fügte ich es wieder ein.

In der nächsten Nacht bat Vanessa drum, die Passage zu hören, in der Fotze vorkam. Ich las sie ihr vor. »Nimm's raus«, sagte sie.

Ich fragte, warum.

»Weil du dich genierst. Es kommt dir nicht natürlich über die Lippen. Aber wenn du willst, überlass mir die Sache, und ich bring sie in Ordnung.«

Am nächsten Tag überreichte sie mir ihre verbesserte Fassung. Wo ich mich behutsam an das Wort herangetastet hatte, als trete ich ins Allerheiligste ein, bevor ich von einem tödlichen Schrecken ergriffen wurde, hatte Vanessa die ganze Seite mit dem Fotzenwort gewürzt. Er bat, ihre Fotze sehen zu dürfen, sie zeigte ihm ihre Fotze, er sagte, er habe noch nie eine so schöne Fotze zu sehen bekommen, sie fragte, wie viele Fotzen er in dem Falle wohl schon zu sehen bekommen habe, er sagte, er habe Fotzen in hinreichender Zahl zu sehen bekommen, sie fragte, wie viele Fotzen hinreichend seien, er sagte, bei Fotzen zähle er normalerweise nicht mit, sie sagte ihm, er sei eine Fotze und könne sie mal am Arsch.

»Ich glaube, du wirst mir zustimmen, dass die Szene jetzt besser funktioniert«, sagte sie.

Ohne ihr Wissen besserte ich ihre verbesserte Fassung wieder aus. Nicht komplett. Ich ließ mehr Stellen stehen als meine ursprüngliche eine. Und fand das auch ganz in Ordnung. Aber ich hoffte, wenn Vanessa das Buch in Manuskriptform zu lesen bekam, würde ihr meine Nervenschwäche nicht auffallen.

Falls sie ihr doch aufgefallen war, sie sagte jedenfalls nichts. Aber der Rezensent der *Financial Times* bekundete seine Überzeugung, dass »Guy Ableman diesen Roman zu dem alleinigen Bezweck geschrieben hat, das Wort Fotze zu gebrauchen«.

Überflüssig zu sagen, dass mich das tief verletzte.

Vanessa hatte kein Mitleid. »Du kannst nicht behaupten, ich hätte dich nicht gewarnt«, sagte sie. »Wegen Fotze.«

Es gibt Autoren, die Fehden mit Rezensenten vom Zaun brechen. Sie schreiben ihnen erboste Briefe und werfen ihnen vor, einen Berufsstand zu schädigen, der ohnehin schon irreparabel Schaden genommen hat, sie provozieren auf Partys Schlägereien mit ihnen, oder sie sind sich nicht zu schade, mit doppelter Brutalität das nächste Buch zu rezensieren, das der Rezensent selbst veröffentlicht. Mehr als ein Jahr lang durchforstete ich Verlagsvorschauen auf der Suche nach irgendetwas aus der Feder des *Financial-Times*-Rezensenten. »Dieses Buch wurde zu dem alleinigen Bezweck geschrieben, zu zeigen, dass sein Autor eine Fotze ist«, wollte ich schreiben, wiewohl mir durchaus klar war, ich müsste mit Widerstand seitens jedes Literaturredakteurs, für den ich die Rezension schrieb, rechnen. Am Ende allerdings vergaß ich die ganze Geschichte, und als er schließlich doch noch ein Buch veröffentlichte, war es eine Kindergeschichte über eine Katze, die einen Kampf gegen Krebs ausfocht, in welchem Zusammenhang mir kein rechter Weg einfallen wollte, eine Fotze ins Spiel zu bringen.

Die beste Methode, mit einer unbarmherzigen Rezension umzugehen, so hatte ein bedeutender älterer Romancier, mit dem ich auf einem Literaturfestival einmal das Podium geteilt hatte, mir erklärt, bestehe darin, dem Rezensenten zu schreiben und ihm für seine einsichtige Kritik zu danken, ihn außerdem, falls er zufällig selbst Schriftsteller war, bei nächster Gelegenheit mit so ausgesuchter Großmütigkeit zu rezensieren, dass es ihn für den Rest seines Berufslebens aus der Contenance brachte. »Keine Beschämung ist schwerer zu ertragen«, erläuterte er mir, »als von jemandem mit einer enthusiastischen Rezension bedacht zu werden, den man zuvor verrissen hat. Insbesondere wenn einem nicht ganz klar ist, ob die Person, die man verrissen hat und die so freundlich mit einem umgegangen ist, weiß, dass man sie verrissen hat.«

»Haben Sie diese Beschämung selbst schon durchgemacht?«, fragte ich ihn.

Er nickte. »1958 war das«, sagte er, »und seither leide ich unentwegt an den Qualen des Schuldbewusstseins und der Unsicherheit.«

Wir saßen draußen im Sonnenschein vor dem Autorenzelt. Unsere Veranstaltung war gerade vorbei. Keiner von uns hatte ein einziges Buch signiert, obwohl vierhundert Leute bei uns im Zelt gewesen waren und allesamt am Ende enthusiastisch Beifall geklatscht hatten. Zu alt, um sich ein Buch leisten zu können, nahm ich an. Wahrscheinlich zu gebrechlich, um eines zu tragen. Man brauchte es bloß mal im Kopf durchzurechnen. Vierhundert mal das Durchschnittsalter des Publikums, das bei fünfundsechzig lag. Macht 26 000. Unser Publikum allein hatte schon länger gelebt als der Homo sapiens. Ich will nicht behaupten, dass das taxonomisch ganz korrekt ist, aber es dürfte hinreichend klar sein, was ich meine. Und es konnte nur noch schlimmer werden. Am Ende würde das Durchschnittsalter des Publikums bei hundert liegen, und das Publikum würde trotzdem noch größer sein. Literaturfestivals füllten eine Lücke im Terminkalender der Ruheständler. Eine Stufe vor Stuhltanz. Bald würde es Aufbahrungshallen gleich auf dem Gelände geben. Man spazierte in ein Zelt, man applaudierte einer literarischen Stimme, von der man noch nie gehört hatte, man kaufte nicht sein Schrägstrich ihr Buch, und man kippte aus den Latschen. Schriftsteller genauso. Der ältliche Autor, mit dem zusammen ich aufgetreten war, war ein gutes Beispiel. Würde er das Gelände noch lebend wieder verlassen? Und was war, nebenbei bemerkt, mit mir?

Ein Fotograf, dem zweifellos ähnliche Gedanken durch den Kopf gingen, machte eine Aufnahme von uns. Keiner von uns erwartete, dass er sie irgendwo würde verkaufen können, aber es war schön, dass Notiz von einem genommen wurde. Kinder saßen im Gras und kritzelten in Malbüchern herum. Ich hatte Freunde, die als letzten Ausweg Malbücher machten. »Man muss mit den Lesern gehen«, sagte mir einer von ihnen. »Aber Anmalen ist kein Lesen«, wandte ich ein. »Das kommt ganz drauf an, wie man Lesen definiert«, sagte er. Tag für Tag überflog ich die Nachrufseiten der Zeitungen und erwartete, lesen zu müssen, er habe einen Packen Buntstifte geschluckt.

»Ah, Sonne«, sagte der alte Schriftsteller.

Ich stimmte ihm zu. »Ah, Sonne«, sagte ich.

»Ist dabei, zu verglühen, wissen Sie.«

»Weiß ich«, sagte ich.

»Zum Glück werde ich ihr knapp zuvorkommen.«

»Sie Glücklicher«, sagte ich.

Wir mussten beide weggedämmert sein, denn plötzlich war da ein Hubschrauber auf dem Rasen. Eine berühmte Nachrichtensprecherin aus dem Fernsehen kam herausgeklettert und strich sich dabei das Haar aus dem Gesicht nach hinten. Sie hatte gerade einen Roman über ein armes Mädchen veröffentlicht, das einen Haufen Geld machte, indem es Nachrichtensprecherin wurde.

»Wer ist das?«, fragte mich der alte Schriftsteller.

Ich erzählte ihm, was ich wusste.

»Leben und leben lassen«, sagte er.

Das war keine Einstellung, die ich teilte, aber er war zu alt, als dass ich ihm hätte widersprechen mögen, erfreute sich der letzten Strahlen einer Sonne, die ebenfalls zu alt war.

Bevor wir unserer Wege gingen, ergriff er meine Hand. Sein Mittelfinger war, wie ich bemerkte, an einer Stelle fast bis zum Knochen abgescheuert. Ich hatte gelesen, dass er immer noch alle seine Bücher mit Bleistift schrieb, und ich wollte von ihm wissen, ob der verkrüppelte Finger eine Folge dessen war. »In gewisser Weise ja«, verriet er mir. »Das ist der Finger, mit dem ich ausradiere.«

»Sie haben nie erwogen, ein Radiergummi zu nehmen?«

Er schüttelte vehement den Kopf. Ein Radiergummi war ihm zu technologisch. »Ich muss die Wörter berühren«, sagte er, »selbst diejenigen, die ich verwerfe.«

Ich nickte, als ginge es mir genauso, wollte nicht, dass er mitkriegte, wie viele elektronische Gerätschaften ich nutzte, um auch nur einen einzigen Satz zur Welt zu bringen. Schande über mich. Wir waren alle emsig damit beschäftigt, uns zu fragen, wo die Leser geblieben waren – auf dem Festival sollte an jenem Abend sogar eine Podiumsdiskussion zu diesem Thema stattfinden; sie war ausverkauft –, was aber, wenn die Leser nur den Schriftstellern gefolgt waren, die von den Fahnen wichen? Ihr schreibt nicht mehr so, wie ihr schreiben solltet, sagten sie – ihr berührt die Wörter nicht mehr so, wie es die von euch bewunderten Autoren einstmals taten, eure Tastaturen treiben der Sprache ihr Lebenselixier aus, euren Sätzen fehlt der noch warme Abdruck von *euch* –, warum also sollten wir ausharren und uns für dumm verkaufen lassen?

»Ich muss etwas beichten«, sagte der alte Schriftsteller zu mir.

Ich wartete. War er drauf und dran, mir einzugestehen, er schriebe schon seit Jahren auf dem Computer, und die Radierfurche an seinem Finger sei Schwindel?

Er richtete sich auf seinem Stuhl auf und schnäuzte sich die Nase. »Ich habe Sie mal übel verrissen.«

Er ließ es so klingen, als hätten wir uns als kleine Jungs geprügelt, und er habe gewonnen. Ein Ausgang, an dem ich keinen Moment gezweifelt hätte, wäre der Faustkampf als solcher chronologisch möglich gewesen.

Er merkte, dass er mir auf die Sprünge helfen musste. »In einer Rezension. Ich habe ein paar grausame Dinge geschrieben.«

Ich versuchte, seine Besorgnis zu verscheuchen. »Schnee von gestern«, sagte ich.

»Für mich nicht«, sagte er. »Ich fürchte, es war kleinlich. Schmutzig habe ich Sie genannt.«

»Ach ja.«

»Sie erinnern sich?«

»Ich erinnere mich, dass jemand mich schmutzig genannt hat. Ich weiß auch, dass man dasselbe von Lawrence und Joyce gesagt hat.«

»Lawrence, ja«, sagte er, »von dem nicht von Arabien sprechen Sie, nehme ich an.« Er schien wenig geneigt, unser Gespräch in eine Diskussion über den Stellenwert von Schmutz in der Literatur ausarten zu lassen. »Für mich, wissen Sie, steckte da zu viel Sex in Ihnen«, fuhr er fort, »aber nun ja, die Rüge betraf eine Frage, die wohl relativ ist. Wie viel Sex ist zu viel Sex?«

»So viel, wie man halt nicht lesen will«, sagte ich.

»Aber man will doch gar keinen lesen.«

Darüber mussten wir beide lachen. Ich versuchte, mich an die Rezension zu erinnern, schaffte es aber nicht. Ungewöhnlich, dass ich einen Verriss vergaß. Log er? Wollte er mir schlicht und einfach jetzt einen Verriss verpassen?

Er fragte mich, woran ich zurzeit arbeite. Ich erzählte ihm, es handele sich um einen Roman über meine Schwiegermutter. »Na, dann wird ja kein Sex drin vorkommen«, sagte er.

Ich lächelte und erhob mich, um zu gehen. Er hoffte, ich werde verstehen, wenn er sitzen bleibe. Alte Knochen. Ich nickte. Seine Beine, deren Knöchel er schräg übereinandergelegt hatte, hielt er wie unverbunden von sich weggestreckt, als gehörten sie jemand anderem. Er trug sommerlich weiße Flanellhosen, die schon bei einem Mann, der einen Kopf kleiner als er war, zu kurz gewesen wären. Oberhalb seiner schwarzen Schuljungensocken – schwarze Socken unter weißen Flanellhosen! – sah sein Fleisch traurig und verwundbar aus. »Als Mann sollte man diesen Teil seines Körpers niemals entblößen«, hatte meine Mutter immer gesagt. Entsprechend dieser Philosophie hatte sie meinem Vater verboten, jemals die Beine übereinanderzuschlagen. Ich selbst war ein eifriger Schüler ihrer Lehren. Wir sterben von den Füßen aufwärts. Ganz gleich wie bedeutend wir im Geiste auch sein mögen, dort unten sind wir unwürdiges sterbendes Getier.

Er entschuldigte sich noch einmal für seine vernichtende Besprechung und schenkte mir einen Korrekturabzug seines neuen Romans. Einen pro Jahr schrieb er. Einen pro Jahr seit 1958. Alle mit Bleistift, und alle in denselben Verwaltungsbüros von Chesterfield spielend. Einst hatten ihn die Leser geliebt, jetzt verkaufte er mit Mühe hundert Exemplare. Gerüchten zufolge war dies der letzte, für den er noch einen Verlag fand. Auch die Tage kommunaler Romane, so schien es, waren gezählt.

Ich brachte ihn dazu, mir das Exemplar zu signieren. »Ich werde es in Ehren halten«, log ich. Was machte schon eine Lüge mehr oder weniger aus?

Er gewährte mir ein Lächeln, wie es ausgedehnter und herziger nicht hätte sein können. So als reiche er den Stab der Literatur weiter.

Erst im Nachhinein fragte ich mich ernsthaft, ob ihm zu trauen war. Hatte er wirklich eines meiner Bücher verrissen? Oder hatte er das alles nur erfunden, damit ich seinem Rat folgte und ihn aus Rache mit einer positiven Rezension beschämte?

Wozu aber einen solchen Aufwand an Trickserei betreiben? War es immer noch so wichtig, eine positive Rezension zu erhalten, wenn man fünfundachtzig war, wenn man über dreißig Romane geschrieben hatte und wenn es da draußen niemanden mehr gab, der die Rezension *oder* den Roman lesen würde, so oder so niemanden, der sich einen feuchten Affen drum scherte?

Krank, wir alle zusammen. Erkrankt immer noch, ganz gleich wie alt und ehrwürdig wir sein mochten, an genau jenem Leiden, das uns überhaupt erst einmal zu Romanschriftstellern gemacht hatte.

20
In Kanada ein Renner

Ich fand nie heraus, ob Vanessa tatsächlich mit Michael Ezra geschlafen hat. Sie hatte jede Menge Gelegenheit dazu. Nachdem mein zweiter Roman herausgekommen und ich in der Lage gewesen war, das Wilhelmina's an Jeffrey Prachtkerl zu übergeben, zog ich mit meiner kleinen Familie nach London runter, nicht gleich nach Notting Hill, sondern ins ländliche Barnes, wo ich ein Cottage mietete, damit sie Knutsford nicht so sehr vermissten, und dort schrieb ich dann den nächsten in einem Zimmer, das nach hinten raus auf einen Garten ging. Da ich für Gespräche nicht zur Verfügung stand, pflanzte Vanessa Erbsen, erkundete mit ihrer Mutter die Treidelpfade entlang der Themse, und wenn ihnen das zu langweilig wurde, nahmen sie den Zug zurück nach Macclesfield, um Freunde in Knutsford zu besuchen oder, wenn sie schon mal da waren, in Manchester shoppen zu gehen. Warum sie in Manchester shoppen gehen mussten, wo ihnen doch London zur Verfügung stand, war mir schleierhaft. Aber Vanessa erklärte mir, sie hätten sich in Manchester einen fest strukturierten Ablauf angewöhnt, und ich drang nicht weiter in sie. Immerhin konnte es sein, dass in den fest strukturierten Ablauf auch Omar Ezra eingepasst war, der Croupier.

Wenn mir das Schreiben gut von der Hand ging, interessierte es mich nicht weiter, was alles in ihren fest strukturierten Ablauf eingepasst war. Ich war froh, das Cottage für mich allein zu haben. Die Frauen lenkten mich von der Arbeit ab, wenn sie zu Hause waren, das Geschnatter ihrer Gespräche, nicht weniger nervenaufreibend als das Gekratze von Mäusen oben im Dach, machte es mir zwar nicht gänzlich unmöglich, zu arbeiten, aber ich war dann immer mit allen Sinnen für sie empfänglich. Wenn sie gemeinsam Cello spielten, schlossen sie die Tür dessen, was sie spaßhaft das Musikzimmer nannten – in Wahrheit war es Poppys Ankleidezimmer –, und ich war wiederum verleitet, ihnen zu lauschen. Und natürlich malte ich mir aus, sie spielten nackt. Sie spielten dröhnender, schien mir, wenn sie nackt waren, dvořákiger, auch wenn das reinste Fantasterei war, der mich hinzugeben manchmal förderlich war, manchmal auch nicht, je nachdem, was ich gerade schrieb. Immer wieder mal kamen sie ungebeten in mein Arbeitszimmer hereingeplatzt wie eine Delegation aus der Welt des Vergnügens und beugten sich einladend über mich, ihr flammendes Haar in meinem Nacken. Hatte ich für heute nicht schon genug getan? Stand mir nicht der Sinn nach einer kurzen Pause? Wollte ich mich nicht ein bisschen zu ihnen gesellen – zum Tee, zu Keksen, auf eine Partie Scrabble, zum Genuss eines Films im Fernsehen?

Drei in einem Bett?

Meine verdorbene Fantasie. Scrabble war das Äußerste, zu dem es kam. Wiewohl ich dabei immerhin einmal einen »Spann« fand, vor den ich mein achtbuchstabiges »Dreierge« stellen konnte, wodurch ich 50 Punkte bekam, weil ich alle meine Steine hatte unterbringen können, und über Poppy, die mich herausgefordert hatte, die Oberhand behielt.

Führte sie Böses im Schilde? Beziehungsweise mich an der langen Leine? Oder einfach nur ein Leben als Unschuldslamm?

Es versteht sich von selbst, dass zwei Frauen für den Seelenfrieden eines Mannes verheerender sind als eine. Aber Vanessa und Poppy waren mehr als die Summe ihrer Teile. Eine jede verdreifachte die Eruptivkräfte der jeweils anderen. Ich habe eben die kleinen und sogar irgendwie süßen Störungen meiner Arbeit geschildert, die sie verursachten, aber an manchen Tagen, insbesondere wenn sie nicht so gut miteinander klarkamen, war es, als lebte ich in einem Haushalt mit hundert Frauen. Sie stritten sich drüber, was sie kochen wollten, was sie im Garten pflanzen wollten, welches Datum wir hatten, ob es heiß war oder kalt und welches Stück für zwei Celli sie üben sollten. Poppy war immer für Vivaldi, Vanessa für Brahms. Außer wenn Poppy für Brahms war, in welchem Falle Vanessa Vivaldi wollte. Sie riefen einander in voller Lautstärke »Sei still!« zu als Warnung, mich ja nicht zu stören – »Das verfickte literarische Genie versucht zu arbeiten« –, aber das verfickte literarische Genie konnte sich selbst ficken, wenn Vanessa eine Klage über das unvernünftige Verhalten ihrer Mutter loswerden musste. Dann kam sie in mein Zimmer gestürzt mit einer Beschwerdeliste im Gepäck, die in die Zeit vor ihrer Geburt zurückreichte, ohne dass sie sich die Mühe machte, mich vorab zu fragen, ob ich gerade Zeit hätte, diese oder andere Angelegenheiten mit ihr zu diskutieren; woraufhin Poppy, die sogleich mitkriegte, dass man sie verleumdete, hinterdreingestürzt kam, um an meine Unparteilichkeit zu appellieren, ihr Haar aufgewirbelt von einem Sturm elektrischer Entladungen, als habe Vanessa sie im Überschwang ihrer übrigen Schandtaten auch noch ans Stromnetz angestöpselt. Es war natürlich nicht meine Unparteilichkeit, an die sie appellierte; es war meine Parteinahme zu ihren Gunsten, etwas, das nach Kräften zu verbergen ich klug genug war, auch wenn ich mich in einigen Fällen, zum Beispiel als Vanessa sie beschimpfte, sie ziehe sich wie ein Flittchen an, »Röcke bis zum Arsch hochgezogen und die Titten halb draußen«, nicht beherrschen konnte, ihr beizuspringen. Poppy argumentierte, die Dekolletéfrage sei für sie schon immer ein Problem gewesen, weil ihre Brüste weiter oben anfingen als die der meisten Frauen, und ich gab ihr recht.

Ich bezweifle nicht, dass mir, wenn ich besser hingehört hätte, aufgegangen wäre, sie stritten über bestimmte Männer, denen gegenüber Poppy es in Vanessas Augen an jenem Anstand hatte fehlen lassen, der von der Mutter einer Frau erwartet wurde, die sich selbst wie ein Flittchen aufführte.

Oder vielleicht hörte ich gerade gut genug hin, wusste ganz genau, was los war, und hatte Gefallen dran, weil die Wildkatzenatmosphäre mir das Gefühl gab, das Leben eines Bohemiens zu führen, ein Schriftsteller der pulsierenden nächtlichen Stadt zu sein, der endlich in einem Hurenhaus untergekommen war. Selbst wenn es nur in Barnes war.

In dieser Hinsicht zumindest waren die Unterbrechungen, die sie verursachten, auch wenn sie unvorhersehbar waren, Inspirationsquellen. Ich verlor eine Stunde durch ihre exaltierten Aufgeregtheiten, konnte als Ertrag aber eine Woche lang mit voller Kraft schreiben.

Falls Vanessa mit dem Croupier oder überhaupt mit irgendwem schlief, dann bedurfte die Tatsache, dass ihre Mutter sie stets nach Manchester begleitete, einer Erklärung. Vanessa brauchte keine Anstandsdame, und ich bezweifelte doch sehr, dass sie sich gemeinsam oder auch nacheinander mit ihm vergnügten. Bei allen augenscheinlichen Freiheiten, die sie sich der Konvention gegenüber erlaubten, waren sie dafür denn doch nicht befreit genug. Hing Poppy also einfach nur in den Lobbys irgendwelcher Hotels herum? Und wenn ja, warum blieb sie dann nicht ein paar Tage hier und teilte die Einsamkeit des Hauses mit mir?

Wie sie es schaffte, mir diese ganzen Jahre hindurch, bevor wir nach Monkey Mia kamen, einzureden, wir wären drauf und dran, eine Affäre zu haben, ohne jemals irgendetwas zu sagen oder zu tun, was man Vanessa oder dem zuständigen Gemeindepfarrer nicht hätte erzählen können, ist mir schier unbegreiflich. Entweder war sie genial darin, Anspielungen zu machen, in denen nie wirklich auf etwas angespielt wurde, oder ihre Schlückchen brachten sie in eine heikle Situation, aus der sie sich nur um Haaresbreite oder kraft ihrer angeborenen sexuellen Raffinessen wieder herauszulavieren vermochte. Der dritten Möglichkeit, dass ich mir die ganze Sache lediglich zurechtfantasierte, billigte ich ein gewisses Maß an Plausibilität zu – eine fiebrig arbeitende Fantasie gehört immerhin zur notwendigen Grundausstattung des Gewerbes, das ich betreibe, aber eben nur ein gewisses Maß. Ich hatte mir die zahllosen Gelegenheiten nicht eingebildet, bei denen ihr Körper mit dem meinen zusammenstieß, wenn wir auf der Treppe oder im Flur betrunken aneinander vorbeigingen, und sie dann so tat, als hielte uns die Reibungselektrizität, die sich zwischen uns entlud, um den Bruchteil einer Sekunde länger im selben Magnetfeld fest, als sie es tatsächlich tat; oder den Druck ihrer Brüste (die so merklich höher an ihrem Körper ansetzten als bei anderen Frauen), der sich so anfühlte, als bedränge einen ein Kissen; oder die Blicke bangen Wissens, die wir an manchen Abenden tauschten, als stünden wir am Rande eines aktiven Vulkans; oder das Ausmaß an häuslichem Entkleiden, das sie nach und nach zwischen uns einführte, bis Vanessa dem einen Riegel vorschob; oder ihr plumpes Flirten mit meinen Schriftstellerkollegen, wenn wir eine Buchpremiere feierten, das ich mir nur als unmissverständliche Manifestation dessen erklären konnte, wie sehr es sie nach einem Flirt mit mir drängte.

In diesem letzten Punkt unterschied sie sich nicht von ihrer Tochter, die jede Zusammenkunft von mehr als einem Dutzend Leute unterschiedlichen Geschlechts als sexuell verwirrend empfand, eine Party, mit der das Erscheinen eines Buches von mir gefeiert wurde, aber als Herausforderung zu einer rachsüchtigen Zügellosigkeit, die bedrohlich für unsere Ehe wurde. Sie rieb ihren Körper an den jüngsten Nachwuchslektoren; sie flüsterte Journalisten, die lediglich gekommen waren, um mich zu interviewen, heiße Worte ins Ohr; bei einer Gelegenheit setzte sie sich sogar dem bedauernswerten Merton aufs Knie, bis er die Farbe des Haarstrangs annahm, an dem sie ihn herumknabbern ließ. Als ich sie dann aber im Garten in enger Umarmung mit einem glatzköpfigen Autor von Romanen über Frust und Freuden alleinerziehender Väter erwischte, las ich ihr endgültig die Leviten.

»Nicht Andy Weedon«, sagte ich. »Bei Andy Weedon ist wirklich Schluss.«

»Weil er in Kanada ein Renner ist.«

Andy Weedons *Darf ich die Flasche haben, Daddy?* hatte gerade den Prix Pierre Trudeau bekommen.

»Das geht jetzt unter die Gürtellinie, Vanessa.«

Aber der Punkt ging wieder an sie.

Einer meiner Streitpunkte mit meinem Agenten war, dass ich kein Renner in Kanada war, wo eine Reihe von Autoren, die zu bewundern ich vorgab, geboren waren und wo man, wie ich fand, konsequenterweise auch vorgeben sollte, mich zu bewundern. Ich verstand sehr wohl, dass Romane über alleinerziehende Väter sich in Kanada gut verkauften, weil die kanadischen Frauen ihre Männer so satthatten, dass die meisten von ihnen früher oder später mit einem Amerikaner oder einem Inuit durchbrannten. Aber das half mir alles nicht über mein Problem hinweg.

»Gib's zu«, sagte Vanessa. »Kanada ist für dich eine blutende Wunde.«

»So kleinkariert bin ich nicht, V.«

»Du? Nicht kleinkariert? Womöglich willst du als Nächstes noch abstreiten, dass du seine verständnisvolle Art und Weise über Kinder zu schreiben bewunderst.«

»Ich bewundere sein Talent für Kinder ebenso wie du, V«, sagte ich. Ich fügte nicht an: »Du widernatürliche Schlampe!«

Es gab noch etwas, das ich nicht anfügte. Ich fügte, wiewohl es stimmte, nicht an, dass ich es nicht ertrug, wenn sie ihn küsste, weil er gelblich weiße T-Shirts trug wie dasjenige, das durch den Film *Trainspotting* berühmt geworden war, und wie er sich selbst umarmte, wie Ewan McGregor das tat, als mache das, was er eingeworfen hatte, ihn frösteln. »Wenn dir so kalt ist, dann zieh doch etwas weniger Fadenscheiniges an als dieses verfickte T-Shirt«, wollte ich ihm sagen. »Und wenn du bei mir auf einer Party zu Gast bist, zeig ein bisschen Respekt und trag ein Jackett. Du bist hier nicht im verfickten Leith.«

Ein weiterer und womöglich noch triftigerer Grund, warum ich es nicht ertrug, wenn sie ihn küsste, war, dass er kahl war mit der Glatzköpfigkeit eines Mannes, der schon mit unter zwanzig kahl geworden war. Man kann das immer sehen. Irgendwas Verhärtetes an der Kopfhaut. Wie Ackerkrume, die lange nicht bewässert worden ist. Das war keine Voreingenommenheit gegen Glatzköpfigkeit – oder gar gegen vorzeitige Glatzköpfigkeit – als solche. Es war Voreingenommenheit gegen Männer, denen es an natürlicher Vitalität mangelte, die aber meine Frau küssten.

Später auf derselben Party sah ich, wie er es mit Poppy tat. Nicht dass er sie wirklich küsste – meines Wissens hatte Poppy zwischen Washington und Monkey Mia nie irgendwen wirklich geküsst –, sondern dass er sie damit behelligte, was ein vorzeitig kahl gewordener Mann sich unter intimen Beziehungen vorstellte, indem er sie in ein inniges Gespräch darüber verwickelte, wie schwer es doch für einen alleinerziehenden Vater war, auf dem Laufenden zu bleiben, was Vinylschallplatten betraf – kurz: Er beanspruchte ihre ganze Aufmerksamkeit und zapfte gewissermaßen ihre Lebenssäfte an, um sich selbst am Leben zu erhalten.

Hätte ich ihn zum Abmarsch auffordern sollen? Mach dich vom Acker, Glatzkopf! Such dir eine andere Schriftstellerfrau, um ihr das Leben auszusaugen.

Immerhin war es die Einweihungsparty für mein neues Buch.

Das Problem war nur, ich wollte, dass er blieb. Obwohl es sich bei den nichtsnutzigen Männern in seinen Büchern ohne Ausnahme um verwitwete oder sonstwie frauenlose Kerle handelte, war er in der Realität mit einer absolut vorbildlichen Frau verheiratet – Lucia, aus Spanien oder Südamerika gebürtig, so saftig wie ein Weingummi. Und während Andy meiner Frau das Leben aussaugte, versuchte ich dasselbe mit dem Wein seiner Frau.

Nichts Ernsthaftes – ich hatte nicht vor, sie ihm auszuspannen, was mir vermutlich ein Leichtes gewesen wäre, ich hätte ihr wahrscheinlich nur ein Medaillon mit einem einzigen meiner Haare darin zu schenken brauchen. Ich hatte einfach nur meinen Spaß dran, kleine jüdisch-protestantische Wilmslower Übergriffe auf ihren Katholizismus zu verüben.

»Diese Party«, sagte sie und sah sich um – vielleicht erhaschte sie einen Blick auf Vanessa, die Merton auf dem Knie saß –, »erinnert mich an eine Szene in einem Ihrer Romane.«

»Ich habe Sie noch nie in einen meiner Romane eingebaut«, sagte ich.

»Dem Himmel sei Dank«, lachte sie.

»Sie würden jede Szene dieser Art in hellerem Glanz erstrahlen lassen«, sagte ich.

Sie errötete. Aus der Nähe konnte ich erkennen, dass sie eine mit dunklem Flaum besetzte Oberlippe hatte – eine Eigenheit spanischer Frauen, in die ich zufällig ganz vernarrt war. In welch anderer Hinsicht, an welch anderer Stelle, so fragte ich mich insgeheim, mochte sie wohl noch über mehr Anzeichen kernigen Lebens verfügen als ihr Mann?

»Und dabei dachte ich, Sie würden sich alles nur ausdenken«, sagte sie.

»Ach, kommen Sie, das hier ist schwerlich das *Satyrikon.*«

Dies muss der Augenblick gewesen sein, in dem sie mitbekam, dass Andy Poppy in die Nüstern pustete. »Na ja, das hängt davon ab, was man gewohnt ist«, sagte sie.

»Sie müssten häufiger zu unseren Partys kommen«, sagte ich und schüttelte mir erst eine prächtige Haarlocke und dann noch eine zweite aus den Augen. Und beließ es dabei.

Es ist eine Regel des Gewerbes, dass Romanciers nicht mit den Frauen oder Männern anderer Romanciers schlafen. Aus dem einfachen Grunde, dass man einem Berufsrivalen unter keinen Umständen das Material für ein Buch liefern möchte.

Wenn Rivalen über sexuelle Eifersucht schreiben wollen, sollen sie dabei jedenfalls nicht Nutzen aus etwas ziehen können, was man selbst getan hat.

Und wie sieht's bei einem Schriftstellerkollegen aus, der kein Rivale ist?

Diese Frage ist zu primitiv, um eine Antwort verdient zu

haben. So etwas wie einen Schriftstellerkollegen, der kein Rivale ist, gibt es nicht.

Es gibt eine Gartenteichtheorie, die erklären will, warum Schriftsteller eine so neidgeleitete Gattung sind. So viele Angler, so wenige Fische. Ich bezweifle allerdings, dass Schriftsteller sich auch nur ansatzweise anders verhalten würden, hätte der Teich die Größe des Oberen Sees. Sie gehorchen einfach nur dem Gesetz der reziproken Menschenliebe, das die Praxis ambitionierter Geister regiert: Je augenscheinlich uneigennütziger, bedeutender und »kreativer« der Beruf, desto weniger Menschenliebe bringen diejenigen, die ihn ausüben, füreinander auf.

Ich tat meinen ersten Schritt auf dieser ausziehbaren Leiter der Engstirnigkeit, als ich Wilmslow verließ, um mich am Institut für Literatur und Kreatives Schreiben auf dem Thetford-Campus der Flachlanduniversität Cambridge einzuschreiben und die enge provinzielle Welt der Damenmode gegen die unbegrenzten Weiten des Geistes einzutauschen, die man als Humanwissenschaften bezeichnet. Zweifellos hatte es Menschen in Wilmslow und sogar darüber hinaus gegeben, die auf den Erfolg des Wilhelmina's neidisch waren. Besitzer von Boutiquen, die bei Weitem nicht so angesehen waren wie die unsrige, brachten unschöne Gerüchte über uns in Umlauf, klauten uns unsere Ideen oder versuchten, uns die Lieferkette abzuschneiden. Einer ging, wie ich mich erinnere, sogar so weit, dass er versuchte, Dolce und Gabbana zu bestechen, damit sie uns nicht mehr mit ihren Kleidern belieferten, und als das scheiterte, versuchte er es tatsächlich mit Brandstiftung. Man muss meiner Mutter zugutehalten, dass sie, nachdem sie bei der morgendlichen Geschäftsöffnung auf dem Teppich dreißig abgebrannte Streichhölzer fand, nicht die Polizei rief. Wer meinte, sie mit einer Schachtel Überallzündhölzer aus dem Geschäft drängen zu können, verkündete sie von den Stufen des Ladens, stelle keinerlei ernsthafte Bedrohung für sie, ihre Familie oder den Erfolg des Wilhelmina's dar. Trotz solcher sporadischer Ausbrüche kriegerischer Gewalt aber einte die Geschäftswelt von Wilmslow ein Geist gemeinschaftlicher Interessen und Freuden. Wir trafen uns regelmäßig am Tresen des Swan, um uns über des Tages Mühen auszutauschen; wir steckten einander Informationen über wohlbekannte ortsansässige Plagegeister und Nervensägen zu und tauschten Geschichten über Leute aus, die neu in der Gegend waren – Vanessa und Poppy beispielsweise erregten gewaltige Neugier –, und als eine Busladung französischer Schuljungen zu dem einzigen Zweck in Wilmslow auftauchte, unsere Regale zu plündern, hängten wir uns sogleich ans Telefon und gaben einander präzise Beschreibungen der *petits salauds,* bevor die sich mehr unter den Nagel hatten reißen können als einen Schokoriegel und ein Exemplar des *Wilmslow Recorder,* der sowieso gratis war. Dann ging ich nach East Anglia und traf gänzlich unvorbereitet auf das primitive gegenseitige Misstrauen, das unter Geisteswissenschaftlern herrschte. Und noch ein paar Jahre später trat ich in die missgönnerische, egoistische Welt der Schriftstellerei ein, wo jeder Satz, den ich schrieb, einem Messerstich ins Herz jedes anderen Schriftstellers gleichkam und wo – nur um das klarzustellen – jeder Satz, den sie schrieben, einem Messerstich in mein eigenes Herz gleichkam.

Vanessa hatte, wie ich ihr zugestehen muss, die Regel, dass Romanciers nicht mit den ehelichen Anhängseln der Kollegenschaft schliefen, um ihnen ja kein Material für ein Buch zu liefern, als Allererste auf den Punkt gebracht.

Das war nach unserer Auseinandersetzung wegen Andy Weedon. »Mein Gott, jetzt wird es mir klar«, sagte sie. »Es ist dir eigentlich vollkommen schnuppe, ob ich Andy Weedon einen Fick gewähre, du willst bloß nicht, dass ich in einem seiner Romane vorkomme.«

»Er würde gar nicht wissen, was er in einem seiner Romane mit dir anfangen soll. Da kommen keine lebenden Frauen vor.«

»Und du willst nicht, dass er jetzt damit anfängt, welche vorkommen zu lassen?«

»Wenn er eine vorkommen lassen will, soll er doch seine eigene nehmen.«

»Diese spanische Tussi?«

»Sie ist keine *Tussi*.«

»Himmel, versuch nicht diese Tour – nicht mit mir.«

»Ich mag sie halt, mehr nicht. Sie hat einen Schnurrbart.«

»Ach ja, der Schnurrbart. Ihr jüdisches Aussehen. Ich vergesse immer, dass du dafür eine Schwäche hast.«

Bei dem jüdischen Aussehen kam ich ins Stutzen. Ich weiß nicht recht, warum.

»Ich habe keine Schwäche, V«, sagte ich. »Ich mag sie einfach nur.«

»Hab ich bemerkt.«

»Es ist nichts falsch daran, jemanden zu mögen.«

»Nein, gar nichts. Außer wenn ich Andy Weedon mag. Ich kann also wohl davon ausgehen, dass sie in deinem nächsten Buch auftaucht, oder?«

»Warum solltest du davon ausgehen können?«

»Aufgrund des intensiven Interesses, mit dem du ihre Persönlichkeit und ihre Ansichten recherchiert hast.«

»Das Interesse war aufrichtig. Ich war nur ein aufmerksamer Gastgeber.«

»Ich würde eher sagen, das Interesse war konkurrenzbedingt.«

»Konkurrenz mit Andy Weedon? Sei nicht albern. Wenn ich mit Andy Weedon konkurrieren wollte, würde ich ihm meine Wimpern zeigen.«

»Konkurrenz mit *mir*.«

»Du bist anders.«

»Inwiefern bin ich anders?«

Ich hätte sagen mögen, *Du gehörst nicht zu den Berufsrivalen*, aber ich wusste, wohin das führen würde. Drum erklärte ich mich einfach nur aller unlauteren Absichten für unschuldig, was Lucia Weedon betraf. »Man schläft nicht mit der Frau eines Schriftstellerkollegen«, sagte ich.

»Für den Fall, dass die eigene Frau mit dem Schriftstellerkollegen schläft?«

»Das ist nicht der Grund, aber du hast recht, das macht man auch nicht.«

»Was für ein sexueller Edelmut nun plötzlich! Was ist der wirkliche Grund, Guido?«

»Sagen wir, es ist nun mal nicht meine Aufgabe, ihm die Recherchen zu seinen Romanen abzunehmen.«

Vanessa starrte mich an. »Was sagst du da?«

»Er heizt mir den Kamin nicht an, ich heiz ihm seinen nicht an.«

Vanessa starrte mich weiter an. »Willst du damit sagen, dass du dir lieber einen Fick mit einer Frau mit Schnurrbart entgehen lässt, als ihrem Ehemann Material für sein Schreiben zu geben?«

»So was in der Art. Obwohl – wo du jetzt so klar auf den Punkt bringst, was ich opfere ...«

»Das ist krank, Guido. Was Krankhafteres ist mir überhaupt noch nicht untergekommen. Du bist ein verfickter Spinner.«

»Wieso bin ich ein Spinner, wenn ich tugendhaft bleibe?«

»Wenn dich nur Neid tugendhaft sein lässt, Guido, dann bist du nicht wirklich tugendhaft.«

»Neid klingt ein klein bisschen negativ, V.«

Sie lachte so laut, dass ihre Mutter die Treppe herabkam, um zu sehen, was los war.

21
Mein Held

Ich schlief schon im Wohnmobil, als die Frauen von der Yacht zurückkehrten. Vanessa polterte herum. Sie nahm auf den Schlaf anderer Leute keinerlei Rücksicht.

»Wie spät ist es?«, fragte ich.

»Zwei, drei.«

»Gut amüsiert?«

»Was denkst du denn?«

»Deine Mutter auch?«

»Was denkst du denn?«

»Plemplem?« Plemplem war Vanessas Ausdruck für ihre Mutter, wenn sie sich einen Drink genehmigt hatte.

»Sehr plemplem.«

Zu plemplem, um Dirk allein zu lassen? Das fragte ich mich. Zu plemplem, um ihn sich vom Leibe zu halten? Aber ich drückte die Frage doch ein ganz klein wenig anders aus. »Ist sie immer noch auf dem Schiff?«

»Natürlich ist sie nicht mehr auf dem Schiff. Hätte ich sie auf dem Schiff gelassen, wäre sie jetzt schon halb nach Indien rüber.«

»Du hast sie da hoffentlich nicht wegschleifen müssen, hoffe ich.« Lügner.

»Wann hätte ich sie jemals irgendwo nicht wegschleifen müssen?«

Plötzlich wurde an das Wohnmobil gehämmert. Verzweifelt, als werde jemand von wilden Bestien angegriffen – von Delfinen, Pelikanen, Affen.

Dirk, dachte ich. Oder Tim, der wieder mal die Drecksarbeit für Dirk erledigen muss, herübergekommen, um sich mein Mädchen zurückzuklauen.

Vanessa öffnete ein Fenster. »Himmel, Mutter!«, schrie sie. »Was ist los?«

»Kommt schnell«, sagte Poppy. »Da ist etwas in meinem Zimmer.«

Dirk, dachte ich.

»Was meinst du mit ›etwas‹?«

»Muss ich hier draußen rumstehen und das Biest erst noch beschreiben? Ein Käfer oder eine Spinne, was weiß ich … eine riesige Kakerlake.«

»Zertritt es einfach.«

»Es ist zu groß zum Zertreten.«

»Dann sag im Hotel Bescheid.«

»Ich kann da niemanden finden. Ihr müsst kommen. Ich kann da nicht schlafen.«

»Einen Moment.«

Vanessa machte das Fenster zu und zog mir die Bettdecke weg. »Du musst ihr helfen«, sagte sie.

»Wenn das Ding für *sie* zu groß zum Zertreten ist, dann ist es auch für *mich* zu groß zum Zertreten.«

»Ich kann sie da draußen nicht stehen lassen.«

»Dann lass sie wieder hier bei uns rein.«

»Damit sie die ganze Zeit schnarcht oder die halbe Nacht im Bett sitzt und uns erzählt, wie toll sie sich amüsiert hat? Geh, hilf ihr. Du bist der Mann.«

Ich hatte den Impuls, zu sagen: »Ruf Dirk, er ist der Mann.« Aber was hätte ich damit schon erreicht?

Ich streifte mir ein Paar Shorts über und vergaß auch nicht, meine Füße in Flipflops zu stecken. Am Erdboden da draußen wimmelte es von giftigen Ameisen und Zecken und Tausendfüßlern. Sogar von Schlangen, soweit ich wusste. Ich hoffte nur, Poppy hatte in ihrer Panik nicht eine Schlange für einen Käfer gehalten.

Sie war immer noch in Schwingung von dem prächtigen Amüsement des Abends. Ihr Haar loderte wie ein Feuerschein. Ihre Kleidung dampfte. Es stiegen noch immer so heftige alkoholische Dunstschwaden von ihr auf, dass sie sofort in Flammen aufgegangen wäre, hätte ich in hundert Schritt Abstand ein Streichholz entzündet. Und doch schien sie nun standfester zu sein, zumindest innerlich. Ich fragte mich, ob sie womöglich noch mehr von de Wolffs Kolben zu sehen bekommen hatte und ob das sie hatte nüchtern werden lassen.

Sie ergriff meinen Arm und geleitete mich vom Campingplatz zu ihrem Zimmer, probierte ihren Schlüssel dabei erst an mehreren falschen Türen aus, bis sie die richtige gefunden hatte.

»Bin ganz plemplem«, sagte sie, Vanessas Verdikt wiederholend, und hielt sich im Dunkeln an mir fest.

»Keine Bange«, sagte ich, ganz der Mann.

Sie schaltete das Licht an und stand schwankend vor mir. »Mach dich auf was gefasst – hier«, sagte sie.

Was immer es sein mochte, das sie in Furcht und Panik versetzt hatte, meine Hoffnung war, dass es inzwischen verschwunden sein würde, unter der Tür hindurchgetürmt oder den Abfluss der Dusche hinabgekrabbelt. Aber es war nirgendwohin verschwunden, was immer es auch sein mochte. Es hockte da auf Poppys schneeweißem Kissen, die Insektenaugen weit aufgerissen, die Schultern eingezogen, die Fühler zuckend, ein ekelerregender Packen giftgetränkten Pelzwerks, das aussah wie etwas, was ein Gorilla ausgehustet hatte.

»Himmel!«, sagte ich. »Das könnte eine Vogelspinne sein.«

»Nicht totmachen«, rief sie.

»Nicht totmachen? Die oder ich, es geht um Leben und Tod, Poppy.«

»Ja, aber nicht auf meinem Kissen totmachen. Da muss ich noch drauf schlafen.«

Ich hatte keinen blassen Schimmer, wie ich das Biest totmachen sollte, sei's auf dem Kissen, sei's sonst wo. »Du hast wohl nicht zufällig so was wie einen Tennisschläger oder einen Angelkescher?«, erkundigte ich mich.

Sie dachte einen Moment darüber nach. Ich merkte, dass sie sich wünschte, ihr Kopf wäre klarer. *Tennisschläger, Tennisschläger … wo hab ich das Ding doch gleich gelassen?* Am Ende balancierte sie, indem sie sich mit einer Hand an meiner Schulter abstützte, auf einem Fuß und zog sich den Schuh aus. Es war nicht das erste Mal, dass sie sich auf mich stützte, um einen Schuh auszuziehen, aber es war das erste Mal, dass sie sich auf mich stützte, um ihren Schuh auszuziehen, damit ich damit tötete.

Das Innere des Schuhs war von Poppys Fuß ganz feucht. Bei anderer Gelegenheit hätte ich ihn mir vor die Nase gehalten. Er hatte eine Keilsohle, die aus einer gedrehten Schnur bestand, einem Wurfring nicht unähnlich. Davon ließ ich mich inspirieren, ich versuchte also so etwas wie einen Übungswurf nach einem Stab. Von diesem Wurf hing viel ab. Da Poppy Blut und Gedärme nicht auf ihrem Kissen haben wollte, musste ich so werfen, dass die Spinne von einem Streifhieb und nicht von einem Volltreffer erwischt wurde, aber der Hieb durfte auch wieder nicht so leicht ausfallen, dass sie fliehen konnte oder böse wurde, vielmehr musste der Schlag hinreichen, sie benommen vom Bett zu putzen – im Idealfall ohne Bewusstsein oder im Zustand des Gedächtnisverlustes.

»Nicht wehtun«, sagte Poppy, während ich zielte.

Ich stellte mir vor, wie sie mir ihren Mund entgegenhielt und sagte: »Sei zärtlich. Sei zärtlich zu mir.«

Sie balancierte schwankend, den einen Fuß im Schuh, den anderen nicht, wie ein Reiher, der auf einem Bein steht. Was genau ist es, das eine Frau, die auf einem Bein steht, für Männer so betörend macht? Selbst eine Frau in Poppys Alter. Nein, *ganz besonders* eine Frau in Poppys Alter.

»Gib mir deinen anderen Schuh«, sagte ich, »nur für alle Fälle.«

Sie stützte sich wieder auf mich. Zweimal in einer Nacht stand eine Frau, die ich begehrte, und die zu begehren ich kein Recht hatte, auf einem Fuß. Hätte sie doch nur so viele Füße wie eine Vogelspinne.

Entschuht war sie nun beinahe auf meine Höhe herabgesunken, unsere Augen und Münder auf gleicher Ebene. Wir konnten spüren, wie das Blut des jeweils anderen pumpte.

Ich warf. Ob ich getroffen hatte, konnte ich nicht ausmachen, aber der Schuh prallte vom Bett ab, und es war nichts mehr auf Poppys Kissen.

Vier, fünf Sekunden herrschte Stille.

»Und jetzt?«, sagte Poppy.

Und jetzt lieben wir uns auf dem Fußboden und warten drauf, dass das Biest stirbt, dachte ich. Sex ist niemals besser, als wenn es ganz in der Nähe mit etwas zu Ende geht, und ich meine nicht einfach nur eine Ehe. *Lust und Tod* nennen die Deutschen das, und die müssen's ja wissen. Zweifellos nannten die Holländer es ganz ähnlich. Zehn zu eins, dass Dirk schon einen Film diesen Titels gedreht hatte. Und in Wahrheit hätte ich viel zu viel Angst gehabt, die Spinne würde kommen und uns beißen, als dass ich riskiert hätte, dass wir uns am Boden wälzten und uns gegenseitig Bisse beibrachten.

Bevor ich noch etwas sagen konnte, kreischte Poppy auf. Die Spinne hatte den Fluchtweg angetreten und flitzte, wenn auch noch etwas wackelig auf den Beinen, in Richtung Kleiderschrank auf der anderen Seite des Bettes davon.

»Mach sie tot, um Himmels willen!«, schrie Poppy. »Mach sie tot, bevor sie in meine Kleider krabbelt. Schnell.«

Es ist unmöglich, in Flipflops schnell zu sein. Aber ich schaffte es, um das Bett herumzukommen, bevor die Spinne verschwand, wo ich hätte verschwinden mögen – in den seidenen, duftenden Faltenwürfen von Poppys Kleidern. Es gab einen Moment, in dem wir uns als Rivalen Auge in Auge gegenüberstanden, dann zertrat ich sie. Ich konnte die Körpermasse unter meinem Fuß spüren, geborsten, breiig, doch immer noch widerständig. Ein Insekt – nein, eine Arachnide – umzubringen geht einem nicht gerade leicht vom Fuß. Jedenfalls nicht, wenn man empfindlich und unbewaffnet ist. Ich konnte mich nicht überwinden, stärker zuzudrücken oder ganz loszulassen; ich konnte mich nicht überwinden, hinzuschauen oder nicht hinzuschauen. Mir schien, ich müsse da ewig so stehen bleiben.

»Mein Held«, sagte Poppy.

»Nicht gerade Sankt Georg mit dem Drachen.«

»Vor einem Drachen hätte ich nicht solche Angst gehabt.«

Ebenso wenig, dachte ich, hätte ein Drache ein so ekelhaftes Schmatzen unter meinen Flipflops verursacht.

»Ich weiß nicht recht, wie es jetzt weitergehen soll«, sagte ich; ich wollte mich immer noch nicht rühren, falls das Biest fürchterlicherweise überlebt haben sollte.

»Ich aber«, sagte Poppy und schenkte uns beiden einen Brandy ein.

»Ich zittere«, sagte ich.

»Ich auch«, sagte sie.

Ich streckte ihr eine Hand hin. Sie nahm sie. Wir lachten beide.

Nutzte ich den Umstand aus, dass sie betrunken war?

Ja. Aber sie war schließlich in einem Alter, in dem sie durchaus klarstellen konnte, was sie wollte oder nicht wollte.

Ich zog sie an mich und küsste sie auf den Mund. »Guter Brandy«, sagte ich. Ich legte ihr meine freie Hand auf die Hüfte, die Finger nach unten, und streckte meine Handfläche aus, um so viel wie möglich von ihr zu fühlen.

Sie stieß mich weg, jetzt mit einem nervöseren Lachen. »Geh«, befahl sie.

»Ich kann nicht«, erinnerte ich sie, »ich stehe auf deiner Spinne.«

»Du kannst da nicht die ganze Nacht stehen bleiben.«

»Nicht?«

Es gibt im Leben von Männern und Frauen Augenblicke zitternden Einverständnisses, wenn die heiligen Regeln, von denen die ehrbare Gesellschaft regiert wird, ihre Autorität zu dem alleinigen Zweck geltend machen, dass sie gebrochen werden. Das Rechte erhebt zum letzten Male sein Antlitz, damit wir das Unrechte auch zu genießen wissen.

Zoostunde.

»Dann tu's«, sagte Poppy mit herausforderndem Ausdruck. »Tu's, wenn du Manns genug bist.« Also tat ich es.

ZWEI

DER SCHWIEGER-MUTTER-WITZ

22
Blockiert

Nicht lange nach Mertons Selbstmord entdeckte ich im *Scrivener* – der Hauszeitschrift der Scrivener's Society, eines der vielen Schriftstellerverbände, deren Mitglied ich war – ein gelbes Rundschreiben, das a) Mertons gedachte und den großen Verlust für das Verlagsgewerbe beklagte und b) einen Aktionsplan zum Umgang mit der Darmträgheit von Schriftstellern aufstellte. Zwischen beidem wurde kein Zusammenhang hergestellt, aber in einem Berufszweig, der Andeutungen gegenüber so anfällig ist wie der unsrige, zog ein Unheil leicht das nächste nach sich.

Seit Langem war bekannt, dass Autoren jeder Couleur unter Verstopfung litten – Autoren fiktionaler Literatur allerdings ganz besonders, da sie am wenigsten Veranlassung hatten, von ihrem Schreibtisch aufzustehen, und am meisten Veranlassung, gestresst zu sein –, aber in jüngster Zeit hatte das Problem beinahe epidemische Ausmaße erreicht. Klar, dass wir nicht sonderlich versessen drauf waren, es an die große Glocke zu hängen. Schließlich wollten wir zu all den anderen dummen Fragen, mit denen wir bei jedem Interview wieder behelligt wurden – zum Beispiel zu welcher Uhrzeit wir mit der Arbeit beginnen würden, woher wir unsere Einfälle bekämen, ob wir ein Buch eines lebenden Autors nennen könnten, das wir bewunderten –, auch noch nach den von uns bevorzugten Abführmitteln befragt werden.

Aber ebendiese Verschwiegenheit, so meinte Thor Enquist, der Generalsekretär der Scrivener's Society, sei das Problem. Je mehr es uns widerstrebte, über Verstopfung zu reden, desto verstopfter würden wir. Wir müssten, sagte er, einfach mal loslassen. Ein Gemeinplatz, der zumindest bei mir genau das Gegenteil dessen bewirkte, was er hätte bewirken sollen.

Kaum war jener Rundbrief eingetroffen, da widmete auch schon *Errata,* die Zeitschrift des Kritzlerclubs, die Hälfte einer Ausgabe dem körperlichen Wohlbefinden, dessen größte moderne Bedrohung im Computerzeitalter nun einmal – und uns Schriftstellern gezieme es wohl, das Kind beim Namen zu nennen – Trägheit der Gedärme sei. Wenn die Mitglieder Interesse signalisierten, würde der Vorstand eine Arbeitstagung zum Thema in der Conway Hall in Holborn einberufen.

Es folgte eine Liste von Ärzten, die als Schriftstellerkollegen und Leidensgefährten allen Mitgliedern ihre Dienste zu ermäßigten Tarifen anboten. Unterdessen könne es nicht schaden, wenn jeder Einzelne von uns die beigelegten Diät- und Fitnesstabellen genauestens studiere. Und das Spazierengehen nicht vergäße. Die größte Gefahr für den modernen Schriftsteller rühre daher, dass wir vergessen hätten, wie man spazieren geht.

Ich hatte es nicht. Was freilich auch nichts half. Aber jedenfalls schätzte ich es, nach der morgendlichen Arbeit in Barnes mundschreibend an der Themse entlangzuschlendern und später dann, als wir nach Notting Hill gezogen waren, kreuz und quer durch Ladbroke Grove, wobei ich jeder Buchhandlung aus dem Weg ging. Ebenso spazierte ich durch Fitzrovia und Soho, wenn ich bei Merton oder Francis vorbeigeschaut hatte, oder durch Marylebone, wenn ich meinen Augenarzt aufgesucht hatte. Von dem Penner, der aussah wie Ernest Hemingway, einmal abgesehen, spazierte ich mehr durch London als irgendein Schriftsteller, den ich kannte. Ich war ein markanter Bestandteil des Stadtbilds. Reiseführer wiesen Touristen auf mich hin. Viele Menschen lächelten mich an; manchmal waren es Exleser, meistens nicht – in der Regel wollten sie sich nur über die erstaunliche Tatsache verbreiten, dass sie mich vor einer Woche in der Jermyn Street gesehen hatten und gestern in der Wigmore

Street, und jetzt trafen sie mich hier in der Savile Row. War das nicht erstaunlich!

Erstaunlicher fand ich, dass ich überall, wohin ich auch kam, Ernest Hemingway sah – entweder saß er draußen vor einem Pub oder Café, oder er spazierte mitten auf den geschäftigsten Hauptstraßen herum, allen Behelligungen gegenüber blind und taub, und schrieb, schrieb, schrieb. Seine Schuhe waren praktisch gar nicht mehr vorhanden – nur noch eine unförmige Pappmasse –, und der Hintern hing ihm komplett aus den Hosen. Wie lange noch, bis ich auch so aussah? Aber ich erregte keinerlei kameradschaftliches Interesse bei ihm. Nicht ein einziges Mal nahm er mich überhaupt zur Kenntnis. Seinen Blick hob er nie von seinem Reporterblock, und seine Hand stand niemals still.

Was schrieb er da? Ein Tagebuch der Stadt? Die Geschichte der Umstände, die ihn zu dem hatten werden lassen, was er war? Hinter dem Bart steckte ein markiges Gesicht, unter den schmuddeligen Klamotten ein kräftiger Körper; er hätte jedermann sein können – ein Schauspieler, der in Ungnade gefallen war, ein Dramatiker, der Stücke schrieb, die für diese verweichlichten Pappkartonzeiten zu drastisch waren, ein Romancier, der Wörter gebrauchte, die für seine Leserschaft zu viele Silben hatten. Oder vielleicht war er auch nur einer von uns, weder eine tragischere noch eine erfolglosere Figur, sondern einfach ein von Verstopfung Heimgesuchter, der gehend Abhilfe schaffen wollte.

In dem Falle allerdings stellte sich die Frage, warum man ihn so oft irgendwo sitzen sah.

Weil er Schriftsteller war, darum. Er hatte seinen Tag in Angriff genommen, voller Hoffnung, ein langer Spaziergang werde ihm dem Darm lockern, aber dann fiel ihm ein Satz ein, und dieser Satz zeugte einen zweiten, und bald hatte er alles vergessen bis auf die Wörter.

Er schrieb und schrieb, wie von Sinnen bisweilen, seine Finger hielten den Stift gepackt wie einen Dolch, blätterten die Seiten seines Blocks hastig um, als stellten selbst sie ein unerträgliches

Hemmnis für den Fluss seiner Gedanken dar. Wäre Vanessa bei mir gewesen, sie hätte mich gedrängt, näher heranzugehen, um zu lesen, was er da schrieb, und ihm dann mein restliches Kleingeld zu geben, aber auf mich allein gestellt, fehlte es mir am Mut für die eine wie die anderer dieser Dreistigkeiten.

Das eigentlich Überraschende an der Scrivener's Society und dem Kritzlerclub war nicht, dass sie sich plötzlich so sehr für die Eingeweide ihrer Mitglieder interessierten, sondern die Tatsache, dass es sie überhaupt gab. Schriftstellerclubs, entweder reine Büros, die ihre Dienste für den geschäftlichen Teil unseres Berufsfelds anboten, oder auch nur dubiose Spelunken für Schriftsteller, die mal rausmussten, waren in den Jahren, seit ich mich mit dem Schreiben beschäftigte, wie Pilze aus dem Boden geschossen. Es gab Autoren, die mehr dieser Clubs angehörten als ich, und doch war meine Brieftasche schon zu klein geworden für all die Mitgliedskarten, die ich besaß und von denen jede irgendeinen Vorteil bot, den ich gar nicht wollte, beispielsweise Finanzberatung durch eine Londoner Börsenmaklerfirma, 15 Prozent Rabatt beim Kauf von Büchern, die ich nie lesen würde, oder Hilfestellung beim Selfpublishing – die letzte Zuflucht derer, die davon träumten, der Welt zu beweisen, dass sie sie zu Unrecht abgelehnt hatte, auch wenn es nur selten zu Unrecht war. In gewisser Hinsicht war der steile und plötzliche Anstieg der Mitgliederzahlen von Autorenvereinigungen völlig unerklärlich. Die logische Konsequenz aus der Tatsache, dass es immer weniger Leser für alle Bücher außer jenen gab, für die sich Merton lieber erschoss, als sie zu verlegen, müsste doch gewiss ein Schwund bei der Zahl der Schriftsteller sein. Nur die Stärksten überleben, und wir waren nicht die Stärksten. Aber weder die Gesetze der Evolution noch diejenigen des Marktes funktionierten bei der Literatur so wie anderswo. Für jedes einzelne Mitglied der Leserschaft, das verloren ging, tauchten hundert neue Autoren auf der Bildfläche auf, um seinen Schrägstrich ihren Platz einzunehmen.

Sehr bald würde es nur noch Autoren geben. Bestand eine mögliche Erklärung also darin, dass Schriftstellervereinigungen eine Art Zuflucht für einen Berufsstand boten, für den es inzwischen weder Rechtfertigung noch Nachfrage gab, einen Unterschlupf für die Müßigen an den Ufern des Styx, wo sie sich versammeln und einander trösten konnten, bevor der Fährmann sie schließlich holte?

We will all go together when we go – war das unser Motto? Wenn wir abtreten müssen, treten wir gemeinsam ab.

Kein Wunder, dass wir an Verstopfung litten.

Wiewohl Verstopfung naturgemäß jedem drohte, der lange an Ort und Stelle verharrte, zweifelte ich nicht einen Moment daran, dass die Heftigkeit, mit der ich daran litt, mit meiner Schreibtätigkeit zusammenhing und direkte Folge des Versuchs war, im Zeitalter mechanisierter Kommunikation die Sprache als Kunst zu betreiben. Wenn mir die Worte leicht aus der Feder flossen und dies auch durften, ging es auch bei mir. Wenn sie es nicht taten, ging auch bei mir nichts. Blockade ist Blockade. Ich spreche hier nicht von Schreibblockade, an die ich als jemand, der mit einer verheiratet war, überhaupt nicht glaubte. Ich spreche von verweigerten Wechselwirkungsimpulsen. Die warmherzige Aufnahme eines Buches erst durch Francis, dann durch den bedauernswerten Merton und dann durch Josephine Presseecho hatte stets eine rege Darmtätigkeit gewährleistet, während das kleinste Zögern seitens meines Verlegers oder meines Agenten oder eine Reihe negativer Rezensionen dazu führte, dass ich mit mir selbst haderte, weil ich alles gegeben hatte, und mich in der Folge ganz auf mich selbst konzentrierte und weniger aus mir herauskam. Ein befreundeter amerikanischer Romancier, der in London lebte, wusste von einem unmittelbaren Zusammenhang zwischen der Anzahl der Wochen, die sein Roman auf der Bestsellerliste der *New York Times* stand, und der Häufigkeit seiner Toilettengänge zu berichten. War er zu lange Spitzenreiter, so bekam er akuten Durchfall und musste jede Stunde eine Imodium-Kapsel schlucken; war er es zu kurz, so setzte seine Frau, die passenderweise Ärztin war, ihn auf eine Diät aus Dulcolax, Lactulose, Malzsuppenextrakt und scharfem Curry.

Die Bandbreite dessen, womit ich zu kämpfen hatte, war weniger extrem. Trotz all der ausgedehnten Spaziergänge litt ich an Verstopfung, Punkt. Und der Lactulosevorrat der ganzen christlichen Welt würde mir nicht helfen können. Deshalb machte ich mir, wiewohl ich insgeheim dankbar war für die reich illustrierten Stuhlformendiagramme, die sowohl die Scrivener's Society als auch der Kritzlerclub mir geschickt hatten, nicht viel Hoffnung, dass diese wirklich Abhilfe schaffen würden.

Und dann fand Vanessa zu allem Übel auch noch die Diagramme.

»Was verfickt noch mal ist das? Rezepte zum Brötchenbacken?«

Ich sagte ihr, sie sei widerlich.

»Wenn du fürchtest, Darmkrebs zu haben, dann geh zur Darmspiegelung.«

Vanessa hatte schon so viele machen lassen, wie sie unterbrachte. Ihre Mutter genauso. Sie waren regelrecht koloskopiephil.

Darin waren sie keine sonderliche Ausnahme. Alle, die wir kannten, ließen Darmspiegelungen machen oder hatten welche gemacht. Es war so, wie in teuren Restaurants essen zu gehen – das Einzige, was einem noch blieb. Nicht mehr lange, und beides würde in denselben Räumen über die Bühne gehen, gleichzeitig. Bis dahin aber fand ich die Aussicht auf die Prozedur unerträglich.

»Ich fürchte keineswegs, irgendwas zu haben«, sagte ich.

Das war die Unwahrheit, aber ich fürchtete mich vor so vielen Sachen – beispielsweise nach einem Herzanfall tot und mit hochrotem Kopf in der Toilette auf dem Fußboden aufgefunden zu werden –, dass Darmkrebs die geringste meiner Sorgen war.

»Versuch's mal mit mehr Spazierengehen«, war Vanessas Ratschlag. »Versuch mal, aus dem Haus zu gehen. Versuch mal, mir meine Chance zu geben.«

An Verstopfung litt ich, so ihre Theorie, weil sie ihren Roman nicht schrieb.

Warum litt *sie* dann nicht an Verstopfung, weil sie ihren Roman nicht schrieb?

Es erwies sich als Fehler, sie danach zu fragen.

»Unterlass solche gegenstandslosen Vermutungen«, sagte sie. »Bloß weil ich nicht so ein Theater darum mache wie du, heißt das noch lange nicht, dass ich untätig bin.«

Sie legte sich den Zeigefinger an die Schläfe und machte damit eine kreisende Bewegung, um anzudeuten, selbst in dem Moment, in dem wir uns ankeiften, arbeite ein Roman in ihr.

Wünschte bloß, ich hätte das auch von meinen Gedärmen sagen können.

Abgesehen von der Schreiberei und der Ehe mit mir war Vanessa eine Frau ohne Sorgen. Verdauungsprobleme waren ihr nicht gegeben. Warum dann die Darmspiegelungen? Gute Frage. Ich konnte nur vermuten, dass es sich für sie um gesellschaftliche Anlässe handelte. Dass es ihr gefiel, sich das Video der Kamera anzuschauen, die weit unten in ihrem Dickdarm herumreiste. Oder dass sie eine Affäre mit ihrem Darmspiegler hatte. Jedenfalls hatte sie ihre Gedärme mit müheloser Leichtigkeit im Griff. Poppy ebenso. Sie waren schon wieder aus dem Klo, bevor noch jemand mitkriegte, dass sie überhaupt reingegangen waren. Sie waren wie wilde Tiere. Hätten wir in der Savanne gelebt, ich bezweifle nicht, dass sie dann rasch mal eben zur Hintertür rausgesprungen wären und zwanglos die Möglichkeiten der freien Natur genutzt hätten. Wie sie es auf dem Weg von Perth nach Broome mit Abstecher nach Monkey Mia tatsächlich taten.

Was, da beide nicht schrieben, bedeuten musste, dass sie nicht dazu geschaffen waren, Schriftsteller zu sein. Ebenso wie meine Verstopfung bewies, dass ich es sehr wohl war.

Mit *Der Schwiegermutterwitz* ging es nicht gut voran. Ich mochte meinen Helden Little Gid nicht. Eben meine Verstopfung war es, aus der ich das ableiten konnte. Ich stand stets früh auf, voller Saft und Schriftstellerkraft, nahm eine Kanne Tee mit rauf zu meinem Schreibtisch, warf einen raschen Blick auf das, was ich am Tage zuvor geschrieben hatte, suchte die Toilette auf, ohne irgendwelche Komplikationen zu erwarten, und merkte, wie sich mir die Gedärme zusammenzogen. Little Gids Schuld.

Was also stimmte nicht mit ihm?

Es gab nicht genug, was mit ihm nicht stimmte, das war's, was mit ihm nicht stimmte. Er war zu unscheinbar. Ungenügend, unzureichend animalisch.

Man kann eine solche Einstellung zu seinen eigenen Figuren durchaus entwickeln. Sobald sie sich von einem freigeschwommen haben – und wenn sie das nicht tun, sollte man sich einen anderen Beruf suchen –, steht es einem frei, sie gering zu schätzen oder gar zu verachten. Andersherum funktioniert es auch. Anfangs hasst man sie bis aufs Messer, und wenn man das Buch halb fertig hat, kann man sich plötzlich kein glückliches Leben mehr ohne ihre Gesellschaft vorstellen. Das war ein Aspekt von Romanen, den Vanessa nie recht begriffen hat. Die ersten Seiten der wenigen Kapitel, die sie schrieb, ließen keinen Zweifel dran, welche Figur sie umzubringen gedachte, und jede weitere Zeile machte es offensichtlich, dass sie sich eher selbst das Leben nehmen als das seinige verschonen würde. Das seinige Schrägstrich ihrige? Nein – nur das seinige.

»Romane sind keine rachsüchtigen Strafmaßnahmen zulasten ihrer Figuren, V«, belehrte ich sie einmal. »Flaubert schrieb nicht: ›Emma Bovary war eine Vollidiotin, die bekam, was sie verdient hatte.‹«

»Das liegt daran, dass Emma Bovary keine Vollidiotin war, die bekam, was sie verdient hatte.«

»Freut mich, dass du das einsiehst.«

»*Charles* Bovary war ein Vollidiot, der bekam, was er verdient hatte.«

Ich verdrehte die Augen.

»Schreib du deinen Roman«, sagte sie, »und ich schreib meinen.«

In Wahrheit begannen auch meine eigenen Romane als rachsüchtige Strafmaßnahmen, aber es war Teil meines künstlerischen Credos, dass ich die betreffenden Figuren am Ende verschonte. Oder in die andere Richtung ging und mich mit denjenigen meiner Schöpfungen überwarf, in die ich anfangs verliebt gewesen war.

Little Gid aber langweilte mich von Anfang an und hörte nicht auf, mich zu langweilen. Weil ich eine zu große Distanz zwischen uns errichtet hatte, indem ich es unterließ, ihn zu einem hauptberuflichen Schriftsteller oder Comedian zu machen oder zu etwas, was ich in mir trug, ohne es bisher rausgelassen zu haben – ein Schwindler, ein Betrüger, ein Wörterriskierer –, verübelte ich es ihm am Ende, dass er erreichte, wonach ich immer mühsam strebte, ohne dass er die Mühen selbst hätte auf sich nehmen müssen. Man könnte sagen, ich war eifersüchtig auf ihn. Little Gid und Pauline/Poppy – niemals! Ich fand unbegreiflich, was sie an ihm fand. Und mehr noch, ich fand unbegreiflich, was *ich selbst* an ihm gefunden hatte. Draußen in der Welt standen die Dinge schlecht. Es kamen hundert Schriftsteller auf jeden einzelnen Leser, Verleger bliesen sich die Birnen weg, Agenten versteckten sich, irgendein Geisteskranker drückte meine Verkaufszahlen bei Amazon nach unten, indem er mein Werk in den Himmel lobte, der Textildiscounter Primark würde schon bald anfangen, Bücher für den Preis einer Chipstüte zu verscherbeln, einer überregionalen Tageszeitung wurde nachgesagt, Rezensenten zu beschäftigen, die noch zur Schule gingen und kurz vor der mittleren Reife standen, und ich hatte darauf keine andere Antwort als Little Gid! Was hatte Little Gid der großen Depression unserer Zeit denn wohl entgegenzusetzen? Welche Mauern stürzten ein, wenn Gideon seine Backen aufblies?

Wie hatte mein alter Lehrer Archie Clayburgh noch gesagt? *Ihr müsst aus dem Bauch heraus lesen, mit den Eingeweiden, Jungs.* Kein Wunder, dass meine Därme versagten. Little Gid hatte so gar nichts Eingeweidemäßiges an sich. Dieser Typ hatte keine

Eier. Es fehlte ihm an Grobheit. Er war nicht die Ursache für meine Verstopfung, er *war* meine Verstopfung. Ein Held, den ich aus mir herausquetschen musste, der aber eisern drinnen eingeschlossen blieb.

Was sagte das über mich selbst aus? War ich in mir eingeschlossen?

Irgendetwas ließ mich zu dem Beschluss kommen, nach Wilmslow zu fahren und Jeffrey Herzliebchen einen Besuch abzustatten.

23
Weniger ist weniger

An dem Tag, den ich mir für den Besuch im Norden vorgemerkt hatte – ich war außerstande, einfach den nächstbesten Zug nach Wilmslow zu besteigen, ich musste erst meinen Terminkalender mit roten Ausrufezeichen füllen, als bereitete ich mich mental auf eine Expeditionsreise ins Binnenland vor –, erhielt ich einen Telefonanruf von Margaret Travers, Mertons Sekretärin. Mertons Nachfolger sei nun schließlich doch berufen worden und wolle sich mit mir treffen. Ob es mir möglich sei, nächsten Mittwoch um eins mit ihm zu speisen.

Man darf niemals zu beflissen klingen. »Ich schau mal eben in meinen Terminkalender«, sagte ich und raschelte mit Papier. »Ja, wenn ich ein paar Sachen verlege, ja, dann kann ich Mittwoch um eins hinkriegen. Wenn auch mit Mühe. Mit wem hab ich's zu tun?«

»Hier ist Margaret.«

»Nein, ich meine, wer soll Merton ersetzen?«

»Merton kann man nicht ersetzen.«

Ich hörte Tränen in ihrer Stimme. Augenscheinlich hatte sie jeden Tag geweint, seit Merton tat, was Merton tat. Waren sie ein Liebespaar gewesen? Es hieß, dass nein. Obwohl sie Regenmäntel mit Gürtel im Stil der männermordenden Verführerinnen aus den Schwarz-Weiß-Filmen der Fünfzigerjahre trug und obwohl ihre Stimme verrucht rauchig klang, als habe sie den Namen Merton immer wie flüssige Lava in den Mund genommen, war Margaret Travers doch eine Sekretärin alter Schule, ihrem Ehemann und ihrem Boss gleichermaßen treu. Wenn sie sagte, Merton könne man nicht ersetzen, dann meinte sie nicht nur im Verlagsgewerbe, sondern auf ganz unschuldige Weise auch in ihrem Herzen.

»Das weiß ich. Ich meinte, wer soll ihn« – mir wollte das richtige Wort nicht einfallen, wenn »ersetzen« es nicht war –, »wer ist derjenige, mit dem ich zu Mittag essen werde?«

Sie senkte die Stimme, als wolle sie verhindern, dass Merton sich aufregte. »Sandy Ferber.«

Ich kannte einen Sandy Ferber. Ihm hatte eine äußerst erfolgreiche minimalistische Galerie in Hoxton gehört, die einen Turner-Preis-Gewinner nach dem anderen hervorbrachte; im Anschluss daran hatte er einen kleinen, aber einflussreichen Kunstverlag betrieben, der sich auf elegant gestaltete Künstlermonografien im Oktodezformat spezialisierte, und als Nächstes dann war er, was ihm eigentlich gar nicht ähnlich sah, als Oberboss der Romansparte einer Buchhandelskette wieder in Erscheinung getreten, die kurz darauf in Konkurs ging. In der kurzen Zeit, in der er dieses Amt bekleidete, hatte er den Roman so weit rationalisiert, dass praktisch nichts mehr davon übrig blieb, wobei er sich rühmte, mindestens einen Satz jedes veröffentlichten Romans zu lesen – sein Urteil über Brauchbarkeit oder Unbrauchbarkeit fälle er, indem er das Buch auf Seite 100 aufschlage, und wenn da sprachlich zu viel passiere, dann kaufe er nicht. Ich hatte seinen Sturz von der Erfolgsleiter mit einem Artikel im *Bookseller* gefeiert und darin die These vertreten, Seite 100 habe er für seine Kostprobe ausgewählt, weil jeder Roman, der hundert Seiten zu bieten habe, für seine auserlesene Konzentrationsfähigkeit schon zu lang war. Die Schließung der Kette, die ihn in ihre Führungsebene berufen hatte, war meiner Ansicht nach die folgerichtige Konsequenz seines Credos. Ebenso wie das Verschwinden des Buches und, keine Sekunde zu früh, das Verschwinden dieses Mannes.

Aber das musste ein anderer Sandy Ferber sein. Unter Mertons Leitung hatte sich die Scylla & Charybdis Press auf Romane spezialisiert, die sechs- oder gar siebenhundert Seiten füllten, alle eng gesetzt und mit Sprache randvoll. Beim einzigen Mal, als Merton an meiner Arbeit herummäkelte, ging es um die vielen Dialoge darin, die ihm zu viel weiße Fläche auf den Seiten ließen. Sandy Ferber, ein großer Verfechter der Farbe Weiß in der Kunst, war kein Mann für ein solches Verlagsprogramm.

Ich verschob Wilmslow. Vanessa war enttäuscht. Sie hatte gehofft, das Haus für sich zu haben, um ihren Roman dort nicht schreiben zu können.

Und zu meiner Überraschung war Jeffrey ebenfalls enttäuscht. Ich sei schon viel zu lange nicht mehr daheim gewesen, sagte er mir am Telefon. Als Mann müsse man von Zeit zu Zeit seine Familie sehen. Ich war nicht seiner Meinung, entschuldigte mich aber dafür, dass ich nun schon so lange nicht mehr da gewesen war. Ich würde das künftig anders machen, erklärte ich ihm. »Gut«, sagte er.

Unterdes googelte ich alle Sandy Ferbers, konnte aber keinen finden, der durch Erfahrungen im Verlagsgewerbe zum geeigneten Nachfolger für Merton oder überhaupt zu einem geeigneten Verleger für mich taugte. Ich entschied, dass ich Margaret falsch verstanden hatte. Sie musste wohl Sandor Ferber gesagt haben oder sogar Salman Ferber, als Favorit der schwedischen Muttergesellschaft von irgendwo anders her abkommandiert, vielleicht aus Ungarn oder vom indischen Subkontinent, ganz gleich woher, befand sich das Buchgewerbe doch überall in einem gesünderen Zustand als hier bei uns. Ganz gleich wer er war und woher er kam, ich freute mich auf eine neue Partnerschaft.

Obwohl Margaret vom Sitzungssaal gesprochen hatte, der notfalls dreißig Leuten Platz bot, ging ich davon aus, es würde ein Essen unter vier Augen sein, nur er und ich. Zu welchem Zweck er sich so eilig mit *mir* treffen wollte, das zu fragen, hatte ich mir gar nicht erst die Mühe gemacht. Heutzutage konnte es passieren, dass ein neuer Verleger jahrelang auf seinem Posten saß, bevor ein Verlagsautor ihn kennenlernte, wenn er ihn denn überhaupt kennenlernte; aber ich war im Programm der Scylla & Charybdis Press durchaus ein markanter Name; ich stand darin für eine gewisse Muskelkraft, die dort ansonsten gänzlich fehlte. Vielleicht wollte er darüber von Mann zu Mann mit mir ins Gespräch kommen, nach Ungarnart. *Wir wenigen, wir wenigen Glücklichen, wir Bund von Brüdern …*

Ich erschien jedenfalls zehn Minuten vor der Zeit in Erwartung eines Treffens à deux, hatte mich ein wenig schlaugelesen, was den ungarischen Roman und, um auf der sicheren Seite zu sein, die indische Prosaliteratur ganz allgemein betraf, und fand mich sogleich von Kellnern umringt. Eine halbe Stunde später nahmen dreißig von uns dort Platz. Alles Scylla-&-Charybdis-Autoren. Sandy Ferber saß an der Stirnseite des Tisches. Nicht Sandor oder Salman – Sandy. *Der* Sandy. Er hatte jeden Einzelnen von uns mit Namen begrüßt, ohne auf einen Spickzettel zu schauen.

»Hallo, Sandy«, gab ich ihm seinen Gruß zurück, wobei die Worte mir im Hals gefroren, bevor ich sie noch recht formen konnte.

Er hatte diese Wirkung. Er kühlte den Raum herunter. Es war nicht der kalte Wind des Puritanismus, der von ihm ausging, es war eher eine eisige Wollust, als habe er eben noch mit den Untoten geschlafen. Er war eine echte Seltenheit im Verlagsgewerbe, ein männlicher Magersüchtiger. Unter Zuhilfenahme all meines alten Fachkönnens, wie ich es im Wilhelmina's gelernt hatte, vermaß ich ihn. Brust zweiunddreißig Zoll, überschlug ich. Hüfte sechsundzwanzig Zoll. Hals zwölf Zoll. Und in dem, was er anhatte, war noch Platz genug für einen zweiten Mann gleicher Größe.

Dafür war er durchaus elegant. Hatte einen schwarzen Anzug an, natürlich, und ein priesterhaft weißes Hemd, am Hals zugeknöpft, aber ohne Krawatte getragen.

Sein Gesicht bewegte sich ohne direkte Verbindung zu den Worten, die er sprach. Während er uns alle als Götter der artikulationsfreudigen Vergangenheit willkommen hieß und uns an die Erfolge erinnerte, deren wir uns während unserer Jahre bei Scylla & Charybdis hatten erfreuen können, ließ er kummervoll die Augen hängen, und sein Mund klappte in einer Weise auf, die wie unkontrollierbare Wut aussah. Er hätte gern gelächelt, schien mir, aber sein Gesicht ließ ihn nicht.

»Was für ein seltsamer Mann das doch ist«, flüsterte ich BoBo De Souza zu, der aktuellen Preisträgerin des Pure Passion Award der Romantic Novelists' Association, die neben mir saß. »Da führt er den Vorsitz über die Versammlung, und doch kommt alles, was er sagt, so rüber, als hätte man ihn übergangen.«

»Er hat keine Lippen«, sagte sie. »Das ist der Grund. Sein Gesicht ist lediglich in der Lage, sich zu öffnen oder zu schließen.«

Sie hatte recht. Sein Mund war nicht fertig geworden. Als fehlte die Versiegelung. Ich gratulierte ihr zu ihrer Beobachtung.

»Nun, ich hatte schon Gelegenheit, ihn aus der Nähe in Augenschein zu nehmen«, flüsterte sie. »Ich habe einmal eine Monografie für ihn geschrieben, in jener frühen Zeit, bevor das Liebesgenre sich meiner bemächtigte.«

»Ist das ein Euphemismus?«

»Dafür, dass ich ihn gefickt hätte, meinen Sie? Nein. Obwohl ich ihn zufällig auch schon mal gefickt habe.«

»Sandy Ferber fickt?«

»Pausenlos.«

»Ich weiß nicht, ob ich das wirklich wissen will.«

»Nicht mit mir, meine ich. Ich meine, dass er von Frau zu Frau weiterzieht. Diese Art von pausenlos.«

»Warum?«

»Da müssen Sie ihn fragen.«

»Nein, warum lassen Frauen ihn ran? Haben die keine Angst, in seinen Armen zu Eis zu erstarren? Hat er überhaupt Arme?«

»Er ist eine Herausforderung, Guy. Man will wissen, ob man vielleicht diejenige ist, die's schafft, ihn aufzutauen.«

»Und haben Sie's geschafft?«

»Da müssen Sie ihn fragen. Ich fand ihn jedenfalls erregend – auf eine leichenhafte, lippenlose Art und Weise.«

»Ich muss sagen, wie Sie's beschreiben, hört es sich nicht wirklich erregend an«, sagte ich.

»Weil Sie ein Mann sind. Sie wissen nicht, was auf Frauen aphrodisische Macht ausüben kann.«

»Sie wollen mir doch wohl nicht weismachen, dass Sie Sandy Ferber machtvoll finden?«

»Was ich finde, tut nichts zur Sache. Er ist es einfach.«

»Machtvoll? Sandy Ferber?«

»Und wie. Er hat ein Jahrzehnt lang die Kunstwelt am Laufen gehalten. Jetzt ist er für die Literatur bereit.«

»Er hat gerade einen Buchladen zugemacht.«

»Genau.«

Der Grund, warum Ferber uns versammelt hatte, war, dass er mit uns über aufregende neue Entwicklungen auf dem Felde digitaler Technologien reden wollte. Als er »aufregende neue Entwicklungen« sagte, glaubte ich beinahe, er würde gleich aufheulen. Als er »digitaler Technologien« sagte, musterte er der Reihe nach jeden Einzelnen von uns, als wisse er genau, wer seine Schwester vergewaltigt hatte. Er wollte, dass wir über die Herausforderungen nachdachten, die vor uns lagen. Die Zukunft fikionaler Literatur liege nicht in der hergebrachten Form; andere Plattformen – genau das war das Wort, das er gebrauchte: *»Plattformen«* – warteten darauf, erschlossen zu werden. Um nur eine zu nennen – die Story-App. Zu lesen hieß nicht mehr, dass man mit einem Buch zu Bett ging und sich schämte zugeben zu müssen, es nicht zu Ende lesen zu können. Lesen konnte man jetzt so wenig oder so viel, so häufig oder so selten, wie man wollte, und dort, wo man es wollte oder nicht wollte, am Schreibtisch oder unterwegs. Uns bot sich die historische Gelegenheit, das Lesen aus den Klauen des Wortes zu befreien. In einem Jahr wollte er tausend Story-Apps vorliegen haben, um den Handymarkt damit beschicken zu können. Bushaltestellenlektüre nannte er es. Unbücher, die sich anfangen und beenden ließen, während Telefonbenutzer darauf warteten, dass jemand zurückrief oder dass die Ampel umsprang oder dass der Kellner mit der Rechnung kam. Kurz, es ging darum, jene kurzen sozialen Auszeiten des Lebens auf dem Sprung zu überbrücken.

Was als Nächstes gesagt wurde, entzieht sich komplett meiner Kenntnis. Ich versank in einem schwarzen Loch. Wie lange ich da unten war, weiß ich nicht. BoBo De Souza war es, die mich ins Land der lebendigen Toten zurückholte, indem sie mich fragte, was ich mir da antue.

»Was meinen Sie?«

Sie zeigte auf den leeren Weniger-ist-weniger-Notizblock, der vor mir lag. Er war mit Schnurrbarthaaren übersät.

»Oh, tut mir wirklich leid«, sagte ich, während ich das befingerte, was von meinem Schnurrbart noch übrig war.

»Meinetwegen sollte es Ihnen nicht leidtun«, sagte sie. »Es sollte Ihnen Ihretwegen leidtun.«

»Es tut mir um unser aller wegen leid«, ließ ich sie wissen.

»Ach, ich bin ganz okay«, sagte sie. »Jedenfalls wenn Sie mir erlauben, mir Ihren Schnurrbart auszuborgen.«

»Bedienen Sie sich«, sagte ich und schob den Notizblock voller Haare in ihre Richtung. »Sie können die auch gern behalten.«

»Ich meine nicht die wirklichen Schnurrbarthaare. Ich meine die Idee, sie sich auszuzupfen. Das ist eine Angewohnheit, die ich gerne einer meiner Figuren geben würde. Eindeutig besser als Zwirbeln.«

»Heißt das, dass die Figur ein Schurke ist?«

»Nein. Ein Dilettant.«

Sie zwickte mir in den Arm.

Was ich so deutete, dass sie mich mochte, aber nicht aphrodisisch fand.

Sandy Ferber befasste sich immer noch mit den kurzen sozialen Auszeiten des Lebens auf dem Sprung.

»Ich glaube, er meint Sie«, flüsterte ich.

In diesem Moment blickte er mich direkt an. »Und ich will, dass Sie, meine Freunde und Kollegen«, schloss er unter Applaus, »diejenigen sind, die sie überbrücken.«

Er versuchte sich an einem Lächeln, aber so, wie der Mund zusammensackte, hätte er auch mit seinen Scharfrichtern sprechen können.

24
Der Schoß der Familie

Am nächsten Tag bestieg ich den sich neigenden, Übelkeit erregenden Pendolino und reiste in jenes Herz der Finsternis, das Wilmslow war.

Sonne schien. Bäche plätscherten. Milchvieh döste unter Bäumen. Kein Talent für Naturbeschreibungen! Ich?

Ich weiß nicht recht, warum ich so einen Aufstand darum machte, wenn man bedenkt, wie wenig Zeit man brauchte, um hinzukommen. Vanessa und ihre Mutter fuhren immer noch regelmäßig hoch, manchmal aus der Laune eines Augenblicks heraus, wobei ich immer noch nicht herausgefunden hatte, zu welchem Zweck. Für mich aber war es mehr als eine Reise zurück an einen früheren Wohnort – es war eine Reise zurück zu einem früheren Menschen. Ich fühlte mich wieder eingefangen, so als kenne Wilmslow meine Geheimnisse und verfüge über die Macht, mich festzuhalten oder gehen zu lassen. Das war dieser Laden. War es mein wahreres Ich gewesen, das da im Wilhelmina's Kleider abgesteckt hatte? Gehörte meine Seele dem Geldautomaten, wie Jeffrey Prachtkerl inzwischen gewohnheitsmäßig zur Kasse sagte, und nicht der Buchseite? Geschäftsbetreiber lassen ihre Herkunft nie wirklich hinter sich. Mrs Thatcher blieb immer die Krämerstochter. Blieb ich in den Augen anderer Autoren immer der Bengel aus der Boutique?

Und dann war da noch die Familie, von der Jeffrey sagte, ich würde sie vernachlässigen. Sah ihm eigentlich gar nicht ähnlich, dergleichen zu sagen. Sah ihm eigentlich nicht ähnlich, überhaupt etwas zu sagen. »Umwerfend, Schätzchen, lutsch mir den Pimmel, brumm, brumm« war Jeffreys Vorstellung von einer Unterhaltung.

Lutsch mir den Pimmel – ich dachte eigentlich immer, in dem Punkt sei ich der Gewinner. Homophobie war für mich ebenso wenig ein Thema wie Arachnophobie, was nicht heißen soll, dass ich gern einen Homosexuellen zertreten würde, aber jedenfalls war der Reiz des Gleichgeschlechtlichen an mir vorübergegangen – der Beweis dafür ist, dass ich mir nicht vorstellen kann, »Lutsch mir den Pimmel« zu jemand anderem als einer Frau zu sagen. Die Wahrheit ist, dass ich nicht wusste, in welche Richtung es bei Jeffrey lief, nur dass bei ihm jedenfalls ziemlich viel lief.

Ich hatte mich nie sonderlich um ihn gekümmert. Es wäre zu einfach, zu behaupten, das komme daher, dass meine Mutter sich immer um ihn kümmerte, aber jedenfalls tat sie's. Sie hob ihn immer auf, wenn er gefallen war, was bedeutete, dass er oft fiel. Einmal fiel er ohnmächtig zu Boden, nachdem ich ihm einen Genickschlag verpasste, weil er eine Seite aus einem meiner Schulbücher gerissen hatte. Gut zehn Minuten lang dachte ich, er sei tot. »Du hättest ihn umbringen können«, sagte meine Mutter.

Hätte ich, tat ich aber nicht.

An jenem Abend nahm sie ihn mit zu sich ins Bett.

Danach fiel er natürlich ständig ohnmächtig zu Boden, und es wurde immer gleich vorausgesetzt, ich sei die Ursache. Manchmal öffnete er ein Auge, wie er so dalag, und zwinkerte mir zu. Wie jemand, der seinen eigenen Tod mimte, es schaffte, dabei so bleich zu werden, habe ich nie herausfinden können. Jedenfalls kriegte er es so gut hin, dass ich selbst dann, wenn er mir zuzwinkerte, fürchtete, ihn umgebracht zu haben, ungeachtet der Tatsache, dass ich ihn gar nicht angerührt hatte. Ich bedeutete eine Bedrohung für ihn, einfach nur dadurch, dass es mich gab – so redete er mir erfolgreich ein. Meiner Mutter redete er es ebenfalls erfolgreich ein. »Geh mir aus den Augen«, sagte sie immer, wenn sie an der Seite seines leblosen Körpers kniete.

Etwas in der Art hat Gott zu Kain gesagt.

Ob mein Vater ihn mehr mochte, als er mich mochte, vermag ich nicht zu sagen. Am Ende stand er zu sehr unter dem lähmenden Bann meiner Mutter, um von uns auch nur Notiz zu nehmen.

Meine Eltern waren in gewisser Weise noch am Leben, versanken zunehmend in einer gemeinschaftlichen Demenz, bewohnten gemeinsam eine kleine Flucht luftiger Zimmer mit gelben Wänden und orangefarbenen Teppichen in einer für viel Geld betreuten Wohnanlage nur einen Steinwurf entfernt vom Wilhelmina's, das unter der Leitung von Jeffrey Herzliebchen bestens florierte. Er hatte den Laden ganz im Sinne der nördlichen Variante der kulturellen Liebesbeziehung des ganzen Landes mit Homosexuellen aufgemöbelt. Die Fußballerfrauen beteten ihn an, aber bei denen handelte es sich ja auch um eine spezielle Gattung von Homosexuellen ehrenhalber. Dem Geiste nach tat er nichts anderes, als den Laden wieder in jene Blütezeit zurückzuversetzen, als meine Mutter die Pantomimendame von Wilmslow gewesen war. Die streng maskuline Periode des Wilhelmina's unter meiner Leitung war lediglich ein inzwischen vergessenes Interregnum gewesen – eine kurze Etappe zwischen einer Queen und der anderen.

War das der Grund, warum meine Mutter Jeffrey mehr geliebt hatte? Weil er für sie wie eine Schwester war?

Eine zickige Bemerkung, wie ich zugebe, aber das war eben mein Problem mit Jeffrey: Er färbte auf mich ab.

Ich stattete den Demenzjewas, wie Jeffrey und ich sie nannten, einen Besuch ab, bevor ich zu ihm in den Laden kam. Er hatte das angeregt, als ich ihm ankündigte, dass ich kommen würde, wahrscheinlich, um mich in ein schlechtes Licht zu stellen. Ich hatte von Anfang an vorgehabt, sie zu besuchen, aber jetzt sah es so aus, als würde ich nur auf seine Veranlassung hin bei ihnen vorbeischauen. Der schlechte Sohn, dem der gute eine Lektion in Sachen Kindespflichten erteilt. Obwohl es seine tuntige Idee gewesen war, sie die Demenzjewas zu nennen.

Als ich eintrat, waren sie gerade mit einem Puzzle von Chester Castle beschäftigt. Bei meinem letzten Besuch waren sie ebenfalls mit einem Puzzle von Chester Castle beschäftigt gewesen. Die wahrscheinlichste Erklärung war, dass man ihnen, sobald sie es fertig hatten und nach einem neuen Puzzle verlangten, dasselbe noch einmal gab und es ihnen entweder nicht auffiel oder nichts ausmachte. Das war gar nicht so absurd: Jeder zweite Leser im ganzen Land fängt, sobald er ein Buch fertig hat, ein neues an, das mit dem vorherigen abgesehen von einigen winzigen und belanglosen Details völlig identisch ist, und kann sich nicht einmal mit Altersschwäche herausreden. Würde der Tag kommen, da einem Menschen ein einziges Buch fürs ganze Leben reichte? Am Ende ankommen und, wie die Amerikaner sagen, alles wieder von vorn. Alles wieder und wieder und wieder von vorn.

Meine Mutter erkannte mich, mein Vater nicht. Beim letzten Mal war es umgekehrt gewesen, also war nicht alles im Wahnsinn erstarrt.

Sie kleidete sich, wenn man über ein paar Dutzend Flecken hinwegsah, immer noch glamourös, hatte ein malvenfarbenes Chanel-Kostüm an, aus dessen kurzem, röhrenförmig gewobenem Rock ihre winzigen Beinchen herausstaken wie diejenigen der glücklichen Vogelspinne auf Poppys warmem Kissen in Monkey Mia. Sie hatte auch die entsprechende Baskenmütze aufgesetzt, verwegen schief wie eh und je, wenngleich die Antenne verbogen war und ehrlich gesagt nicht mehr so aussah, als könne sie damit noch Signale empfangen.

»Was bringt dich her?«, fragte sie und blickte über meine Schulter hinweg.

»*Du* bringst mich her«, sagte ich und versuchte, für den Begrüßungskuss ihre Lippen zu finden.

Wo waren sie bloß geblieben, ihre Lippen? Genau die Frage, die BoBo De Souza sich gestellt haben muss, als sie (wann immer das gewesen sein mochte) mit Sandy das Tier mit den zwei Eisblöcken gespielt hatte.

Meine Mutter aber hatte eine Entschuldigung, die Ferber nicht hatte. Ein paar Jahre zuvor hatte sie sich einer Operation unterzogen, die ihr das Aussehen eines italienischen Pornostars verleihen sollte, aber der Fliegenfallenmund, den ihr die Ärzte gaben, war ihr so sehr zuwider, dass sie die Operation rückgängig machen ließ. Nun hatte sie keinen Mund mehr.

»He«, sagte mein Vater, »was meinen Sie wohl, wen Sie da küssen, Mr Wichtigtuer?«

Meine Mutter zuckte die Schultern. »Er ist eifersüchtig geworden«, sagte sie. Sie legte sich einen Finger an die Schläfe und machte damit eine kreiselnde Bewegung, genau wie Vanessa, als sie mir erklärt hatte, sie brauche nicht zu schreiben, um zu schreiben.

»Ich bewundere deine Ehefrau einfach nur«, sagte ich meinem Vater.

»Ehefrau! Wer hat Ihnen gesagt, dass sie meine Ehefrau ist?«

Das war eine gute Frage. »Ich weiß es einfach«, sagte ich.

»Nun, dann wissen Sie's falsch. Ich hatte mal eine Frau. Die hier ist es nicht.«

Es war, als spräche man mit Othello.

»Er glaubt, ich sei seine Mätresse«, flüsterte meine Mutter. »Er glaubt, er habe mich meinetwegen verlassen.«

»Na, jedenfalls bewundere ich sie einfach nur, wer sie auch sein mag«, erzählte ich ihm.

Es bestürzte mich nicht, dass er dement war. In diesem Punkt war es einmal von Vorteil, seine Eltern nie gemocht zu haben oder nie erlebt zu haben, dass sie wirklich vollkommen bei Verstand waren.

»Schauen Sie sich nur diese Beine an«, sagte er. Ich konnte hören, wie der Speichel ihm durch die Zähne floss.

»Ziemlich gut«, sagte ich.

»Gut? Umwerfend sind sie. Meine Exfrau hatte solche Beine, allerdings nicht ganz so umwerfend. Bei ihr stießen sie in der Mitte zusammen. Die hier sind echt 'ne Wucht.«

»Fasst du das als Beleidigung auf?«, fragte ich meine Mutter. »Oder als Kompliment?«

»Weder noch. Ich fass es einfach so auf, dass er durchgeknallt ist.«

»Es macht dir wirklich nichts aus?«

»Er leistet mir Gesellschaft. Eigentlich durchgeknallt amüsanter als damals, als er noch …« Sie kam nicht auf den passenden Ausdruck für das, was er gewesen war.

»Worüber flüstert ihr beiden da?«, fragte er.

»Er hat dir bloß zugestimmt«, sagte meine Mutter.

»Bei was?«

»Bei mir.«

Er reckte mir sein Gesicht entgegen, versuchte, sich auf mich zu konzentrieren. Ihm schien etwas zu dämmern. »Wollen Sie sie haben?«

»Natürlich nicht.«

»Wieso, was stimmt denn nicht mit ihr?«

»Nichts stimmt nicht mit ihr. Sie ist ganz fantastisch. Ich finde einfach nur, ich sollte sie dir lassen.«

»Wir könnten sie zusammen haben«, sagte er. »Sie hätte nichts dagegen.«

Er zwinkerte meiner Mutter mit einem halb erblindeten blutunterlaufenen Auge zu und wandte sich dann wieder mir zu. »Wissen Sie, was ein Spießbraten ist?«

»Nun ist aber gut, Gordon«, sagte meine Mutter. »Jetzt reicht's.«

Durch den Nebel der Demenz hinweg hatten die Worte meiner Mutter doch ihre alte Wirkung. Unvermittelt wich alles Leben aus ihm. »Geh wieder an dein Puzzle«, befahl sie ihm. »Und vergiss nicht, du fängst mit dem Burggraben an. Als Anfang erst einmal nur die Randteile.«

Er tat, wie ihn geheißen wurde. Es war das erste Mal in meinem ganzen Leben, dass er mirleid tat. Vielleicht tat ich mir gleichzeitig selbst leid, nicht der verpassten Gelegenheit zu einem Spießbraten mit meiner Mutter wegen, sondern wegen der bezwungenen Verruchtheit, die wir gemein hatten. Es war so schwer, immer noch ein niederträchtiger lüsterner alter Schürzenjäger zu sein. So schwer, mit Anstand frivol zu sein. So schwer, ein Mann zu sein, Punkt.

Demenz war die einzige Möglichkeit, die uns geblieben war, und selbst die raubten sie uns.

Wo mein armer verstopfter Little Gidding nun so gut wie erledigt war, überlegte ich, ob ich ihn durch meinen Vater ersetzen sollte. Ein Held ganz neuer Art für unsere maroden Zeiten – ein alter, verrückter, männlicher Idiot, eher Othello denn Lear, der nicht mehr wusste, wer seine Frau war, und sie deshalb zu seiner Mätresse gemacht hatte, gerne bereit, die eine wie die andere mit seinem Sohn zu teilen, bloß dass er schon zu weich in der Birne war, um noch zu wissen, wer sein Sohn war. Wären das Eingeweide genug, Mr Clayburgh? Falls mein Vater überhaupt noch Eingeweide hatte, soll das heißen.

Falls von uns überhaupt noch wer welche hatte, soll das heißen.

Er saß wieder an seinem Puzzle, suchte sich die Randteile mit Burggrabenstückchen darauf heraus. (Ich in vierzig Jahren? Ich in zwanzig?) Meine Mutter behielt ihn bei seinem Tun im Auge, um sicherzugehen, dass er es richtig machte, aber auch, weil sie wollte, dass ich jetzt ging, damit sie sich auch wieder dem Puzzle zuwenden konnte.

»Aber mit dir ist alles in Ordnung?«, fragte ich sie.

Sie zuckte auf ihre ausladende, ausdrucksvolle Wilmslow-Weise die Schultern. Ich erinnerte mich, dass sie bei meinem letzten Besuch gesagt hatte, sie wünschte, sie wäre jüdisch wie alle anderen in der Branche auch. »Aber Ma, du *bist* jüdisch«, hatte ich ihr versichert. »Bin ich das?« »Ja, das sind wir alle.« Sie hatte drüber nachgedacht. »Na, dann wäre es ja so weit in Ordnung«, hatte sie gesagt.

Aber in der Zwischenzeit hatte sich irgendetwas geändert. »Was hast du mich gefragt?«, sagte sie.

»Ich habe gefragt, ob mit dir alles in Ordnung ist.«

»In Ordnung! Was sollte denn wohl in Ordnung sein?«

Mir fiel nichts ein, was ich ihr hätte vorschlagen können.

Und was *war* Jeffrey nun? War er schwul, oder tat er nur so? Nördlich von Nantwich konnte man in jenen Zeiten nie wissen, wer schwul war und wer nicht. Vielleicht war es schon immer so gewesen, und ich war nur zu sehr mit anderen Dingen beschäftigt gewesen, um es mitzukriegen. Vielleicht war das der Grund, warum Quinton O'Malley mich so sehr bedrängt hatte, da oben im Norden zu bleiben – in der Hoffnung, ich würde herausfinden, was da in Wirklichkeit vor sich ging, und es hübsch ausplaudern.

Wenn ich heute drüber nachdenke, fällt mir wieder ein, wie meine Mutter Jeffrey und mich immer per Zug mit nach Manchester nahm, um Krimskrams für die Boutique zu kaufen – Tand und Plunder nannte sie es –, Schals und Strümpfe von der Stange, namenlose Sonnenbrillen, Spontankauf-Schmuck (nicht zu teuer) für einen einzelnen Drehständer, der neben der hölzernen Registrierkasse (heute E-Cash-Terminal) stand. Wenn wir mit diversen Schachteln und Kartons, die alle mit uns in den Zug mussten, zur Piccadilly Station zurückkamen, nahm sie immer denselben Gepäckträger, einen großen stämmigen Bären von Mann mit runden Armen und roten Wangen, der es nie versäumte, uns Süßigkeiten zu schenken und eine lobende Bemerkung über Mutters Kleidung fallen zu lassen. Eines Abends, als wir länger in Manchester geblieben waren, um chinesisch essen zu gehen, sah ich ihn mit Lippenstift und Perücke an einem Tisch ganz in der Nähe sitzen. Auch die anderen Männer bei ihm – Gepäckträger oder Fahrer, entschied ich, weil sie alle rundum muskulös und fettverschmiert waren – waren wie Frauen gekleidet. Er winkte. Er trug Handschuhe, wie man sie auf verblichenen Fotos bei Serviermädchen sieht, die im Harrogate der Zwanzigerjahre Tee auftrugen, fingerfrei und mit Spitzenbesatz an den Handgelenken. Die Männer an seinem Tisch lachten, als er mit seinen fetten

Gepäckträgerfingern geziert gestikulierte. Ich wusste nicht recht, ob ich zurückwinken sollte. Ich wusste nicht recht, ob ich den Witz verstanden hatte. Als ich ein zweites Mal hinschaute, ging mir auf, dass er im Stil meiner Mutter gekleidet war, insbesondere was die Kürze des Rocks betraf. Als sie meine Verwirrung bemerkte, erklärte sie mir, dass Derek – ich hatte noch gar nicht mitbekommen, dass die beiden sich vertraut mit den Vornamen ansprachen – mit seiner Identität experimentiere. »Experimentieren sie alle mit ihrer Identität?«, fragte ich. Natürlich nicht, sagte meine Mutter, die anderen seien bloß Freunde, die Derek über eine Krise hinweghalfen. Aber schon damals hatte ich den Verdacht, sie habe unrecht – jeder zweite Mann aus der Arbeiterklasse von Manchester experimentierte mit seiner Identität und benutzte zum Austesten Perücke und Lippenstift.

Ich selbst war in keinerlei Versuchung, aber der damalige Jeffrey Knuddelwuddel womöglich schon. Durchaus denkbar, dass er keineswegs vornübergebeugt am Tisch saß und angestrengt ins Leere blickte, als meine Mutter den Begriff »Identität« benutzte, aber eben auch denkbar, dass er es doch tat. Man weiß, vermute ich, schon recht früh, ob dergleichen einen anspricht. Jeffrey erkannte etwas von sich selbst in einem Eisenbahner mit kurzem Röckchen wieder; während ich, schon bevor ich wusste, dass sie es waren, mein Spiegelbild lediglich in Halunken, Meineidigen, Wüstlingen und Romanschriftstellern erblickte.

Es war spät am Nachmittag, als ich im Laden ankam. Jeffrey befand sich im ernsten Gespräch mit einer Frau, die ich aus der Zeitung zu kennen meinte. Ein bisschen zu reglos im Gesicht, um eine Fußballerfrau zu sein, es sei denn, sie käme geradewegs aus Botox City. Und auf den zweiten Blick auch zu alt. Ich schätzte, sie war näher an Poppys Alter als an Vanessas, allerdings mit diesem Auftreten von Frauen, die nicht wissen, wofür sie noch da sind, das man an Models sieht, die nicht mehr jung sind, das ich aber an Poppy noch nie gesehen hatte. Poppy wusste, wofür sie da war. Mich zu entfachen.

Jeffrey machte mir Zeichen, mich ein paar Minuten allein zu vergnügen. Es gab Orte auf dieser Welt, an denen ein Mann, der eine Provinzboutique betrieb, stolz gewesen wäre, einer wichtigen Kundin seinen berühmten Schriftstellerbruder vorzustellen, aber Wilmslow gehörte nicht dazu. Meine Hoffnung war, dass sie mich erkennen und Jeffrey beschämen würde, indem sie sagte, sie habe alles gelesen, was ich geschrieben habe, liebte jedes einzelne Wort und verlange, mir auf der Stelle vorgestellt zu werden. Eine Hoffnung, die nur zeigt, dass in uns allen ein literarischer Hochstapler steckt.

»Tut mir leid, dass du warten musstest«, sagte er, nachdem sie gegangen war, und gab mir einen Bruderkuss. Der Kuss war seltsam, mein Bruder wich meinem Gesicht seitlich aus, als habe er Angst vor übertriebener Nähe, oder aber er hatte Angst, ich könnte es mit der Angst kriegen. Er klärte mich über die Frau auf, mit der er sich unterhalten hatte. Ich hatte recht. Ein Model, das die besten Tage hinter sich hatte. »Immer noch schön«, fuhr Jeffrey fort, »wiewohl sie ein bisschen was hat machen lassen.«

»*Ein bisschen was?* Jeffrey, sie sieht aus, als sei sie das letzte Jahrzehnt pausenlos beim Tierpräparator gewesen. Kann sie lächeln?«

»Gibt keinerlei Anlass zum Lächeln«, sagte er. »Ihr Mann hat sie gerade sitzen lassen.«

»Kommt vor«, sagte ich.

»Nicht wenn man einen Hirntumor hat.«

Es war nicht gänzlich ausgeschlossen, dass Jeffrey sich das ausgedacht hatte, um mich zu strafen – derlei sah ihm ähnlich –, aber er schien wirklich furchtbar wütend über meine flapsige Unbesonnenheit, und ich konnte es nicht riskieren, ihn auszutesten.

Ich blies die Backen auf. »Scheibenkleister«, sagte ich. »Tut mir leid.«

»Ja, Scheibenkleister«, wiederholte er.

»Na, du siehst jedenfalls bestens aus«, sagte ich nach schicklicher Pause. Wiewohl ihn auch das zu erzürnen schien.

Er war größer und schmaler als ich, ein Fallrohrtyp, der auf zweideutig-geckenhafte Weise in einem Alexander-McQueen-Sakko mit metallenen Aufschlägen steckte, unter dem er ein gestreiftes T-Shirt und Löcherjeans trug. Hatte er sich aufgedonnert, oder war das abgerissen? Das Geheimnis seines Stils bestand darin, dass man es nie so genau wusste. Er hatte ganz leicht Mascara aufgetragen, so leicht, dass ich es mir vielleicht auch nur einbildete. Sein Haar hüpfte sogar noch wilder in der Gegend herum als meines. In dem Moment, in dem er mich küsste, hatte er es sich mit Schwung aus den Augen geschleudert, weswegen es mir über die Wange streichelte, als sei es eine Peitsche aus Federn. Der Schwung hatte etwas Gereiztes an sich. Konnte heikel werden, wenn ihm etwas in die Quere kam, besagte die Geste. Dann der Kuss der Federpeitsche.

Kusspeitschte er seine Frauen auf diese Weise? Kusspeitschte er seine Männer?

Von seinen Frauen erzählte er mir immer, beschrieb sie mir mit peinlicher Ausführlichkeit, zählte die Sachen auf, die sie mit ihm machten – immer waren *sie* es, die etwas mit *ihm* machten –, aber ich fragte mich doch, ob er sich das alles nur ausdachte, nicht um seine wahren Interessen zu verschleiern, sondern um mir zu veranschaulichen, dass es Alternativen zu Vanessa gab. Es war eine unausgesprochene Familienfiktion, dass ich meine Eheschließung mit Vanessa bereute und abhauen würde, wenn ich es nur könnte. Obwohl mein Vater ein zahmer Siebenschläfer war – oder jedenfalls gewesen war, bevor die Demenz ihm die Freiheit gelegentlicher Zügellosigkeit schenkte –, gaben wir uns der Vorstellung hin (mit »wir« meine ich meine Mutter, Jeffrey und mich), dass Ableman-Männer Macho-Bastarde waren, die sich von niemandem irgendeinen Scheiß gefallen ließen, am allerwenigsten von Frauen. Dass ich mir von Vanessa so einigen Scheiß gefallen ließ, bedurfte der Erklärung, und ich wollte es keineswegs auf eine Weise erklären, die meine Gefühle für Poppy offenbarte. Nicht in Wilmslow. Drum ließ ich sie glauben, ich hätte Angst vor V, und gleichzeitig täte sie mir aus tiefstem Herzen leid, weil sie mit mir verheiratet war. Was ihnen die Möglichkeit gab, sich auszumalen, man könne mich Vanessa schließlich mit Geschichten von Frauen entreißen, die nicht weniger schön waren als sie und auch nicht weniger statuengleich gebaut als sie, aber verdammt viel entgegenkommender.

Als hätte es irgendwo auf der Welt eine solche Kombination der fraglichen Tugenden geben können …

Jeffrey hatte in Alderley Edge einen neuen Pub entdeckt, aber sein eigentlicher Spaß bestand darin, die Landstraßen von Cheshire mit einem Wagen entlangzudonnern, der dafür konstruiert war, eine Rennpiste aufzuschlitzen, während ich neben ihm saß und alle Anzeichen von Todesangst erkennen ließ.

»Probleme mit dem Auspuff?«, erkundigte ich mich.

»Der soll so klingen.«

»Wieso das?«

»Ha, ha!«, sagte er. Es war kein Lachen. Er sprach wirklich diese Worte aus. Einzeln. Erst ein »Ha« und dann ein »Ha!«.

»Ist das eine Antwort?«

»War deins eine Frage?«

Er konnte beim besten Willen nicht glauben, dass ich nicht scharf auf seinen Wagen war.

Er erzählte mir, wie schnell er von null Meilen pro Stunde auf hundertfünfzig beschleunigen könne.

»Interessiert mich keinen feuchten Schiss, Jeffrey«, sagte ich.

Er erzählte mir irgendetwas über die Steuerung.

»Interessiert mich noch weniger Schiss, Jeffrey.«

Er schüttelte den Kopf und sagte wieder »Ha, ha!«.

»Gleich versuchst du noch, mir weiszumachen, du weißt nicht, worin wir hier sitzen«, sagte er.

»Eines kann ich dir sagen, Jeffrey – ich habe keine Ahnung, worin wir hier sitzen.«

»Ist das typisch für Schriftsteller?«

»Worin wir hier sitzen? Na, kein Schriftsteller, den ich kenne, hat etwas Derartiges.«

»Nein, ich meine, ist es typisch für Schriftsteller, so zu tun, als wären sie nicht an Autos interessiert?«

»Ich bin an Autos interessiert. Ich bin daran interessiert, dass sie nicht zerschmettern, wenn ich drinsitze.«

Er klappte per Knopfdruck das Verdeck ein und trat aufs Gaspedal. Der Wind blies ihm prächtig durchs Haar, während mir meins vor Angst am Kopf kleben blieb.

»Ah«, sagte er und klatschte mir auf den Schenkel, »ist das nicht prächtig? Gib's zu, es ist eine verfickte Wucht.«

Selbst wenn Jeffrey nicht »Gib's zu« sagte, schwang die Aufforderung unterschwellig in unserem Gespräch immer mit. In Jeffreys Augen war ich jemand, der permanent alles leugnete. Ich leugnete, wenn es um meine Ehe mit Vanessa ging oder um Frauen, um Autos, um den geschäftlichen Erfolg, den Jeffrey mit dem Laden gemacht hatte, um Mode, um Wilmslow, um Geld – kurz gesagt um alles, was ich hatte und lieber nicht gehabt hätte, und alles, was Jeffrey hatte und ich lieber gehabt hätte. »Gib's zu« hieß: Gib's zu, dass du so sein willst wie ich. Dass ich derjenige sein wollte, der ich war, und machen wollte, was ich machte, war etwas, was mein Bruder sich schlichtweg nicht vorstellen konnte.

Wie es sich so traf, war seine skeptische Haltung, auch wenn dies keineswegs von seinem Scharfsinn herrührte, alles andere als unberechtigt. Vielleicht wollte ich nicht Jeffrey sein, aber schon seit vier, fünf Jahren genoss ich es auch nicht mehr sonderlich, ich zu sein. Dies war nicht mehr meine Ära. Die Zeit war aus den Fugen. Ständig war ich verstopft. Bei Oxfam galt ich als vorbestraft. Bei Amazon kriegte ich zu viele Sterne – niemand wollte so etwas Gutes lesen. Selbst Poppy – die ich definitiv wollte – hätte ein einfacheres Unterfangen für mich bedeutet, wäre ich jemand anderes gewesen. Sagen wir, nicht der Mann ihrer Tochter. Wobei man sich natürlich fragen muss, wie sehr ich sie in dem Falle wohl überhaupt gewollt hätte.

Natürlich war ich keinesfalls gewillt, irgendetwas von alldem Jeffrey Schnuckelfrätzchen gegenüber zuzugeben.

Noch was Lustiges, dieses an mich gerichtete »Gib's zu« betreffend. Jeffrey war nicht der Einzige. Vanessas Arbeitshypothese war, dass ich in jeder Hinsicht ein Lügner war und nicht wieder wohlauf – frei von Verstopfung, frei von Solipsismus, frei von mir selbst – sein würde, bevor ich nicht komplett reinen Tisch gemacht hätte. Bruce Elseley versuchte, mich dazu zu bringen, dass ich zugab, ihn zu plagiieren. Mein Agent wollte, dass ich zugab, insgeheim ein Thrillerautor zu sein. Sandy Ferber wollte, dass ich zugab, es gar nicht abwarten zu können, zum Gott der Dreißig-Sekunden-App zu werden. Mishnah Grunewald hatte gewollt, dass ich zugab, die Tatsache zu verleugnen, dass ich Jude war. Und dann war da noch jemand – die Hofromanschriftstellerin und Biografin Lisa Godalming, die wollte, dass ich zugab, ich sei heimlicher Leser der historischen Seifenopern über Tudor-Monarchen, die sie für Radio-4-Hörer runterhaute, und *tue* nur so, als würde ich mich keinen feuchten Affen drum scheren, ob Richard der Siebenundzwanzigste einen Erben zeugen könne oder nicht könne, während er das Parlament reformierte und Katholik blieb.

»Gib's zu«, sagte sie, als wir uns auf einer Party das letzte Mal über den Weg liefen, »unter der Bettdecke ackerst du dich durch.«

»Ja, aber nicht durch deine Prosa, Lisa.«

Das war keine unangemessene Schroffheit. Wir hatten eine kurze Affäre miteinander gehabt und konnten daher auf liebevolle Weise grob miteinander umgehen. Und außerdem glaubte sie mir sowieso nicht.

Sie warf mir Kusshändchen zu, als sie die Party verließ, und versprach, mir ihre neueste Folge zu schicken.

Die traf am nächsten Morgen per Kurier ein. Sie trug eine Widmung

Für
meinen lieben Guy;
erfreu Dich dran –
bei mir ist Dein Geheimnis sicher

Nicht gerade etwas, das man der eigenen Frau in die Hände spielen wollte. Aber das war nicht der einzige Grund, warum ich es durch den Reißwolf jagte. Ich wollte nicht, dass die Nachwelt ein solches Buch in meinen Regalen fand und die Mutmaßung der Autorin für Gewissheit nahm. Nein, ich war keiner, der permanent alles leugnete. Nein, ich ackerte mich nicht unter der Bettdecke durch Lisa Godalming. Nein, mich trieb kein heimliches Verlangen, Scheiße zu lesen.

25
Endstation

»Gib's zu …«, sagte Jeffrey, als wir den Wagen auf dem Pub-Parkplatz abstellten, gerade rechtzeitig, um die Sonne untergehen zu sehen.

Ich unterbrach ihn. »Fick dich, Jeffrey«, sagte ich.

Er ließ es nicht zu, dass ich die Drinks bezahlte. Sie hatten hier interessante Wodkas, bei denen ich mich aber nicht auskannte. Noch etwas, wovor ich zwanghaft die Augen verschloss: wie wenig ich im Vergleich zu meinem Bruder von Drinks verstand. Das mussten wir ausfechten. »Ich bin Weintrinker«, erklärte ich ihm. »Falls du mal deinen Verstand auf die Probe stellen willst, was Wein betrifft …«

»Verstand! So bist du, das ist echt typisch. Ich will mir einen Drink genehmigen, und du machst einen Intelligenztest draus. Und überhaupt, mit Drink meinen wir hier oben immer Wodka. Wein ist so was von daneben. Reinstes Schlafmittel – bäh.«

»Von der Wodkahysterie hab ich gelesen«, sagte ich. »Hab gelesen, man trinkt das Zeug jetzt durch die Augen. Klingt für mich mehr nach Schlafmittel als Rotwein. Kriegt man nicht einen schläfrigen Blick davon?

»Du meinst Eyeballing? Jupp. Sind aber die Studenten.«

»Du nicht?«

»Du willst wissen, ob ich's schon mal mit Eyeballing probiert hab? Klar, ein-, zweimal. Du etwa nicht?«

»Warum sollte ich?«

»Weil du Schriftsteller bist? Musst du da nicht Sachen selbst ausprobieren?«

»Nicht solche Sachen. Herr im Himmel, Jeffrey, durch die *Augen?* Du bist doch ein menschliches Wesen. Musst du dich da nicht selbst wie eines behandeln?«

»Ich tu's ja nicht mehr. Kaum noch. Jedenfalls nicht immer. Nur gelegentlich mal. Hier oben kommen und gehen solche Sachen fix.«

»Das Augenlicht auch. Aber was soll dieser Scheiß mit *hier oben?* Wir sind hier in Alderley Edge, nicht gerade in Rufweite des neuesten Schreis, Jeffrey. Hier oben ist das Ende der verfickten Welt.«

»Bloß weil du abgehauen bist?«

»Nein – ich bin abgehauen, *weil* es das Ende der verfickten Welt ist.«

»Wenn du wüsstest, wer hier alles lebt, würdest du anders reden.«

»Wer lebt hier denn?«

Er rasselte Namen herunter, pseudolateinamerikanische Namen des Ryanair-Jetsets, Namen von Leuten, die einen per E-Mail mit Angeboten von Viagra und Penisverlängerungen bombardierten – Felisha, Tamela, Shemika, Alysha, Shera, Teisha, Shakira …

»Sind das spanische Kellnerinnen?«

»Ha, ha! Brauchst gar nicht so zu tun, als würdest du sie nicht kennen.«

»Hab noch nie von ihnen gehört, ehrlich.«

»Zeigt nur, wie realitätsfremd du bist. Weißt du, wie viele erstrangige Fotografen und Innenarchitekten in Cheshire leben?«

»Sag's mir.«

Er ließ die Hände flattern wie Schmetterlinge. »Du bist hier in Abgeh-City«, sagte er. Und wie zum Beweis erhob er sich vom Tisch, ging hinüber zur Bar und kam mit je einem Teller kalter Meze für uns beide zurück. Meze! Und ich hatte Cheshire das Ende der verfickten Welt genannt!

»Dann lass mal hören – wer fickt dich gerade, Jeffrey?«, fragte ich ihn, als er mir meinen Teller reichte. »Irgendeine aus Wilmslow? Irgendeine, die ich kenne? Irgendeine, deren Mutter ich kenne?«

»Ha, ha!«, sagte er. Ha. Ha!

»Ist sie ein Witz?«

»Du würdest sie nicht für einen Witz halten, wenn du sie sehen würdest.«

»Was sind ihre unveränderlichen Kennzeichen?«

Bevor er es mir verraten konnte, kam ein asiatischer Junge mit dem Körper eines Tempeltänzers und Haaren, die noch wilder herumflogen als Jeffreys, von der Bar herüber und küsste ihn auf den Mund. Er trug einen maßgeschneiderten gestreiften Anzug und hatte den Schal einer elitären Internatsschule um den Hals geschlungen. Ich musste unwillkürlich an Billy Bunters Klassenkumpel Hurree Jamset Ram Singh denken, den Nabob von Bhanipur. Und wieder stellte Jeffrey uns nicht vor. Wir nickten uns linkisch zu.

»Die Verwirrnis ist bestürzend«, sagte ich zu Jeffrey, nachdem der Nabob wieder gegangen war.

Jeffrey zeigte keine Reaktion auf die Anspielung. Er war kein Leser. Vielleicht war das Wodkatrinken durch die Augen eine weitere Erklärung dafür, dass niemand mehr las: Wenn man ein Buch aufschlug, sah man keine Wörter mehr, sondern Wodka.

»Sein Name wollte mir nicht einfallen, darum habe ich euch nicht …«, erklärte er.

»Shakira? Tamisho?«

»Er schneidet mir die Haare.«

»Jeffrey«, sagte ich. »Klär mich mal auf …«

Er wusste, was ich ihn fragen wollte.

»Ob ich zweigleisig fahre? Ja.«

»Das ist es nicht, was ich fragen wollte.«

»Was wolltest du dann fragen?«

»Wie viel man heutzutage für einen guten Haarschnitt anlegen muss.«

Ich erwartete, er würde »Ha, ha!« sagen, aber anscheinend war er über den Punkt hinweg, an dem er mich noch amüsant fand.

»Es ist nämlich so, dass Vanessa sich um meinen kümmert«, sagte ich, »und ich finde, es ist Zeit, dass ich mich mal in die Hände eines Profis begebe.«

»Da stimme ich dir zu«, sagte er mit einem Blick auf mein Haar. »Ich wollte dich schon immer fragen, ob Vanessa das schneidet.«

»Sieht man, dass es nicht von einem Profi geschnitten ist?«

»Man sieht, dass es von jemandem geschnitten ist, der dich nicht mag.«

»Das kannst du einem Haarschnitt ablesen?«

»Das kann ich deiner Unzufriedenheit ablesen, Guy.«

»Ha, ha!«, sagte ich. »Wer ist hier unzufrieden?«

Wieder ein Leugnen.

»Mir soll's egal sein«, sagte er.

Ich beugte mich vor und ergriff sein Handgelenk. Es war schlank und haarlos. Rasierte er sich die Handgelenke? Das fragte ich mich unwillkürlich. Waren die Haare auf seinem Kopf die einzigen Haare an seinem Körper? Männer rasierten sich Brust und Rücken, Beine, Eier, Darmausgänge. Weiß der Himmel, was womöglich sonst noch in Abgeh-City Wilmslow. Fuhr Shakira ihm mit dem Rasiermesser übers Perineum?

»Falls es dir leidtut, mir verraten zu haben, dass du zweigleisig fährst«, sagte ich, »sollte es das nicht. Ich habe keinerlei Vorurteile. Es fasziniert mich eher. Ich kann's mir gar nicht vorstellen.«

»Was genau kannst du dir nicht vorstellen?«

Wie Shakira dir mit dem Rasiermesser übers Perineum fährt, wäre eine Antwort gewesen. Wie du deinen Schwanz einem Mann reinsteckst, eine recht offenherzige andere. Ich sah aber keine Möglichkeit, so weit in die vergangenen Abgründe von Jeffreys Psyche eindringen zu können, oder wohl vielmehr von meiner eigenen. Und nach meinem Verständnis spricht das, was man sich nicht vorstellen kann, gegen einen, nicht für einen.

»Diese Bi-Sache«, sagte ich. »Dieser Hang, beides zu wollen. Ist eine sexuelle Wahl nicht ihrem Wesen nach ein Akt der Scheidung – dies und nicht das, sie und nicht sie, und dann erst recht, wenngleich derselben Logik folgend, sie und nicht er?«

»Aber wer sagt dir denn, dass du eine sexuelle Wahl treffen sollst?«

»Ist das nicht genau das, was wir machen, wenn wir uns für einen Partner entscheiden – Zurückweisung der anderen? Ist das Unterscheidungsvermögen nicht das, was dem Verlangen seinen Geschmack verleiht?«

»Herrgott noch mal! Stammt das aus einem deiner Bücher?«

Hab ich schon erwähnt, dass ich Gedankenleser bin? Jedenfalls konnte ich Jeffreys Gedanken lesen. »Kein Wunder, dass sie sich nicht verkaufen« dachte er.

»Also gut«, sagte ich, »dann will ich's direkter ausdrücken. Wenn ich eine Frau ficke, dann bin ich neben anderen Dingen ganz eindeutig und mit vollster Absicht nicht damit beschäftigt, einen Mann zu ficken.«

»Aber vielleicht eine andere Frau?«

Ich brauchte zu lange, um zu antworten. Wenn Vanessa rittlings auf mir saß und mich Guido nannte, lungerte hinter ihr der Schatten ihrer Mutter, die wie ein Reiher auf einem Bein stand.

»Siehst du«, fuhr Jeffrey fort.

»Was seh ich?«

»Siehst du, du gibst schweigend zu, dass Sex nicht exklusiv ist. Wenn ich einem Mann einen blase, während eine Frau mir einen bläst, wer hat dann Priorität? Welcher Teil von mir macht dann mit dem einen etwas, was ich ganz eindeutig und mit vollster Absicht mit der anderen nicht machen würde?«

Auf dieses Argument, soweit ich es durchdrang, hatte ich keinerlei Antwort, die nicht prüde gewesen wäre. Und wo bleibt die Liebe?, wollte ich sagen. Wo bleiben Anstand und Selbstachtung, verfickt noch mal? Ganz weit unten in der Kanalisation meiner Moral hörte ich sogar die Bibel etwas von »Gräueltat« grummeln.

Aus dem Bauch heraus – ich ermahnte mich, *mit den Eingeweiden* zu denken.

»Du hast also überhaupt keine Präferenz?«, fragte ich.

»In Sachen was?«

»Oh – äh – weiß nicht – äh – in Sachen Blowjob, sagen wir.«

Ich erwartete, dass er sagte: »Das ist so was von daneben hier oben – Blowjobs sind komplett von gestern.«

Aber er antwortete freimütig und direkt. »Ich zieh's vor, welche zu kriegen.«

»Nein, ich meine Präferenz in Sachen der Frage, von wem du sie kriegst.«

»Mann oder Frau?«

»Mann oder Frau.«

»Hängt von dem Mann oder der Frau ab, Guy. Das ist keine Frage der Geschlechtertrennung.«

Rechthaberischer Scheißkerl! Wie hatte er das hingekriegt? Wie hatte er – den Schwanz im Mund der einen Person und die eigenen Lippen um den von jemand anderem herum – bloß moralisch die Oberhand gewinnen können?

Ich wechselte das Thema. Fragte ihn, ob seine Fernsehserie immer noch in Planung sei. Er schaute desinteressiert drein. Die Gespräche seien am Laufen, erklärte er mir. Fragte ihn nach dem Laden. Phänomenal. Er setzte dazu einen schwermütigen Blick auf.

Im Gegenzug fragte er mich nach meiner Schreiberei, schenkte meinen Antworten aber keinerlei Aufmerksamkeit. Er gab sich den Anschein, mich nicht demütigen zu wollen.

Und dann plötzlich, ohne jede Vorwarnung, begann er zu heulen.

»Jeffrey«, sagte ich und traf Anstalten, ihm einen brüderlichen Arm um die Schulter zu legen. »Jeffrey, was ist denn los?«

Er wischte sich mit dem Ärmel seines entzückenden Sakkos die Nase ab. »Ich hab dich vorhin angelogen«, sagte er.

»Das ist schon in Ordnung.«

»Sag nicht, dass das in Ordnung ist. Du weißt gar nicht, womit ich dich angelogen habe. Es ist nicht in Ordnung. Du erinnerst dich an die Frau, mit der ich mich im Laden unterhalten habe, als du kamst? Pamala Vickery? Ich hab dir erzählt, ihr Mann habe sie sitzen lassen, und bei ihr habe man einen Gehirntumor diagnostiziert.«

Ha, ha, ich hatte also recht. »Ja, hab mich schon gewundert«, sagte ich.

»Ach, du *hast dich also gewundert,* was?«

»Jeffrey, ist schon in Ordnung. Wirklich.«

»*Wirklich?*«

»Wirklich.«

Er wischte sich wieder die Nase und machte dann mit der Hand, mit der er gewischt hatte, eine Faust. Ich lehnte mich zurück, aus Angst, er werde mich schlagen.

Tat er gar nicht. Aber das, was er sagte, war schlimmer als Prügel. »Fick dich, Guy«, spuckte er mir beinahe ins Gesicht. »Fick dich!«

Ich hielt mir die Hand vors Gesicht.

Er zog sie weg. »Ich will dir mal was *wirklich* sagen«, fuhr er fort, »du allwissendes Arschloch. Es gibt Dinge, die du nicht weißt. Und es gibt Dinge, bei denen du mir nicht sagen kannst, es sei schon in Ordnung.«

»In Ordnung«, sagte ich.

»Ist es nicht. Nichts ist in Ordnung. Begreif das endlich mal – nichts ist in Ordnung.«

Mir wurde angst und bange. Der Letzte, der zu mir gesagt hatte, nichts sei in Ordnung, war Merton.

»Wenn es für dich so den Anschein hat, Jeffrey …«

»*Für mich so den Anschein hat!* Himmel, Guy, das ist, als würde ich mit Dad reden. Nicht Pamala ist diejenige, die einen Gehirntumor hat, kapiert?«

Ich zögerte, wollte nichts von dem wissen, was, wie ich nur zu gut wusste, kommen würde. »Oh, Jeffrey«, sagte ich.

»Komm mir nicht mit ›Oh, Jeffrey‹. Ich bin noch nicht fertig. Ich bin der Grund dafür, dass Pamalas Mann sie hat sitzen lassen.«

»Sodass sie sich um dich kümmern kann?«

»Sodass sie mit mir leben kann – mit dem, was von mir noch übrig ist.«

»Spielst du ein Spielchen?«

»Warum sollte ich ein Spiel spielen?«

»Oh, Jeffrey«, sagte ich wieder.

»Ich muss dir nicht leidtun. Ich hab meinen Spaß gehabt.«

»Weiß ich doch.«

»Du weißt gar nichts. Ich hab mit allen meinen Spaß gehabt.« Er sah mich mit einem seltsamen Nachdruck an. »Mit allen«, wiederholte er.

»Hast du mir ja erzählt – mit Männern und Frauen. Was du da treibst, ist ganz allein deine Sache. Aber mal ganz ehrlich, wie schlimm ist es?«

»Du hast mich nicht verstanden. Mit allen meine ich *alle*.«

Und da verstand ich. Ich las es durch den Wodkadunst hindurch, der seine Augäpfel umkreiste. Mit allen meinte er Vanessa.

Das also war's, was sie in Wilmslow trieb. Mit meinem Bruder.

»Willst du damit sagen, du hast mit Vanessa gevögelt?«

»Vanessa hab ich schon immer gemocht.«

»Das ist keine Antwort auf meine Frage.«

»Ich hab mal ein Interview gelesen, das du dem *Wilmslow Reporter* gegeben hast …«

»Das hättest du gar nicht verstehen können. Du bist kein Leser.«

»Das las ich sehr wohl. Da hast du gesagt, du schriebest gern über wilde Typen. Also, ein wilder Typ bist du nicht. Der wilde Typ in deiner Ehe ist Vanessa.«

»Was es rechtfertigt, dass du mit ihr vögelst.«

»Ich binde dir bloß einen Bären auf.«

»Warum?«

»Weil du so ein scheinheiliger Rechthaber bist.«

»Und weil ich keinen Gehirntumor habe?«

»Das auch. Und weil du mir nie auch nur eine Sekunde lang richtig zugehört hast. Jetzt hörst du auch nicht richtig zu. Ich sagte alle. Nicht nur Vanessa. Alle gefickt.«

Sein Blick war so wild, dass ich mich fragte, ob er eine Affäre mit Wilhelmina Demenzjewa gehabt hatte. Aber nein, nein, nicht einmal Jeffrey Schnuckiputz fickte seine Mutter.

Aber der Gedanke brachte mich auf einen anderen. Nicht seine Mutter, Vanessas Mutter.

Ziegen und Affen!

»Poppy!« Ich hatte versucht, es wie eine Frage klingen zu lassen, aber es geriet zu einem Protestruf.

Er grinste mich an. »Es sei denn, ich hätte dir schon wieder einen Bären aufgebunden.«

War sein Grinsen also die Bestätigung, dass er wusste, wenn er Poppy gefickt hatte, musste mir das noch schmerzlicher sein, als wenn er Vanessa gefickt hatte?

Ich konnte nicht zulassen, dass er glaubte, mich durchschaut zu haben. Ich erhob mich vom Tisch und ging an die Bar. Nicht um mir Alkohol in jeden meiner Augäpfel zu gießen oder eine Zigarette durchs Ohr zu rauchen, sondern um zu versuchen, ein bisschen zu Atem zu kommen, und ein Taxi zu rufen.

Nach zehn Minuten kam eins. Auf dem Weg nach draußen legte ich Jeffrey eine frostige Hand auf die Schulter. Er rührte sich nicht von der Stelle. »Das mit deinem Gehirntumor tut mir leid«, sagte ich. »Es würde mir sogar noch mehr leidtun, wenn du das zulassen könntest. Aber lass mich bitte wissen, wenn es etwas gibt, was ich für dich tun kann.«

Im Taxi zum Bahnhof kam mir in den Sinn, dass er auch hinsichtlich des Tumors gelogen haben könnte, dass dies womöglich nur ein weiterer dieser Ohnmachtsanfälle war, die er simulierte, damit ich bestraft wurde und er zu unserer Mutter ins Bett kam. Warum, war mir unbegreiflich. Jetzt hatte er sie doch so oder so für sich. Und ich war ohnehin gestraft. Womöglich, um sich die bittere Pille seiner Beichte zu versüßen, einmal angenommen, es war tatsächlich eine Beichte. Um eine Erklärung für sein Verhalten zu haben. Nicht er selbst war's, der mit meiner Frau oder meiner Schwiegermutter gevögelt hatte, sondern es war die Wucherung in seinem Hirn. Aber andererseits – wenn er keinen Knoten im Hirn hatte, warum hatte er sich dann die Mühe der Beichte gemacht?

Erst als ich aus dem Taxi stieg, kam mir mit voller Wucht zu Bewusstsein, was an diesem Tag geschehen war. Ich hatte eine weitere dieser Begegnungen mit meinem Bruder erlebt, bei denen es unmöglich war, Wahrheit und Fiktion fein säuberlich zu trennen, oder auch Vernunft von Irrsinn. Mein Vater hatte mich gefragt, ob ich nicht Lust habe, bei einem Spießbraten meine Mutter mit ihm zu teilen. Meine Mutter hatte verstanden, was er meinte – was mich erschreckte –, und sich nur wenig verärgert gezeigt. Hatten sie dergleichen in der Vergangenheit praktiziert? Auf der *QE2*? Schon richtig, er war senil. Aber wenn wir senil werden, dann auf eine Weise, die unser Wesen widerspiegelt. Ich hatte mich seit jeher gefragt, wer mein Vater war. Jetzt wusste ich es. Er war ein Widerling. Womöglich ebenfalls mit einem Knoten im Hirn. Wir waren die Söhne eines Zuhälters, Jeffrey Tumörchen und ich. Und vielleicht auch einer Hure. Wir waren die Kinder der Verdammten.

Jeffrey wollte, dass ich wusste, er hatte entweder mit Vanessa oder mit Poppy gevögelt, aber was, wenn er wollte, dass ich mehr als das wusste? Was, wenn er mit ihnen beiden gevögelt hatte?

Ich würde nicht die Bücher schreiben, die ich schreibe, wenn ich nicht über eine nimmermüde Fantasie verfügen würde. Ich bin schneller als die meisten Männer beim Schritt von einem Flüstern zum Kuss, von einem Kuss zur Affäre und von einer Affäre zum sexuellen Grillfest.

Eine nach der anderen wäre schlimm genug, aber was, wenn meine Frau und ihre Mutter gemeinschaftlich Jeffrey spießgebraten hatten?

Schwer vorstellbar, aber es gab nichts, was ich ihnen nicht zutrauen würde.

Aber ob nun spießgebraten oder nicht, jedenfalls war mein Bruder dabei, zu sterben. Und wenn er log? Bei so etwas zu lügen war selbst schon wie Sterben.

Ein unbeabsichtigter Schrei entfuhr mir, als ich die Taxifahrt bezahlte, ein plötzlicher Stich an einer Stelle, die ich nicht recht zu lokalisieren vermochte, als handele es sich um die Erinnerung an einen früheren Schmerz.

»Alles klar bei Ihnen?«, fragte mich der Taxifahrer.

»Mir? Alles in allem«, entgegnete ich, »geht's mir prächtig.«

Ich musste laufen, um meinen Zug noch zu kriegen.

26
Fuck-Checkerin

Die Fahrt von Monkey Mia nach Broome verlief ohne besondere Vorfälle. Poppy schlief hinten im Wohnmobil. Vanessa konzentrierte sich aufs Fahren. Wir konnten es nicht an einem Tag schaffen, wiewohl Vanessa allerdings vorschlug, wir beide sollten uns am Steuer abwechseln und die Nacht durchfahren.

»Ich bin zu müde«, erklärte ich.

»Wieso, was hast du denn schon getan, dass du davon müde bist?«, fragte sie.

Ich hätte sagen können, »Ich habe Spinnen gekillt«, unterließ es aber. »Ich habe nachgedacht«, sagte ich stattdessen und rieb mir die Augen, um die anstrengende Arbeit des Denkens anzudeuten.

Zu sagen, ich hätte nachgedacht, war stets ein guter Trick, das Gespräch mit Vanessa zum Erliegen zu bringen. Sie hatte Angst davor, ich würde sie damit langweilen, ihr zu erzählen, *worüber* ich nachgedacht hatte.

Wir kamen spät am darauffolgenden Abend in Broome an und checkten sogleich in einem Hotel mit Ausblick auf die Mangrovensümpfe ein. Ich brachte eine Stunde damit zu, das WLAN-Netzwerk für meinen Laptop hinzukriegen und meine Mails abzurufen.

»Hat das nicht Zeit?«, sagte Vanessa.

»Bis wann?«

»Bis noch eine Nacht vergangen ist, ohne dass deine Karriere wieder die Oberhand über unser Leben gewinnt.«

»Was für eine Karriere?«

»Genau das meine ich.«

Ich aber hörte schlechte Nachrichten in meinem Gerät herumsummen und konnte es nicht abwarten, sie abzurufen. Früher war's mal das Orakel gewesen. Jetzt war's ein Apfel. Aber Katastrophe bleibt Katastrophe, ganz gleich wer sie verkündet.

Zwischen dem ganzen Viagra- und Erektionsschutt fand ich eine Mail von Bruce Elseley, der meine E-Mail-Adresse gar nicht hätte haben dürfen – er drohte mit rechtlichen Schritten und fragte an, ob ich nicht zu einer Lesung von ihm in einer Buchhandlung in Kentish Town kommen wolle; eine weitere von Merton, damals noch am Leben, mit einer verspäteten Rezension meines vorvorletzten Romans im Attachment – die beste Rezension, die er je gesehen habe, fand er, eine Rezension von atemberaubendem Scharfsinn, wenn's auch ein Jammer war, dass sie vier Jahre nach Veröffentlichung des Buches und in einer Zeitschrift, die niemand las, erschienen war; und der *American Traveler* hatte Rückfragen bezüglich einiger Punkte in einem Artikel über das Barossa Valley, den ich für sie geschrieben hatte. Alle Schriftsteller, ganz gleich wo sie sich gerade befinden, fürchten Botschaften von einer amerikanischen Fakten-Checkerin, die über ein »Habe an keinem Wort das Geringste auszusetzen« hinausgehen; in einem Hotel in Broome am Ende eines langen und emotional aufreibenden Ausflugs aber ist eine amerikanische Fakten-Checkerin mit »einigen wenigen Rückfragen« der unwillkommenste Mensch auf Erden.

Als sie Vanessa und mich am nächsten Morgen beim Frühstück über die Fakten-Checkerin reden hörte, meinte Poppy, wir hätten Fuck-Checkerin gesagt.

»Wie geht denn das Checken von Fucks vor sich?«, fragte sie.

»Keine Ahnung«, sagte ich. »Nicht auszuschließen, dass sie sich darauf auch versteht. Aber hier geht's um Fakten, nicht Fucks. Sie überprüft Fakten.«

»Was seltsam ist«, sagte Vanessa, »wenn man bedenkt, dass du Fakten nicht mal als solche erkennst, wenn du mit der Nase drauf gestoßen wirst.«

»Genau«, sagte ich.

»Was also checkt sie?«, fragte Poppy.

»Das ist eine Fehlbezeichnung«, sagte ich. »In Wahrheit handelt es sich um die Stilpolizei.«

»Sie ist eine Fuck-Stil-Polizistin«, sagte Vanessa, mit sich zufrieden, als habe sie einen Witz gemacht.

Poppy dachte nach. »Dann checkt sie vielleicht *doch* die Fucks«, sagte sie. »Wie ein Pferdezüchter, der aufpasst, dass die Stuten nicht vom lahmsten Hengst im Stall gedeckt werden.«

»Willst du damit behaupten, dass ich einen lahmen Stil schreibe, Poppy?«

Wir wechselten verstohlen schüchterne Blicke wie Schulkinder, die die ganze Mittagspause zusammen hinter dem Fahrradschuppen zugebracht hatten.

Insgeheim war ich von ihr beeindruckt. Es brauchte ein ausgereifteres kritisches Vermögen, als ich ihr zugetraut hätte, um einen Vergleich zwischen schriftstellerischen Qualitäten und Rassepferden ziehen, einen Schreibstil für lahm halten zu können, der nach mehr Sprungkraft und eleganterem Tempo verlangte. Hatte sie sich verändert, während ich sie in meinen Armen hielt, den einen Fuß auf der Vogelspinne? Hatten meine Küsse sie in eine Literaturkritikerin verwandelt?

Ihr zu Ehren jedenfalls beschloss ich, die Redakteurin des *American Traveler* von nun an genau so zu nennen – die Fuck-Checkerin.

Konsequenz meiner Nachricht von der Fuck-Checkerin, die sich zudem Sorgen um die Einhaltung des Redaktionsschlusses machte, war jedenfalls, dass ich auf dem Zimmer bleiben und an meinem Artikel arbeiten musste, während Vanessa und ihre Mutter Broome zu erkunden begannen. Die Rückfragen zu dem, was ich geschrieben hatte, betrafen vor allem drei Punkte. 1) Die Fuck-Checkerin verstand den Text nicht. 2) Der Fuck-Checkerin gefiel er nicht. 3) Die Fuck-Checkerin glaubte nicht, dass irgendetwas darin der Wahrheit entsprach.

Die drei Punkte standen durchaus in Zusammenhang. »Rhetorische Zuspitzung«, schrieb ich ihr zurück. »Sie dürfen das, was ich geschrieben habe, nicht wortwörtlich auffassen.«

»Wie darf ich es dann auffassen?«, mailte sie zurück.

»Als Geste der Verneigung vor einer tieferen Wahrheit, ohne dass ich mich den Banalitäten des rein Faktischen unterwerfen würde.«

»Wenn Sie also sagen«, sagte sie, diesmal übers Telefon von New York aus – dort musste es tiefste Nacht oder finsterer Morgen sein, so hingebungsvoll widmete sie sich dem Fuck-Checken –, »dass es sich bei der Kellnerin im Mount Pleasant Winery Barbecue and Bistro um eine Meerjungfrau handelte, die mit langem wallendem nassem Haar und ganz purpurfarben von den Trauben aus einem Fass Shiraz gestiegen sei, so meinen Sie damit, dass sie *aussah wie* eine Meerjungfrau?«

»Ja«, sagte ich. »Nein. Dann klingt es so, als sei die Fantasie mit mir durchgegangen, wohingegen die Kellnerin sich in Wahrheit selbst als Meerjungfrau begriff.«

»Können Sie das irgendwie mit irgendetwas untermauern?«

»Nein, nicht wirklich. Es war mein Eindruck. Es war die Art und Weise, wie sie sich gab.«

»Also ist die Fantasie *tatsächlich* mit Ihnen durchgegangen.«

»Nun ja, es ist teils Fantasie, teils Intuition. Aber trotzdem würde ich nicht einfach sagen wollen, sie habe *ausgesehen wie* eine Meerjungfrau. Der Vergleich setzt sie herab, setzt mich herab und setzt die Leser herab. Sie *war* eine Meerjungfrau.«

»Aber sie war nicht wirklich aus einem Fass Shiraz herausgestiegen?«

»Natürlich nicht. Aber sie hätte es getan haben können. Und wer weiß, ob sie es nicht doch getan hatte? Machen Sie sich Sorgen, dass irgendwer es bei sich zu Hause ausprobieren könnte?«

»Meinen Sie nicht, es könnte Kunden der Weinkellerei Mount Pleasant abschrecken, wenn sie damit rechnen müssten, dass in ihrem Wein eine Meerjungfrau herumgeschwommen ist?«

»Na, mich würde es nicht abschrecken. Aber ich möchte doch bezweifeln, dass sie tatsächlich drin herumgeschwommen ist.«

»Warum hat sie denn dann Wein im Haar? Wie ist er da hingekommen?«

Wenn man für eine amerikanische Zeitschrift schreibt, ist es ungeschriebenes Gesetz, dass die Fuck-Checkerin immer gewinnt. »Ich werd's umschreiben«, sagte ich.

»Weiter«, sagte sie. »Wenn Sie schreiben, die Weingläser der Kellerei Henschke würfen das Licht zurück wie das Schaufenster eines Juweliers auf der Bond Street, meinen Sie dann wie das Schaufenster oder wie die Juwelen darin?«

Ich dachte drüber nach. »Ich glaube, ich meinte, dass der Wein, der im Glas tanzte, mich an die das Licht zurückwerfenden Juwelen im Schaufenster von, sagen wir, Tiffany's erinnerte.«

»Auf der Bond Street? Ist Tiffany's nicht in der *Old* Bond Street?«

»Na ja, wir sprechen immer von der Bond Street, ob nun Old oder New. Aber richtig, *Old* Bond Street stimmt, falls das Ihren Lesern helfen sollte, das zu lokalisieren.«

»Und *zurückwerfen?*«

»Ja, das Licht zurückwerfen.«

Jetzt war es an ihr, innezuhalten. Ich fragte mich, ob sie womöglich beim Korrektor Rücksprache hielt, der beim zuständigen Redakteur Rücksprache hielt, der beim Herausgeber Rücksprache hielt, der beim Inhaber der Zeitschrift Rücksprache hielt. Auch sie, das konnte ich hören, fragte sich etwas. Tatsächlich hörte es sich so an, als fragten sie sich alle etwas. »Wir fragen uns«, sagte sie schließlich, »ob uns nicht noch eine andere Möglichkeit einfällt, wie wir das für unsere Leser formulieren könnten?«

»Mit *das* meinen Sie ›zurückwerfen‹?«

»Ja, und ›tanzen‹ und ›Meerjungfrau‹ und ›Fass‹ …«

»Und ›Shiraz‹?«, setzte ich die Reihe fort.

»Ja, und das.«

Ich dankte ihr, legte auf und trat auf den Balkon des Hotels hinaus. Hätte es da draußen nicht so giftverseucht ausgesehen, hätten die Quallen nicht begierig drauf gewartet, den wenigen Herzfunktionen ein Ende zu setzen, die die Fuck-Checkerin mir noch gelassen hatte, so wäre ich gesprungen.

Warum war ich in Broome? Warum war ich irgendwo?

Es kann eine Hilfe sein, an zu Hause zu denken, wenn die Reisekrankheit einen erwischt, aber zu Hause hieß Elseley, der in Frauenstrümpfen und mit einer Apfelsine im Mund an einer Hoteltür hing, zu Hause hieß Flora McBeth, die aus den Regalen sämtlicher Buchhandlungen des Landes systematisch alle Bücher entfernte, die jemals von Männern geschrieben worden waren, zu Hause hieß … Wo war zu Hause?

Und dann dieses Broome, in das die beiden Hexen mich verschleppt hatten – was für eine Höllenhölle war das? Voller Abscheu trat ich vom Balkon zurück. Widerlich, die Hitze, das kriechende Mangrovendickicht (»Ist es das Mangrovendickicht, das kriecht, oder ist etwas Kriechendes darin?«), die langsamen Wellenbewegungen der Roebuck Bay, deren Wasser herumschwappten wie Suppe (»Pilz-? Tomaten-? Quallen-?«), die Fischadler, die mit unendlicher Geduld kreisten, unerschütterlich an ihrer Überzeugung festhaltend, dass das Leben Nahrung war und dass Nahrung Leben war und dass das alles war, was man auf Erden wusste und was man zu wissen brauchte …

Nahrung und ein Verlangen …

Wo waren sie jetzt, die hexenhaften Frauen meines Lebens? »And where, where, where is my Gypsy wife tonight?« – Leonard Cohen, letzter aus der alten Schule der Draufgängermasochisten.

Wo, wo, wo also *waren* meine Zigeunerfrauen? Auf Tauchgang nach Perlen? Auf dem Cable Beach, um ihre Körper den Muskelmännern zur Schau zu stellen? Auf einem Kamel sitzend, beiderseits seines Höckers, Poppys Finger wie diejenigen eines Kindes ihrer Tochter um die Körpermitte geschlungen?

Aus der Hitze meines widerlichen Verlangens erhoben sie sich inmitten des Mangrovendickichts von Roebuck Bay, zwei Meerjungfrauen, die sich Shiraz-Tröpfchen aus dem purpurisierten toxischen Haar schüttelten.

Etwas habe ich noch nicht erwähnt.

In der Nacht, als ich die Spinne umbrachte, der Nacht, in der die moralische Zeitrechnung stehen blieb, kehrte ich schließlich zum Wohnmobil zurück und stellte fest, dass Vanessa nicht da war. Auf meinem Kissen lag wie als höhnisches Gegenstück zu dem, was auf Poppys Kissen gewesen war, eine Nachricht.

»Genieße nur ein wenig die Frischluft, die Nacht ist zu schön, sich das entgehen zu lassen. Warte nicht auf mich. Küsschen. V.«

27
Gnu

Wir blieben zwei Wochen in Broome. Vanessa wollte für immer bleiben.

»Dies ist das Pionierleben mit Grenzerfahrung, nach dem ich mich immer gesehnt habe«, sagte sie.

Das Pionierleben mit Grenzerfahrung hatte sie nicht mit einem Wort erwähnt, als wir noch reetgedeckt in Barnes wohnten oder als wir in das dreistöckige Haus in Notting Hill Gate umzogen. (In diesem Stadium wohnte Poppy noch bei uns. Nach Oxfordshire getürmt ist sie erst nach unserer Rückkehr aus Australien, und zwar aus Gründen dessen, was man vermutlich Schicklichkeit nennen muss.)

Ich bekundete Überraschung darüber, dass sie sich immer schon nach einem Pionierleben mit Grenzerfahrung gesehnt hatte, aber Vanessa war mir gegenüber immer ironiefest. »Dir gegenüber habe ich das nie so ausgedrückt«, sagte sie, »weil ich wusste, du würdest doch nicht verstehen, was diese Worte bedeuten. Du bist so eine Stadtpflanze.«

Eine Stadtpflanze, ich? Ich erinnerte sie daran, dass ich aus Wilmslow kam. »Aufgewachsen bin ich damit, V, dass ich aus dem Fenster meines Schlafzimmers Kühe grasen sah.«

»Beschreib mir eine Kuh.«

»Dann eben Schafe.«

Da sie aber so sehr davon verzückt war, überließ ich Broome ganz ihr. Sie gab das Wohnmobil zurück und mietete den machomäßigsten Jeep, den sie auftreiben konnte. Sie liebte Erscheinung und Technik von Geländefahrzeugen, die Bullenfänger und die großen Reifen, die am Dach festgeschnallten Blechkanister, das Geräusch, das die Türen machten, wenn man sie zuwarf, den roten Staub auf allem. In den zwei Wochen, die wir da waren, wurde sie stadtbekannt, sie jagte mit Tempo durch den Ort, hieb auf die Hupe und winkte den Freunden zu, die sie sich hier angelacht hatte. Sie kaufte sich eine neue Garderobe, bestehend aus Kakishorts und Wanderstiefeln. Sie gewöhnte sich den Slang der Aussies an. Spätabends ging sie aus und trank mit den Aborigines, deren Lachen und Krakeelen noch in hundert Meilen Entfernung zu hören war.

»Dieses Land ist ihr Land«, sagte sie.

»*Land?* Das Wort gehört nicht zu deinem Wortschatz.«

»Jetzt schon. Sie haben's mir beigebracht. Es steckt ihnen im Blut.«

»V, was ihnen im Blut steckt, das ist der Alkohol.«

»Und wer trägt die Schuld daran?«

Ich kannte die Antwort. Der weiße Mann. Vanessa wollte bleiben und die Dinge für den schwarzen Mann in Ordnung bringen.

»Lass uns nie mehr zurückgehen«, sagte sie eines Nachts zu mir. Sie war zum Trinken und Gott weiß was sonst noch ausgegangen und wand sich jetzt um mich herum wie eine Schlange um ein Gnu. »Lass uns nie mehr nach Hause fahren. Hier steht uns ein Leben offen. Spürst du nicht die Wildheit, die in allem steckt? Wie können wir nach dieser Erfahrung in den Londoner Westen zurück? Riechst du die Nacht?«

Ich roch sie.

Der warme Geruch von Kamelfell, oder womöglich gar von Elefanten, Blut, Eidechse, Eukalyptus, Palisander – der schwüle Geruch von Schmerz und allem, was man zur Anwendung brachte, um Schmerzen zu lindern, After-Sun-Lotion zur nachträglichen Pflege eingeschlossen. Dann sogleich der Geruch von noch mehr Schmerz.

»Horch, wie sie klingt!«

Ich horchte. Obwohl das Meer sich nicht bewegte, konnte man es hören. Die Laute einer gedämpften Stille, ein Brausen wie von einem anderen Planeten. Und die Laute von Kreaturen, die töteten oder getötet wurden. Und die Aborigines, die ihr fürchterliches Lachen der Enterbten kreischten. Und Vanessa, die mir ins Ohr flüsterte.

Sie hatte recht. Wie konnten wir zurück?

»Was ist mit deiner Mutter?«, fragte ich.

»Ihre Entscheidung. Sie kann mit uns hierbleiben oder allein heimfahren. Sie ist dazu durchaus in der Lage. Du und ich, ganz allein. Was sagst du?«

Einen Moment lang dachte ich, sie würde ihre Hand unkontrollierbar in Richtung meiner frisch geprüften Männlichkeit schießen lassen.

Ich lag stumm da, lauschte auf Vanessas Erregtheit.

»Na?«, sagte sie. »Was hätten wir schon zu verlieren? Du kannst überall schreiben, und so würdest du endlich mal ein Thema haben, das nicht du selbst bist. Und ich ebenso. Ich könnte hier mein Buch beenden. Sowieso ist das hier das, worum es sich immer schon drehte. Jetzt endlich wird es mir klar.«

»Dein Buch drehte sich immer schon um *Broome?*«

Sie biss mir ins Ohr. »Sei nicht so ein Besserwisser, Guido. Nicht hier. Dies ist unsere Gelegenheit, alle Besserwisserei hinter uns zu lassen. Neu anzufangen. Was sagst du? Neu anzufangen, wo das Leben real ist. Keine Buchpremieren mehr. Keine Verlagspartys. Kein hysterisches Losgerenne mehr, um die Zeitungen zu erwischen, die Rezensionen zu lesen und dann darüber auszurasten.«

»Ich werde drüber nachdenken«, sagte ich und merkte mir das mit dem Ausrasten.

»Lass das Nachdenken, tu's einfach.«

Sie hatte recht. Ich bejubelte ihren Mut. Sie hatte nicht nur für sich recht, sondern auch für mich. Die großen verruchten und deftigen Schriftsteller, die ich bewunderte, hätten die Gelegenheit eines Lebens hier allesamt ohne Zögern ergriffen, auf wie kurze Zeit auch immer. Hätten sich in der Hitze dem Wahnsinn ergeben, volltrunken durch die Straßen gebrüllt, in ihren Gärten Warane geschossen und sengend heiße Bücher über diese Erfahrungen geschrieben. Vielleicht würde sie hierbleiben. Vielleicht *sollte* sie hierbleiben. Ich aber nicht. Mir fehlte es am Mut. Unbotmäßigkeit war mein großes Ziel, aber Unbotmäßigkeit in Wilmslow, nicht im äußersten Norden Westaustraliens, wo es immer noch reißende Bäche gab, aus denen kein weißer Mann je getrunken hatte. Sagte ich, dass Vanessa sich um mich herumwand wie eine Schlange um ein Gnu? Irgendein Gnu!

Ich bebte immer noch von dem Tabubruch der vorherigen Woche (oder wie lange es nun her sein mochte), als ich Vanessas Mutter mit meinen Händen berührt und sie geküsst hatte, bis mir die Zunge schmerzte. Wie viel wilder musste ein Mann sein?

Und wir waren miteinander noch nicht fertig.

Fertig? Wir hatten noch nicht einmal miteinander angefangen.

In der Nacht der Vogelspinne hatte ich meine Chance vermasselt. Schuld waren die Wörter. Wörter hatten mich immer schon in Schwierigkeiten gebracht. Nach Atem ringend und meine Arme immer noch um sie geschlungen, hatte ich kluges Kerlchen gesagt: »Es gibt also doch Affen in der Affenbucht.«

Bann gebrochen. Poppy gehörte, wie ich hätte wissen sollen, jener Generation von Frauen an, die nur auf der Basis der stillen Übereinkunft ihre Hemmungen verloren, dass nicht drüber gesprochen wurde, während es vonstattenging. Sie ließen sich auf schlafwandlerische Weise gehen, sodass sie am nächsten Morgen nichts mehr davon wussten. Sobald man sie auf irgendetwas aufmerksam macht – »Ist das so gut für dich?« oder »Ich würde dich viel lieber als deine Tochter ficken« –, geht der Trancezustand in die Brüche. So dünn ist nämlich der Schleier, der ihre Schicklichkeit umhüllt.

Und ich hatte ihn zerrissen.

»Verschwinde!«, sagte sie, und diesmal blieb sie hart.

Also kehrte ich zum Wohnmobil zurück und fand Vanessas Nachricht auf meinem Kopfkissen.

War die Vogelspinne ein Trick gewesen? Eine Gummispinne, um mich aus dem Weg zu bekommen, damit Vanessa sich ein zweites Mal zum Schiff und dessen zwielichtiger Crew davonstehlen konnte, wo die Nacht doch zu schön war, sie sich entgehen zu lassen, Rhabarber, Rhabarber …?

Bedauerte sie es nun, dass sie es so weit hatte kommen lassen?

Poppy, meine ich. Vanessa hatte ich in meiner Eifersucht erst mal zurückgestellt. Mit dem, was ich ihretwegen empfand, würde ich mich später befassen. Ein Schmerz nach dem anderen. Und überhaupt – was V getan hatte, hatte sie getan. Sie war, wenn es um sie selbst ging, eine geschickte Wiederkäuerin und Vergangenheitsbewältigerin. Alles, was sie in der Vergangenheit – und sei es gerade gestern – getan hatte, würgte sie wieder herauf und spuckte es aus. Himmel, Guido, das war *damals*. Vergiss es. Aber bei Poppy hatte die Frage noch Zukunftspotenzial. Was dachte sie? Was würde sie weiterhin denken?

Ich studierte ihren Gesichtsausdruck, wenn sie nicht wusste, dass ich sie beobachtete. Falls sie ein schlechtes Gewissen hatte, ließ sie sich das nicht im Geringsten anmerken. Immer noch schob sie ihre Hand unter den Arm ihrer Tochter, wenn sie unterwegs waren; immer noch stolzierten sie Seite an Seite einher, erhöht durch ihre Korkabsätze, und verrenkten sich synchron die Köpfe, wenn ihnen irgendwer Unvorhergesehenes begegnete, wiewohl auf den Straßen von Broome schwerlich jemand unvorhergesehener sein konnte als sie selbst.

Hatte sie vergessen, was geschehen war? War es im Alkohol verschwunden wie so vieles andere auch, wie die Spinne auf ihrem Kissen, wie die Affen, von denen sie gehofft hatte, sie in Monkey Mia zu finden, was sie aber komplett vergessen hatte, bis ich sie unklugerweise daran erinnerte, wie Vanessa in die Nacht hinein?

Es gab Dinge, die ich wissen musste. Beispielsweise wie es für eine Mutter war, sich den Ehemann ihrer Tochter auszuborgen. Wie viel Verrat war da aus der Perspektive der Mutter im Spiel? Hinter der Fassade, meine ich. Ohne Ansehen dessen, was eine hasenfüßige Gesellschaft, deren Regeln von weiblichen Lesegruppen in Chipping Norton aufgestellt wurden, dachte – wie schlimm war das Vergehen, mit dem Mann seiner Tochter zu schlafen, nach den Wertmaßstäben der Moral? Besprachen Matronen solche Dinge lachend untereinander am Tresen des Nagelsalons?

»Schon deinen Schwiegersohn gehabt?«

»Ja, und du?«

»Bin noch am Überlegen. Hat er was getaugt?«

»So lala.«

Oder rauften sie sich die Haare und warteten bebend auf die Rache der Götter?

Fragen über Fragen. Aber von Seiten Poppys nicht die Spur einer Andeutung, dass sie sich die eine oder andere schon selbst gestellt haben könnte. Machte sie das zu einer Schurkin der Amoral oder zu einer Heldin? Machte es sie überhaupt zu irgendetwas?

Während sie sich auf dem Cable Beach die Köpfe verrenkten, mit Muskelmännern flirteten oder auf Kamelen in den Sonnenuntergang hineinritten – jede auf ihrem eigenen Kamel, Vanessa und Poppy, jede mit ihrem eigenen Höcker, man stelle sich das bloß vor –, blieb ich drinnen und googelte Sophokles und Äschylus. Das waren die Kerle, die Antworten hatten. Ein Mann und seine Schwiegermutter – wie schwerwiegend galt den Göttern unser Tabubruch?

Nichts. Keinerlei Erwähnung. Selbst Phädra tat nicht mehr, als sich in den Sohn ihres Ehemanns aus früherer Ehe zu verlieben – und das war schwerlich vergleichbar.

Erst bei dem römischen Dramatiker Terenz wurde ich fündig – *Hecyra: Die Schwiegermutter*. Das aber war eine Komödie, sogar so etwas wie eine Schmierenkomödie, die bei der Erstaufführung ihr

Publikum an eine Truppe Seiltänzer verlor, die auf einer anderen Bühne auftraten. Und ich war nicht auf billige Lacher aus.

Eines Abends standen wir beide, Poppy und ich, im Garten des Mangrove Hotel nebeneinander und betrachteten die Treppe zum Mond, ein bei Ebbe zu beobachtendes Naturschauspiel, bei dem der Mond über eine aus seinen eigenen Spiegelungen im Watt der Roebuck Bay gebildete Treppe den Himmel zu erklimmen scheint. Die Menschen kommen Tausende von Meilen weit aus ganz Australien, nur um dieses Schauspiel zu sehen. Ich aber vermochte kaum hinzuschauen. War ich der Stoff einer Tragödie oder der Stoff einer Schmierenkomödie? Spielte Poppy noch darin mit oder nicht mehr?

Hätte die Treppe zum Mond Licht auf solcherlei Fragen werfen können, so hätte ich mir vielleicht die Zeit genommen, hinzuschauen. Vanessa unterhielt sich mit einem Trupp heftig zechender Männer; so wie sie sich in Schale geworfen hatte, mit ihren Outback-Shorts und -Stiefeln und mit ihrer wilden Lebensfreude, stellte ihre Hingabe an Hitze und Gesellschaft ein ganz eigenes Naturschauspiel dar. Ich drückte Poppy meine Hand an den Schenkel, die Finger nach unten und weit gespreizt, als wolle ich ein Pferd vermessen, genau so, wie sie es mir in der Nacht der Vogelspinne schließlich gestattet hatte. Sie aber ging flink auf Abstand zu mir. Keinerlei Bitte, sie in Ruhe zu lassen. Keinerlei Zurechtweisung. Nur ein Schritt zur Seite, als wolle sie einem Fremden Platz machen.

Das Thema kam während der ganzen Zeit, die wir in Broome verbrachten, nicht zur Sprache. Ich bedrängte sie nicht. Dies vielleicht auch, weil Vanessa mir plötzlich leidtat. Ihr Wunsch würde sich nicht erfüllen. Ihrem ganzen Wagemut zum Trotz würde sie nicht ohne mich hierbleiben. Ich konnte es nicht recht erklären. Vielleicht brauchte ihr Mut meine Furchtsamkeit als Gegenstück. Vielleicht hatte sie gehofft, Dirk würde mit seinem Schiff hier auftauchen, und er hatte sie vergessen. Er war nicht gerade die Sorte Mann, die ihr Wort hält, einmal angenommen, es hatte ein

Wort gegeben. Vielleicht fing der Reiz der Grenzerfahrung schon an, sich abzunutzen. Sie hörte auf, mit den Aborigines auf der Straße zu lachen und zu trinken. Ein wilder Kerl mit ledernem Texashut fuhr nur so zum Spaß hinten auf ihren Jeep auf, johlte irgendwas wegen ihrer Titten und haute dann ab. Sie übertrieb es mit der Sonne. Sie wurde zerstochen. Inzwischen verbrachte sie mehr Zeit in der Drogerie als auf dem Strand.

Und ich entdeckte keinerlei Anzeichen dafür, dass sie schrieb.

Erst am allerletzten Abend gab sie zu, erleichtert zu sein, dass der Aufbruch bevorstand, wiewohl sie es vor mir wie eine Kapitulation klingen ließ.

»Du hast gewonnen«, sagte sie.

Wie standen trinkend und rauchend auf dem Balkon und betrachteten das giftige Meer. Poppy stand neben ihr. Irgendetwas an ihrem Gesichtsausdruck schien die eben gehörten Worte widerzuspiegeln. *Du hast gewonnen.*

Was heißen sollte? Dass sie ihr höllisches Verlangen nach mir nicht länger unterdrücken konnte? Oder war sie nur schon wieder sturzbetrunken?

28
Wie viel hat Ihr letztes Buch eingebracht?

Auf dem Zug zurück aus Wilmslow lief mir Garth Rhodes-Rhind über den Weg, der Urban-Fantasy-Schreiberling, mit dem ich mich angefreundet hatte, als er eine schwere Zeit durchmachte und nicht wusste, woher er den nächsten Penny nehmen sollte, oder die nächste Ehefrau, wo wir gerade dabei sind, weil die vorherige ihn hatte sitzen lassen, wegen eines Oberstufenschülers, den Garth in seiner Zeit als Vertretungslehrer an einer Gesamtschule in Tower Hamlets unterrichtet hatte. Garth Rhodes-Rhind war es auch, der dann in einem späteren Stadium seiner schriftstellerischen wie seiner Ehekarriere auf einer Yacht namens *Lulu* die Buchpremierenparty »Neues Buch auf neuem Bug« geschmissen hatte.

Zu der Zeit, als ich ihn kennenlernte, war er ein jobbender Thrillerautor, der Spannung schürte, indem er jedes seiner Bücher sorgsam für sich behielt. Wir begegneten uns im Café der British Library. Er stellte sich vor und erklärte mir, er sei ein Fan. Ich glaubte ihm nicht. Echte Fans sagen nie »Ich bin ein Fan«. Sie nennen einem die Titel von Büchern, die man veröffentlicht hat, und sagen einem, warum diese ihnen gefallen haben. Ich bin ein Fan heißt: Ich bin ein Promi-Fucker, soll heißen: Ich kenne dein Gesicht, aber erwarte bloß nicht, dass ich den Titel von irgendwas kenne, was du geschrieben hast. »Welches meiner Bücher schätzen Sie denn besonders?«, fragte ich ihn.

Tat ich nicht wirklich, hätte ich aber tun sollen. Das Dumme ist, selbst wenn man weiß, was sie meinen, wenn sie »Ich bin ein

Fan« sagen, hört man es sie trotzdem gern sagen, so verführerisch ist es, erkannt zu werden.

Er war düster und grüblerisch, übergewichtig und unrasiert. Auch ungebadet, schien mir. Es sei denn, dass das, was ich da roch, einfach nur Unglück war. Und natürlich Neid, aber nach Neid riechen schließlich alle Schriftsteller.

Er verlor keine Zeit und kam gleich auf den Kern seines Interesses an mir zu sprechen. Er wollte wissen, ob ich reich wäre.

Ob ich reich *sei*.

Mir sackte die Kinnlade herunter. »Reich? Von Anfang an reich, meinen Sie? Reich geboren? Reich, bevor ich zur Feder griff?« Als griffe noch irgendwer zur Feder.

Nein, das hatte er nicht gemeint. Er beugte sich vor und berührte den Aufschlag meines Jacketts. Einen Moment lang dachte ich, er wolle den Stoff befühlen. Aber die Geste war beschwichtigend gemeint. »Ich wollte Sie in keinster Weise beleidigen«, sagte er.

»Beleidigen?«

Für einen unerschrockenen Mann sah er urplötzlich seltsam erschrocken aus. »Ich meine, ich möchte kein Klischee bedienen.«

Klischee bedienen – bei dem Ausdruck bäumte sich etwas in mir auf. Ich weiß nicht recht, warum.

»Vielleicht darf ich die Frage anders ausdrücken«, sagte er rasch. Ich erwartete, er würde mich fragen, ob ich reich an Kenntnissen oder an Liebe sei. Reich im Geiste, reich auf jenen Gebieten, die zählten. Ich täuschte mich. »Wie viel verdienen Sie pro Buch?«, fragte er.

Mir sackte die Kinnlade sogar noch weiter nach unten. Weit genug, dachte ich ohne logischen Zusammenhang, um eine zweiläufige Flinte darin unterbringen zu können.

»Darüber können wir uns vielleicht unterhalten, wenn wir einander besser kennen«, sagte ich, außerstande, mir einen Zeitpunkt vorzustellen, an dem ich ihn besser kennen wollte, als ich es bereits tat.

Aber schon ein paar Tage später erwischte er mich. »Wo wir jetzt Freunde sind«, sagte er, »möchte ich Sie etwas fragen.«

»Doch nicht, wie viel ich verdiene?«

»Ich bitte um Nachsicht«, sagte er.

»Nein«, sagte ich.

In der darauffolgenden Woche kaufte er mir einen Kaffee und ein Zimtgebäck, ohne dass ich auch nur drum gebeten hatte. »Ich weiß, dass das etwas ist, worüber sich normalerweise nicht einmal gute Freunde austauschen«, sagte er, »aber die Schriftstellerei ist ein Gewerbe wie jedes andere, oder? Ich will einfach wissen, wofür ich diese Opfer bringe. Ich verdiene gar nichts. Ich wäre besser dran, wenn ich bei Waterstones Regale stapeln würde. Wird das denn noch besser? Welche Einkünfte kann man als Romanschriftsteller so erwarten?«

Ich hielt meinen Blick auf das Zimtgebäck geheftet und seufzte. »Kommt auf den Schriftsteller an.«

»Das weiß ich, aber nennen Sie mal eine Hausnummer. Wie viel hat Ihr letztes Buch eingebracht?«

»Ich schreibe keine Thriller, Garth.«

»Verraten Sie's einfach. Ich rechne das dann schon hoch.«

»Wie viel hat Ihr eigenes denn eingebracht?«

»Zweitausendzweihundertsechzehn Pfund. Bitte schön, ich schäme mich nicht, es Ihnen zu verraten.«

Ich bedachte ihn mit einem matten Lächeln. »Das ist nicht gerade viel«, stimmte ich zu.

»Und Sie?«

Die Wahrheit war, dass ich es ihm nicht sagen konnte. Selbst wenn ich die Anstandsregel, dass man seine Erlöse anderen Schriftstellern nicht verriet, außer Acht ließ – ich musste ihn einfach schonen. Es war nicht gerade so, dass ich einen Riesenreibach machte, aber es hätte schon sehr schlecht um mich stehen müssen, wäre es nicht besser gelaufen als bei Garth. Es wäre herzlos gewesen, ihm unter die Nase zu reiben, um wie viel besser es lief.

Also log ich. »Ein bisschen mehr als das«, sagte ich.

»Wie viel mehr? Fünftausend?«

Ich versuchte, überschlägig abzuschätzen, wie viel er ertragen konnte. »Ein bisschen mehr.«

»Fünfzigtausend?«

Wo war er auf der Geduldsskala anzusiedeln?

»So viel nicht.«

Am Ende einigten wir uns auf eine Summe, die sich näher bei der niedrigeren der schon genannten befand. Ich griff sie freiweg aus der Luft. Zwanzig. Sagen wir zwanzigtausend.

Nachdem wir es nun so weit geschafft hatten, blickte er ein klein wenig geringschätzig drein. Zwanzigtausend Pfund! Und das war alles, was eines meiner Bücher abwarf? Wie ich sehen konnte, bedauerte er, behauptet zu haben, er sei ein Fan eines solchen Nobodys. Einen Moment lang dachte ich schon, er würde den Rest des Zimtgebäcks wieder an sich nehmen.

Ich war nah dran, dem unverschämten kleinen Bastard die Wahrheit ins Gesicht zu knallen und mich dran zu weiden, wie ihm die Knie schlotterten, aber meine mitmenschlichen Regungen behielten die Oberhand. Drei Jahre später las ich, dass er in ein anderes Genre gewechselt war und die Rechte an seinem neuen Roman für eine Million Pfund an Disney verkauft hatte. Und das, bevor das Buch noch veröffentlicht worden war. Ich hielt mich von der British Library fern für den Fall, dass er sie gekauft hatte, aber irgendwie kriegte er meine Telefonnummer in die Finger.

»Guy«, sagte er, »Garth hier. Schätze, Sie haben's schon mitgekriegt?«

Ich war mir nicht ganz sicher, was die beste Strategie war. Ja zu sagen und ihm die Genugtuung, zu wissen, dass mir die Nachricht nicht erspart geblieben war, zu gewähren, oder Nein zu sagen und sie mir von ihm verkünden zu lassen.

»Bin gerade total beschäftigt«, fing ich an.

Er hörte mich gar nicht. »Eine Scheißmillion, und das noch ohne die Tantiemen aus dem Buch.«

»Freut mich für Sie, Garth«, sagte ich.

»Gehen Sie mit mir essen«, sagte er.

»Nein«, sagte ich.

Drei Monate lang wiederholte er das einmal wöchentlich. »Gehen Sie mit mir essen«, befahl er.

»Nein«, sagte ich stets.

Und jetzt saßen wir zusammen in einem Pendolino mit Neigetechnik. Er war zu einer Lesung an der Universität in Manchester gewesen. »Normalerweise trag ich für weniger als tausend nicht vor«, ließ er mich wissen, »aber bei Studenten mach ich eine Ausnahme.«

Ich zog ein missbilligendes Gesicht.

»Sie meinen, das hätte ich nicht tun sollen?«

»Nein, nein. Ich finde, das machen Sie richtig.«

»Aber?«

»Da gibt's kein Aber.«

»Ich höre doch, dass ein Aber kommt.«

»Nein, ja, na ja, es überrascht mich, dass Sie tausend nehmen.«

»Wieso, wie viel kriegen Sie denn?«

»Das möchte ich lieber nicht sagen«, sagte ich.

»Kommen Sie. Fünfzehnhundert? Zwei?«

»Fünf«, sagte ich.

»Fünftausend pro Vortrag? Herr im Himmel.«

»Manchmal siebeneinhalb.«

»Jesses.«

»Ich weiß«, sagte ich. »Reinster Wucher, nicht?«

Daraufhin verfiel er in Schweigen. Er holte die gebundene Ausgabe eines Romans aus seiner Aktentasche und begann linkisch, Textstellen zu unterstreichen. Es war einer seiner eigenen Romane.

»Gut?«, fragte ich ihn.

»Ist mein erster. Seinerzeit hat kein Hahn danach gekräht, heute ist es ehrlich gesagt ein ziemlicher Goldesel geworden, so mit Filmrechten …«

Ich griff hinüber, um nach dem Titel zu sehen. *Tod eines toten Mannes*. »Den hab ich nicht gelesen«, sagte ich in desinteressiertem Tonfall.

»Es überrascht mich«, sagte er, »dass Sie überhaupt einen gelesen haben.«

Ich lächelte ihn an. »Hab ich nicht«, sagte ich.

Bevor er sich wieder dem Unterstreichen seiner eigenen Prosa zuwenden konnte, fragte ich, wie es Lulu gehe.

»Leckgeschlagen.«

»Ich meinte nicht das Schiff, ich meinte die Frau.«

»Auch leckgeschlagen. Aus dem Leck verrinnt mein Geld.«

»Teure Dinger.«

»Freundinnen?«

»Schiffe.«

»Ja und Amen. Wie geht's Ihrer ...?«

Er kam natürlich nicht auf den Namen.

»Ich besitze kein Schiff. Ach so, Sie meinen Vanessa. Blüht und gedeiht. Ist gerade dabei, einen Roman abzuschließen. Spielberg will die Rechte.«

Bevor er eine Frage stellen konnte, beugte ich mich zu ihm hinüber und legte ihm einen Finger auf den Mund. »Ist streng geheim«, sagte ich.

Es war eine so prachtvolle Heimreise aus Wilmslow, dass ich vorübergehend all die abscheulichen Dinge vergaß, die Jeffrey mir erzählt hatte.

29
Vom Gehirn aus sterben

Ich beschloss, Vanessa die Nachricht schonend beizubringen.

»Mein Bruder, der Arsch, hat einen Hirntumor«, erzählte ich ihr.

»Jeffrey?«

»Was gibt's denn sonst noch für einen Arsch, der mein Bruder ist? Jeffrey. Ja. Du kannst dich noch an ihn erinnern?« Ich machte eine Faust und hielt sie mir an die Schläfe, um eine Granate anzudeuten, die gleich explodieren und Jeffrey das Gehirn wegblasen würde.

»Jeffrey! Mein Gott!« Sie riss die Augen weit auf, mimte ein dramatisches Schauspielerinnentaumeln, sackte in einem Sessel zusammen und brach in Wehklagen aus.

Ich hatte von Leuten gelesen, die in Wehklagen ausbrachen, aber noch nie ein Wehklagen mit eigenen Ohren gehört. Es war das tragische Äquivalent zu Jeffreys komischem »Ha, ha!«. »Oh, oh!«, sagte sie.

Mir schien, ich musste ein bisschen Fahrt aus meinen Reaktionen nehmen. Und durfte keineswegs meine Überzeugung kundtun, Jeffrey spiele bloß den Todgeweihten, um mir Ärger zu bereiten. »Ich hatte immer eher den Eindruck, du würdest Jeffrey gar nicht mögen«, sagte ich nach einem Weilchen.

»Er war derjenige, der mich nie gemocht hat. Aber darum geht's gar nicht. Keiner aus deiner Familie hat mich gemocht, und ich wünsch dem armen Kerl nichts Böses.«

Armer Kerl!

War das der Grund? Gab's da noch jemandes Bett, in das getragen zu werden er hoffte, kreidebleich wie sein eigener Geist und mir die ganze Zeit zuzwinkernd?

Und wenn er für Vanessa ein armer *Kerl* war, was war er dann erst für Poppy?

»Stimmt das denn, dass er dich nie gemocht hat? Ich hatte den Eindruck, er möge dich sehr.«

Sie ließ sich davon nicht provozieren. Zeigte keinerlei Reaktion.

Sie wollte wissen, ob der Tumor bösartig sei. Danach hatte ich gar nicht gefragt. Ich hatte angenommen, alles, was einem im Gehirn wuchs, war bösartig. War das Gehirn selbst nicht schon ein bösartiges Organ? Dasjenige von Jeffrey jedenfalls?

»Ruf ihn doch an«, sagte ich. »Ich geb dir seine Nummer.«

Auch davon ließ sie sich nicht provozieren.

Die Nachricht hatte auf sie eine durchschlagende Wirkung. Sie saß tagelang herum, stierte ins Nichts, schüttelte bisweilen den Kopf, als stritte sie sich mit einem unsichtbaren Feind. Sie aß nicht. Wenn mich nicht alles täuschte, schrieb sie sogar ein bisschen.

»Du lässt dich besser auch mal durchchecken«, gab sie mir Anweisung.

»Sind Tumore erblich?«

»Frag mich doch so was nicht. Mach's einfach.«

»Ich hab mir schon einen Termin für eine Darmspiegelung geben lassen.«

»Wenn sie da nachschauen, werden sie aber keinen Hirntumor finden.«

»Genau darauf hoffe ich.«

Statt das Radio anzuschalten oder sich Kopfhörer aufzusetzen oder sonst irgendwie die Geräusche, die ich machte, auszusperren, wenn sie zu Bett ging, blieb sie sitzen und fing ein Gespräch mit mir an. Ich konnte mich nicht erinnern, wie lange es her war, dass wir uns zuletzt im Bett unterhalten hatten. Unterhalten, nicht gestritten.

»Alle sterben«, sagte sie.

Sie klang so fatalistisch, dass ich nachfragte, wie es ihrer Mutter gehe. »Och, der geht's bestens. Die wird ewig so weitermachen. Wahrscheinlich als Einzige von uns.«

Mir schoss etwas durch den Kopf. »Und du?«

Sie wich der Frage aus. In diese Reaktion las ich nichts hinein. Sie wollte beständig bei mir den Eindruck erwecken, sie sei nicht mehr lange am Leben. Und sie war eine extrem beeinflussbare Frau. Ein Hirntumor war jetzt nur noch eine Frage der Zeit.

»Was ist der Sinn von allem, Guido?«, fragte sie.

»Ach …« Ich war im Begriff, es ihr zu erklären, aber sie unterbrach mich.

»Von den Büchern und dem Ruhm einmal abgesehen – wofür das alles?«

»Für nichts«, sagte ich. »Darum braucht man ja die Bücher und den Ruhm.«

Sie schaute mich lange und eindringlich an. »Du Glücklicher«, sagte sie, »dass du beides hast.«

»Und dich dazu«, sagte ich.

»Ach, ich.« Sie schnipste mit den Fingern, als sei mehr nicht nötig, und schon sei sie dahin. Der Tumor hatte schon angefangen.

Es stand ihr, über den Tod zu reden. Ihre Tränen einmal außer Acht gelassen, hatte ich sie noch nie so aufblühen sehen. Trotzdem entschied ich mich dagegen, mich auf sie zu wälzen.

Am nächsten Tag nahm sie – als solle die Lüge Realität werden, die ich Garth Rhodes-Rhind aufgebunden hatte – die Arbeit an ihrem Roman wieder auf.

Und ich die an meinem. Aber ohne mein Alter Ego, Little Gidding. Igitt-Gid war, um Jeffreys Jargon zu benutzen, komplett von gestern. Jeffrey auch, aber in einem gänzlich anderen Sinne. Und ich konnte Jeffrey Unsterblichkeit schenken, wenn auch nur jener Art, die er nicht schätzte.

Jedenfalls bedeutete er für mich den entscheidenden Schritt nach vorn. Ein Held für unsere Zeit. Er fuhr zweigleisig, wo Little Gid nur eingleisig fuhr. Jeffrey starb vom Gehirn aus, Little Gid war einfach nur eine Totgeburt. Und Jeffrey hatte sich an Sitte und Anstand vergangen, hatte seinen Bruder hintergegangen, ihn vielleicht sogar doppelt hintergangen, und zwar auf so komplizierte Weise, dass sogar meine Fantasie sich sehr anstrengen musste, um damit Schritt zu halten. Der bedauernswerte Little Gidding war wie ich selbst nicht weiter gekommen, als der Mutter seiner Frau die Zunge in den Rachen zu rammen.

Und wenn es sich am Ende alles als die Lüge erweisen sollte, von der ich inzwischen überzeugt war – na, dann umso besser. Heutzutage erwartet man von Helden, dass sie Lügner sind. Lügen ist das Urklischee des Romans. Genau wie die *Story*. Lass deinen Helden seine *Story* – diesen trügerischen Scheißer – mit dem Versprechen beginnen, dass alles, was er erzählt, reine Lügen sind, und du wirst auch den letzten da draußen noch verfügbaren Leser absahnen.

Die literarische Lüge ist das, was zu erzählen dir bleibt, wenn Erfindungskraft nicht mehr geschätzt wird, wenn Fakten für besser gehalten werden als Fiktionen und die Verleger die Worte »Basiert auf einer wahren Geschichte« auf den Schutzumschlag eines Erfolg versprechenden Romans setzen. Der literarische Lügner ist der verzweifelte letzte Schrei der Kunst um Aufmerksamkeit.

Wollte ich mich wirklich in Richtung des unzuverlässigen Erzählers bewegen, wo es in der Geschichte der Literatur doch sowieso niemals eine gute Erzählung gegeben hat, die *doch* verlässlich gewesen wäre?

Ich wusste nicht, was ich wollte. Ich war von diversen Möglichkeiten entflammt. Und ich war eifersüchtig auf Jeffrey, ganz egal was er im Schilde führte. Eifersüchtig auf ihn, weil er im Sterben lag. Eifersüchtig auf ihn, weil er im Sterben log. Eifersüchtig auf ihn, weil er nicht log. Und eifersüchtig auf ihn, weil er mit meiner Frau Schrägstrich Schwiegermutter im Bett gelegen hatte.

Gut. Eifersucht funktioniert bei manchen Männern ziemlich gut. Ganz besonders wenn es sich um Schriftsteller handelt.

Meine Eifersucht war untrennbar verbunden mit meiner erneuerten kreativen Erregung. Ich brauchte mir nur Jeffrey mit einer der beiden Frauen auszumalen, die ich liebte, und schon war ein Kapitel geschrieben, bevor ich es noch merkte. Was passieren würde, wenn ich ernsthaft an den Punkt kam, an dem ich ihn mir mit beiden ausmalte, das wusste Gott allein.

In meiner sterbenden Welt gehörte Jeffrey die Zukunft. In meiner Macht stand es, den wildesten Roman eines zugegebenermaßen äußerst zahmen Jahrhunderts zu schreiben.

Kaum sah ich ihn als meinen Helden vor mir, da war es mit meiner Verstopfung vorbei.

30
Zeit totschlagen

Einen Monat oder so später …

»Hat ja nicht lange gehalten«, sagte Francis.

»War als Idee halt doch nicht gut genug.«

»Nicht die Idee. Das mit deiner Schwiegerma.«

»Ach, das läuft noch.«

»Oje, ich hatte gehofft …«

»Was gehofft, Francis?«

Aber es war ihm schon zu viel Mühe, eine lüsterne Andeutung zu formulieren. Mit uns ging's zu Ende.

Er sah auf die Uhr.

Früher sah er immer alle halbe Stunde auf die Uhr. Jetzt alle fünf Minuten.

Wir waren in einem neuen Club in Soho essen gegangen. Clubs waren wie Autorenzeitschriften – je schlimmer die Lage wurde, desto mehr davon tauchten auf der Bildfläche auf.

Nachdem er einen prüfenden Blick auf die Uhr geworfen hatte, ließ er einen prüfenden Blick durch den Raum schweifen. Wir alle taten das, schauten uns ständig um, um zu sehen, wer sonst noch anwesend war. Wenngleich es niemanden gab, auf dessen Gesellschaft wir Wert legten, war doch jeder besser als die Person, in deren Gesellschaft wir uns gerade befanden. Wir schlugen die Zeit tot. Das Jetzt taugte nichts. Das, was als Nächstes geschah, musste einfach besser sein. Und so dachten wir stets über das, was als Nächstes geschah, ob nun etwas geschah oder nicht. Das Leben war irgendwo, irgendwann, irgendwer anders.

Und wenn es da auch nicht zu finden war, hatte man es wahrscheinlich auf dem Handy.

Mit dem Essen genauso. Ganz gleich wo wir essen waren, immer unterhielten wir uns über die Speisekarte anderer Restaurants. Auf dem ganzen Planeten gab es niemanden, der war, wo er sein wollte, sich über das unterhielt, worüber er sich unterhalten wollte, das aß, was er essen wollte. Wir hatten uns alle irgendwie vertan.

»Hast du noch eine andere Verabredung, Francis?«, fragte ich.

»Sorry, sorry, um Himmels willen, nein. Ich bin nur nervös.«

»Ich auch.«

Diesmal ließen wir beide prüfende Blicke durch den Raum schweifen. Alle waren nervös. Leute, auf deren Gesellschaft ihre Essensbegleiter keinen Wert legten, waren Gegenstand emsiger Neugier oder gar gierigen Verlangens seitens anderer Leute, die auf die Gesellschaft ihrer Begleiter keinen Wert legten. Wir hätten Reise nach Jerusalem spielen können. Wenn die Musik abbricht, springt man in ein anderes Leben. Völlig egal, wenn man das falsche erwischte. Ganz gleich welche Wahl man traf, man erwischte immer Scheiße.

»Weißt du was, Francis?«, sagte ich. »Ich glaube, wir werden gerade auf das Ende der Welt vorbereitet. Auf behutsame Weise werden wir so zurechtgestutzt, dass wir unser Leben hassen, damit es uns dann nicht mehr gar so sehr schmerzt, es zu verlieren.«

»Ich hasse mein Leben nicht.«

Ich zuckte die Schultern. Ich würde ihn nicht damit konfrontieren, dass er aus Prinzip leugnete.

Wir saßen schweigend da und aßen Kinderessen. Hackfleisch mit Kartoffelpüree. Der nächste Schritt wäre Pfirsich-Rhabarber-Brei.

»Soso«, sagte Francis schließlich. »Du hast also Ferber kennengelernt.«

»Wenn man das Kennenlernen nennen kann.«

»Er ist die Zukunft, Guy.«

»Es wird keine Zukunft geben.«

»Vielleicht. Aber er ist die Zukunft, die es nicht geben wird.«

»Ich bin gerade hochgefahren, um meinen Bruder zu besuchen. Er ist die Zukunft, die es nicht geben wird.«

»Wusste gar nicht, dass du einen Bruder hast.«

»Jeffrey. Er betreibt das Familiengeschäft.«

»Was ist das für ein Familiengeschäft?«

»Himmel noch mal, Francis, ich hab wirklich oft genug drüber geschrieben. Mode. Wir haben da in Wilmslow eine Boutique.«

»Ich dachte, das wäre eine literarische Fiktion.«

»Es war eine literarische Fiktion, die im Zerrspiegel der Wahrheit erzählt wurde.«

»Dann schämst du dich wohl deswegen. Warum ist es nur punktuell mal Thema gewesen? Warum hast du nicht den großen Boutiquenroman geschrieben?«

»Gute Frage. Den schreib ich jetzt. Aus der Perspektive meines Bruders.«

»Was spricht gegen deine eigene?«

Hab ich's nicht gesagt? Gleich würde Francis mich bedrängen, eine Autobiografie draus zu machen. »Basiert auf einer wahren Geschichte.«

»Für mich selbst interessiere ich mich nicht mehr. Für meinen Bruder schon.«

»Unterscheidet er sich denn groß von dir?«

»Na ja, erst einmal ist er schwul.«

»Wer wäre das nicht?«

»Na ja, *er* ist's nicht. Er ist beides. Und er ist sterbenskrank. Außer er ist's nicht.«

Francis ließ seinen Blick durch den Raum schweifen. »Tut mir leid«, sagte er, während er eine verlebte Frau mit tief eingekerbtem faltigem Dekolleté ins Auge fasste. »Sieht Poppy Eisenhower so ungefähr aus?«, fragte er.

»Absolut nicht.«

Eine blasse verlegene Serviererin aus einem Land, das sogar noch nachhaltiger dem Selbsthass verfallen war als unseres, erkundigte sich, ob wir Nachtisch wollten. Wackelpudding? Milchreis? Es war eine überflüssige Nachfrage. Wir würden doch nicht mögen, was käme. Es wäre schlauer, etwas anderes zu bestellen und das nicht zu mögen.

Nichtsdestotrotz orderte Francis Bakewell-Törtchen mit Eis, Vanillesoße und extra Sahne. Er stellte sich dabei sehr pingelig an, als sei die Bestellung irgend von Bedeutung.

Die Bedienung kam noch einmal zurück, um ihm mitzuteilen, das Bakewell-Törtchen werde ohnehin mit extra Sahne serviert – wolle er dann doppelt extra Sahne?

»Ja«, sagte ich an seiner Stelle.

»Und zwei Löffel«, fügte Francis hinzu.

»Aber nicht zwei *zusätzliche* Löffel«, sprang ich ihm bei. »Bloß den einen, mit dem es ohnehin serviert wird, und einen weiteren.«

Die Serviererin nickte und machte auf dem Absatz kehrt, verstanden hatte sie nur, dass sie nichts verstand.

»Ich glaube, ich möchte gern über einen degenerierten Menschen schreiben«, sagte ich.

»Aber du *hast* doch über einen degenerierten Menschen geschrieben«, sagte Francis. »Du schreibst *immer* über einen degenerierten Menschen.«

»Nein, ich meine ganz echt. Einen wirklich degenerierten Menschen. Jemanden, der Männer und Frauen fickt, gleichzeitig. Jemanden, der Wodka durch die Augen trinkt. Jemanden, der die Lüge verbreitet, er habe einen Scheißhirntumor. Falls er da nicht die Wahrheit sagt. Was ihn dann zu einem noch degenerierteren Menschen macht.«

»Ist das alles?«

»Was denn sonst noch, Francis?«

»Missbrauch. Drogenhandel. Häusliche Gewalt. Zuhälterei. Mord und Totschlag. Kindesmissbrauch. Sextourismus.«

»Wahrscheinlich macht er das auch alles.«

»In Wilmslow?«

»Warum nicht? Da wimmelt's nur so von Fußballern.«

»Prima. Mach einen Fußballer aus ihm.«

»Einen Fußballer! Francis, ich habe schon alle Mühe damit, aus ihm keinen französischen Philosophen zu machen. Ich glaube, du hast nicht begriffen, was ich gesagt habe. Dies wird eine pornografische Kritik an der Pornografie unserer Zeit, die keine Pornografie ist. Die Pornografie unserer Zeit ist unser Unvermögen, das Pornografische anzuerkennen.«

Er starrte mich an und legte die Fingerspitzen aneinander. »Okay«, sagte er, oder vielmehr »Okäääy«.

»Was meinst du mit *Okäääy?*«

»Ich meine gut, klingt echt interessant, aber im Moment solltest du das nicht schreiben.«

»Ich bin schon dabei, das zu schreiben.«

»Okäääy, aber im Moment solltest du das nicht fertig schreiben.«

»Warum sollte ich das im Moment nicht fertig schreiben?«

»Weil ich das im Moment nicht verkaufen kann.«

»Weil?«

»Weil die Pornografie unserer Zeit unser Unvermögen ist, das Pornografische anzuerkennen.«

»Hab ich gerade gesagt.«

»Was zeigt, dass ich dir zuhöre.«

»Und was meinst du, wann sich das ändern wird?«

»Du meinst, wann ich aufhören werde, dir zuzuhören?«

»Nein, Francis – ich meine, was meinst du, wann wir wieder imstande sein werden, das Pornografische anzuerkennen?«

Er zuckte mit den Schultern.

»Und was soll ich in der Zwischenzeit machen?«

»Deine Schwiegermutter ficken, du Glücksdingsda.«

»Als *Broterwerb,* Francis.«

Er zog seine Uhr zurate und ließ dann seinen Blick durch den Raum schweifen.

In dem Augenblick tauchte Vanessa auf, mit Poppy am Arm.

Gefolgt von der Bedienung mit einem Stück Apfel-Rhabarber-Kuchen, ohne Sahne.

31
Jeder lebende Autor ist Scheiße

Poppy war nach unserer Rückkehr aus Australien nicht mehr lange bei uns geblieben.

»Mir ist nach Veränderung«, hatte sie am dritten oder vierten Morgen danach erklärt.

Ich warf ihr einen verstohlenen Blick zu, aber sie warf keinen zurück.

Vanessa war ganz außer sich. »Ma, du *hattest* gerade Veränderung. Du hast noch nicht mal deine Koffer ausgepackt.«

»Nun ja, genau das war mein Gedanke. Wenn alles noch gepackt ist, ist das die beste Gelegenheit dafür.«

»Wofür? Du kannst nicht einfach auf die Straße ausziehen. Wo willst du hin?«

»Ich hatte an die Cotswolds gedacht. In einem kleinen Hotel absteigen und mal sehen, ob ich nicht in irgendeiner dieser Bindestrichortschaften ein Cottage zur Miete für den Sommer finde. Ein bisschen Gartenarbeit. Muss nicht für immer sein.«

(»Bloß bis dein überhitzter Gatte sich ein bisschen abgekühlt hat«, war der Satz, auf den ich wartete.)

Ich bot ihr meine Hilfe bei der Suche nach einem Hotel an, aber mein Angebot wurde abgelehnt. Die beiden würden sich zusammen drum kümmern. Ohne mich.

Es war, als würden mich zwei Frauen gleichzeitig verlassen. »Ich bin wieder da, wenn ich wieder da bin«, sagte Vanessa. »Ich würde es zu schätzen wissen, wenn du das Haus nicht in ein Bordell verwandelst, während ich weg bin.«

Nur zur Klarstellung, es war keineswegs Teil meiner Vorgeschichte, dieses oder irgendein anderes Haus, das ich mit Vanessa bewohnt hatte, in ein Bordell zu verwandeln. Es war nicht einmal Teil meiner Vorgeschichte, Frauen zum Tee mit heimzubringen. Wenn die Einsamkeit nach ein paar Tagen mal zu schwer auf mir lastete, ging ich aus dem Haus, und was ich außerhalb des Hauses tat, ging niemanden etwas an. Ich war Schriftsteller. Ich musste gelegentlich mal aus dem Haus. Und ich musste gelegentlich Dinge tun, die niemanden etwas angingen.

So gewissenhaft war ich in meinem Grundsatz, die Außenwelt von der Innenwelt getrennt zu halten, dass ich mich erst eine komplette Meile von meinem Zuhause entfernte, bevor ich per Handy Philippa anrief. Wir hatten seit Adelaide nicht mehr miteinander gesprochen, nicht zuletzt, weil ich andere Dinge im Kopf hatte, aber im unmittelbaren Nachgang der wie auch immer zu nennenden Dinge, die sich zwischen uns abgespielt hatten, hatte sie mir einige Male gemailt, und obwohl ich nicht vorgehabt hatte, noch einmal mit ihr Kontakt aufzunehmen, erwuchs aus der plötzlichen Leere meines Lebens eine gewisse Notwendigkeit, mit ihr zu sprechen. Ich fragte mich sogar (nicht zum ersten Mal), ob ich womöglich in sie verliebt gewesen war, ohne es zu wissen.

»Ich bin hier ganz allein«, sagte ich. »Es ist wohl nicht zufällig drin, dass du herfliegst?«

»Ich bin in Auckland.«

»Weiß ich. Hübscher Name, Auckland. Nun komm schon. Spring ins nächste Flugzeug.«

»Wohl kaum, Guy. Wie lange bist du schon ganz allein?«

Ich versuchte, mich drauf zu besinnen. »Drei, vier Stunden.« In Wahrheit waren's nur zwei, drei Stunden, aber Philippa war nicht meine Frau: Ihr war ich nicht die Wahrheit schuldig.

»Und wie lange wirst du noch ganz allein sein?«

Wiederum fand ich, eine grobe Annäherung sei wahrheitsgetreu genug. »Drei, vier Tage. Eventuell länger.«

»Und du willst, dass ich rüberfliege und dir für diese kurze Zeit Gesellschaft leiste?«

»Na, in Adelaide hatten wir sogar nur eine Nacht.«

»Ja, aber wir waren beide schon an Ort und Stelle. Also wurkluch, ich glaub kaum, dass ich auf duus hur Lust hab.«

»Duus hur?«

»Dur du Langeweile zu vertreiben.«

»In Adelaide hat's dir nichts ausgemacht.«

»Mir war nicht klar, dass es Langeweile war. Ich dachte, wir hätten über Lutturatur gesprochen.«

»Das könnten wir ein bisschen fortsetzen.«

Sie verfiel in Schweigen. Dann sagte sie: »Duus hur muss dich ein Vermögen kosten.«

Ich war keiner, der eine Abfuhr nicht als solche erkannte. Plötzlich wurde mir klar, dass ich mich *tatsächlich* in sie verliebt hatte. »Ich könnte auch zu dir kommen«, sagte ich.

Eine weitere lange Pause folgte. Dann sagte sie: »Ich glaube wuhrkluch nucht, dass das eine gute Idee wäre.«

»Warum nicht? Ist da noch jemand?«

»Ich habe einen Partner, wie du weißt.«

»Und ich habe eine Frau. Ich meine, noch jemand außer diesem noch jemand.«

»Wunn du schon fragst – ja.«

»Ein anderer Schriftsteller?«

Eine blöde Frage. Natürlich ein anderer Schriftsteller. Wie so viele Frauen, die mit Beuteln voller Bücher über der Schulter die Literaturfestivals abklapperten, nahm sie nur Schriftsteller.

Sie blieb stumm.

»Das darf ich wohl als Ja verstehen«, sagte ich.

»Ja.«

»Jemand, den ich kenne?«

»Du kennst *ihn* nicht.«

Ich hörte da eine Unterscheidung heraus. »Dessen *Namen* ich kenne also?«

»Maarten ist's.«

»Maarten Noort?«

Maarten Noort war der schweigende nobelpreisgekrönte Holländer mit dem Hängebauch.

»Ja, der Maarten.«

»Um Himmels willen, Philippa! Der ist zweimal so alt wie du und zweimal so lang, breit und tief.«

»Ach?«

»Er schreibt Romane, die auf Seite zwei schon durch sind.«

»Man misst Sprache nicht nach Fuß und Zoll, Guy.«

»Er spricht auch nicht.«

»Mit mir schon.«

»Willst du damit sagen, am Telefon sei er besser?«

»Wir sprechen nicht per Telefon …«

Ah! Jetzt war es an mir, zu schweigen. Ah!

Also war er da, ging ihr womöglich gerade an die Knöpfe, während wir uns unterhielten. Ich horchte aufmerksam, bildete mir ein, ich könne den schweren niederländischen Atem hören, der die Literaten von Adelaide eine Stunde lang in Bann gehalten hatte.

Das war für international berühmte Romanschriftsteller ein allseits ausgetretener Pfad: Adelaide, Melbourne, Sydney, Auckland, Philippas Bett – Philippa einmal metaphorisch verstanden. Adelaide, Auckland, Prosasüchtige.

Ich sah ein, dass ich nicht beides haben konnte. Ich konnte nicht den Tod des Lesens beklagen und dann diejenigen kritisieren, die lasen. Prosasüchtige waren immerhin süchtig nach Prosa. Aber wenn ich einsah, dass ich nicht beides haben konnte, hielt mich das doch nicht davon ab, beides haben zu wollen.

»Also hat er nie den Weg zurück in sein Heimatland gefunden?«

»Weiß gar nicht, wahs du dahmut sagen willst. Er ist ein internationaler Romancier. Er bereist die ganze Welt. Aber stimmt schon, er ist hur bah mühr, wenn duh Frage darahf zühlt.«

Bah ihr. Herr im Himmel! Wenn ich bedachte, wie kurz es erst her war, dass ich *bah* ihr gewesen war, wollte es mir doch scheinen, dass wir in ihr vereinigt waren, Maarten und ich.

»Und wo ist dein Partner, während Maarten *bei* dir ist?«

»Der ist auch da. Er ist ein großer Bewunderer von Maartens Werk. Hab dir doch erzählt, dass wir eine offene Bezuhung führen.«

Ich wollte mich nach Mrs Noort erkundigen und danach, wie offen die ihre Beziehung sah, aber wenn ich alles bedachte, hatte ich das Gefühl, nicht wirklich in einer guten Position zu sein, um mich auf die Seite von Ehefrauen zu schlagen.

»Na, ich wünsche euch allen jedenfalls viel Glück, Philippa«, sagte ich.

»Dir auch, Guy«, sagte sie.

Das war der endgültigste Abschiedsgruß, dessen Adressat ich jemals geworden war.

Das machte also drei Frauen, die mich innerhalb von drei Stunden verlassen hatten.

Ich ertrage es nicht länger als einen Tag ohne die Gesellschaft einer Frau. Ich hätte Mishnah Grunewald angerufen, hätte ich nicht gehört, sie habe den Zoo aufgegeben, einen Rabbi geheiratet und sich mit ihm nach Krakau begeben, wohin, wie es hieß, das jüdische Leben allmählich zurückkehrte und wo sie ihn bei seiner Amtsführung unterstützte.

Alle waren besser dran als ich.

Poppy und Vanessa fanden ein nettes Hotel in Moreton-in-Marsh, wo sie eine Woche blieben, bevor Poppy in ein rotes Backsteincottage mit kleinem Garten einzog, das sie in Shipton-under-Wychwood entdeckt hatte.

»Sie hat ihre Bindestriche also gekriegt«, sagte ich zu Vanessa, als sie wieder da war.

»Lass sie in Ruhe«, sagte Vanessa. »Wenn du netter zu ihr gewesen wärst, wäre sie vielleicht gar nicht ausgezogen.«

»Hat sie das gesagt?«

»Nein, ich habe meine Rückschlüsse gezogen.«

»In welcher Hinsicht bin ich nicht nett zu ihr gewesen?«

»In der Hinsicht, in der du zu jedem nicht nett bist.«

»Nämlich?«

»Indem du unhöflich bist. Indem du Menschen missachtest. Indem du dich in deinen Kopf einschließt.«

»Das nennt man schreiben, V.«

»Nein, tut man nicht. Man nennt es scheißegozentrisch.«

Seit Broome waren wir nicht direkt schlecht miteinander ausgekommen, sondern eher so miteinander ausgekommen wie immer, nur in stärkerem Maße.

Jetzt, wo sie wieder da war, gab sie mir die Schuld, weil ich ihr nicht erlaubt hätte, dortzubleiben.

»Erlaubt!«

»Ermöglicht. Mich ermuntert. Spiel keine Wortspielchen mit mir, Guido.«

Und jetzt, wo sie aus den Cotswolds zurück war, warf sie mir vor, ihre Mutter gezwungen zu haben, uns zu verlassen und loszuziehen und in Wychwood-over-wo-auch-immer zu wohnen.

Ich sollte nicht so tun, als kennte ich den Ort nicht. Zwei Wochen, nachdem Poppy dort eingezogen war, nahm ich an einem Symposium in Oxford teil und leistete mir zwischendurch ein Taxi zu ihrem Cottage, dessen Adresse mir zwar nie mitgeteilt worden war, die ich aber unter Vanessas Papieren gefunden hatte. Das Dorf sah aus, wie es sich anhörte. Nett. Dorfplatz, Dorfkirche, Dorfkneipe, Dorftrottel. Ich konnte mir gut vorstellen, dass Poppy hier sehr glücklich war.

Mit mir.

Sie war im Vorgarten, als ich aufkreuzte, saß auf einer Holzbank, las Scheiße, beschirmt von einem großen Strohhut, in dem Blumen steckten. Sie hatte seidene knielange Batikshorts an, was ich als Modefachmann wie als Mann für einen schweren Fehler hielt, aber andererseits hatte ich mein Kommen auch nicht angekündigt. Sie verengte die Augen, als sie mich sah, schlug aber nicht ihr Buch zu. Ich entschied mich, das Taxi noch nicht gleich wieder abfahren zu lassen.

»Zufällig auf der Durchreise«, sagte ich.

»Das ist aber ein Zufall. Hast du mich etwa vom Taxi aus erkannt?«

»So was in der Art.«

»Woher bist du denn auf der Durchreise?«

»Oxford.«

»Und wohin unterwegs?«

»Notting Hill Gate.«

»Das ist aber nicht der richtige Weg.«

»Weiß ich. Du könntest dem Taxifahrer wohl nicht zufällig sagen, wo er langfahren soll, oder?«

»Sag ihm, er soll nach Oxford zurück und noch einmal von vorn anfangen.«

»Ein Gläschen Wein, bevor ich wieder aufbreche?«

»Ncin.«

»Tee?«

»Nein.«

»Und du brauchst nicht zufällig meine Hilfe, um Spinnen zu killen? Ich möchte meinen, auf dem Land gibt's davon mehr als genug.«

»Definitiv nicht. Lieber lass ich sie in meinen Kleidern hausen.«

»Dann geh ich mal.«

»Bitte.«

Ich versuchte, einen raschen Blick auf das zu erhaschen, was sie da las. Schriftsteller tun das gewohnheitsmäßig. Sie sind bücherfixiert. Sie können niemanden lesen sehen, ohne sich zu fragen, welches Buch es ist.

»Wonach stierst du da?«

»Wollte bloß mal sehen, was für einen Scheiß du liest.«

»Wieso?«

»Reine Neugier.«

»Ist es nicht. Wenn's Neugier wäre, würdest du nicht von Scheiß sprechen.«

»Bin neugierig, welcher Scheiß es ist.«

»Na, dann musst du halt neugierig bleiben.« Sie drückte sich das Buch an den Busen wie ein Baby. *Mein Baby, mein Baby – sie wollen mir mein Baby rauben!*

»Könnte ich nicht einfach noch bleiben und Punkt?«

»Nein. Nicht einmal einfach noch bleiben und Komma kannst du.«

»Ich könnte als dein Umblätterer agieren.«

»Ich brauche keinen Umblätterer. Dieses Buch ist so interessant, dass die Seiten sich wie von selbst umblättern.«

»Wer ist der Autor?«

»Halt irgendwer, den du für Scheiße hältst. Vanessa sagt, für dich ist jeder Autor Scheiße.«

»Das stimmt nicht. Nur die lebenden.«

»Du bist ein lebender.«

»Nicht mehr lange.«

»Na, jedenfalls ist der hier ein lebender, und er ist nicht Scheiße.«

»*Er!* Du willst mich einfach nur verletzen.«

»Genau. Und jetzt geh.«

»Wenn's das ist, was du wirklich, wirklich willst.«

»Bitte.«

»Wirklich, wirklich, wirklich …«

»Sei so freundlich.«

Sie ließ sich nicht erweichen, aber ich entschied mich, es von der positiven Seite zu sehen. Sie hatte mir nicht gesagt, ich solle nie wieder herkommen.

Ein Teil von mir – nein, einige Teile von mir – waren erleichtert. Der Romancier in mir brauchte das, um endlos weitermachen zu können. Ein leicht errungener Sieg war nicht im Interesse einer guten Story. Ich war nicht gerade ein Handlungsfetischist, aber ich kannte den Wert von Spannung. Auch der Moralist in mir, soweit es da einen gab, brauchte es, um endlos weitermachen zu können. Broome war das eine: Broome lag jenseits der moralischen Landkarte. Aber wenn Poppy mich in ihr Cottage in Shipton-under-Wychwood gebeten und ihre albernen Shorts ausgezogen hätte, so hätte mich das in eine Krise gestürzt. Konnte sie ihrer eigenen Tochter das wirklich antun? Hier, direkt im Herzen Englands? Kannte sie den Unterschied zwischen Recht und Unrecht nicht?

Warum sie Vanessa nicht schon gesteckt hatte, dass ihr Ehemann ein Schuft war, war eine Frage, die mir Sorgen bereitete. War eine Mutter das nicht zumindest ihrem eigenen Fleisch und Blut schuldig? Schaff ihn dir vom Leibe, Vanessa, der ist durch und durch verdorben, war es schon immer und wird es immer sein, frag mich bloß nicht, woher ich das weiß.

Aber der Schwiegersohn in mir, der Liebhaber und das ewige Kind lechzten nach Vollzug. Mochte Broome auch jenseits der moralischen Landkarte gelegen haben, ich sehnte mich dennoch danach, noch einmal auf der Spinne zu stehen und Poppy in meinen Armen zu halten. Und wenn sie Vanessa nichts gesagt hatte, hieß das dann nicht, dass auch sie sich danach sehnte, wieder dort zu sein, unter den Affen?

32
Fass, Fass

Thema des Oxforder Symposiums, dem ich entflohen war, war die Rolle der Kinderliteratur.

Wobei?

Der schulischen Bildung von Kindern?

Es *gab* keine schulische Bildung von Kindern. Wenn es eine schulische Bildung von Kindern geben würde – wenn es eine schulische Bildung von Kindern gegeben *hätte* –, wäre das an gebildeten Erwachsenen ablesbar.

Aber was wusste ich andererseits schon davon? Ich war nur eingeladen worden, um öffentlich gedemütigt zu werden – ein erwachsenes Opfer auf dem Altar des Jugendparagrafen. Des *kurzen* Jugendparagrafen.

Zur Teilnahme bereit erklärt – weitgehend in richtiger Erwartung dessen, was dann auch passierte – hatte ich mich nur, um einen Vorwand zu haben, selbst nachzuschauen, wie meine Schwiegermutter sich da in der Ecke eingerichtet hatte. Oxfordshire war für mich plötzlich spannend geworden.

Den Organisatoren wiederum ging es darum, mit meiner Anwesenheit Aufsehen zu erregen, weil ich in einer dieser hoffnungslosen spätabendlichen Kultursendungen auf Radio 3, bei denen man schon vorher weiß, dass niemand zuhört, weil man selbst auch nicht zuhören würde, wäre man nicht selbst dabei, irgendwas in der Art meines Standardarguments *Man darf wohl davon ausgehen, dass aus gebildeten Kindern gebildete Erwachsene werden, und da es keine gibt, gibt es keine* geäußert hatte. Wo waren sie denn geblieben, diese ganzen lesehungrigen Knirpse, die sich die ganze Nacht lang in die Schlange gestellt hatten, um als Erste den Zauberknaben in die Finger zu kriegen? Entweder lasen sie immer noch den Zauberknaben, oder sie lasen gar nichts mehr.

Es komme einer Herabwürdigung unserer Kinder gleich, argumentierte ich – obwohl ich mir der Gefahr bewusst war, dass man mich der Scheinheiligkeit bezichtigen könnte, weil ich als jemand, der praktisch (wenn auch nicht faktisch) ein Kindsmörder war, das heilige Wort »unserer« in den Mund nahm –, einer Herabwürdigung, zu glauben, dass sie Kinderbücher bräuchten, um später den Schritt zu Erwachsenenbüchern tun zu können. Sie bräuchten vielmehr von Anfang an Erwachsenenliteratur, lediglich auf Gebieten, auf denen sie noch nicht reif genug seien, müssten ein paar Zugeständnisse gemacht werden. Beispielsweise gebe man ihnen nicht *Wendekreis des Krebses* an die Hand. Man ließe sie aber wissen, dass *Wendekreis des Krebses* auf sie wartete, sobald sie den *Sturmhöhe-Scheiß* beendet hatten.

Ich konnte schwerlich so tun, als wisse ich, wovon ich redete. Ich hatte keine eigenen Kinder und verkehrte nicht mit Leuten, die welche hatten. Wir lebten in einer kinderblinden Welt, V und ich, und nahmen an, Kinder seien im Prinzip wie wir, nur kleiner und unordentlicher. »Nicht *gar* so viel kleiner«, höre ich V sagen, während ihr Blick mich abschätzig von oben bis unten taxiert.

Aber warum hätte ich wissen sollen, wovon ich redete? Es herrschte universelle Einigkeit darüber, dass es um die Kinderliteratur nie besser gestanden hatte, und es herrschte universelle Einigkeit darüber, dass jeder unter vierzig Mühe hatte, irgendwas zu lesen, was anspruchsvoller war als ein Tweet. Ergo …

In einem Interview, in dem es um meine eigenen frühen Lektüren ging – ein Thema, bei dem ich jahrelang gelogen und so getan hatte, als hätte ich schon im Kindergarten Henry James und Henry Miller gelesen –, hatte ich außerdem gesagt: »In den Orkus mit allem, was das Kind als solches anspricht.«

Einer meiner Schrägstrich unserer Lieblingsausdrücke. Nicht Kind, sondern als solches.

Den Ansatz, alles in den Orkus zu werfen, was das Kind als solches anspricht, hatten die Organisatoren als nützlichen provokanten Ausgangspunkt für Diskussionen reizvoll gefunden. Darum meine Einladung.

»Wie genau würden Sie das umsetzen wollen?«, fragte mich der Diskussionsleiter der Morgenrunde und rieb sich die Hände. »Sie verbieten? Verbrennen?«

»Die Kinder verbrennen?«

»Wir haben uns gefragt, ob Sie so weit gehen würden.«

(»Warum verabscheuen Sie Kinder, Mr Ableman?«)

Er war der Besitzer des Kinderbuchladens, in dem wir uns versammelt hatten. Wir hatten uns in einen Lagerraum gequetscht, vierzig oder fünfzig erwachsene Kinderbuchleser auf Klappstühlen aus Metall – mich wunderte, dass es keine Hochstühle waren – und die drei Diskussionsteilnehmer, von denen ich einer war, um einen Spieltisch herum angeordnet. An der Wand hingen vergrößerte Fotos berühmter Kinderbuchautoren der Vergangenheit, außerdem Abbildungen des Umschlags des neuesten Beitrags unseres Diskussionsleiters höchstselbst zum Genre, eines Bilderbuchs über einen Hund namens Fass. *Fass, Fass* war der Titel.

Ich beantwortete diese ausfälligen Eingangsfragen (gelassen, wie ich meinte), indem ich den unter Schriftstellern üblichen Lärm darum machte, gegen jede Form von Verboten oder Verbrennungen zu sein – ich brachte sogar die Nazis ins Spiel –, obwohl es tief in meinem Herzen genug gab, dessen Verbot oder Verbrennung ich freudig begrüßt hätte, unter anderem auch, während der Tag seinen Lauf nahm, diesen Laden, diese Veranstaltung und jeden einzelnen Teilnehmer.

»Gestatten Sie mir einen kleinen rhetorischen Exkurs«, sagte ich und artikulierte meine Worte besonders deutlich für den Fall, dass die Verfechter von Kinderliteratur außerstande sein sollten, zu begreifen, was ich als Schriftsteller für Erwachsene meinte. »Ich bin selbstverständlich gegen jede Art von Zensur. Wir können unsere Kinder aber an Bücher heranführen, ohne uns anbiedern zu müssen. John Stuart Mill las die Klassiker im griechischen und lateinischen Original, als er erst drei war. Ich wage zu behaupten, dies wäre nicht geschehen, wenn sein Vater ihm im frühen Alter *Hairy Hettie und die Bockmistfabrik* oder was auch immer sie heutzutage lesen gegeben hätte.«

Ich kann nicht behaupten, dass ich mich besonders geschickt darin angestellt hätte, ihre Zuneigung zu erringen. Selbst Fass, der seinen Herrn von jeder Wand herab liebevoll anschaute – immer in Erwartung des Rufs »Fass, Fass« –, schien jetzt in meine Richtung die Zähne zu fletschen.

Ein Mitglied der Diskussionsrunde traf Anstalten, zu gehen, griff sich seinen Rucksack, der zwischen seinen Beinen am Boden lag – ein kleiner Fahrradrucksack für den Stadtgebrauch, an dem Schlüsselanhänger mit dem kleinen Bären baumelten –, aber dann stellte sich heraus, dass er nur nach einem Taschentuch suchte.

»Wenn das eine Probe Ihres Humors war, wundert es mich nicht, dass Kinder Sie nicht lesen«, sagte er und schnäuzte sich die Nase.

Mir war unklar, ob er sich gleich zu mir herüberbeugen und mir einen Fausthieb versetzen oder in Tränen ausbrechen würde. Tränen, so hatte ich den Eindruck, standen auf der Beliebtheitsskala ganz oben. Heutzutage weinten alle. Die ganze Welt wurde von Tränen geflutet, das Ödland der Literatur dabei mehr als alle anderen unter Wasser gesetzt.

Kein Wunder, dass nichts mehr wuchs.

Am Ende nieste er nur noch ein paar weitere Male in sein Taschentuch. Heston, so hieß er. Heston Duffy.

»Woher wollen Sie wissen, dass ich von Kindern nicht gelesen werde?«, fragte ich. Ich hatte nie den Wunsch gehabt, von Kindern gelesen zu werden, aber jetzt setzte mir der Gedanke, ich würde es nicht, doch schwer zu.

»Na, meine lesen Sie jedenfalls nicht.«

»Meine auch nicht!«, schrie jemand aus dem Publikum.

Heston Duffy schlug eine kurze Probeabstimmung vor. Bitte mal die Hände heben – die Kinder wie vieler Leute hatten schon einmal etwas von Guy Ableman gelesen? Keine einzige Hand ging in die Höhe. Dann fiel ihm noch etwas Besseres ein. Wie viele Leute hatten selbst schon einmal etwas von Guy Ableman gelesen? Wieder keine einzige Hand. Er lehnte sich auf seinem Stuhl zurück – ein unangemessen pompöser Mann für einen Kinderbuchautor, fand ich: hatte mehr was von einem Anwalt vom Lande oder einem Auktionator an sich – und feixte sich eins. Das Feixen stand ihm nicht. Sein Gesicht war ohnehin schon zu fleischig – nicht gerade ein Gesicht, wie ich es gern in der Nähe eines Kindes von mir gesehen hätte, hätte es ein Kind von mir gegeben –, und das Feixen verstärkte sein widerlich gutes Aussehen nur noch. Er trug ein knittriges schwarzes T-Shirt, das leicht fleckig war, wohl von Wasserfarben oder Knetgummi. Sein bockiger Gesichtsausdruck erinnerte mich an Victor Mature in der Rolle des Samson, auch wenn ich derjenige war, der versuchte, die Philister unter den Ruinen des einstürzenden Tempels zu begraben.

»Was Sie lesen oder nicht lesen, müssen Sie selbst wissen«, sagte ich, nun direkt an das Publikum gewandt, »aber mich amüsiert, dass Sie glauben, Sie wüssten, was Ihre Kinder lesen. Schauen Sie jeden Abend unter deren Bettdecke nach? Ich hielt das, was ich las – *Ulysses*, *Die 120 Tage von Sodom*, die *Tischgespräche* von Coleridge – vor meinen Eltern geheim. Das war ja der eigentliche Spaß dabei. Oder ist dem Lesen heute jeder Spaß abhandengekommen, genau wie alles andere auch?«

Ich funkelte sie finster an. Sie funkelten finster zurück. Spaß? Sie würden mir schon zeigen, was Spaß war!

Außerdem noch auf dem Podium saß eine Frau mit grauen Haaren, die zu Rattenschwänzchen zusammengebunden waren wie bei einem sehr alten kleinen Mädchen. Sie trug drei silberne

Ringe in jedem Nasenloch und zwei weitere in jedem Ohr. Ihre Stimme war schrill und flötend, als sei es nicht ihre eigene. Hatte ein Kind von ihr Besitz ergriffen? Das fragte ich mich. Sie hob beschwichtigend die Hand, als ob sie einen Mob bremsen wollte. Ich weiß nicht, warum ich »als ob« sage. Es *war* ein Mob, und sie *war* dabei, ihn zu beschwichtigen. »Ich bin Sally Comfort«, sagte sie, obwohl sie sich bereits vorgestellt hatte.

Alle applaudierten ihr zum zweiten Mal. Auch ich klatschte zum zweiten Mal. Das also war Sally Comfort! Bei mir stellte sich noch eine zweite Reaktion ein: Wer zum Teufel ist Sally Comfort?

Unmissverständlich klar war jedenfalls, dass sie unter den Sterblichen der Kinderliteratur ein Gott war.

»Ich glaube, ich verstehe, worauf Mr Ableman hinauswill«, fuhr sie fort und lächelte mich auf eine Weise an, angesichts deren ich Hals über Kopf unter den Rockzipfel meiner Mami geflitzt wäre, wäre ich ein Kind gewesen (und wäre meine Mami nicht eine Hure gewesen, die keine Röcke trug). »Ich glaube, er versucht, uns zu sagen – und ich für meinen Teil habe kein Problem damit, ihm zuzuhören, denn ich bewundere sein Werk sehr, ja, das tu ich –, dass man sich beim Schreiben für Kinder nicht zu sehr auf ein kindliches Niveau hinabbegeben sollte. Zweifellos brauche ich ihn nicht eigens daran zu erinnern, dass John Stuart Mill als junger Mann einen Nervenzusammenbruch erlitt, was uns mit Blick auf die Erziehung, die ihm zuteilwurde, vielleicht doch zu denken geben sollte, doch das darf unser Augenmerk nicht von dem zentralen Punkt ablenken, auf den Mr Ableman wohl hinauswill, dass wir nämlich bisweilen der Intelligenz und der Fantasie unserer Kinder zu wenig abverlangen.«

»Sehr richtig!«, sagte ich und war zufrieden mit mir selbst, weil ich auf den Köder mit dem Nervenzusammenbruch nicht angesprungen war, indem ich antwortete: »So wie die Lage derzeit ist, wird jedes zweite Ihrer Kinder im selben Alter ein stammelndes Wrack sein. Und sie werden dann leider nicht auf eine anständige Schulbildung und ihre Vertrautheit mit dem lyrischen Werk von Wordsworth zurückgreifen können, um sich aus dieser Lage wieder zu befreien.« Stattdessen applaudierte ich Sally Comfort mit den Fingerspitzen wie ein Chinese im Pantomimenspiel, der eine Maus verscheucht.

Ich malte mir aus, ich würde ihr ins Ohr pusten und mich dafür bedanken, dass sie mich nett behandelt hatte.

»Nun, ganz gewiss würde niemand auf die Idee kommen«, schaltete sich der Diskussionsleiter ein, ein fröhlicher, besoffen aussehender Mann mit geräumigen Tränensäcken, »irgendeinem unserer heutigen Gastredner vorzuwerfen, dass sie der Intelligenz oder der Fantasie unserer Kinder zu wenig abverlangen.«

Noch mehr Applaus. Diesmal allerdings nicht von mir.

»Fass, Fass«, dachte ich.

Heston neigte seinen wuchtigen hübschen Kopf zur Seite. Sally lächelte und ordnete die Ringe in ihren Nasenlöchern.

Ich stellte mir vor, ihr in die Nüstern zu pusten.

Sodann entstand ein Augenblick der Stille, aus dem unmissverständlich hervorging, dass von mir erwartet wurde, den Gesprächsfaden da aufzugreifen, wo Sally Comfort ihn hatte liegen lassen, und ihn weiter abzuspulen, wohin auch immer. Nach Wychwood-over-Shipton, kam mir in den Sinn, und ich warf einen verstohlenen Blick auf meine Uhr.

Es wäre hilfreich gewesen, irgendetwas über die Bücher zu wissen, die Heston Duffy und Sally Comfort geschrieben hatten, aber wenn man sich einmal entschieden hat, das Argumentieren aus einer Position der Ignoranz heraus als Vorteil anzusehen, dann muss man auch dabei bleiben.

»Ich glaube, es stellt sich doch die Frage«, fing ich an und griff tief in die Trickkiste schriftstellerischer Blufferei, »ob es unbedingt vonnöten ist, gar so viele Zauberer, Dämonen und sonstige mythische Gestalten mit pseudoisländischen Namen aufzufahren, um die Fantasie der Jugend zu beflügeln. Setzen wir nicht, wenn es um Kinder geht …« – wobei man trefflich mit der Frage hätte kontern können, woher gerade ich das verdammt noch mal wissen wollte – »allzu eilfertig voraus, dass Fantasie notgedrungen auf Fantasy hinauslaufen muss, dass …«

»In meinem Fall nicht«, unterbrach mich Heston. »Mein Held Jacko ist kein Zauberer. Er ist ein ganz normaler Junge aus Sussex, der zum Glücksritter wird und in etlichen der schlimmsten Kriegsgebiete der Erde kämpft. Das hat nichts Fantasymäßiges …«

»Moment mal«, sagte ich. »Sie sagen, er ist *als Junge* schon Glücksritter. Wie alt genau ist er denn?«

»Na ja, er wird von Buch zu Buch älter. Aber mit neun führt er zum ersten Mal Waffen.«

»Mit neun? Ist er damit nicht eine typische Fantasygestalt?«

Heston schaute drein, als könne er sich nicht recht entscheiden, ob er mich dem Erdboden gleichmachen oder wieder in Tränen ausbrechen sollte. »Es gibt Weltgegenden, in denen sogar noch jüngere Kinder zum Wehrdienst eingezogen werden.«

»Ja, weiß ich. Aber Jacko ist ein Glücksritter aus Sussex, sagen Sie, wo es nach allem, was ich weiß, keine Wehrpflicht gibt. Wenn das keine Fantasy ist, dann ist es jedenfalls wildeste Fantasterei.«

»Sicherlich kein Ausdruck, mit dem irgendwer Ihre Romane beschreiben würde, Sally«, sagte der suffgesichtige Diskussionsleiter.

»Nein, in der Tat nicht. Das Buch beispielsweise, an dem ich gerade arbeite, ist der Schlussband dessen, was ich meine Chlamydien-Reihe nenne« – sie lachte – »und in dem Mädchen im Teenageralter mit den Gefahren des Gelegenheitssex vertraut gemacht werden. Es bereitet mir große Sorge, dass so viele Mädchen meinen, Sex sei ungefährlich, solange sie es nicht zum Äußersten kommen lassen – solange sie beispielsweise über Oralsex nicht hinausgehen.«

Sie nickte vor sich hin, während sie sprach, als befinde sie sich in vollkommener, wenn auch überraschender Übereinstimmung mit sich selbst.

»Das klingt mehr nach einer medizinischen Abhandlung als nach einem Roman«, sagte ich.

Sie lachte wieder, diesmal in einer schrilleren Stimmlage, als ich der menschlichen Stimme zugetraut hätte. »Auf einen didaktischen Ansatz ziele ich am allerwenigsten«, flötete sie. »Fragen Sie die Kinder, die meine Bücher verschlingen.«

Ich wollte sie fragen, ob das Verschlingen ihrer Bücher für junge Mädchen nicht womöglich ebenso viele Gefahren berge wie das Verschlingen von Sperma, entschied mich aber dagegen.

»Das eigentlich Wichtige«, sagte Heston und brachte das Thema wieder auf sich selbst, »ist nicht, wo die Geschichte spielt. Es ist nicht im Geringsten von Bedeutung, ob ich sie in einer gemischten Gesamtschule in Banbury oder auf einem Schlachtfeld in Bosnien ansiedele. Wichtig ist nur, dass die Kinder sich selbst darin wiedererkennen können.«

»Sich damit *identifizieren,* meinen Sie«, warf ich ein.

Man zieht auf einem Symposium über die Rolle der Kinderliteratur nicht mit Ironie – und sei es Dampfhammerironie – zu Felde. Man zieht mit Unschuld und Treuherzigkeit zu Felde, oder man ist ein toter Mann.

»Ja«, pflichtete Heston mir bei. »Lernen, sich in anderen Situationen und fremden Kontexten zu sehen.«

»Oder sich in nur zu bekannten Kontexten anders zu sehen«, fügte Sally hinzu.

»Aber ist das nicht der springende Punkt beim Lesen überhaupt«, fragte ich, »dass man sich weit von dem fortbewegt, was man ohnehin schon über sich weiß, dass man sich im Kopf auf eine wundersame Entdeckungsreise begibt? Sollte die Fantasie eines Kindes nicht mit allem gefüttert werden, was ihm fremd ist?«

(Spießbraten mit Mutter in Wilmslow zum Beispiel.)

»Fantasy meinen Sie«, sagte Heston und lachte ganz fürchterlich. »Genau das, was Sie verpönen.«

»Ich glaube, da hat er Sie«, sagte der Autor von *Fass, Fass*.

Und das ist der Moment, in dem man weiß, dass man definitiv ein toter Mann ist – wenn jemand »Da hat er Sie« sagt, wobei es keine Rolle spielt, dass der kleine Bastard einen weder hier noch da noch sonst irgendwo hat.

Die Leute im Publikum beklatschten den K.-o.-Schlag und warfen ihre Köpfe zu boshaftem Lachen in den Nacken, sodass ich ihre puterroten Kehlen zu sehen bekam. Wieder ein Kinderfeind, den sie mit blutiger Nase zum Teufel gejagt hatten. Wäre ich vom Podium zu Boden gesackt, sie hätten mich umringt und mir das Hirn aus dem Schädel getreten.

Und es Fass überlassen, sich damit zu befassen.

33
Lies mich, lies mich, fick mich, fick mich

»*Sie* sind also Poppy Eisenhower«, sagte Francis und ergriff ihre Hand.

»Was soll das *also?«,* fragte Vanessa.

Was soll das *Sie?,* fragte ich mich.

Sie gaben sich Küsschen. Francis und Vanessa, meine ich. Sie waren schon immer gut miteinander ausgekommen. Für Francis war Vanessa eine Möglichkeit, mit mir zu verkehren ohne die nervenaufreibende Notwendigkeit, mit mir verkehren zu müssen, für Vanessa bot Francis die Gelegenheit, etwas Ähnliches zu machen. Sie boten einander Entlastung von dem Menschen, ohne den sie sich nicht gekannt und auch nicht das Bedürfnis gehabt hätten, sich zu kennen. Die Art und Weise ihres Umgangs miteinander könnte man auch anders beschreiben: Sie flirteten. Deswegen konnte Vanessa Francis auch ohne irgendwelche Hintergedanken vorhalten, er interessiere sich zu sehr für ihre Mutter. Trotzdem war ich alarmiert. Ich wollte nicht, dass Francis vor lauter Aufregung durchblicken ließ, wie viel er wusste.

»Ich meine *also* im Sinne von *also* warum lerne ich sie jetzt erst kennen«, sagte Francis.

»Weil ich dich für mich allein haben will«, sagte Vanessa.

Die beiden Frauen setzten sich zu uns an den Tisch.

»Großes Ehrenwort, ich hatte keine Ahnung, dass ihr hier seid«, zischte Vanessa mir zu. Sie hatte das Gefühl, irgendwie schuldig zu sein, weil sie mich hier antraf, und schob es folglich mir in die Schuhe.

Ich sagte ihr, das sei schon in Ordnung. Wir waren mit dem geschäftlichen Teil fertig. Und es freute mich, sie zum ersten Mal seit Monaten mit ihrer Mutter unterwegs zu sehen. Genau genommen freute es mich, ihre Mutter nach so langem Rückzug aufs Land überhaupt zu sehen.

Poppy begrüßte mich mit gerade so viel Freundlichkeit, wie angemessen war, ohne Verdacht zu erregen. Francis' Gesellschaft schien sie irgendwie zu betäuben, was Vanessa an etwas erinnerte, das sie mit gedämpfter Stimme verbalisierte: »Nein, *Maman,* vergiss nicht, du hast es versprochen. Mittags nicht.«

»Och!« Poppy wedelte die Engstirnigkeit ihrer Tochter beiseite und beschied Francis' Vorschlag eines Mojito positiv.

Sie waren zusammen bei Abercrombie & Fitch auf Shoppingtour gewesen.

»T-Shirts kaufen oder barbrüstige junge Männer beäugen?«, fragte ich.

Francis kapierte die Anspielung nicht. »Das ist ein Laden am Royal-Academy-Ende der Savile Row«, klärte ich ihn auf und deutete auf die Softporno-Tragetaschen, die die Frauen unter den Tisch geschoben hatten. »Zielt auf Touristen, Massenvolk und Frauen eines bestimmten Alters, die willens sind, sich stundenlang in der Schlange anzustellen, um einen Blick auf hübsche Jungs mit nacktem Oberkörper werfen zu können.«

Jeffrey, dachte ich.

»Klingt gut, finde ich«, lachte Francis.

»Was soll das heißen, ›Frauen eines bestimmten Alters‹?«, wollte Poppy wissen.

»Lass dich von dem nicht provozieren, *Maman*«, sagte Vanessa. »Der ist bloß eifersüchtig.«

»Auf hübsche Jungs mit haarloser Brust?«

Jeffrey.

»Auf ihr gut gehendes Geschäft. Soweit ich mich erinnere, gab's beim Wilhelmina's keine Warteschlangen vor der Tür.«

Ich sah eine Schlange. Wo? In meines Geistes Auge, Horatio.

In meines Geistes Auge sah ich meine Frau und ihre Mutter sich in der Schlange derer anstellen, die auf Jeffreys Gunst warteten.

Francis wollte einen Blick auf das werfen, was sie gekauft hatten. Es folgte ein bisschen Rumgealber mit Leggings und Tanktops und Trägerhemdchen, in dessen Verlauf Francis erst zu meiner Frau und dann zu ihrer Mutter sagte, er hätte nichts dagegen, einen Blick auf sie *darin* zu werfen.

»Halt dir das da mal vor. Herr im Himmel, ja, ich seh wohl, warum du das gekauft hast. Und jetzt Sie, Poppy.«

Ich fasste die drei genauestens ins Auge. Francis ganz außer sich. Vanessa ein gestreiftes Henley-Top hochhaltend, zu dem auch noch ein kurzes Röckchen mit Blumenmuster gehörte. Poppy ein mit Rosen besticktes Strandkleid mit überkreuzten Trägern, hinter dem sie ihre Schultern tanzen ließ wie ein Mädchen.

Waren die beiden Frauen imstande, einem Mann sozusagen im Doppelpack den Hof zu machen? Waren sie fähig, als Team zu flirten? Blöde Frage. Fähig oder nicht war nicht die Frage. Sie flirteten de facto als Team. Darin lag ihre Stärke. Es war, wenn ich so drüber nachdachte, genau das, was sie gemacht hatten, als es darum ging, mir den Hof zu machen.

Ein abscheulicher Gedanke befiel mich: Was, wenn ich der einzige Mann weit und breit war, der sich *nicht* mit ihnen im Doppelpack vergnügt hatte?

»Wie bringen Sie denn so Ihre Tage zu?«, fragte Francis und schaute Poppy in die Augen.

Die Antwort interessierte mich sehr. Meine Schwiegermutter war nicht in den Schoß ihrer liebenden Familie zurückgekehrt, wie sie es ursprünglich versprochen hatte. Sie war in Shipton-under-Wychwood geblieben. Häufig kam sie herauf, um Vanessa zu sehen, sodass die beiden Arm in Arm auf Shoppingtour oder in ein Konzert gehen konnten, und Vanessa besuchte sie regelmäßig (oder *sagte* jedenfalls, sie besuche sie), doch unser unausgesprochener heißer kleiner Pakt der Dreisamkeit war gebrochen. Ich sah sie selten, und allein hatte ich sie nach dem Tag des mörderischen Symposiums über Kinderliteratur nur noch bei zwei weiteren Gelegenheiten gesehen – die eine kommentierenswert, die andere nicht.

Wie brachte sie ihre Tage zu? »Ach, mit diesem und jenem«, antwortete sie, auf dem Weg zur Trunkenheit schon ein gutes Stück vorangekommen.

»*Dieses* wäre?«

»Gartenarbeit.«

»Und *jenes* wäre?«

»Noch mehr Gartenarbeit.«

»Kein Cello?«

Ich funkelte Francis an.

Poppy funkelte mich an.

Vanessa funkelte Poppy an.

Francis lächelte uns alle an.

»Verfickte Musik«, sagte ich.

»Wie kommst du zu dieser Einschätzung?«, wollte Francis wissen.

»Für ihn ist alles verfickt«, sagte Vanessa.

Ich bildete in ihre Richtung mit den Lippen die Worte »Du eingeschlossen, und ich weiß auch, von wem«.

Ich sah, wie Poppy sich mit Lippenlesen versuchte. »Du auch«, hätte ich hinzugefügt, hätte ich mich das getraut.

»Er findet alles verfickt«, fuhr Vanessa fort, »weil die Welt ihm so gerade recht kommt. Eine verfickte Welt ist in Guidos Augen eine gute Erklärung für Guido.«

»Wer ist Guido?«, fragte Francis.

»Das ist der Spitzname meiner Frau für mich«, verriet ich ihm.

»Das ist hübsch. Hast du auch einen Spitznamen für sie?«

»Untreues Hurenmiststück«, sagte ich. Aber die Worte kamen mir in Gestalt eines einfachen »V« über die Lippen.

»Und Sie?«, fragte er, nun wieder an Poppy gewandt.

»Ob ich einen Spitznamen für meinen Schwiegersohn habe?«

»Nein, ob die beiden einen Spitznamen für Sie haben.«

»Lollipop.«

Vanessa und ich waren uns niemals einiger gewesen. »So nennen wir dich *gar nicht*.«

»Mein zweiter Mann nannte mich Lollipop.«

»Mr Eisenhower?«

»Ja. Und ich nannte ihn Toblerone.«

»Weil?«

»Weil seine Familie aus der Schweiz war.«

Ich sah, dass Francis mit der Vorstellung spielte, ihr vorzuschlagen, sie dürfe ruhig mal von seinem Riegel abbeißen.

»Nein, Francis«, sagte ich.

»Nein was?«

»Du weißt, was.«

»Ich wollte deine reizende Schwiegermutter gerade fragen, ob sie etwas dagegen hätte, wenn ich sie Lollipop nenne.«

Poppy befächelte ihr Gesicht mit den Händen, als sei ihr von dem galanten Wortwechsel ganz heiß geworden. »Wenn Sie möchten«, sagte sie.

Ich nahm Vanessas Gesichtsausdruck genauestens in Augenschein, um zu sehen, ob sie eifersüchtig war. Von einer Mutter wird erwartet, zurückzustehen und das Feld ihrer Tochter zu überlassen. Aber Poppy war noch im aktiven Dienst. Lief es zwangsläufig darauf hinaus, wo die Frauen heutzutage entdeckt hatten, wie man das Altern verhindert; war es das Schicksal von Müttern und ihren Töchtern, dass sie es ausfochten, bis schließlich eine von ihnen geschminkt und manikürt in die gleichgültige Erde versenkt wurde?

Und war das die Erklärung dafür, dass Poppy mich nicht verpfiffen hatte? Weil heutzutage zwischen den Generationen alles erlaubt war?

Vanessa entging mein prüfender Blick nicht. »Ich hoffe, du glaubst nicht«, sagte sie mit so leiser Stimme, wie es angesichts des Tohuwabohus, das Francis und Poppy veranstalteten, gar nicht nötig gewesen wäre, »ich sei absichtlich hergekommen, um dein Mittagessen zu sabotieren.«

»Warum sollte ich das glauben?«

»Weil du für gewöhnlich schlecht von mir denkst.«

Sie tat mir plötzlich leid – von mir mit Misstrauen verfolgt, von ihrer Mutter in den Schatten gestellt. »Für gewöhnlich denke ich überhaupt nicht schlecht von dir«, sagte ich und tätschelte ihr die Hand. »Ich denke gut von dir.«

Sie öffnete die Fläche ihrer Hand, sodass ich meine hineingleiten lassen konnte.

»Hingegen denke ich schlecht von meinem Bruder«, sagte ich.

Sie rührte keinen Muskel. »Solltest du nicht«, sagte sie. »Dem geht es schon schlecht genug.«

»Meinst du, dass das, was ich von ihm denke, seinen Zustand verschlimmert?«

»Du kennst meine Theorie über Krankheiten.«

Kannte ich allerdings. Vanessas Theorie über Krankheiten besagte, dass Krankheiten sich komplett im Kopf abspielten – im eigenen Kopf oder in den Köpfen anderer. Man machte sich selbst krank, wenn man krank sein wollte, und andere Menschen machten einen krank, wenn sie wollten, dass man krank war, und wenn man krank war, erklärte das alles, was man machte. Auf diese Weise waren wir alle unserer Taten völlig unschuldig und trugen doch voll und ganz die Schuld daran.

»Und du?«

»Ich was?«

Ich verzog mein Gesicht zu einem lodernden Fragezeichen. »Wie geht's dir?«

»In welcher Beziehung?«

»In jeder Beziehung. In Beziehung auf mich, in Beziehung auf Jeffrey, in Beziehung aufs Leben.«

»Was meinst du wohl, wie's mir geht? Ich leide an der Krankheit.«

»Und welche spezielle Krankheit ist es, an der du leidest?«

Sie zögerte keinen Moment. »Erotomanie.«

Ich warf einen raschen Blick durch den Raum und machte ihr Zeichen, sie solle leiser reden. Nicht dass irgendwer zuhörte, am allerwenigsten Francis und Poppy, die wie Karnickelbabys im Scheinwerferkegel ihrer beschwipsten gegenseitigen Faszination gefangen saßen.

»Mir war nicht klar, dass es so weit fortgeschritten ist«, sagte ich.

»Dir war nicht klar, dass was so weit fortgeschritten ist?«

»Du. Mir war nicht klar, dass *du* so weit fortgeschritten bist. Du und …«

»Ich spreche nicht von mir. Du bist der Erotomane.«

»Ich? Ein Erotomane? Ich habe praktisch keinen Geschlechtstrieb, wenn ich schreibe, das weißt du.«

»Die Theorie kenne ich, Guido. Die Wörter vertreiben das Begehren. Tun sie in deinem Falle aber nicht. In deinem Falle *sind* die Wörter das Begehren. Sie richten sich auf und betteln drum. Lies mich, lies mich, fick mich, fick mich.«

Ich schlug mir vor Verzweiflung die Hand vor die Stirn. »Wieso bin ich jetzt plötzlich wieder Thema? Ich dachte, wir sprechen über deine Krankheit.«

»Du *bist* meine Krankheit.«

»*Ich* bin deine Krankheit? Na, wie praktisch für dich, V. Praktisch auch für Jeffrey. Folgt dann daraus, dass du *meine* Krankheit bist?«

»Wie könnte meine Krankheit nicht deine Krankheit sein, wo es doch zuallererst deine Krankheit war?«

Lag es daran, dass ich mir eben vor die Stirn geschlagen hatte, oder warum legte sich plötzlich so eine Müdigkeit auf mein Hirn? Aber ich versuchte, auf Kurs zu bleiben. »Es war also meine Krankheit, die dich dazu gebracht hat, mit Jeffrey zu schlafen?«

»Wer sagt, ich hätte mit Jeffrey geschlafen?«

»Schon gut, hab's kapiert. Du hast ihm einen deiner berühmten superspontanen Blowjobs verpasst.«

»Hat er das gesagt?«

»Nein.«

»Was hat er denn gesagt?«

»Nichts hat er gesagt. Bloß auf eine spezielle Weise vor sich hin gestiert.«

»Auf eine Weise, die dir den Gedanken eingegeben hat, ich hätte ihm einen geblasen? Was hat er denn getan – die Backen gebläht?«

»Die Details sind unwichtig, V.«

»Warum führen wir dann dieses Gespräch?«

»Himmel noch mal – Jeffrey ist mein Bruder.«

»Ah, jetzt auf einmal die Familie! Seit wann scherst du dich um so was? Du bist unkonventionell, vergiss das nicht. Du bist Romanschriftsteller, ein Freigeist. Der Wüstling aus Wilmslow.«

»Es geht nicht darum, worum ich mich schere. Hast *du* dich denn nicht *um so was* geschert?«

»Ich? Nach der Hackordnung stehe ich erst an dritter Stelle. Erst kommst du, und du scherst dich nicht drum. Dann kommt Jeffrey, und der hat sich ganz gewiss nie um irgendetwas geschert. Damit wäre der Blut-ist-dicker-als-Wasser-Aspekt abgehakt, und dann erst komme ich ins Spiel – ohne Blutsbande mit irgendwem von euch.«

»Ehefrau, V? Ehefrau!«

»So – *Ehefrau!* Wie steht's um den Ehemann, Guido, den *Ehemann?*«

»Soll heißen?«

Wir hatten die ganze Zeit Händchen gehalten. Erst jetzt ließ sie meine Hand los. »Soll heißen, Guido, was immer du willst, dass es heißt.«

Eine indirekte Antwort auf etwas, was meinen wenig zimperlichen Formulierungen zum Trotz im Kern indirekte Fragen gewesen waren. Ich hatte ihr vorgeworfen, mit Jeffrey geschlafen zu haben, aber irgendwie auch wieder nicht. Man muss schon unverblümt auf den Punkt kommen, wenn es einem darum geht, die Wahrheit über eine vermutete Untreue zu erfahren. Hast du, oder hast du nicht? Wann hast du? Wo hast du? Wie oft hast du? Wie viel Spaß hat's dir gemacht? Wann gedenkst du es wieder zu tun? Mit allem, was auch nur ein bisschen weniger direkt ist, lässt man den Menschen, von dem man sich hintergangen glaubt, vom Haken. Man schweinigelt dann zwar rum, kriegt aber nicht die Antworten, auf die man es abgesehen hat, einmal angenommen, man will auch wirklich Antworten kriegen.

Man erwartet, dass die Beschuldigte Ausflüchte macht, aber warum sollte der Beschuldigende ihr das abnehmen? Weil Direktheit weder meiner Natur noch meinem Beruf entsprach. Meine Frau tatsächlich zu fragen, wann und wo und wie oft, wäre zu vulgär gewesen. Einen Verdacht durchblicken zu lassen war das eine, eine Erklärung zu verlangen etwas ganz anderes. Ich war Romanschriftsteller: Ich wollte keine Erklärung, ich wollte eine spiralförmig sich verschraubende Handlungsentwicklung voller Ungewissheit, nichts endgültig Geklärtes, eine Story, die endlos weiterlief. Darum lese ich auch keine Krimis. Für mich bedeutet es keinerlei Befriedigung, zu wissen, wer der Mörder ist. Ein Rätsel, das sich aufklären lässt, ist für mich kein Rätsel.

Wohingegen Jeffrey und Vanessa, Jeffrey und Poppy, Jeffrey und Poppy *und* Vanessa …

Ah! Oder vielmehr: Ah?

Das Fragezeichen schlägt das Ausrufezeichen jederzeit.

Wenn Vanessa sagte, es solle heißen, was immer ich wolle, dass es heiße, war das dann ihre Methode, mir zu zeigen, dass sie von mir und Poppy wusste? War Jeffrey ihre Retourkutsche gewesen?

Aber wenn es eine Retourkutsche war, die für sie kaum zu zählen schien, zählten Poppy und ich dann auch nicht?

Oder diente das ganze Schauspiel nur dazu, mich von der Fährte der wahren Missetat abzubringen, die nämlich aus Jeffrey und Poppy bestand? Und falls ja, warum? Wen oder was schützte sie? Den guten Ruf ihrer Mutter? Meine Gefühle?

Ein verrückter Gedanke suchte vorübergehend Zuflucht in meinem verwirrten Kopf. V liebte mich, V wusste von mir und Poppy, V verstand – ich war Schriftsteller: So viel hatte V kapiert – aber ich war auch ein Mann, und V wollte auch nicht mit ansehen, wie diesem Mann Schmerzen zugefügt wurden.

Wird der Vorteil dessen, nie etwas klar auszusprechen, nun klar? Werden nun die riesigen Territorien ungeheuerlicher Spekulationsmöglichkeiten deutlich, die man unter diesen Umständen weiterhin durchstreifen kann?

Ich muss wieder mundgeschrieben haben, denn Vanessa sagte: »Wir haben wohl ein Buch darüber in Planung, was?«

»Nein«, log ich. »Warum schreibst du es nicht, wo du doch mit den Details viel besser vertraut bist?«

»Wer sagt denn, dass ich das nicht tue?«

Ich starrte sie an. Sie warf ihren Kopf in den Nacken, reckte mir ihren Hals entgegen, lachte wie eine Tempelhure. Das funktionierte bei mir immer. Hätte sie das häufiger gemacht, womöglich hätte ich weniger an ihre Mutter gedacht.

»Was meinst du mit *wer sagt denn, dass ich das nicht tue*?«

»Du fragst mich, warum ich nicht drüber schreibe, ich antworte, wer sagt denn, dass ich nicht darüber schreibe, worüber auch immer – wer weiß, was es ist.«

»Na, du musst ja wohl wissen, was dieses ›es‹ ist, wenn du drüber schreibst?«

»Eins ist gewiss, Guido – mein ›es‹ ist ganz bestimmt nicht dein ›es‹.«

An diesem Punkt waren wir schon tausendmal gewesen. Ich schreibe, ich schreibe nicht. Ich habe angefangen, ich habe nicht angefangen. Ich schreibe über dies, ich schreibe über das, kümmer dich um deinen eigenen Scheiß, es kann dir egal sein, worüber ich schreibe. Was war also diesmal anders? Ich hätte es nicht sagen können. Es fühlte sich einfach anders an. Ich war einmal gefragt worden, warum ich keine Krimis schriebe, schließlich seien Krimis das, was laufe. Weil ich, hatte ich geantwortet, nicht an Verbrechen interessiert sei, interessiert sei ich an Strafe. War das hier also die Strafe, die ich erwartet hatte, die gerechte, wohlverdiente Strafe – Vanessa, nun endlich doch unter vollen Segeln, Vanessa, die Siegerin?

»Hast ein bisschen Tagebuch geführt?«, fragte ich. Schwer beleidigend. Aber hier ging's um Prahlerei. Die Prahlerei eines ertrinkenden Mannes, der auf seine Strafe wartete. Seine Strafe heraufbeschwor, hätte manch einer auch sagen mögen, denn jeder wahrhaft moralische Mann ist ein Masochist.

»Glaub, was du willst.«

Es beunruhigte mich, dass sie mich nicht als gönnerhaftes Arschloch bezeichnet hatte. Es beunruhigte mich, wie freundlich und zurückhaltend sie gewesen war.

»Nun komm schon – unter Schriftstellern –, woran schreibst du?«

Sie sah mir direkt in die Augen, und ihre waren so wild wie die Sterne, die vom Himmel über Monkey Mia gestürzt waren. »Was dem einen recht ist, Guido …«

In unserem Haushalt konnte das nur eines heißen.

»Einen Roman? Erzähl mir nicht, du schreibst einen schlüpfrigen Roman über meine Familie.«

»Warum sollte er schlüpfrig sein?«

»Bloß so ein Gefühl von mir.«

»Und warum sollte er eigentlich nicht schlüpfrig sein? Du schreibst ständig schlüpfrige Romane über meine Familie.«

»Das ist nicht wahr. Ich hab noch nie über deine Familie geschrieben, weder unkeusch noch sonst wie. Übrigens hast du überhaupt keine Familie, von Poppy mal abgesehen.«

»Ist sehr wohl wahr, wenn man weiß, wie man dich lesen muss, und ich weiß sehr gut, wie man dich lesen muss.«

Darauf ging ich gar nicht weiter ein. Wenn sie das, was ich bisher geschrieben hatte, für anstößig hielt, dann sollte sie erst mal in meinen Kopf schauen. Oder war das der springende Punkt: dass sie schon in meinen Kopf schauen *konnte*? Es sei denn, sie hätte einen heimlichen Blick auf das geworfen, was in meinem Computer war. Aber in dem Falle wäre sie jetzt nicht hier und würde mit mir Spielchen spielen.

»Kümmer dich nicht um meinen«, sagte ich und wechselte rasch das Thema. »Wie weit bist du mit deinem gediehen? Als wir zuletzt drüber sprachen, hattest du eine einzige Zeile geschrieben. ›Geneigter Leser, fick dich!‹ Soweit ich mich erinnere, hab ich dir geraten, über diesen Anfang noch einmal nachzudenken.«

Ich übertrieb nicht. *Vanessa* lautete der Titel des Romans. *Vanessa* von Vanessa. Und er begann wirklich so. »Geneigter Leser, fick dich!« Wenn das der Einstieg war, fand ich durchaus nachvollziehbar, warum sie solche Mühen hatte, ihn zu beenden.

»Nicht ganz«, sagte sie. »Die Zeile hieß: ›Geneigter Leser, du kannst mich mal.‹ Ein feiner Unterschied, meine ich. Du bist derjenige, der seinen Lesern jahrelang gesagt hat, sie sollten sich ficken.«

»V, es gibt keine Leser.«

»Nur weil du sie vertrieben hast, indem du ihnen sagtest, sie sollten sich ficken.«

»Und wie hast du diesmal angefangen?«

»Ah!«, sagte sie und schürzte die Lippen. Es war, als hätte ich die Tempelhure gebeten, mir den Preis zu nennen für eine Stunde nackt in ihrer Gesellschaft. »Das erfährst du noch früh genug.«

Sie wollte mir Angst machen, und ich kriegte Angst.

»Wie weit bist du schon?«

Nichts. Nur das unergründliche heilige Hurenlächeln.

»Schon mal wem irgendwas davon gezeigt?«

Immer noch nichts. Ich konnte sie mir nicht leisten, soviel besagte ihr Blick. Ihre Dienste waren für meinesgleichen unerschwinglich.

Ich machte eine wegwerfende Handbewegung. »Ich glaub's erst, wenn ich's sehe, V.« Erinnerte mich dann aber dran, dass ich sie liebte. »Ich möchte es gerne glauben.«

Sie lachte immer noch. Beide lachten sie immer noch – Poppy über die Witze von Francis, V über mich. »Dann mach dich drauf gefasst, dich mit mir freuen zu können«, sagte sie. »Ich hab sogar schon einen Titel.«

Jetzt war ich an der Reihe, »Ah!« zu sagen. Ich kannte Vanessas Titel. »Erzähl mir bloß nicht«, sagte ich, *»Warum mein Ehemann Guy Ableman so ein rechthaberischer Scheißkerl ist.«*

Sie schüttelte das Haar, als wolle sie die Schlangen lösen, die darin verflochten und eingeknotet waren.

»Du, du, du. Es gibt auch noch ein paar Dinge, Guido, die nichts mit dir zu tun haben.«

Auch das glaubte ich ihr nicht.

34
Das Leben ist ein Strand

Ein Woche später bat sie mich, das Haus zu verlassen. Nicht für immer. Und nicht ständig. Nur tagsüber.

Das hatten wir schon einmal gehabt. Ständig beklagte sie sich: »Ich kann mich gar nicht mehr denken hören, wenn du auf deine Tastatur eindrischst.« Normalerweise machte ich dann meine Tür zu und nahm weiter keine Notiz davon. Wir bewohnten immerhin ein dreistöckiges Haus mit Dachboden und Keller. Und ich saß im Keller. Aber diesmal war sie mit wildem Blick und ausgefahrenen Fingern in der Art von Tierkrallen in mein Zimmer gestürmt gekommen. Um mich hatte ich keine Angst, aber um sie. »Ich flehe dich an«, hatte sie geheult. Fast erwartete ich, sie würde sich mir zu Füßen werfen. »Lass mir auch mal meine Chance.«

Ich bot ihr an, mein Zimmer schalldicht zu dämmen, die Tür mit Federbetten zu verrammeln, meine Tastatur mit dem weichsten Schwanendaunenkissen zu dämpfen, das ich auftreiben konnte. »Ich tipp durch die Federn«, versprach ich.

Aber das reichte ihr nicht.

»Von acht bis acht muss ich dich aus dem Haus haben«, sagte sie. »Es ist nicht nur der Lärm deines verfickten Computers, es ist auch der Anblick, wie du in der Küche mundschreibst, es ist die Atmosphäre deiner Gegenwart, die mich umgibt, es ist das *Wissen* um deine Anwesenheit. Wenn du im Haus bist, kann ich nicht funktionieren. Du nimmst allen kreativen Raum ein, du blockierst das Magnetfeld, du verschlingst den kompletten Äther, Guido.«

Darauf wusste ich keine Antwort.

Wenn Vanessa mich so unbedingt aus dem Haus haben wollte, dann war ich es ihr schuldig, zu gehen. Es würde nicht für lange sein. Ich kannte Vanessa. Sobald sie die Stille hatte, nach der sie sich sehnte, würde sie einen Satz hinschreiben – »Geneigter Leser, zieh Leine!« oder irgendetwas in der Art – und dann darangehen, das Silber zu putzen oder selbstverletzendes Verhalten an den Tag zu legen. Ich schätzte, nach zwei Absätzen würde sie Mittel und Wege finden, mich wissen zu lassen, dass es mir gestattet sei, zurückzukommen. Natürlich nicht mit so ausdrücklichen Worten – Vanessa machte niemals Rückzieher. Aber sie würde mir eine SMS schicken, ob ich ihr einen Krankenwagen rufen könne oder ob ich unsere Dinnerparty auch nicht vergessen habe (von der ich bis dahin noch nichts gehört hatte), wir müssten uns treffen, um zu besprechen, was es da zu essen geben solle. Und abends im Bett würde sie verkünden, die Schreiberei werde völlig überbewertet, sie verstehe gar nicht, dass ich da so einen Spaß dran finde, und sie sei am Überlegen, lieber mit Yoga oder Tango anzufangen.

Mir vielleicht sogar anbieten, mir einen zu blasen, wenn mich das vom Schreiben abbringen konnte.

Aber zwischen dem Siegerin-V-Tonfall unseres Gesprächs in Soho und der neuartigen Klytämnestra-haften Verzweiflung, mit der sie in mein Allerheiligstes gestürmt war, blieb wenig Raum für Zweifel. Sie hatte angefangen, und sie wollte es nun auch zu Ende bringen.

Ich erwog, in die London Library abzuhauen, entschied dann aber, die Bücheratmosphäre, die mich dort unweigerlich in den Bann ziehen würde, sei dem Roman, den ich gerade ausbrütete, nicht angemessen. Hinter dieser Überlegung verbarg sich eine andere: In der London Library lief man stets Gefahr, auf einen Schriftsteller zu stoßen – mit großer Wahrscheinlichkeit einen Autor fantasievoller Sachbücher –, bei dem es gerade gut lief. Ich knüpfte hohe Erwartungen an meinen neuen Roman mit dem provisorischen Titel *Endstation,* eventuell auch *Betrüger,* wobei der fragliche Betrüger mein Bruder Jeffrey war, ein sexuell degenerierter Antiheld mit einer Zeitbombe im Kopf – sein Tumor als perfekte Metapher für die Literatur unserer Zeit: unverantwortlich, kontraproduktiv, selbsttrügerisch, von zerstörerischer Wirkung auf das Hirn der Kultur. Bei Georges Bataille war ich über eine Formulierung gestolpert, die zu meiner Stimmung passte und in meinen Augen gut erklärte, was ich da schrieb. »Unfromme Verstörung.« Jeffrey war die unfromme Verstörung. *Mich* jedenfalls verstörte er. Und meine Zuversicht wollte ich mir nicht durch irgendein unglückliches Zusammentreffen erschüttern lassen.

Ein Alternative zur öffentlichen Bibliothek war, mit dem Laptop unterm Arm vor Poppys Cottage aufzukreuzen, wobei ich mir allerdings nicht sicher war, welche Art Willkommensgruß mich dort erwartete, und außerdem würde Vanessa das wahrscheinlich immer noch als Verschlingen ihrer Atmosphäre betrachten. Zudem war ich mir keineswegs darüber im Klaren, wie die Dinge zwischen uns standen, schließlich hatte ich sie nun schon eine ganze Weile nicht mehr gesehen und gesprochen. Das Zusammentreffen in Soho konnte man schwerlich als vollgültiges Sich-Sehen und Miteinander-Sprechen bezeichnen. Poppy war jemand, den man unter vier Augen sehen musste, um sie von ihrer besten Seite zu erleben.

Also nahm ich mir ein Zimmer über einem Laden, der Fünfzigerjahre-Kitsch verkaufte, in der Pembridge Road, nur zwei Minuten zu Fuß von zu Hause. Mir gefiel die Atmosphäre, die es verströmte – ein ehemaliger Lagerraum, den ich mir mit einem billigen Schreibtisch samt Stuhl aus einem Gebrauchtmöbelhandel gleich um die Ecke und einer verstellbaren Leselampe aus dem Laden unten eingerichtet hatte. Es passte gut zur Stimmung meines Romans, oder vielleicht käme es der Wahrheit näher, zu sagen, es passte zu der Stimmung, mit der ich ans Schreiben ging – derb und heruntergekommen, am Rande des Abgrunds und jedes weiteren Zufluchtsorts beraubt. Dies war sie – die Endstation.

Nicht ausgeschlossen, dass ich, falls Vanessa mich doch länger von sich fernhielt, als ich es ihr zutraute, eine Frau mit aufs Zimmer nahm – nicht wegen Sex, oder jedenfalls nicht zur Befriedigung irgendwelcher sexueller Gelüste meinerseits (für die Frau konnte ich nicht sprechen), sondern weil mein Unterfangen dadurch, dass ich eine Frau mit auf eine Schriftstellerbude nahm, die nur mit dem Allernotwendigsten eingerichtet war, einen gewissen Anstrich von existenzieller Vergeblichkeit bekäme. Jeffrey war ein schillernder unfrommer Gockel, der ein Auto fuhr, das für alle Strecken, die er damit befahren konnte, viel zu schnell war, und der so topaktuelle Designerklamotten trug, dass selbst ich noch nichts von dem Designer gehört hatte, aber stellte ich ihn mir in gleich welcher Kombination mit Vanessa oder Poppy vor, dann sah ich ein Zimmer wie dieses vor mir, erfüllt von Aussichtslosigkeit und Heimlichtuerei. Vielleicht kam das daher, dass ich mir bei einer Frau kein anderes Motiv dafür vorstellen konnte, mit ihm zusammen zu sein, als eine Art Reiz der Gosse. Fürs kultivierte Leben hatten sie mich. Durch mich lernten sie verdorbene Journalisten, Schriftsteller, die auf dem letzten Loch pfiffen, Agenten, die zusehends verlotterten, und selbstmörderisch veranlagte Verleger kennen. Ich nahm sie zu Literaturfestivals auf Yachten mit. Ich zeigte ihnen die Welt. Wenn ich nicht wäre, wie wären sie da jemals nach Monkey Mia gekommen?

Jeffrey Hirni Wuchergewebchen hingegen – was hatte der zu bieten?

Nichts als das Elend des Provinziellen, das kein noch so großer Aufwand an modischer Bestechung – ich malte mir aus, wie er sie mit Geschenken sehr intimer Art aus dem Wilhelmina's geradezu überhäufte und anschließend seine Hände die Strümpfe hinaufgleiten ließ, die er ihnen gekauft hatte – zu lindern vermochte.

Ich hätte also keineswegs gelogen, hätte ich Vanessa erzählt, an der Schreibfront gediehen die Dinge bestens, danke der Nachfrage, und mein heruntergekommenes Zimmer sei der Gefühlslage, die ich dafür heraufzubeschwören versuche, absolut förderlich. Ich würde aber freudig heimkehren, falls sie mich vermisse. Tat sie dummerweise nicht. Tag um Tag verging, Woche um Woche, und Vanessa flehte immer noch nicht um Rückkehr, schrieb mir keine SMS, ich solle den Krankenwagen rufen, erwähnte abends im Bett nicht ein einziges Mal, wie mühsam das Schreiben sei, kam nicht auf Tango zu sprechen. Und sie bot auch nicht an, mir zur Ablenkung einen zu blasen. Ich war in meine eigene Arbeit nicht so sehr versunken, dass ich nicht gemerkt hätte, dass sie zum ersten Mal, seit ich sie kannte, ganz in ihre versunken war. Schlief tief und fest. Sang unter der Dusche. Und gab mir an gar nichts die Schuld.

Ich schrieb, sie schrieb. Ich hatte keine Ahnung, wie bald sie fertig sein mochte. Ich hätte es nicht für unmöglich gehalten, dass sie bereits fertig war – »Geneigter Leser, leck mich am Arsch. *Finis*« – und es mir nur nicht sagte. Sie würde den Zeitpunkt nach eigenem Gutdünken bestimmen. Mich erst auf die Folter spannen und es mir dann mit voller Breitseite mitten ins Gesicht sagen. Womöglich in unserem Lieblingsrestaurant – wiewohl alle Restaurants unsere Lieblingsrestaurants waren – bei einer Flasche Saint-Estèphe. Womöglich im Bett. Womöglich genau in dem Moment, in dem unsere zänkische Individualität sich auflöste und wir eins wurden. Wer weiß – vielleicht würden wir ein Baby machen und es nach ihrem Roman nennen. *Warum mein Ehemann ein Scheißkerl ist*. Nicht wirklich ein passender Name für ein Baby, aber ich hatte keinen besseren zu bieten. *Endstation* – wohl kaum, wie ich Leute im Fernsehen es hatte ausdrücken hören.

Ich schrieb, sie schrieb. Es wurde zum Nerventest. Wessen würden als erste durchgehen?

Meine natürlich. Aber das war nicht Vanessas Verdienst.

»Nicht gerade Urlaubslektüre, oder?«

Urheberin dieser unfrommen Störung war Flora McBeth. Die mit dem sechsten Sinn versehene Flora wusste immer haargenau, wann der beste Moment zum Zuschlagen war. Gerade als mein Schreibfluss angesichts von Vanessas unbegreiflichem Selbstvertrauen, was den ihrigen betraf, zu versiegen begann – ich will nicht sagen, es könne in einer Beziehung nicht zwei produktive Schriftsteller geben, sondern nur, dass man sich daran erst ein bisschen gewöhnen muss; ebenso wenig will ich sagen, ich hätte Vanessa ihre Produktivität missgönnt, sondern nur, dass es mich zu nerven anfing –, gerade da bestellte Flora mich ein, um mir mitzuteilen, dass sie meine sämtlichen Titel aus der Backlist als vergriffen meldete.

Die Ironie der Geschichte sprang mich an. Es würde in unserer Beziehung keine zwei produktiven Schriftsteller geben. Es würde nur einen geben. Und das würde nicht ich sein. Vor meines Geistes Auge erblickte ich eine lange Schlange von Lesern, die sich anstellten, um Vanessas Autogramm zu kriegen, eine ewige Menschenkette, wie Bunyans Pilger, die drauf warten, den Fluss des Todes zu durchqueren, um in die Himmlische Stadt eintreten zu können.

Und ich? Nun ja, ich konnte ja immer noch Tangostunden nehmen.

Wobei Flora es mir allerdings anders verkaufte. Floras Argumentation zufolge boten vergriffene Bücher einen Vorteil, über den sich jeder Autor freuen sollte.

»Wie das, Flora?«

»Nun, es ist nicht mehr so wie früher«, sagte sie, »wo die Nichtexistenz lieferbarer Bücher schlichtweg Nichtexistenz des Autors bedeutete. Heute gibt's ja Print-on-Demand.«

»Und was soll daran von Vorteil sein?«

»Mit Print-on-Demand, Schätzchen, kann jeder, der eins Ihrer Bücher haben will, ins Internet gehen, es sich drucken lassen und hat es innerhalb weniger Tage in den klebrigen Patschehändchen.«

»Aber jeder, der eins meiner Bücher haben will, kann jetzt in eine Buchhandlung gehen und hat es sogleich an Ort und Stelle in seinen klebrigen Patschehändchen.«

»Nicht, wenn Sie nicht mehr lieferbar sind.«

»Dann halten Sie mich halt lieferbar.«

Wenn das so klang, als würde ich betteln, dann lag das daran, dass ich bettelte.

»Aber dann könnten wir Sie nicht per Print-on-Demand auf Bestellung drucken.«

»Aber dann bräuchte ich auch nicht auf Bestellung gedruckt zu werden.«

»Schätzchen, es ist nichts besonders Tolles, lieferbar zu sein. Das bedeutet einfach nur, dass man sich im Auslieferungslager stapelt. Es bedeutet nicht, dass man da *draußen* ist. Sie sagen, jeder, der einen Ihrer Titel haben will, kann in eine Buchhandlung gehen und sich das Buch kaufen, aber wann haben Sie wohl das letzte Mal einen Ihrer Titel *in* einer Buchhandlung gesehen?«

Ich zermarterte mir das Hirn.

»Eben«, sagte Flora. »Wohingegen im anderen Fall …«

»… niemand mehr in eine Buchhandlung gehen wird, um sich umzuschauen. Wenn man da vorhanden ist, kann immerhin mal jemand über einen stolpern, der sich nach etwas anderem umschaut.«

»Man kann aber eben nicht über Sie stolpern, wenn Sie da gar nicht vorhanden sind.«

Sie ließ es so klingen, als sei es meine Schuld.

Bevor ich sie daran erinnern konnte, dass es ihre war, sagte sie: »Schätzchen, ich muss Ihnen sagen, was ich allen meinen Autoren, die keine Berühmtheiten sind, sagen muss – Sie müssen aufhören, in den Kategorien von *lieferbar* zu denken. *Lieferbar* ist absolut von gestern.«

»Und was ist dann absolut von heute?«

Die Antwort lag in ihrem Blick. »Sie jedenfalls nicht«, sagte ihr Gesicht.

Ihre Garderobe hätte eine halb so alte Frau tragen können, und selbst an der hätte es nach Verzweiflung ausgesehen: seidige schwarze Leggings mit kurzem blumenbedrucktem Rock, Stiefel und so eine Art Gewichtheberleibchen. Seltsam war nur, dass die Verzweiflung sie begehrenswert machte. Hätte es geholfen, fragte ich mich, wenn wir miteinander geschlafen hätten? Mir schoss der Impuls durch den Kopf, zu fragen. »Hätte es geholfen, Flora, wenn wir …«

Ich bedauerte es, dass wir nicht. Bedauerte es nicht nur beruflich, sondern auch persönlich. Obwohl ich sie nicht mochte und wusste, dass sie mich nicht mochte, hatte ich doch das Gefühl, dass mir eine seltsame und seltene Erfahrung entgangen war. Eine einzig und allein auf Abscheu gegründete Beiwohnung, die auf die Probe gestellt hätte, was in mir als Mann steckte. Oder als etwas anderes denn als Mann. Wenn ich drüber nachdachte – und, geneigter Leser, ich dachte nicht oft drüber nach –, sah ich mich sie so nehmen, wie ein Affe sie wohl genommen hätte, von hinten, ihr meine Zähne in den Nacken schlagend und meine Klauen in den Bauch. Ganz fix. Aus reinem Hass. Rein und wieder raus und wieder rein und fertig. Und dann schnell umschauen, ob jemand uns eine Banane reingeworfen hatte.

Nur dass Affen, wie Mishnah mir erzählt hatte, nicht aus Hass ficken. Nur der Homo sapiens fickt aus Hass. Nur der Homo sapiens verfügt über ein hinreichend entwickeltes Bewusstsein, um Hass zu einem so mächtigen Aphrodisiakum werden zu lassen, sodass es anschließend keinen Weg zurück gibt zu Liebe, Anmut, Zärtlichkeit, Zigarettenrauch und sanfter Musik. Affen wissen also gar nicht, was ihnen entgeht.

Spürte Flora in ihrem Hyperbewusstein dasselbe? Dass der Hass uns an einen so überwältigenden Punkt bringen würde, dass wir für alles andere verloren wären?

Die Vorstellung all dessen muss es gewesen sein, die mich dazu verleitete, ihr als eine Art postkoitales Geschenk zu erzählen, woran ich gerade arbeitete. Eine feste Regel lautet, dass man nicht über seinen Roman spricht, bis er fertig ist. Es bringt Unglück. Manchmal aber geht man aus einem Übermaß an Selbstüberzeugung – oder meistens eher aus fehlender Selbstüberzeugung –

das Risiko ein. Mal ein bisschen damit unter Leute gehen, mal schauen, wie es so ankommt, und dann zurück an den Schreibtisch, gestärkt vom erregten Interesse.

Nach Maßgabe der Verlagsetikette – ein Oxymoron, wie es im Buche steht – war Flora nicht die erste Anlaufstation. Erst geht man – oder vielmehr lässt man seinen Agenten gehen – zu seinem Hardback-Verleger, und der versichert sich dann dessen, was man lachhafterweise »Unterstützung durchs Taschenbuch« nennt, bevor er ein Angebot macht. Wobei »Angebot« ebenfalls ein lachhafter Ausdruck ist. Erst wenn das Buch ein Jahr lang als Hardback herumgedümpelt ist, einmal vorausgesetzt, jemand (soll heißen Sandy Ferber) lässt sich überhaupt zu einem »Angebot« hinreißen, landet es bei Flora, damit sie es schließlich als »vergriffen« vom Markt nimmt. Darauf, dass überhaupt ein »Angebot« kam, konnte sich heutzutage niemand von uns verlassen.

Ich muss wohl geglaubt haben, wenn ich sie für Jeffrey und seinen metaphorischen Tumor begeistern könnte, für Jeffrey als Liebhaber der Frau und der Schwiegermutter seines Bruders, für Jeffrey als Sohn einer Spießbratenmutter, für Jeffrey, der Wodka durch die Augen trank, dann würde sie sich erinnern, worin ich gut war – die berühmte halbseidene Verruchtheit, wie sie mir bei Amazon attestiert wurde –, und alle früheren Beispiele dieser halbseidenen Verruchtheit lieferbar halten, ganz ungeachtet dessen, dass lieferbar von gestern war.

»Nicht gerade Urlaubslektüre, oder?«, sagte sie und unterbrach mich bei dem, was ich an Handlung zu bieten hatte.

»Nicht gerade was?«

»Strandlektüre – was zu lesen für den Strand.«

»Sollte es das sein?«

»Na ja, das ist der einzige Ort, an dem heutzutage noch gelesen wird.«

»Ich habe mein Lebtag noch kein Buch am Strand gelesen«, sagte ich.

Ich entdeckte Schorf hinter meinem Ohr und fing an, daran zu pulen.

Sie sah mich prüfend an. Ich trug einen schwarzen Anzug. Zu meinen Verlegern ging ich immer im schwarzen Anzug. Als Zeichen des Respekts, dachte ich. Nie ganz auszuschließen, dass dabei auch eine unbewusste Beerdigungsassoziation mitschwang. Aber ich hätte mich durch den schwarzen Anzug keineswegs davon abhalten lassen, sie so zu nehmen, wie ein Primat das getan hätte. Reißverschluss auf. Rein, raus. Reißverschluss wieder zu.

Und wir beide bis ans Ende unserer Tage für jede andere Form von Glück verloren.

»Nun, ich sehe wohl, dass Sie nicht gerade ein Strandtyp sind«, sagte sie. »Sind Sie überhaupt schon einmal an einem Strand gewesen?«

»Zum Spazierengehen«, sagte ich. »Und als ich klein war, um Muscheln zu sammeln und Sandburgen zu bauen. New Brighton. Blackpool. Aber als Erwachsener habe ich noch nie mit einem Buch am Strand gesessen.«

»Dann wissen Sie überhaupt nicht, was Ihnen entgeht.«

Wie die Affen.

Sie rekelte sich auf ihrem Stuhl, rank und muskulös, gleichzeitig alt und jung genug, um ihre eigene Enkelin zu sein, als wolle sie mir zeigen, was mir sonst noch entging. Sie hatte Büschel schwarzen Haars unter den Armen, ungefähr wie die Gewächse, die man in den Ohren und Nasenlöchern jener betagten dunkelhäutigen Männer sieht, die zu beschäftigt oder zu ernsthaft sind, sich mit deren Entfernung abzugeben. Es war aber nicht Ernsthaftigkeit, die mir, wie Flora McBeth mir zu verstehen gab, abging, sondern es war der Geist der Spielerei.

Ich fragte mich, was wohl geschähe, würde ich auf die Knie sinken und mein Gesicht schnüffelnd in diesen dunklen Gebieten unter ihren Armen vergraben. Würde sie mich lieferbar halten?

Mangel an Beherztheit war das, was mich davon abhielt, keineswegs Widerwille. Gern hätte ich ihr das vermittelt, ihr von

Poppy erzählt, ihr klargemacht, dass ich ältere Frauen weitaus attraktiver fand als jüngere, aber wenn man zum Ausdruck bringen will, man sei nicht pingelig, ist es schier unmöglich, den richtigen Ton zu treffen. »Ein alter Körper birgt für mich keinerlei Schrecken« wäre eine Variante gewesen, meine erotischen Prinzipien aufrichtig in Worte zu kleiden, aber ich konnte mir nur zu gut vorstellen, wie die Adressatin das in den falschen Hals bekam.

»Was sind denn die Qualitäten, die die Leute an Strandlektüre schätzen, Flora?«, fragte ich stattdessen. Ich war sicher, die Haut hinter meinem Ohr aufgekratzt zu haben, sodass es dort jetzt blutete.

»Lesbarkeit, Schätzchen, was denn sonst?«

»Und was ist das genau?«

»Lesbarkeit?«

»Ja.«

Sie ließ ihre Arme sinken und legte die Hände flach auf den Tisch. Die Büschel schwarzen Haars zu bewundern stand mir nicht länger zu. Ich war dessen unwürdig.

»Wenn Sie nicht wissen, was Lesbarkeit ist, Schätzchen«, sagte sie auf eine Weise, als sei dies womöglich unser letztes Gespräch überhaupt, »ist Ihnen nicht mehr zu helfen.«

Auf dem Weg hinaus stieß ich – wir prallten tatsächlich zusammen – auf Sandy Ferber, der den Gesichtsausdruck eines Mannes aufgesetzt hatte, dessen gesamte Familie soeben von einem Tsunami ausgelöscht worden war. Er zog es vor, mich nicht zu kennen. Wenn ich »zog es vor« sage, so meine ich mehr als eine schnelle, instinktive Entscheidung im Kopfe. Ich meine zog es vor aus tiefster Seele, zog es vor, als hätten seine Gene sich schon vor wer weiß wie vielen Jahren – solange der Bauch der Menschheit halt mit ihnen schwanger ging – entschieden, keine Notiz von mir zu nehmen.

Für ihn existierte ich gar nicht. Von Mensch zu Mensch hätte ich damit fertigwerden können. Manchmal fragte ich mich, ob ich für meine Mutter jemals existiert hatte. Und Poppy fing an, mir zu verstehen zu geben, dass ich auch für sie nicht existierte. Aber von Schriftsteller zu Verleger war das schwer zu schlucken. Man musste ja nicht gleich in Schwärmerei verfallen, aber verlegen hieß in Umlauf bringen, öffentlich verbreiten, Aufmerksamkeit erregen für. Flora hatte dem Begriff »verlegen« die genau gegenteilige Bedeutung gegeben. Von Flora verlegt zu werden hieß, aus dem Verkehr gezogen zu werden, verheimlicht zu werden, ausgelöscht zu werden. Floras herausragende Leistung bestand darin, ihren Autoren den Sturz in die Versenkung zu schenken – viele dieser Autoren waren gefeierte Namen gewesen, bevor sie sie in die Finger bekam. Die Art und Weise aber, wie Sandy Ferber mich ignorierte, ging noch einen Schritt weiter: In Sandys Augen war ich gar nicht erst vorhanden, konnte gar nicht mehr ausgelöscht werden. Ich war ein Non-App-Mann. Die wortlastige Vergangenheit.

Auch er trug einen schwarzen Anzug, aber wenn meiner der eines Trauernden war, war seiner der des Verstorbenen. In der Realität entsprach das allerdings nicht unserer beruflichen Beziehung: *Er* war dazu berufen worden, *mich* zu beerdigen. Aber seine Knochen klapperten, als ich auf ihn draufprallte, während ich auf meinen noch Fleisch hatte.

Auf der Stelle entschloss ich mich, meine Stimme dem Leben zu geben. Ich würde Scylla & Charybdis verlassen. Wäre ich mutiger gewesen, so hätte ich diesen Schritt schon an dem Tag vollzogen, als Merton sich erschoss. Man muss wissen, wann die Stunde geschlagen hat. Ich fühlte mich leicht im Kopf. Neues Buch, neuer Verleger. Die ganze Welt lag vor mir.

Ich schaute bei Margaret vorbei, um mich von ihr zu verabschieden.

»Für mich war's das, Margaret«, sagte ich.

Zu meinem größten Erstaunen wusste sie ganz genau, was ich meinte. Taten Mertons Autoren alle diesen Schritt? War ich der letzte?

Sie kam hinter ihrem Schreibtisch hervor und umarmte mich. So seltsam es auch klingen mag, ich roch Merton an ihr. Ich hatte keinerlei Zweifel, dass sie es unzählige Male so gemacht hatte. »Für mich war's das, Margaret«, mit diesen Worten musste er hereingekommen sein, und sie war hinter ihrem Schreibtisch hervorgekommen und hatte ihn umarmt.

Waren sie also ein Paar gewesen?

Diese Frage war irrelevant. Ich wusste, was sie für ein Gefühl hatte. Sie hatte das Gefühl, ihn enttäuscht zu haben. »Für mich war's das, Margaret«, hatte er gesagt, und sie hatte nicht bis zur letzten Konsequenz begriffen, was er meinte, hatte nicht verstanden, in welche Abgründe der Verzweiflung die Männerhasser und die Wörterhasser ihn getrieben hatten. Und darum setzte sie nun alles daran, den Fehler bei mir nicht zu wiederholen. »Für mich war's das, Margaret«, sagte ich, und in stiller Verzweiflung hielt sie mich umfangen.

35
Zu spät für die Apokalypse

Neues Buch, neuer Verleger.

Sagte ich, ich hätte mich leicht im Kopf gefühlt? In meinem Gewerbe hält Optimismus nicht lange an. Neues Buch, neuer Verleger – alles schön und gut, aber was, wenn es länger als erhofft dauerte, das Buch zu beenden; und was, wenn es zu dem Zeitpunkt, da ich es beendet hatte, überhaupt keine Verleger mehr gab, die es hätten verlegen können?

Da ich dringend Francis sehen musste und es ein milder Tag war, schlenderte ich in Richtung seines Büros, kaufte mir in einer nahe gelegenen Carluccio's-Filiale einen überkandidelten Cappuccino, setzte mich damit nach draußen und wählte, da ich wusste, Francis schätzte keine unerwarteten Besucher, seine Nummer. Es war pausenlos besetzt. Höchstwahrscheinlich ausgestöpselt, sodass niemand zu ihm durchkommen konnte. Ganz in mich selbst vertieft, hatte ich gar nicht bemerkt, dass zwei Tische weiter Ernest Hemingway saß und schrieb. Durch seine zerrissene Hose war ein ungewaschener Hoden zu sehen. Er lag auf seinem Stuhl wie eine exotische Frucht, die ihm vom Teller gekullert war.

Antonio Carluccio, der Pilzkönig, hatte seine Kette preisgünstiger italienischer Restaurants schon vor längerer Zeit verkauft – wieso wusste ich das? Weil Chefköche und Gastronomen das Gegenteil von Schriftstellern sind: Die Menschen wissen über sie Bescheid und lieben sie –, aber trotzdem ist dieser Gewerbezweig kein Tummelplatz für Stadtstreicher. Das Personal wäre in jeder Hinsicht befugt gewesen, ihn zu verscheuchen. Er aß und trank nichts. Und sein Äußeres hätte man durchaus für geschäftsschädigend halten können. Ich jedenfalls hätte nicht am Nachbartisch Spaghetti mit Fleischklößchen essen wollen. Und trotzdem saß er da, ganz unbehelligt, ein wandelnder Vorwurf für alle kleinmütigen Schriftsteller, und schlug die Seiten seines Reporterblocks um, als habe er Angst, nicht mehr genug Zeit zu haben.

War er für alle außer mir unsichtbar? War er der Geist ernsthaften Schreibens – alles, was von uns geblieben war? War er Ernest Hemingway in Person, von den Toten auferstanden, um das Gewissen einer Öffentlichkeit zu wecken, die nicht einmal merkte, dass er da war?

Ich saß zu weit weg, um zu sehen, was er schrieb. Und direkt fragen konnte ich auch nicht. *Wie geht's mit dem Roman voran? Sind Ihre Sätze inzwischen länger?*

Ich versuchte, seinen Blick aufzufangen. »Ich sehe Sie«, das sollte er wissen. »Ich klatsche Ihnen Beifall.«

Er aber war über zwischenmenschliche Kontakte erhaben. Menschen interessierten ihn nicht. Die Welt interessierte ihn nicht. Er hatte genug zu schreiben.

Weiter und weiter schrieb er, kritzelte mit Lichtgeschwindigkeit vor sich hin und rollte dabei seinen ungewaschenen Hoden in den Fingern herum, als wäre es ein Rosenkranz.

Ich versuchte es nochmals bei Francis. Diesmal drang ich zu seinem Anrufbeantworter durch. »Bitte nimm ab, Francis«, sagte ich. »Ich bin jetzt endgültig mit S & C fertig. Ich muss sofort mit dir sprechen. Ich sitz hier direkt auf der anderen Straßenseite. Wenn du aus dem Fenster schaust, siehst du mich. Nimm ab, oder ich komm rüber.«

Man braucht schon ein bisschen Glück, wenn man im Zeitalter des sterbenden Wortes Schriftsteller ist. Meines kam in Gestalt von Kate und Ken Querrey daher, den Eignern der Slumdog Press, eines aufsehenerregenden neuen Verlags, der auf Debütromane spezialisiert war. Die Querreys hatten herausgefunden, dass, wenn man jungen, unbekannten Autoren für ihren ersten

Roman ein kleines Vermögen zahlte, dies allein schon für Leser, die davon träumten, ihren eigenen Debütroman zu veröffentlichen, Grund genug war, das Buch zu kaufen. Wie und was die Debütanten schrieben, war irrelevant; die Tatsache, dass jemand komplett Unbekanntes groß herausgebracht wurde, war Handlung genug, und die Höhe des Vorschusses war Spannungsauflösung genug. Dass der Höhenflug von Debütromanen Anlass zu erheblicher Verbitterung bei berufserfahrenen Schriftstellern war, die ihre Debütromane lange hinter sich hatten, versteht sich von selbst; aber die meisten von uns trösteten sich mit der Gewissheit, dass der Bombenerfolg des jeweiligen Debütromanciers notwendigerweise nur kurz anhielt. Er glich der Latrodectus mactans, der männlichen Schwarzen Witwe Nordamerikas – ein einziger Fick, und schon kam der Tod.

Ich hinkte wenigstens noch herum und konnte auf einen zweiten hoffen.

Die Querreys konnten sich unterdessen in Fatalismus üben und sich den nächsten greifen.

Ich kannte sie flüchtig. Ich hatte mit Ken Querrey, dem man nachsagte, in der Anwärterschaft auf eine Erbritterwürde an zweiter Stelle zu stehen, zusammen studiert und lief ihm und seiner Frau gelegentlich auf Literaturfestivals über den Weg. Kate Querrey war bei einem meiner Auftritte sogar einmal Diskussionsleiterin gewesen und hatte bei dieser Gelegenheit gesagt, ich sei einer jener Schriftsteller, die den Mut hätten, im Schreiben immer noch weiter zu lernen, was ich so deutete, dass ich in ihren Augen noch nicht viel gelernt hatte. Aber wenigstens nahm sie zur Kenntnis, dass ich existierte. Als ich sie nun aus Francis' Büro kommen sah, wo sie ganz offensichtlich geschäftliche Dinge verhandelt hatten – wenn es Anlass gab, etwas im persönlichen Gespräch zu klären, schleppte Francis seine Körperfülle nicht gern von Verlag zu Verlag, sondern zog es vor, die Verleger mit aufwendigen Häppchen und einer Auswahl der besten Malzwhiskys in seine eigenen Geschäftsräume zu locken –, sah ich deshalb keinen Grund, ihnen nicht zuzuwinken und sie einzuladen, sich auf einen Kaffee zu mir zu setzen. Sehr wahrscheinlich hatten sie jetzt Kaffee nötig.

Wir machten wie üblich ein bisschen literarischen Small Talk – wer war gerade angesagt, wer nicht, welche der von Francis vertretenen Autoren brachten sie heraus (ich hatte noch nie von ihnen gehört), wie liefen, wo wir gerade von Autoren sprachen, von denen ich noch nie gehört hatte, die Dinge in den Gefilden des Debütromans, und schließlich, wie liefen die Dinge in den Gefilden meiner selbst.

»Sie sind bei S & C, oder?«, fragte Kate Querrey und wischte sich eine Haarsträhne aus dem Auge.

Ich sage absichtlich »dem Auge«. Sie hatte nur das eine. Sie benutzte es aber auf eine Art und Weise, die implizierte, es verrichte die Arbeit von dreien, blickte wie wild um sich, um zu sehen, wer sonst noch alles bei Carluccio's saß, warf einen Blick auf die Person, als die ich mich präsentierte, und einen noch tieferen Blick in mein wahres Ich.

»Ja«, sagte ich, »als Strafe für meine Sünden.«

Ken Querrey verstand mich sofort. »Sandy Ferber?«

Ich nickte. Ein Nicken, das besagte: *aber nicht mehr lange.*

Kate Querrey schüttelte sich. Sandy Ferber – würg!

In einer idealen Welt wären die Querreys auf mich angesprungen wie Nicht-mehr-lieferbar-Affen, die entzückt die Gelegenheit zur Rache an Flora ergriffen. Guy Ableman! Was für ein famoser Zufall, dass er uns gerade an jenem Tag über den Weg läuft, an dem er beschließt, seinem bisherigen Verleger den Laufpass zu geben! Falls sie aber etwas in dieser Richtung gedacht haben sollten, so behielten sie es diskret für sich.

Ursprünglich waren sie Studienräte gewesen – jedenfalls Kate Querrey: Womit ihr Mann sich abgegeben hatte, wusste niemand so recht, nur dass er in der Anwärterschaft auf eine Erbritterwürde an zweiter Stelle stand – und hatten sich dann ein zweites Standbein im Verlagsgewerbe aufgebaut, nachdem sie auf eigene

Kosten eine Sammlung von Kinderliteratur herausgegeben hatten. Kinderliteratur, aber nicht aus der *Fass-Fass*-Schule. Die Kinder, die bei den Querreys in die Schule gingen, hatten Hunde wahrscheinlich nie zu sehen bekommen – außer vielleicht im Eintopf. Drogensucht, Missbrauch, Gruppensex, einvernehmliche Vergewaltigungen auf dem Schulhof – solche Dinge bestimmten die selbst durchlebten Erfahrungen der Schüler, und die Querreys hatten sie animiert, diese Erfahrungen auszuschlachten. Schreibt über das, was ihr kennt, Kids.

Ken Querrey trug ein T-Shirt mit einem Konterfei, das nach einem Rapper aussah, unter einer Ralph-Lauren-Lederjacke. Kate Querrey, eine Frau, die immer kurz davor zu sein schien, in ihre Einzelteile zu zerfallen, hatte sich in mehrere Lagen brauner Strickwolle gewickelt, als wolle sie sich damit zusammenhalten. Wie sie es hinkriegte, sich unter so viel Strickzeug noch ihr Dekolleté zu bewahren, war mir schleierhaft, aber ganz gleich wohin ich auch schaute, ich sah ihre langen, rotbraunen, sahnigen Brüste überall. Ich fragte mich, wie Francis, ein notorischer Brüsteglotzer, sich geschlagen hatte. Vielleicht hatte er seinen Blick starr auf ihr Auge geheftet.

Da von ihrer Seite nichts kam, lenkte ich das Gespräch in Richtung meines neuen Buches. »Aber Ihre Spezialität ist ja der Debütroman«, lachte ich, »und ich bezweifle, dass das, was ich gerade schreibe, als solcher durchgehen kann.«

Sie wechselten einen raschen Blick. »Nun ja«, sagte Kate Querrey – mehr aus Stolz denn als Ermunterung –, »wir beschränken uns nicht komplett darauf. Wir sind auch immer für Durchbruchromane aufgeschlossen.«

Ken Querrey verzog sein Gesicht zu einem Fragezeichen? Hatte ich meinen Durchbruch schon hinter mir?

Ich bedachte sie mit einem Was-weiß-denn-ich-Lächeln. Das Konzept des Durchbruchromans beunruhigte mich sogar noch mehr als das Konzept des Debütromans, obwohl beide selbstredend von Natur aus inkompatibel waren. Durchbruch wozu?

Primark! Da ich als Debütant untauglich war, sah ich ein, dass der Durchbruch meine letzte Chance war. Mir schien aber, ich sei schon hinreichend durchgebrochen, zuallererst schon damit, überhaupt Schriftsteller geworden zu sein. Ich war der Sohn von Modeverkäufern. Meine Mutter las das Hochglanzmagazin *Drapers* und die *Sun*. Mein Vater hatte wohl vorsätzlich nie ein Buch aufgeschlagen. Sie schickten mich auf eine öffentliche Schule (obwohl sie es sich hätten leisten können, mich auf eine der bescheideneren Privatschulen zu schicken) in der Hoffnung, auch ich würde vorsätzlich nie ein Buch aufschlagen. Ich war ein Jude – ich weiß, ich weiß, aber ich habe nie behauptet, ich wäre dagegen, daraus bei Bedarf Kapital zu schlagen (man mag mich einen Schlechtwetterjuden nennen) –, der in einem Land der Diaspora lebte. Wie viel weitere Durchbrecherei wollte man mir da noch abverlangen, damit ich lieferbar bleiben durfte? Aber ich wusste wohl, dass das alles nicht verfangen konnte bei einem Paar ehemaliger Gesamtschullehrer aus Rochdale – man munkelte, Ken Querrey habe da genau eine Woche lang unterrichtet –, wo Durchbrüche in jenem Sinne, den ich meinte, hieß, als Broterwerb Pflastersteine zu lecken, wenn man fünf war, Hunde zu essen, seine Schwester auf die Straße zu schicken, um sich eine Schulbildung leisten zu können, und mit Löchern in den Schuhen nach Oxford zu marschieren.

»Der Letzte, der weiß, was sein Geschreibsel wirklich taugt, ist der Autor selbst«, sagte ich und wurde ein bisschen rot, um meine Bescheidenheit zusätzlich zu unterstreichen. »Aber ich habe doch das Gefühl, mich in Regionen zu begeben, in denen ich noch nicht gewesen bin. Schlimmere Übel und tiefere Verzweiflung. Es geht um einen Mann mit einem Hirntumor …« Ich wollte anfügen, der Hirntumor sei Folge der Angewohnheit, Wodka durch die Augen zu trinken, als mir gerade noch rechtzeitig einfiel, womöglich habe Kate Querrey ihr Auge auf diese Weise verloren.

Hörten sie mir überhaupt zu? »Im Grunde«, sagte ich, »ist er ein Held nach französischer Manier …«

»Soll heißen, er philosophiert, während er vögelt?«

»Ganz genau. Mir schien schon immer, Vögelei ohne Tiefgang ist nicht sonderlich lohnend. Aber auch in dem Sinne, dass seine Destruktivität so ausgeprägt ist. Ich sehe ihn im Kern als Verkörperung einer unfrommen Verstörung.«

Ich warf einen schnellen Blick nach Ernest Hemingway, um zu sehen, ob er die Anspielung mitbekommen hatte, aber er war von seinem Tisch aufgestanden und schlurfte mitten auf der Straße davon, ohne vom Gehupe und den Schreien halsbrecherisch dahinrasender Radfahrer Notiz zu nehmen.

»Was ist es, das er verstört?«, fragte Ken Querrey.

»Der Stadtstreicher?«

»Ihr Held.«

Kate Querrey wickelte sich in Erwartung meiner Antwort noch fester in ihre Strickwolle.

»Zunächst einmal den guten Anstand in sexueller Hinsicht. Er hat nicht nur eine Affäre mit der Frau seines Bruders, sondern schläft auch mit ihrer Mutter.«

Es schockierte mich zwar, ich konnte mir aber vorstellen, dass dergleichen dort, wo die Querreys gewirkt hatten, normatives, wenn nicht gar vorbildhaftes Verhalten war.

»Kann es sein, dass ich einmal eine Rezension Ihres Werks gelesen habe«, fragte Kate Querrey, »in der es hieß, Sie könnten sich nicht entscheiden, ob Sie Mrs Gaskell oder Rabelais seien?«

Was heißen sollte, sie habe mir die Entscheidung abgenommen. Und nicht für Rabelais votiert.

»Ich glaube, es ging um Charlotte Brontë und Apuleius«, sagte ich. »Und ich glaube nicht, dass es hieß, ich könne mich zwischen beiden nicht entscheiden, ich glaube vielmehr, es hieß, ich sei eine glückliche Synthese. Aber dieses Buch jetzt ist anders. Diesmal gibt's gar nichts Glückliches. Alles wird bis zum Exzess getrieben.«

Alles? Nun ja, Wilmslow wollte ich lieber nicht erwähnen. Und auch nicht erläutern, dass ich mit »bis zum Exzess« bis nach Alderley Edge meinte.

»Klingt fast«, sagte Ken Querrey und klopfte sich mit dem Finger aufs Kinn, »als handele es sich bei dem, was Sie da schreiben, um einen dystopischen Roman.«

»Geht eher in Richtung apokalyptisch«, sagte ich.

»Aha.«

Sie verstummten wieder.

»Ist apokalyptisch ein Problem?«

»Nur insofern«, antwortete Kate Querrey für ihn, »als wir schon eine Reihe solcher Romane auf unserer Liste haben.«

»Ich habe also die Apokalypse verpasst«, lachte ich.

Es war nicht zu übersehen, dass sie alle beide nicht wussten, warum ich gelacht hatte.

»Wir wollen damit nicht sagen, dass wir keinesfalls einmal einen Blick hineinwerfen möchten«, sagte Kate Querrey. Tief, tief ins Tal ihrer rotbraunen Brüste linste ich. »Nicht ausgeschlossen, dass sich herausstellt, apokalyptische Romane sind das Einzige, was in den nächsten paar Jahren noch irgendwer lesen will.«

»Einmal angenommen«, fügte ich unklugerweise hinzu, »dass es in den nächsten paar Jahren überhaupt noch jemanden geben wird, der sie lesen könnte.« Ich lachte noch einmal – »Nicht dass ich Sie drängen will«.

Wir beließen es dabei. Ich entschuldigte mich, sie so hinterrücks überfallen zu haben. Und dann auch noch bei meinem Agenten direkt vor der Tür. Würde ihn sicherlich nicht sonderlich begeistern, lachte ich. Wie oft hatte ich in den letzten zehn Minuten gelacht? Sie sagten, sie kämen sich keineswegs hinterrücks überfallen vor. Vielmehr fühlten sie sich geschmeichelt, dass ein so erfolgreicher Autor wie ich sich überhaupt vorstellen konnte, sich eines Tages von ihnen verlegen zu lassen. Eines Tages …

Tatsächlich fühlten sie sich gleich zweimal im Verlauf eines einzigen Nachmittags von mir geschmeichelt. Ich wollte wissen, welches das andere Mal gewesen sei. Nun, wenn sie sagten, von mir, meinten sie nicht direkt mich. Aber Francis habe ihnen verraten, auch wenn das nicht für die Öffentlichkeit bestimmt sei –

und ich könne mich auf ihre Diskretion verlassen –, dass Vanessa meine Frau sei.

Mein Ohr hing nur noch an einem seidenen Faden, so viel Haut hatte ich davon abgepult, es hämmerte und rauschte.

»Ach«, sagte ich. »Sie haben über Vanessa gesprochen.«

Ken Querrey tätschelte seinen Aktenkoffer. »Schon eingesackt«, sagte er.

Vanessa, die Siegerin.

Kate Querreys einziges Auge räumte mir die Seele aus.

Zwanzig Minuten und drei starke Kaffees später nahm ich den Aufzug in den siebten Stock und drückte bei Francis auf den Klingelknopf. Früher hatte mich das immer aufgemuntert, ich fragte mich dabei, welche aufregenden neuen Angebote Francis für mich haben mochte, doch jene Tage waren vorbei. Jetzt fragte ich mich nur noch, ob ich früh genug kommen würde, um Francis noch am Leben zu finden. Wenn ihn jemand umbringen würde, dann wollte ich das sein.

Auf mein Klingeln kam keinerlei Reaktion, was ich als Schuldeingeständnis von Francis auffasste. Er ordnete seine Gesichtszüge. Oder er ordnete meine Bücher um, damit er beweisen konnte, ich zähle für ihn immer noch. Schließlich meldete sich eine Vorzimmerdame. Eine Vorzimmerdame! Wie lange war es her, dass Francis sich eine Vorzimmerdame hatte leisten können? Ich stellte mich vor und wartete. Nach einem wenig überzeugenden Hustenanfall – um Francis mehr Zeit zu geben, meine Bücher umzuordnen? – drückte sie den Summer und ließ mich ein.

Hinter dem Empfangstresen saß, mit Kopfhörern auf den Ohren und verschmiertem Lippenstift (ich hätte es mir denken können), Poppy Eisenhower, meine Schwiegermutter.

DREI BERÜHMTE LETZTE WORTE

36
Ein ganzer Scheißhaufen Glück

Einige Zeit später …

Ich glaube, ich muss hier nicht konkret werden. Fängt man an, die Jahre zu zählen, stellt man fest, dass außer Verlusten nichts Zählbares herausspringt. Die Zeit vergeht – dabei wollen wir es belassen. Die Menschheit erträgt kein Übermaß an Konkretheit.

Jedenfalls ist einige Zeit verstrichen, seit ich diese Worte schrieb: »Poppy Eisenhower, meine Schwiegermutter«.

Gelassen hinschreiben kann ich sie nicht mehr. »Vanessa Ableman, meine Frau« dito.

So weit ganz konkret der Verlust, den *ich* nicht ertrage.

Ansonsten hat sich nicht viel verändert. Buchhandlungen gehen auch weiterhin pleite, das Wort »Bibliothek« ist aus dem allgemeinen Wortschatz verschwunden, extreme Meinungsbekundungen erheben auch weiterhin Kunstanspruch, Chefköche stehen in der Rangordnung immer noch über Schriftstellern, weniger bleibt weniger. Ich aber befinde mich – solange ich die Jahre nicht zähle – erstaunlicherweise in prächtiger Verfassung. In meinem Gewerbe braucht man, wie ich schon sagte, ein gewisses Quantum Glück. Und genau das harrte meiner: ein ganzer Scheißhaufen Glück.

Das ist eine Redewendung, die für jemanden mit meiner heftigen nordenglischen Vokaldysfunktion nur schwer auszusprechen ist.

An ganza Schasshoffen Glök? Ein ganze Schüsshaufen Glühk? ’n genzer Schoißhoifn Glürk?

Was womöglich der Grund dafür ist, dass ich so lange drauf warten musste.

Aber ganz gleich wem man es in die Schuhe schieben will, es ist meins. Ich bin sogar von G. G. Freville entdeckt worden, dem Sohn von E. E., dem eines Tages schlichtweg die Puste ausging und der sich zur Ruhe setzte. »Der Rest ist Schweigen«, soll er einem – wie ich glaube: falschen – Gerücht zufolge gesagt haben, wohl wissend, dass kein Schriftsteller diese Worte auf seinem Schutzumschlag würde haben wollen.

Aber G. G. erweist sich, falls man mir den Kalauer nachsehen mag, als kapABLEr Ersatz. »Guido Cretino«, sagte er unlängst freundlicherweise zu mir, »Sie können einen Stein erweichen, bis er weint.«

Ja, Guido Cretino. Alles picobello. Ich bin jetzt *Guy Ableman unter dem Pseudonym Guido Cretino*. Es ist nicht ungebräuchlich, so zu verfahren, wenn man zeigen will, dass man auch schlichter kann, aber nicht will, dass alle Spuren des früheren, hochtrabenderen Schreibichs komplett verschwinden. Auch wenn, unter uns gesprochen, davon wirklich keine Spur mehr da ist.

Ob ich als Guido Cretino tatsächlich kapabel bin, einen Stein zu erweichen, bis er weint, habe ich nicht zu beurteilen. Aber jedenfalls kommen nach meinen Lesungen Frauen zu mir, die sich die Augen wund gerieben haben. »Ich habe das Gefühl, Sie sind tief in meine Seele eingedrungen«, sagen sie dann. »Als ich Ihnen zuhörte, konnte ich gar nicht glauben, dass Sie keine Frau sind.«

Ich lächle dann und neige den Kopf und sage, dass ich ja vielleicht – wer weiß? – in einem früheren Leben eine Frau gewesen bin. Manchmal fasse ich ihnen ans Handgelenk, wie ein Arzt. Das Handgelenk ist eine sichere Stelle, wenn's darum geht, eine fremde Frau anzufassen. Nicht dass diese Frauen mich als Fremden begreifen. Meine Worte überspringen alle bestehenden Hindernisse. Ich kenne sie besser, als ihre Ehemänner sie kennen, und deshalb, so nehmen sie folgerichtig an, kennen sie mich auch besser, als meine Ehefrau mich kennt.

Ehefrau? Welche Ehefrau?

Es sind auch nicht nur die Frauen, die ich erreiche. Auch die Männer – ebenjene, die sich noch gestern geweigert haben, mit mir Satyrn gleich geißfüßig alten Erntereigen zu tanzen – neigen heutzutage das Haupt und zwinkern sich die Feuchtigkeit aus den Augenwinkeln. Mein Fehler war, dass ich versuchte, den Affen aus ihrem Kellergeschoss ans Tageslicht zu rufen. Andy Weedon machte es richtig: »Dad« ist das Wort, das Männer anmacht. Schreib »Vaterschaft«, und sie kriegen einen Steifen. Schreib »Umgangsrecht«, und sie werden weich. Sie zum Lachen bringen, bis ihnen die Tränen kommen? Alles vorbei. Drück auf die Tränendrüsen, einzig und allein auf die Tränendrüsen. Herzschmerz, so scheint es, überbrückt die Geschlechtergrenze. Und, wenn ich mit meinem Verdacht richtigliege, auch die Altersgrenzen. Wenn mich nicht alles täuscht, wird mein Publikum jünger. Nicht mehr lange, und ich bediene die Wünsche von Kleinkindern. Selbst Sally Comfort hat mir geschrieben und mich gebeten, mein neuestes Buch für ihre Nichten zu signieren. Zwar habe ich ihr immer noch nicht in die silbernen Eingangspforten ihres Ohrs oder in die von Ringen bewachten Nasenlöcher gepustet, aber es ist nicht mehr ausgeschlossen, dass es früher oder später dazu kommen wird.

Wie ich es hinkriege, mich so gut mit allen zu stellen, geht über mein Erklärungsvermögen. Aber andererseits geht schlichtweg alles über mein Erklärungsvermögen.

Wie kann es beispielsweise angehen, dass ich Leser habe, wo es gar keine Leser mehr gibt? Das ist es, was Fortuna anrichtet: Sie benennt das, was schwarz ist, in Weiß um, sie erklärt die tatsächlichen Zustände für Blödsinn, sie nimmt einen von den allgemeinen Regeln aus, und nur das, was den allgemeinen Regeln entspricht, ist wahr. Obwohl es keinerlei Grund gibt, warum die Lesegruppen oder Oxfam oder die Buchhandlungen, deren Angestellte früher nicht einmal in der Lage waren, meinen Namen zu buchstabieren, mich – *mich* – plötzlich mehr lieben sollten, als sie's je getan haben, tun sie's doch. Fortuna macht blind – mehr kann ich dazu nicht sagen.

Jedenfalls bereise ich die Welt und sage, was ich immer gesagt habe, jetzt aber in überfüllten Sälen unter warmem Beifall. Ich will nicht so tun, als könne ich nach Belieben alle Frauen haben – weil ich genau jene Frauen, die ich will, absolut nicht haben kann, und die anderen sind normalerweise in Tränen aufgelöst oder schnäuzen sich die Nase, wenn ich ihnen begegne –, aber ich mache mich recht gut für einen Mann, der sich nicht mehr in der Blüte der Jugend befindet und früher durch die Straßen Londons gestapft ist und dabei Selbstgespräche geführt und sich Haare ausgezupft hat. Ich bin immer noch neidisch auf den Erfolg anderer Schriftsteller, aber jetzt ist der Erfolg, den ich am meisten beneide, mein eigener.

Und ich verachte diesen Erfolg nicht wenig, wiewohl es mein eigener ist. Wo war er früher? Das frag ich mich. Wo war er, als ich ihn weit mehr nötig hatte und nicht weniger verdient gehabt hätte? Wenn man durch und durch Schriftsteller ist, wird man nicht über Nacht fröhlich, nur weil einem das Schicksal plötzlich gewogen ist. Wenn du vom Erfolg kosten darfst, nachdem du lange nur Erfolglosigkeit gewohnt warst, so wird dir die Erinnerung an die Erfolglosigkeit mit jedem neuen Lorbeerblatt, das du erringst, bitterer. Erfolg ist willkürlich und launisch; nur die Erfolglosigkeit ist ein wahrer Maßstab der Dinge.

Ich werde aber keineswegs der Undankbarkeit oder Schroffheit bezichtigt. Ich lächle, und man lächelt zurück. Ich signiere und signiere. Plötzlich sind dies die beiden Wörter, von denen sie nicht genug bekommen können. *Guido Cretino*. Ich kann gar nichts falsch machen. Wenn ich öffentlich gegen mich und meine beschämende Kapitulation Stellung beziehe – wiewohl ich öffentliche Stellungnahmen verabscheue wie eh und je –, klatschen sie meinen Worten Beifall. Und natürlich glauben sie mir nicht, wenn ich gegen alle möglichen Dinge antwittere – gegen den Krimi, den Thriller, den Cross-over-Roman, den Kinderroman, den

Zombie-Roman, den Comic-Roman, den Schnulzenroman, den Debütroman (mit einer Ausnahme), iPads, Primark, Morrisons, Lidl (absichtlich erwähne ich jene Supermarktketten nicht, die meine Bücher führen: warum am Ast sägen, auf dem ich sitze?), Nimm-drei–zahle-zwei und Sandy Ferbers Bus-Warteschlangen-Fertigliteratur, die sich inzwischen millionenfach verkauft. Meine Damen und Herren, so sage ich zu ihnen – meine Damen, Herren und Kinder –, Sie werden mich mit Ihrem Applaus noch früh ins Grab klatschen.

Darüber lachen sie, weil sie wissen, wenn mir bestimmt wäre, früh ins Grab zu sinken, wäre ich schon lange drin.

Wie Poppy Eisenhower, meine Schwiegermutter.

37
Der gute Gatte

Ich werde mich nicht über Vanessas Roman auslassen. Nicht weil ich sie beneide, sondern weil sie mir nicht zugestehen würde, dass ich dem Buch je gerecht werden könnte. Und alles in allem hat sie ganz gewiss recht.

»Komm nur ja nie auf die Idee, mich zu rezensieren«, hatte sie gesagt.

So viel aber kann ich wohl sagen: Trotz ermutigender Besprechungen erwies er sich keineswegs als sonderlicher Erfolg, bevor er dann verfilmt wurde. Dass Produktion und Regie des Films von Dirk de Wolff übernommen wurden, wird niemanden überraschen, der weiß, wie man eine Handlung mustergültig entwickelt. Warum hätte ich ihn wohl in der Affenbucht auf die Bühne geholt, hätte ich nicht noch weitere Verwendung für ihn. Es gibt eine Menge Leute, die Vanessa und ich in Australien getroffen haben, ohne dass ich auch nur ein Wort über sie verloren hätte. Ich will nicht behaupten, ich hätte de Wolff erfunden, sondern sage nur, dass sein Auftritt in der Shark Bay seinem späteren Wiederauftauchen eine gewisse vorausschauende Unausweichlichkeit verleiht. Einem scharfsinnigen Leser – sei es von Büchern, sei es des Lebens – muss klar gewesen sein, dass er nur da war, weil er wiederkommen würde.

Ich erinnere mich jedenfalls mit trauriger Rührung – dies ebenfalls mit vorausschauenden Implikationen – des rauschhaften Hochgefühls, mit dem V und ich die Werbeplakate in der U-Bahn lasen:

GIBT ES AFFEN IN DER AFFENBUCHT?
REGIE:
DIRK DE WOLFF

und darunter in kleineren Lettern, aber doch groß genug, um es lesen zu können:

Basierend auf dem Roman
von
Vanessa Eisenhower

»Schatz, wie toll«, sagte ich, als wir das erste Mal im U-Bahnhof Ladbroke Grove auf den Bahnsteig hinabstiegen und ein Plakat anstarrten.

Sie schimmerte mich aus der Höhe an und zitterte wie eine Fregatte hart am Wind. »Danke«, sagte sie.

Ich war ein fantastischer Ehemann. Schon von dem Moment an, in dem ich einsah, es wäre nutzlos, irgendetwas anderes sein zu wollen. Wenn die eigene Frau schon einmal in Leuchtbuchstaben zu lesen ist, tut man gut dran, sich drüber zu freuen.

Wir küssten uns leidenschaftlich. Wir hätten an Ort und Stelle ein Baby machen können. Vorzugsweise ein Mädchen, sodass wir sie Mia hätten nennen können. Mia Ableman. Die kleine Äffin. Oder womöglich Mia Eisenhower, wo Eisenhower nun doch der Name mit dem magischen Potenzial war.

»Es macht dir doch nichts aus?«, hatte Vanessa, die Lieblichkeit in Person, mich gefragt, sobald sich nicht mehr verschleiern ließ, dass ihr Buch fertig war, dass ein Agent – mein Agent! – es gelesen hatte, dass es bald erscheinen würde und dass sie nun Eisenhower hieß, nicht Ableman.

»Natürlich nicht«, hatte ich gesagt. »Ich finde, das ist ein geschickter Schachzug. Clinton oder Obama wäre natürlich noch besser gewesen, aber Eisenhower ist schon gut.«

Tatsächlich war mein Verdacht, dass sie erst in dem Moment hatte reüssieren können, als sie sich entschied, den Namen zu ändern. Das bedeutete, dass sie den trügerischen Zauber des Faktischen durchbrochen hatte, der sie so lange behindert hatte. »Ich hoffe nur, du hast bei der Gelegenheit gleich alle anderen Namen mit geändert«, sagte ich. »Inklusive meinem.«

»Wie oft hab ich dir wohl schon erklärt, dass du nicht drin vorkommst?«, sagte sie. »Ich schreibe nicht über uns.«

Das war genau das, was ich ihr immer erklärt hatte. Bei einem Roman handelt es sich nicht um das intime Tagebuch meines Lebens, V. Das sind nicht *wir*. In ihrem Fall glaubte ich aber – und zwar nicht, weil ich sie gönnerhaft behandelte oder meinte, ihr fehle die Fantasie, sondern weil sie stets heftigst dafür eingetreten war, die Dinge exakt so niederzuschreiben, wie sie waren –, wir seien es doch.

»Natürlich komme ich nicht drin vor«, sagte ich. »Wie hast du mich also genannt – Guido Cretino?«

Affe, wie wir unter uns dazu sagten – und die Ironie entging uns beiden nicht, ganz gewiss nicht –, war fast schon ein Film, bevor es als Roman vergessen war. Als einzig mögliche Erklärung für das Tempo, das dabei vorgelegt wurde, dämmerte mir, dass Dirk de Wolff früher wieder auf der Bildfläche erschienen sein musste, als Vanessa mir preisgab, lange bevor er über das Buch »gestolpert« war, sich an die Autorin »erinnert« und in sich selbst als jemandem, der den Schauplatz gut kannte, den »einzigen Mann« ausgemacht hatte, der den Film verwirklichen konnte. Meine Theorie war, dass Vanessa mich aus dem Haus geschafft hatte, weil de Wolff darin hockte – ich will nicht behaupten, dass er mich dort als Ehemann verdrängte, aber in jedem Fall hat er mich als literarischen Mentor und Einfluss verdrängt. Er hatte sie dazu angestachelt, den Roman zu schreiben, so meine Vermutung – daher auch ihr ungewöhnliches Arbeitstempo –, und dabei von Anfang an die Tauglichkeit für ein Drehbuch im Blick gehabt. Ich vermutete, er war ihr auf ein vorher ausgemachtes Zeichen hin – »Komm! Die Arbeit ist getan, und ich bin für dich bereit!« – nach England gefolgt, wie sie es im Verlauf von Diskussionen kreativer Natur auf seinem obszönen Schiff in der Affenbucht beschlossen hatten, entweder bei ihrem ersten Besuch zusammen mit ihrer beschwipsten Ma oder als sie allein dorthin zurückgekehrt war, während ich auf der Spinne ihrer Maman stand – falls sie dergleichen tatsächlich getan hatte, wobei das nunmehr vollkommen bedeutungslos war.

Ich sage, ich war ein fantastischer Ehemann – hilfsbereit, selbstlos, arglos und vor allem kein bisschen rivalisierend –, aber es gab gleich nach Poppys Desertion und jenem Gespräch mit den Querreys, in dem sich zum ersten Mal etwas von der bevorstehenden Veränderung in Vanessas Leben andeutete, eine kurze Zeit, in der ich schwächelte. Die Phase, die der Veröffentlichung von Vanessas Roman voranging, hätte eine höchst aufregende sein sollen, doch ich verbrachte sie größtenteils im Bett. Was einem über Nervenzusammenbrüche niemand erzählt, ist, wie besänftigend sie sein können.

»Das«, sagte Vanessa, »liegt daran, dass du gar keinen Nervenzusammenbruch hast. Ich hatte selbst schon einen Nervenzusammenbruch, und ich kann dir sagen, das ist etwas ganz anderes, als was du jetzt hast. Was du hast, das ist eine Verstimmung.«

»Eine *Verstimmung*? Das hier nennst du eine *Verstimmung*? V, in beiden Augenwinkeln sehe ich parallele Linien und blitzende Lichter. Meine Familie zerfällt. Mein Verleger ist tot. Gedruckt werde ich nur noch on demand. Das ist doch keine *Verstimmung*.«

Und Poppy und meinen Agenten hatte ich noch nicht einmal erwähnt.

Sie stritt nicht mit mir. Die Dinge standen jetzt anders. Sie stritt nicht mit mir, weil sie es nicht nötig hatte, mit mir zu streiten. Jeden Streit von Belang hatte sie für sich entschieden.

»Und übrigens, wann hättest *du* wohl einen Nervenzusammenbruch gehabt?«

»Von dem Tag an, an dem ich dich heiratete, bis vor Kurzem.« Selbst das ließ sie schmeichelhaft klingen.

»Es freut mich, zu hören, dass jetzt mit dir alles in Ordnung ist.«

»Das wäre es, wenn du aus dem Bett kommen würdest.«

Sie konnte es nicht ertragen, dass ich dort den ganzen Tag lag, mir die Zähne leckte, an den Fingernägeln zupfte, Lucozade trank und Radio 4 hörte, obwohl es eine Zeit gegeben hatte, da sie sich derlei sehnlichst gewünscht hätte. Einstmals hätte meine Bettlägerigkeit bedeutet, dass sie mit ihrem Roman vorankommen konnte, ohne sich von den störenden Geräuschen ablenken zu lassen, wie ich mit meinem vorankam. Aber nichts war mehr so, wie es gewesen war. Ich schrieb nicht, und sie brauchte es nicht mehr. Sie hatte schon alles geschrieben. »Es ist ein tolles Gefühl«, sagte sie, »damit fertig zu sein.«

»Damit ist man nie ›fertig‹, V. Es ist nie vorbei. Du solltest jetzt drangehen, den nächsten zu schreiben. Nur für alle Fälle.«

Dass ein Drehbuch in der Mache war, dass sie auf welche Weise auch immer mit de Wolff in Kontakt getreten war, davon hatte ich keinen blassen Schimmer.

»Nur für was für Fälle?«

»Nur für den Fall – und ich spreche aus Erfahrung und in aller Liebe –, nur für den Fall, dass sich deine Hoffnungen nicht erfüllen. Roman zwei ist eine Rückversicherung für den Fall, dass Roman eins scheitert; Roman drei ist eine Rückversicherung …«

»Schon verstanden, Guido. Ich will aber nicht so sein wie du, nie zufrieden, immer dem eigenen Schwanz nachjagend. Ich nutze meine Chance. Und jetzt raus mit dir aus dem Bett.«

Sie hatte eine neue Zielorientiertheit an sich, ungefähr wie ein Mensch, der ein langwieriges und anstrengendes Vorhaben bewältigt hat – einen Berg bestiegen, ein Land gerettet – und nun ein wenig das Leben genießen will. In Vanessas Fall ausführlich das Leben genießen will. »Lass uns heute auf den Markt gehen«, konnte sie plötzlich vorschlagen. »Lass uns einen neuen Teppich kaufen. Lass uns mal eben nach Rom fliegen.«

Ich zog mir die Decke über den Kopf. »Zu krank«, sagte ich.

»Ach, Herr im Himmel noch mal, Guido, hoch mit dir.«

»Kann nicht«, sagte ich.

»Ich werde fertig, und schon zerbrichst du. Jetzt weißt du mal, wie's mir immer ergangen ist.«

»Mein Zerbrechen – und in Wahrheit zerbreche ich gar nicht: Wenn überhaupt was, dann finde ich in aller Stille wieder zusammen – hat überhaupt nichts mit deinem Fertigwerden zu tun. Genau darum animiere ich als dein geliebter Ehemann dich ja dazu, einen neuen anzufangen. Ich wäre heilfroh, wenn du jeden Tag meines Lebens einen anfangen und damit fertig werden würdest. Das hieße, dass ich hier einfach liegen und wieder heile werden kann.«

»Wovon denn heile werden? Was hat dich denn kaputt gemacht?«

Ich rollte mit den Augen. Was hatte mich kaputt gemacht?

»Kann ich nicht einfach mal krank sein?«, fragte ich. »Kann ich nicht einfach mal *unpässlich* sein?«

»Du bist noch nie unpässlich gewesen. Du bist der gesündeste Mensch, der mir je untergekommen ist – was den Körper betrifft. Krank bist du nur im Kopf.«

Wir verstummten beide und mussten an Jeffrey denken. Waren Hirntumore erblich?

Vanessa las meine Gedanken. »Nein«, sagte sie, »sind sie nicht.«

Ich bat um Tee. Sie sagte, sie wolle mit mir Tee trinken gehen. Ins Claridge's. Ich erinnerte sie dran, dass man im Claridge's ein Jahr im Voraus einen Tisch zum Teetrinken bestellen musste. Wie die Leute so lange vorher wussten, wann sie Lust auf Tee hatten, war mir schon immer ein Rätsel gewesen. Im Ritz genauso. Es gab Leute im ländlichen Hampshire, die sich im Ritz zwanzig Jahre im Voraus Plätze für ihren Geburtstagstee reservieren ließen. Das war so, als würde man den Namen des eigenen Sohnes in Eton einschreiben lassen, bevor man der Frau begegnet war, mit der man ihn zeugen konnte. Vanessa, auch als Ehefrau jetzt ein ganz anderer Mensch geworden, hörte sich meinen ganzen Katalog von Einwänden an. Dann eben Paris. Madrid. Casablanca. Lass uns nach Casablanca fliegen.

Zugute halten muss man ihr, dass sie nicht ein einziges Mal sagte: »Dann bleib, wo du bist, und ich flieg mit Dirk nach Casablanca.«

»Dieser Vorschuss, den du da gekriegt hast, muss ja ganz ordentlich gewesen sein«, sagte ich ohne jeden Beiklang von Empfindlichkeit. »Offensichtlich hat sich jemand ziemlich für dich ins Zeug gelegt. Francis, oder?«

Aus millionenfachen (allesamt guten) Gründen waren die Details unter uns nie Thema gewesen. Weder der Titel noch der Inhalt noch Slumdog noch der Vertrag noch die Rolle, die Francis dabei gespielt oder nicht gespielt hatte – und wenn nicht er, wer dann? Wenn ein Anruf wegen ihres Buches kam, machte sie die Tür zu. Sehr taktvoll von ihr. Je mehr Qualen mir erspart blieben, desto mehr Zeit musste ich aber notgedrungen im Bett verbringen.

Sie riss mir die Decke vom Leibe. Beschämend. Ich hatte eine Erektion. Ich kriegte immer eine Erektion, wenn ich depressiv war. Grippe und Depressionen verstopften mich stets.

»Was ist das denn?«, sagte sie.

»Der Beweis, dass ich mich für dich freue.«

»Was soll erst werden, wenn ich Literaturpreise abzuräumen beginne?«

»Darüber können wir nur Vermutungen anstellen, V.«

»Sag, dass du zum Markt mitkommst, und ich blas dir einen.«

»Ich komm zum Markt mit.«

»Du musst es aber ernst meinen.«

»Ich meine es ernst.« Und zum Beweis breitete ich die Arme aus und sang »I'm in the mood for love«.

Das ist ein guter Maßstab dafür, wie sehr sich die Dinge verändert hatten: Früher hätte sie »Nein, bist du nicht« gesagt und wäre aus dem Zimmer gelaufen; heute beugte sie ihren Kopf zu meiner fiebrigen Erektion herab und stimmte mit ein. Wir waren beide, auch wenn mich die Erinnerung daran heute schmerzt, in Stimmung für die Liebe.

Für unsere Verhältnisse und in Anbetracht meines Nervenzusammenbruchs waren das idyllische Zeiten. Ich hatte Vanessa nie glücklicher und auch nie schöner gesehen. Sie pfiff bei der Hausarbeit. Sie kochte mir Aufläufe, manchmal einen zu Mittag und einen weiteren zum Abendessen. Und nicht nur das – sie servierte sie auch auf ihren höchsten Absätzen und in nahezu durchsichtigen Blusen. Sie las mir aus der Zeitung Sachen vor, die sie interessierten. Sie erzählte mir Geschichten und sogar Witze. Das Einzige, worüber wir nie sprachen, war der Inhalt ihres Buches. Und dies war mir Beweis genug, dass mich ein grässlicher Schock erwartete. Das tat aber nichts zur Sache. Ich war schon hinlänglich schockgeimpft. Sollte sie es ruhig zum Schlimmsten kommen lassen, Hauptsache, es machte sie glücklich; und es gab keinen Zweifel dran, dass es sie glücklich machte.

Nicht auszuschließen, dass auch Schuldgefühle zu meinem Zusammenbruch beigetragen hatten: Ich hatte nach und nach eingesehen, wie grausam ich während unserer Ehe stets zu ihr gewesen war, welche Freuden ich ihr verwehrt hatte, weil ich mich immer an die erste Stelle setzte, weil ich sie spüren ließ, dass sich in unserer Ehe immer alles um mich drehte, dass meine Karriere das war, was zählte, mein Feuer dasjenige war, was zu jeder Zeit genährt und am Brennen gehalten werden musste. Wenn man jemanden, den man liebt, zum ersten Mal glücklich erlebt, dann muss man sich schon fragen, welchen Anteil man an dem bisherigen Unglück trägt.

Aber ich machte mir Sorgen, was wohl geschehen würde, wenn diese Zeit der freudigen Erwartung zu Ende ging und sie sich den unausweichlichen Enttäuschungen stellen musste: keine Leser, keine Verkäufe, in keiner einzigen Buchhandlung ein Exemplar ihres Buchs im Regal, kein Literarisches Quartett, idiotische Rezensionen, keine Backlist, keine Frontlist, das schwarze Loch …

Ich versuchte, sie darauf vorzubereiten, doch an ihrem irrsinnig sprunghaften Wesen wollte kein Warnaufkleber haften. Trallala, was war das Schriftstellerdasein prächtig! Zum Teil nahm sie diese Haltung natürlich nur ein, um es mir einmal zu zeigen. *Du und dein ewiges Gejammer. Du und dein Gerede »Die Literatur ist erledigt«. Sieh doch, wie einfach es sein kann. Schau, wie leicht wir es uns hätten gut gehen lassen können – wir alle beide. Statt immer nur um dich dich dich und dein langes Gesicht zu rotieren.* Wobei sie vergaß, dass auch ich anfangs so gewesen war und dass wir durch unser Wohnzimmer getanzt waren, als ich meinen ersten Tantiemenscheck bekam, und den ganzen Zaster dann für einen Urlaub in Taormina auf den Kopf gehauen hatten, wo wir auf Gedenktafeln zu Ehren von D. H. Lawrence gestoßen waren. »Eines Tages werden es welche zu deinen Ehren sein, mein Schatz«, hatte sie gesagt, und auch in Taormina hatten wir getanzt.

Es würde alles kein gutes Ende nehmen, aber nun ja, bis auf Weiteres – und wiewohl ich mir einen kleinen Nervenzusammenbruch leistete – schmeckte das Leben süß. Jeder, der unser Haus betreten hätte, hätte es sogleich gerochen – diese klebrige Würze, Lilien kurz vorm Umkippen nicht unähnlich, eines Mannes und seiner Frau, die von Liebe entflammt waren, der Mann womöglich ein bisschen heftiger.

Was Poppy betraf, so gab es keinerlei Anspielungen. Sie hatten sich überworfen, das war alles, was ich wusste. Und zwar nicht – offensichtlich nicht – meinetwegen. Hätten sie sich meinetwegen überworfen, so hätte ich es gewusst. Ich musste annehmen, dass sie sich wegen Francis überworfen hatten. Dass Vanessa, die recht prüde sein konnte, wenn es ihr gerade passte, nicht guthieß, was da zwischen ihnen lief, was immer das auch sein mochte. Und nicht nur das, sondern dass sie auch der Meinung war, wenn Poppy sich Francis für ihre Zwecke geschnappt hatte, so wie sie selbst ihn sich für ihre eigenen geschnappt hatte, dann rieche das ein bisschen arg nach blankem Konkurrenzkampf. Sobald Vanessa einen Agenten hatte, hatte ihre Mutter sich ausgerechnet diesen selbigen Menschen aussuchen müssen als ihren … als das, wofür sie ihn sich halt ausgesucht hatte. Das war unanständig. Vanessa drückte es mir gegenüber keineswegs so aus; genau genommen drückte sie es mir gegenüber überhaupt nicht aus, aber mit meiner guten Nase für unanständiges Verhalten und die Reaktionen anderer darauf wusste ich es einfach.

Was ich nicht vollständig begriff, bevor ich Vanessas Roman gelesen hatte, war der Umstand, dass der Bruch in ihrem Kopf bereits vollzogen war. Das Buch machte diesen Bruch dann endgültig, erzählte aber auch seine Vorgeschichte. Mütter und Töchter – eine Rivalität, die selbst diejenige zwischen Romanschriftsteller und Romanschriftsteller noch übertraf.

38
Hure

Wenn Poppy da draußen in der Nacht mit Francis beschäftigt war, dann war das Bett für mich der sicherste Ort. Ob die beiden in irgendeinem wirklichen Sinne *in der Nacht beschäftigt* oder überhaupt irgendwie *beschäftigt* waren – zu welchen Bedingungen sie ein Dienst- und/oder sonstiges Verhältnis mit ihm eingegangen war –, entzog sich meiner Kenntnis, aber die Formulierung umreißt plastisch die Natur meiner Befürchtungen. Ich kannte meinen Hang zur Eifersucht und wusste, wenn ich mich nicht aus dem Verkehr zog, würde ich binnen Kurzem mit den Fäusten an Francis' Bürotür hämmern und eine Erklärung verlangen. Nicht zuletzt dafür, dass er die Vertretung meiner Frau übernommen hatte.

Wie konntest du mir das antun, Francis? Ich bin dein Scheißmandant. Ich war dein Scheißfreund!

Er würde natürlich, einmal angenommen, ich käme überhaupt zu ihm durch, so tun, als wisse er gar nicht, wovon ich redete. Es gab kein Gesetz, das besagte, ein Agent dürfe nicht Ehemann und Ehefrau gleichermaßen vertreten. O doch, die guten Sitten standen dem entgegen – es gab Grenzen, Francis! –, und zum Allermindesten fragte man den bereits vertretenen Mandanten, ob es ihm Schrägstrich ihr etwas ausmache, wenn man nun auch die Vertretung des Ehepartners übernehme; aber ich wusste wohl, was Francis sagen würde. *Hey, ich hätte mir nicht eine Sekunde lang vorstellen können, dass es dir etwas ausmacht. Es ist normal, dass die Leute Familienärzte und Familienanwälte haben – betrachte mich einfach als euren Familienagenten.*

Und was den Grund dafür betraf, dass er es nie erwähnt hatte – er war zu Verschwiegenheit verpflichtet worden. Vanessa wollte, dass es eine Überraschung war.

Wolltest du mich auch damit überraschen, dass du, nachdem ich dir meine geheimen Gelüste offenbart hatte, meine Schwiegermutter anstelltest – in welcher Eigenschaft auch immer? Von den guten Sitten wollen wir gar nicht reden, Francis, aber du hättest wissen müssen, dass das gegen alle Gesetze des Himmels verstieß.

Aber diese Frage ließ sich ebenso gut Poppy stellen.

Wie konntest du mir das antun, Poppy? Ich bin dein … Ich bin dein … Was war ich? *Ich bin dein Scheißschwiegersohn.*

Würde ich sie als Hure bezeichnen? Sehr wahrscheinlich. Ich mochte das Wort. Ich mochte die Empfindung auf meiner Zunge, wenn ich es sagte, die Schwingungen meiner Zungenpapillen, die durch das Aussprechen hervorgerufen wurden. *Hure.* Es ist ein Wort, das den Mund erhitzt. Aber es war ungefähr zur selben Zeit aus der Mode gekommen wie Anstand. De Sades sodomitische Huren würden heute schlichtweg als Mädchen beim Junggesellinnenabschied durchgehen. Als Mann kam man sich inzwischen blöde dabei vor, eine Frau als Hure zu bezeichnen. Das Wort hatte eine andere Bedeutung bekommen. Es gab Orte auf der Welt, wo die gesittetsten Matronen sich die Gesichter in Schminke tunkten, die Röcke refften und auf »Hurengang« loszogen. Wäre allerdings eine von ihnen darum angegangen worden, es für Geld jemandem zu besorgen, so hätte sie sich an Ort und Stelle in eine schnell beleidigte Matrone zurückverwandelt. Nicht leichtfertig zu erringen, Hurenhaftigkeit. Nichts für Leute mit schwachen Nerven, ganz egal welche Sexualpolitik sie verfolgten. Bei Abwägung aller Umstände war ich bereit, es bei Poppy zu riskieren, aber was würde ich sagen, wenn sie wissen wollte, was denn so hurenhaft daran sei, als Vorzimmerdame zu arbeiten?

Aber war das alles? Das glaubte ich kaum. Wenn Poppy ihre Dienste als Vollzeitsekretärin oder Vollzeitwasauchimmer bei Francis leistete, dann konnte sie schwerlich noch in Shipton-under-Wychwood wohnen. Zu weit, um jeden Tag zu pendeln. Wo also wohnte sie?

Vanessa müsste es zweifellos wissen. Aber wie konnte ich ihr gegenüber das Thema anschneiden? *Wo genau macht eigentlich deine Mutter, diese Hure, das Tier mit Francis, V?*

Aus Gründen, die ich bereits angeführt habe, kam ein Verhör dieser Art unter gar keinen Umständen infrage.

Unterdes lag ich also da mit einer Erektion, halb zu Poppys Ehren und halb zu Ehren ihrer Tochter, und wäre vielleicht noch ein weiteres Jahr so liegen geblieben, hätte ich nicht einen Anruf von Jeffrey erhalten.

»Dad«, war alles, was er sagte.

»Ich bin nicht dein Dad.«

»Nicht du, er. Du solltest hier sein.«

»Ist er krank?«

»Wir sind alle krank.«

»Wie krank ist er?«

»Wie krank muss er denn sein? Er ist dein Vater.« Und mit diesen Worten legte er auf.

Eine Stunde später rief er noch einmal an und entschuldigte sich, dass er so kurz angebunden gewesen war. Eine Entschuldigung war in unserer Familie ein außerordentliches Vorkommnis und machte mir den Ernst der Lage schon hinreichend klar. Meine Mutter ist einmal über die Katze eines Nachbarn gefahren, mit ziemlicher Sicherheit absichtlich, erst vorwärts, dann rückwärts, dann wieder vorwärts, und das war die einzige Gelegenheit, bei der ich sie oder irgendwen von uns sich jemals entschuldigen hörte. »Hoppala, verzeih es mir, das Vieh«, sagte sie.

»Bin schon unterwegs«, ließ ich Jeffrey wissen. »In ein paar Stunden bin ich da.«

Ein paar Dinge, die Jeffrey gesagt hatte, verwirrten mich allerdings. »Brüder sind für Ungemach gemacht« – war es wirklich möglich, dass er diese Worte ausgesprochen hatte, oder hatte ich sie geträumt? Und wenn ich mich nicht verhört hatte, hatte er mich Gershom genannt.

Ich nahm vom Bahnhof aus ein Taxi und bat den Fahrer, mich einige Male quer durch die Stadt zu fahren. Manchmal hält der Ort, in dem man aufgewachsen ist, die Antwort auf die Frage bereit, warum man weniger aus sich gemacht hat, als man hätte sollen. Ich kriegte den Fahrer so weit, dass er erst an der Schule vorbeikurvte, dann am Gebäude der Pfadfinder und dann an der Bibliothek, wo ich mir immer mehr Bücher ausgeliehen hatte, als ich lesen konnte, die ich dann für Monate behielt, sodass gewaltige Strafgebühren aufliefen. Wir fuhren langsam am Wilhelmina's vorbei, wo die Rollläden heruntergelassen waren. Ich liebte und hasste diese Boutique und erinnerte mich dran, dass ich dort Vanessa und Poppy zum ersten Mal gesehen hatte. Ich hatte aussteigen wollen, aber es war erschütternd, den Laden geschlossen und, wie es schien, vernachlässigt zu sehen.

Da die Tür des exklusiven Alterssanatoriums meiner Eltern nicht verschlossen war – ach, der offenherdige und offenherzige Norden! –, ging ich geradewegs ins Schlafzimmer, wo ich meinen Vater aufgebahrt vorzufinden erwartete. Tatsächlich saß er aufrecht im Bett, hing einfach nur am Tropf, und ein Rabbi war zugegen. Als er mich sah, begrüßte er mich hämisch grinsend mit emporgerecktem Daumen. Ich spreche von meinem Vater, nicht etwa dem Rabbi. Er hatte eine solche Geste mir gegenüber noch nie gemacht, und ich fand sie auf seltsame Weise anrührend. Wurden wir im letzten Moment doch noch gute Kumpel?

»Ach, Sie sind also Gershom, der Älteste«, sagte der Rabbi und streckte mir seine Hand entgegen.«

»Der Ältere«, korrigierte ich ihn. »Wir sind nur zu zweit.« Eins nach dem anderen. »Und ich heiße nicht Gershom.«

Er schüttelte mir die Finger. »Nun, ich weiß ja, dass Sie nicht Yafet sind«, sagte er. »Mit Ihrem Bruder Yafet bin ich bereits bekannt.«

»Yafet! Ich habe einen Bruder namens Yafet?« Als es mir über die Lippen kam, klang es vollkommen falsch. Ich kannte meinen eigenen Bruder nicht!

Ich dachte eigentlich, ich würde meinen Bruder zur Genüge kennen. Er war ein Sexperverser namens Jeffrey mit einer schmutzigen Bombe im Hirn. Die schmutzige Bombe *war* sein Hirn. Wenn sie explodierte, würde sie halb Cheshire verpesten. Selbst Jeffrey war schon ein schmeichelhafter Name für meinen Bruder. Und jetzt Yafet? Wie geschah mir? Hatte mein Nervenzusammenbruch länger angehalten, als ich mitbekommen hatte? Mir war, als hätte ich mich schlafen gelegt und darauf gewartet, dass Vanessa sich um meine Erektion kümmerte, und war zweitausend Jahre früher im Heiligen Land wieder aufgewacht.

Der Rabbi, ein schwerbebrillter Amerikaner, ungefähr halb so alt und groß wie ich, der sich gut und gern selbst mal ein paar Härchen aus Schnauzer und Vollbart hätte zupfen können, schien den Anlass meiner Verwirrung zu begreifen. »Ihre Eltern haben mir schon erklärt«, sagte er, »dass Sie nie viel Wert auf den Glauben gelegt haben – die ganze Familie nicht.«

Er fasste sich an die Krempe seines Homburgs, als er »Glauben« sagte.

»Konvertiert mein Vater etwa auf dem Totenbett?«, fragte ich; ich war mir unsicher, ob ich den Alten selbst fragen konnte, unsicher, ob er mich hören und verstehen würde. Er hatte nie viel verstanden.

»Es handelt sich schwerlich um eine Konversion«, sagte der Rabbi aus dem Mundwinkel. Er hatte eine prachtvolle, auf großstädtische Weise gerissene Art an sich, seine Worte auszuspeien, eher wie ein Gangster als wie ein Rabbi, was mit seiner Abgerissenheit allerdings nicht recht in Einklang zu bringen war. Um eine solche Stimme richtig zur Geltung zu bringen, hätte er einen gestreiften Anzug von Brioni tragen sollen mit Leder als Verstärkung an den Aufschlägen und dazu zweifarbige Alligatorschuhe.

»Worum handelt es sich denn dann?«, fragte ich. »Haben die Lubawitscher ihn als Geisel genommen?«

Er schien beeindruckt, dass ich in ihm einen Lubawitscher erkannt hatte. In Wahrheit hatte ich's gar nicht. Es war reinste Vermutung. Die Lubawitscher waren meines Wissens die einzigen Juden, die sich so kleideten und die Juden zum Judaismus bekehrten.

»Das richtige Wort dafür lautet *ba'al-teschuva*«, erzählte er mir, wobei er sich einer überdeutlichen Aussprache befleißigte. Vielleicht wollte er, dass ich es ihm nachsprach. *Ba'al-te-schu-va.*«

»Und das heißt?«

»Rückkehr auf den Pfad der Rechtschaffenheit.«

Den sentimentalen Schmalz einmal außer Acht gelassen, hatte ich Worte dieser Art das letzte Mal in einem Film aus den 1930ern über einen Ganoven aus Chicago deklamieren gehört. »Alles Gute zum Geburzach, Louis«, hatte er gesagt und dann sogleich mit seiner Maschinenpistole wild um sich geballert. Alles Gute zum *ba'al-teschuva*, Louis, du gerechter Bastard.

Für einen Autor unfrommer Verstörungen war ich in Gegenwart von Männern Gottes schon immer auf unerklärliche Weise respektvoll, wenn nicht gar unterwürfig gewesen. Ich hatte das Gefühl, auf verdrehte Weise seien wir im selben Gewerbe tätig: Ehrfurcht und Respektlosigkeit, die Konstruktion und Dekonstruktion ikonischer Symbole – keiner von uns funktionierte ohne den anderen. Allerdings konnte ich wenig Wertschätzung erübrigen für einen Rabbi aus der Bronx, der zu so später Stunde um den Geist eines Mannes herumschlich, von dem sich auf keine erdenkliche Weise sagen ließ, er sei auf den Pfad der Rechtschaffenheit zurückgekehrt, weil er nämlich sein Leben lang keine rechtschaffene Tat getan und keinen rechtschaffenen Gedanken gefasst hatte.

Mochte mein Vater unwürdig gewesen sein, so war es doch immerhin seine eigene Unwürdigkeit gewesen. Und jetzt raubten sie ihm noch diese letzte Würde.

»Was geht hier vor sich, Dad?«, fragte ich.

Er gab mir noch einmal das stumme Zeichen seines hochgereckten Daumens.

»Er ruht sich aus«, sagte der Rabbi, als müsse man mir noch erklären, was mein Vater getan hatte, solange ich lebte.

Mir fehlte es am Mut, den Rabbi zu fragen, wie es kam, dass er hier war. Um die Sterbesakramente zu erteilen? Gab es bei uns Sterbesakramente? Hatte der arme Bastard nach einem Rabbi gerufen, weil er Angst hatte? War es überhaupt möglich, dass er von der Existenz von etwas namens *ba'al-teschuva* wusste, und ebenso, dass es nun Zeit dafür war?

Ich erkundigte mich nach meiner Mutter. Sie sei in der Küche und lege ein Puzzle, meinte der Rabbi. Was ich so auffasste, dass der Tod meines Vaters jedenfalls noch nicht unmittelbar bevorstand. Andererseits war ein Puzzle halt ein Puzzle.

»Hören Sie, wessen Idee ist das hier?«, nahm ich schließlich all meinen Mut zusammen.

»Das hier?«

»Ihre Anwesenheit.«

»Nun, ursprünglich, mein Freund, war es die Idee des Allmächtigen, gepriesen sei Er. Aber ich hatte auch ein wenig damit zu tun.«

Ein Gespräch mit einem Rabbi dieser Sorte fängt man immer auf eigene Gefahr an. Und ich war keineswegs »sein Freund«. Aber ich begriff so viel, dass er neu in der Gegend und um eine Intensivierung der seelsorgerischen Betreuung bemüht war. Ob ich das Wort *rachmamin* kennte? Nein, kannte ich nicht. Erst *ba'al-teschuva*, jetzt *rachmamin*. Wie lange mochte es noch dauern, bis ich fließend Hebräisch sprach? Nun ja, *rachmamin* war jedenfalls so etwas wie Barmherzigkeit. Und im pflichtgemäßen Geiste von *rachmamin,* dem sich kein Jude und schon gar kein Rabbi zu verschließen vermochte, suchte er die jüdischen Kranken und Alten auf. Wir hielten uns von allem fern, waren nirgendwo Mitglied, gingen in keine Synagoge. Wir standen auf keiner Liste, soweit mir bekannt war. Er zuckte mit den Schultern à la die Wege des Herrn, gepriesen sei Er, sind unergründlich. Sollte heißen, wenn da draußen ein Jude in Not sei, werde Er ihn schon finden. Nun ja, dergleichen hatte ich wohl schon mal gehört. Und wie weit mochte das Interesse des Rabbi an meinem Vater wohl noch reichen, wie weit mochte, wenn wir schon einmal dabei waren, das Interesse Gottes wohl reichen, sollte er so weit wieder zu Sinnen kommen, dass er ihnen die Teilhabe an meiner Mutter offerierte?

»Vielleicht schau ich mal, wo ich sie finde«, sagte ich zum Rabbi. »Meine Mutter.«

Er neigte den Kopf. »Tun Sie das, mein Freund.«

Sie war tatsächlich in der Küche und beschäftigte sich mit dem Puzzle von Chester, wobei das eigentlich Überraschende war, dass sie zusammen mit Jeffrey daran saß. Aber es gab etwas, was noch überraschender war. Mein Bruder, den ich zuletzt in einem Alexander-McQueen-Sakko mit metallenen Aufschlägen gesehen hatte, hatte sich einen Vollbart wachsen lassen, einen schwarzen Homburg auf dem Kopf und Fransen an seinem Hemd. Er erhob sich, um mich zu begrüßen. *»Zohora'im tovim«*, sagte er, umarmte mich und küsste mir auf den Hals.

Meine Mutter, die wie stets so gekleidet war, dass sie Signale von anderen Welten empfangen konnte, während sie mit dem Kapitän des Schiffes flirtete, sah nicht von ihrem Puzzle auf. Imaginäre Asche hing gefährlich an der Spitze ihrer elektronischen Zigarette.

»Was verfickt noch mal, Jeffrey?«, sagte ich.

Aber ich wusste, was verfickt noch mal. Die Familie hatte nun endgültig ihren kollektiven Verstand verloren.

Obwohl es kein Thema war, das sie interessierte, hatte Poppy einmal aufs Jüdischsein angespielt.

Wir befanden uns im Garten ihres Cottage in Oxfordshire. Mein zweiter und letzter Besuch. Ich war eingeladen worden, vor einer Studentenvereinigung zu sprechen, und Vanessa hatte mich gefragt, ob ich nicht, wo es doch ganz in der Nähe sei, mal eben ein Kleid bei ihrer Mutter vorbeibringen könne. Vanessa hatte es für sich selbst gekauft, dann aber entschieden, Poppy würde es besser stehen. Ich gab ihr recht. »Probier's mal an«, sagte ich, als ich dort ankam, »ich schau auch weg«, was wahrscheinlich tendenziell ungehörig war, aber sie tat so, als habe sie mich nicht gehört.

»Sei mal ein guter Junge und schneide mir ein bisschen Minze«, sagte sie und gab mir eine Schere. »Ich mach uns Tee.«

»Welche der Pflanzen ist denn Minze?«, fragte ich.

»Ach so, ja«, sagte sie, »hab ich ganz vergessen – du bist ja Jude.«

»Jude!«

»Bin ich da im Irrtum?«

»Nein, nur sehr direkt. Aber was hat denn mein *Judentum* – wenn du mich denn drauf festnageln willst – mit der Minze zu tun?«

»Absolut gar nichts. Das ist ja der springende Punkt.«

»Ich wüsste nicht«, sagte ich, »dass Juden in Sachen Kräuter einen blinden Fleck haben. Wahrscheinlich haben wir den Minztee sogar erfunden. Wenn *ich* nicht weiß, wie Minze außerhalb von Tee aussieht, dann nur, weil *ich* eine Großstadtpflanze bin und nie einen Garten hatte.«

Sie lachte. »Wilmslow ist wohl kaum eine Großstadt, Guy.«

»*War's* aber, so wie wir da gelebt haben. Wenn wir nicht in der Boutique waren, waren wir nach Mailand und Paris unterwegs, um Kleider zu kaufen. Ich bin schon auf hundert Modenschauen gewesen, bevor ich zwölf wurde. Laufstege waren mir vertraut – Landstraßen nicht. Und was Minze betrifft – hieß so nicht mal ein Model? Mint. Ich habe den Verdacht, ich bin sogar mal mit ihr ausgegangen. Sie hatte grüne Augen und schmeckte …«

Poppy hob eine Hand. Über manche Dinge, daran erinnerte sie mich stumm, sprach man nicht mit seiner Schwiegermutter.

»Sag mal«, erkundigte sie sich, »wo wir gerade von der Boutique sprechen – warum ist mein Kontakt zu deiner Mutter abgerissen?«

»Du bist weggezogen.«

»Schon davor.«

»Sie ist schrullig geworden.«

»Es hatte nichts mit dir und Vanessa zu tun?«

»Ich glaube, sie mochte Vanessa nicht. Aber andererseits hat sie die Frauen, die ich mit nach Hause brachte, nie gemocht. Nicht weil sie meinte, die wären alle nicht gut genug für mich. Sondern eher, weil sie mich nicht mochte.«

»Es ist nicht leicht, Vanessa zu mögen«, sagte sie, wobei sie mich diskret überging.

»Poppy!« Wir saßen in Liegestühlen. Ich wäre um ein Haar aus meinem herausgepurzelt.

»Das ist die Wahrheit«, sagte sie.

»*Ich* mag sie«, sagte ich.

»Du liebst sie. Das ist etwas anderes.«

»Und du bist ihre Mutter – das ist auch etwas anderes. Eine Mutter kann doch nicht von ihrer eigenen Tochter behaupten, es sei schwer, sie zu mögen.«

»Warum nicht?«

Warum nicht. Ich lehnte mich zurück und ließ mir das Gesicht von der Sonne wärmen. »Wegen dem hier«, sagte ich mit geschlossenen Augen und deutete auf den Garten, die Bäume, das Gras, die Vögel, die Minze. Mein Thema. »Natur.«

»Ach, die Natur!«, sagte sie.

»Und es stimmt ja auch gar nicht«, fuhr ich fort. »Ich hab euch zusammen beobachtet. Ich hab euch zugesehen, wie ihr zusammen musiziert habt. Ihr seht aus wie Schwestern.«

»Und du meinst, Schwestern mögen einander immer?«

Ich hatte keine Schwester, aber ich hatte Jeffrey. »Nein«, sagte ich.

»Und bei Schwestern *erwarten* die Leute wenigstens, dass sie sich wie Rivalinnen benehmen. Bei Mutter und Tochter wird erwartet, dass die Mutter Platz macht.«

Ich zuckte mit den Schultern. Scheint mir nur recht und billig, besagte mein Schulterzucken. Wiewohl man mir wirklich nicht hätte vorwerfen können, ich erwarte von Poppy, Platz zu machen. Höchstens für mich in ihrem Bett. »Es ist doch genügend Platz für euch beide da«, sagte ich.

Sie schüttelte den Kopf. »Bevor man es recht mitkriegt, hat man eine Tochter, die eine Schönheit ist«, sagte sie. »Man ist selbst noch ein Mädchen, und plötzlich ist man Mutter. Ich bin nicht lange genug Mädchen gewesen. Ich hab's nicht gut genug hingekriegt und nicht lange genug gehabt.«

»Mir ist so, als könne ich mich an ein Nacktfoto erinnern, das in Washington geschossen wurde«, sagte ich.

»Ach ja, das. Fünf Minuten meines Lebens, und das dicke Ende dauert ewig. Vanessa ist einen weiteren Vater los, und ich mühe mich weitere zehn Jahre damit ab, es wiedergutzumachen. Und selbst dann kann ich mir noch nicht sicher sein, dass mir vergeben wurde.«

Ich formulierte ad hoc eine Theorie. Man ist nicht dazu da, seinen Eltern zu vergeben. Und die sind nicht dazu da, zu erwarten, dass man ihnen vergibt. Man zieht seiner Wege. Tschüs, Mutter, tschüs, Vater, besten Dank für gar nichts. Siebzig Jahre später gibt man Küsschen und verträgt sich wieder, aber wenigstens ist man einander in der Zwischenzeit keine wandelnde Folter gewesen. Folter – ein übertriebener Ausdruck? Dann eben Vorwurf. V und Poppy hatten zu viel Zeit zusammen verbracht. Das war das eigentlich Unnatürliche. Kein Wunder, dass sie einander nicht leiden konnten.

»Ich habe«, sagte ich, »niemals gehört, dass Vanessa gesagt hätte, sie könne dir nicht vergeben. Was auch immer.«

Das war die Wahrheit. Ich hatte gehört, dass Vanessa sie als Flittchen und als Pisspott bezeichnet hatte, aber das war ein anderes Thema.

Oder doch nicht? Insofern nämlich die Bezeichnung ihrer Mutter als Flittchen auf einen jener Punkte verwies, wo ihre Mutter sich nicht so verhalten hatte, wie es von einer konventionellen Mutter erwartet wurde – soll heißen, sich ihrem Alter entsprechend zu benehmen und Platz zu machen –, nun ja, ich denke schon, dass darin ein Vorwurf lag. In der Tat, wenn man den Gedankengängen folgte, die Poppy bei mir ausgelöst hatte, von Jeffrey Hirnschwündchen ganz zu schweigen, tja, dann hatte Vanessa nicht ganz unrecht.

Hassten sie einander also? War's das, worauf es am Ende hinauslief, dass die beiden ständig Arm in Arm und auf identischen Korksandalen herumhopsten – Hass?

Und war ich in meiner üblichen Blödheit zum Instrument dieses Hasses geworden? Zum Komparsen in ihrem Psychodrama? Einem bloßen Werkzeug?

»Versteh mich nicht falsch«, fuhr Poppy fort. »Ich finde, Vanessa ist großartig. Ich finde, sie ist ganz wunderbar. Ich finde, auch für dich ist sie ganz wunderbar. Eine geborene Schriftstellergattin …«

»Das sollte sie aus deinem Munde besser nicht hören. Weil sie mich nämlich als geborenen Schriftstellerinnengatten ansieht.«

»Nun ja, genau, da haben wir's. Sie ist nicht ganz einfach.«

»Sollte sie das denn sein?«

»Es wäre ganz schön, wenn sie ein bisschen mehr Geduld aufbrächte. Ich habe einfach nicht das Gefühl, dass ich auf sie zählen kann. Hätte ich eine jüdische Tochter, so wäre sie fürsorglicher.« Sie ließ es so klingen, als habe sie eine schlechte Wahl getroffen. Hätte sie sich doch bloß für die jüdische Tochter entschieden, als sie die Gelegenheit dazu hatte.

»Sie schickt dir das Kleid, das ich dir mitgebracht habe. Bist du dir sicher, dass du es nicht anprobieren willst? Ich schau auch weg.«

Einmal Handlanger, immer Handlanger.

»Hör auf damit«, sagte sie. Fuhr dann aber fort: »Siehst du – du bist fürsorglich. Ich glaube, das kommt daher, dass du Jude bist.«

Mir kam urplötzlich ein fürchterlicher Gedanke. War es das, wofür Poppy mich die ganze Zeit gehalten hatte – fürsorglich? Fürsorglich in der Nacht, als die Sternschnuppen in den Indischen Ozean stürzten und ich meine qualmenden Finger zwischen ihre

Cellistinnenschenkel hatte gleiten lassen? Fürsorglich, als ich sie im Arm gehalten hatte, den Fuß auf der Kehle einer Vogelspinne? Fürsorglich, als mein Blick, erfüllt von schockierender Gewissheit, dem ihren begegnet war, auf der allerhöchsten Stufe der Treppe zum Mond in Broome? *Fürsorglich!*

»Ich bin *meiner* Mutter gegenüber keineswegs fürsorglich«, sagte ich.

»Wahrscheinlich bist du's doch«, sagte sie wegwerfend, »aber selbst wenn du's nicht bist, hast du immerhin einen Bruder, mit dem du dir die Verantwortung teilst.«

Mein Bruder Jeffrey. Hatte sie geglaubt, auch er sei fürsorglich gewesen in der Nacht, als er sie geküsst hatte (oder was er sonst noch alles mit ihr angestellt haben mochte), um auf diese Weise meine Ehe mit Vanessa zu feiern?

»Ist das also bei Vanessa das Problem – dass nur sie allein da ist? Das ist aber ziemlich hart für sie.«

»Und ziemlich hart für mich.«

»Härter für sie.«

»Nein, härter für mich.«

Ich fragte mich, ob wir vielleicht ein Spielchen draus machen könnten. Härter für sie, nein härter für mich, nein härter für sie, und am Ende zusammen Hals über Kopf in ein Beet mit Minze purzeln, wo immer die Minze auch stecken mochte.

Aber das Gespräch war nicht auf sittenwidrigen Sex zugelaufen. Und zu meinem Verdruss wurde mir klar, dass dieser Gedanke mich erleichterte. Ich will nicht sagen, dass ich sie nicht mehr wollte, aber sie war nicht so unwiderstehlich, wie ich sie in Erinnerung hatte. Mochte auch an der Kleidung liegen: Jeans, Flipflops, schlabbriger Pullover. Mir war sie »aufgedonnert« immer am liebsten, um einen Lieblingsbegriff meiner Mutter zu gebrauchen. Geschminkt und mit betonten Kurven, sodass die Dekolletéfurche gleich unter ihrem Kinn ansetzte. Sie sah außerdem ein klein wenig erschöpft aus. Etwas hitzig im Gesicht und gerötet um den Hals. Mir fiel auf, dass sie ihr Gesicht vorstreckte, als wolle sie sich dessen versichert, dass sie noch Herrin über ihren Unterkiefer war. Der Kopf schien ihr zu schwer zu werden. Es sah nach harter Arbeit aus, sich gerade zu halten.

»Ich werde alt«, sagte sie, als könne sie meine Gedanken lesen.

»Siehst gar nicht danach aus.«

»Ich werde alt.«

»Und?«

»Vanessa hat die Geduld nicht. Wer wird sich dann um mich kümmern?«

»Du brauchst einen netten Judenbengel, der dich umsorgt – meinst du das?«

Es war das erste Mal, dass ich den Ausdruck jemals benutzt hatte. Aber sie hatte das Thema aufgebracht, und jetzt schien er genau zu passen.

Früher einmal hätte sie mir die Wange getätschelt und mich einen dreisten Affen genannt. Jetzt wedelte sie das, was ich gesagt hatte, einfach weg, als sei es nur eine Sommerfliege. Die entsprechenden Wandlungen durchlief ich aber ohnehin schon. Ich spürte, dass meine Zeit mit ihr gewesen und vorbei war. Und sogar, dass die Zeit, die gewesen war, nicht das gewesen war, was ich mir ausgemalt hatte.

Hatte es womöglich gar keinen nennenswerten Tabubruch gegeben?

Fast fühlte ich mich verleitet, ihr die Hand zu geben. Nichts für ungut, Poppy. Das war eine Menge Spaß, den wir um ein Haar miteinander gehabt hätten.

Zum zweiten Mal an diesem Nachmittag las sie meine Gedanken. »Ach, du bist *wirklich* ein netter Judenbengel«, sagte sie, während sie sich aus ihrem Liegestuhl erhob, »was immer du auch von dir sagen magst.«

Und dann küsste sie mich, geradewegs auf den Mund.

39
Wilder Typ

Ich blieb über Nacht in Wilmslow. V hatte mir um Mitternacht eine SMS geschickt, um nachzufragen, wie mein erster Tag außerhalb des Bettes gelaufen sei. Ob ich noch gewusst habe, wie das Gehen funktionierte. Ich schickte eine SMS zurück, mir gehe es gut, aber die Familie sei konvertiert. Sie schrieb zurück, wenn die Religion die einzige Möglichkeit für mich biete, damit fertigzuwerden, dass sie einen Roman geschrieben habe, dann nur zu. Hauptsache, es helfe. Wiewohl es sie überrasche, dass dafür gleich die ganze Familie habe konvertieren müssen. PS: wozu eigentlich?

judentum, antwortete ich.

gut, aber wart ihr nicht schon juden?

du wusstest es?

du weißt, dass ich es wusste. deine nase, entsinne dich

Ich legte mich schlafen und entsann mich. Heißer nasaler Nächte mit meiner Frau. Dafür sind Hotels da. Sich zu entsinnen. Zu vermissen.

Vanessa hatte eine komische Einstellung zur Religion. Als ich sie kennenlernte, hielt ich sie für eine Heidin. Sie fluchte, sie schwang gotteslästerliche Reden, sie gewährte Blowjobs in Hintergassen. Man konnte sich schwerlich jemanden vorstellen, der gottloser gewesen wäre; und doch tolerierte sie bei anderen Leuten die extremsten religiösen Einstellungen und ging bisweilen sogar so weit, sie dazu zu ermutigen. Ich wusste nicht, ob sie sich mit meinem Bruder getroffen hatte, seitdem sie von seiner

Krankheit erfahren hatte, und ich ahnte zu diesem Zeitpunkt noch nicht, dass sie seinen Tumor geklaut hatte, um ihn als Metapher für den Zustand ihrer Mutter zu benutzen; aber falls sie mal eben in Wilmslow vorbeigeschaut haben sollte, ohne dass ich es mitbekam, dann war es alles andere als unwahrscheinlich, dass sie Jeffrey bei der Verwandlung in Yafet mindestens so viel Hilfestellung gegeben hatte wie der Rabbi. Ich hätte es nicht einmal für unmöglich gehalten, dass das mit dem *ba'al-teschuva* auf ihrem Mist gewachsen war. Genau auf solche Sachen war sie versessen – anderen Leuten zu zeigen, dass sie wusste, wie deren wahre Identität aussah, und ihnen Ratschläge zu erteilen, wie sie am besten genau jenen Pfad der Rechtschaffenheit beschritten, der ihren Bedürfnissen am besten entsprach. Abgesehen davon, dass sie mich dazu aufgefordert hatte, ihr mit meiner Nase zum Orgasmus zu verhelfen, hatte sie sich nur selten auf mein Judentum bezogen. Weiß der Himmel, zu welchem Gebrauch seiner Nase sie Jeffrey aufgefordert hatte. Aber ich konnte mir nur zu gut vorstellen, dass sie ihn dazu verleitet hatte, sich Jahwe zuzuwenden, um auf diese Weise besser mit seinem Tumor umgehen zu können.

Ich frühstückte im Hotel und nahm dann ein Taxi zu den Demenzjewas; Jeffrey hatte sich bereit erklärt, sich dort mit mir zu treffen, wenngleich er diese Bezeichnung gar nicht mehr witzig fand. Witzig an Witzen ist, wie schwer sich wiedererlangte Frömmigkeit damit tut. Man findet zu seiner alten Religion zurück und verliert seinen alten Sinn fürs Alberne.

»Ich wusste schon immer, dass da etwas ist«, erklärte er mir. An diesem Morgen hatte er sich seines Homburgs entledigt und ein gestricktes Käppchen aufgesetzt.

»Dass wo etwas ist, Yafet?« Auf Jeffrey reagierte er nicht mehr. Entweder Yafet oder gar nichts.

Ich fragte mich, ob er sich wohl an den Kopf fassen und mir erzählen würde, es sei überhaupt kein Tumor gewesen, sondern nur sein vernachlässigtes Judentum, das habe herauskommen wollen, das zu einem Knoten angeschwollen sei, bis er ein Käppchen aufsetzte und sich Ringellocken wachsen ließ, und dann sei der Schmerz verschwunden. Womöglich würde er die Wiedergeburt als Jude sogar als Heilmittel für jede Art von Krebs verschreiben wollen, nicht nur für Krebs im Gehirn.

Aber mit »da« meinte er sein Herz.

»Du hast es nie gespürt?«, fragte er, während er sich wiederholt auf die Brust klopfte.

»Na ja, ich habe vielerlei Dinge in meinem Herzen gespürt. Ich glaube, ich hätte sogar behaupten wollen, dass ich schlichtweg alles schon in meinem Herzen gespürt habe. Aber das, was du da beschreibst – nein. Und sag mir nicht, ich würde es verleugnen.«

»Dir hat nichts gefehlt?«

»Nein, Yafet.«

»Du hast nicht das Gefühl gehabt, es sei da immer schon eine Frage gewesen, die einer Antwort harrte?«

»Nein, Yafet.«

Eine Lüge. Es war da doch immer schon eine Frage gewesen, die der Antwort harrte. Aber es war nicht das, was sich mein nagelneugeborener Judenbengelbruder unter einer Frage und einer Antwort vorstellte. Die Frage lautete: »Wo ist die Vorstellung vom Buch als Prestigeobjekt, als Weisheitsquell und als unfromme Verstörung bloß abgeblieben?« Und die Antwort war das Kauf-fünf-zahle-vier-Regal bei Primark.

Er lächelte mich an. Es war seltsam, zu sehen, wie anders sein Gesicht allein durch Käppchen und Bart wirkte. Seine Augen sahen schwärzer und leuchtender aus, sein Mund schmuddeliger, sein Gesichtsausdruck spiritueller. Selbst seine Finger sahen länger aus, wie die eines Heilers.

Zu seinen Füßen hatte er einen Stapel Bücher mit verschnörkelten Umschlägen; auf dem Tisch ließ das Puzzle keinen Platz dafür. Aus den anderen Zimmern hörte man die Geräusche der Demenzjewas – oder hätte es jetzt heißen müssen: der Demenzjoffskis? –, die unruhig schliefen.

»Wir könnten uns eine gemeinsame Lektüre vornehmen«, schlug er vor.

»Warum nur, Jeffrey«, wollte ich ihn schon fragen, »lässt die Formulierung ›gemeinsame Lektüre‹ immer an Bücher denken, bei denen man sich lieber bei lebendigem Leibe von Ratten auffressen lassen würde, als sie zu lesen?«

Aber das wäre brutaler gewesen, als ich für angemessen hielt, wiewohl ich es für angemessen hielt, brutal zu sein. Drum sagte ich bloß: »Nur wenn wir uns eine Lektüre mit einem Thema meiner Wahl vornehmen könnten.«

»Und welches wäre das?«

»Die Romane Henry Millers.«

Er schloss die Augen, deren Lider schwerer und dunkler waren, als ich sie je gesehen hatte, irgendwie mediterraner. Ich fragte mich, ob er Schminke benutzte.

»Jemals was von ihm gelesen?«, fragte ich.

»Nein.«

»Warum schließt du dann die Augen?«

»Ich frag mich, ob seine Bücher so in der Art von deinen sind …«

»Schön wär's«, sagte ich. »Aber ich weiß gar nicht, warum du dich das fragst. Du hast meine doch auch nicht gelesen.«

»Wie du weißt, bin ich nie ein großer Leser gewesen.«

»Weiß ich wohl, und deshalb frage ich mich umso mehr, warum du jetzt liest, was du da liest.«

»Ist was anderes.«

»Das kannst du wohl sagen.«

Ich griff mir eins der Bücher. Von hinten nach vorn geschrieben, altertümliche Schrift, lastend und schwermütig, ganz ohne die sichtbare Musik der Vokale. Leopold Blooms schockierende, unverzeihliche, unwiderlegbare Worte über das Heilige Land hämmerten mir in den Ohren – *Die graue, eingesunkene Fotze der Erde*. Wir waren Juden gleicher Art, Bloom und ich. Dünnhäutig, anfällig für Beleidigungen, zwiespältig – eine *Fotze* ist schließlich keine Kleinigkeit, eine Fotze ist der Ort, wo alles seinen Anfang nimmt – und damit Schluss jetzt.

Nein, offensichtlich nicht.

»Hast du jemals ein Buch über uns geschrieben?« Mit dieser Frage überraschte Yafet mich.

»Uns?«

Zur Illustration dessen, was er meinte, zwirbelte er eine Haarsträhne zwischen den Fingern, die er, so mein Verdacht, auf ein Dasein als Ringellocke vorbereitete. Hätte ich Ringellocken gehabt, so kam mir der Gedanke, dann hätte ich meine Hände nicht davon lassen können. Jetzt in diesem Augenblick beispielsweise hätte ich sie mir ausgezupft, Härchen für Härchen.

»Es gibt kein uns, Jeffrey – Yafet. Und nein, hab ich nie.«

»Warum nicht? Was stimmt denn mit uns nicht?«

»Ich hatte auf die gleiche Weise kein Interesse dran, wie du kein Interesse dran hattest. Bloß weil du dich einer Wasauchimmer unterzogen hast, muss ich das nicht notwendigerweise auch tun. Du hast einen Tumor. Ich nicht. Prima, wenn's dir hilft. Ich freu mich für dich« – für wie viele Leute ich mich doch plötzlich freuen musste! –, »aber beleidige mich bitte nicht auf diese Weise.«

»Und wenn dir damit eine lukrative Masche entgangen sein könnte?«

»Entgangen *wäre*. Was für eine lukrative Masche?«

»Rabbi Orlovsky hat mir erzählt, die besten Schriftsteller in Amerika seien alle Juden. Er sagt, von dir hat er noch nie gehört. Hättest du über Juden geschrieben, so hätte er auch von dir gehört.«

»Das ist halt Amerika.«

»Hier hat er auch noch nie von dir gehört.«

»Sehr freundlich von dir, mir das unter die Nase zu reiben, Yafet.«

»Ich hab ein Interview gelesen, das du dem *Wilmslow Reporter* einmal gegeben hast. Du hast ihnen erzählt, du würdest gern über wilde Typen schreiben.«

»Das hast du mir schon mal erzählt. Das hast du mir erzählt, als du mir erzähltest, dass du einen Tumor hast.«

»Na, dann erzähl ich es dir halt noch einmal. Du schreibst gern über wilde Typen? Na, wer wäre denn wilder als ein Jude?«

Ich musterte ihn ausgiebig. Nicht gerade unmäßig wild, diese Babylöckchen und Fransen. Wilder als ein Jude? Wer wäre wohl *nicht* wilder als ein Jude? Aber ich mochte mich auch täuschen. Ich hatte mich auch ansonsten in jeder Hinsicht getäuscht. Ich hatte angenommen, Jeffrey habe sich in die Rolle des Yafet hineingezwängt, um sich abzukühlen, um den Aufruhr in seinem Kopf zu besänftigen. Was aber, wenn Jeffrey, die unfromme Verstörung, nicht nur immer noch darin steckte, sondern zudem unfrommer denn je war? Kein Gauner, dergleichen hätte ich ihm keineswegs unterstellen mögen, aber doch jemand, der zweigleisig fuhr. Religiöse Leute waren dazu imstande: Sie brachten es fertig, den Glauben zu verhöhnen, Gott selbst zu lästern, und zwar aus dem innersten Zentrum ihres Glaubens heraus. In dieser Hinsicht waren sie das Gegenteil des handelsüblichen gewissenhaften Humanisten, der stets an seiner eingleisigen buchstabengetreuen Rationalität festhielt. Nein, sagte der. Und dabei blieb es. Jeffrey-Yafet andererseits, der seinen nassen roten Mund zu einem Grinsen verzog, mochte mit seinem Spott ebenso auf sich selbst wie auf mich zielen. Der Glaube schloss seine eigene Parodie ein; der Unglaube tat das nicht. Aus Prinzip schloss der Unglaube jede Ungewissheit und Ambivalenz aus. Wohingegen der Glaube, insbesondere der jüdische Glaube, nach allem, was ich darüber aus den Romanen jener wilden amerikanischen Juden wusste, die ich bewunderte, mehr Spielchen mit sich selbst spielte als mit irgendetwas sonst. Selbst der ehrwürdigste jüdische heilige Mann war im tiefsten Herzen ein Betrüger.

Ich hatte gar nicht gewusst, dass ich dergleichen dachte, bis ich es nun dachte. Danke also, Yafet.

Hieß das dann also, dass er recht hatte? Dass mir eine lukrative Masche entgangen war?

Nun ja, jedenfalls war mir etwas anderes entgangen.

»Und wie verträgt sich dein neues Glaubens- und Heilssystem mit dem ganzen Unrecht, das du mir angetan hast?«, fragte ich ihn.

»Gar nicht neu. Wiedererlangt. Steckte da immer drin, Gershom, immer da drin. In dir auch.« Er beugte sich herüber, um diesmal mein Herz zu berühren. Ansonsten allerdings tat er so, als wisse er gar nicht, wovon ich sprach. *Unrecht?* Was denn für Unrecht?

»Meine Frau? Ihre Mutter?«

»Ach, jetzt fang doch nicht wieder davon an. Ich hab's dir doch gesagt – hab dir nur einen Bären aufgebunden.«

Bildete ich es mir nur ein, oder fing er wirklich schon an, j-lastig zu sprechen? *Hab dir nur eijnen Bären aufjebunden.*

»Und wie verträgt sich *bull-teschava* …«

»*Ba'al-teschuva.*«

Sollte mir auch recht sein. »Wie verträgt sich das damit, mir einen Bären aufzubinden – deinem eigenen Bruder?«

»Ich war krank. Und ansonsten, stimmt schon, am Abend deiner Hochzeit mit deiner Schwiegermutter. Ganz klein bisschen. Nur etwas schnabuliert. Liebe lag in der Luft, Gershom.«

»Du warst Trauzeuge.«

»Trauzeuge, Schwiegermutter – war eben eine Hochzeit.« *(Ejne Hochzejt.)*

»Und was du über Vanessa gesagt hast?«

»Nu, die Familie hat Vanessa nie gemocht. Ich aber schon. Ich hab nie ein schlechtes Wort über sie verloren.«

»Hast du wohl. Mir gegenüber hast du ein schlechtes Wort über sie verloren.«

Er rückte sich sein Käppchen zurecht. »Du hast dem *Wilmslow Reporter* erzählt, dir gefielen wilde Typen.«

»Ich sollte dich also mögen?«

»Nein, du solltest sie mögen. Sie ist der eigentliche wilde Typ in eurer Ehe.«

»Auch das hast du mir schon mal gesagt.«

»Aber du hast davon keinerlei Notiz genommen.«

»Wie willst du wissen, was ich genommen hab?«

»Ich spreche ab und zu mit Vanessa. Sie ruft mich manchmal an. Sie hat mich angerufen, als sie von meinem Tumor hörte.«

»Und sie hat dir verraten, an ihrer wilden Seite würde ich mich nicht sonderlich gut machen? Wie geht man denn mit einem wilden Typen um, mit dem man verheiratet ist?«

»Weiß ich nicht. Ich war nie verheiratet.«

»Worüber hat sie sich denn beklagt?«

»Sie hat sich nicht beklagt. Ich hab's einfach nur aus ihrer Stimme rausgehört.«

»Was rausgehört? Unausgesprochene Wildheit? Hat sie dir erzählt, ich würde sie daran hindern, jüdisch zu sein?«

»Man merkt es, wenn jemand nicht glücklich ist, Gershom.«

»Fick dich von wegen Gershom. Und überhaupt – wer ist schon glücklich?«

Blöde Frage. »Ich«, sagte er und grinste mich mit seinem feuchten Mund an.

So weit kamen wir. Meine Mutter rief vom Schlafzimmer nach uns. Sie umarmte Yafet, rückte sein Käppchen zurecht und kniff ihm in die Wange. »Guter Junge«, sagte sie, wobei sie mich anschaute, aber ihn meinte.

Mir gab sie die Hand. Der Schriftsteller. Die Enttäuschung der Familie.

Mein Vater saß ohne seine Schläuche aufrecht im Bett und löffelte eine Grapefruit aus. Er wusste von keinem von uns, wer das war, schien aber dennoch bester Laune. Mir war, als linste er nach den Spatzenbeinen meiner Mutter.

»Schaut ihn euch an«, sagte meine Mutter mit einer zuvor niemals preisgegebenen Zärtlichkeit und strich ihm das, was noch von seinem schwarzen Haar übrig war, aus dem ausdruckslosen Gesicht. *»Kayn ahora.«*

40
Zuhälter

Hatte ich also eine lukrative Masche verpasst?

Wäre es mir als Gershom besser ergangen? *Die Anne Frank, die ich niemals kannte* von Gershom Ablestein. *Mishnah Grunewalds Wahl* von Gershom Ablewurt. *Der Junge in den gestreiften Dolce-und-Gabbana-Pyjamas* von Gershom Ablekunst?

Hatte ich mir meine Wildheit durch die Lappen gehen lassen, weil ich mir mein Judentum durch die Lappen gehen ließ?

Kaum war ich in London zurück, rief mich Francis an. Oder vielmehr Poppy. »Spreche ich mit Guy Ableman? Ich verbinde mit Mr Fowles.«

»Lass die Albernheiten, Poppy«, sagte ich.

Aber im nächsten Moment hatte ich Francis an der Strippe.

»Junge, Junge! Wie ich höre, warst du etwas angeschlagen.«

»Eher am Boden, Francis, nicht angeschlagen.«

»Tut mir leid, das zu hören. Jetzt alles wieder in Ordnung? Wie sieht's mit Essengehen aus? Gerade hat nicht weit von mir eine neue Brasserie aufgemacht.«

»Unweit von jedermann hat gerade eine neue Brasserie aufgemacht.«

»Wonach ist dir stattdessen?«

Ich schlug das streichholzschachtelgroße Restaurant vor, wo ich Merton zum letzten Mal gesehen hatte.

»Gottogott, Guy, da kann man sich kein bisschen rühren, und außerdem wimmelt's da von Verlegern.«

»Genau das, wonach mir ist«, sagte ich.

Ich wusste, warum. Nur einen Monat nach Mertons Selbstmord war die fürs Segment der Dreizehn- bis Fünfzehnjährigen zuständige Bucheinkäuferin einer der weniger bekannten Supermarktketten beim Nachtisch aus den Latschen gekippt. Außerdem war es in den Toiletten zu einem vielfach diskutierten Handgemenge zwischen dem Ehemann einer Sachbearbeiterin für Auslandslizenzen und einem italienischen Romancier, der allgemein als ihr Liebhaber galt, gekommen. Und ein altgedienter Verlagsvertreter, der den Kollegen schilderte, was er gesehen hatte, kugelte sich die Schulter aus, als er den Faustschläge austeilenden Ehemann nachmachen wollte. Im ganzen Gewerbe machte das Wort die Runde, auf dem Laden liege ein Fluch. Was allerdings dessen Umsätze nur zusätzlich anheizte. Der Anziehungskraft dieses Restaurants entging auch ich nicht. Wir alle wollten mit eigenen Augen sehen, wie die ganze Branche implodierte.

Der andere – unterbewusste, wenn man so will – Grund, warum ich es ausgewählt hatte, dämmerte mir, als ich Francis bei dem Versuch erlebte, seine Körperfülle zwischen eine zu einem Tisch umfunktionierte alte Singer-Nähmaschine und eine Sitzbank, die aus holzwurmverseuchtem Kirchengestühl gewonnen worden war, zu quetschen: Es bereitete mir eine endlose Freude, ihn in so unbequemer Lage zu sehen.

»Du siehst aus, wie ich mich fühle«, sagte ich und wartete die Speisekarten gar nicht erst ab, um ihn mir zur Brust zu nehmen.

Mir fiel auf, dass er seine äußere Erscheinung beträchtlich auf Vordermann gebracht hatte – kein eng anliegendes gestreiftes Hemd hing ihm mehr über der Hose. Und er trug einen Schlips. Der Schlips schmerzte mich ganz besonders. Er sah nach einem Geschenk aus.

»O Gott«, sagte er und tat so, als müsse er sein Gesicht mit den Händen schützen. »Wir müssen uns doch wohl nicht auch noch streiten, oder?«

»Das hängt ganz von dir ab«, sagte ich.

»Also, erst mal ist es so, dass ich nie im Leben auf die Idee gekommen wäre, es würde dir etwas ausmachen.«

»Ich wusste, dass du das sagen würdest. Über welches Vergehen sprechen wir?«

»Gibt es etwa zwei?«

»Nach allem, was ich weiß, womöglich noch mehr.«

»Vanessa hat mich bekniet, ich solle ihren Roman lesen. Auf deinen Rat hin, sagte sie. Ich hab ihn gelesen, und er hat mir gefallen.«

»Francis, landauf und landab gibt es scharenweise Leute, die jahrelang auf ein Urteil von dir über ihr Manuskript warten. Viele sterben, bevor sie von dir hören. Und noch mehr sterben, wenn sie von dir hören. Wie kommt es, dass Vanessa sich nicht hinten in der Schlage anstellen musste?«

»Sie ist deine Frau, Guy. Ich hab dir einen Gefallen getan. Was hättest du gesagt, wenn ich sie zurückgewiesen hätte?«

»Danke.«

»Das meinst du nicht im Ernst.«

»Nein, ich meine das nicht im Ernst.«

»Es ist ein guter Roman.«

»Glaub ich dir.«

»Du hast ihn nicht gelesen?«

»Nein. Darf ich nicht, bevor er erschienen ist. Und Poppy?«

»Poppy darf's auch nicht. Niemals.«

»Das war nicht meine Frage, Francis. *Und Poppy* sollte heißen, was hast du in Sachen Poppy vorzubringen?«

»Dass ich sie liebe.«

»Du liebst sie! Es geht um eine Frau von sechsundsechzig Jahren. Wie alt bist du? Zweiundfünfzig? Und sie ist die Mutter einer deiner Mandantinnen und die Schwiegermutter eines weiteren Mandanten. Und, *und* ich habe dir erzählt, dass *ich* sie liebte.«

»Nein, hast du nicht. Du hast mir erzählt, du wollest ihr an die Wäsche und einen Roman drüber schreiben. Ich habe dir eindringlich davon abgeraten.«

»Du hast mir eindringlich davon abgeraten, den Roman zu schreiben. Du hast mir eindringlich zugeraten, ihr an die Wäsche zu gehen.«

Unser Gespräch wurde, wo wir gerade von Eindringlichkeit sprechen, von anderen Speisegästen eindringlich verfolgt. Die Leute feuerten mich stumm an, wenn ich ihren Blick erhaschte. Schlag ihn. Mach weiter, prügel ihn die Treppe runter. Zweifellos feuerten sie Francis genauso an. Ihnen war es egal, wer wem was antat. Sie wollten einfach Blut sehen. Verleger gegen Autor, Ehemann einer Sachbearbeiterin für Auslandslizenzen gegen Liebhaber, Agent gegen Mandant – alles war dazu angetan, den letzten Tagen eines dahinsiechenden Gewerbes noch einmal Würze zu geben. Ich hätte Vanessa mitbringen sollen. Schriftstellergattin gegen Schriftstellerinnengatten – das wäre die Wonne gewesen.

»Du hast mich getäuscht«, sagte Francis, dann wurde unsere Auseinandersetzung dadurch unterbrochen, dass uns geschmorter Tintenfisch vorgesetzt wurde. Ich hasse geschmorten Tintenfisch, bestellte ihn aber in jedem Restaurant Londons. Das ist wie Seebrassen. Irgendwas verleitet einen einfach dazu, die Worte auszusprechen – ich nehme an, diese Zwangshandlung muss eine weitverbreitete sein, wenn man bedenkt, wie oft ich die Leute diese Bestellung aufgeben hörte –, obwohl es sich bei dem, was ich eigentlich wollte, was wir alle eigentlich wollen, um Schenkel von irgendwas handelte.

Ich hatte mich ablenken lassen. »Sag das noch einmal, Francis«, sagte ich, »hörte ich da eben was von ›getäuscht‹?«

»Ja, das ist genau das, was du gehört hast, und genau das, was du getan hast. Du hast mich getäuscht.«

»In welcher Hinsicht?«

»Dass ich glauben sollte, du hättest eine Affäre. Hattest du aber nicht. Hattest du nie.«

»Poppy hat mich verleugnet, oder? Beim ersten Hahnenschrei, was? Sei doch nicht so verfickt melodramatisch. Ich hab nie behauptet, ich hätte eine Affäre. Ich habe nur gesagt, ich erwäge, eine anzufangen.«

Er hämmerte auf den Tisch ein. »Sie aber nicht, Guy. Krieg das endlich in deinen Schädel rein. Sie nicht.«

Hatte es einen Wert, dies noch fortzuführen? Was passiert war, war eine so altbekannte Geschichte, dass es mir direkt peinlich war, darin mitzuspielen. Francis drängt sich ihr auf – ein Mann ohne Frau, und nur eine Handvoll Jahre, na ja, zwei Handvoll Jahre jünger als sie, ein Mann, mit dem sie sich eine gemeinsame Zukunft ausmalen konnte, wie sie es mit mir ganz gewiss nicht konnte (ganz ehrlich, was konnte sie sich mit mir, dem Mann ihrer Tochter, denn schon ausmalen, abgesehen von der gelegentlichen Gesellschaft von jemandem, der Spinnen für sie töten konnte?) – woraufhin sie, die ihr Glück kaum fassen kann, alles schmutzige Geschirr ihrer Vergangenheit vollständig entsorgt, damit seiner Idealisierung ihrer Person auch ja nichts in die Quere kommen kann. *Guy! Hat Guy das gesagt, dieser dreiste Affe? Das ist doch lachhaft*. Und ich bin jetzt der Bösewicht, weil ich im Nachhinein schlecht von der Frau rede, die er liebt. *Geh mir bloß weg mit der Behauptung, du hättest ihr an die Wäsche gehen wollen, Guy*. Ungeachtet der Tatsache, dass er mich einst aus Gründen schlüpfrigster Ersatzbefriedigung dazu angestachelt hatte.

»Okay«, sagte ich, »sie dann eben nicht. Ich hoffe, ihr werdet glücklich.«

»Kein Grund, sarkastisch zu werden.«

»Bin ich gar nicht. Ich bin überzeugt davon, dass sie dir eine vorzügliche Vorzimmerdame abgibt. Es sei denn, sie ist schon aufgestiegen und liest Manuskripte für dich.«

»Tja, das ist auch etwas, was ich dir mitteilen wollte.«

»Du reichst mich an Poppy weiter? Kennst du ihren literarischen Geschmack?«

»Nein, ich reiche dich nicht an Poppy weiter – auch wenn ich keinerlei Zweifel hab, dass es dir gefallen würde. Poppy steigt demnächst aus. Und ich auch. Für mich war's das. Ich werde für das alles zu alt. Ist nicht mehr das, was es mal war. Der Spaß ist dahin. Die Seele ist dahin. Die Wörter sind dahin.«

»Was ist mit Billy Funhouser?«

»Mit mir hat sich's ausgefunhousert, Guy.«

Ich glaubte ihm seine Beweggründe nicht. Das alles sagte er größtenteils nur mir zuliebe. An seinem Entschluss aber zweifelte ich nicht. Ich sah wohl, was ihn erwartete. Minzeschneiden für Poppy in Woauchimmer-über-Scheißhaufen für den Rest seiner Tage. Glücklicher Teufel.

»Liebe im Cottage, was?«, hakte ich nach. Ich verriet ihm nicht, dass ich das betreffende Cottage kannte. Ich sagte nicht zu ihm, dass beim letzten Mal, als ich meine Schwiegermutter dort besuchte, sie mich geradewegs auf den Mund geküsst hatte. *Geradewegs auf den Mund, Francis.*

Warum ihm alles verderben, nur weil er mir alles verdorben hatte?

Außerdem hatte ich andere Sorgen. Ich stand ohne Agenten da.

»Aus deinem Munde klingt es nach Enge«, sagte er, »aber ich komme mir da wie ein Herrscher über unbegrenzte Räume vor, wenn ich dies verflixte London erst einmal hinter mir habe.« Er versuchte die Arme zu bewegen, um den Tintenfisch zu schneiden. Zwecklos. Seine Möglichkeiten waren auf ein Flattern mit den Ellenbogen begrenzt.

»Und ich?«

»Was ist mit dir?«

»Was mach ich jetzt?«

»Na, du kommst jedenfalls nicht mit Poppy und mir mit aufs Land, falls du das meinst. Bist uns als Besuch allerdings durchaus willkommen.«

Geradewegs auf den Mund, Francis.

Aber ich sagte: »Was mach ich jetzt in Sachen Agent? Was mach ich in Sachen *Endstation?*«

Er holte tief Luft. »Willst du es wirklich hören?«

»Nein, aber sag's trotzdem.«

»Zerreiß es.«

»Es zerreißen? Da gibt's nichts zu zerreißen.« Das war eine Lüge, aber in meinen Augen musste ich unbedingt vor diesem vorgeschlagenen Akt von Vandalismus in Deckung gehen.

»Zerreiß die Idee als solche. Verbrenn die Notizen. Zerstöre alles Material, was du mir vorgelegt hast.«

»Ich habe dir überhaupt nichts vorgelegt.«

»Mach mir das Ganze nicht zu schwer. Ich habe dich mehr als genug davon reden hören. Ein mit einem Fluch behafteter Held mit einem Scheißtumor, der bei Frauen auf Abenteuer aus ist, die heutzutage selbst auf Abenteuer aus sind, weswegen das außer in deinem Kopf niemanden mehr auf die Palme bringt. Diese Art von Büchern ist gegessen, Guy. Würde Henry Miller morgen in meinem Büro auftauchen, ich würde ihm die Tür weisen.«

»Aber bloß weil du nicht wolltest, dass er sich Poppy krallt.« Ein letzter Anfall verzweifelter libidinöser Nostalgie packte mich. Ich schloss die Augen, erinnerte mich an meinen Mund auf Poppys.

Und erinnerte mich an das, was nicht geschehen war und nun niemals geschehen würde. Niemals, niemals …

Squitsch-squitsch.

Als ich meine Augen wieder aufschlug, sah ich, dass Francis mit dem Gedanken spielte, wütend zu werden. »Lass Poppy aus dem Spiel. Hier geht's um dich. *Endstation!* Guy, für dich würde es wirklich die Endstation bedeuten. Kein Verlag würde es anrühren. Wer ist die Zielgruppe? Wo gibt's einen Markt dafür? Ich hätte dir gegenüber strenger sein sollen. Ich hätte dich bitten sollen, mir auf zwei Seiten aufzulisten, was du für ein Bild von deinen Lesern hast – wie alt, welches Geschlecht, wie viele. Das ist genau das, was andere Agenten von dir verlangen würden, bevor sie auch nur ein Wort lesen.«

»Ich bin ein veröffentlichter Autor, Francis, vergiss das nicht. Die Leser wissen, was sie kriegen.«

»Umso schlimmer.«

Bevor ich darauf eine Antwort geben konnte, erhob er sich, um auf die Toilette zu gehen. Ich fand es immer wieder erstaunlich, dass es hier überhaupt eine gab. Er blieb eine Viertelstunde weg. Hatte Poppy also seine Verstopfung kuriert? Oder sie verschlimmert?

»Was sollte das heißen?«, fragte ich ihn, nachdem er sich wieder auf seinen Platz gezwängt hatte. »*Umso schlimmer*. Erklär mir das.«

»Guy, du musst dich der veränderten Situation stellen. Alles ist anders geworden. Bücher lösen kein Erdbeben mehr aus. Du lebst in einer Welt, die über Schocks hinaus ist.«

»Über Wörter hinaus ist, meinst du.«

»Das auch. So ist es.«

»Und worüber ist sie *nicht* hinaus?«

»Au, da fragst du was. Weiß ich nicht. Darum steig ich ja aus. Wenn du bei der Agentur bleibst, kann Heidi Corrigan es dir vielleicht sagen.«

»Heidi Corrigan?«

Heidi Corrigan war das Mädelchen, das um lobende Worte anzubetteln mir Flora beleidigenderweise vorgeschlagen hatte.

Francis schaute einigermaßen schafsköpfig drein. »Pst!«, sagte er und senkte die Stimme. »Die Sache ist noch nicht in trockenen Tüchern. Sie denkt noch drüber nach.«

»Denkt noch worüber nach?«

»Ob sie sie übernehmen will.«

»Die Welt?«

»Die Agentur.«

»Um was damit zu machen? Sie in eine Brasserie umzuwandeln?«

»Sie zu betreiben, Guy.«

»*Sie zu betreiben!* Francis, sie ist erst zehn.«

»Sie ist vierundzwanzig.«

»Vierundzwanzig! So alt schon. Es überrascht mich, dass du dich nicht nach jemand Jüngerem umgesehen hast.«

»Sie ist sehr gescheit. Sie ist die Königin der YA-Sparte.«

Ich verzog mein Gesicht zu einem Fragezeichen.

»Young Adults. Junge Erwachsene. Ein Riesenmarkt.«

»Königin im Sinne, dass sie das Zeug schreibt oder findet?«

»Beides. Und noch mehr – sie schreibt es, findet es und bringt es unter.«

»Und der Vorteil für mich dabei?«

»Keiner. Aber sie würde dir gefallen.«

»Francis, ich kenne sie. Ich hab sie immer auf den Schoß genommen.«

»Na dann – du könntest immerhin versuchen, das zu wiederholen.«

»Ich habe eher das Bedürfnis, auf ihrem Schoß zu sitzen. Ich stecke in Schwierigkeiten, Francis. Ich brauche Beratung. Du hast gerade meinen Roman in der Luft zerrissen.«

»Dafür wirst du mir noch dankbar sein.«

»Werde ich das? Werden wir sehen. Bis dahin bin ich ohne Agenten.«

»Vielleicht behält Heidi dich ja.«

»Vielleicht!«

»Sie ist heiß, Guy.«

»Und ich bin kalt?«

Er starrte aus dem Fenster und tat so, als würde er pfeifen. Genau in dem Moment kam der Autor von *Der alte Mann und das Meer* auf einem seiner Rundgänge durch die Stadt vorbeigeschlurft, blind gegenüber der Menschheit, auf seinen Notizblock einkritzelnd, mitten auf der Straße das Pflaster entlangspazierend, gleichgültig gegenüber dem Gehupe und dem Geschrei. Jeder andere Passant warf einen raschen Blick in das Restaurant, angezogen von dem Lärm – und vielleicht dem Geruch – der Literatur in ihrem Todeskampf. Nur Hemingway war über alle Neugier erhaben.

Francis schaute mich wissend an.

»Was soll dieser Ausdruck bedeuten?«, fragte ich.

»Was für ein Ausdruck?«

»Weißt du genau. *Ohn' Gottes Gnad' würd' ich an seiner Stelle sein* – ist es nicht das, worauf du hinauswillst?«

Er trommelte mit seinen stummeligen Fingern auf den Tisch. Seine Nägel waren, wie mir auffiel, manikürt. Kein Bonus fürs Erraten, wer dahintersteckte.

»Das ist immer am allerschwersten: Veränderungen zu akzeptieren«, sagte er; wenigstens meine Gedanken hatte er gelesen.

»Was meinst du damit? Poppy? Vanessa? Heidi Corrigan?«

Er tat nicht einmal so, als würde er zögern. »Alle drei.«

»Du bist ein Scheißkerl, Francis«, gab ich ihm Bescheid.

Und im Wesentlichen war's das dann.

Ich traf mich auch weiterhin mit ihm. Man kann sich nicht einfach so von seinem Agenten trennen. Es gab Tantiemenfragen – bescheidene Tantiemenfragen – zu besprechen. Es blieb zu regeln, wer mich schließlich übernehmen würde, wenn Francis endgültig ausstieg – man musste Leuten vorgestellt werden, Hände schütteln, Hallo und Bis bald sagen. Und weil niemand je wirklich das literarische Leben hinter sich lässt, es sei denn, er tut, was Merton getan hatte, kam es zwangsläufig zu Begegnungen auf dem schlammigen Terrain von Literaturfestivals, Preisverleihungsessen, Frühjahrsnovitätenpartys, Herbstnovitätenpartys, Beerdigungen.

Eines sonnigen Nachmittags stolperte ich auf dem Rasen vor einem Zelt in Witherenden Hill über ihn, wo man sich wie in jedem anderen Dorf und Kleinstädtchen im ganzen Lande inzwischen ein eigenes Literaturfestival leistete. An seiner Seite Poppy, die einen langen Rock nach Bücherleserinnenart trug. Sie fläzten sich auf Liegestühlen und warteten drauf, dass es ins Dorfgemeinschaftshaus ging, wo drei bedeutende Atheisten über die Nichtexistenz eines Gottes debattieren würden, an den niemand glaubte. Sie bemerkten mich nicht, obwohl ich nah genug herankam, um zu sehen, dass sie auf Kindles im Partnerlook lasen. Mir gefiel der Gedanke, sie müssten wohl auf derselben Seite desselben Romans sein, aber da war ich mir nicht sicher. Ich war mit dieser Technologie auch nicht hinreichend vertraut, um zu wissen, ob sie sich während der Lektüre mithilfe ihrer Kindles austauschen, sich auf Lieblingspassagen hinweisen, gemeinsam lachen oder Tränen vergießen konnten. Sie schienen sich aber jedenfalls recht nah. Dass Poppy sich nunmehr, wie es aussah, zur ernsthaften Leserin und obendrein zur Besucherin solcher Festivals gemausert hatte, fand ich erschütternd. Hatte sie immer drauf gewartet, dass ich in ihr eine intellektuelle Begeisterung entfachte, wie Francis es nun getan hatte? Hätten das wir beide sein können, gemeinsam Kindle-lesend in der Sonne liegend, wenn ich nur anders an die Sache herangegangen wäre? Hatte ich ihr denn beispielsweise nicht zu verstehen gegeben, jedes Buch jedes lebenden Autors sei Scheiße?

Ich schlich mich davon, ohne dass sie mich entdeckt hätten, hielt einen freundlicherweise vom Witherenden Women's Institute gesponserten Vortrag zum Thema »Frank Harris und der männliche Scheinbekenntnisroman«, dessen Publikum aus ein paar Studienräten im Ruhestand und einem Bibliothekar aus Etchingham bestand, und besorgte mir eine Mitfahrgelegenheit zurück nach London bei der jungen Frau, die die Onlineabteilung von S&C leitete, wo immer noch die Print-on-Demand-Rechte meiner sämtlichen Bücher lagen. Sie bedrängte mich, Facebook beizutreten. »Ich hätte die Macht, Sie groß herauszubringen«, sagte sie, als ich ablehnte.

Früher mal wäre das womöglich aufregend gewesen.

Noch ein weiteres Mal sah ich Poppy und Francis zusammen. Und zwar bei der Premiere von Vanessas Film. Slumdog hatte bei Erscheinen des Romans keine Neuerscheinungsparty organisiert – selbst für ihre erfolgreichsten Autoren richteten nur noch wenige Verlage Partys aus: Sie konnten das Risiko nicht eingehen, sich den Zorn ihrer weniger erfolgreichen Autoren zuzuziehen –, und als ich mich anerboten hatte, etwas auf die Beine zu stellen, hatte sie mit der Begründung abgelehnt, dann müsse sie auch ihre

Mutter einladen, das wolle sie aber nicht. Es gab Dinge in ihrem Buch, die ihre Mutter verärgern würden – genauer gesagt alles darin –, und sie fand, eine Party wäre taktlos. Ob Poppy das Buch gelesen hatte, wusste sie nicht. Sie vermutete, dass nicht. Francis als Agent der alten Schule hatte es natürlich, aber sie glaubte, er werde schon einen Weg finden, Poppy davon fernzuhalten.

Dass sie nicht neugierig sein würde, dass sie es nicht bei erstbester Gelegenheit vom ersten bis zum letzten Wort verschlingen würde, fand ich schwer zu glauben, aber als ich Vanessa gegenüber dergleichen äußerte, sagte sie zu mir, ich sei ein Kretin und verstehe einen verfickten Scheißdreck – ich zitiere sie wortwörtlich – von der Dynamik einer Mutter-Tochter-Beziehung. Oder überhaupt irgendeiner innerfamiliären Beziehung, wenn man's genau nahm. »Wer aus deiner Familie hat denn jemals ein Wort von dem gelesen, was du schreibst, Guido?«, fragte sie mich. Und damit war das Gespräch beendet.

Wie immer es auch um jene Dynamik stehen mochte, von der ich nichts verstand, von der Filmpremiere ließ sie sich schwerlich fernhalten. Wenngleich nicht das volle Programm à la Leicester Square mit rotem Teppich abgezogen wurde – schließlich ging es nur um einen Zweipersonenstreifen mit bescheidenem Budget, der fast wie ein Kammerspiel gefilmt worden war und davon lebte, dass die Kamera die Schönheit beider Frauen metamorphotisch ineinander verschmelzen ließ –, war die Pressevorführung keineswegs unglamourös, insbesondere wenn man bedenkt, dass sie weitgehend ohne Presse über die Bühne ging. Francis kreuzte im Smoking auf, Poppy in voller Montur am Arm. Richtiggehend glückselig sahen sie beide aus. Poppy stolz auf ihre Tochter, Francis stolz auf Poppy. Poppy gab sich alle Mühe, mich nicht anzusehen. Ich gab mir alle Mühe, sie nicht anzusehen. Ich sah aber genug, um zu sehen, dass sie den Reiz des Begehrenswerten wiedererlangt hatte. Schwarzes Kostüm mit Pelzkragen, wobei der Pelz ihr in den atemberaubenden Ausschnitt hing. Hohe, aber nicht zu hohe Stiefeletten. Zinnoberrote

Lippen. Infolge eines Problems bei der Platzverteilung musste sie sich an mir vorbeiquetschen. Ihre Schenkel spielten Brahms. Das Cello-Doppelkonzert. Meine Bach. Der gekreuzigte Christus.

Sie blieben nicht lange. Zehn Minuten nach Beginn der Vorstellung sah sich die schwer atmende Poppy gezwungen, zu gehen. Ihre Schenkel drückten sich noch einmal an meinen Knien vorbei. Bei dieser Gelegenheit war sie der Bogen, ich die Saiten. Diesmal Haydn. *Die sieben letzten Worte*. Francis, der keinerlei Ohr für Musik hatte, zuckte mit den Schultern, reckte das Kinn in meine Richtung und folgte ihr gehorsam.

Ich war froh, dass Vanessa sich dafür entschieden hatte, mit de Wolff in der letzten Reihe zu sitzen, wo sie damit beschäftigt war, sich Notizen zu machen – keine Ahnung, zu welchem Zweck. Ich wollte nicht, dass ihr ihr großer Abend verdorben wurde. Hinterher aber, als wir unsere Plätze in einem nahe gelegenen Fischrestaurant einnahmen – wieder einmal Tintenfisch und Seebrassen –, schaute sie sich nach ihrer Mutter um und war, wie ich merkte, alarmiert, sie nicht finden zu können. Sie fragte mich, ob ich etwas wisse. Ich antwortete, meine Vermutung sei, Poppy habe einen Migräneanfall.

»Meine Mutter hat nie Migräne. Ist sie bis zum Schluss geblieben?«

»Nicht ganz.«

»Wie lange?«

»Äh – Stunde vielleicht, halbe Stunde.«

»Sag mir die Wahrheit.«

»Zwanzig Minuten.«

»Also hat sie die Szene auf der Yacht verpasst?«

»Bin mir nicht ganz sicher.«

»Du hast also auch nicht richtig achtgegeben?«

»Ich habe auf den Film geachtet, V, auf jede einzelne Sekunde. Nicht geachtet habe ich auf deine Mutter.«

Lügner.

Wir tranken Champagner. Dirk brachte einen Toast aus. »Auf Vanessa!« Darauf stießen wir an.

Vanessa wollte auch einen Toast auf die beiden unbekannten englischen Schauspielerinnen ausbringen. Wir stießen auf sie an. Nur ein müder Abklatsch, fand ich, verglichen mit den Frauen, die sie spielten, sowohl was die Schönheit als auch was die schauspielerische Leistung betraf, aber andererseits war ich im Gegensatz zu den anderen ja auch in die Hintergründe eingeweiht – ich war bei der Reise dabei gewesen, auch wenn man mich aus der Geschichte rausgeschrieben hatte. Das habe ich womöglich noch nicht erwähnt. In dem Film kamen keine Männer vor, wie auch in dem Roman keine Männer vorkamen. Ich nicht, Dirk nicht, Tim nicht. Selbst der Pelikan, der den Strand bewachte, war weiblich.

»Fandest du das Drehbuch wirklich gut?«, sagte Vanessa mit einer nur für mich bestimmten Stimme.

»Fand ich ganz wunderbar.«

»Wirklich?«

»Echt wirklich.«

»Habe ich dich damit überrascht?«

Eine Fangfrage. »Ich hab immer gewusst, du würdest gut sein, wenn du erst mal in Fahrt kommst, aber so gut denn doch nicht, nein.«

»Was hat dir am besten gefallen?«

»Die Schönheit.«

»Na, das ist Dirks Werk.«

»Wie konzentriert das Ganze ist.«

»Auch Dirks Werk.«

»Aber der Elan ist dein Werk.«

»Ja, das ist er. Danke. Und das Gefühl?«

»Ja, das Gefühl. Mir kamen die Tränen. Der ganzen Sitzreihe kamen die Tränen.«

»Und diese Schlampe brachte es nicht über sich, länger als fünf Minuten sitzen zu bleiben!«

»Zehn Minuten.«

»Diese Schlampe!«

»Du kannst gar nicht wissen, ob sie nicht doch einen Migräneanfall hatte. Kann sein, dass sie einen kriegte, weil ihr so sehr die Tränen kamen.«

»Sie hat nie Migräne. Sie hat schon immer damit angegeben, dass sie noch nie Kopfschmerzen hatte. Das ist auch der Grund, warum ich meinte, auf der sicheren Seite zu sein, indem ich sie in der Geschichte einen Hirntumor haben ließ. Auf diese Weise konnte sie nicht den Fehler begehen, zu glauben, ich hätte über sie geschrieben.«

»Sie ist gegangen, bevor das mit dem Hirntumor aufgedeckt wurde.«

»Umso schlimmer von der Schlampe.«

»Sie ist gegangen, V, als klar wurde, dass du sie an Demenz leiden lässt.«

»Aber im richtigen Leben leidet sie nicht an Demenz. Jedenfalls nicht komplett. Von den Affen mal abgesehen. Wie konnte sie meinen, die Frau, die an Demenz leidet, sei sie?«

Ich wollte schon sagen *Aus demselben Grund, aus dem du immer gemeint hast, jede Frau, über die ich schrieb, seiest du*. Aber an diesem Abend drehte sich alles um ihr Werk, nicht um meines, ganz gleich welche Ironie darin liegen mochte, dass ihre Mutter ihr gegenüber tat, was sie mir gegenüber immer schon getan hatte. »Wir meint nicht *uns*«, hatte ich ihr immer begreiflich zu machen versucht. »Ich meint nicht *mich*. Du meint nicht *dich*. Das ist Fiktion, Himmelscheißgott noch mal!«

»Selbst wenn *sie* Wort für Wort sagt, was *ich* sage?«

»Selbst dann, V; selbst dann.«

Was mich betrifft, mir ging die ganze Geschichte mächtig nahe. Ihr Zerwürfnis, aber auch der Anlass dafür. Der Roman, das Drehbuch, der Film, das Werk – wie man auch immer dazu sagen will. Die Vorstellungskraft …

Tochter und verrückte Mutter allein im Outback, voller Hoffnung, die Affen in der Affenbucht zu sehen zu kriegen. Kein Guido

Cretino in Sicht. Nur die beiden Frauen, zankend und doch einander zugetan in einer männerlosen, affenlosen Landschaft. Nicht schwer zu begreifen, warum der Film bei einem Publikum, das aus Müttern und Töchtern bestand, in bescheidenem Rahmen zum Erfolg wurde. Die erkannten ihre eigene Psychologie darin wieder. Und Psychologie ist Psychologie, ganz gleich ob man in einem Kino in Notting Hill oder im West End sitzt, oder am Ende gar in Westaustralien, wo Vanessa später einen Überraschungsauftritt bei einem Filmfestival hinlegte. Überraschend für mich, heißt das.

Vanessas Fingerspitzengefühl, das Publikum langsam und allmählich begreifen zu lassen, dass die Mutter nicht an Alzheimer litt, sondern an einem Hirntumor (wofür man meinen Bruder Jeffrey zweifellos in die Dankesliste hätte aufnehmen sollen), war absolut tadellos. Erst nach und nach kriegte man mit, dass die Sache mit der angeblichen Demenz ein Liebesdienst war, den die Tochter sich hatte einfallen lassen. Wir tun einfach so, als seist du ein bisschen schrullig im Kopf, Ma, auf diese Weise kommen wir beide drum herum, den fürchterlichen Tatsachen ins Auge zu sehen, was wirklich in deinem Hirn vor sich geht.

Ich sage »Vanessas Fingerspitzengefühl«, weil ich mir ziemlich sicher war, ihren Anteil daran von de Wolffs unterscheiden zu können. Seine Handschrift war unbeholfener, auch filmischer in ihren Andeutungen, so beispielsweise, wenn die durchkreuzten Hoffnungen der Mutter, zu sehen, was nirgendwo zu sehen war, Erinnerungen an Rizzos vereitelten Versuch in John Schlesingers *Asphalt-Cowboy*, es bis Miami zu schaffen, heraufbeschworen. Oder wenn der durchgeknallte Kehrreim »Gibt es Affen in der Affenbucht?« ansatzweise das unerträgliche »Erzähl mir von den Kaninchen, George« in Lewis Milestones *Von Mäusen und Menschen* nachklingen ließ.

Jedenfalls triefte der Film vor Traurigkeit, wessen Talent man das auch immer zuschreiben mochte. Aber man kann's nicht allen recht machen, und *Gibt es Affen in der Affenbucht?* machte es Poppy überhaupt nicht recht.

41
Erzähl mir davon

Auch mir wurde einigermaßen mulmig. Und zwar ungefähr an dieser Stelle des Skripts:

Draußen. Nacht.
Ein Campingplatz an der Shark Bay.

TOCHTER: *Maman,* schau doch! Siehst du das?
MUTTER: Nein, was willst du mir zeigen?
TOCHTER: Eine Sternschnuppe.
MUTTER: Ich hab sie verpasst. Ob wohl noch eine kommen wird?
TOCHTER: Schon möglich. Sie war wunderschön. Komischer Gedanke, dass sie schon vor Millionen von Jahren gefallen ist.
MUTTER: Woher weißt du das?
TOCHTER: So was weiß man halt.
MUTTER: Wenn sie schon vor Millionen von Jahren gefallen ist, wie kann sie dann jetzt fallen? Ein Stern kann doch nicht öfter als einmal fallen.
TOCHTER: Nein, aber was wir sehen, das ist nicht jetzt, es ist damals.
MUTTER: Was redest du da? Was ist damals?
TOCHTER: Wir sehen, was vor Millionen von Jahren geschehen ist.
MUTTER: Ist das die Urknalltheorie?
TOCHTER: Nein, ich glaube, das ist etwas anderes. Diese Sache hat etwas mit der Lichtgeschwindigkeit zu tun.
MUTTER: Werden wir morgen Affen sehen?
TOCHTER: Ich frag mal nach. Bin mir nicht sicher. Aber wir können mit den Delfinen rudern.

MUTTER: Ich genehmige mir noch einen Drink.

TOCHTER: Muss das sein? Muss das *wirklich* sein? Schau, wie toll der Himmel ist. Man fühlt sich fast so, als hätte sonst noch nie jemand diesen Himmel betrachtet. Hast du schon mal so viele Sterne gesehen?

MUTTER: Ja – als ich deinen Vater kennenlernte, auf der Isle of Wight. Als ich noch ein Mädchen war. Damals waren es noch viel mehr Sterne.

TOCHTER: Das ist unmöglich, *Maman*. Vielleicht war der Himmel zu jener Zeit klarer.

MUTTER: Was meinst du damit, das sei unmöglich? Wenn ständig Sterne vom Himmel fallen, dann muss es davon heute weniger geben als früher. Warum widersprichst du mir nur die ganze Zeit?

TOCHTER: Schau! – noch eine.

MUTTER: Na bitte – wieder einer weniger.

TOCHTER: Ich glaube, da winkt dir jemand zu.

MUTTER: Wo? Ist das wieder einer von deinen abstürzenden Sternen?

TOCHTER: Da. Von dem Schiff aus. Schau doch – er wedelt mit den Armen.

MUTTER: Ich weiß genau, was du da treibst – du versuchst, mich abzulenken. Wir wollen uns ein Schlückchen genehmigen.

TOCHTER: Warte noch ein bisschen. Warte bis zum Essen.

MUTTER: Er scheint mir wirklich zuzuwinken. Leih mir mal deinen Lippenstift.

TOCHTER: Dein Lippenstift ist bestens. Du siehst wunderschön aus. Du siehst so schön aus, dass er sich über diese Entfernung hinweg in dich verliebt hat.

MUTTER: Wie wollen wir wissen, dass es jetzt geschieht und nicht schon vor hundert Millionen Lichtjahren? Vielleicht hat er schon vor der Eiszeit gewunken.

TOCHTER: Vielleicht. Aber er ist nicht ins Meer gefallen. Er winkt immer noch.

MUTTER: Woher willst du wissen, dass er nicht dir zuwinkt?

TOCHTER: Das seh ich eben. Du bist diejenige, derentwegen er hin und weg ist. Immer bist du diejenige, derentwegen sie hin und weg sind. Hast du das vergessen?

MUTTER: Wann wäre irgendeiner zuletzt meinetwegen hin und weg gewesen?

TOCHTER: Du hast es *tatsächlich* vergessen. Letzte Woche erst, in Perth. Ein Juwelier hat dir einen Antrag gemacht.

MUTTER: Das denkst du dir nur aus.

TOCHTER: Warum sollte ich mir das ausdenken?

MUTTER: Um mich glauben zu machen, ich verliere den Verstand.

TOCHTER: Warum sollte ich?

MUTTER: Damit du mich wegsperren lassen kannst. Das Leben wäre schöner für dich, wenn ich aus dem Weg wäre.

TOCHTER: Wenn ich dich aus dem Weg haben wollte, hätte ich dich heute früh den Delfinen zum Fraß vorwerfen können.

MUTTER: Damit wärst du nicht durchgekommen. Du willst, dass sie mich für senil erklären, damit du die Generalvollmacht kriegst, auf die du es schon seit Langem abgesehen hast.

TOCHTER: Das hab ich letzte Woche zum ersten Mal erwähnt.

MUTTER: Es schockiert mich, dass du es überhaupt erwähnt hast.

TOCHTER: Nur zu deinem Besten. Ich möchte in der Lage sein, mich um dich kümmern zu können.

MUTTER: Ich brauch niemanden, der sich um mich kümmert. Warum sollte sich irgendwer um mich kümmern müssen?

TOCHTER: Weil du Sachen vergisst. Du hast den Juwelier in Perth vergessen. Du hast vergessen, dass es in der Affenbucht keine Affen gibt. Eines Tages wirst du losgehen und deinen Namen vergessen.

MUTTER: Du machst dir nur Sorgen, dass ich dein Erbe durchbringe.

TOCHTER: Na bitte, auch das hast du vergessen – ich habe kein Erbe.

MUTTER: Beschwer dich bei deinem Vater.

TOCHTER: *Maman,* ich beschwere mich bei niemandem. Ich bin glücklich. So glücklich, wie ich nur sein kann. Schau dir die Nacht an.

MUTTER: Schätzchen, weißt du, dass es Zeiten gibt, da ich so viel von mir in dir widergespiegelt sehe, dass ich heulen könnte? Es ist, als wären wir Schwestern.

TOCHTER: Da haben wir's. Genau das ist es ja, was nicht stimmt. Wir sind keine Schwestern. Du bist meine Mutter.

MUTTER: Also benimm dich auch so – willst du mir das damit sagen? Wenn du willst, dass ich mich mehr wie deine Mutter benehme, meinst du nicht, dass du dich dann auch mehr wie meine Tochter benehmen und aufhören solltest, mich ständig verkuppeln zu wollen?

TOCHTER: Verkuppeln! Wann hätte ich dich wohl je verkuppeln müssen? Du hast es immer schon erfolgreich selbst hingekriegt, dich zu verkuppeln. Ich habe keinen einzigen Mann mit nach Haus bringen können, ohne dass du dich gleich an ihn rangemacht hättest …

Da … genau da.

Obwohl ich aus dem Roman wusste, dass ich nichts zu befürchten hatte, dass ich hier gar keine Rolle spielte, dass das globale Regelwerk der fürchterlichen Rivalität zwischen Müttern und Töchtern mich außen vor und aus dem Spiel ließ – dass, wo sich so mächtige Gegensätze in heftigster Konfrontation gegenüberstanden, meine belanglose und unvollzogene Sündenhaftigkeit nicht einmal eine Statistenrolle rechtfertigte –, hielt ich doch im Kinosaal den Atem an aus Furcht, sie würde es diesmal womöglich anders erzählen, und ich würde schließlich bloßgestellt.

Tat sie aber nicht, und ich wurde es nicht.

Hegte Vanessa folglich absolut keinerlei Verdacht gegen mich? Erriet sie nichts? Wusste sie wirklich gar nichts? Hatte sie ihre eigenen Gründe dafür, Diskretion walten zu lassen? Oder war es ihr vor dem Hintergrund der größeren Entwicklung von keinerlei noch so geringer Bedeutung?

Eine alternative Lesart drängte sich auf. Es gab gar nichts zu wissen?

42
Verloss

Drei Wochen nach der Premiere verließ sie mich. »Mach's mir nicht schwer, Guy«, bettelte sie. »Lass mich meine Chance ergreifen.«

Was heißt, es ihr nicht schwer machen? Einen Aufstand machen, zeigen, dass sie einem nicht egal ist, zeigen, dass einem das Herz bricht, oder nicht?

Ich machte keinen, es sei denn, man möchte einen Schwall Tränen einen Aufstand nennen.

Ich glaube, über die Natur ihrer Bitte habe ich ebenso viel geweint wie über die Tatsache, dass sie mich verließ. Kein Mann hält sich gern vor Augen, er stehe einem anderen Menschen im Weg – irgendeinem Menschen – ganz besonders aber jemandem, den er liebt.

»Ergreif sie«, sagte ich. Und weinte daraufhin auch noch ein bisschen über meine eigenen Worte. Sie klangen so nach stoischem Gleichmut.

Ich hatte eine letzte Bitte. Würde sie ihre Füße wohl bitte in ihre höchsten Schuhe gleiten lassen, während ich auf dem Bett saß und ihr zusah? Es gibt keinen erregenderen Anblick als den einer Frau mit schönen Beinen, die sich leicht vornüberbeugt, ihre Wadenmuskeln anspannt, die Zehen in Richtung ihrer Schuhe streckt und dann ihre Füße hineinschlängelt. Auch die Höhe, die sie gewinnt, wenn sie sich anschließend gerade aufrichtet, kann erregend sein, aber nichts geht über die Anspannung des Mittelfußes in dem Sekundenbruchteil vor dem Eindringen, insbesondere wenn der Schuh einen Hauch zu eng ist.

Sie entsprach meinem Wunsch. »Nur noch ein weiteres Mal«, sagte ich. Und auch das verwehrte sie mir nicht.

Ich fragte nicht nach de Wolff. Ich konnte ihn nicht ernsthaft als Bedrohung auffassen, wiewohl er zweifelsohne eine war. Sexueller Wettstreit tendiert dazu, eine melodramatische Form anzunehmen: Wüstlinge, Lustmolche, Verführer, Femmes fatales, belles dames sans merci – was sind diese ganzen Gestalten denn anderes als Figuren, die auf der Bühne unserer eigenen grellen Ängste herumstolzieren? Ehrlich gesagt schäme ich mich, einen so eindimensionalen Charakter in die Geschichte eingeführt zu haben. Aber was soll ich machen? Das Leben beschämt jeden Schriftsteller, und sobald man anfängt, das Leben aus der Sache rauszulassen, landet man bei magischem Realismus. Hätte es de Wolff nicht gegeben, so hätte ich ihn erfinden müssen – und das ist die blanke Wahrheit. Ich bilde mir gern ein, dass ich irgendwo da draußen irgendwelchen anderen Männern ebenso über die Bühne ihrer Unzulänglichkeiten stolzierte. Anlass dafür war, dass anderen Männern der kalte Schweiß ausbrach. Andy Weedon vielleicht, wobei das hoffentlich nicht so weit geht, ihm die Idee für ein Buch zu liefern. Wie du mir, so ich dir. Wenn Vanessa sich entschieden hatte, ihr Glück für die nächsten fünf Minuten mit de Wolff zu versuchen (mehr als das hätte ich ihnen gewiss nicht gegeben), so bewies das nur, dass alle menschliche Existenz possenhaft ist. »Ich kann seinen Kolben sehen«, hatte Poppy mir stumm zugerufen, kichernd – normalerweise kein Wort, das ich benutze, aber ein anderes war nicht zur Hand –, als man sie zu seinem Schiff entführte und die nächtlichen Sterne aus dem Himmel stürzten. Sie wusste, wie lachhaft das alles war. Deswegen wollte ich mich keineswegs so weit erniedrigen, dass ich seinen Namen V gegenüber in der feierlichen Stunde unseres Abschieds aussprach. Ich beugte mein Haupt vor der unausweichlichen Absurdität der Umstände und bot an, auszuziehen. Sollte de Wolff doch mein Bett kriegen. Er war ein reines Hirngespinst, Kolben hin oder her. Bei meiner Rückkehr würde ich nicht das geringste Zeichen vorfinden, dass er jemals zwischen meinen Laken gelegen hatte. Vanessa dankte mir, sagte aber, das sei nicht nötig. Sie würde diejenige sein, die auszog.

Das schockierte mich weit mehr als ihre erste Ankündigung.

»Ich bin so einsam, ich könnt sterben«, sagte ich am Tag, als sie ging.

»Nein, wirst du nicht«, sagte sie und küsste mich auf die Wange.

Ich klammerte mich zehn volle Minuten lang an sie.

Einen Monat später bekam ich eine kurze E-Mail von ihr aus Broome. Sie schreibe ein weiteres Buch und plane, daraus einen zweiten Film zu machen. Über die Aborigines. Ein Thema, so erinnerte sie mich, das sie seit jeher brennend interessiert habe und dem sie sich schon viel früher gewidmet hätte, hätte ich nicht ständig alles vereitelt. Sie hoffe, ich sei beschäftigt und glücklich, schriebe über irgendein Thema, über das ich halt gerade schriebe, wiewohl sie keinen Moment daran zweifle, das Thema sei ich selbst. Sie danke mir noch einmal, dass ich es ihr nicht schwer gemacht habe. Das Leben habe sich auf friedliche Weise gerundet, so viel spüre sie, und es sei so, als hätte es »uns« nie gegeben. Fühlte ich das wohl auch, so frage sie sich.

Erst da wurde mir klar, dass zwischen uns alles zu Ende war.

Und zwischen wem und mir war nicht alles zu Ende?

Keine Frau und keine Schwiegermutter zu haben war das eine, aber ich hatte auch keinen Verlag und keinen Agenten. Meine frühere Klage – dass ich keine Leser hatte – wurde angesichts dieser neuen Heimsuchungen beinahe bedeutungslos. Andererseits kann man schwerlich darüber klagen, dass man keine Leser hat, wenn man nichts schreibt, das sie lesen könnten.

Francis hatte mich mit seinem Nachfolger bekannt gemacht, bei dem es sich nicht – und das war immerhin was – um die zwölfjährige Heidi Corrigan handelte, und auch nicht um irgendeine andere Heidi. Carter hieß er. Carter Strobe. Ein massiger, inbrünstiger Mann, der einem tief in die Augen schaute und sich totengewandmäßig in enge Ozwald-Boateng-Anzüge mit scharlachrotem Futter hüllte, alle Knöpfe zuknöpfte und sich seinen Schlips am Hals zuknotete wie eine Henkersschlinge, als wolle er unbedingt bei sich behalten, was ansonsten aus ihm ausbrechen würde – nicht nur Fleisch, sondern auch Begeisterung, denn seine Liebe zum geschriebenen Wort und zu Schriftstellern überstieg jedes vernünftige Maß, sodass nicht vorherzusehen war, wohin es führen mochte, würde sie einmal losgelassen. Ich hätte dankbar sein sollen, ihn als Agenten zu haben. Ich *war* dankbar. Wir alle, die wir ihn als Agenten geerbt hatten, waren dankbar. Sein maßlos übertriebener Stolz, uns alle vertreten zu dürfen, verhinderte aber, dass man sich einbilden konnte, etwas Besonderes zu sein. Wenn wir alle so ungeheuer viel taugten, taugte dann überhaupt jemand von uns irgendetwas?

Da er auch beim Gebrauch der Sprache die Zügel straff angezogen hielt, war er nur schwer zu verstehen. Als er sich das erste Mal vorstellte, schien mir, er habe gesagt »Vater Rom war wohlerbaut«, und ich fragte mich, wie darauf zu antworten sei. »Ja, das alte Rom war in der Tat in unübertrefflichem Maße wohlerbaut«, sagte ich, »es sei denn, man führe das alte Athen ins Feld, das Rom womöglich noch übertroffen hat.«

Er sah mir noch ein bisschen tiefer in die Augen und brach in wildes Gelächter aus. Er stellte sich noch einmal vor, nur für den Fall, dass da ein Missverständnis vorläge – »Carter Strobe, sehr erbaut « –, ließ das Gelächter dabei aber in seiner Brust nachklingen, um mir zu zeigen, dass er, falls ich absichtlich gescherzt hatte, meinen Witz verstanden habe und ihn auch weiterhin bis in alle Ewigkeit verstehen werde.

In jeder Hinsicht hatte er mich verstanden, das war's, was er mir vermitteln wollte. Er verstand mich immer. Er spulte sogar je einen Satz aus meinen beiden ersten Romanen herunter.

»Das waren doch Pleiten«, sagte er.

Ich starrte ihn an. »Pleiten? Pleite war ich nie.«

Er lachte wieder, ein Basso-profondo-Lachen von ganz weit drinnen und ganz weit unten. Ganz offensichtlich war ich für ihn eine Wucht. »*Zeiten*. Das waren noch Zeiten.«

Ich wusste, was kommen würde. Das waren jene Zeiten, und jetzt waren diese Zeiten. Die Umstände hatten sich geändert, und auch wir mussten uns ändern, um mit ihnen mitzuhalten. Wie viele Informationen nicht nur beruflicher, sondern ebenso privater Natur Francis ihm nun genau hatte zukommen lassen, wusste ich nicht, aber ihm war bekannt, dass *Endstation* aufs Abstellgleis geraten und auch ich selbst einigermaßen zum Stillstand gekommen war.

Wir befanden uns in Francis' altem Büro, und Carter war noch nicht dazu gekommen, es neu zu möblieren, weshalb, so nahm ich an, auch keine von meinen Büchern zu sehen waren. »Es entsprach noch nie meiner Philosophie, einem Schriftsteller zu sagen, was er schreiben soll«, sagte er.

»Nein«, sagte ich in der Hoffnung, er habe nicht gesagt, es habe noch nie seiner Philosophie entsprochen, einen Schriftsteller zu fragen, mit wem er es treiben wolle.

»Aber Francis sagte mir, Sie seien dabei, Ihr Œuvre generalzuüberholen.«

Diese Worte versuchte ich nicht einmal zu verstehen. Ich lächelte einfach nur.

»Drum lassen Sie mich Ihnen einfach nur sagen, was ich meine, welchen Themas sie sich produktiver annehmen könnten als jeder andere Romanschriftsteller, den ich kenne ...« Woraufhin er sich sehr nah an mich heranbeugte und mir, als nähme er an, ich hörte durch die Augen, das Wort »Verletzt« in die Pupillen dröhnte.

»Verletzt?«

»Verloss.«

»Verloss?«

»Verlust. *Verlust.*«

»Ach, Verlust.«

»Sie machen einen geknickten Eindruck. Ich bin Ihnen doch nicht zu nahe getreten?«

»Mir zu nahe getreten? Nein. Es ist einfach nur so, dass Verlust kein Thema für mich ist.«

»Aber sicher doch. Sie schreiben so großartig darüber. Nur weil sie daneben noch so vieles andere gepackt haben, hat den Lesern komplett entgehen können, dass dieses Thema da ist.«

»Nicht nur den Lesern«, sagte ich. »Auch *mir* ist es komplett entgangen.«

Er brüllte wieder vor Lachen – ich war nicht nur verlustreicher, als ich geahnt hatte, ich war auch lustiger, er warf dann unvermittelt einen überraschten Blick an seinem Anzug herab, als habe er eben einen weiteren Knopf zum Zuknöpfen entdeckt, und knöpfte ihn zu. »Manche Schriftsteller sind einfach so eine Wucht, dass man aus allen Nähten platzt«, sagte er. »Für mich gehören Sie zu diesen Schriftstellern.«

Ich dankte ihm. »Aber Verloss, das bin nicht ich«, sagte ich in der Hoffnung, ihn wiederum zum Lachen zu bringen.

Er griff sich an die Kehle. Das war, entschied ich, eine physische Metapher dafür, mir an die Kehle zu gehen. »Aber doch«, sagte er. »Dieser Affe da. Beadle. Unerträglich. Ich habe das Gefühl, ihn zu kennen. Ich habe das Gefühl, er sei ich.«

»Beagle.«

»Beagle, ja. Herzzerreißend.«

»Was ist denn herzzerreißend an Beagle?«

»Was denn nicht? Wie er sich am Ende auf die Brust schlägt und drauflosbrüllt, Herr im Himmel ...«

»Aber er brüllt nach mehr; er ist liebeshungrig, nicht verletzt.«

»Verlust.«

»Verlust, verloss, verletzt ... Das bin nicht ich. Ich bin für pralle Fülle und stetige Steigerung zuständig. Ich bin für Beutezüge zuständig, Flieder aus toter Erde, das Raubgut des sexuellen Krieges. Ich bin fürs Grobschlächtige zuständig, Carter. Ich wälze mich im Schmutz. Ich bin für den Zoo zuständig.«

Ich sah genau, was er dachte. Ich machte gerade nicht den Eindruck praller Fülle, ein Mann ohne Frau, ohne Schwiegermutter, ohne Buch, ohne Verlag und ohne Leser. Oder den des Schmutzes. Und überhaupt, Schmutz war inzwischen so was von daneben.

Er bestritt aber, dass man nur das eine oder das andere haben könne. Man könne sowohl raffgierig als auch herzzerreißend sein. Er erbot sich, mir einen Roman zu zeigen, der reumütig und prall zugleich sei. Den habe er gerade für eine unglaublich hohe Geldsumme verkauft. Debütroman. Zwölfhundert Seiten, ein Roman wie ein rabaukenhaft wildes Kind, über den qualvollen Abgang jedes einzelnen Mitglieds einer Familie mit einem Stammbaum, der fünfhundert Jahre zurückreiche. Innovativ im formalen, drucktechnischen, typografischen Sinne, ein Buch, das aussehe wie kein anderes Buch, mit Seiten, die gestaltet seien wie Grabsteine, ärztliche Prognosen, echte Blutflecken, Sterbeurkunden, Strichzeichnungen von Friedhöfen und Grabstätten, die Vorsatzblätter mit dem Geruch des Todes imprägniert, alles, was einem nur in den Sinn kommt, aber mit so viel Gefühl, Guy, so viel Traurigkeit, so viel herzzerreißendem Scheißkummer … er schlug sich mit den Fäusten an die Brust wie Beagle und ließ sie dort wie Mahlsteine arbeiten. Wenn er die Fäuste wieder wegnahm, fragte ich mich, würden dann zwei tiefe Aushöhlungen in seinem Sakko sein, die bis auf sein Brustbein reichten?

»Wie heißt es?«, fragte ich und machte mir im Geiste eine Notiz, es auf keinen Fall jemals zu lesen.

»Das Großejungsbuch vom Verlust«, sagte er.

»Soll das heißen, dass es ein großes Buch ist, oder ein Buch für große Jungs?«

»Beides, beides!«

Dieser Debütant hatte wirklich an alles gedacht.

»Junge Leser werden es lieben«, erklärte er mir.

»Steht die Jugend auf Verlust?«

»Wie wild. Verlust, Herzschmerz – sie können gar nicht genug davon kriegen. Aber immer mit ein bisschen formaler Innovation. Sie schätzen es, wenn ein Buch sich in ihren Händen ein wenig anders anfühlt.«

»Und in ihren Nasen …«

»Genau. Hier, ich zeig Ihnen mal …«

Ich dankte ihm für die Empfehlung, lehnte es aber ab, ein Exemplar anzunehmen. »Ist zu groß für mein Regal und zu schwer für mich zum Schleppen«, sagte ich.

Er zuckte mit den Schultern. Ich war der Schriftsteller.

Er verabschiedete mich mit Küsschen, umschlang mich eng mit seinen Armen und hielt mich ganz fest. Jetzt wusste ich, wie es war, zu den Dingen zu gehören, die er vorsichtshalber nicht rauslassen mochte, lauter Teilchen verständnisinniger Materie mit einem gewaltigen Potenzial an Zerstörungskraft.

Aber es war ganz nett, doch mal von jemandem geküsst zu werden.

Ich ging heim und hatte den Impuls, mich in meinem Bett zu verbrennen. Herzschmerz! Verlust! Was hätte Archie Clayburgh bloß dazu gesagt? *Aus dem Bauch heraus, Junge, du musst mit den Eingeweiden denken.* Verlust kam nicht aus den Eingeweiden.

Und dann aus heiterem Himmel ein verzweifelter Anruf von Francis. »Es geht um Poppy«, sagte er mit einer Stimme, die hallte, als käme sie aus den entlegensten Winkeln des Alls.

Mir war, als würde mir der Hörer in der Hand schmelzen. Bitte lass es keinen Hirntumor sein, betete ich. Lieber ein Herzinfarkt – plötzlich, schnell, schmerzlos –, während sie im Garten in der Sonne lag, Francis an ihrer Seite, beim Kindle-Lesen.

Es war keins von beiden, leider, leider. Die gute Nachricht war, dass sie noch lebte. Die schlechte Nachricht war, dass sie noch lebte.

Während ich mir die kleinere Ironie des Schicksals ausgemalt hatte, dass sie von dem Hirntumor erwischt wurde, den Vanessa ihr angedichtet hatte, entging mir die größere Ironie des Schicksals, dass es die Demenz war, die Vanessa ihr angedichtet hatte. Fluch einer Tochter.

Ich meinte, es sei etwas ganz Neues, dass Demenz jemanden erwischte, der noch in den Sechzigern war. Das sei verbreiteter, als ich meinte, erklärte Francis mir, insbesondere bei Frauen. Und im Übrigen sei Poppy ein klein wenig älter, als wir beide geglaubt hätten.

Echt?

Aber jetzt war es zu spät, sie dafür zu bestrafen, dass sie uns getäuscht hatte.

Er war mit der Situation überfordert, das war der Grund, warum er mich anrief. Er war damit in jeder Hinsicht überfordert, sowohl mit der Trauer als auch mit den praktischen Problemen. Und er musste einfach aus seinem eigenen Mund diese Worte hören: Ich kann damit nicht umgehen. In der Hoffnung, es danach vielleicht zu können.

Sie hatte schon seit längerer Zeit abgebaut, aber dann hatte die Krankheit sich beschleunigt, und jetzt überforderte ihn der Pflegeaufwand. Einen schrecklichen Moment lang fragte ich mich, ob er womöglich wolle, dass ich sie nähme. Die Ironie des Schicksals hatte in so rascher Folge zugeschlagen, warum also nicht noch ein weiteres Mal? Aber das war es nicht, was er im Sinn hatte. Auch Vanessa nicht, wiewohl es zweifellos in den Zuständigkeitsbereich ihrer Pflichten fiel. »Hast du sie angerufen?«, fragte ich. Bis jetzt noch nicht. Wolle er, dass ich das übernahm? Nein, nein, wollte er nicht. Vanessa, so seine Befürchtung, würde die Situation nur noch schlimmer machen. »Du weißt ja, wie sie waren«, sagte er. »Sie haben sich bis aufs Blut bekämpft.«

»Hat Poppy dir das erzählt?«

»Ja.«

»Also, das stimmt nicht. Sie haben sich nicht ständig bekämpft.«

»Aus Poppys Sicht jedenfalls schon.«

Ich stellte die Frage in den Raum, ob das vielleicht Teil des Krankheitsbildes sei. Demenz ließ doch alles im schlechtesten

Licht erscheinen, oder? Demenz ließ die schönen Seiten unter den Tisch fallen.

Wir setzten das Gespräch drei Tage später in dem Club in Soho fort, wo eigentlich keiner gerne war, wo er und Poppy sich aber kennengelernt hatten. Seine Idee, nicht meine. Er wollte die Gefühlsduselei auf die Spitze treiben. Was vermutlich auch der Grund dafür war, dass er mich gleich zum Auftakt attackierte. »Wo gab's denn wohl schöne Seiten?«, wollte er wissen.

»Zwischen Poppy und Vanessa? Wo soll ich anfangen? Sie waren wie Schwestern, Francis.«

»Hast du Vanessas Buch vergessen? Da sagte sie, genau dieser Ansatz, wie Schwestern zu sein, sei grundverkehrt gewesen.«

»Klar, im Buch.«

»Im Leben, Guy.«

Ich wehrte das Wort ab. »Leben!«

»Nun, Leben ist da, wo's wehtut.«

»Es war aber nur Vs Film, der Poppy wehgetan hat. Im ›Leben‹, wie du es nennst, sind sie vereint marschiert, da waren sie eine Einheit und eine gemeinsame Macht, und man hätte nicht zu sagen vermocht, wer wen mehr antrieb.«

Er wurde plötzlich wütend auf mich. »Du warst einfach nur berauscht von deiner Idee der beiden«, sagte er. »Du warst so sehr damit beschäftigt, sie in Scheißliteratur zu verwandeln, dass du gar nicht mehr gesehen hast, was direkt vor deiner Nase abging. Ich will dir mal was über dich sagen, Guy – du bildest dir ein, abgebrüht und zynisch zu sein, aber in Wahrheit bist du ein Baby. Du hast diese Frauen idealisiert, sie so sehr idealisiert, dass du ihre eigentliche Existenz negiert hast.«

Was konnte ich darauf antworten? Dass es nicht meine Schuld war, wenn Vanessa jetzt mit Aborigines im Dreck hockte und Poppy an Demenz litt?

Ich ließ den Kopf hängen. »Es tut mir leid um sie«, sagte ich, ohne ihn anzusehen. »Mehr als das, es bricht mir das Herz. Soll ich sie besuchen kommen?«

Ich malte mir aus, wie ich an ihrem Bett saß und ihr die Hand streichelte. »Natürlich gibt's da Affen«, würde ich ihr erzählen. »Es gibt immer und überall Affen, wenn man weiß, wo man nach ihnen Ausschau halten muss.«

Francis tat mein Angebot ab. »Du könntest es gar nicht aushalten. Dafür bist du nicht Manns genug.«

Ich ließ meinen Kopf noch tiefer hängen. Vielleicht hätte ich auf die Knie gehen und den Kopf herabbeugen sollen, bis ich damit Francis' Fuß berührte. Ich war mir überhaupt nicht im Klaren drüber, was ich falsch gemacht hatte, aber manchmal muss man das auch gar nicht wissen.

Nach langem Schweigen fragte Francis mich, wie ich mit Carter Strobe auskäme, hörte aber gar nicht hin, als ich antwortete. Ihm stiegen Tränen in die Augen. Seine paar wenigen Jahre mit Poppy, vertraute er mir an, seien die besten seines Lebens gewesen. Und die schlimmsten des meinigen, vertraute ich ihm im Gegenzug an. Rein zufällig, meinte ich. Mit ihm und Poppy habe das absolut nichts zu tun. Nicht ganz die Wahrheit, aber immerhin.

Er gab mir ein Geheimnis preis. Poppy hatte alles gelesen, was ich geschrieben hatte.

»Mit deiner Ermunterung und Unterstützung, wette ich.«

»Nein. Schon bevor wir uns überhaupt kannten. Sie hat jedes Wort gelesen. Dich verschlungen.«

Ich wischte mir eine Schweißperle von der Stirn.

»Und da ist noch etwas«, sagte er. »Sie hat dich bei Amazon rezensiert.«

»Poppy?«

»Poppy.«

»Poppy war's, die mich wohlwollend mit Apuleius verglichen hat?«

»Davon weiß ich nichts. Das war dann wahrscheinlich Vanessa.«

»Vanessa hat so was auch gemacht?«

»Beide zusammen. Sie haben beisammengehockt und sich die Rezensionen gemeinsam ausgedacht. Offenbar haben sie das jahrelang betrieben.«

Mir muss die Kinnlade runtergesackt sein. Jedenfalls hätte sie mir runtersacken und für alle Ewigkeit so erstarren sollen. Vanessa und Poppy, die Köpfe zusammengesteckt und über mich gebeugt! Und nie auch nur den Hauch einer Andeutung. Niemals auf ein Dankeschön aus, für das es inzwischen wohl auch zu spät war.

Na bitte, wollte ich sagen, als ich meine Gesichtszüge und meine Formulierungskünste schließlich wieder unter Kontrolle hatte, sie waren *doch* wie Schwestern. Mir dämmerte aber, dass ich mich damit mehr denn je dem Vorwurf aussetzen würde, sie zu idealisieren – sie zu idealisieren und zu verklären, während ich mich selbst verklärte.

Man weiß nie, was einem den Rest geben wird. Ich musste aus dem Restaurant raus. Ich, ich, ich? Ja, schon gut. Aber ich hatte nun einmal nur meine eigenen Gefühle und musste mich an diese halten.

»Und was wirst du jetzt tun?«, fragte ich, bevor ich ging.

Er zuckte mit den Schultern. Ich hatte noch nie einen so hilflos dreinschauenden Mann gesehen.

»Egal was ich tue, es ist doch alles bedeutungslos. Ich glaube nicht, dass es lange …«

Ich war nicht dafür geschaffen, solche Sätze zu hören. Francis hatte recht – ich war nicht Manns genug.

Ich legte ihm eine Hand auf die Schulter. »Wenn ich irgendwie …«

»Nein, kannst du nicht«, sagte er und schaute weg.

Ich wusste, was er dachte. *Du! Helfen! Wie denn? Indem du eins von deinen Scheißbüchern schreibst? Dann nur zu, wirst schon sehen, was das bringt.*

Wenn ich mir ein paar Jahre zuvor nicht schon einen kleinen Nervenzusammenbruch geleistet hätte, dann hätte ich mir an diesem Nachmittag einen geleistet. Frauenlos wusste ich nicht, wie ich leben sollte. Einstmals war eine von ihnen nicht genug gewesen. Selbst ohne zu wissen, was ich jetzt wusste, hatte ich ihrer beider im Doppelpack bedurft. Und jetzt – na, jetzt war jetzt.

Und ich hatte auch kein Buch in der Mache, keine Sätze, in denen ich mich verlieren konnte. Gemeinsam hatten Vanessa und Poppy mich seinerzeit in Gang gebracht. Zu Ehren der einen oder zur Abgrenzung von der anderen hatte ich an der Schreiberei festgehalten. Wenn keine von den beiden mehr da war, ich nicht um ihr Interesse buhlen oder sie umwerben oder zur Weißglut bringen oder Verbalschlachten führen konnte, hatte ich gar keine Veranlassung mehr zum Schreiben und auch nichts, worüber ich hätte schreiben könnten.

Ich durchstreifte die Straßen, rannte gelegentlich Ernest Hemingway über den Weg, der wie eh und je keine Notiz von mir nahm. Ich hätte mir einbilden können, in unserer Mühsal seien wir Zwillinge im Geiste, die Letzten einer aussterbenden Rasse, aber er gab mir keinerlei Zeichen einer Verwandtschaft. Durchaus zu Recht: Er schrieb ja, ich nicht.

Wie viele Notizblöcke schaffte er pro Tag? Ich konnte mir beim besten Willen nicht vorstellen, eine einzige Seite zu schaffen.

Dito, mir eine andere Frau zu suchen.

Dito, mich nach einem anderen Ort zum Leben umzusehen.

Dito, nachdem ich die Straßen schließlich aufgab, aus Angst, von dem Stadtstreicher bloßgestellt zu werden, aus dem Bett aufzustehen.

Alles, was eine Zukunft versprach, versprach nur, mich endgültig zu erledigen. Mich selbst sah ich da nirgendwo. Die Zukunft existierte nur als Versprechen kompletter Auslöschung. Ich gehörte der Vergangenheit an. Ich existierte nur in der Vergangenheit. Ich schritt rückwärts durch mein Leben. Wenn ich nicht aufhörte, würde ich schließlich bei Leuten ankommen, die meinen ersten Roman lasen, dann bei mir selbst, wie ich ihn schrieb, dann bei Vanessa, die jenen Laden betrat und fragte – während sie ihre Arme zu einer Art Laubengang formte –, ob ich ihre Mutter gesehen hätte, eine Frau, die so ungestüm sei wie eine Apfelplantage im Wirbelsturm. Wobei Vanessa selbst der Wirbelsturm war. Zwei brennende Büsche …

Man kann sehr lange in seinem Bett liegen und sich an die Zeiten erinnern, als man glücklich war. Am Ende wird das Bett selbst zum Ort der Glückseligkeit. Dies war das Bett, auf dem man gestern erst glücklich gewesen war, weil man sich an vorgestern erinnert hatte, den Tag, an dem man sich an die Zeiten erinnert hatte, als man glücklich gewesen war …

Wie lange blieb ich also im Bett? Weiß ich nicht. Interessanter ist die Frage, wie lange ich im Bett geblieben *wäre*. Worauf ich die Antwort allerdings wiederum nicht weiß. Für immer? Aber wie der Zufall so spielte, kam mir meine Familie zu Hilfe. Ist das nicht genau das, wofür Familien da sind? Mein Vater starb.

Sämtliche Chassidim mit schwarzem Hut aus dem ganzen Land und, so vermutete ich, dazu viele aus anderen Ländern wohnten der Beerdigung bei. Wie hatten sie alle davon erfahren? Instinkt für trübselige Anlässe, was? Oder war's nur Jeffrey, der die Kunde in Umlauf gebracht hatte?

Sie versammelten sich jedenfalls auf dem kalten marmornen Friedhof, jammerten und wehklagten wie ein murmelnder Wald, bei dem in jedem Baum ein Rabe saß. Wäre da nicht die elektronische Zigarette gewesen, an der sie zog und die im spätnachmittäglichen Dämmer den einzigen Lichtpunkt abgab, man hätte meine Mutter kaum ausmachen können. Gekleidet war sie wie zu einem Stelldichein, und ich meine jetzt nicht mit dem Tode. Ein einziger chassidischer Fedora hätte genug Stoff hergegeben, um daraus das kleine schwarze Trauerkostüm zu schneidern, das sie trug, und für ein Paar Handschuhe wäre auch noch etwas übrig gewesen.

Die obligatorischen, möglichst flüchtigen Küsschen hatten wir früher am Nachmittag erledigt, in Sichtweite des wortkargen Sargs meines Vaters. Mmm, mmm, mit gebührendem Abstand voneinander, damit ich nicht Gefahr lief, mich in ihren Gagatohrringen zu verheddern.

»Und jetzt?«, fragte sie mich, nachdem wir den Juden, von dem er sein Leben lang nicht gewusst hatte, dass er einer war, unter Aufbringen aller erdenklichen Ehrenbezeugungen unter die Erde gebracht hatten.

»Und jetzt was?«

»Und was soll ich jetzt mir mit anfangen?«

Dich drauf vorbereiten, vor deinen Schöpfer zu treten, wollte ich sagen, wiewohl ich angesichts der Menge an Bein, die sie zeigte, oder zumindest der Menge an weitgehend leerem Strumpfgewebe, das dargeboten wurde, meine Zweifel hatte, ob der Schöpfer sie in Seiner Gegenwart dulden würde. Mysteriöserweise schien sie, obwohl ihre Zigarette nicht echt war, Rauch auszuatmen. Hatte sie angefangen, von innen zu verbrennen? Vor Ungeduld, den Rest ihres Lebens endlich in Angriff nehmen zu können?

Eine Stimme, die ich nicht sogleich erkannte, sprach mir von hinten ihr Mitgefühl aus. »Ich wünsch dir ein langes Leben, Jungatsch«, sagte sie.

Ich drehte mich um und sah jemanden, den ich nicht kannte. Er legte seinen Finger an die Stelle, wo ein Schnurrbart hingehörte. »Ach so«, sagte ich. Es war Michael Ezra, Vanessas Croupier. Wenngleich er ohne den Schnurrbart nach nichts Besonderem aussah. Jedenfalls nicht auf gefährliche Weise attraktiv. Glatt rasiert ließ sein dunkler Teint ihn lediglich auf mediterrane Manier von Armut geplagt aussehen – nach einem sizilianischen Apfelpflücker oder einem libyschen Ziegenhirten. Hier an diesem Ort hätte er, wäre da nicht sein respektabler Anzug gewesen, einen ganz brauchbaren Totengräber abgegeben, fand ich.

Nach all der Zeit, die ich hingestreckt im Bett zugebracht hatte, sah ich wahrscheinlich kein bisschen besser aus.

Ich begriff nicht, warum er hier war. Er war kein enger Freund der Familie gewesen. Aber dies hier war eine Art Jeder-mit-jedem-Beerdigung – mehr als halb Cheshire war zugegen – bemerkenswert für einen Mann, der keine Freunde hatte. Ich vermutete, Jeffrey war der Grund: Er rief, und jeder einzelne Croupier aus Manchester und auch jeder einzelne Chassid kam herbeigeeilt, um ihm in seinem Schmerz zur Seite zu stehen.

»Was hast du denn mit dir angestellt?«, fragte ich ihn.

»Mein Image aufpoliert«, lachte er. »Auf Betreiben deines Bruders.«

»Jeffrey hat dich dazu gebracht, deinen Schnurrbart abzurasieren?«

»Yafet, ja. Er versucht schon seit einiger Zeit, einen guten Juden aus mir zu machen.«

»O Gott, nicht auch du noch. Was stimmte denn nicht an dem Juden, der du warst? Überhaupt dachte ich immer, ein guter Jude im Sinne Jeffreys zu sein hieße, sich noch mehr Haare wachsen zu lassen, statt wegzuschneiden, was schon da ist.«

»Am Ende, ja. Aber das sind Haare von anderer Art. Als Erstes musste ich aufhören, wie ein Croupier auszusehen.«

»Aber du *bist* doch Croupier.«

»Nicht mehr.«

»Und was machst du jetzt so?«

»Mich ein bisschen umschauen.« Er ließ es auf unheilvolle Weise spirituell klingen. Ein bisschen umschauen nach Gott. Auf das Wort Yafets warten.

Ich schüttelte den Kopf. »Jesus!«, sagte ich.

Er schlug die Augen nieder.

Nach ein, zwei Augenblicken betretenen Schweigens erkundigte er sich nach meiner Frau und meiner Stieftochter. Ich konnte mich nicht mehr drauf besinnen, was ich ihm erzählt hatte – oder was er geglaubt hatte –, wer wer war.

»Wir sind nicht mehr zusammen«, sagte ich, um auf der sicheren Seite zu sein.

Aus seinen Augen funkelte mich Mitgefühl an. »Tut mir leid, das zu hören.«

Ich dankte ihm. »Und wo das nun für uns alle der Vergangenheit angehört«, hörte ich mich überraschenderweise sagen, »kannst du's mir auch verraten.«

»Dir was verraten?«

»Ob du mit ihr, weißt schon … Ob du in jener Nacht mit ihr einen draufgemacht hast.« Nachdem ich erst einmal angefangen hatte, war es schwer, wieder aufzuhören. »Ob ihr euch hinterher weiter getroffen habt.«

»Du fragst mich, ob ich eine Affäre mit deiner Frau gehabt habe?«

Ich musste kurz nachdenken. Die ganze Verstellerei überforderte mich. Welche *war* noch mal meine Frau? »Nein, mit ihrer Tochter. Vanessa.«

»Wie kommst du denn auf die Idee?«

»Sie schien Gefallen an dir zu finden.«

Er schüttelte den Kopf. »Ihr … Schriftsteller«, sagte er, bremste mit Rücksicht darauf, wo wir uns befanden, seine Wortwahl. »Ihr unterstellt jedem gleich das Schlimmste. Ihr denkt, alle sind hinterhältig und gemein.«

»Ich klage dich nicht an. Ich frag mich das bloß.«

»Aber wieso fragst du dich so was? Warum sollte ich eine Affäre mit deiner Tochter oder deiner Frau gehabt haben? Sie sind mir nur ein einziges Mal begegnet. Und zufällig bin ich selbst verheiratet.«

Ich versagte es mir, ihn forschend anzuschauen, von Mann zu Mann, als wolle ich von ihm wissen, wann es denn jemals in irgendeiner Hinsicht irgendeinen Unterschied gemacht habe, ob man verheiratet sei. Ich entschied mich, das sei kein Blick, der bei ihm gut angekommen wäre.

»Du warst derjenige«, erinnerte ich ihn stattdessen, »der gesagt hat, wenn man wie Omar Sharif aussieht, kriegt man die Weibsen scharenweise.«

»Das war ein Witz. Kann man dir gegenüber denn nicht mal einen Witz machen?«

Nicht, wenn's um Sex geht, wollte ich schon sagen, entschied mich dann aber für »Natürlich kannst du das. Witze machen ist meine Stärke.«

»So? Na, jedenfalls seh ich, dass du jetzt gerade keine Witze machst.«

»Wir sind hier auf der Beerdigung meines Vaters«, sagte ich.

»Dann benimm dich entsprechend respektvoll.«

»Treffer, versenkt, Jungatsch«, sagte ich.

Aber er war mit mir noch nicht ganz fertig. »Es ist nicht überall so wie in deinen Büchern«, sagte er und senkte dabei die Stimme, weil Jeffrey auf uns zusteuerte, haarig und strahlend, eine heilige Schrift in Händen. »Menschen, die rammeln wie die Affen, Menschen, die einander in den Mund pissen … wo hast du all dieses Zeug nur her? Dein Vater ist eben beigesetzt worden. Meinst du nicht, es sei an der Zeit, ernsthaft zu werden?«

»Menschen, die anderen in den Mund pissen, sind eine ernsthafte Angelegenheit«, sagte ich. »Auf so was lässt man sich nicht leichtfertig ein.«

»Krank!«

»Krank, gesund, wer vermag das schon zu sagen?«

»Du meinst, es ist ein Zeichen von Gesundheit, wenn du mich hier an einem solchen Tag fragst, ob ich Sex mit Mitgliedern deiner Familie hatte? Wenn du gerne über solche Sachen schreibst, dann ist das deine Angelegenheit, und wenn du Leute findest, die das lesen wollen, dann herzlichen Glückwunsch, aber glaub mir, das ist reinster Fantasy-Müll. Nicht jeder ist permanent damit beschäftigt, sich ihre Hirne wegzuficken.«

(Sich *sein Hirn* wegzuficken.)

»Womit sind sie denn dann beschäftigt, Michael?«

Es sei denn, er hieß jetzt Mordechai.

Er zögerte nicht das kleinste bisschen. Aber er war ja auch Croupier gewesen, daran gewöhnt, während das Rad sich drehte, rasch Einsätze zu sortieren und Meinungsverschiedenheiten beizulegen. »Gutes zu tun«, sagte er. »Sie sind damit beschäftigt, Gutes zu tun.«

Später erfuhr ich, dass Michael Ezra den eigenen Worten Taten folgen ließ. Er tat Gutes. Sein ältestes Kind war schwer behindert und lebte in einem Heim. Jeden Tag fuhr er dreißig Meilen hin und dreißig Meilen zurück, um es zu besuchen. Das war der Grund, warum er als Croupier gearbeitet hatte – auf diese Weise hatte er tagsüber frei und konnte sein krankes Kind besuchen.

Ganz ehrlich, davon hätte ich lieber nichts erfahren. Ebenso wie ich lieber nichts davon erfahren hätte, dass mein Vater, der sich nun in Windeseile in Staub zurückverwandelte, in seinem ansonsten verachtungswürdigen Leben barmherzige und großmütige Taten begangen hatte. Nicht dass er das hatte. Aber *hätte* er es, so hätte es das Gleichgewicht meiner Sicht auf ihn empfindlich gestört, davon zu hören. Man kann über Menschen auch zu viel wissen. Man ermittle alles, was es über den allerlangweiligsten oder allerschurkischsten Menschen überhaupt zu wissen gibt, und man wird tausend Gründe finden, ihm Respekt zu zollen. Und wohin bringt einen das? Plötzlich verwandelt sich die Welt in einen riesigen schwermütigen Resonanzkörper, zu dessen Schwingungen die immer noch traurige monotone Musik der Menschlichkeit erklingt.

Wörter aber werden dann nicht mehr vor unseren Augen ihre lüsternen Possen treiben.

Und wenn man wieder zu sich kommt, schreibt man dann plötzlich Sozialarbeiterromane.

43
Affenscheiße

Lästig, es zugeben zu müssen, aber ich glaubte ihm das, was er mir von meinen Frauen erzählt hatte. Vanessa hatte sich nicht nach Cheshire davongeschlichen, um seinen buschigen Schnurrbart zu befingern. Poppy ebenso wenig. Ich glaubte auch meinem Bruder. Vanessa hatte ihm keinen Hirntumor herbei- oder gar weggefickt.

Was immer es auch gewesen sein mochte, das sie veranlasste, so häufig in den Norden zu fahren und mich meiner literarischen Schwerstarbeit in der Hauptstadt zu überlassen – es war nicht Ezra, und es war nicht Yafet. Das ließ natürlich noch Raum für eine Vielzahl anderer Lesarten; schließlich waren die beiden nicht die einzigen Versuchungen, die Englands Norden zu bieten hatte. Es drängte sich allerdings eine ganz originelle neue Variante auf: Vanessa hatte mich gar nicht betrogen. Jedenfalls nicht im Sinne sexueller Heimlichkeiten. Nicht jeder war, um Ezras herzallerliebste Formulierung zu gebrauchen, permanent damit beschäftigt, sich sein Hirn wegzuficken. Und eine noch originellere Variante als diese war schwerlich zu haben.

Was hatte sie dort denn *dann* getan?

Gutes. Ich entschied, sie habe *Gutes* getan.

War das möglich?

Konnte es sein, dass Vanessa und ihre Mutter gute Frauen waren? Begeisterte Rezensionen meiner Romane für Amazon zu schreiben und mir nichts davon zu sagen war das Werk guter, loyaler, selbstloser Frauen, oder? Sie konnten und mussten ja nicht wissen, dass diese Rezensionen meine Verkaufszahlen in den Keller sacken ließen. Wenn's darum geht, gute Taten zu beurteilen, dann zählt nur der gute Wille. Vanessa arbeitete heute mit Aborigines – ein weiterer Zug einer guten Frau. Poppy hatte meinen Avancen widerstanden und dem bedauernswerten Francis die beiden schönsten Jahre seines Lebens geschenkt – auch das war eine gute Tat, oder? Einen mürrischen Mann glücklich zu machen. (Oder, in meinem Fall, einen glücklichen Mann mürrisch zu machen.)

Was aber, wenn das nicht alles war?

Als Romanschriftsteller haben mich Geheimnisse nie sonderlich interessiert. Geheimnisse gehören zur Handlung, und nur ein Schwachkopf kann sich für Handlung interessieren. Als Leser schlug ich, sobald ein Geheimnis ins Spiel kam, das Buch zu. Wer will denn wohl die nächsten drei Tage damit zubringen, darüber zu spekulieren, was sich hinter dem Geheimnis verbergen mag, nur um Ende herauszufinden, dass es die ganze Geheimniskrämerei überhaupt nicht wert war? Als Mann hatte ich eine andere Einstellung. Als Mann wähnte ich ein Geheimnis, sobald meine Frau oder auch ihre Mutter das Haus verließ. Als Mann verschlang ich Geheimnisse geradezu. Es waren aber immer Geheimnisse derselben Sorte. Betrügerische Geheimnisse. Ein permanent auf Betrug getrimmtes Bewusstsein hielt die Säfte in Gang. Das Leben war langweilig, solange die Fantasie an keinem Betrug zu kauen hatte. Dass ich meine Fantasie auch in andere Richtungen hätte ausschicken sollen, dämmerte mir nun allmählich. Kam vom Alter, oder? Oder geschah das zwangsläufig bei einem Mann, der allein lebte, ohne Frauen, die kamen und gingen, und damit ohne jemanden, der ihn hätten betrügen können? Sex nährt Sex. Also muss das Gegenteil auch stimmen – je mehr nichts passiert, desto mehr passiert nichts. Menschen mit reinen Gedanken sind einfach nur Menschen, die auf der Leiter der Schlüpfrigkeit nie die erste Sprosse betreten haben. Und ich war von dieser Leiter nun lange genug herunter, um fleckenlose Gedanken zu denken, in deren fahlem, geisterhaftem Glanz Vanessa und ihre Mutter als Engel zu erscheinen begannen.

Was, wenn ihre Güte, so fragte ich mich, wo die eine im Sterben lag und die andere so weit weg war, wie man nur sein konnte, nunmehr weit über die Sorge um mich und Francis hinausging? Was, wenn sie beispielsweise so oft nach Knutsford heimgefahren waren, wie sie es waren, und ohne mich einzuladen, sie zu begleiten, weil … sagen wir, weil Poppy wie Michael Ezra einen Sohn hatte, was mit anderen Worten bedeutete, dass Vanessa einen Bruder hatte, der in einem Heim lebte, einem Heim … sagen wir, für geistig Behinderte? Was, wenn gütige Liebe die Erklärung für ihre Abwesenheiten war (es wäre auch eine Erklärung dafür, dass es sie überhaupt erst einmal nach Cheshire verschlagen hatte) und eine tief darunter verborgene Traurigkeit die Erklärung für die Reizbarkeit war, die in jüngerer Zeit ihre Beziehung untereinander beeinträchtigt hatte, von ihrer Beziehung zu mir ganz zu schweigen? Lag er da Jahr um Jahr, mit einer Zunge, die ihm schlaff aus dem Mund hing, und fragte sich, wo die Affen waren – auf schreckliche Weise die Demenz seiner Mutter vorwegnehmend? War es das, was Poppy Vanessa unmöglich verzeihen konnte, als sie ihren Film sah? Nicht der Vorwurf, ihr in sexueller Hinsicht eine Rivalin gewesen zu sein, nicht ich, überhaupt gar nichts, was mit mir zu tun hatte? Sondern der untergründige Schuldvorwurf?

Ich steckte jetzt in einem Was-wenn-Verkehrskreisel, aus dem ich nicht mehr herauskonnte und auch nicht wollte. Was, wenn der Sohn respektive Bruder nach langer und qualvoller Krankheit gestorben war, womöglich in den Armen seiner Mutter oder seiner Schwester, und den beiden Frauen nichts mehr blieb, als ein Leben zu betrauern, das nie adäquat hatte gelebt werden können, das sie aber irgendwie, mit mehr Liebe, vielleicht zu einem etwas besseren hätten machen können, ein Leben zudem, das ihre eigene genetische Gesundheit mit einem Fragezeichen versah? Machte sich Poppy Vorwürfe wegen Robert – nennen wir ihn Robert –, fragte sie sich, welche ungesunden Anlagen, die sie selbst hatte, in das grausige familiäre Erbe dieser Anomalie fehlgeleitet worden waren? War in Wahrheit Robert und keineswegs ihre Nacktaufnahme mit Cello der Anlass für das Scheitern ihrer Ehe mit Mr Eisenhower gewesen? Und was, wenn Vanessa außerstande war, sich selbst die Scham zu verzeihen, die sie darüber verspürte, dass sie einen nicht vollkommenen Bruder hatte? Sie hatten Robert mir gegenüber nie mit einem Wort erwähnt. Aha! Das deutete zweifellos auf Scham hin. Und vielleicht auf die Furcht, ich würde sofort auf eine Meile Abstand gehen, wenn ich wusste, welch versehrtes Blut in den Adern jener Frauen strömte, die ich vergötterte. War das der Grund, warum Vanessa mir mein Werben um die Gunst ihrer Mutter durchgehen ließ – einmal angenommen, sie hätte jemals etwas davon mitbekommen – weil sie ihr nämlich eine Aufmerksamkeit nicht missgönnen mochte, die für ein kurzes Stündchen jene Ängste zu lindern vermochte, mit denen sie sich ihrer selbst wegen quälte? War ich – nicht besser als eine verfettete schwarze Spinne, die es sich in diesem komplizierten Netz wechselseitiger Rücksichtnahmen bequem gemachte hatte; nicht besser als Beagle, der selbstgefällig in seinem Käfig hockte und es ganzen Heerscharen von Gorillamädchen gestattete, ihm Flöhe aus dem Pelz zu lausen, während er voller Bewunderung seine eigene rotglühende Erektion anstarrte – der Einzige in unserem kleinen Familienclan, der an niemanden außer sich selbst dachte?

Und so hatte ich mein Thema. *Die gute Frau.*

In den guten alten Tagen (um gut in einem vollkommen anderen Sinne zu gebrauchen), als Francis und ich regelmäßig zusammen einen trinken gingen, bevor die letzten paar Leser zu überhaupt keinen Lesern geschrumpft waren, vertrieben wir uns die Stunden damit, uns Titel von Büchern auszudenken, die allein aufgrund eines einzigen Wortes todsichere Bestseller wären. »Irgendwas mit Ehefrau oder Tochter darin«, schlug Francis einmal vor.

Wir gingen erschöpfend alle Möglichkeiten durch und änderten dann die Spielregeln – gefragt waren nun Titel, die selbst *mit* dem Wort Ehefrau oder Mutter darin unverkäuflich wären. Ich gewann mit *Des Arschfickers Tochter*.

Von Pyrrhussiegen hatte ich inzwischen aber genug. Und als ich Carter Strobe aufsuchte und ihm, als sei's eine Blumengabe zu seinem Einstand als Agent, den Titel *Die gute Frau* offerierte, da konnte ich aus der Art und Weise, wie er mich in seinen Ozwald-Boateng-Anzug schloss, die Gewissheit ableiten, dass ich nun auf der Siegerstraße war.

Ich hatte noch Alternativtitel in der Hinterhand, nur für den Fall der Fälle, aber er war mit *Die gute Frau* dermaßen zufrieden, dass ich – nicht ohne nostalgisches Bedauern, wie ich sagen muss – *Der Affe und die Schwiegermutter* und *Die Frau des Spinnenaffen* stecken ließ, wo sie waren. Ende der Äfferei, was mich betraf.

Ich glaubte fast, Carter würde mit mir Nase-Nase machen, als ich dem Titel einen groben Handlungsaufriss nachschickte. Oder mir zumindest versichern, er liebe mich. Er hielt mich bei den Ohren. »Das ist genau das, worauf ich gewartet habe«, sagte er, obwohl ich gar nicht gewusst hatte, dass er auf irgendetwas wartete. »Mir kommen die Tränen, und dabei hab ich's noch nicht einmal gelesen«, sagte er.

Ich sagte ihm, auch mir kämen die Tränen, obwohl ich es noch nicht einmal geschrieben habe.

Das war aber erst der einfachere Teil. Man fängt am Anfang an und macht weiter bis zum Ende. Zuvor hatte ich es immer andersrum gehalten, also gleich zu Beginn preisgegeben, was passieren würde, damit die Leser nicht durch ein Moment der Spannung abgelenkt wurden. Wo ihr jetzt also wisst, wohin die Reise geht, braucht ihr euch darum nicht mehr zu kümmern und könnt euch auf die Sätze konzentrieren – das war kurz gesagt das, was ich ihnen sagte. Nehmt mich auf die Zunge. Verschlingt mich. Lesen sollte wie Sex sein. Wie's endet, steht am Anfang schon geschrieben, also lehnt euch bequem zurück und genießt die Reise. Wer weiß, vielleicht war das keine bessere Strategie als Vanessas »Geneigter Leser, fick dich!«. Jedenfalls hatte ich damit abgeschlossen. Die Vergangenheit war vergangen. Allein, verzweifelt und gefühlsduselig verkaufte ich meine Seele an die Story.

Ich musste ein bisschen schummeln, um den Holocaust mit reinzukriegen, aber eine Traumsequenz kann die Chronologie immer übertölpeln. Ansonsten ging's um Sierra Leone, den Balkan, Afghanistan, weiß selbst nicht mehr recht, wohin ich sie schickte, die beiden Frauen, die sich als Schwestern ausgaben und von Dreckloch zu Dreckloch flohen, dies alles vor dem Hintergrund einer so fadenscheinigen Handlung – aber welche Handlung wäre andererseits nicht fadenscheinig? –, dass ich schier errötete, als ich sie mir ausdachte. Wie sie überlebten, was sie sahen und was sie durchmachen mussten; wie sie ihre selbstlosen Entscheidungen trafen und sich abwechselnd immer selbst opferten, um die Sicherheit der anderen zu gewährleisten, während sie von Horror zu Horror dem süßen, aber etwas einfältigen Jungen nachjagten (dem unehelichen Sohn von Pauline, den Valerie als ihren eigenen ausgab, nachdem sie beide am selben Tag vom selben Biafra-Soldaten vergewaltigt worden waren); wie sie in hilflosem Entsetzen zusehen mussten, als somalische Piraten ihn von einer vor der Shark Bay ankernden Vergnügungsyacht verschleppten, und an Ort und Stelle einen Schwur ableisteten, das ganze Universum zu durchstöbern, um ihn zu finden – all das kann ich nur aufs Konto unerschrockenen Mutes schreiben. Nicht ihres Mutes, sondern meines. Weil man nämlich gewaltigen Mut – weit mehr, als irgendwer sich vorstellen kann – dafür braucht, zu schreiben, was ich da schrieb.

Güte war's natürlich, die ihnen die nötige Kraft gab. Die Güte ihrer gegenseitigen Hingabe, die Güte ihrer Liebe zu dem Jungen und jene Güte, die sie den Not leidenden Menschen entgegenbrachten, die ihnen auf ihren Reisen begegneten. Dass es den Lesern nicht immer möglich war, zu wissen, welche Frau welche war – welche die gute Frau des Titels –, halte ich für einen Geniestreich, auch wenn ich die Idee eigentlich von Dirk de Wolff habe, der die beiden mit filmischen Mitteln überblendet hatte. Solche Güte transzendiert jede Individualität – das war mein springender Punkt. Sie gehört nicht einer speziellen Frau, sei sie jung oder alt – es handelt sich vielmehr um das Unterscheidungsmerkmal der *Frau* schlechthin.

Zufällig war ich davon übrigens immer schon überzeugt gewesen. Ich hatte es schlicht und einfach nicht für nötig befunden, es auszubuchstabieren. Wie ich an einen solchen Idealismus geraten bin, weiß ich nicht; ganz gewiss habe ich ihn nicht mit der Muttermilch aufgesogen. Vielleicht habe ich ihn mir angeeignet, während ich Frauen beobachtete, die zum Einkaufen in die Boutique kamen, sich an- und auszogen, sich im Spiegel betrachteten, unsicher waren, was ihnen stand, über ihr Äußeres besorgt waren, noch einmal drüber nachdenken mussten, ob sie so viel ausgeben wollten. Es führte dazu, dass sie mir leidtaten. Nicht ganz einfach, Frau zu sein, dachte ich. Woraus folgte, dass ich ihr Leben als eine einzige lange Drangsal sah, die ihnen abverlangte, Schönheit und Eleganz gegen all die anderen Appelle an ihr Pflichtgefühl auszutarieren. Selbst an den schwatzhaftesten Kundinnen vermeinte ich einen tiefer liegenden heroischen Kummer ausmachen zu können, das Bemühen, eine gute Ehefrau zu bleiben, wenn doch verruchtere Gelüste lockten, irgendwie über die Runden zu kommen, Zeit für die ermüdende Beschäftigung mit Kindern oder Verwandten zu finden, auch weit über das Maß des Nützlichen oder Sinnvollen hinaus.

Diesmal gab's keine verruchteren Gelüste. Keinen Sex, außer in vorsichtigster Andeutung – auf *squitsch-squitsch* stand die Todesstrafe –, und keine Witze. Pornoschriftsteller halten sich eisern an eine simple goldene Regel, was das Lachen betrifft: Es darf keines geben. Ein einziger Lacher, und der Bann des Trancezustands ist gebrochen. Und da *Die gute Frau* Pornografie des Sentimentalen war, galten die gleichen Regeln.

Also auch keine Ernsthaftigkeit. Das Zeitalter des ernsthaften Sexes war vorbei.

Ich sage, es habe gewaltigen Mut erfordert, dergleichen zu schreiben, aber das ist eine Übertreibung. In Wahrheit erforderte es gar keinen. Das waren die Worte eines Feiglings, und ich muss beschämt zugeben, dass sie mir leicht über die Lippen kamen. Ich drehte den Wasserhahn der Tränen auf, und Tränen kamen geflossen. Sobald man die Idealisierung aus dem Käfig gelassen hat, hat man keine Chance, sie wieder reinzukriegen. Es gibt natürlich Leute, die eine solche Idealisierung, wenn sie unkritisch auf bestimmte Frauen losgelassen wird, für die schlimmste aller Beleidigungen der Frau im Allgemeinen halten – für Misogynie der hinterlistigsten und auf heimtückische Weise destruktivsten Form –, aber die würden ohnehin nie zu meinen Lesern zählen. Der historische Hintergrund wiederum ist ein Kinderspiel. Man braucht nur ein paar Bücher von Akademikern zu überfliegen, die niemand kennt, und den Rest erfinden. Geografie genauso. Wenn man eine karge Gebirgskette beschrieben hat, hat man alle beschrieben. Dito Wüsten. Ich hatte zugesehen, wie die Wüste mit Wildblumen erblühte, als ich mit Poppy und Vanessa nach Broome fuhr. Und wie sie gestaunt hatten, staunte ich. Gelegentlich stieg eine von ihnen ihren Kidnappern zum Trotz vom Kamel oder vom Elefanten oder vom blutbespritzten Jeep herab, um eine Wüstenerbse zu pflücken (natürlich machte ich mich schlau, welche Gattung dem jeweiligen Terrain angemessen war) und zu bejauchzen. »Sieh doch, wie schön«, sagte sie etwa zu dem somalischen Piraten, der Fischer gewesen war, bevor man Giftmüll in den Gewässern, die seine Lebensgrundlage gewesen waren, versenkt hatte, und dann wusste sie, dass er es sah. Schönheit wusste sich in jeder Sprache auszudrücken. Sie würde sich mit ihm schlafen legen, bevor er sie schließlich mit einem Kriegsschiff, das der indischen Marine angehörte, ziehen ließ.

Internationale Politik für die Männer, Staunen und Verwunderung für die Frauen.

Und die Armen und Geknechteten, mit deren Leben meine beiden Frauen auf ihren Reisen in Berührung kamen – dies waren die Armen und Geknechteten von Wilmslow und Ladbroke Grove, nur ohne ihre iPads. Es gibt nichts auf der Welt, stellte ich fest, das ich nicht schon gekannt hätte. Die afghanischen Stammesangehörigen sahen aus wie Michael Ezra, bevor er sich seinen Schnurrbart abrasiert hatte, die wohlgesinnten, aber ineffektiven englischen Konsulatsbeamten waren Quinton und Francis, die Idealisten waren Merton Flak, die muslimischen Fanatiker waren Jeffrey (wo ist da der Unterschied?), und der somalische Pirat mit Gefühl für Schönheit war ich. Ohnehin handelte es sich bei alldem nur um einen Hintergrund in Wasserfarben. Die reiche Fülle von Ölfarben behielt ich dem kleinen Robert vor, der jedem zweiten der Naivlingsromanciers nachempfunden war, die ich kannte, insbesondere aber dem wimpernlosen Andy Weedon, sowie natürlich Valerie und Pauline, die ich mit dem dicken Impasto-Pinselstrich mitfühlender Anteilnahme ausmalte, getaucht in den intensiven Glanz einer Bewunderung und Hingabe, wie sie außer mir keiner hegte.

»Wie schaffen Sie es nur, uns so gut zu kennen?«, wurde ich von den weiblichen Lesegruppen in Chipping Norton, Chipping Campden und Chipping Sodbury gefragt. Sie fanden es ganz verblüffend, dass ich Frauen dermaßen gut verstand. Als Antwort entmannte ich mich vor ihnen, was meine Gesichtszüge betraf. Ich dachte an Vanessa und ihre Mutter, und mir wurden die Augen wässerig. Das war meine Methode des Verstehens – ich entledigte mich allem, was zwischen mir und der Frau stand (ehrlich gesagt war das nicht viel). Insgeheim verwunderte ich mich darüber, dass sie überhaupt glauben konnten, wir wären so verschieden. Gab es wirklich eine Instanz namens »die Frau«, die es zu verstehen galt? War das tatsächlich eine Spezies, die sich vom Mann unterschied? Bevor Archie Clayburgh mich in die Finger gekriegt hatte, bevor ich zur Erotik bei der Olympia Press vorgedrungen war, hatte ich mit großer Begeisterung von

Jane Eyre und Little Dorrit und Maggie Tulliver gelesen. Wo ich jetzt so drüber nachdenke, las ich eigentlich nur Geschichten über Mädchen. Dass sie Mädchen waren und ich ein Junge, fiel mir damals überhaupt nicht auf, und ich hätte es auch nicht wichtig gefunden, wenn es mir aufgefallen wäre. Wir waren die Sensiblen, die in der gleichen Scheiße saßen, das war alles. Ich blätterte die Seiten um und tauchte in leicht aufgehübschte Versionen meiner selbst ein. In Jane Eyres Fall war's keine gar so viel hübschere Version. Und ganz gewiss keine emotional belastetere. Romane erzählten die Geschichte jenes Schmerzes, der uns einte, Mädchen und Jungs, Männer und Frauen. An der Oberfläche mochten de Sades unermüdliche Schweinebolzen ebenso wie Henry Millers abgerissene Lecker und Ficker Welten von den verletzlichen Wohlfahrtsmädeln im Lowood-Internat entfernt scheinen, wo dieser Mistkerl Mr Brocklehurst Jane ungerechtfertigterweise zur Lügnerin stempelt, aber wenn man etwas weiter in die Tiefe bohrte, waren sie es keineswegs. Auf die eine oder andere Weise fanden sie alle das Leben schwer zu meistern. Es sollte mich nicht wundern, wenn die Schweinebolzen es sogar noch schwerer fanden als die Wohlfahrtsmädel.

Wenn Leserinnen nicht fähig oder nicht willens waren, in die versehrten Seelen von Männern mit dem gleichen Enthusiasmus einzudringen, mit dem ich in die versehrten Seelen von Frauen eingedrungen war, dann war das natürlich ihre Sache, aber damit engten sie jedenfalls ihre Fantasie ein. Und was das Verständnis betraf, von dem sie glaubten, sie fänden es bei mir, wo ich mich nun in Guido Cretino verwandelt hatte, so hatte ich lediglich gezielt mein selbstbezügliches Sprechen zurückgenommen und sie stattdessen demonstrativ mit Zartgefühl überschüttet. Ich will das keineswegs unterbewerten. Zartgefühl ist etwas ganz Vortreffliches. Aber es ist etwas anderes als Verständnis – man kann zartfühlend und ein Dummkopf sein, man kann zartfühlend sein und nichts begreifen –, auch wenn im Zeitalter des sterbenden Wortes Mitgefühl als Verständnis durchgeht. Mehr noch,

Mitgefühl wird dem Verständnis vorgezogen, weil Letzteres den Menschen in der Mehrzahl der Fälle zu grausam und deswegen unerträglich ist.

»Geh, geh«, sagte Eliots Vögelchen, »menschliche Art kann nicht sehr viel Wirklichkeit vertragen.« Es hätte nicht unbedingt ein Vögelchen sein müssen, das dies sagte. Ich hätte etwas Pelzigeres vorgezogen. Wirklich wichtig aber war nur, dass es kein Mensch war. Es braucht eine andere Spezies, um uns als das zu sehen, was wir sind.

War das also alles, was sie sich immer schon gewünscht hatten, diejenigen, die sich einstmals nur mit meinen toten Figuren hatten identifizieren können – ein bisschen mehr rosiges einsichtsloses Geschmalze? Lasen sie, um vor der Wahrheit bewahrt zu werden? Lasen sie, um belogen zu werden?

Das gute Buch für jedermanns Blindheit.

Was ich jetzt schrieb, das hätte ein Affe, dem ein bisschen Zeit zur Verfügung stand, auch schreiben können. Mir geht es keineswegs darum, mein neues bücherverrücktes Dauerlesepublikum herabzusetzen. Wer weiß, was ich ohne diese Leute wohl angestellt hätte. Sie haben mich vor unerträglich schmerzhaften Verlusten bewahrt. Sie sind mir zur Stütze geworden. Nicht auszuschließen, dass sie mich in jeder Hinsicht ebenso belogen haben, wie ich sie belog. Macht nichts. Ich küsse ihnen allen die Füße. Aber Wahrheit bleibt Wahrheit: Was ich jetzt schrieb, das hätte ein Affe, dem *keine* Zeit zur Verfügung stand, auch schreiben können.

Und soll ich mal verraten, was mein Verdacht ist? Tief in ihrem Innern, an einem Ort, der zu entlegen und unzugänglich ist, als dass ihr Bewusstsein dorthin vorzudringen vermöchte, halten diese Leser, denen ich ewig dankbar bin, die heimliche Überzeugung unter Verschluss, dass es *wirklich* von einem Affen geschrieben worden sei. Oder vielleicht nicht die heimliche Überzeugung, sondern den heimlichen Wunsch. Nach affenseitiger künstlerischer Anwandlung. Also nicht meine eigene Art von Affenwunsch, nicht eine geheime Sehnsucht nach jener aufrichtigen Lüsternheit, mit der Beagle seinen rotglühenden Potz in Augenschein nahm – wobei es mit meinen Neidgefühlen in Sachen rotglühender Potz inzwischen nicht mehr weit her war –, sondern ein geheimes, im Verborgenen wirkendes Misstrauen jenem Künstler gegenüber, der wusste, was er tat, und diesem Tun sein Leben widmete, der kein Kompilator zufällig gewählter Wörter war, die sich gelegentlich zu einem fürchterlichen Sinn fügten, der vielmehr mit festem Willen und in fester Absicht die Sprache hetzte und sie nicht entkommen ließ, bis er ihr Bedeutung abgejagt hatte – *seine* Bedeutung, *ihre* Bedeutung.

Zu viel Selbsterkenntnis und Intentionalität verdarben das Ganze für diejenigen, deren Hobby es war, auf Kultur zu machen, die von der Tate Modern ins National Theatre trabten und dann weiter zu einer der drei oder vier Lesegruppen, denen sie angehörten, und die tief im Herzen glaubten, auch eine Geschichten zu erzählen zu haben, die sie auch erzählt hätten, hätten sie nur die Zeit dafür (die sie sich leicht hätten verschaffen können, wären sie bloß den Galerien und Theatern ein wenig ferngeblieben), müssten sie sich nur nicht um ihre Familien kümmern, wäre es für sie nur alles ein bisschen anders gelaufen, hätten sie nur die nötigen Mittel oder die nötige Ausbildung dafür, hätte der Affe in ihnen nur die richtigen Tasten angeschlagen und wäre bei den richtigen Buchstaben gelandet.

Ich machte mir hinsichtlich der Zuneigung, die meine geschätzten Leser mir entgegenbringen, ebenso wenig Illusionen wie hinsichtlich meiner eigenen Zuneigung für mich selbst, und mich selbst mochte ich wahrlich überhaupt nicht. Sie lasen den Mumpitz, den ich verbrach, keineswegs, weil sie mich liebten, sondern weil sie Proust da hassten, wo er am verzögerndsten war, und Henry James da, wo er auf sublimste Weise unzugänglich war, und Lawrence da, wo er am affektiert-erotisch-prophetischsten war, und Céline da, wo er am abstoßendsten war. In meiner neuen Inkarnation als Autor dessen, was »lesbar« war, war ich das Gegengift für die Kunst.

Poppy starb, bevor *Die gute Frau* erschien. Francis hatte sich am Ende um sie gekümmert und war nun selbst mit seinen Kräften am Ende. »Man sollte mich mit ihr zusammen begraben«, sagte er. »Oder zumindest sollte man mein Herz begraben.«

Außer »Ach, Francis« fiel mir keine Antwort ein. In meinem eigenen Herzen fand ich, es wäre richtig, seines zu begraben. Ich beneidete ihn. Nicht um seine wenigen kurzen Jahre mit Poppy, sondern um das Übermaß seines Grams. Darin spiegelte sich eine Standhaftigkeit, von der ich fürchtete, dass sie mir abging, und natürlich eine Güte, von der ich wusste, dass sie es tat.

Vanessa ließ sich zur Beerdigung einfliegen und zitterte von der ersten bis zur letzten Minute der Prozedur wie ein Blatt im Wind. Sie sah sehr gut aus, gülden von der westaustralischen Sonne, wenn auch nicht ganz so königlich, wie ich sie von Mertons Beerdigung in Erinnerung hatte. In ihrem Gesicht waren Furchen, die ich dort zuvor noch nicht gesehen hatte, tiefere Furchen, schien mir, als dieser neuerliche Kummer hätte erklären können. Es war, als hätte die Schreiberei sie ernsthafter werden lassen, sie dabei aber ihres ungestümen Wesens beraubt. Nicht zu schreiben hatte ihrem Wesen entsprochen. In ihrer Raserei und Frustriertheit war sie aufgeblüht. Beim Nichtschreiben war sie ein echtes Wunderkind der Nichterfüllung gewesen. Jetzt war sie nichts als eine weitere praktizierende Schreiberin. Eine unter Tausenden, wenn nicht Millionen. Psst, man kann sie sogar hören; wenn man ganz still ist und genau hinhört, in einer stillen Nacht irgendwo auf diesem Planeten, kann man das Kratzen ihrer Federn oder das tote Klackern ihrer Tastaturen hören, so unzählig viele, wie es Sandkörner am Meeresstrand gibt.

Das konnte ich ihr aber schwerlich sagen. Sie musste es schon selbst herausfinden.

Wir umarmten einander wie alte Freunde, die sich überworfen hatten, ohne alle Leidenschaft.

»Geht's dir gut, so im Großen und Ganzen?«, fragte sie mich.

»Ja«, sagte ich. »Und dir auch, wie ich sehe – im Großen und Ganzen.«

Sie nickte. »Es ist gut, beschäftigt zu sein.«

»Ja«, sagte ich. Ich wollte fragen, ob ihr das Pionierleben mit Grenzerfahrung gefiel, von dem sie mir in Broome zu meiner größten Überraschung erzählt hatte, sie habe sich schon immer danach gesehnt. Aber sie hätte mir Ironie unterstellt.

Aus den gleichen Gründen, so schien mir, verzichtete sie darauf, mich zu fragen, ob ich immer noch über mich schriebe und mir die Frage stellte, warum mich niemand lese. »Arbeitest du gerade an etwas?«, fragte sie stattdessen.

»Ja. Und du?«

»Ja.«

Es gibt nichts mehr zu sagen, sobald man beschlossen hat, das war's jetzt; Streitereien fehlt plötzlich alles Überschäumende. Und man kann sich gar nicht mehr drauf besinnen, warum es dabei jemals so gespritzt und gezischt hat, wie das früher der Fall war.

Ich wünschte mir, sie würde sagen, ich solle aufhören, ihr die Atmosphäre zu klauen, und mich vom Friedhof verpissen, sodass sie ihre Gedanken denken konnte. Es hätte mich befriedigt, zu sehen, wie die Frustriertheit sie zum Wirbelwind aufpeitschte. Nicht weil ich sie unglücklich sehen wollte, sondern weil ich sie in voller Pracht sehen wollte.

Wir vermieden es, über Poppy zu sprechen, bis kurz vor dem Abschied.

»Ich weiß, dass es für dich manchmal schwer gewesen sein muss«, sagte sie, »uns beide an den Hacken zu haben. Ich möchte dir dafür danken, dass du das mit solchem Anstand auf dich genommen hast.«

»War gar nicht so schwer«, sagte ich.

Und dann war ich an der Reihe, wie ein Blatt im Wind zu zittern.

44
Aus sibyllinischen Blättern gelesen

Mein Nachfolgeroman zu *Die gute Frau* war *Die gute Tochter*. Jetzt konnte mich nichts mehr bremsen. Als nächstes Projekt lag *Die gute Mutter* bereit. Und bevor ich damit anfing, sann ich schon über *Der gute Schwiegersohn* nach. Wiewohl ich wirklich nicht wusste, wie ich Sex da raushalten sollte.

Ich ging gerade von der Buchpremierenparty für *Die gute Tochter* nach Haus, als ich den Stadtstreicher, dem Vanessa den Namen Ernest Hemingway gegeben hatte, mitten auf der Straße wie einen erschossenen Bären zusammensacken sah. Mir war nicht klar, ob er von einem Fahrzeug angefahren worden war oder sich nur den Fuß vertreten hatte. Um diese Zeit ließ sich in Soho beim besten Willen nicht sagen, was die Ursache wofür war. Minitaxis und Limousinen und Rikschas parkten in zweiter Reihe, spuckten Menschen aus und verschluckten sie. Eine Nacht wie ein einziger Junggesellinnenabschied, eine Junggesellenorgie, ein einziger Affenstall. Menschen lagen in den Pfützen ihres eigenen Erbrochenen und warteten auf die Sanitäter. Anhand der Kleidung, die die Leute trugen, ließ sich nicht mehr sagen, welche Jahreszeit gerade war. In Soho hatte sich alles in einen immerwährenden Spätsommer verwandelt – Hemden bis zum Nabel geöffnet, Beine bis zum Oberschenkelknochen unbedeckt, ganz gleich welche Temperatur herrschte. Die Restaurants waren alle voll, ausgebucht, obwohl niemand in dem Restaurant aß, in dem sie eigentlich gern hätten essen wollen.

(In dem *er* eigentlich gern hätte essen wollen? Vergiss es.)

Raucher lungerten draußen herum, lachten und husteten, starrten ihre Handys mit einem solchen Gehabe dringlichen Staunens an, dass ein Marsianer hätte annehmen müssen, sie sähen einen solchen Gegenstand heute zum allerersten Mal. Jeder hatte eine SMS reingekriegt, und wer doch keine gekriegt hatte, schickte sich selbst eine. In den Schlangen vor den Restaurants halfen die neuesten von Sandy Ferbers Zwei-Minuten-Unbüchern dabei, sich die Wartezeit zu vertreiben.

Niemand bekam mehr irgendetwas mit, bei keinem einzigen Verbrechen gab es mehr Zeugen, weil die Leute den Blick nicht vom Display hoben. Wie sie sich überhaupt noch verlieben konnten, war mir ein Rätsel. Früher mussten sich Blicke in langanhaltendem Staunen begegnen. Wer aber hatte jetzt noch die Zeit, den Blick zu heben oder zu staunen? Vielleicht verliebten sie sich auf Abstand, über ihre elektronischen Gerätschaften. Ichglaubichliebdich.com. Es war mir peinlich, dass ich ein richtiges Buch mit mir herumtrug. Es war ein Exemplar der Erstauflage von *Die gute Tochter*, druckfrisch und praktisch noch warm, signiert von allen Mitarbeitern des Verlags, selbst Flora, wobei mir einfällt, womöglich habe ich noch gar nicht erwähnt, dass ich S & C doch nicht verlassen habe – es einfach nicht konnte, es dem Gedenken an Merton nicht antun konnte, es Margaret Travers nicht antun konnte, seiner ebenso treuen Sekretärin, die mich, wie mir schien, aus Gründen der Kontinuität brauchte, zumal ich es kaum ertragen hätte, meine Arme nicht mehr ins dunkle Innere ihres knisternden entgürteten Regenmantels gleiten lassen zu können. Und überhaupt gab es für so unreife und unapokalyptische Bücher, wie ich sie schrieb, sonst überhaupt keine Adresse mehr. Slumdog Press? Dafür war ich zu populär.

Ob nun unreif oder nicht – war ich der einzige Mensch in ganz Soho, so fragte ich mich, der ein Buch als solches bei sich trug? Hätte ich es besser unter meinem Sakko versteckt? Ich war gleichzeitig der einzige Mensch in ganz Soho, der ein Sakko trug. Oder in meiner Hose?

Während ich gerade noch überlegte, ob und wohin ich es wegstecken sollte, geschah es, dass ich Ernest Hemingway zu Boden gehen sah. Ganz gleich was die Ursache war, es musste jedenfalls ein schwerer Sturz gewesen sein, denn sein Block war auseinandergefallen, und die einzelnen Blätter daraus wurden von den achtlosen Füßen der Passanten in alle Winde zerstreut. Es war ja nur Papier. Die Straßen Sohos waren übersät mit Papier.

Die Menschen sind gut, ob es sich nun um Leser handelt, die Respekt vor der Buchseite haben, oder nicht. Meine neue menschenfreundliche Philosophie: Haltet die Menschen von Kunst und Richterspruch fern, wo sie immer nur verlorene Seelen sein können, und schon sind sie, verhaltenstechnisch gesprochen, wunderbar gut. Könnte das vielleicht auch ein Titel für mich sein? *Die Menschen sind gut* – und kaum war der Stadtstreicher gestürzt, schon kamen Passanten herbeigesprungen, um zu sehen, was mit ihm sei, und ihm wieder auf die Beine zu helfen. »Ich bin in Erster Hilfe ausgebildet«, hörte ich eine Frau sagen, »sagen Sie mir, wo Sie Schmerzen haben.« Nur schade, dass sie mich nicht fragte. An Hemingway aber war dieser Akt der Hilfsbereitschaft verschwendet und blieb ungedankt; er schenkte weder ihr noch sonst jemandem einen Blick aus seinen blinden Augen, und ehrlich gesagt wäre es auch nicht gerade sonderlich angenehm gewesen, mit ihm in Körperkontakt zu treten.

Wir sind alle gut, jeder auf seine Weise. Einige kümmerten sich um den Mann, ich jagte den Papieren nach. Einmal angenommen, es handelte sich immer noch um das selbige Buch, an dem er schon gearbeitet hatte, als Vanessa und ich ihm zum ersten Mal begegnet waren, und womöglich schon Jahre zuvor, war es sein Opus magnum, das Werk vieler Hundert Wochen. In welchem Falle jede einzelne Seite kostbar war. Und wer außer mir scherte sich einen Deut darum? Ich erbeutete so viele, wie ich konnte, stellte mich mit dem Fuß drauf, bevor ich mich runterbeugte und sie auflas, ganz genau so, wie ich mir vorstellte, dass die Gefolgsleute des sibyllinischen Orakels den Blättern mit ihren

Prophezeiungen nachgesprungen sein mussten, sobald diese aus der Öffnung ihrer Höhle herausgeweht worden waren. Die cumaeische Sibylle hatte auf den Blättern von Eichen »das Schicksal besungen«, und wenn diese in alle Winde verstreut wurden, blieben sie eben verstreut. Ihre Prophezeiungen waren verloren. Was kümmerte es sie schon?

Auch Ernest Hemingway schien es nicht weiter zu kümmern. Sollten seine Blätter hinfliegen, wo sie wollten.

Aber *mich* kümmerte es.

Meine Absicht war, ihm die Blätter zurückzugehen, die ich erwischt hatte, ob er es nun wollte oder nicht, aber ich hatte halt den Wörtertick – ich war jemand, der nicht an einer weggeworfenen Zigarettenschachtel vorbeigehen konnte, ohne kurz innezuhalten und die Beschriftung zu lesen – und konnte der Versuchung nicht widerstehen, einen verstohlenen Blick auf das zu werfen, was er da all die Jahre geschrieben hatte. Nicht die vulgäre Neugier eines Konkurrenten, so hoffe ich, und auch nicht die eines Diebs oder Spötters, sondern das respektvolle Interesse eines Kollegen in Sachen Wörterarbeit. Wie gut war er? Was wusste er, was wir Übrigen, die wir ein um Längen kompromissreicheres und komfortableres Leben führten, die wir es vorzogen, unsere Hoden nicht aus den Löchern unserer Hosen lugen zu lassen, die es uns an seiner asketischen, freundelosen Hingabe gebrach – was begriff er, was wir nicht begriffen?

Ich sah sogleich, dass ihrer Dichte zum Trotz kein einziges der verstreuten Blätter seines Notizblocks sich von den anderen unterschied. Was er zu sagen hatte, das wiederholte er unentwegt, Seite um Seite. Und was er zu sagen hatte, das war in seinem Scharfsinn von gewaltiger Eindringlichkeit, Unwiderlegbarkeit, um nicht zu sagen Schönheit:

O

OOOOO
OOOO
OOO
OO
O

O
OO
OOO
OOOO
OOOOO

O

Howard Jacobson

Die Finkler-Frage
Roman

Aus dem Englischen von Bernhard Robben
448 Seiten, gebunden
ISBN 978-3-421-04523-2
Auch als E-Book lieferbar

Julian Tresloves Leben ist ein Scherbenhaufen. Gescheitert als Redakteur der BBC, gescheitert in seinen Beziehungen zu Frauen, gescheitert als Vater seiner zwei Söhne. Eines Abends wird Treslove Opfer eines Überfalls und glaubt zu hören, wie die Angreiferin ihn als Juden beschimpft – und ist auf perverse Art glücklich. Endlich gehört er irgendwo dazu. Was nur werden seine beiden Freunde zu seinem Gesinnungswandel sagen? Beide sind Juden und wären es lieber nicht …

Von Männerfreundschaft, Liebe, Sex, Tod, und was es bedeutet, jüdisch zu sein – sprachlich raffiniert nimmt Howard Jacobson die Obsessionen unserer Zeit ins Visier und hat mit *Die Finkler-Frage* einen beißend-klugen und dabei hochkomischen Gegenwartsroman geschrieben.

Mit dem Booker-Preis ausgezeichnet!

»*Die Finkler-Frage* ist ein Meisterwerk der Tragikomik!«

Die Zeit

»Oszillierend zwischen Komik und Trauer, Selbstironie und Selbstoffenbarung und voller Sprachwitz, beweist Jacobson, dass sich Komik und Größe literarisch keineswegs ausschließen.«

Frankfurter Allgemeine Zeitung

www.dva.de

Originaltitel: *Zoo Time*
Originalverlag: Bloomsbury Publishing, London

MIX
Papier aus verantwortungsvollen Quellen
FSC® C014496

Verlagsgruppe Random House FSC® N001967
Das für dieses Buch verwendete FSC®-zertifizierte Papier *EOS* liefert Salzer, St. Pölten.

1. Auflage

Gestaltung und Satz: DVA/Brigitte Müller
Gesetzt aus der Dante
Druck und Bindung: GGP Media GmbH, Pößneck
Printed in Germany
ISBN 978-3-421-04564-5

www.dva.de